Achar
Iskruel-Ozean
Eisbärküste
Land der Skrälinge
Gorkenpaß
Gletscher
Krallenturm/
Kummerkrak
Gletscher
Eisdachalpen
Land der Skrälinge
Andakilsa
Feste und Stadt Gorken
Eisdach-Ödnis
Schattenland
(Awarinheim)
Ichtar
Grenzberge
Wildhundebene
Ichtar
Urqharthügel
Nordra
Sigholt
Felsschlund
Jervois
Azle
Azle
Aldeni
Tailem-Knie
Nordra
Smyrdon
Verbotenes Tal
Witwenmachermeer
Seegrasebene
Nebelberge
Fluriat
Skarabost
Nordra
Kastaleon
Farnberge
Bracken
Rhätien
Farnbruchsee
Arken
Arkness
Moor
Wald der Schweigenden Frau
Alte Grabhügel
Kesselsee
Karlon
Turm des Seneschalls
Ebene von Tare
Tare
Nordmuth
Tarantaise
Karreninseln
Weitwallbucht
Isbadd
Nor
Koroleas-Sund
Koroleas
S. Douglass © 1995

Sara Douglass
Tanz der Sterne

Sara Douglass

TANZ DER STERNE

Dritter Roman des Zyklus
Unter dem Weltenbaum

Aus dem australischen Englisch
von Marcel Bieger

Piper
München Zürich

Die australische Originalausgabe erschien 1996
unter dem Titel »Enchanter. Book Two of The Axis Trilogy«
bei HarperCollins*Publishers* in Sydney.

Der vorliegende Roman ist der 1. Teil
von »Enchanter. Book Two«.
Der 2. Teil erscheint im Herbst 2003.

Redaktion: Angela Herrmann

ISBN 3-492-70003-9

Gesetzt aus der Aldus
Satz: Satz für Satz. Barbara Reischmann, Leutkirch
Druck und Bindung: Pustet, Regensburg
Printed in Germany

www.piper.de

Auch diesen Band des Zyklus *Unter dem Weltenbaum* widme ich Lynn, Tim und Frances. Ein Lächeln und ein Gruß seien Johann Pachelbel zugedacht, dessen sehnsuchtsvoller Kanon in D-Dur mich beim Schreiben begleitete.

Dieser Roman ist der Angelpunkt, und er soll an Elinor erinnern, die zu einer Zeit starb, als sie und ich noch viel zu jung waren.

Courage my Soul, now learn to wield
The weight of thine immortal Shield.
Close on thy Head thy Helmet bright.
Ballance thy Sword against the Fight.
See where an Army, strong as fair,
With silken Banners spreads the air.
Now, if thou bee'st that thing Divine,
In this day's Combat let it shine:
And shew that Nature wants an Art
To conquer one resolved Heart.

Andrew Marvell,
A Dialogue Between The Resolved Soul,
and Created Pleasure

Was bisher geschah

In einem fernen Land lebten einst vier Völker friedlich nebeneinander, bis die Bruderschaft vom Seneschall den Alleinanspruch ihres Gottes durchsetzte und die drei nichtmenschlichen Völker nahezu ausrottete. Danach waren die Menschen endlich die alleinigen Herren der Welt.

Eine uralte Weissagung lebt jedoch fort. Sie besagt, daß eines Tages zwei Knaben geboren werden, Söhne des gleichen Vaters, aber verschiedener Mütter. Der eine ein dämonischer Zerstörer, der andere der Erlöser der Welt – sofern es ihm gelingen sollte, die verfeindeten Völker zu vereinen.

Axis, ein ungestümer junger Adliger, verfemt und verachtet als königlicher Bastard, hat seine Eltern nie gekannt. Trotzig verteidigt er seinen Platz in der höfischen Gesellschaft Achars. Auf der Flucht vor seinen Alpträumen stößt er auf den Wortlaut einer uralten Prophezeiung, den seltsamerweise nur er entziffern kann. Noch weiß er nichts damit anzufangen, vermag die Hinweise nicht zu deuten und ahnt noch längst nicht, daß er zum Werkzeug einer göttlichen Macht ausersehen ist.

In unversöhnlichem Haß stehen er und sein Halbbruder Bornheld sich gegenüber: Bornheld, Thronerbe von Achar und rücksichtsloser Krieger – Axis, gesellschaftlicher Außenseiter und zugleich Anführer der legendären Axtschwinger. Da erhält Axis den Auftrag, Bornhelds Verlobte Faraday auf einer gefahrvollen Reise zu begleiten. Die junge Frau, die den Eltern zuliebe in diese Ehe eingewilligt hat, fühlt sich magisch zu Axis hingezogen, und bald wissen beide, daß sie füreinander bestimmt sind. Doch die übermächtige Prophezeiung zwingt die Liebenden zum Verzicht auf persönliches Glück und drängt sie zur Ausführung eines schicksalhaften Auftrags.

Im Bewußtsein, die ihm aufgetragene Pflicht zu erfüllen, tritt Axis den mächtigen Widersachern des Landes Achar entgegen. Auf Geheiß des dämonischen Zerstörers Gorgrael versuchen schauerliche Geschöpfe die Macht über die Hauptstadt zu erringen. Als Axis im Kampf tödliche Verletzungen erleidet, zeigt sich, daß Faraday zauberische Gaben besitzt: Sie heilt die Wunden des Mannes, den sie liebt. Dennoch heiratet sie nach schweren inneren Kämpfen Axis' verhaßten Halbbruder Bornheld – und gibt damit der Forderung der machtvollen Weissagung nach.

Axis indes erkennt, daß ihm die wichtigste Aufgabe übertragen wurde – daß *er* der Held ist, der vier heillos zerstrittene Völker vereinen und zur einstigen Harmonie mit der Natur zurückführen soll. Mit den gewaltigen Kräften weißer Magie und gestärkt von der Liebe einer betörenden Frau, der schönen Aschure, tritt er dem Bösen entgegen.

Die Prophezeiung des Zerstörers

Es werden erblicken das Licht der Welt
Zwei Knaben, blutsverbunden.
Der eine, im Zeichen von Flügel und Horn,
Wird hassen den Sternenmann.
Im Norden erhebt der Zerstörer sich,
Treibt südwärts die Geisterschar.
Ohnmächtig liegen Mensch und Flur
In Gorgraels eisigem Griff.
Um der Bedrohung zu widersteh'n,
Löst das Lügengespinst um den Sternenmann,
Erweckt Tencendor und laßt endlich ab
Von dem alten, unseligen Krieg.
Denn wenn es Pflug, Flügel und Horn nicht gelingt,
Die Brücke zum Verstehen zu finden,
Wird Gorgrael, folgend seinem Ruf,
Zerstörung über euch bringen.

Sternenmann, hör mir gut zu!
Deine Macht wird dich töten,
Solltest du sie im Kampf einsetzen,
Eh' sich erfüllt, was geweissagt ist:
Die Wächter werden auf Erden wandeln,
Bis Macht ihre Herzen verdirbt.
Abwenden wird sich ein Mädchen voll Gram
Und entdecken die Alten Künste.
Ein Weib wird selig umfangen des Nachts
Den Mann, der den Gatten erschlug.

Uralte Seelen, längst schlummernd im Grab,
Im Land der Sterblichen werden sie singen.
Die erweckten Toten gehen schwanger
Und werden das Grauen gebären.
Eine dunklere Macht wird sich erweisen
Als Bringer des Heils.
Und strahlende Augen von jenseits des Wassers
Erschaffen das Zepter des Regenbogens.

Sternenmann, hör zu, denn ich weiß,
Mit diesem Zepter vermagst du
Gorgrael in die Knie zu zwingen,
Sein Eis zu zerbrechen.
Aber selbst mit der Macht in Händen
Wird dein Weg niemals gefahrlos sein.
Ein Verräter des eigenen Lagers
Wird sich wider dich verschwören.
Verdränge den Schmerz der Liebsten,
Nur so entgehst du dem Tod.
Haß heißt die Waffe des Zerstörers.
Doch hüte dich, es ihm gleichzutun.
Denn Vergebung ist der einzige Weg,
Tencendors Seele zu retten.

Prolog
Die Ruinen der Feste Gorken

Er stand im verlassenen Schlafgemach der Burg, und sein Atem gefror in der eisigen Luft an seinen Hauern. Gorgraels helle silberne Augen zogen sich zusammen, als er die Erinnerungen und Gefühle dieses Raums in sich aufnahm. Dann beugte er sich vor und fuhr mit der Hand fahrig über das Bett. Seine gekrümmten Krallen zerfetzten das Laken. Haß und Leidenschaft, Schmerz und Befriedigung erfüllten diesen Ort. Der Zerstörer führte ein Stück des Stoffs an seine Nase und zerdrückte es zwischen seinen starken Klauenfingern. Sie war hier gewesen, hatte hier geschlafen, gelacht und geweint. Im nächsten Moment bog er den Rücken durch, spannte alle Muskeln an und brüllte Wut, Enttäuschung und Verlangen hinaus. Er haßte diese Frau und wollte sie doch haben, fast genauso sehr, wie er Axis haßte und in seine Gewalt bringen wollte.

Draußen vor den Mauern hielten die Skrälinge in ihrem Tun inne und verfielen in Schweigen, als sie ihren Herrn schreien hörten. Seine Stimme schallte über das ganze frostige Ödland. Kaum hatte jedoch Gorgrael seinem Verdruß Luft gemacht, bekam er sich wieder in den Griff, richtete sich gerade auf und entspannte die Muskeln. Achtlos ließ er den Stoffetzen zu Boden fallen und schaute sich in dem verwüsteten Zimmer um. Dies war ihr Gemach gewesen – das ihre und das des jämmerlichen Narren Bornheld. Er zählte nicht in diesem Spiel. Der Zerstörer würde ihn bei der ersten sich bietenden Gelegenheit zur Seite schieben. Aber die Frau ... sie stellte den Schlüssel dar.

Gorgrael kannte die Prophezeiung beinahe ebenso gut wie ihr Schöpfer. Deswegen wußte er, daß Axis entkommen war und sich bei ihrem gemeinsamen Vater zu einem weitaus gefährlicheren Gegner entwickeln würde. Aber würden seine neu erworbenen Fähigkeiten ausreichen, es mit der Dunklen Musik aufzunehmen, über die Gorgrael gebot? Der Zerstörer fand keine befriedigende Antwort auf diese Frage. Auf jeden Fall verfügte der Krieger bereits über so viel Macht, daß die Skräbolde ihm nicht mehr gefährlich werden konnten. Aber genau so wie die dritte Strophe der Weissagung Axis das Mittel nannte, seinen Widersacher zu vernichten, so versorgte sie auch Gorgrael mit der Waffe, ihn zugrunde zu richten. Der Prophet war ein Mann von ausgleichender Gerechtigkeit gewesen.

Dieses Mittel war die Geliebte, von der die Prophezeiung sprach. Wenn es Gorgrael gelänge, sie auszuschalten, hätte er damit auch Axis besiegt. Der Krieger hatte nur eine Schwachstelle, seine Liebe. Und irgendwann würde diese Liebe sich als sein Untergang erweisen.

Der Zerstörer kreischte wieder, doch diesmal vor Freude. Natürlich mochte das seine Zeit dauern, aber irgendwann würde er sie in seine Hand bekommen. Der Verräter stand schon bereit. Nun wartete Gorgrael nur noch auf eine günstige Gelegenheit.

Faraday.

Er hatte in diesem Raum schon vieles erfahren. Faraday war diejenige, der Timozel sich verpflichtet hatte. Und Faraday war auch diejenige gewesen, die Axis das grüne Feuer gegeben hatte, mit dem er die Streitmacht der Skrälinge vernichten konnte. Allein schon aus diesem Grund hatte die junge Frau den Tod verdient. Und weil der Krieger sie liebte, würde sie langsam und qualvoll sterben. Und da sie mit der Mutter und den Bäumen im Bunde stand, sollte sie einsam und alleine sterben. Der Zerstörer bohrte seine Krallen tief in die Matratze und schlitzte sie mit einer einzigen Handbewegung auf. Genau so würde er es auch mit Faradays Leib machen. Nachdem sie um ihr Leben gefleht, ihn um Gnade gebeten und sich seinem Willen unterworfen hatte, würde er sie in Fetzen reißen.

Sein Blick fiel auf das zersprungene Fenster. Die meisten Höfe und Dörfer Ichtars lagen in Trümmern. Von Hsingard, einst der

Sitz der Herzöge von Ichtar, war kaum noch etwas übriggeblieben. Zehntausende Menschen im Land hatten den Tod gefunden, und die Skrälinge hatten mehr als genug zu fressen bekommen. Aber nicht alles war nach Plan verlaufen, und der Triumph würde wohl noch eine Weile auf sich warten lassen. Axis war ihm entwischt und hatte während seiner Flucht dem Heer des Zerstörers großen Schaden zugefügt.

Wenn Gorgrael seine verbliebenen Streitkräfte dazu einsetzte, Ichtar zu erobern, blieben ihm nicht mehr genügend Skrälinge, um Axis oder Bornheld zu bedrängen. Dem Herzog von Ichtar war es gelungen, sich mit fünftausend Soldaten – und Faraday – nach Süden abzusetzen. Der Oberste Heerführer dürfte bald Jervois erreicht haben. Und dort, zwischen den beiden Flüssen, würde er wohl auch seine Stellung errichten.

Weder der Zerstörer noch seine Kreaturen mochten fließendes Wasser; denn es erzeugte die Musik der Schönheit und des Friedens, nicht aber die der Finsternis, der Dunklen Musik. Und dieses Wasser prickelte. Gorgrael brüllte wieder vor Verdruß und fuhr damit fort, das Bett auseinanderzureißen. Seine Offiziere hatten ihn tief enttäuscht. Dem Obersten Heerführer hatte die Flucht nur gelingen können, weil die Skräbolde nicht in der Lage gewesen waren, Disziplin in ihre Truppen zu zwingen. Nur aufgrund der Unfähigkeit der Skräbolde konnte Bornheld unbehelligt von den Kreaturen nach Süden ausweichen. Nun gut, einige der Geistermenschen zitterten vor den Flüchen und Drohungen ihrer Offiziere, aber die meisten scherten sich nur wenig darum.

Viel zu lange hatten die Skrälinge danach gedürstet, in den reichen Süden vorzustoßen, da sie schon viel zu lange in der Ödnis des Nordens ausharren mußten. Nun, da die Feste Gorken gefallen war und Ichtar offen vor ihnen lag, streiften die wispernden Geister zügellos und in ungehemmter Gier durch das Land. Wie ein entfesselter Mob zerstörten sie bedenkenlos alles, worauf sie stießen. Den Skräbolden war es nicht gelungen, genügend Soldaten zusammenzubekommen, um die Flucht des Herzogs ernsthaft zu gefährden. Sie vermochten nicht viel mehr, als seine Truppen an den Flanken zu bedrohen oder über die Nachhut herzufallen.

Nicht genug damit, daß die Skrälinge alle Zucht verloren hatten und ihre Offiziere kaum in der Lage waren, sie weiterhin zu befehligen – Gorgrael mußte auch feststellen, daß Axis' machtvoller Ausbruch solche Lücken in sein Heer gerissen hatte, daß er wohl Monate brauchen würde, um eine neue Armee aufzubauen, die stark und diszipliniert genug sein würde, um mit ihr über Hsingard hinaus in den Süden vorzudringen.

Und in dem Maße, in dem die Skräbolde davor zitterten, ihrem Anführer immer neue Beispiele ihres Scheiterns melden zu müssen, mußte sich auch Gorgrael immer neue Argumente ausdenken, um seinen Meister davon zu überzeugen, daß er zum rechten Zeitpunkt Gorken angegriffen hatte und in Achar einmarschiert war. Der Dunkle hatte ihn mehrfach ermahnt, damit lieber noch ein Jahr oder zwei zu warten. Und die Zeit zu nutzen, seine Armee besser aufzubauen und zu verstärken. Und an seinen Zauberkräften zu arbeiten. Aber dem Zerstörer war die Warterei zu lang geworden. Der Dunkle hatte ihm alles beigebracht, was er wußte, und ihn auch gelehrt, sich der Dunklen Musik zu bedienen. Alle Macht, die Gorgrael heute besaß, verdankte er ihm, und er liebte ihn ebenso sehr, wie er ihn fürchtete.

Des Zerstörers Krallen zuckten unruhig, während er sich in Gedanken seine Erklärungen zurechtlegte.

1
Jervois – Ankunft

Ho'Demi saß auf seinem zotteligen Pferd und betrachtete nachdenklich den undurchdringlichen Nebel, der sich vor ihm ausbreitete. Seine Aufklärer hatten ihm gemeldet, daß der Herzog von Ichtar mit den Resten seiner Truppe von Gorken heranzöge. Bei diesem Nebel würden die Soldaten auch in zehn Schritt Entfernung von Ho'Demi nicht bemerkt werden.

Der Reiter schüttelte sich. Er mochte den Süden mit seinem Dunst und den Nebeln nicht und sehnte sich nach dem eisigen Land Rabenbunds mit seinen endlosen Weiten von knirschendem Eis. Wie gern würde er jetzt wieder mit den Männern und Frauen seines Stammes die großen Eisbären jagen – und nicht diese Geisterwesen, deren Wispern den Wind besudelte.

Aber der Norden war Ho'Demi und seinem Stamm verwehrt. So weit sein Volk zurückdenken konnte, hatten sich in Rabenbund immer schon Skrälinge herumgetrieben. Doch bis zum letzten Jahr hatten sie sich weder zahlreich noch angriffslustig gezeigt. So lange sein Stamm in größeren Gruppen auf die Jagd ging, hatten sie von den Kreaturen nichts zu befürchten gehabt. Aber seitdem hatten die Skrälinge, gelenkt von der starken, aber unsichtbaren Hand Gorgraels, in Scharen angegriffen und den Stamm aus Rabenbund vertrieben. Über den Gorkenpaß, vorbei an der Festung mit ihrer Stadt – wo der Herzog von Ichtar die Invasion der Geistermenschen erst einmal zum Stehen gebracht hatte – und dann immer tiefer in den Süden. Ho'Demi hatte schließlich beschlossen, nicht weiter zu fliehen. Hier in Jervois wollten sie bleiben, wo Bornheld eine neue Verteidigungslinie aufbauen würde. Der Herzog hatte dem Ansturm der Feinde nicht länger standhalten können, und irgendwie war es ihm gelungen, einen Weg durch den Belagerungsring der Skrälinge zu finden.

Der Häuptling und sein Stamm hatten immer schon beabsichtigt, dem Königreich gegen Gorgrael und seinen Scharen beizustehen. Aber als Ho'Demi in Gorken die Hilfe seiner Kämpfer angeboten hatte, hatte Bornheld ihm ins Gesicht gelacht und geantwortet, er benötige keinen Beistand aus Rabenbund. Er, der Oberste Heerführer, befehlige nämlich ein richtiges Heer. Nun, heute würde der Herzog mit seiner angeschlagenen richtigen Armee vielleicht nicht mehr so leichtfertig auf die Rabenbundkämpfer verzichten wollen.

Ho'Demi hatte so viele seines Volkes wie nur möglich aus dem Nordland geführt. Aber die Stämme Rabenbunds lebten viel zu verstreut in den Eisweiten, und er hatte nicht alle benachrichtigen und sie auffordern können, mit ihm in den Süden zu fliehen. So hatten jetzt nur zwanzigtausend Rabenbunder ihre Robbenfellzelte rings um Jervois aufgeschlagen; gerade einmal der zwanzigste Teil des Volks. Der Häuptling wagte sich nicht vorzustellen, wie es den Zurückgebliebenen mittlerweile ergangen war, und konnte nur beten, daß sie irgendwo in den Höhlen und Spalten der Eismassen ein Versteck gefunden hatten – um dort den Tag abzuwarten, an dem es dem Sternenmann gelungen sein würde, den Zerstörer zu vernichten. Hoffentlich besaßen seine Brüder und Schwestern genug Mut, so lange auszuharren.

Die Rabenbunder waren ein altes und stolzes Volk, das seine Kultur und Gesellschaft gänzlich nach den Bedingungen des eisigen Landes im Norden des Kontinents ausgerichtet hatte. Nur wenige von ihnen hatten jemals Berührung mit den Menschen jenseits des Grenzflusses Andakilsa gehabt. Der König von Achar – wer auch immer mittlerweile dort auf dem Thron sitzen mochte – mochte sich selbstgefällig einbilden, über Rabenbund ebenso zu herrschen wie über den Rest Achars. Doch so weit es die Rabenbunder selbst anging, besaß er über sie genauso viel Macht wie über die Unaussprechlichen. Ho'Demi war der Häuptling der Rabenbunder, und für sie war sein Wort oberstes Gebot.

Aber heute, um der Prophezeiung willen und weil ihm kaum etwas anderes zu tun übrigblieb, mußte Ho'Demi sich dem Befehl Bornhelds unterstellen. Die Rabenbunder kannten seit tausend Jahren die Prophezeiung vom Zerstörer, und der Häuptling wußte, daß die Völker getrennt nicht die geringste Aussicht gegen Gorgrael hätten. Irgend jemand mußte schließlich den Anfang machen und sich mit den anderen verbünden, um Tencendor wieder zu vereinen und den Zerstörer zu vernichten. Als die Skrälinge immer frecher auftraten und für Unruhe sorgten, hatte Ho'Demi gespürt, daß die Prophezeiung langsam über das Land kam. Von allen Wesen in Tencendor fühlten sich die Rabenbunder am meisten dem Sternenmann verpflichtet. Wenn er rief, würden sie sofort zu ihm eilen und sich hinter ihn stellen.

In Gruppen von tausend oder mehr Personen waren die Nordleute über den Gorkenpaß und an der Festung vorbeigezogen. Damals sollten noch Wochen vergehen, ehe der Axtherr dort eintraf. Die Rabenbunder hatten nicht gewußt, wo der Sternenmann zu finden war oder wer sich hinter diesem Titel verbarg. Bis sie ihn aufgespürt hatten, ihm ihren Treueid leisten und ihm ihre Speere zur Verfügung stellen konnten, würden sie für Bornheld kämpfen. So hatte der Häuptling es beschlossen ... wenn der Herzog sie denn dieses Mal haben wollte.

Bornheld wußte, was die Glocken zu bedeuten hatten, die auf einmal schwach und hell durch den Nebel klangen. Er beugte sich in seinem weit fallenden Umhang weiter vor.

Vor zwei Wochen waren sie aus Gorken geflohen. Sobald Axis die Skrälinge erfolgreich abgelenkt und von der Festung fortgelockt hatte, hatte der Oberste Heerführer die Tore öffnen lassen und seine geschrumpfte Streitmacht durch die Ruinen der Stadt geführt. Ein anstrengender Marsch nach Jervois erwartete sie. Die Wetterbedingungen verschlechterten sich stündlich, und das allgegenwärtige Eis zehrte deutlich an den Kräften der Männer. Viele von ihnen gingen in der frostigen Kälte zugrunde oder starben an Erschöpfung. Andere verloren ihr Leben durch die ständigen Störangriffe der Kreaturen an den Flanken und bei der Nachhut. Bornhelds Truppe schmolz zusätzlich zusammen, weil immer mehr Männer desertierten. Auch die beiden alten Mönche, die Axis von der Burg der Schweigenden Frau mitgebracht hatte, waren eines Nachts verschwunden. Wenn es nach dem Herzog ging, konnten diese beiden Narren, die immerzu über irgendwelche rätselhaften Prophezeiungen geredet hatten, genauso gern von den Geistern aufgefressen werden wie all die anderen Verräter, die es vorzogen, nicht bei seiner Truppe zu bleiben.

Eigenartigerweise hatten die Skrälinge Bornheld und seine Streitmacht während der ersten fünf Tage ihres Rückzugs vollkommen in Ruhe gelassen. Die Soldaten waren so rasch und so weit geritten, wie sie nur konnten, bis die Pferde fast unter ihnen zusammengebrochen waren, denn sie rechneten jeden Moment mit einem Großangriff von Gorgraels Heer. Sie konnten ja nicht wissen, daß Axis den Skrälingen in der Schlacht in der Ödnis nördlich von Gorken eine vernichtende Niederlage bereitet hatte. Die Skräbolde hatten einige Zeit gebraucht, um ihre dezimierten Truppen zu sammeln und neu zu formieren.

Alles was Bornheld und seine Armee wußten, war, daß sie den Kreaturen fünf Tage voraus waren – ein Vorsprung, der für sie über Leben und Tod entschied. Als die Geister dann am sechsten Tag wieder auftauchten, erschienen sie nur in kleinen Gruppen. Bornhelds Heer konnte trotz ihrer Angriffe weiter nach Süden vordringen, um Jervois zu erreichen, das einigermaßen sicher war. So weit würden sich die kleinen Gruppen der Skrälinge nicht vorwagen; dazu müßten sie erst das Heranrücken ihres Hauptheers abwarten.

Dennoch ließ jeder Schritt in den Süden Bornhelds Verbitterung größer werden. Nicht durch seine Schuld war Gorken gefallen. Verräter hatten seine Befehle hintergangen und damit nicht nur Ichtar, sondern auch dem ganzen Königreich Achar übel mitgespielt. Den Höhepunkt dieser schändlichen Taten hatte Magariz' Treubruch dargestellt. Der Offizier, dem der Herzog am meisten vertraut und dem er den Befehl über die Festung übertragen hatte, hatte sich entschlossen, lieber mit dem Bastard, seinem Halbbruder Axis, zu reiten, als weiter an der Seite des Obersten Heerführers für die Sache Achars zu streiten. Dreißig Jahre lang hatte die Eifersucht auf den verhaßten Bruder Bornhelds Leben bestimmt. Und nun bohrte bitterer Zorn in seinen Eingeweiden. Artorverfluchter Kerl, dachte der Herzog grimmig, möge er draußen in den Eisweiten jämmerlich krepieren. Hoffentlich liegt er gerade am Boden und schreit danach, daß ich ihm zu Hilfe komme, während die Skrälinge ihm das Fleisch von den Knochen reißen!

Aber auch diese Vorstellung brachte kein Lächeln auf seine Lippen. Nach dem Verrat von Gorken glaube der Oberste Heerführer, niemandem mehr trauen zu dürfen. Wenn schon Magariz sich gegen ihn wandte, wer stand dann überhaupt noch hinter ihm? Selbst Jorge und Roland, die schweigend und in Gedanken versunken ein Stück hinter ihm in der Marschkolonne ritten, verdienten das vollkommene Vertrauen nicht mehr, das er früher in sie gesetzt hatte. Nein, Bornheld konnte sich nur noch auf Gautier und Timozel verlassen. Wer hätte je gedacht, daß ein Jüngling, der noch nicht ganz trocken hinter den Ohren war – und ein Axtschwinger dazu –, sich einmal zu einem solch getreuen und ergebenen Diener des Herzogs von Ichtar entwickeln würde? Der junge Mann hatte auf dem Marsch nach Süden bei mehr als einer Gelegenheit sein Können bewiesen. Timozel vermochte ebenso gut wie Gautier die Soldaten zu disziplinieren und zum Gehorsam zu zwingen. Und an Tapferkeit im Kampf kam ihm höchstens noch Bornheld selbst gleich. Nun ritt er links hinter dem Herzog und saß stolz und aufrecht im Sattel. Ein gelegentliches Aufblitzen in seinem visionären Blick erfüllte den Obersten Heerführer stets mit neuer Hoffnung.

Artor hatte diesen Jüngling mit der Gabe des zweiten Gesichts gesegnet und das bedeutete doch wohl, daß der oberste Gott Bornhelds Sache schließlich mit einem Sieg krönen wollte.

Der Blick des Herzogs wanderte zu dem Pferd, das dem Timozels in ein paar Schritten Abstand folgte. Faraday, seine Gemahlin, saß darauf und hielt sich an ihrer Zofe fest. Seit drei Tagen ging das nun schon so, seit Yrs Roß an der Kälte zugrunde gegangen war. Konnte Bornheld seiner Frau noch trauen? Er runzelte unter der Kapuze grüblerisch die Stirn. Der Herzog hatte immer geglaubt, daß Faraday ihn liebe. Schließlich hatte sie ihm Nacht für Nacht Liebesschwüre und andere süße Worte ins Ohr geflüstert. Und war die Jungfer nicht auch in seine Arme geflüchtet, nachdem der Axtherr sich als unfähig erwiesen hatte, sie zu beschützen? Aber dann wiederum hatte sie Axis beim Abschied auf dem Burghof etwas zugeflüstert.

Verwünschtes Weib, fluchte Bornheld in Gedanken. Ihre Zukunft war an seiner Seite und nicht an der seines Halbbruders. Faraday würde Ichtar den ersehnten Erben schenken und nicht dem hinterwäldlerischen Schattenland, in dem Axis gerade herrschen mochte. Doch wenn Bornheld Anlaß zu der Vermutung haben sollte, daß sie ihn genau so hintergehen wollte wie Magariz, würde er sie vorher erschlagen.

Der Verlust der Festung und in der Folge davon auch ganz Ichtars schmerzte den Herzog in der Tiefe seiner Seele. Als junger Mensch war er in einem lieblosen Haushalt aufgewachsen, verlassen von der eigenen Mutter und von seinem Vater vernachlässigt. Aber Ichtar hatte er Zeit seines Lebens geliebt. Und als der Vater gestorben und Bornheld mit nur vierzehn Jahren der neue Herzog geworden war, spürte er, daß sein Leben wirkliche Bedeutung erlangt hatte. Viele hatten ihn übersehen, als er noch nur der Sohn von Searlas gewesen war, doch nun erhielt er als dessen Nachfolger und Fürst eine solch ungeheure Machtfülle, daß er davon wie trunken war. Die Macht brachte ihm die Aufmerksamkeit, die er sich immer gewünscht hatte, die Achtung, zu der er sich berechtigt fühlte, die Befehlsgewalt, nach der er immer schon gestrebt hatte, und schließlich auch die Frau, die er mehr als alle anderen begehrte.

Und dann hatte er sein Herzogtum verloren. Bornheld empfand den Verlust so schmerzhaft, als sei ihm ein Glied abgetrennt worden. Welche Macht besaß er noch als jemand, der Ichtar nicht hatte halten können? Welche Achtung würde man ihm noch entgegenbringen? Selbst wenn der Herzog eines Tages Ichtar zurückerobert hatte – und daran hegte er nicht den geringsten Zweifel –, würde er sich danach immer noch verwundbar fühlen. Erst dann würde Bornheld sich wieder ganz oben fühlen, wenn er die Macht über das ganze Königreich besaß. Wenn er auf Achars Thron säße. Als König bekäme er alle Macht, alle Achtung und alle Liebe, die er so dringend brauchte. Als Monarch könnte er sich auch sofort aller Verräter entledigen, die ihn jetzt oder in Zukunft umgaben. Wie sehr verlangte es Bornheld, wieder an die Spitze zu gelangen. Und jetzt sollte es mehr noch als sein Herzogtum sein.

Ließen nicht Timozels Visionen den eindeutigen Schluß zu, daß er eines Tages den Thron erringen würde? Ja, Artor selbst wünschte es.

Nun näherten sie sich Jervois, und der Oberste Heerführer erhielt seit seinem Aufbruch zum ersten Mal Gelegenheit, einen genaueren Blick auf die Truppe zu werfen, die ihm noch unterstand. Trotz der erheblichen Verluste bei der Abwehrschlacht um die Stadt Gorken – für die allein dieses Natterngezücht Axis und der Verräter Magariz verantwortlich waren – stand ihm noch eine beeindruckende Streitmacht zur Verfügung. Ursprünglich hatte er mit fünftausend Mann die Festung verlassen. Doch die Verluste durch Erschöpfung, Erfrieren oder Desertion hatten die Flüchtlinge, die aus dem ganzen Herzogtum zu ihm gestoßen waren, mehr als wett gemacht. Es waren Bauern, die zwar einen erbärmlichen Eindruck machten, aber im Troß eingesetzt werden konnten. Und einige von ihnen ließen sich sicher zu Soldaten ausbilden. Außerdem standen überall in Achar noch Verbände und Abteilungen, die Bornheld als Oberstem Heerführer Achars unterstanden. Nicht zu vergessen die Kohorte von fünfhundert Axtschwingern, die im Turm des Seneschalls stationiert war, um den Bruderführer zu schützen. Insgesamt also eine beachtliche Armee. Und wenn das leise Geläute das bedeutete, wofür der Herzog es hielt, gebot er bald auch über die Kämpfer aus Rabenbund. Natürlich waren das nur barbarische Wilde, aber sie verstanden zu reiten und mit dem Speer umzugehen. Wenn einer einen Feind erstechen konnte, wollte Bornheld ihn auch in seine Reihen aufnehmen. Im Notfall konnte der Oberste

Heerführer auch auf die Streitkräfte des Königreichs Korolean zurückgreifen, das im Süden von Achar lag und ihm freundschaftlich verbunden war. Wenn dieser geckenhafte Narr Priam noch nicht selbst auf die Idee gekommen sein sollte, mit dem Südreich ein Militärbündnis zu schließen, dann würde er, Bornheld, eben baldmöglichst dafür sorgen.

Plötzlich tauchte ein Reiter aus dem Nebel auf. Bornheld ließ gleich die ganze Kolonne anhalten und sah dem Rabenbunder ins unergründliche Gesicht. Der Mann hatte seine Züge mit noch mehr Tätowierungen versehen, als das bei seinem Volk ohnehin üblich war. Eine verwirrende Vielfalt von schwarzen und blauen Kreisen und Spiralen bedeckte nicht nur die Wangen, sondern auch Kinn und Stirn. Auf ihr war jedoch eigenartigerweise eine kreisrunde Stelle frei geblieben. Wie alle Rabenbunder hatte er sich kleine blaue Glassplitter und winzige Glöckchen in die unzähligen Zöpfe geflochten. Selbst sein Pferd – ein häßlicher gedrungener Gaul mit gelblichem Fell – trug in Mähne und Schweif Splitter und Glöckchen. Was für Barbaren. Aber wenn sie den gemeinsamen Feind töten konnten, sollte es ihm recht sein.

Ho'Demi ließ sich von dem General einen Moment lang anstarren und sagte dann: »Herzog Bornheld, Gorgrael hat unser Land genommen und unser Volk gemordet. Er führt seine Geisterwesen immer weiter nach Süden. Die Rabenbunder leben nur noch dafür, Rache zu nehmen. Wenn Ihr gegen den Zerstörer kämpft, dann wollen wir an Eurer Seite stehen.«

Der Oberste Heerführer kniff seine Augen zusammen, als er den Häuptling ansah: »Ja, ich streite tatsächlich gegen Gorgrael. Aber wenn Ihr an meiner Seite stehen wollt, müßt Ihr Euch mit Euren Männern meinem Befehl unterstellen.«

Ho'Demi wunderte sich kurz über den drohenden Tonfall in Bornhelds Stimme, ließ sich davon aber nicht abhalten. »Einverstanden«, erklärte er.

»Gut.« Der Herzog spähte in den Nebel hinter dem Häuptling, um festzustellen, wie viele Kämpfer er mitgebracht hatte. »Wie viele Männer könnt Ihr aufbieten?«

»Von den zwanzigtausend in meinem Lager vermögen elftausend, mit der Waffe umzugehen.«

»Dann habt Ihr wohl getan, Euch meiner Sache anzuschließen«, erklärte Bornheld. »Gemeinsam werden wir hier vor Jervois unsere Verteidigung ausbauen und jeden Feind zurückschlagen. Dieses Mal werde ich siegen!«

2
Der Krallenturm

Vier Wochen, nachdem Sternenströmer ihm das Zeichen der gekreuzten Axt von der Brust gerissen hatte, stand Axis an seiner Lieblingsstelle auf dem Krallenturm. Er hatte den Namen und Titel eines Axtherrn abgelegt und ließ sich jetzt den Wind durch das lange blonde Haar und den Bart wehen. Jeden Tag fand der Krieger Gelegenheit, hier oben einige Zeit allein zu verbringen. An diesem Ort mußte er sich nicht den Kopf über den Sternentanz, die Ikarier und sein neues Leben zerbrechen, sondern konnte sich ganz in der Betrachtung der wunderbaren Nordalpen verlieren.

Von dieser hohen Stelle auf einem Felsvorsprung bestaunte Axis einen blauweißen Gletscher, der sich tausend Meter vor ihm erhob und sich seinen Weg durch die weniger hohen Berge bahnte, um seine mächtigen Eisberge im Iskruel-Ozean zu gebären. Noch vor einem Monat hatte er draußen auf dem Meer nur winzige Eisberge ausmachen können, kaum mehr als ein paar Flecken am Horizont. Und heute vermochte der Krieger bereits zu erkennen, daß der riesige Eisbär auf der kleinsten Erhebung im Eis in irgendeinem Kampf mit einem anderen eines seiner Ohren verloren hatte.

Axis seufzte. Selbst alle Wunder seiner neuerworbenen Fähigkeiten konnten ihn nicht vergessen lassen, daß Faraday immer noch an der Seite eines seiner Halbbrüder ausharren mußte, während der andere, Gorgrael, bestimmt längst neue Truppen zusammenzog, um in Achar einzufallen. Und wenn der Krieger einmal nicht an Faraday oder seine verwünschten Stiefbrüder denken mußte, dann sorgte er sich um die Probleme, die sein neues Leben mit sich brachte.

Vater, Mutter, Schwester, Onkel und Großmutter. Alle zusammen eine ganz neue und aufregende Erfahrung, und jeder einzelne von ihnen sehr anstrengend. Am meisten beschäftigte ihn aber Sternenströmer. Seinen Vater hatte er bislang nur aus Hofklatsch und versteckten Andeutungen gekannt. Daß er für Axis nie wirklich faßbar gewesen war, hatte Gorgrael ja erst das Mittel in die Hand gegeben, ihn viele Jahre lang mit Alpträumen heimzusuchen. Denn der Zerstörer kam von Axis ebenso wenig los wie dieser von ihm.

Die Beziehung zwischen Vater und Sohn entwickelte sich alles andere als einfach. Sternenströmer war ein mächtiger Mann, der erhebliche Anforderungen an Axis stellte. Schon in der Frühe trieb er seinen Sohn an, bis der Krieger schließlich spät am Abend erschöpft auf sein Lager sank. Axis seinerseits sah sich in einer Zwickmühle: Nachdem er so lange allein gelebt hatte und sein eigener Herr gewesen war, störte ihn die Einmischung seines Vaters sehr – während er sich auf der anderen Seite nach dessen Aufmerksamkeit sehnte. So fiel es ihm nicht leicht, Ablehnung und Annäherung miteinander in Einklang zu bringen.

Der Krieger verzog den Mund, als er an den morgendlichen Unterricht dachte. Nachdem sie stundenlang im selben Zimmer gesessen hatten, waren sie in einen bitteren und heftigen Streit geraten. Morgenstern, die Mutter Sternenströmers und Axis' Großmutter, die häufig dem Unterricht beiwohnte, hatte den jungen Mann schließlich hinausgeschickt, um in Ruhe mit ihrem Sohn zu reden. Dabei wäre Axis doch viel lieber in dem Raum geblieben und hätte seinen Vater weitere Fragen über seine Herkunft und seine zauberischen Fähigkeiten gestellt.

»Ihr habt Euch wieder gestritten?«

So unerwartet aus seinen Gedanken gerissen, fuhr der Krieger herum. Aschure, die eine hellgraue Wolltunika und eine Hose dazu trug, trat ohne Furcht über den schmalen Felsvorsprung auf ihn zu. Ein paar Schritte vor ihm blieb sie stehen. »Darf ich mich zu Euch setzen? Oder störe ich?«

Axis lächelte. »Nein, nein, Ihr stört überhaupt nicht. Bitte, tretet doch näher.«

Sie ließ sich neben ihm nieder und zog die Beine an. »Eine wunderbare Aussicht.«

»Könnt Ihr den Eisbären dort hinten erkennen?« Er zeigte auf den Eisberg.

Aschure lachte. »Ich besitze leider nicht Eure Zaubersicht, Axis Sonnenflieger.«

Der Krieger spürte, wie er ruhiger wurde. Seit sie in den Krallenturm gekommen waren, hatte sich Aschure zu einer guten Freundin entwickelt. Sie war die einzige, der er sich anvertrauen konnte, da sie die Probleme um seine Herkunft zu verstehen schien.

»Ihr besitzt ein erstaunliches Geschick dafür, Euch in diesen Höhen zu bewegen, Aschure. Nur wenige Ebenenbewohner würden sich hier hinauswagen. Ganz zu schweigen davon, hier auch noch herumzulaufen, als handele es sich um die Ebenen von Skarabost.«

»Was habe ich denn hier schon zu befürchten, wenn doch ein Zauberer anwesend ist, um mich im Notfall zu retten?«

Axis lächelte und wechselte dann das Thema: »Woher wußtet Ihr, daß mein Vater und ich wieder Streit hatten?«

»Als er in die Wohnräume zurückkehrte, hat er Rivkah barsch angefahren. Sie gab ebenso barsch zurück, und da bin ich lieber geflohen. Sie zankten sich noch, als ich ging. Ich dachte mir, ich wende mich am besten an die Ursache für den Streit selbst und bitte um eine Erklärung.«

»Glaubt Ihr, ich wäre besser nicht wieder in ihr Leben getreten?« fragte der Krieger.

»Wenn die beiden sich nicht einig sind, seid Ihr bestimmt nicht die Ursache dafür, Axis«, entgegnete die junge Frau. »Tut mir leid, wenn Ihr das so aufgefaßt haben solltet. Es war von mir nur im Scherz gemeint.«

Der Krieger setzte sich neben sie, zog die Knie an, stützte die Ellenbogen darauf und dachte an seine Eltern. Während zwischen ihm und Sternenströmer Spannungen vorherrschten, war das Verhältnis zu seiner Mutter allein von Wärme bestimmt. Als die fünf Ikarier, die ihn vor den Alpen in Empfang genommen hatten, ihn in den Krallenturm führten, war Rivkah ihm als erste entgegengetreten. Ohne ein Wort zu sagen, hatte sie ihn gleich in die Arme geschlossen. Minutenlang standen die beiden so da, weinten leise und hielten sich so fest, wie sie nur konnten. Axis erinnerte sich an die Vision, wie seine Mutter darum gerungen hatte, ihn auf die Welt zu bringen, und dabei fast selbst zugrundegegangen wäre. So viele Jahre hatte der Krieger geglaubt, Rivkah hätte ihn sterbend verflucht. In der Zeit, in denen sie sich jetzt umarmten, heilten bei beiden viele Wunden.

Aber mit der Ehe zwischen seinen Eltern stand es nicht unbedingt zum besten. Daß die beiden sich sehr geliebt hatten, daran bestand für den Sohn kein Zweifel. Aber die Leidenschaft, die sie damals auf Sigholt füreinander verspürt hatten, hatte sich nicht so einfach auf den Krallenturm übertragen lassen. Vielleicht war Axis gerade rechtzeitig in ihr Leben getreten, um den traurigen Auflösungsprozeß ihrer Beziehung mitzuerleben.

»Es ist sicher nicht leicht, dem eigenen Mann ins Gesicht zu sehen und dabei festzustellen, daß er genauso jung aussieht wie der Sohn.«

Axis' Züge verdunkelten sich wieder. Das ikarische Blut erwies sich als viel stärker, und genau wie seine Schwester würde er so alt werden wie ein Vogelmensch. Gut fünfhundert Jahre, wenn seine Feinde ihn so lange am Leben ließen. Wie würde es sein, seinen Freunden dabei zuzusehen, wie sie alterten und schließlich starben, wenn er nach ikarischen Verhältnissen noch ein junger Mann wäre? Wie würde es sein, die eigenen Enkel zu beerdigen, noch bevor er selbst seine mittleren Jahre erreicht hätte?

»Ob es mir wohl gefällt, in vierhundert Jahren immer noch hier herauszukommen und den Eisbären bei der Robbenjagd zuzuschauen? Und mich verzweifelt an den Namen und das Gesicht der schönen jungen Frau zu erinnern versuche, die sich vor so lange Zeit zu mir gesetzt hat? Deren Gebeine dann in irgendeinem vergessenen Grab längst zu Staub zerfallen sind? Nein, Aschure, dieser Gedanke gefällt mir überhaupt nicht. Er kommt mir sehr ... hart vor.«

Die junge Frau nahm seine Hand. Axis erstarrte kurz und

zwang sich zu einem Lächeln. »Aber die Kräfte, in deren Gebrauch ich mich als angehender ikarischer Zauberer Tag für Tag übe, gewähren mir auch einige Vorteile. Darunter die, der Frau, die gerade neben mir sitzt, ein kleines Geschenk für ihre Freundschaft zu machen.«

Für einen Moment glaubte Aschure, im Wind eine ferne Melodie zu vernehmen. Dann lachte sie vor Vergnügen, als die samtweichen violetten Blüten der Mondwildblume auf sie herabregneten. Sie ließ Axis' Hand los und versuchte, so viele wie möglich von ihnen aufzufangen.

»Woher wußtet Ihr das?« fragte die junge Frau verwundert. Es hatte ihr den Atem geraubt. Seit über zwanzig Jahren hatte sie keine Mondwildblumen mehr gesehen. Als sie noch ein kleines Mädchen gewesen war, hatte ihre Mutter sie manchmal bei Vollmond mit hinaus genommen, um diese seltenen Pflanzen zu suchen.

Der Krieger pflückte eine Blüte aus der Luft und flocht sie in Aschures Haar. Er wirkte nicht ganz so begeistert wie seine Freundin, denn eigentlich hatte er beabsichtigt, Frühlingsrosen auf sie herabregnen zu lassen. »Ach, das war nur gut geraten. Ihr erinnert mich manchmal an die Mondwildblume. Verbergt Euch in der Dunkelheit und wollt weder gefunden noch berührt werden.«

Ihre gute Laune war mit einem Mal dahin, aber sie hielt eine der Blüten vorsichtig in ihren Händen und brachte rasch die Sprache auf ein anderes Thema. »Abendlied hat mich aufgefordert, heute nachmittag mit ihr an den Kampfübungen teilzunehmen. Sie meint, ich hätte die richtigen Anlagen dafür.«

Axis' ikarische Schwester war immer noch zutiefst von Aschures Kämpferqualitäten beeindruckt, die sie besonders bei der Schlacht am Erdbaum demonstriert hatte. Während die ikarische Luftarmada nur hilflos dagestanden und nicht gewußt hatte, was sie gegen die angreifenden Skrälinge unternehmen sollte, hatte die Menschenfrau sich mit einer Waffe gewehrt und dabei herausgefunden, wo die Schwachstelle der Kreaturen lag: Man mußte ihnen ins Auge stechen. Und als sie das erkannt hatte, hatte sie die Ikarier und Awaren dazu angefeuert, nun ihrerseits über die Geisterwesen herzufallen. Und damit nicht genug, hatte Aschure während der Schlacht auch noch Sternenströmer vor dem schon fast sicheren Ende bewahrt.

Kein Wunder, daß Abendlied die Ebenenläuferin für ihren Mut und ihren kühlen Kopf bewunderte. Schon seit Wochen bearbeiteten Axis' Schwester und ihr Staffelführer Dornfeder sie, doch endlich in die Luftarmada einzutreten und an der Ausbildung teilzunehmen.

Dem Krieger entging die zögernde Haltung seiner Freundin nicht, und er glaubte, die Gründe dafür zu kennen. Hatte nicht er selbst sie beschuldigt, vor ihrer Flucht nach Awarinheim mit Ramu und Schra ihren Vater getötet und seinen Offizier Belial niedergeschlagen zu haben? Hatten nicht auch die Awaren sie abgelehnt, weil sie einer solch gewaltbereiten Person nicht vertrauten, auch wenn sie etlichen von ihnen das Leben gerettet hatte?

»Aschure«, begann er sanft, »Ihr habt nur das getan, was Ihr tun mußtet. Nun habt Ihr das Recht, Euer Leben selbst zu bestimmen. Steht Euch denn der Sinn danach, heute nachmittag mit Abendlied zu den Waffenübungen zu gehen?«

Die junge Frau zögerte und nickte dann. »Ich habe die Luftsoldaten beim Bogenschießen gesehen. Sie wirken dabei so prachtvoll und gewandt. So etwas würde ich auch gerne können. Dornfeder hat versprochen, mir alles zu zeigen und mir«, sie verzog den Mund, »den Umgang mit Pfeil und Bogen beizubringen ...« Wieder zögerte sie und schien sich danach zum Weiterreden zwingen zu müssen. »Ich bin es so leid, mich hilflos zu fühlen und kein Ziel im Leben zu haben. Mir kommt es so vor, als hätte ich mein bisheriges Dasein in einem tiefen dunklen Brunnen verbracht. In Smyrdon war ich doch wirklich lebendig begraben. Und jetzt habe ich das Gefühl, als kämpfte ich mich langsam an die Oberfläche. Aber es ist noch so weit bis dahin. Jeder Tag, den ich nicht in meinem Heimatdorf verbringen muß, jede neue Erfahrung bringt mich ein Stück weiter und weckt mich mehr aus meiner geistigen Erstarrung. Ihr habt recht, ich muß für mich einen neuen Weg finden.«

Aschure lachte plötzlich, und ihre gute Laune kehrte zurück. »Wie froh ich bin, nicht auch solch ein ikarischer Zauberer wie Ihr zu sein, den man zu heldenhaften Taten auserkoren hat. Das wäre eine zu große Last für mich.«

Axis aber wandte sich mit undurchdringlicher Miene von ihr ab. »Ich bin doch kein Held.«

Die junge Frau senkte den Blick auf die Blüte, die sie immer noch in den Händen hielt. Wenn ihr Freund sich seiner selbst ebenfalls unsicher war, konnte sie ihm deswegen keine Vorwürfe machen. Kein Tag verging, an dem der ehemalige Axtherr nicht die Männer beweinte, die um seinetwillen gestorben waren. Und die Vorstellung erfüllte ihn mit der größten Furcht, daß noch weitere seinetwegen in den Tod gehen müßten. Und es quälte ihn sehr, daß seine Schwester ihm die Schuld am Tod seines Vetters Freierfall gab.

»Grämt Euch nicht wegen Abendlieds Vorwürfen. Sie hat sich noch nicht mit dem Tod von Freierfall abfinden können. Und ihr Kummer sucht sich einen Sündenbock.«

Der Krieger wußte sehr gut, daß Abendlied ihn aus viel mehr Gründen ablehnte, als nur dem, den Tod seines Vetters nicht verhindert zu haben. Ihr fiel es noch schwer, sich daran zu gewöhnen, jetzt einen älteren Bruder zu haben. Und dazu noch einen, der die Anlagen des Vaters voll und ganz geerbt hatte. Früher hatte die ganze Aufmerksamkeit Sternenströmers seiner Tochter gegolten, und jetzt war sie eifersüchtig, weil ihr Vater jede freie Stunde mit seinem Sohn verbrachte. Abendlied konnte kaum verstehen, warum Sternenströmer jetzt Axis soviel Zeit widmete.

Welch glückliche Fügung, dachte Axis, daß Aschure zugegen war und Abendlied eine Gefährtin sein wollte. Schließlich genoß er ja selbst ihre Freundschaft und ihr Verständnis, mit dem sie ihm half, Ordnung in sein neues Leben zu bringen und sich an seine Zauberkräfte zu gewöhnen. Rivkah gab sich natürlich auch Mühe, beruhigend auf Abendlied einzuwirken. Aber wenn Aschure nicht gewesen wäre, hätte sich Sternenströmers Familie sicher aufgelöst oder sich gegenseitig bekämpft.

»Die Sonnenflieger sind schon ein Völkchen, mit dem sich schwer leben läßt«, meinte er schwermütig und stützte das Kinn auf eine Hand.

»Das kann man von allen Ikariern sagen«, bemerkte Aschure und blickte in die Ferne. »Wenn es um Leidenschaften geht, sind sie unübertroffen, aber von Freundschaft verstehen sie leider nur wenig.«

Axis betrachtete sie nachdenklich. Diese junge Frau aus Smyrdon war klüger als so viele andere, die bereits ein Leben voller Studien oder im diplomatischen Dienst hinter sich hatten. Woher hatte Aschure diese Menschenkenntnis? Gewiß nicht von ihrem Vater. Hagen war so sensibel wie ein Sack Gerste gewesen. Vielleicht von ihrer Mutter? Aber nach allem, was Axis über die Frauen von Nor wußte, kümmerten sie sich vornehmlich um fleischliche Freuden und sonst um sehr wenig. Und die beklagenswert unwissenden Dorfbewohner hatten sicher auch kaum etwas zu der inneren Tiefe der Erkenntnisse beigetragen, die diese junge Frau immer wieder offenbarte.

Aschure rutschte unter seinem Blick nervös hin und her. Diese hellblauen Augen schienen bis tief in ihre Seele schauen zu können. Um sich davon zu befreien, sprach sie das erste aus, das ihr gerade in den Sinn kam.

»Denkt Ihr viel an Faraday? Sorgt Ihr Euch darum, ob es ihr gut geht?« Sofort bereute die junge Frau, nicht an sich gehalten zu haben.

Denn der Krieger erstarrte, und Aschure bemerkte, wie er sich von ihr zurückzog. Axis sprach nur selten von Faraday, aber dennoch wußte Aschure, daß sie ständig seine Gedanken beherrschte.

Die junge Frau suchte nach einer Möglichkeit, die Kluft zwischen ihnen zu überbrücken. »Wißt Ihr, ich habe sie gesehen. Bei der Jultidenfeier. Faraday vereint außerordentliche Schönheit mit bewundernswertem Mitgefühl und großer Selbstlosigkeit. Da wundert es einen wenig, wenn Ihr sie so sehr liebt.«

»Ihr habt sie gesehen? Wie und bei welcher Gelegenheit?«

»Hat Sternenströmer Euch nicht berichtet, daß er mit ihrer

Hilfe während des Angriffs der Skrälinge den Erdbaum aus seinem Schlaf weckte?«

Der Krieger nickte noch ganz in Gedanken, und Aschure fuhr rasch fort: »Ich weiß nicht, welchen Zauber Euer Vater einsetzte, aber Faraday erschien wie in einer Vision über dem Heiligtum. Niemand außer mir hat sie gesehen. Sternenströmer und Ramu konzentrierten sich so sehr auf den Baum, daß sie nicht einmal den Kopf hoben. Ich weiß nicht, ob sie mich bemerkt hat. Faraday lächelte jedenfalls zu uns herab.« Aschure zuckte die Achseln. »Wenigstens bilde ich mir ein, daß sie dabei auch mich angelächelt hat.«

Axis machte wieder einen etwas gelösteren Eindruck. »Ihr würdet Faraday gefallen, genauso wie sie Euch. Wie jammerschade, daß Ihr beide im Gespinst der Prophezeiung gefangen seid.«

»Wenn ich mit Bornheld verheiratet wäre, hätte er die Hochzeitsnacht nicht überlebt«, erklärte Aschure grimmig. In den vergangenen Wochen hatte sie einiges über die Lebensumstände Faradays erfahren. »Warum ist sie nicht mit Euch zum Krallenturm geflohen?«

»Weil sie den Eid ehrt, den sie bei ihrer Vermählung mit meinem Stiefbruder abgelegt hat. Selbst ihre Liebe zu mir kann sie nicht dazu bewegen, diesen Schwur zu brechen.« Er klang bitter. »Ob ich mir über sie Gedanken mache und mich frage, wie es ihr wohl ergangen sein mag? Bei jedem Atemzug, den ich tue, Aschure, denn ich lebe nur für sie.«

»Axis!«

Beide fuhren herum, als sie die Stimme hörten. Sternenströmer stand in dem Türbogen, der vom Felsvorsprung zurück ins Innere des Berges führte. Er hatte die weißen Flügel ein wenig ausgestreckt, um hier draußen sicheren Halt zu finden.

Axis erhob sich sofort. Wieder empfand er das Erscheinen seines Vaters als Störung.

Sternenströmer hielt seinem Blick stand und sah dann zu Aschure. Er lächelte sie warm an, während er ihre Schönheit in sich aufnahm. »Ihr solltet unsere liebe Freundin nicht hier hinaus führen, Axis. Sie besitzt nicht Euren Gleichgewichtssinn.«

Der Zauberer trat vor und half Aschure hoch. Dann führte er sie an der Hand zurück in die Sicherheit des Bergs.

Als die beiden durch den Torbogen geschritten und in einem breiten Gang angelangt waren, riß sich Aschure sofort von seiner Hand los. »Ich bin Axis einfach nach draußen gefolgt, Sternenströmer, er kann nichts dafür. Und weder die Höhe des Klippenvorsprungs noch der schmale Sims machen mir etwas aus. Ganz gewiß nicht.«

Der Zauberer betrachtete sie und wünschte insgeheim, sie würde das awarische Langhemd und die Hose gegen die losen Gewänder der ikarischen Frauen tauschen. In ihren schillernden Farben würde sie einfach großartig aussehen. Außerdem konnte Aschure es in ihrer Grazie durchaus mit der Eleganz der Ikarierinnen aufnehmen.

Axis trat hinter ihnen in den Gang, und Sternenströmer drehte sich zu ihm um. Die Spannung zwischen ihnen seit dem morgendlichen Streit hatte sich noch nicht gelegt. Die Unterrichtsstunde am Nachmittag würde nicht einfach werden. Gut möglich, daß diese Sitzung auch mit bösen Worten endete. Sein Sohn wollte ja lernen, aber es paßte ihm nicht, wieder Schüler zu sein.

Aber Axis begriff schnell und machte rasche Fortschritte. Und darin lag auch ihr Problem, denn er wollte schneller lernen, als sein Vater ihn zu lehren bereit war. Auf der einen Seite erfüllte Sternenströmer großer Stolz darauf, von der Prophezeiung dazu auserkoren zu sein, den Sternenmann gezeugt zu haben. Doch auf der anderen Seite verdroß ihn die ungeheure Macht seines Sohnes sehr. Genau so, wie Abendlied es schlecht ertragen konnte, nicht mehr das einzige und über alles geliebte Kind zu sein, kam der Zauberer nur schwer damit zurecht, daß die Fähigkeiten seines Sohnes bald seine eigenen übersteigen würden. Sternenströmer hatte sich doch so lange in dem Gefühl gesonnt, als mächtigster aller lebenden ikarischen Zauberer zu gelten.

Der Vater wandte sich wie zufällig an Aschure: »Wollt Ihr uns die Freude machen und an unserer Sitzung heute nachmittag teilnehmen?« Wenn die junge Frau anwesend war, rissen sich Lehrer und Schüler in der Regel zusammen. Weder Morgenstern – die oft ihren Beitrag zu Axis' Ausbildung leistete – noch Axis selbst hatten etwas dagegen einzuwenden, wenn Aschure hin und wieder am Unterricht teilnahm.

»Vielen Dank für die Einladung, Sternenströmer, aber ich muß leider ablehnen. Schließlich habe ich bereits Abendlied versprochen, heute nachmittag etwas mit ihr zu unternehmen. Und jetzt entschuldigt mich bitte.«

Sie nickte den beiden Männern zu, lief den Gang hinunter und verschwand rasch hinter der ersten Biegung.

»Was würde diese Frau für Zauberer gebären«, murmelte Sternenströmer so leise, daß Axis glaubte, nicht richtig verstanden zu haben. »Wenn ich mir auf eine Fähigkeit etwas einbilden darf, dann auf die, gute Anlagen zu erkennen.«

Damit wandte er sich an seinen Sohn. »Im Verlauf der letzten tausend Jahre ist das Blut der Ikarier dünner geworden. Vor den Axtkriegen, die unsere Völker voneinander getrennt haben, haben viele Ikarier beschlossen, sich von Menschenfrauen Söhne schenken zu lassen. Das menschliche Blut verleiht den Ikariern zusätzliche Vitalität. Dafür seid Ihr schließlich der beste Beweis.«

Der Krieger spürte Zorn in sich. Beabsichtigte sein Vater etwa, eine weitere Ebenenläuferin zu verführen?

»Ich liebe Rivkah über alles«, versicherte der Zauberer ihm, »und habe ihr das auch deutlich bewiesen, indem ich sie heiratete. Auch wenn ich glauben mußte, sie habe unseren gemeinsamen Sohn verloren. In früheren Zeiten haben die Ikarier einfach den Säugling genommen, der aus ihrer Verbindung mit einer Menschenfrau entstanden war, und dann keinen Gedanken mehr an die Schöne verschwendet, mit der sie sich einmal vergnügt hatten.«

Axis zeigte sich entsetzt über soviel Roheit und konnte zum ersten Mal den Haß und den Abscheu verstehen, der die Menschen schließlich dazu bewegt hatte, die Ikarier aus Achar zu vertreiben.

Die Vogelmenschen hatten noch eine Menge über das Miteinander mit anderen Völkern zu lernen.

3
Der Wolfen

Aschure schritt durch das verwirrende Labyrinth der Gänge und Schächte im Krallenturm und konnte nur hoffen, sich Abendlieds Wegbeschreibung gut genug eingeprägt zu haben. Über tausend Jahre lang hatten die Ikarier Tunnel gegraben und den Berg weiter ausgehöhlt, um hier unzählige Kammern, Verbindungsgänge und Schächte zu schaffen. Die Vogelmenschen hatten nicht nur horizontale Wege, sondern auch vertikale Wege geschaffen. Als reine Fußgängerin mußte sie sich hier ständig vor tiefen Schächten in acht nehmen.

Die junge Frau blieb vor einem der Hauptverbindungsschächte stehen, der auf einer Seite bis hinauf zum Gipfel und auf der anderen in schwindelerregende Tiefen hinabführte. Sie hielt sich am hüfthohen Geländer fest und spähte nach unten. Zwei Ikarier trieben langsam und nebeneinander hinab und befanden sich bereits mehrere Stockwerke unter ihr. Beide trugen wunderbare smaragdgrüne und blaue Flügel, und das weiche Zauberlicht im Schacht schimmerte auf ihren edelsteinglitzernden Federn. Bei so viel Schönheit kamen Aschure die Tränen, und sie blinzelte mehrmals, um sie nicht herausströmen zu lassen. In ihrem zurückliegenden Leben in Smyrdon hatte sie nichts darauf vorbereitet, einmal soviel Pracht und Leidenschaft wie hier im Berg der Vogelmenschen mitzuerleben.

Schon bei ihrer Ankunft vor nunmehr sechs Wochen hatte die junge Ebenenbewohnerin über die Höhe und Breite der Gänge gestaunt. Die unglaubliche Weitläufigkeit der Anlage erkannte sie aber erst, als sie beobachten konnte, wie einige Ikarier den Flur sogar noch über ihr durchflogen. Zu Aschures Glück wiesen die geraden Gänge Stufen auf. Ikarische Kinder entwickelten erst im Alter von vier oder fünf Jahren Flügel, und erst mit acht oder neun beherrschten sie das Fliegen. Und wenn sich ein Vogelmensch am Flügel verletzt hatte, blieb ihm auch nicht viel anderes übrig, als die Gänge zu Fuß zu betreten oder sich auf Treppen nach oben oder nach unten zu bemühen. Morgenstern, Sternenströmers Mutter, gehörte zu diesen Bedauernswerten. Sie hatte schon nicht am Jultidenritus teilnehmen können, weil sie sich am linken Flügel eine Sehne gezerrt hatte und sie murrte immer noch darüber, wie unwürdig es sei, sich über Stufen bewegen zu müssen.

Aschure verließ den Schacht und trat in den Gang, in dem sich die große Bibliothek des Krallenturms befand. Der Aware Ramu pflegte hier seine gesamte freie Zeit zu verbringen und lehrte die noch flügellosen Jüngsten alles über die Lebensart der Waldläufer und der Beschaffenheit ihrer Welt. Die junge Frau mußte an Rivkah denken. So viele Jahre kannten sie sich schon – auch wenn Axis' Mutter sich bis vor kurzem noch Goldfeder genannt hatte –, aber Aschure hatte die mütterliche Freundin noch nie so im Reinen und Frieden mit sich selbst erlebt wie nun, da sie mit Axis zusammensein konnte. Die ehelichen Sorgen mit Sternenströmer mochten unverändert sein, aber das Wiedersehen mit ihrem Sohn, den sie so lange für tot gehalten hatte, hatte eine tiefe Wunde in ihrem Herzen geschlossen. Rivkah verbrachte jeden Tag einige Stunden mit Aschure, um sie in die Sitten und Gebräuche der Vogelmenschen einzuweihen. Und wenn die junge Frau nicht glauben konnte, wie locker hier mit Moral umgegangen wurde, neckte Rivkah sie unbarmherzig.

»Ihr seid hier bereits heiß begehrt, junge Ebenenläuferin«, hatte sie noch heute morgen gesagt. »Mit Eurem rabenschwarzen Haar und Euren geheimnisvollen rauchdunklen Augen habt Ihr so manchem Vogelmann schon den Kopf verdreht. Glaubt Ihr, Ihr könnt bis zum Beltidenfest durchhalten, ohne in den Flügeln eines Verehrers zu landen?«

Aschure war rot geworden und hatte rasch den Kopf zur Seite gedreht. Und voll Unbehagen daran gedacht, wie Sternenströmer sie seit einiger Zeit ansah. Das Letzte, was sie wollte, war, zwischen Rivkah und ihrem Mann zu stehen. Axis' Mutter hatte sich doch solche Mühe gegeben, ihr die Mutter zu ersetzen, die sie in so jungen Jahren verloren hatte. Aschure konnte sich nicht daran erinnern, früher nicht mehrmals nachts mit tränenfeuchten Wangen aufgewacht zu sein. Erst hier im Krallenturm hatte sie gelernt, tief und fest zu schlafen. Auch die bösen Träume, die sie zwanzig Jahre lang geplagt hatten, waren in der Heimstatt der Ikarier verschwunden.

Mit einem Mal wurde die junge Frau sich bewußt, daß sie sich während der letzten fünf oder sechs Wochen eigentlich immerfort wohlgefühlt hatte. Nie zuvor war sie so wie hier von allen angenommen worden. Und mehr noch, die Ikarier schienen sie nicht nur zu akzeptieren, sondern sogar zu mögen.

Aschure nickte einem Vogelmenschen zu, der über ihr hinwegflog, und ihre Gedanken kehrten zu Abendlied zurück. Bislang hatte die junge Frau sich allem Drängen widersetzt, sich der Luftarmada anzuschließen und sich im Waffengebrauch zu üben. Zu tief saß in ihr die Furcht, dem Hang zur Gewalttätigkeit nachzugeben, den die Awaren ihr unterstellten. Aschure zitterte bei der Erinnerung daran, wie sie einen Pfeil ergriffen, ihn ihrem ersten Skräling ins Auge gebohrt und ihn getötet hatte. Damals konnte sie an nichts anderes mehr denken, als diesen Angreifer umzubringen. Vielleicht taten die Waldläufer ja gut daran, ihr mit einigem Vorbehalt zu begegnen.

Aber nun hatte sie zugesagt. Axis hatte vollkommen recht: Sie mußte ihren eigenen Weg finden. Und wenn er nicht frei von Gewalt war, mußte sie sich wohl damit abfinden, das annehmen, was in ihr steckte und sich damit Achtung verschaffen und keine Vorwürfe einhandeln.

Sie bog nach links ab und lief leichtfüßig die Stufen hinunter. Ihre beschwingte Art bewegte einen Vogelmann, der über ihr flog, dazu, ihr so lange nachzuschauen, bis sie den Schacht weiter unten verließ und in einem der Gänge verschwand.

Abendlied hatte sich einen Lederriemen um die Stirn gebunden, um sich den Schweiß aus den Augen zu halten. Am Tag nach Jultide war die junge Vogelfrau fünfundzwanzig geworden und gleich der Luftarmada beigetreten, um ihren fünfjährigen Wehrdienst abzuleisten.

Axis' Schwester stöhnte gerade, als sie von ihrem Gegenüber einen Hieb einstecken mußte. Schwitzen gefiel ihr ganz und gar nicht, und sie sehnte sich nach einem entspannenden Bad in der Kammer des Dampfenden Wassers. Früher hatte sie sich darauf gefreut, Luftkämpferin zu werden, aber eigentlich nur aus dem Grund, diese Jahre Seite an Seite mit ihrem Vetter Freierfall verbringen zu können. Die beiden waren nur zwei Monate auseinander gewesen und zusammen aufgewachsen. Sie hatten sich sehr gut verstanden, alles gemeinsam getan und sich oft überlegt, wie es wohl sein würde, wenn Freierfall seinem Vater nachfolgen und neuer Krallenfürst werden würde. Bei den Ikariern galt es nicht als ungehörig, mit Verwandten intime Beziehungen zu pflegen und untereinander zu heiraten. Folglich waren sich Freierfall und Abendlied bereits mit dreizehn Jahren sehr nahe gekommen.

Den beiden jungen Leuten wäre im Traum nicht eingefallen, daß Freierfall auf solch entsetzliche Weise sein viel zu frühes Ende finden könnte. Abendlied beweinte ihren Geliebten und Freund Tag für Tag – und sie grämte sich auch über die Aussicht, den Rest ihres Lebens allein verbringen zu müssen.

Ihr Gegner bei der Waffenübung, Staffelführer Dornfeder, schob jetzt seinen Wehrstab unter ihre Deckung und verpaßte ihr einen harten Schlag auf die Rippen. Sie ließ ihre Waffe fallen, sank auf die Knie und hielt sich mit schmerzverzerrtem Gesicht die Seite.

»Paßt beim nächsten Mal besser auf«, fuhr er sie verärgert an. »In einer Schlacht, ja selbst bei einer Wirtshausschlägerei wärt Ihr jetzt schon tot! Wir können es uns nicht erlauben, noch ein Mitglied des Hauses Sonnenflieger zu verlieren.«

Abendlied starrte ihn mit funkelnden Augen an, während sie sich die Rippen hielt. »So wie Ihr Freierfall verloren habt?« Dornfeder war mit ihrem Vetter und Suchauge losgeflogen, um Axis auf dem Turm der Feste Gorken zu treffen. Doch ihr Einsatz endete in einer Tragödie, als Bornheld hinzugekommen war und Freierfall mit dem Schwert durchbohrt hatte.

Der erzürnte Staffelführer packte sie an ihren kurzen Locken und zog sie hoch, bis sie wieder auf den Beinen stand. Abendlied bäumte sich vor Schmerz auf und versuchte, sich zu befreien. Aber Dornfeder hielt sie mit eisernem Griff fest.

»Freierfall besaß den Mut, Abendlied, sich dem Leben zu stellen, auch wenn ihn das in den Tod führte. Denkt nur daran, wie wenig es ihn erfreuen würde, wenn er mitansehen müßte, wie Ihr nach seinem Einsatz alle Freude am Leben verloren habt.«

Die zehn anderen Mitglieder der Staffel stellten ihre Übungen ein und beobachteten die beiden mit betroffener Miene. Seit der Katastrophe am Erdbaum hatte der Drill deutlich an Ernst zugenommen. Wo einst Spaß und Freude die Waffenübungen begleitet hatten, beherrschte nun die Erwartung eines früher oder später anstehenden Kampfes mit Gorgraels Scharen die Gedanken aller.

Dornfeder ließ die junge Ikarierin los, trat einen Schritt zurück und sah seine Truppe streng an. Er galt als erfahrener Staffelführer, aber in diesen schwierigen Zeiten machte ihm seine große Verantwortung schwer zu schaffen. Und gleich, was Abendlied denken mochte, Tag für Tag machte Dornfeder sich bittere Vorwürfe, damals nicht wachsam genug gewesen zu sein und Freierfall womöglich gerettet zu haben. Die junge Ikarierin schien seit dem Tod ihres Freundes und Vertrauten nicht mehr so recht bei der Sache zu sein. Dornfeder wußte, daß im Kampf schon die Unachtsamkeit eines einzigen seiner Soldaten die ganze Staffel ins Unglück stürzen konnte.

Als wären Abendlieds Vorwürfe nicht schon genug Belastung für sein Kommando, mußte er auch noch feststellen, daß alle in der Luftarmada übernervös waren und oft mit den Gedanken ganz woanders zu sein schienen. Das lag sicher nicht allein an der Katastrophe während der Jultidenfeiern am Erdbaum oder an der Aussicht, über kurz oder lang gegen Gorgrael in die Schlacht ziehen zu müssen. Vom dienstältesten Offizier, Geschwaderführer Weitsicht, bis zum unerfahrensten Rekruten war sich jeder in der Truppe nur zu sehr des Umstands bewußt, daß sich der Sternenmann im Krallenturm aufhielt. Die große Ratsversammlung der Vogelmenschen hatte dem Wunsch Sternenströmers zugestimmt, seinem Sohn in der Feste Gorken beizustehen. Dies sicher aus der Erkenntnis heraus, daß die Ikarier nach tausendjährigem Frieden nun einen erprobten General, der über Kriegserfahrung verfügte, gut gebrauchen konnten.

Doch nun, da Axis, der Sternenmann und ehemalige Axtherr – also der Anführer der Truppe, die in großem Maße für das tausendjährige Exil der Vogelmenschen verantwortlich war –, unter ihnen weilte, hatte er noch keine besondere Neugier an der Luftarmada gezeigt. Mochte sich Dornfeder, oder jeder andere in den ikarischen Streitkräften, auch noch so sehr einreden, daß der junge Mann viel zu sehr damit beschäftigt war, von seinem Vater die Zauberkünste zu erlernen, traf seine Mißachtung den Luftkämpfer doch tief. Wann würde Axis sich endlich einmal in den Übungshallen zeigen? Wann würde er geruhen, die Parade der Luftarmada abzunehmen? Und was würde der Sternenmann sagen, wenn er die Luftkämpfer bei der Ausbildung sah? Würde er sie loben oder mit beißendem Spott überfallen? Und was würde er in Wahrheit von ihnen halten?

Der Staffelführer wollte die heutigen Übungsstunden schon beenden, als ihm aus dem Augenwinkel eine Gestalt auffiel. Aschure stand oben auf der Galerie und beobachtete die Soldaten mit düsterer Miene.

»Aschure!« rief Abendlied, und Dornfeder hoffte, daß sie sich nun darüber schämte, von der Freundin bei ihrer miserablen Leistung gesehen worden zu sein.

»Ich möchte nicht stören«, erklärte die Ebenenläuferin höflich. »und hoffe, Eure Konzentration nicht beeinträchtigt zu haben. Wenn doch, so will ich mich dafür entschuldigen.« Die junge Frau hatte seit ihrer Ankunft rasch gelernt, wie sehr die Ikarier Höflichkeit und richtige Etikette zu schätzen wußten. Zwei Vogelmenschen konnten noch so sehr in Streit geraten, keinem von ihnen würde es einfallen, auch nur die Stimme zu heben oder ein unverschämtes Wort zu verlieren. Die Szene, die Aschure eben mitverfolgt hatte, gehörte zu den Ausnahmefällen und bewies nur, welche innere Spannung in der Luftarmada herrschte.

»Ich habe mich entschlossen, Dornfeder, Euer Angebot wahrzunehmen und mich im Gebrauch von Pfeil und Bogen unterweisen zu lassen.«

Der Staffelführer breitete die Schwingen aus, um anzuzeigen, wie sehr er sich darüber freute. »Seid uns willkommen. Und ich bedaure, daß meine Truppe sich heute nachmittag nicht in Bestform zeigt.«

Abendlied errötete.

Dornfeder beachtete sie nicht. »Sowohl meine ganze Staffel als auch ich würden uns geehrt fühlen, Euch in unseren Reihen zu wissen, Aschure. Uns allen hat Euer unglaublicher Mut am Erdbaum imponiert, und die Familie Sonnenflieger ist Euch mehr als alle anderen zu Dank verpflichtet.« Noch eine Spitze gegen Abendlied. Dornfeder schien wirklich wegen ihrer mangelnden Leistungsbereitschaft verärgert zu sein.

Die junge Ebenenbewohnerin stieg die Leiter hinunter, zog die Stiefel aus und trat dann durch die große Übungshalle zur Staffel. Weiche Matten bedeckten den ganzen Boden, und von der hohen Decke hingen buntbemalte Kugeln, die beim Bogenschießen als Zielscheibe dienten. Entlang den Wänden standen Schränke, in denen Waffen und anderes Gerät aufbewahrt wurden.

»Ich bin wohl nicht so richtig für einen Kampf angezogen, Dornfeder. Bitte verwechselt mich nicht mit einer Zielscheibe«, spottete Aschure und zeigte auf ihre awarische Kleidung. Alle Ikarier im Raum, sowohl Männer wie Frauen, trugen nur einen Lendenschurz und einen leichten Lederpanzer, der allerdings nicht vor festeren Hieben schützte. Alle Luftkämpfer schwitzten nach dem harten Drill, und der jungen Frau fiel auf, daß etliche von ihnen an den ungeschützten Armen und Beinen blaue Flecke und Hautabschürfungen davongetragen hatten. Und überall lagen Federn herum.

»Man würde mich in hohem Bogen aus dem Krallenturm werfen, wenn ich es wagen würde, einen Pfeil auf einen Gast zu schießen, dazu auch noch auf einen so hochgeschätzten«, entgegnete der Staffelführer und wandte sich dann an einen seiner Untergebenen: »Treuflug, würdet Ihr bitte den Wolfenbogen aus dem Schrank holen? Und dazu einen Köcher voller Pfeile?« Er sah erhobenen Hauptes geradeaus und beachtete nicht, wie seine Soldaten wie ein Mann den Atem anhielten.

Aschure verfolgte neugierig, wie Treuflug mit einem wunderschönen Bogen und etlichen Pfeilen zurückkehrte und sie dem Staffelführer überreichte. Der warf sich gleich den Köcher über die Schulter.

»Als Vogelmenschen verspüren wir natürlich eine starke Wesensverwandtschaft zu allen fliegenden Waffen«, erklärte Dornfeder, während er einen Pfeil auf die Sehne legte. »Seht her.«

Mit einer einzigen Bewegung und so rasch, daß Aschure ihm kaum mit den Augen folgen konnte, hob der Staffelführer den Bogen, zielte und schoß. Der Pfeil sauste nach oben und blieb in einem kleinen dunkelroten Ball stecken, der sechzehn Meter über ihren Köpfen hing.

»Die Geschichten über Eure Fähigkeiten als Schütze sind noch untertrieben, Dornfeder«, sagte Aschure. »Darf ich es einmal versuchen?« Der Bogen wirkte ebenso elegant wie ausbalanciert, und die junge Frau konnte seiner Anziehungskraft nicht widerstehen.

Der Staffelführer betrachtete sie. Der Mann, der diesen besonderen Bogen geschaffen hatte, war seit über tausend Jahren tot, und es hieß, nur er habe ihn richtig gebrauchen können. Die Ikarier besaßen als Flugwesen sehr starke Brust- und Rückenmuskeln. Dornfeder bezweifelte daher, daß Aschure trotz ihrer Größe und ihrer guten körperlichen Verfassung überhaupt die Sehne eines normalen ikarischen Bogens spannen konnte, ganz zu schweigen von diesem.

Aber was konnte ihr diese Erfahrung schon schaden? Er zog einen weiteren Pfeil aus dem Köcher und reichte ihn Aschure zusammen mit dem Bogen. Der Langbogen, der aus verblüffend leichtem elfenbeinfarbenen Holz angefertigt war, wies vergoldetes Schnitzwerk und blaue und violette Bänder auf. Eine ebenso schöne wie tödliche Waffe.

»Hier«, begann der Staffelführer und zeigte ihr, wie sie die Hände anzusetzen und dann den Pfeil aufzulegen hatte. Er zog die Sehne mit dem Pfeil an. »Laßt mich Euch helfen –«

»Nein«, entgegnete Aschure und entfernte sich ein Stück von ihm. »Laßt es mich erst allein versuchen. Sagt mir nur, worauf ich zielen soll.«

Dornfeder lächelte nachsichtig. »Zielt hoch, auf irgendeine der Kugeln an der Decke. Wenn Ihr eine davon trefft, schenke ich Euch den Wolfen als Zeichen ikarischer Bewunderung und fertige dazu mit meinen eigenen Händen einen passenden Köcher an.«

Aschure betrachtete die Zielscheiben unter der Decke, hob den Bogen und spannte die Sehne.

Dornfeder beobachtete sie dabei, als sie entdecken mußte, welch außerordentliche Körperkraft der Wolfen erforderte. Aschure bog die Schultern zurück, ihre Arme verkrampften sich, und ihre Hände zitterten so sehr, daß der Staffelführer schon glaubte, sie würde den Bogen wieder absetzen oder den Pfeil in einer der Matten landen lassen. Er wollte ihr zu Hilfe kommen, aber sie wies ihn mit dem Ellenbogen zurück. »Nein, ich möchte es allein versuchen«, flüsterte sie, und Dornfeder zog sich mit einem Stirnrunzeln zurück. Wenn die junge Frau nun blindlings den Pfeil von der Sehne schnellen ließ und womöglich einen aus seiner Truppe verletzte? Die leichten Lederpanzer boten keinerlei Schutz gegen einen ikarischen Pfeil.

Aber Aschure beherrschte ihren Körper und den Bogen, auch wenn man ihr die große Anstrengung deutlich ansehen konnte. Allmählich verschwand das Zittern aus ihren Fingern, und sie richtete sich gerade auf. Die junge Frau atmete tief ein, spannte die Sehne bis zum Anschlag, hob den Bogen an ihr Gesicht und fixierte am Pfeilschaft entlang das Ziel.

Der Staffelführer riß erstaunt die Augen auf. Woher nahm diese Frau die Stärke, diesen Wolfen zu beherrschen? Sie war doch nicht einmal Ikarierin!

Aschure war jetzt so angespannt wie der Bogen und schoß den Pfeil ab, so wie sie es vorhin bei Dornfeder gesehen hatte.

Alle Vogelmenschen verfolgten gebannt den Flug des Pfeils.

Er flog gerade und hoch und landete in einem goldenen Ball von der Größe eines Menschenkopfes. Doch Aschure hatte schon all ihre Kräfte darauf verwendet, die Sehne anzuspannen, zu zielen und den Pfeil abzuschießen, da konnte sie ihm nicht mehr die Wucht verleihen, daß er so fest wie der von Dornfeder eindrang. Der Pfeil hing für einen Moment an der Kugel, löste sich dann jedoch und landete wieder auf dem Boden.

»Ich habe getroffen!« rief die junge Frau, senkte den Bogen und wandte sich an den Staffelführer, der mit völlig fassungsloser Miene dastand. »Ich habe getroffen, und der Pfeil ist wenigstens für einen Moment hängengeblieben!« lachte Aschure. »Darf ich den Wolfen jetzt behalten?«

Sie drehte sich zu den aufgeregten Gesichtern der Soldaten um und sah dann wieder Dornfeder an: »Nun?«

Der Staffelführer konnte erst jetzt die Menschenfrau ansehen. Wenn er es nicht mit eigenen Augen gesehen hätte, hätte er niemals geglaubt, daß Aschure zu so etwas fähig sein sollte. Nicht nur verblüffte ihn der Umstand, daß sie den Bogen zu spannen vermocht hatte, nein, sie hatte auch noch das von ihr anvisierte Ziel getroffen! Ein ikarischer Rekrut brauchte in der Regel mehrere Wochen ausdauernden Übens, ehe er seinen Pfeil auch nur in die Nähe des Ziels lenken konnte. Und den Vogelmenschen lag das Bogenschießen doch im Blut. Hatte Aschure nur einen Glückstreffer gelandet?

Dornfeder warf einen Blick auf den prachtvollen Wolfen, den Aschure jetzt besitzergreifend an sich preßte. Diese Waffe war eine der wertvollsten und ehrwürdigsten im Arsenal der Luftarmada. Wie konnte er ihn ihr leichtfertig versprechen?

Aschure verging das Lachen, als sie beobachtete, welche Gefühle sich auf der Miene des Staffelführers widerspiegelten – übrigens die gleichen Gefühle, die sich auch auf den Gesichtern der anderen elf Ikarier zeigten. Die junge Ebenenbewohnerin bekam das Gefühl, der Pfeil, den sie ins Ziel geschossen habe, läge ihr jetzt schwer im Magen.

Kurz entschlossen trat sie zu Dornfeder und zog noch einen Pfeil aus seinem Köcher. Er zuckte leicht zusammen, als ihre

Hand dabei über die weichen roten Federn an seinem Nacken strich.

»Kein Trick und kein Zufall«, erklärte sie dem Vogelmenschen mit gefährlich verdunkelten Augen. »Wenn ich jetzt danebenschieße, gebe ich Euch den Bogen zurück. Aber falls ich noch mal treffe, gebt Ihr mir zusätzlich zu dem Wolfen den Köcher, den Ihr auf dem Rücken tragt, und fertigt mir auch noch dazu passende Pfeile an, die Ihr mit Euren eigenen Federn ausstattet, Staffelführer. Und die färbt Ihr nach dem Blau meiner Augen!«

Schon legte sie den zweiten Pfeil gewandt auf, hob den Bogen, zielte und ließ das Geschoß von der Sehne schnellen. Diesmal traf es nicht nur das Ziel, sondern blieb auch darin stecken. Jeder im Saal konnte vernehmen, wie der Pfeil tief in die goldene Kugel eindrang.

»Jetzt gehört der Bogen mir«, verkündete Aschure in das allgemeine Schweigen hinein. »Ich glaube, er mag mich. Beim zweiten Schuß ließ er sich schon viel leichter handhaben.«

Dornfeder senkte den Blick, verbeugte sich tief vor ihr und breitete die Flügel zu einem weiten Halbkreis aus. Als er sich wieder aufrichtete, sah er die Menschenfrau feierlich an: »Der Wolfen sei Euer, Aschure. Ich werde Euch einen Köcher machen und ihn mit guten Pfeilen füllen, an denen meine eigenen Federn stecken. Ihr seid eine geborene Bogenschützin, und ich heiße Euch willkommen, wann immer Ihr mit meiner Staffel arbeiten wollt.«

»Ja«, entgegnete sie und betrachtete den gutaussehenden Ikarier wohlgefällig. »Ich würde mich gern mit Eurer Einheit und unter Eurem Kommando ausbilden lassen, Dornfeder.«

»Wenn die Zeit gekommen ist, dann sorgt dafür, durch den Wolfen den Tod zu bringen. Allein aus diesem Grund wurde er geschaffen.«

Später bestieg Aschure mit schmerzenden Brust-, Arm- und Rückenmuskeln die Leiter. Der Bogen, der ihr stolz über der Schulter hing, hatte sie doch gehörige Anstrengung gekostet. Aber bevor sie noch den Saal verlassen konnte, hielt Dornfeder sie am Arm fest. »Ihr habt doch öfter als andere Gelegenheit, mit Axis zu sprechen. Wann wird er sich endlich die Zeit nehmen und unserer Luftarmada einen Besuch abstatten?«

Die junge Frau drehte sich zu ihm um: »Das weiß ich leider nicht. Im Moment hat er viel zuviel damit zu tun, das Verhältnis zu seinem Vater zu klären. Und er will unbedingt herausfinden, welche Geheimnisse sich unter der Oberfläche seiner Zauberkünste befinden. Habt noch etwas Geduld, Dornfeder, er wird die Truppe bestimmt besuchen, sobald er Gelegenheit dazu findet.«

4
Den Sternentanz lernen

Morgenstern atmete tief durch, um sich zu beruhigen, und wandte sich dann wieder Sternenströmer zu. Er war das Nesthäkchen gewesen. Morgenstern hatte schon fast vierhundert Jahre gezählt, als sie ihn bekommen hatte. Weil sie und ihr Mann Eilwolke nicht mehr mit Nachwuchs gerechnet hatten – und der Junge auch noch die Zauberfähigkeiten der Mutter geerbt hatte –, hatten die beiden ihn nach Kräften verwöhnt. Während sein älterer Bruder, Rabenhorst, schon von frühester Jugend streng dazu erzogen worden war, einmal den Mantel des Krallenfürsten umzulegen, des Führers aller Ikarier, hatte man dem viel jüngeren Sternenströmer so manches durchgehen lassen. Trotz aller Disziplinlosigkeit, seufzte Morgenstern, hatte der späte Nachkömmling aber einen Sohn zustandegebracht, der sich als letzte Hoffnung der Familie Sonnenflieger und vielleicht auch des gesamten Volks der Vogelmenschen erweisen sollte.

Sie warf einen Blick auf Axis, der still in einer Ecke der kleinen, schmucklosen Kammer auf einem Hocker saß, während sein Vater ungehalten vor ihm auf und ab ging. Seit seiner Ankunft im Krallenturm hatte der junge Mann viel und fleißig gelernt – und weitaus rascher begriffen, als Morgenstern und Sternenströmer ihm zugetraut hatten. Aber wer hätte sich schon vorstellen können, daß ein Zauberer, dessen Ausbildung dreißig Jahre lang nicht gefördert worden war, so schnell die komplizierten und verwickelten Geheimnisse des Sternentanzes erfassen würde?

Als sein Vater trug Sternenströmer natürlich die Hauptlast des Unterrichts. Morgenstern half ihm jedoch dabei, und das bildete den Kern der Mißhelligkeiten bei dieser Unterweisung. Ein junger Zauberer wurde für gewöhnlich von dem Elternteil ausgebildet, das selbst über solche Kräfte verfügte. Doch kam es durchaus vor, daß ein anderer Zauberer aus derselben Familie als Hilfslehrer auftrat. Je näher dieser und der Schüler sich verwandtschaftlich standen, desto besser. Und als seine Großmutter war Morgenstern nur zwei Generationen von Axis entfernt. Sie fanden also leicht Zugang zueinander, und außerdem wollte sie helfen.

Aber Sternenströmer, der seinen Sohn bis vor kurzem nie gesehen, ja nicht einmal von seiner Existenz gewußt hatte, wollte sein eigen Fleisch und Blut nun mit niemandem teilen, nicht einmal mit seiner Mutter. Das konnte Morgenstern durchaus verstehen, aber sie wußte auch, daß sie dem Enkel einige Dinge besser beibringen konnte als Sternenströmer.

Und genau daran hatte sich ihr jüngster Streit entzündet.

»Sternenströmer«, versuchte sie nun, vernünftig mit ihm zu reden, »Ihr seid sehr erfahren darin, die Macht des Sternentanzes in Verbindung mit den Elementen Erde, Feuer und Luft zu gebrauchen. Auf diesem Gebiet seid Ihr sogar der mächtigste Zauberer, den wir seit vielen Generationen haben. Selbstredend versteht Ihr es auch sehr gut, diese Fähigkeit an Euren Sohn weiterzugeben. Aber was Ihr überhaupt nicht beherrscht, ist der Umgang mit dem Element Wasser. Auf diesem Gebiet kenne ich mich aber ziemlich gut aus, und deswegen halte ich es für besser, wenn ich Axis auf dem Gebiet der Wassermusik unterweise.«

Ihr Sohn blieb abrupt stehen und entgegnete nur murrend: »Ich habe aber mehr Zaubermacht.«

»Ja, die habt Ihr«, stimmte Morgenstern zu. »Aber das Element Wasser verlangt weniger nach großer Zauberkraft, als vielmehr nach großem Einfühlungsvermögen. Und dafür habt Ihr einfach keine Geduld.«

Sternenströmer starrte sie wütend an und zuckte dann die Achseln. »Dann unterrichtet Ihr ihn doch!« forderte er sie barsch auf.

Axis spürte die Hand seiner Großmutter auf der Schulter. »Gut«, sagte sie nur und stellte sich vor ihren Enkel. Die Beziehung zwischen den beiden war noch nicht sonderlich weit gediehen, und keiner von ihnen wußte schon so recht, was er vom anderen halten sollte. Der Krieger spürte sehr wohl, daß Morgenstern ihn unwillkürlich ablehnte. Viel lieber hätte sie einen reinrassigen Ikarier als Sternenmann gesehen. Und er vermutete auch, daß ihr seine Zauberkräfte genauso unheimlich waren wie Sternenströmer.

Und seine Großmutter war eine energische und starke Frau, die im Krallenturm enorme Macht ausübte – und das nicht nur als Witwe des letzten Krallenfürsten, sondern auch als älteste Zauberin. Axis seinerseits hatte immer noch einige Schwierigkeiten damit, mit ihrem Alter zurechtzukommen. Morgenstern näherte sich mit ihren fünfhundert Jahren dem Ende ihres Lebens, und doch sah sie kaum älter aus als er. Sie hatte das gleiche lockige blonde Haar wie ihr Sohn, seine hellblauen Augen und leuchtend weißes Gefieder. Nur ihre Augen verrieten ihre ungeheure Lebenserfahrung, wenngleich sich ihr vornehmes Auftreten durch Abgeklärtheit und Gelassenheit auszeichnete.

Morgenstern schloß jetzt die Augen und schickte ein Gebet an Flulia, die Göttin des Wassers. Dann legte sie die Hände an Axis' Schläfen und schloß ihm mit den Daumen die Augen. »Vernehmt den Sternentanz«, flüsterte sie.

Sternenströmer hatte seinem Sohn als erstes beigebracht, den Sternentanz zu hören; die Musik, die die Sterne erzeugten, während sie durch das Universum tanzten. Diese Musik stellte die Machtquelle der ikarischen Zauberer dar. Die Weisen, die Axis dann zu hören bekam, besaßen eine erstaunliche Schönheit, und beim ersten Vernehmen löste ihre Erhabenheit Tränen bei ihm aus. Obwohl die Melodien nicht mit Macht ertönten, sondern eher leise daherkamen, füllten sie doch alle Wahrnehmungen und Empfindungen des Seins aus. Seitdem umgaben ihn die sanften Weisen, und er spürte sie bei jedem Herzschlag, aus den Gesprächen anderer, in den Schatten seiner Träume und im Rascheln der Federn im Wind.

Die ikarischen Zauberer nutzten die Macht der Sterne, indem sie diese Musik für ihre Magie einsetzten. Aus dem Sternentanz woben sie eine Melodie, die die Energie der Gestirne zum Fließen brachte. Für jeden Zauber gab es eine eigene Weise. Angehende Zauberer verbrachten ihre Lehrzeit hauptsächlich damit, die verschiedenen Lieder zu lernen und ihrer jeweiligen Anwendung zuzuordnen. Sobald sie eine Melodie dann im Kopf hatten, was an sich schon enormer Anstrengung bedurfte, mußten sie sie nur noch in Gedanken singen, um die Wirkung heraufzubeschwören. Zaubereranfänger summten dabei aber lieber mit, wenn sie sich ihrer Sache noch nicht ganz sicher waren. Je mehr Kraft der Zauberer dann entwickelt hatte, desto komplizierterer Melodien vermochten sie sich zu bedienen. Seit vielen tausend Jahren diskutierten die Zauberer schon darüber, daß womöglich eines fernen Tages jemand aus ihrer Mitte den gesamten Sternentanz für seine Zwecke zu nutzen verstünde und nicht mehr darauf angewiesen sei, einzelne Teile des Liedes herauszupicken. Die Debatte hatte vor siebzehnhundert Jahren ihr vorläufiges Ende gefunden, als ein Zauberer versucht hatte, nach der Macht des gesamten Sternentanzes zu greifen – er war auf gräßliche Weise gestorben und vollständig ausgelöscht worden. Seitdem hatte es niemand mehr gewagt. Doch in gewissen Kreisen fragte man sich immer noch, ob es nicht doch eines Tages möglich sein könnte.

Axis lernte so rasch, weil er die bemerkenswerte Fähigkeit besaß, sich schon nach dem ersten Hören jedes Lied einprägen zu können. Normalerweise mußte ein Zauberlehrling eine Melodie zwanzigmal oder mehr vernehmen, ehe er sie einsetzen konnte. Diese besondere Gabe des jungen Mannes gehörte zu den vielen Dingen, die Morgenstern und Sternenströmer immer wieder aufs Neue verblüfften.

»Hört gut zu«, forderte die Großmutter ihn jetzt auf, und trug Axis die Lieder vor, die im besonderen Maße dazu geeignet waren, mit dem Element Wasser und allem, was mit ihm zusammenhing, zu arbeiten. Vor jeder einzelnen Melodie flüsterte Morgenstern ihm den ureigenen Zweck zu.

Der Vater beobachtete seinen Sohn dabei. Axis hatte bereits so gut wie alles gelernt, was es über die Lieder der drei anderen Elemente zu wissen gab, und bei jedem einzelnen gleichermaßen sein besonderes Talent unter Beweis gestellt. Würde ihm das bei den Wasserliedern ebenso gehen?

Nach einer Stunde wußte Sternenströmer die Antwort. Nicht eine Melodie, die Morgenstern ihm vorsang, entging dem jungen Mann. Er wiederholte sie sofort fehlerfrei und verstand sich auch darauf, sie in der rechten Art zu betonen. Axis mußte den Sternengöttern ein Wohlgefallen sein, dachte der Vater, wenn sie ihn so gesegnet hatten.

In der Lehrzeit lernten die Zauberschüler zuerst nur die Melodien der Lieder. Erst im nächsten Schritt versuchten sie sich dann darin, auch die Macht der Sterne für ihre Zwecke zu nutzen. Für einen angehenden Zauberer wäre es fatal, schon beim ersten Singen eines Lieds gleich dessen besondere Macht einzusetzen. Aber Axis unterlief nicht der kleinste Fehler und auch bei den seltenen Gelegenheiten, da seine Lehrer ihn nach der Macht der Sterne greifen ließen, bewies der junge Mann seine Fähigkeit, die Energie des jeweiligen Lieds einzudämmen.

Endlich ließ die Großmutter ihn erschöpft los.

»Das reicht«, erklärte sie, »Ihr habt für heute genug gelernt. Morgen machen wir weiter.«

»Wie viele Lieder sind es denn noch?« fragte der Krieger, als er die Augen wieder öffnete.

»Achtunddreißig.«

»Heute habt Ihr mir vierzehn beigebracht.« Axis stand auf und streckte sich. »Insgesamt also zweiundfünfzig. Das erscheint mir nicht zu viel.«

Jedes Lied diente nur einem Vorhaben, und bislang hatten die Zauberer in zehntausendjähriger Forschung nur eine begrenzte Anzahl von Melodien finden können. Daß dadurch seine Zauberkraft eingeschränkt war, enttäuschte Axis und empörte ihn. Was sollte der ganze Zauberunterricht, wenn sich kein Lied für die Aufgabe fand, nach deren Lösung er strebte? Bislang hatten ihm weder Sternenströmer noch Morgenstern etwas beibringen können, das ihm geeignet erschien, damit Gorgrael und sein Skrälingheer zu vernichten.

Beinahe entmutigt wandte er sich an seinen Vater. »Haben die Ikarier denn keine Lieder, die ihnen auch im Krieg nützlich sein können?«

»Vielleicht kannten die Ikarier ja einmal Kriegslieder.« Der Zorn des Sternenströmers war verraucht, und jetzt legte er seinem Sohn liebevoll die Hand auf die Schulter. »Aber wenn es sie wirklich einmal gegeben haben sollte, so sind sie im Lauf der letzten tausend Jahre verloren gegangen. Vielleicht sogar noch früher. Möglicherweise erwiesen sich diese Melodien als zu gefährlich. Oder als zu mächtig. Vor langer Zeit waren die Vogelmenschen ein kriegerisches Volk und konnten Waffen herstellen, die sich der Sternenenergie bedienten.«

»Wie zum Beispiel den Wolfen«, bemerkte Rabenhorst grimmig. Er stand in der Tür und ärgerte sich über Dornfeder, weil er Aschure so leichtsinnig den Bogen versprochen hatte, wenn sie damit ein Ziel zu treffen vermöge. Was für ein Trottel! Allerdings hätte auch der Krallenfürst der Ebenenläuferin niemals zugetraut, den Wolfen überhaupt spannen zu können, ganz zu schweigen davon, damit überhaupt etwas zu treffen. Eine Woche besaß Aschure den Bogen nun schon, und er begleitete sie überall hin. Jeden Tag übte sie sich im Bogenschießen und verbrachte danach viele Stunden in der Kammer des Dampfenden Wassers, um die Schmerzen in ihrer Brust und ihrem Rücken zu lindern.

»Der Wolfen ist eine Zauberwaffe?« fragte Axis verwundert, aber im Innern freute es ihn schon ein wenig, Ärger auf dem Gesicht seines Onkels zu sehen. Aschure hatte sich den Bogen ehrlich verdient und dabei eine bemerkenswerte Begabung für diese Kriegskunst bewiesen.

»Ja, eine Zauberwaffe«, erklärte sein Vater. »Nur wissen wir nicht mehr, wie man sie einsetzt. Das Lied des Wolfen ist uns verlorengegangen. Zusammen mit Wolfstern Sonnenflieger, dem Krallenfürsten, der ihn vor langer Zeit angefertigt hat.«

Morgenstern preßte bei der Erwähnung dieses Namens kurz die Lippen zusammen, was ihrem Enkel aber entging. »Gibt es denn keine Möglichkeit, wieder an dieses Lied zu kommen?«

wollte er nämlich wissen. »Oder die anderen Kriegszauber wiederzuentdecken?«

»Wir müssen uns eben ganz darauf verlassen, daß Ihr uns rettet!« knurrte Rabenhorst. Er trat jetzt ein, und seine Wut schien ihren Höhepunkt erreicht zu haben. Der Krallenfürst bot noch stärker als sein Bruder oder seine Mutter einen äußerst farbenfrohen Anblick: Violette Augen und rabenschwarzes Haar, dazu die pechschwarze Flügeloberseite und die blau gefärbte Flügelunterseite. Den Farben haftete aber jetzt in seinem Zorn etwas Bedrohliches an. Axis wollte unwillkürlich zurückweichen, als Rabenhorst direkt auf ihn zu kam.

»Sucht nicht in den Sagen der Vergangenheit, um uns zum Sieg zu führen, Neffe! Verlaßt Euch lieber auf die Fähigkeiten, die in Euch selbst stecken.« Er schwieg für einen Moment und fuhr dann mit einem rauhen Flüstern fort: »Und vergeßt nicht, Axis Sonnenflieger, daß Ihr die Treue und das Vertrauen des ikarischen Volkes erringen müßt, wenn Ihr gegen den Zerstörer bestehen wollt. Mit Zauberwaffen allein wird Euch das kaum gelingen.«

Der Krieger verstand den Verdruß des Krallenfürsten. Mit dem Tod von Freierfall hatte Rabenhorst seinen einzigen Sohn und Erben verloren. Nicht nur mußte der Onkel nun jeden Tag aufs neue mit dem Gram über diesen Verlust fertig werden, sondern sich auch damit abfinden, daß Axis ihm auf dem Thron nachfolgen würde. Denn Sternenströmer mochte zwar ein äußerst starker Zauberer sein, aber als Führer eines Volkes würde er kaum eine gute Figur abgeben. Axis spürte auch, was Rabenhorst dabei vor allem störte: Daß sein Nachfolger nicht nur halb Mensch und halb Ikarier war, sondern auch noch früher dem verhaßten Seneschall als Axtherr gedient hatte.

Natürlich verlor er nie ein Wort darüber, aber jeder im Krallenturm schien dasselbe zu denken. Axis war fest entschlossen, notfalls um sein Recht auf den Thron zu kämpfen. Seine erste und dringlichste Aufgabe bestand doch gerade darin, die Ikarier, die Menschen von Achar und die Awaren zu einer Einheit zusammenzuschmieden; denn nur so bestand eine Aussicht darauf, Gorgrael zu besiegen. Und wenn er sowohl den Thron des acharischen Reiches als auch den der Vogelmenschen innehatte, verbesserte das seine Erfolgsaussichten deutlich. Durch seine Mutter Rivkah, eine Prinzessin aus der Königsfamilie, stand Axis als zweiter hinter Bornheld in der Thronfolge. Und der Krieger hatte nicht vor, seinem Stiefbruder den Vortritt zu lassen.

Doch jetzt verscheuchte Axis die Gedanken an Bornheld und beschäftigte sich lieber mit dem, was der Krallenfürst gerade gesagt hatte. Er müsse das Vertrauen der Vogelmenschen gewinnen, wenn er sowohl von ihnen als Thronerben anerkannt werden als auch deren Luftarmada gegen den Zerstörer in den Krieg führen wollte. Axis wußte, daß das Vertrauen der Ikarier nicht leicht zu gewinnen sein würde, und er hatte noch nicht einmal angefangen, darum zu werben. In den fünf Wochen seit seiner Ankunft im Krallenturm hatte er, außer mit seiner Familie, kaum mit einem Vogelmenschen gesprochen.

»Rabenhorst«, entgegnete er daher, »ich halte es für geboten, mich mit Euren Geschwaderführern zusammenzusetzen. Höchste Zeit, daß ich das Kommando über die Luftarmada übernehme.« Ein kühner Vorschlag, den er ihm da machte. Als Krallenfürst war Rabenhorst der Oberbefehlshaber der ikarischen Streitkräfte – und nun verlangte Axis von seinem Onkel, ihm diesen Oberbefehl abzutreten.

Rabenhorst mochte sich über den jungen Mann ärgern, der ein so unverschämtes Ansinnen an ihn richtete, aber er war kein Narr. Der Krallenfürst wußte genau, daß allein Axis die Fähigkeiten und die Erfahrung besaß, die Luftarmada in eine schlagkräftige Truppe zu verwandeln. Und dazu mußte ihm der Oberbefehl übertragen werden.

Nach einem Moment des Zögerns nickte er. »Ich werde alles für eine entsprechende Sitzung in drei Tagen veranlassen.« Damit machte er auf dem Absatz kehrt und verließ den Raum.

Sternenströmer und Axis verabschiedeten sich von Morgenstern und ließen sie allein in dem kleinen Raum zurück. Die Großmutter wartete, bis sich die Tür hinter den beiden geschlossen hatte, ließ sich dann erschöpft nieder und stützte den Kopf in ihre Hände.

Der Unterricht mit Axis nahm sie auch körperlich sehr in Anspruch, und Morgenstern fühlte sich rechtschaffen müde. Aber sie machte sich auch große Sorgen. Der junge Mann lernte gut. Viel zu gut. Das hatte sich gerade heute nachmittag wieder gezeigt. Die Beherrschung manch anderer Fähigkeit hatte er damit abtun können, sie noch aus der Zeit im Gedächtnis behalten zu haben, als Sternenströmer auf dem Turm von Sigholt seinem Sohn noch in Rivkahs Leib allerlei vorgesungen hatte.

Aber Sternenströmer hätte niemals seinem noch ungeborenen Sohn das beibringen können, was zur Beherrschung der Wassermusik vonnöten war. Dafür verstand er einfach zu wenig davon.

Besaß Axis vielleicht eine natürlich Begabung für solche Dinge? Schon möglich. Aber Morgenstern glaubte nicht, daß das eine befriedigende Erklärung war. Nach einer Weile des Überlegens schüttelte sie sich und stand wieder auf. Sie wollte lieber nicht zu eingehend darüber nachdenken, warum ein Halbikarier wie ihr Enkel die Zauberlieder so leicht lernte, wenn doch jeder andere Zauberlehrling damit zunächst große Mühe hatte.

Nein, darüber wollte sie jetzt lieber nicht nachdenken. Jetzt noch nicht.

Vielleicht braucht Axis sie ja gar nicht neu zu lernen …

»Bei den Sternen, Närrin!« tadelte sich die Großmutter. »Laß dir so etwas nicht noch einmal in den Sinn kommen!«

5
Die Rebellenarmee

Belial suchte mit seinen scharfen Augen unablässig den bleigrauen Himmel ab. Zu beiden Seiten war er umgeben von den kargen Hängen des Sperrpasses. Nur hier und da lockerte ein Strauch oder ein verkrüppelter Baum die Ödnis dieser Landschaft auf. Vor elf Tagen waren sie von Osten her über den Paß marschiert; vor fünf Tagen hatte der Leutnant dann befohlen, hier das Lager aufzuschlagen, und Arne mit einigen Soldaten ausgesandt, die Festung Sigholt und ihre Umgebung zu erkunden. Arne war der erfahrenste Offizier, den Belial noch bei sich hatte.

Der Leutnant wagte kaum zu hoffen, daß Sigholt ihnen Unterkunft bieten und als Stützpunkt dienen konnte. Was hätte er jetzt darum gegeben, einige von den ikarischen Flugaufklärern bei sich zu haben. Statt dessen mußte er einen Trupp Berittener aussenden. Wer konnte schon wissen, in welche Gefahr sie gerieten? Oder ob ihre Erkundung überhaupt ein brauchbares Ergebnis mit sich bringen würde?

Daß die Soldaten in seiner Truppe überhaupt noch lebten, hatten sie vornehmlich Fürst Magariz zu verdanken. Und der Voraussicht von Bornheld. Ausgerechnet von ihm. Hinter ihm saß Magariz auf einem nervösen Belaguez. Die beiden Männer wechselten sich darin ab, Axis' Hengst zu reiten. Belaguez hatte den Fürsten heute bereits zweimal abgeworfen, und Belial hatte dank dieses verwünschten grauen Hengstes ebenfalls etliche blaue Flecke davongetragen. Wir sollten den Gaul einfach frei laufen lassen, dachte der Leutnant, bevor er noch einen von uns zu Tode stürzen läßt. Auf Magariz kann ich nun wirklich nicht verzichten.

Der Fürst war der dienstälteste und wertvollste Offizier Herzog Bornhelds gewesen. Ihm hatte in den vergangenen zwölf Jahren die Feste Gorken unterstanden. Aber dann hatte Magariz den Obersten Heerführer verlassen, um dem Axtherrn zu folgen – auch wenn dieser Vertrauensbruch ihn höchstwahrscheinlich den Kopf kosten würde, sollte der Herzog je seiner habhaft werden. Doch mit dieser Tat hatte der Fürst das Leben von Belial und dreitausend Soldaten gerettet, die ihm jetzt unterstanden.

Nachdem sie sich vergewissert hatten, daß die Ikarier Axis am Fuß der Eisdachalpen abgeholt und mitgenommen hatten, waren sie durch die wenig einladenden Landstriche der Eisdach-Ödnis und der Wildhundebene geritten. Nur Magariz' Kenntnis dieser Gebiete – und vor allem, daß er wußte, wo im Norden Ichtars Vorratslager mit Nahrungsmitteln, Brennstoff und Heu angelegt waren – hatte Belials Truppe davor bewahrt, in den fünf Wochen elendig zugrunde zu gehen, ehe sie die südlichen Ebenen erreichten.

In den Monaten vor der Belagerung Gorkens hatten Bornheld und der Fürst umfangreiche Vorkehrungen getroffen, um auf alles vorbereitet zu sein. Zu den weniger angenehmen Dingen hatte der Rückzug aus der Festung gehört. Doch weder der eine noch der andere hatte gewußt, in welche Richtung man sich nach Süden durchschlagen sollte. Entweder durch Mittelichtar bis nach Jervois oder östlich entlang der Eisdachalpen und durch die Wildhundebene bis nach Skarabost? Am Ende der Überlegungen hatte der Herzog entschieden, daß entlang beider Routen Depots angelegt werden sollten. Und während nun Bornheld nach Jervois zog und sich der Reserven seines Herzogtums bedienen konnte, erfreuten sich Belial und seine Truppe der Vorratslager an der zweiten Route.

Der Herzog würde außer sich geraten, wenn er erführe, daß ausgerechnet die Männer von seiner Umsicht profitierten, die ihn schmählich verraten und sich sogar mit den Unaussprechlichen zusammengetan hatten.

Zur allgemeinen Überraschung störten die Geisterwesen Belial und seine Truppe auf deren Weg nach Osten und dann Süden kaum. Das konnte den Leutnant aber nicht sonderlich beruhigen. Lieber hätte er gewußt, was die Skrälinge gerade vorhatten. Oder war ihnen bei der Schlacht auf den Eisfeldern oberhalb von Gorken ein solch empfindlicher Schlag versetzt worden, daß sie sich nun in ihr Lager zurückgezogen hatten, um sich die Wunden zu lecken? Viel wahrscheinlicher schien, daß Gorgrael weitere Truppen zusammenzog, um über Ichtar ins Land selbst einzufallen. Belial strich sich das Haar mit einer Handbewegung aus der Stirn, und dabei fiel ihm der grüne Faden ins Auge, den er sich auf Geheiß Faradays an den Ärmel gebunden hatte. Vielleicht schützte ihn und die Seinen ja immer noch die Macht der Mutter… Aus welchem Grund auch immer: die Kreaturen hatten es dabei belassen, Nachzügler und Versprengte zu überfallen, die Haupttruppe jedoch nicht.

Während sie an den Eisdachalpen entlangmarschiert waren, hatten die ikarischen Luftaufklärer mit ihnen Verbindung gehalten und sich abends zum Mahl zu ihnen gesellt. Vorher hatten nur Belial und Magariz jemals einen Vogelmenschen aus nächster Nähe gesehen: während der tragischen Begegnung auf dem Turm der Burg. Als dann an den ersten beiden Abenden Luftaufklärer mitten im Lager gelandet waren, hatte das gehöriges Aufsehen erregt. Danach drängten die Männer in Scharen zu dem Leutnant und dem Fürsten, um sie mit Fragen zu bestürmen.

Die Vogelmenschen hatten die unverhüllte Neugier der Soldaten mit Humor aufgenommen; denn eigentlich waren sie ja auch ziemlich neugierig auf die Menschen. So bestaunten die Aufklärer vor allem die Waffen und Rüstungen der Soldaten. Belial mußte sie davon abhalten, die Männer ebenso zu streicheln wie die Pferde – die Ikarier schienen solche Tiere noch nie gesehen zu haben.

Bei jedem Besuch erstatteten die Aufklärer Belial Bericht über alles, was sie auf ihren Rundflügen in Erfahrung gebracht hatten. Sie erzählten ihm, wie es Axis in ihrem Krallenturm erging, obwohl er soviel Zeit mit seinem Vater verbrachte, daß kaum ein Ikarier ihn je zu Gesicht bekam. Dafür konnten sie ihn mit mehr Neuigkeiten über Aschure versorgen. Der Leutnant war immer noch fest entschlossen, von ihr eine Entschuldigung dafür zu verlangen, ihn damals in Smyrdon bei ihrer Flucht mit dem Awaren und dem Kind hinterrücks niedergeschlagen zu haben.

Nachdem die Soldaten dann vor zweieinhalb Wochen in die Wildhundebene abgebogen waren, hatten die Vogelmenschen sich bei ihnen nicht mehr eingestellt. Ikarier entfernten sich nicht gern allzu weit von der heimatlichen Sicherheit des Hochgebirges. Belial vermißte sie bald, nicht nur wegen ihrer Berichte, sondern auch, weil sie ihm jetzt als Flugaufklärer sehr nützlich gewesen wären.

Der Leutnant suchte nach einem dauerhaften Stützpunkt für seine oder besser Axis' Rebellenarmee. Nach dem Abschied von dem Axtherrn am Fuß der Eisdachalpen hatte er zunächst vorgehabt, nach Smyrdon und den dortigen Getreidefeldern zu ziehen. Aber dann erschien ihm Sigholt doch sinnvoller. Die Festung ließ sich leichter verteidigen und besaß bessere Übungs- und Unterbringungsmöglichkeiten für seine Truppe. Und die Aussicht, tagtäglich mit den Dorfbewohnern aus Smyrdon zu tun zu haben, erschien ihm wenig verlockend. Ganz zu schweigen davon, daß seine Armee mittlerweile für eine Sache kämpfte, die den seneschallfürchtigen Bürgern Smyrdons als schiere Ketzerei erscheinen mußte.

Aber die Wahl Sigholts stellte ihn vor ein anderes Problem. Er mußte damit rechnen, daß die vorrückenden Skrälinge die Festung zerstört hatten. Vielleicht hatten sie dort aber auch einen Hinterhalt gelegt und lauerten in den Kellern und Ruinen auf ihn. Und wenn nicht die Eiskreaturen, dann vielleicht Bornhelds Soldaten. Gut möglich, daß der Herzog Truppen in die Garnison gelegt hatte, die sich jedem Feind, also auch Belials Armee, in den Weg stellen würden. Sigholt enthielt zu viele Ungewißheiten, und keine davon wollte dem Leutnant gefallen. Er nagte an seiner frostkalten Unterlippe und fluchte leise, als sie im schneidenden Wind aufplatzte.

Jetzt stand Belial also hier und wartete ungeduldig auf die Rückkehr von Arne und seiner Truppe. Die Armee lagerte ein paar Meilen weiter hinten. Auch die Männer warteten auf Nachricht. Jeder rechnete über kurz oder lang mit einem Angriff der Skrälinge, und dem wollte man lieber in einer Verteidigungsanlage begegnen. Außerdem sehnten sich die Soldaten danach, endlich Schutz vor diesem verwünschten Wetter zu finden, das unablässig aus dem Norden näherkam. Stürme, Schnee und Frost zeigten sich zwar noch nicht so schlimm wie bei der Belagerung von Gorken, aber für die Jahreszeit war es hier in Mittelichtar entschieden zu kalt. Wenn schon nichts sonst, so zeigte doch zumindest das sich ständig verschlechternde Wetter an, daß Gorgrael seinen Einfluß nach Süden ausdehnte.

Und mit dem Wind und dem Eis kämen dann auch die Geisterkreaturen.

Belial verlagerte sein Gewicht im Sattel. Fünf Tage war Arne nun schon fort – eigentlich lange genug, um sich Sigholt zu nähern, die dortigen Verhältnisse auszukundschaften und wieder zurückzukehren. Wenn der Offizier sich bis heute abend noch nicht eingefunden hatte, würde Belial wohl davon ausgehen müssen, daß etwas schief gegangen war. Er beugte sich weiter vor und zog sich die Kapuze tiefer ins Gesicht, um sich wenigstens etwas vor dem eisigen Wind zu schützen.

Und er wartete weiter.

Bei Einbruch der Dämmerung drehte er sich schließlich zu Magariz um, der im Zwielicht nur noch als dunkler Schemen zu erkennen war.

»Freund, wir haben jetzt lange genug gewartet«, erklärte er mit krächzender Stimme. »Morgen brechen wir das Lager ab, ziehen nach Smyrdon und stellen fest, wie uns das Landleben bekommt.«

Der Fürst lenkte Belaguez an seine Seite. »Ja. Nur ein Feind kann Arne davon abgehalten haben, zu uns zurückzukehren.«

»Nur ein Feind oder eine Einladung zu einem guten Abendessen«, widersprach eine müde Stimme hinter ihnen. Beide fuhren vor Schreck zusammen, drehten sich um und fluchten laut. Nur ein paar Schritte von ihnen entfernt stand Arne, und nach seiner Miene zu schließen verhielt sich alles so wie immer. Er war zwar allein gekommen, wirkte aber bei Kräften und unverletzt.

»Arne, was ist geschehen?« fragte Belial.

»Eure Männer?« verlangte Magariz zu erfahren. »Was ist aus ihnen geworden?«

Der Offizier kaute seelenruhig auf einem Grashalm und spuckte ihn schließlich aus. »Die halten sich noch in Sigholt auf.«

»Als Gefangene?«

Arne lachte. »Gewissermaßen. Sie hocken vor einem prasselnden Kaminfeuer, werden von den abenteuerlichen Geschichten eines rheumatischen alten Kochs und eines Schweinehirten gefangengenommen und werden zu allem Überfluß mit reichlich Bier gefoltert. Aus dieser Haft wollen sie natürlich nicht entfliehen, und so mußte ich mich allein auf den Rückweg machen.«

Während Magariz noch mit sich rang, um Arne nicht wegen seines unangebrachten Humors zurechtzuweisen, stieg Belial von seinem Roß und stellte sich vor den Offizier. »Was habt Ihr dort herausgefunden? Heraus mit der Sprache, Mann!«

»Sigholt gehört uns, sobald wir die dortige Garnison überwunden haben«, antwortete Arne. »Und die besteht aus dem bereits erwähnten Koch und dem Schweinehirten. Ansonsten hält sich dort niemand auf. Weder eine Abteilung von Bornheld noch ein Schwarm Skrälinge. Nach Aussage des Schweinehirten haben die Geister Hsingard eingenommen, sind aber nicht weiter in Richtung Sigholt vorgedrungen.«

»Das verstehe ich nicht«, murmelte der Leutnant. »Warum lassen alle die Festung links liegen? Gorgrael müßte doch wissen, wie wichtig der Ort für ihn ist.« Nach allem, was in den letzten Monaten geschehen war, glaubte Belial nicht mehr an glückliche Fügungen.

»Der Schweinehirt sagt, die Kreaturen würden Sigholt nicht mögen«, sagte Arne und schwieg dann wieder.

»Und was hat er noch gesagt?« herrschte der Leutnant ihn ungehalten an.

»Ich habe den Mann schon einmal gesehen. Vor dem Wald der Schweigenden Frau. Er zog dort mit seinen Schweinen vorbei.«

Belial runzelte die Stirn. Vor dem Wald der Schweigenden Frau? Aber der lag bald tausend Meilen weiter südlich. Was hatte der Schweinehirt so hoch im Norden zu suchen? Der Leutnant erinnerte sich an das dortige Abenteuer, als entspränge es einem anderen Leben. Damals war Axis noch der Axtherr des Seneschalls und er selbst sein Leutnant bei den Axtschwingern gewesen. Niemand hatte damals geahnt, wie sich alles noch entwickeln sollte. »Was hat der Mann denn hier oben verloren, Arne? Wißt Ihr etwas darüber?«

»Er scheint hier irgendeine Aufgabe zu erfüllen, aber mehr habe ich nicht herausbekommen können.« Wieder legte Arne eine Pause ein. »Doch ich traue ihm. Und er scheint es sehr zu begrüßen, wenn Ihr mit dieser zerlumpten Armee in Sigholt einzieht. Jack, so heißt der Mann, meinte, er hätte Arbeit für ein paar kräftige Hände.«

Merkwürdige Worte für einen einfachen Schweinehirten. Belial wandte sich an den Fürsten. »Was haltet Ihr davon, mein Freund?«

»Mich verblüfft es am meisten«, antwortete Magariz, »daß Sigholt so begierig wie die Huren in Isbadd auf uns zu warten scheint. Da denkt man doch unwillkürlich an eine Falle. Ich meine, wir sollten uns der Festung mit aller Vorsicht nähern. Warum hat Gorgrael die Stadt noch nicht angegriffen?«

»Jack meinte, darauf würde er Euch antworten, sobald Ihr angekommen wärt«, erklärte Arne. »Der Schweinehirt sagte auch, Ihr solltet nicht vergessen, daß Axis an diesem Ort gezeugt wurde und die Ikarier hier einen Stützpunkt hatten, bevor die Herzöge von Ichtar, die Krätze möge sie befallen, dort eingezogen sind. Jack vertraute mir auch an, Sigholt berge einige Geheimnisse, die Euch noch von Nutzen sein könnten.«

»Ein höchst ungewöhnlicher Schweinehirt, mein Freund«, murmelte der Fürst. »Vielleicht steht er ja wirklich auf unserer Seite, vielleicht will er uns aber auch nur in eine besonders tückische Falle locken.«

Belial entschied sich nach einem Moment des Nachdenkens. »Dann brechen wir morgen das Lager ab und reiten nach Sigholt. Aber wir wollen auf der Hut sein.«

Arne spuckte aus. »Wenn Ihr ein Feind wärt, hättet Ihr schon längst meinen Dolch im Hals. Ihr habt ja nicht einmal bemerkt, wie ich mich Euch genähert habe. Was für ein Glück für uns, daß wir es in Sigholt nur mit einem alten Koch und einem Schweinehirten zu tun haben.«

Belial verzog das Gesicht und stieg auf. Arne hatte recht. Er hätte besser aufpassen müssen.

Drei Tage später befand sich Belial auf Belaguez zwei Meilen vor Sigholt. Ein Mann in mittleren Jahren und in Bauerntracht schritt auf ihn zu. Er hatte ein freundliches und offenes Gesicht, langes dunkelblondes Haar, das ihm ungebändigt in die Stirn hing, und einen Wehrstab mit einem merkwürdigen Metallknauf in der Hand. Ihm folgte eine Herde wohlgenährter Schweine, die fröhlich grunzten und denen es hier draußen ziemlich gut zu gehen schien.

Der Leutnant war allein vorausgeritten und hatte Magariz bei seiner Streitmacht zurückgelassen. Jetzt wandte er seinen Blick kurz von dem Schweinehirten ab und richtete ihn auf Sigholt. Trutzig und friedlich zugleich ragte die Festung in die kalte Morgenluft. Wenn dort tatsächlich ein Feind lauerte, mußte er sich gut versteckt haben.

»Friede, Belial«, grüßte Jack, als er ein paar Schritte vor dem Leutnant stehenblieb. »Sigholt ist Euer. Es erwartet Euch.«

»Jack«, nickte der Befehlshaber nur zum Gruß, »ich hoffe, Ihr sprecht die Wahrheit. Warum sollte ich Euch vertrauen?«

Der Mann lächelte. »Ihr kennt meine Freunde gut, Belial, und durch sie kenne ich Euch.«

»Welche Freunde?«

»Ogden und Veremund. Meine Freunde und Gefährten.«

Belial starrte ihn mit großen Augen an: »Dann seid Ihr am Ende etwa einer von den ...«

»Meine Aufgabe besteht darin, der Prophezeiung zu dienen, so wie es die Eure ist, Axis zu dienen.« Jacks Augen flammten unvermittelt smaragdgrün auf.

»Ihr gehört zu den Wächtern!« rief der Leutnant so verwundert, daß sein Hengst nervös zur Seite tänzelte.

»Und damit dürft Ihr mir vertrauen«, entgegnete der Schweinehirt, und das grüne Licht in seinen Augen erlosch.

Doch der Leutnant zögerte immer noch. »Jack, ich komme gerade aus Gorken und habe fürs erste genug von Skrälinghorden, die uns belagern. Wer sagt mir, daß die Geister nicht auch hier anrücken und Sigholt in einem festen Ring umlagern, sobald ich mit meiner Truppe dort eingezogen bin? Mich drängt es nicht sonderlich danach, schon wieder belagert zu werden.«

»Ich verstehe Eure Sorge«, erwiderte der Wächter, »aber es gibt einige gute Gründe dafür, warum die Skrälinge lieber ein paar Meilen Abstand zu Sigholt halten. Sie haben Hsingard zerstört, das sich nicht weit von hier entfernt befindet. Glaubt Ihr nicht, daß sie Sigholt gleich in einem Aufwasch mit erledigt hätten, wenn nicht etwas sie daran gehindert hätte?«

»Und was sollte das sein?«

»Folgt mir, und bringt Eure Armee mit. Ich werde Euch eine lange Geschichte erzählen.«

6
Neue Pflichten und alte Freunde

Axis stand am offenen Fenster und verfolgte, wie zwei Staffeln ikarischer Luftkämpfer wie ein diszipliniertes Ballett durch die Luft wirbelten und sich um die eigene Achse drehten. Eine sehr schöne Zurschaustellung von Anmut und Grazie, aber militärisch vollkommen sinnlos.

Der Krieger seufzte und wandte sich vom Fenster ab. Weiches Licht strahlte verhalten aus Deckenleuchten auf einen massiven runden Tisch aus hochglanzpoliertem dunkelgrünem Stein, der den geräumigen Ratssaal zu beherrschen schien. Die Wahlsprüche der verschiedenen Krallenfürsten waren in der zierlichen ikarischen Schrift über den Bannern und Standarten an den Wänden angebracht.

An diesem Tisch hatten die zwölf Geschwaderführer der Luftarmada Platz genommen, und ihre Schwingen ruhten anmutig auf dem glänzenden Boden hinter ihren hohen Stühlen. Jeder Geschwaderführer befehligte zwölf Staffeln, und die wiederum setzten sich aus einem Dutzend Luftkämpfer zusammen. Dieser Streitmacht gehörten also insgesamt siebzehnhundertachtundzwanzig Soldaten an. Nicht gerade eine beeindruckende Armee, dachte Axis, aber ihre Flugfähigkeit sollte ihnen eigentlich einige Vorteile über Bodentruppen verschaffen. Nur zweifelte der Krieger deutlich an der Kampfkraft der Luftarmada. Die Vogelmenschen verstanden sich eher auf Luftkapriolen als darauf, einen Feind zu bezwingen.

Er betrachtete die Offiziere am Tisch. Alle hatten ihre Flügel zum Zeichen, daß sie sich im Krieg befanden, schwarz gefärbt, und jeder starrte ihn aus harten Augen an. Auch er war in

Schwarz erschienen, und genau diese Farbe hatte er als Axtherr getragen. Nur trug er heute nicht mehr das Emblem der gekreuzten Axt an der Brust. Ohne sein Rangabzeichen fühlte er sich immer noch etwas nackt.

Rabenhorst saß ebenfalls am Tisch und hatte den juwelenbesetzten Halsschmuck angelegt, das Zeichen seiner Herrscherwürde. Seine schwarzen Brauen standen in exakt gleichem Winkel über seinen scharf blickenden Augen. Er hatte die Kommandeurssitzung einberufen, damit die Befehlshaber sich mit Axis austauschen konnten. Weitsicht, der dienstälteste Geschwaderführer, hatte den Krieger eben mit einer gelungenen Rede willkommen geheißen. Alle warteten nun darauf, daß Axis mit ebenso wohlgesetzten Worten antwortete. Bis es so weit war, wußte niemand so recht, was er sagen sollte.

Schließlich beendete Axis das unangenehme Schweigen. »Ihr besitzt eine Streitmacht mit einigem Potential. Aber ich muß den Oberbefehl über sie erhalten, um sie in eine schlagkräftige Truppe verwandeln zu können.«

Alle in der Runde strafften jetzt ihre Gestalt, und Flügelspitzen raschelten nervös über den Boden. Der Krieger lief um den Tisch herum, sah dabei jeden einzelnen Offizier an und fuhr dann mit ebenso leiser wie eindringlicher Stimme fort: »Glaubt hier vielleicht jemand, diese Luftarmada könne in ihrem gegenwärtigen Zustand Gorgrael in irgendeiner Weise gefährlich werden?«

Einige protestierten murrend, aber Axis ging gar nicht darauf ein. »Gut, Ihr besitzt eine eigene Streitmacht. Aber was hat sie denn vorzuweisen? An Leistungen, an Kämpfen, an Kriegserfahrung?« Er schwieg für einen Moment. »Mit welchen Siegen kann sie sich schmücken?«

Geschwaderführer Scharfauge schob seinen Stuhl zurück und erhob sich. »Wollt Ihr uns etwa als Versager bezeichnen, Axtherr?« zischte er und stellte verärgert die Halsfedern auf.

Daß er Axis mit seinem alten Titel anredete, zeigte nur zu deutlich, wie sehr ihm in dieser Runde mißtraut wurde. Tausend Jahre lang hatten das Amt des Axtherrn und sein Träger unter den Ikariern wie den Awaren nur Haß und Abscheu hervorgerufen.

Der Krieger hielt dem Blick des Offiziers stand. »Ich bin Axis Sonnenflieger«, erwiderte er, »und ja, es stimmt, ich kann auf einige Kampferfahrung als Axtherr zurückblicken. Und in dieser Eigenschaft habe ich auch einige Siege vorzuweisen. Aber heute bin ich nicht mehr der Axtherr, sondern ein Mitglied der Familie Sonnenflieger. Und als solches trete ich jetzt vor Euch.«

Scharfauge senkte den Blick, und Axis betrachtete die Runde. »Wollt Ihr denn als Versager gelten? Wenn nicht, dann zählt mir Eure Erfolge auf.«

Schweigen, das beredter war als Worte, antwortete ihm.

»War die Jultidenschlacht etwa ein großer Sieg?« fragte Axis und Ärger schwang in seiner Stimme mit. »Wie viele sind dort ums Leben gekommen, Weitsicht?«

»Einige hundert«, antwortete der Geschwaderführer, »aber die Awaren haben noch mehr verloren. Darauf bin ich gewiß nicht stolz, Sonnenflieger. Aber nach der Verwirrung, die dem Überraschungsangriff folgte, konnten wir uns wieder sammeln und zurückschlagen.«

»Aber erst, nachdem Aschure Euch zeigte, wie man die Skrälinge besiegen kann«, entgegnete der Krieger mit schneidender Stimme. »Und hat diese junge Frau nicht quasi im Alleingang den Kreaturen große Verluste bereitet, ehe der Erdbaum eingriff? Sagt mir doch, ob Ihr den Angriff der Skrälinge auch zurückgeschlagen hättet, wenn Sternenströmer nicht den Erdbaum geweckt hätte?«

»Was hättet Ihr denn anders gemacht, Axis?« wollte Weitsicht wissen und ballte wütend die Fäuste.

»Ihr habt den Feind geradezu zu einem Festschmaus eingeladen, Geschwaderführer. Die Ikarier und Awaren standen dicht gedrängt auf der Lichtung. Da hätte die Luftarmada die ganze Zeit über in der Luft bleiben müssen, wo sie von den Skrälingen nicht zu erreichen war. Ganz zu schweigen davon, daß Eure Luftkämpfer dann auch viel früher den Anmarsch der Geistermenschen entdeckt hätten. Was ich anders gemacht hätte, Weitsicht? Ich hätte dafür gesorgt, daß die Luftarmada sofort hätte eingreifen können. Und ich hätte mich auch dagegen ausgesprochen, daß so viele Wesen während der Riten an einem Fleck zusammenkamen. Die Awaren und Ikarier saßen während des Angriffs doch in der Falle. Wie Opfervieh.«

»Aber wir konnten doch nicht wissen, daß die Geister angreifen würden!« rief Rabenhorst, und weil er genau wußte, wie berechtigt Axis' Einwände waren, klang seine Stimme lauter und schriller als sonst.

»Wie bitte?« entfuhr es dem Krieger, und er fuhr zu seinem Onkel herum. Dieser sank unter dem Blick seines Neffen auf seinen Stuhl zurück. »Ihr wußtet, daß die Skrälinge sich nördlich von Awarinheim sammelten. Ihr wußtet, daß die Zeit der Prophezeiung gekommen war. Ihr wußtet, daß Gorgrael sich anschickte, in den Süden vorzudringen! Und da kam Euch nicht einmal in den Sinn, daß der Zerstörer Euch angreifen könnte?«

Wieder schwiegen alle. Der Krieger sah den Offizieren der Reihe nach in die schuldbewußten Mienen. Natürlich hatte er recht. Er trat wieder ans Fenster und sah den Luftkämpfern bei ihren Manövern zu.

»Wie habt Ihr die Axtkriege verloren?« fragte Axis schließlich. »Wie konnte es geschehen, daß man Euch aus dem Süden vertrieb? Wie war es möglich, daß der Wald von Tencendor abgeholzt wurde?«

»Die Achariten, besser gesagt, die Axtschwinger, kämpften ohne Gnade«, antwortete Weitsicht unwirsch. »Sie waren voll Haß. Dagegen kamen wir nicht an.«

»Ich habe einige Jahre bei den Axtschwingern verbracht«, erklärte der Krieger. »Fünf Jahre lang bin ich sogar ihr General gewesen. Daher weiß ich, wozu diese Elitesoldaten in der Lage sind. Aber ich weiß auch, daß keine Bodentruppe, mag sie noch so sehr von Haß getrieben sein, gegen einen Gegner bestehen kann, der aus der Luft angreift. Es sei denn, diese Lufttruppe ist erbärmlich schlecht ausgebildet oder geführt. Eigentlich hättet Ihr die Axtkriege gewinnen müssen.« Axis legte eine Kunstpause ein und wiederholte dann seine letzten Worte, um auch die letzten Zweifel zu beseitigen: »Ihr hätten siegen müssen. Warum habt Ihr das nicht getan? Warum habt Ihr verloren?«

»Uns mangelte es wohl an der nötigen Entschlossenheit«, gab Weitsicht sehr leise zu. »Wir waren so erschrocken darüber, daß die Achariten uns tatsächlich angriffen, daß wir gar nicht an Gegenwehr dachten und gleich geflohen sind. Uns fehlte wohl der Mut. Und auch der natürliche Trieb, uns in dem Moment zu verteidigen, wenn es erforderlich ist.«

Der Krieger nickte. »Gut, das ist wenigstens ein Anfang. Darf ich Euch nun einen weiteren großen Fehler nennen?«

Weitsicht sah ihn ebenso wie die anderen in der Runde aufmerksam an.

»Der ikarische Hochmut verleitet Euch beständig dazu, Eure Gegner zu unterschätzen. Ihr habt den Achariten nicht zugetraut, daß sie wirklich Haß gegen Euch hegen könnten. Ihr habt ihren Haß nicht ernst genommen, der so stark war, daß er Euch schließlich aus Tencendor verjagte. Ihr habt ihre Grimmigkeit und Entschlossenheit zu diesem Tun unterschätzt. Und genau so habt Ihr auch Gorgrael nicht zugetraut, daß er seine Scharen durch Awarinheim bis zum Erdbaumhain schicken könnte, um Euch zu überfallen. Und erst kürzlich hat Dornfeder Aschure nicht zugetraut, den Wolfen handhaben zu können. Und das hat Euch dann eine der Waffen gekostet, auf die Ihr besonders stolz seid. Habe ich mich klar genug ausgedrückt?«

Weitsicht nickte einmal, ruckartig.

»Wozu habt Ihr die Luftarmada eingeführt, Geschwaderführer?« Nur noch eine Demütigung, dachte Axis, dann würde er anfangen, sie wieder aufzurichten, ihnen Hoffnung machen können.

»Zur Aufklärung und zur Verteidigung.«

»Und warum verleiht Ihr dieser Truppe dann einen so pompösen Namen?« fragte Axis spöttisch. »Damit verbindet man doch eine gewaltige Streitmacht, die jeden Gegner niederwalzt. Aber im Moment habt Ihr ein kleines Häuflein, daß Euch noch nicht einmal verteidigen kann, ganz zu schweigen davon, einen Gegner zurückzuschlagen.« Wieder legte er eine Pause ein, um seine Worte wirken zu lassen. »Meine Freunde, Ihr habt mit dieser Truppe die Grundlage für eine Eliteeinheit geschaffen – für eine

Streitmacht, die tatsächlich jede andere Armee in diesem Land schlagen könnte. Doch zur Zeit verfügt Ihr weder über den Willen noch die Erfahrung, um aus diesem unwirksamen Instrument auch wirklich eine unüberwindliche Waffe zu schaffen.«

Der Krieger zog einen freien Stuhl zu sich heran und ließ sich in der Runde nieder. »Was Ihr braucht, ist ein Kriegsführer. Mit anderen Worten: mich. Das wißt Ihr, und aus diesem Grund seid Ihr heute hier erschienen. Überlaßt mir die Luftarmada und laßt mich mit ihr arbeiten. Ich werde Eure Paradiesvögel in Falken verwandeln. In echte Krieger. Wollte Ihr denn Euren Stolz nicht wiedergewinnen und Rache für den Angriff zu Jultide üben?«

Weitsicht warf einen Blick auf Rabenhorst. Der Krallenfürst wirkte sehr wütend, nickte aber. Der Geschwaderführer sah dann seine Kollegen an, um ihre Entscheidung zu erfahren. Langsam gab einer nach dem anderen seine Zustimmung.

Er wandte sich wieder an Axis: »Ihr erhaltet den Oberbefehl, Sonnenflieger.« Dabei dachte er: Bei den Sternen, was würden meine Vorfahren denken, wenn sie erführen, daß ich eben die ikarische Luftarmada einem ehemaligen Axtherr überlassen habe!

Der Krieger nickte. »Ich danke Euch. Ihr ehrt mich mit Eurem Vertrauen und damit, mir das Kommando zu übertragen. Ich werde Euer Vertrauen nicht enttäuschen und auch Eure Traditionen zu wahren wissen.«

Die Anspannung der Offiziere ließ langsam nach. »Was habt Ihr nun vor?« wollte einer der jüngsten Geschwaderführer wissen.

»Ich möchte der Truppe beim Drill zusehen«, antwortete Axis und spürte noch die Erregung in sich, sein Ziel erreicht zu haben. »Ich möchte von Euch erfahren, wozu Eure jeweiligen Einheiten imstande sind, und wir werden uns sehr deutlich klarmachen müssen, mit welchem Feind wir es zu tun haben. Danach können wir unser weiteres Vorgehen festlegen.«

»Aber wie können wir gegen Gorgrael kämpfen?« fragte ein anderer Offizier. »Wie genau?« Die Stimmung unter den Geschwaderführern wandelte sich rasch von Beschämung zu Eifer.

Der Krieger sah sich in der Runde um. »Irgendwann müssen wir uns mit den Achariten und Awaren vereinen. Nur so können wir gegen den Zerstörer bestehen.« Das gefiel ihnen zwar gar nicht, aber sie sahen wenigstens die Notwendigkeit dazu ein. »Ich habe immer noch eine Streitmacht von gut dreitausend Mann im Osten Ichtars stehen. Die Luftarmada soll sich mit ihr zusammentun. Eine Truppe, die aus Luft- und Bodensoldaten besteht, sollte in der Lage sein, Gorgrael empfindliche Schläge zu versetzen.«

Weitsicht beugte sich vor. »Ja, genau. Unsere Aufklärer haben für eine Weile mit Belial Verbindung gehalten. Das letzte, was sie von ihm sahen, war, daß er Eure Armee auf die südlichen Wildhundebenen führte.«

»Und warum erfahre ich erst jetzt davon?« fragte der Krieger aufgebracht.

»Weil Ihr so gut wie gar nicht zu erreichen wart«, gab der Geschwaderführer im gleichen Tonfall zurück. »Unsere Luftarmada ist wohl doch nicht so ganz unnütz, oder?«

Axis lächelte ein wenig schuldbewußt bei den Worten des Vogelmenschen. »Ich glaube, wir beide können noch eine Menge voneinander lernen, Geschwaderführer.«

Weitsicht nickte ihm zustimmend zu. »Dann fangen wir am besten gleich damit an, Euch etwas über unsere Luftkämpfer zu erzählen.«

Aschure eilte über den Gang und preßte den Wolfen an sich. Sie würde zum Unterricht mit Dornfeders Staffel zu spät kommen, weil sie noch eine Besorgung für Rivkah hatte erledigen müssen. Dabei freute sie sich doch schon auf die Übungsstunde. Sie hatte enorme Fortschritte gemacht und konnte mittlerweile sogar mit Dornfeder mithalten. Die junge Frau war selbst am meisten von ihrem neuen Können überrascht. Nächste Woche, so hatte der Staffelführer ihr versprochen, sollte sie lernen, ein bewegliches Ziel zu treffen, wenn sie sich dazu auch selbst noch in Bewegung befand. Aschure konnte die neue Herausforderung kaum abwarten.

»Mein liebes Mädchen«, rief eine gutgelaunte Stimme hinter ihr. »Kennt Ihr Euch vielleicht in diesem Wirrwarr von einem Kaninchenbau aus?«

Sie blieb stehen, drehte sich um und hätte vor Schreck fast den Bogen fallengelassen. Zwei Brüder des Seneschalls näherten sich ihr. Der eine groß und hager, der andere klein und dick. Beide hatten freundliche Gesichter, weiße Haarkränze umgaben ihre Köpfe wie Heiligenscheine, und ihre Kutten sahen aus, als wären sie monatelang nicht mehr gesäubert worden.

Aschure trat vorsichtshalber einen Schritt zurück und schloß die Rechte um den Bogen. Ihre Linke näherte sich dem Köcher am Rücken.

»Kennt Ihr uns denn nicht mehr?« fragte der Hagere. »Könnt Ihr Euch nicht an uns erinnern?«

Die junge Frau betrachtete die Mönche jetzt etwas genauer, dann wußte sie es wieder. »Ihr seid doch die Brüder, die mit Axis nach Smyrdon gekommen sind, nicht wahr? Wart Ihr nicht auch Wächter, oder so was?« Der Krieger hatte ihr erzählt, daß die beiden etwas mit der Prophezeiung zu tun hatten.

»Ganz recht, und wir sind es noch«, lächelte der Hagere, stellte sich als Veremund vor und wies auf seinen Begleiter, »und das hier ist Ogden.« Beide verbeugten sich vor ihr.

Die Bogenschützin schüttelte ihnen die Hand. »Und mein Name ist Aschure. Axis wird sich sicher freuen, wenn er erfährt, daß Ihr Euch hier im Krallenturm aufhaltet. Wollt Ihr ihn sprechen? Den Nachmittag verbringt er meistens mit Sternenströmer und Morgenstern.« Mit den Schießübungen würde es heute wohl nichts mehr werden.

»Ach, meine Liebe, es wäre wirklich furchtbar nett von Euch, wenn Ihr uns dorthin bringen könntet«, sagte Veremund, und so machte Aschure kehrt und führte die beiden durch die Schächte und Gänge.

Axis hatte den ganzen Morgen und auch einen Teil des Nachmittags mit den Geschwaderführern verbracht. Er fühlte sich jetzt körperlich wie geistig völlig ausgelaugt. Dabei war ihm klar, daß es die nächsten Wochen so weitergehen würde. Die Luftarmada würde ihn gehörig beschäftigt halten. Da sollte er besser jetzt die Zeit nutzen und noch die Lieder lernen, die seine Großmutter ihm beibringen konnte.

Sternenströmer zog sich wieder auf seinen Schemel in der Ecke zurück, und Morgenstern stellte sich vor ihren Enkel. Nach diesem Nachmittag würden die beiden Zauberer ihrem Lehrling alles beigebracht haben, was sie wußten. Fortan lag es bei Axis selbst, in welche Richtung er seine Kräfte auf dieser Grundlage weiterentwickelte.

Der Krieger wurde schnell ruhiger. Heute wirkte die Musik so schnell, daß er das Gefühl hatte, gleich einzuschlafen, während die Großmutter seinen Kopf hielt. Ihre Stimme schien alles um ihn herum zu dämpfen, und ihre Finger lagen so fest und sicher an seinen Schläfen, daß er seinen Kopf sinken und seine Gedanken treiben ließ.

»Und jetzt kommen wir zum Lied der Harmonie«, sagte Morgenstern leise. »Mit ihm besänftigt man Gefühlsausbrüche, beruhigt Gemüter und verwandelt gewalttätige Gedanken in friedvolle.« Sie lächelte leise. »Für einen großen Krieger kann diese Melodie mindestens so wertvoll sein wie die stärkste Waffe. Deswegen hört genau zu, und prägt es Euch gut ein.«

Morgenstern öffnete den Mund, um das Lied zu singen, hielt dann aber verblüfft inne, als Axis es vor ihr zu summen begann. Die Großmutter warf Sternenströmer einen fragenden Blick zu.

Axis überraschte die beiden jetzt noch mehr, als er auch noch den Text des Harmonieliedes kannte.

Die Großmutter ließ seinen Kopf los und wich mit laut klopfendem Herzen zurück. Niemand konnte ihrer Erfahrung nach zu so etwas in der Lage sein.

Sein Vater trat nun behutsam zu ihr und fragte leise: »Wann habt Ihr ihm diese Weise schon einmal vorgesungen, Mutter?«

Sie schüttelte langsam den Kopf. »Noch nie. Aus verständlichen Gründen habe ich es bis zuletzt aufgehoben. Aber habt Ihr ihm damals ...«

»Ihr wißt doch, daß ich mich nicht so gut auf die Wassermusik verstehe, erst recht nicht auf dieses Lied. Ganz bestimmt habe ich es ihm nicht beigebracht.«

Morgenstern legte die Stirn in Falten. Ihre Befürchtungen schienen sich zu bewahrheiten. »Wartet, bis er mit der Weise fertig ist«, flüsterte sie. »Dann müssen wir ihm ein paar Fragen stellen.«

Der Zauberlehrling bekam von diesem Austausch nichts mit, konzentrierte sich ganz auf das Harmonielied und brachte es schließlich zu Ende. Danach herrschte für einen Moment Schweigen in dem kleinen Raum, bis Axis die Augen wieder öffnete. »Das war eine wunderschöne Weise, Großmutter. Ich dank Euch dafür.«

Bevor Morgenstern von ihm Auskunft verlangen konnte, klopfte es leise an der Tür, und Aschure trat ein. Aber nicht allein, sondern – Gott behüte – mit zwei Mönchen des Seneschalls.

Die junge Frau entdeckte sofort Morgensterns entsetztes Gesicht und erklärte mit einem beruhigenden Lächeln. »Dies sind die beiden Wächter, von denen Axis erzählt hat, Ogden und Veremund.«

»Ihr beiden?« Der Krieger stand sofort auf und schüttelte jedem von ihnen erfreut die Hand. »Wie schön, Euch wiederzusehen. Aber was führt Euch hierher? Ging es der Dame gut, als Ihr sie verlassen habt?«

Der kleine Dicke lachte. »Axis, mein Lieber, so viele Fragen auf einmal. Bitte, stellt uns doch erst diesen wunderbaren Herrschaften hier vor.«

Der Krieger holte das Versäumte gleich nach, und die beiden alten Mönche behandelten seinen Vater und seine Großmutter gleich in ihrer gewohnten freundlichen und etwas redseligen Art.

Aschure lächelte, weil Axis sich wirklich darüber zu freuen schien, die beiden wiederzusehen. »Ich habe die zwei entdeckt, als sie durch die Gänge des Krallenturms irrten. Keine Ahnung, warum sie gekommen sind oder wie sie hier hereingefunden haben.«

Axis bedankte sich bei ihr mit einem Kuß auf die Wange. »Danke, Aschure, Ihr habt mir den ganzen Tag verschönt.« Dann betrachtete er die beiden alten Freunde. »Allerdings will ich nicht verhehlen, daß diese Burschen mir manches Mal so sehr auf die Nerven gefallen sind, daß ich sie am liebsten von der höchsten Spitze der Eisdachalpen geworfen hätte. Ihr Herren, Ihr wißt gar nicht, welches Glück Ihr gehabt habt, mir in einer solchen Stimmung nicht in die Quere gekommen zu sein.«

Veremund strahlte ebenso wie sein Mitbruder. »Wir freuen uns, daß Ihr Euren Vater gefunden und Eure Abstammung so bereitwillig angenommen habt.«

»Wir sind nicht allzu lange bei Bornheld geblieben«, teilte ihm Ogden nun mit. »Er und seine Truppe sind gut aus der Festung gekommen und haben dann ein strammes Tempo vorgelegt. Als wir sie zuletzt sahen, ritten sie gerade in Richtung Jervois. Faraday geht es den Umständen entsprechend gut. Yr weicht ihr nicht von der Seite.«

Axis wirkte etwas erleichtert. »Danke, meine Freunde. Nachdem wir die Skrälinge erfolgreich von der Festung fortgelockt hatten, besaßen wir keine Möglichkeit mehr festzustellen, ob das Hauptheer unbehelligt abrücken konnte. Jetzt beruhigt es doch mein Herz zu erfahren, daß Faraday nichts zugestoßen ist.«

Der Dicke nickte und bemerkte jetzt, daß Morgenstern und Sternenströmer etwas beklommen dastanden. »Oh, wir haben sicher beim Unterricht gestört. Vergebt uns bitte.«

»Ja, so könnte man es nennen«, murmelte die Großmutter.

»Dann sollten wir uns besser zurückziehen«, meinte Ogden. »Axis, vielleicht können wir uns später treffen und über alles reden. Ich wette, es gibt da eine Menge –«

Morgenstern unterbrach ihn. »Ja, da wäre einiges zu bereden, und das am besten gleich. Nein, wartet.« Sie hob eine Hand, um die Mönche aufzuhalten, die sich schon zur Tür begaben. »Ich glaube, es wäre nicht schlecht, dazu die Meinung von zwei Wächtern zu hören. Bleibt also bitte bei uns. Axis, setzt Euch bitte wieder hin.«

Axis gehorchte verwundert. Unbemerkt von den anderen ließ sich Aschure bei der Tür auf dem Boden nieder.

Morgenstern sammelte sich.

»Axis, Eure Ausbildung ist besser als erwartet verlaufen. Ihr besitzt die außerordentliche Gabe, Euch ein Lied schon beim ersten Hören einzuprägen, und Ihr versteht Euch auch darauf, die Energie einzusetzen, die durch eine Melodie fließt. Auch hat es den Anschein, als hörtet Ihr den Sternentanz viel deutlicher als jeder andere hier. Damit seid Ihr ein höchst bemerkenswerter Zauberer.«

Axis riß die Augen weit auf. Seine Großmutter hielt sich gewöhnlich mit Lob sehr zurück.

»Er ist doch schließlich der Sternenmann«, wandte Veremund ein, »da darf man wohl erwarten ...«

»Und ich bin keine Närrin«, brachte Morgenstern ihn zum Schweigen. »Mir ist bewußt, daß Axis über außerordentliche Fähigkeiten verfügt. Ich weiß auch, daß er aufgrund seiner besonderen Stellung keine Schwierigkeiten mit seiner Ausbildung haben und sie rascher hinter sich bringen wird als jeder normale Zauberlehrling, der dafür Jahre benötigen würde. Das alles ist mir bekannt, und darüber will ich hier auch gar nicht reden.«

Sie atmete tief durch, um nicht aus der Haut zu fahren, und um sich nicht anmerken zu lassen, wie Furcht und Ärger in ihr brodelten.

»Axis«, begann sie dann und sah ihn an und gab sich den Anschein großer Gelassenheit, »woher kanntet Ihr das Lied der Harmonie?«

Der junge Mann runzelte verwirrt die Stirn. »Aber Ihr habt es mir doch eben vorgesungen, Großmutter.«

»Nein«, widersprach sie kaum hörbar, und ihre Finger tasteten nach der Kette an ihrem Hals, »ich habe Euch nur gesagt, wie das Lied heißt und wozu man es einsetzen kann. Aber als ich es Euch dann vortragen wollte, habt Ihr selbst angefangen, es zu singen. Ihr müßt die Weise also schon gekannt haben.«

»Ich ...« Axis versuchte sich zu erinnern.

»Dieses Lied kann Euch nicht Sternenströmer beigebracht haben, als Ihr noch im Leib Eurer Mutter wart. Damit habt Ihr es also nicht von ihm. Und ich habe es Euch gewiß nicht bei einer früheren Gelegenheit vorgetragen. Und doch war Euch das Lied bekannt. Wenn es eines Sonnenfliegers bedarf, um einen anderen Sonnenflieger in die Zauberkünste einzuführen, woher habt Ihr dann dieses Lied? Die beiden einzigen noch lebenden anderen Zauberer dieser Familie kommen dafür nicht in Frage.« Morgenstern warf einen kurzen Blick auf die beiden Wächter. »Kein Zauberer, und mag er auch über eine noch so große Macht verfügen, kommt von alleine auf solche Lieder. Irgendwer muß sie ihm vorher beigebracht haben, und das kann nur durch ein Familienmitglied erfolgt sein.«

Sie wandte sich an ihren Sohn: »Sternenströmer, als Ihr Eurem in Rivkah heranwachsenden Kind einige Lieder beigebracht habt, befand sich da auch das Genesungslied darunter?«

»Nein«, antwortete der Zauberer. »Ich habe ihm vieles vorgesungen, aber nicht diese Weise. So etwas bringen wir für gewöhnlich nicht einem Ungeborenen bei.«

Die Großmutter nickte. »Und dennoch kannte Axis auch dieses Lied. Er hat es dem Awarenmädchen vorgesungen, wie Ramu mir berichtete.«

»Das stimmt«, bestätigte Ogden. »Veremund und ich waren dabei und haben ihn gehört. Axis hat das Lied fehlerfrei und wunderschön gesungen.«

»Nun, mein Lieber«, wandte Morgenstern sich wieder an ihren Enkel. Jetzt war ihr Gesicht von den tiefen Falten der Anstrengung durchzogen, »seit Ihr hier Unterricht erhaltet, habt Ihr gut gelernt. Sehr gut. Zu gut. Darüber habe ich oft und lange nachgedacht. Und als Ihr eben auch noch wie von selbst das Lied der Harmonie vortragen konntet, bestätigte das meine schlimmsten Befürchtungen. Axis, Euer Vater und ich haben Euch im Grunde gar nichts beigebracht, sondern Euch lediglich an Melodien und Texte erinnert. Man muß Euch also schon früher ausgebildet haben, wahrscheinlich im Kleinkindalter.«

Morgenstern hielt inne, halb aus Erschöpfung, halb aus Furcht, die nächste Frage zu stellen. Als sie dann wieder die Stimme erhob, fielen ihre Worte wie Steine in die Totenstille des Raums. »Wer hat Euch in Eurer frühesten Jugend ausgebildet, Axis? Sagt es mir, wer?«

Der Krieger starrte sie fassungslos an. Aber seine Großmutter sah ihn so drängend an, daß er schon befürchtete, sie würde ihn durchschütteln, wenn er ihr nicht bald antwortete. Langsam erhob sich der junge Mann. »Morgenstern, ich verstehe nicht so ganz, was Ihr meint. Ich soll schon früher eine Ausbildung genossen haben? Von wem und zu welchem Zweck? Wenn man mir schon als Kind alles beigebracht haben sollte, warum konnte ich meine Fähigkeiten dann bis vor kurzem nie einsetzen? Nein, nein, Großmutter, da müßt Ihr Euch irren.«

Sie sah ihn streng an. Wenn er seine Verwirrung nur vortäuschte, dann machte er seine Sache verdammt gut. »Man hat Euch, vermutlich in jungen Jahren, zum Zauberer ausgebildet. Aber offenbar könnt Ihr Euch daran nicht mehr erinnern. Weil Ihr nie richtig lerntet, Eure Kräfte einzusetzen, gerieten sie in späteren Jahren wohl in Vergessenheit. Aber im Verlauf des letzten Jahres, als die Wächter und die Prophezeiung Euch Eure Vergangenheit offenbarten und Ihr Eure wahre Herkunft kennenlerntet, kehrten die Lieder in Euer Bewußtsein zurück.«

»Aber, Morgenstern«, wandte Veremund ein, »habt Ihr nicht eben gesagt, daß nur ein Zauberer aus derselben Familie ihn hätte unterweisen können?«

Die Zauberin nickte, ohne ihn anzusehen. »Genau so verhält es sich.«

»Aber welcher andere Zauberer aus Eurer Familie hätte sich denn in dieser Absicht Axis nähern können?«

Morgenstern hob den Kopf. »Sternenströmer und ich sind die einzigen lebenden Zauberer der Familie Sonnenflieger, abgesehen natürlich von Axis. Ich erhielt meine Ausbildung von meiner Mutter Schwebstern, aber sie ist schon vor dreihundert Jahren gestorben.«

»Soll das etwa heißen, irgendwo läuft noch ein Zauberer aus dem Hause der Sonnenflieger herum?« fragte Aschure, und alle im Raum zuckten zusammen, weil sie vergessen hatten, daß die junge Frau sich ebenfalls noch hier aufhielt. »Jemand, den Ihr nicht einmal kennt? Und der dem kleinen Axis alles beigebracht hat?«

Die Großmutter drehte sich zu Aschure um, die sich jetzt erhob. »Ja, ich hatte Angst davor, diese Worte auszusprechen. Aber jetzt, da Ihr das für mich getan habt, kann ich sie nur bestätigen. Genau das befürchte ich.«

»Aber wer könnte das denn sein?« fragte Axis. »Warum versteckt er sich vor uns? Warum hat er sich mir später nie wieder gezeigt? Und wie kann ein ikarischer Zauberer überhaupt in den Turm des Seneschalls gelangen? Wie soll das alles möglich sein? Ich verstehe überhaupt nichts mehr.«

»Mein Sohn.« Sternenströmer trat zu ihm und legte ihm beruhigend eine Hand auf die Schulter. »Ich fürchte, die Sache verhält sich noch schlimmer, als es im Moment den Anschein hat. Wenn es einen weiteren Sonnenflieger-Zauberer geben sollte ...« Er zögerte. »Dann würde das erklären, wer Gorgrael in allem unterrichtet hat.«

Morgenstern fing an zu zittern und griff sich entsetzt an den Hals. »Der Zerstörer ...«

»Nach dem Jultidenfest fragte Freierfall mich, wer Gorgrael im Gebrauch seiner Fähigkeiten unterwiesen habe«, berichtete Sternenströmer, nahm seine Hand von Axis' Schulter und trat zu seiner Mutter. »Damals antwortete ich ihm, daß er seine Kräfte weniger aus dem Sternentanz als vielmehr aus der disharmonischen Musik beziehe, aus dem Tanz des Todes. Aber eigentlich bin ich damit Freierfalls Frage ausgewichen. Auch ein Gorgrael muß beigebracht bekommen, wie man solche Kräfte einsetzt. Und diesen Unterricht kann ihm nur ein Mitglied seiner Familie erteilt haben. Ein Sonnenflieger.«

»Aber wer sollte das denn sein? Wer könnte schon beide ausbilden, und dann auch noch in solch grundsätzlich unterschiedlicher Musik?« Morgenstern wandte sich ratsuchend an die Wächter. »Ogden und Veremund, wißt Ihr vielleicht eine Antwort darauf? Bitte ...«

Doch die Mönche schüttelten den Kopf. Der Hagere breitete hilflos die Arme aus. »Die Prophezeiung enthält viele Rätsel, die wir noch nicht lösen können. Meines Wissens spielt die Weissagung auch an keiner Stelle auf diese Frage an. Darin heißt es lediglich, daß derselbe Mann sowohl den Sternenmann als auch den Zerstörer gezeugt hat, und bei diesem handelt es sich, wie wir inzwischen herausgefunden haben, um Sternenströmer. Aber wir erfahren nichts darüber, wer die beiden ausbildet. Bei ihm muß es sich jedoch um einen Sonnenflieger handeln, denn beide Söhne gehören dieser Familie an.«

»Axis«, wandte sich die Großmutter an ihren Enkel, »wißt Ihr vielleicht mehr darüber? Gibt es irgendwas, das Ihr uns bisher verschwiegen habt?«

Das empörte den jungen Mann zutiefst. »Ich würde Euch niemals anlügen, Morgenstern, und ich behalte auch nichts für mich. Wenn ich mehr darüber wüßte, hätte ich es Euch doch längst gesagt!«

Aschure trat neben ihn und legte ihm beschwichtigend die Hand auf die Schulter. »Ganz ruhig, Axis, so hat sie es doch gar nicht gemeint. Eure Großmutter möchte nur erfahren, ob Euch irgend etwas in Erinnerung geblieben ist, und sei es auch nur eine Kleinigkeit.«

Der Krieger wollte auch sie anfahren, riß sich dann aber zusammen. »Nein. Ich weiß nur eines: Seit Ogden und Veremund mir vor einigen Monaten die ikarische Fassung der Prophezeiung zu lesen gaben, tauchen immer mehr Lieder und Erinnerungen in meinen Gedanken auf. Ehrlich gesagt habe ich mich auch noch nicht gefragt, wie sie dort hingekommen sind.«

»Veremund und ich hätten das auch tun sollen«, sagte Ogden. »Wir hätten uns die Frage stellen müssen, woher Axis das Lied der Genesung kennt. Und warum ihm auch andere Lieder vertraut sind ...« Er zuckte die Achseln. »Aber in unserer Freude darüber, den Sternenmann gefunden zu haben und damit das Eintreffen der Prophezeiung, haben wir das wohl ganz vergessen.«

Morgenstern sah die Anwesenden der Reihe nach an, und ihr Blick blieb dann an ihrem Enkel hängen. »Stellen wir also fest: Euch wurde Unterricht erteilt, und auch Gorgrael. Und das von einem uns unbekannten Sonnenflieger. Damit erhebt sich die Frage, wo kommt er oder sie her? Antwort: Nur aus meinem Bauch oder dem meiner Mutter. Beide Möglichkeiten entfallen aber. Ich kann euch versichern, daß ich nur zwei Söhne bekommen habe, und ich selbst war ein Einzelkind. Während meiner Geburt traten Komplikationen ein, und danach konnte meine Mutter keine Kinder mehr bekommen.« Die Zauberin legte eine Atempause ein, und als sie dann fortfuhr, sprach sie so leise, daß die anderen sie kaum verstehen konnten: »Dieser unbekannte Sonnenflieger ist uns demnach nicht nur ein vollkommenes Rätsel, er scheint auch über gewaltige Kräfte zu verfügen. Nie zuvor ist es einem ikarischen Zauberer gelungen, die Dunkle Musik einzusetzen. Wir wissen ja nicht einmal mit letzter Gewißheit, ob sie überhaupt existiert; bislang kennen wir sie nur in der Theorie. Dieser Fremde beherrscht nicht nur die Dunkle Musik, er ist auch noch in der Lage, andere in ihrem Gebrauch zu unterweisen – eben Gorgrael. Ich muß Euch ehrlich gestehen, daß ich mich vor diesem Unbekannten fürchte.«

Lange Zeit sprach keiner ein Wort. Alle versuchten, das eben Gehörte zu verarbeiten. Ogden und Veremund faßten sich an den Händen, Sternenströmer verbarg vor den anderen das Gesicht und Aschure lehnte sich an Axis und legte ihm einen Arm um die Hüfte. Der Krieger lächelte sie dankbar an. Sie war wirklich eine gute Freundin.

»Ich fürchte, wir weichen immer noch den eigentlichen Fragen aus«, bemerkte Sternenströmer, als er sich endlich wieder den anderen zuwandte. »Die lauten nämlich: Wo hält sich der unbekannte Zauberer aus unserer Familie gerade auf? Was plant er? Und auf wessen Seite steht er – auf der von Axis oder auf der von Gorgrael?«

7
Dunkler Mann, lieber Mann

Die vier Skräbolde krochen vor Gorgrael auf dem Boden. Selbst Skräfurcht, der älteste und mutigste unter ihnen, lag auf dem Bauch. Seine Krallenhände umfaßten die Zehen des Zerstörers und baten ihn um Vergebung und darum, seiner Liebe wieder teilhaftig werden zu dürfen.

Gorgrael genoß die Not seiner Offiziere. Der Angriff am Erdbaum war katastrophal schiefgelaufen. Nicht nur waren die Skräbolde nicht in der Lage gewesen, das Heiligtum zu zerstören, nein, der Baum war auch noch erwacht und sang sein Lied so laut, daß Gorgrael der Zutritt zum nördlichen Awarinheim verwehrt blieb. Und dann hätte einer dieser Nichtsnutze beinahe noch Sternenströmer getötet, obwohl sie doch den ausdrücklichen Befehl gehabt hatten, den Ikarier lebendig und einigermaßen wohlbehalten vor ihn zu bringen. Für so viel Versagen verdienten die Offiziere die härteste Bestrafung.

»Los, erhebt Euch!« knurrte der Zerstörer. »Aber nur auf die Knie, nicht weiter! Euch steht es noch nicht zu, in meiner Gegenwart stehen zu dürfen.«

Er trat einen Schritt zurück, während die Skräbolde sich langsam hocharbeiteten. Zum ersten Mal seit dem Fall der Feste Gorken hatte Gorgrael sie alle vor sich versammelt, und er wollte ihre Furcht so lange wie möglich auskosten.

Der Zerstörer zischte vor Wut und Ärger und bewegte langsam das gewaltige Haupt hin und her. Die Skräbolde wimmerten, als das trübe Licht auf seinen Hauern glitzerte. Sie wußten genau, was diese Stoßzähne bei ihnen anrichten konnten.

Bei Gorken hatte sich alles so gut angelassen. Die Geister hatten die Stadt rasch erobert, und Tausende Menschen waren umgekommen. Der Zerstörer hatte den Kampf aus seiner fernen Eisfestung verfolgt, die sich weit nördlich von Awarinheim erhob, und bei jedem sterbenden Feind vor Freude gekreischt.

Aber dann war Axis entkommen. Zusammen mit einer stattlichen Streitmacht. Er war in die Arme seines Vaters geflohen, den Gorgrael doch so liebend gern hier bei sich gehabt hätte. Und bei diesem kühnen Unternehmen hatte er auch noch eine Unzahl von Eiskreaturen vernichten können.

Damit sah sich der Zerstörer gezwungen, seinen Vormarsch in den Süden aufzuhalten. Die verbliebenen Truppen reichten gerade aus, das bereits eroberte Gebiet zu halten: Ichtar vom Andeismeer bis zu den Urqharthügeln. Dieses Gebiet war nun totes Land, auf dem sich nur noch die gefrorenen Leichen der Gefallenen befanden. Wenigstens daran konnte sich Gorgrael erfreuen.

Aber da dem Zerstörer nun die Hände gebunden waren und er seine Invasion verschieben mußte, konnte er zumindest dafür sorgen, daß Zucht und Ordnung in seine Armee zurückkehrten. Er würde die Skrälinge wieder Disziplin lehren, ein paar weitere Eiswürmer schaffen und auch aus dem vorhandenen Material ein paar neuartige Kreaturen schaffen. Damit müßten sich dann die acharitischen Linien durchbrechen lassen – und mit seiner neuen Streitmacht könnte er sicher auch die Armee vernichten, mit der Axis unweigerlich gegen ihn anrücken würde. So wie der Krieger Zeit benötigte, um neue Kräfte um sich zu sammeln, brauchte auch der Zerstörer eine Verschnaufpause, um sein Heer wieder auf Vordermann zu bringen.

»Ihr seid elende Versager!« fuhr Gorgrael seine Offiziere giftig an. Das flackernde Licht ließ seinen Schädel, der sich aus dem eines Vogels, eines Menschen und eines Raubtiers zusammensetzte, noch unheimlicher erscheinen.

»Wir haben unser Bestes gegeben!«

»Aber es ist so schwierig, sich mitten im Kampfgetümmel an den genauen Wortlaut von Befehlen zu erinnern!«

»Die Skrälinge sind ja so unzuverlässig!«

»Und erst all das widerliche Feuer!«

Die Entschuldigungen nahmen kein Ende, bis der Zerstörer ihnen in die Parade fuhr.

»Euer Scheitern sagt mir, daß Ihr mich nicht genug liebt!« Die Skräbolde schrien sofort, daß das überhaupt nicht stimme und sie ihn über alles liebten, ja, allein für ihn lebten.

Aber Gorgrael wandte sich angewidert ab. »Ich werde Euch jetzt zeigen, welche Strafe solche Versager wie Euch erwartet.«

Er näherte sich Skräfurcht, seinem erfahrensten Offizier, der ihn am meisten enttäuscht hatte. Aschures Pfeil steckte dem Wesen noch im Hals. Die Wunde hatte sich schwarz verfärbt, war brandig geworden und sonderte Eiter ab, der ihm über die Brust rann. Gorgrael packte den Pfeil und drehte ihn so hart herum, daß seine Kreatur gellend kreischte. Er wartete, bis die Schreie des Wesens in Schluchzer übergegangen waren, und drehte dann den Schaft noch einmal herum, und jetzt noch fester. Die Spitze zerriß mit einem häßlichen Geräusch das Fleisch der Kreatur.

»Werdet Ihr mir noch einmal eine solche Schmach bereiten?« zischte der Zerstörer Skräfurcht ins Ohr. »Na? Antwortet mir!«

»Nein, nein, niemals!« jammerte der Offizier. »Nicht noch einmal, ganz gewiß nicht!«

Gorgrael ließ den Pfeil los, und das Wesen brach auf dem Boden zusammen. Der Herr wandte sich von seinem erbärmlichen Anblick ab. Er benötigte einen klügeren und zuverlässigeren Leutnant.

Timozel ...

Der Zerstörer verzog die Lippen zu einem Lächeln. Zu dumm, daß der Jüngling sich mit einem Eid an Faraday gebunden hatte. So lange dieser Schwur nicht gebrochen war, konnte Timozel sich immer wieder Gorgraels Wünschen entziehen.

Nun, dann würde er bis dahin eben mit den Skräbolden vorlieb nehmen müssen. Er tätschelte dem am Boden liegenden Offizier den Schädel.

»Ich liebe Euch immer noch, Skräfurcht, trotz allem, Euch und Eure Brüder.«

Das Wesen heulte vor Glück und umfing wieder die Füße seines Herrn. »Ich will auch gewiß alles tun, was Ihr sagt. Jetzt und immerdar.«

»Ja, ja«, entgegnete der Zerstörer geistesabwesend, während er die Finger der Kreatur von seinem Knöchel löste. »Aber jetzt verzieht Euch. Ich spreche später wieder mit Euch. Gebe Euch dann neue Befehle und einen neuen Auftrag. Doch bis dahin muß ich allein sein.«

Skräfurcht heulte vor Dankbarkeit und krabbelte dann auf allen vieren aus dem Raum. Seine drei Brüder beeilten sich ihm zu folgen. Wer wußte schon, wie lange ihr Glück noch anhielt. Heute hatte ihr geliebter Herr darauf verzichtet, auch sie zu züchtigen.

Gorgrael lief zwischen den schweren dunklen Möbeln in seinem Gemach hin und her – unheimlich geformten, fremdartigen Stücken, die in jede Ecke ihre Schatten warfen. Der Zerstörer liebte die düstere Atmosphäre dieses Raums mit ihrer unterschwelligen Boshaftigkeit. In dieser Umgebung hatte er seine besten Einfälle.

Eine Ecke des Zimmers wurde von einer massiven Feuerstelle mit schweren gußeisernen Kaminplatten beherrscht. Obwohl der Zerstörer seine Kreaturen hauptsächlich aus Nebel und Eis erschuf, handelte es sich bei ihm selbst doch um ein Wesen aus Fleisch und Blut, das in regelmäßigen Abständen der Wärme und Behaglichkeit eines offenen Feuers bedurfte. Jetzt stapfte er auf den kalten Kamin zu und schnippte mit den Fingern. Sofort leckten Flammen über die Scheite, die im Hintergrund aufgetürmt waren. Gorgrael murmelte vor sich hin. Manchmal sah er im Feuer seltsame Gestalten, die ihm Unbehagen bereiteten.

Danach drehte Gorgrael sich zu einer Kommode um, deren Oberflächen und Kanten so intensiv poliert waren, daß das Holz glänzte. Er öffnete sie und holte eine kristallene Karaffe hervor. Der Zerstörer lächelte. Dieses schöne Stück hatte er zusammen mit dazu passenden Gläsern aus der Feste Gorken mitgenommen. Die Vorstellung gefiel ihm ungemein, daß Bornheld und Faraday sie bei ihrer Flucht hatten zurücklassen müssen. Er summte eine gebrochene, düstere Melodie, nahm mit seiner schuppigen Klauenhand ein Glas und füllte es mit dem Wein aus der Karaffe.

Oh ja, Gorgrael sah sich durchaus als Mann mit Geschmack und Manieren. Darin konnte er es mit jedem aufnehmen. Ganz gewiß mit Axis. Faraday würde vielleicht noch lernen, die Zeit zu genießen, die sie in seiner Burg verbrachte. Möglicherweise hielt sie ihn dann sogar für einen angenehmen Gesellschafter. Dann müßte er sie wohl doch nicht töten.

Der Zerstörer trank einen Schluck und schlug dabei leicht mit dem Glas gegen einen seiner Hauer. Ein Tropfen lief ihm übers Kinn, als sein groteskes Maul und die lange Zunge versuchten, das zierliche Kristallgefäß zu erfassen, aber nicht zu Schaden kommen zu lassen. Dann griff Gorgrael wieder in die Kommode und zog ein großes Paket hervor. In der Festung hatte er mehr Beute gemacht als nur ein wenig Kristall.

Zufrieden grunzend begab er sich damit zu seinem Lieblingssessel und schob ihn näher ans Feuer heran. Ein guter Sessel, beinahe ein Thron, mit einer hohen Lehne und daran befestigt ausgebreitete Schwingen, die fast bis an die Decke reichten. Der Zerstörer ließ sich darin nieder und riß mit der freien Hand das Paket auf. Lange saß er nur da und betrachtete den Inhalt. Dann zog Gorgrael die Krallen ein und strich so vorsichtig wie möglich über seinen neuesten Schatz. Aufgeregt trank er den restlichen Wein in einem Zug aus und schleuderte dann das störende Glas in den Kamin, wo es zwischen den Flammen zersprang.

Auf dem Schoß des Zerstörers lag zerdrückt und zusammengeknüllt das smaragd- und elfenbeinfarbene Hochzeitskleid Faradays. Während er es bewunderte und den Geruch und die Erinnerung an die Frau, die es einmal getragen hatte, in sich aufnahm, überkamen ihn unbekannte, schmerzliche Gefühle, die ihn mit Anteilnahme erfüllten. Etwas, das Gorgrael überhaupt nicht behagte. Und schlimmer noch, er fühlte sich plötzlich verloren, und dieses Gefühl konnte er gar nicht ertragen.

Plötzlich gab es eine Bewegung in der Luft, Wirbel fuhren durch den Raum, und die Flammen schlugen höher.

»Sie ist eine sehr schöne Frau, Gorgrael«, sagte eine leise und sanfte Stimme hinter ihm. »Da wundert es mich nicht, wenn Ihr hier mit ihrer Seide sitzt, um Euch Trost zu spenden.«

»Lieber Mann«, entfuhr es dem Zerstörer tonlos. Monate waren vergangen, seit der Dunkle Mann ihn zum letzten Mal besucht hatte.

Eine vollkommen eingehüllte Gestalt kam um den Sessel herum, stellte sich für einen Moment ans Feuer und kehrte Gorgrael halb den Rücken zu. Der Mann hatte die Kapuze seines schweren schwarzen Umhangs tief ins Gesicht gezogen.

»Seid Ihr der Dame schon einmal begegnet?« fragte der Zerstörer, der jetzt unbedingt mehr von Faraday erfahren wollte. »Habt Ihr gar mit Ihr gesprochen?«

Die Gestalt ließ sich vor dem Feuer nieder. »Ja, ich kenne Faraday, und ich habe bei einigen Gelegenheiten ein paar Worte mit ihr gewechselt.«

Gorgrael preßte die Seide an sich. »Und, begehrt Ihr sie?«

Der Dunkle lachte und klang ehrlich belustigt. »Viele sind ihr in Leidenschaft verfallen, mein Lieber, und es ist gut möglich, daß sie auch mich erregt. Aber das spielt keine Rolle. Wenn Ihr sie wollt, so werde ich Euch nicht im Wege stehen. Vergnügt Euch mit Ihr, wie immer es Euch beliebt.«

Die beiden schwiegen eine Weile, in der Gorgrael den Stoff betastete und der Dunkle in die Flammen starrte. Der Zerstörer hatte es schon lange aufgegeben, einen Blick auf das Gesicht dieses Mannes werfen zu können. So geschickt er es immer angestellt, so sehr er sich den Hals verrenkt hatte, niemals hatte er von dem Dunklen Mann, seinem Lieben Mann, mehr zu sehen bekommen als jetzt, von Kopf bis Fuß eingehüllt. Nicht einmal Gorgrael mit all seinen schwarzen Künsten konnte feststellen, was unter den Falten verborgen lag.

Seit seiner frühesten Kindheit hatte der Dunkle in seinem Leben eine Rolle gespielt. Die fünf Skrälinge, die ihm bei seiner grausigen Geburt auf die Welt geholfen hatten, hatten den Säugling in ihren Bau in der nördlichen Tundra gebracht. Dort hatten sie ihn gefüttert, bis er in der Lage war, selbst aus dem Loch zu kriechen und sich im Schnee auf die Jagd zu begeben. Zuerst hatte Gorgrael nur kleine Insekten fangen können. Dann schon die weißen Mäuse des nördlichen Ödlandes und bald darauf auch größere Tiere. Warmes und saftiges Fleisch, das seinem rasch wachsenden Körper Kraft gab. Tiere, die ihm auch noch die Felle zur Verfügung stellten, mit denen er sich nachts warmhielt. Die Skräbolde hatten ihn beschützt und ihn auch geliebt, aber das Leben unter diesen törichten Geisterwesen war ihm erbärmlich erschienen. Bis zu dem Tag, an dem er über ein Eisfeld gelaufen war und plötzlich diese verhüllte Gestalt auf ihn zu kam. Zuerst hatte der kleine Gorgrael sich vor diesem großen und geheimnisvollen Mann gefürchtet. Aber der Dunkle nahm ihn auf den Arm und flüsterte ihm Worte zu, die ihn bald vor Vergnügen jauchzen ließen. Er fühlte sich in seinem starken Arm wohl. Der Fremde sang ihm Traumlieder und erfüllte ihn mit Zuversicht.

Niemand außer Gorgrael wußte von seinen Besuchen. Selbst die fünf Skräbolde, damals noch simple Skrälinge, die er erst später zu seinen Offizieren gemacht hatte, wußten nichts von der Existenz des Dunklen. Damals hatte ihn der Liebe Mann täglich besucht, sang ihm merkwürdige Lieder von Macht und Zauberei, lehrte ihn alles über seine Herkunft und Bestimmung und wies ihm den Pfad, den er in seinem späteren Leben beschreiten sollte. Der Kleine erwies sich als sehr guter Schüler. Er liebte und ehrte seinen Lehrer, fürchtete ihn aber auch. Schon sehr früh begriff Gorgrael, daß er den Dunklen besser nicht ärgerte.

Aber in all den Jahren hatte er nie herausgefunden, wer sich hinter der Kapuze verbarg. Wann immer er ihn fragte oder versuchte, zwischen die Falten zu spähen, lachte Lieber Mann nur und wich sowohl seinen Fragen als auch seinen Blicken aus. Der Dunkle kannte auch Axis, denn er erzählte Gorgrael schon sehr früh von seinem verhaßten Halbbruder und lehrte ihn auch die Prophezeiung des Zerstörers. Aber der Kleine erfuhr, daß sein Lehrer ein emsiges Leben im Verborgenen führte. Er bediente sich verschiedener Verkleidungen, um die zu täuschen, die ihn liebten. Gorgrael erkannte auch, daß der Dunkle sich bemerkenswert gut darauf verstand, andere zu seinen Werkzeugen zu machen. Manchmal fragte er sich, wie sehr er selbst von seinem Lehrer beeinflußt wurde.

Und er wußte, daß der Dunkle mit all seinem Tun einen bestimmten Zweck verfolgte. Doch worum es sich dabei handeln mochte, blieb ihm weitgehend unbekannt.

»Das war ihr Hochzeitskleid«, murmelte Gorgrael. »Timozels schlafender Geist hat es mir verraten. Lieber Mann«, er sah jetzt geradewegs zu der Gestalt am Kamin hin, »ich brauche zuverlässigere Offiziere als diese Skräbolde. Ich möchte Timozel als Leutnant haben, aber er ist ja Faraday verpflichtet. Könnt Ihr mir einen Rat geben?«

»Irgendwann wird er der Eure sein«, versicherte ihm der Dunkle. »Schon manches Band, das mit aller Festigkeit geschmiedet wurde, zerriß nach einiger Zeit. Und viele Schwüre, mit heißem Herzen gesprochen, wurden irgendwann bedeutungslos.«

»Werde ich auch Faraday bekommen?«

»Ihr habt die Prophezeiung gelesen. Damit kennt Ihr die Antwort doch schon.« Der Liebe Mann klang jetzt etwas ungeduldig.

»Axis' Geliebte. Faraday ist die einzige, deren Schmerz seine Konzentration lange genug stören kann, um mir Gelegenheit zu geben, ihn zu vernichten.«

»Ja, ganz recht, Axis' Geliebte«, bestätigte der Lehrer. »Nur die Liebe ist das Werkzeug, mit der er besiegt werden kann. Ihr habt die Weissagung wohl gelernt.«

Faraday, dachte der Zerstörer, ich muß sie unbedingt in meine Hand bekommen.

Der Dunkle saß nur da und verfolgte die Gedankengänge, die sich auf der Miene seines Schülers widerspiegelten. Gorgrael würde seine Aufgabe erfüllen. Schon bei früheren Gelegenheiten hatte er seinen Wert bewiesen. Aber er mußte unbedingt lernen, seine Ungeduld im Zaum zu halten.

»Ihr geht zu rasch und unbesonnen vor«, tadelte der Lehrer ihn unvermittelt.

»Aber wieviel länger hätte ich denn noch warten sollen? Meine Armee war stark, meine Zauberkräfte befanden sich in voller Entfaltung, und Axis wußte noch wenig über seine wahre Bestimmung, über seine Fähigkeiten. Der Moment zum Zuschlagen erschien doch ideal.«

»Ihr hättet noch ein Jahr warten sollen. Bis Euch mehr Skrälinge und mehr Eiskreaturen zur Verfügung gestanden hätten, um Euren Willen durchzusetzen. Ihr hättet warten sollen, bis Eure Herrschaft über Eure Geschöpfe vollkommen gewesen wäre!« Der Dunkle hatte sich vorgebeugt und seine Stimme wurde unerbittlich, er streckte sogar einen Finger gegen seinen Schüler aus. »Nun habt Ihr wohl Ichtar erobert, ja, aber bis zum Einbruch des nächsten Winters könnt Ihr nicht weiter vordringen. Und bis dahin formieren sich die Kräfte, die Euch entgegenstehen. Vor sechs Monaten noch wußte Axis nichts von seiner Aufgabe. Aber dank Eures voreiligen Angriffs haben alle Hauptdarsteller in diesem kleinen Drama die Bühne betreten. Nun hat Axis das Lügengespinst zerrissen, das der Seneschall um ihn gewoben hat, und saugt die Lehren von Sternenströmer in sich auf wie ein trockener Schwamm Wasser. Ihr habt durch Eure Hast den Sternenmann erweckt, Gorgrael, und in der Folge davon Eure eigene Stellung so sehr geschwächt, daß Ihr vorerst nichts gegen ihn unternehmen könnt!«

Der Zerstörer wandte den Blick von dem Dunklen ab und versank in Nachdenken. »Ich werde trotzdem siegen.« Glaubte der Liebe Mann das etwa nicht?

»Aber ja«, entgegnete jedoch der Dunkle. »Das werdet Ihr ganz gewiß. Vertraut mir nur.«

8
Der Bruderführer schmiedet Pläne

Die silberfarbenen geheimnisvollen Wasser des Gralsees schlugen träge an die Fundamente der weißen Wände des siebzehnseitigen Turms des Seneschalls. Tief in seinem Innern lief Jayme, der Bruderführer des Seneschalls und damit Vermittler zwischen dem göttlichen Willen von Artor dem Pflüger und den Herzen und Seelen der Achariten, nervös in seinem Gemach auf und ab.

»Gibt es denn noch immer nichts Neues?« fragte er Gilbert schon zum vierten Mal an diesem Nachmittag.

Ein Feuer brannte im Kamin aus grüngeflecktem Marmor hinter dem Schreibtisch des Kirchenführers. Das Holz war hoch aufgeschichtet, und der helle Feuerschein schimmerte in all dem Kristall und Gold, das sich auf dem Sims befand. Vor dem Kamin lag ein kostbarer Teppich aus handgewebter smaragdgrüner und elfenbeinweißer Seide, der aus den ebenso exotischen wie heißen Ländern südlich von Koroleas stammte. Das Privatgemach des Bruderführers war wirklich mit einigem Luxus ausgestattet.

»Jayme«, begann Gilbert, einer seiner Assistenten und Berater. Er verbeugte sich ehrerbietig und schob die Hände in die weiten Ärmel seines Gewandes. »Die einzigen Nachrichten, die uns aus dem Norden erreichten, stammen aus Herzog Bornhelds Lager bei Jervois. Euer Axtherr wurde danach zuletzt gesehen, als er heulend und schreiend seine arg dezimierten Axtschwinger nach Norden führte, um die Skrälinge von der Feste Gorken fortzulocken.«

Der Bruderführer runzelte kurz die Stirn, als der junge Mönch von Axis als »Eurem Axtherrn« sprach. Gilbert hatte den Krieger nie sonderlich gemocht und fühlte sich in seiner Ablehnung bestärkt, seit die Meldungen von Axis' abscheulichem Verrat an der Sache der Kirche im Turm eingegangen waren. Jayme fühlte sich davon noch so entsetzt, daß es ihm an der Kraft mangelte, den jungen Mönch für seine Worte zu tadeln.

»Ein Manöver, das aber von Erfolg gekrönt war, Bruder Gilbert«, wandte an seiner Stelle Moryson ein, Jaymes oberster Berater und seit vierzig Jahren sein bester Freund. Der Mann saß nah beim Feuer, um sich aufzuwärmen. »Das Opfer des Axtherrn hat sehr vielen Menschen das Leben gerettet, das von Bornheld eingeschlossen.«

Ohne sich von diesem Einwurf aus der Fassung bringen zu lassen, fuhr der junge Mönch schon fort: »Seit die Scharen des Gorgrael durch Ichtar ziehen, erhalten wir keine Nachrichten mehr aus dem Herzogtum. Wer vermag da schon zu sagen, ob Axis noch lebt oder schon vor sich hinmodert?« So wie vor ihnen schon Bornheld hatten sich auch Jayme und seine Berater nach den Berichten von Gorken widerstrebend überzeugen lassen müssen, daß man es hier nicht mit Unaussprechlichen, sondern mit Gorgrael, einem ganz entsetzlichen Feind, zu tun hatte.

Der Bruderführer lief immer noch hin und her. »Bei Artor nochmal, ich habe Axis nicht geliebt und wie mein eigenes Kind großgezogen, um ihn jetzt auf diese Weise zu verlieren. Wie oft habe ich ihn als Säugling gewiegt und in den Schlaf gesungen? Er hatte doch keine Eltern mehr!«

»Besser er stürbe im Dienste Artors, als ihn an die Unaussprechlichen zu verlieren«, bemerkte der Eiferer Gilbert.

»Wie konnte Axis nur den Seneschall hintergehen – und damit auch mich?« rief Jayme gekränkt.

»Rivkah trägt die Schuld daran, weil sie sich mit einer von diesen Kreaturen ins Bett gelegt hat!« warf Gilbert ebenso laut ein. Der Herzog hatte ihnen einen sehr ausführlichen Bericht gegeben. »Frauen ist niemals zu trauen, sie sind eben das schwächere Geschlecht.«

»Gilbert! Genug jetzt!« Moryson erhob sich steif aus seinem Sessel, schwankte kurz und begab sich dann zu Jayme, um ihm mitfühlend einen Arm um die Schulter zu legen. »Beschimpfungen und Verdächtigungen helfen uns jetzt auch nicht weiter, junger Freund. Wir sollten uns lieber darüber klar werden, wie wir jetzt weiter vorgehen wollen.«

Der junge Bruder verzog verächtlich die Lippen. Alte Männer! Was der Seneschall wirklich dringend brauchte, war frisches Blut, um die Kirche wirksam davor zu schützen, daß die Unaussprechlichen eines Tages wieder in Achar einfallen würden. Artor bedurfte junger Männer, dachte Gilbert mit ausdrucksloser Miene, um seine Kirche zu retten, nicht aber alter Trottel, die lieber mit Worten als mit Waffen fochten.

»Dank dir, mein Freund«, murmelte Jayme und klopfte Moryson auf den Arm. »Es geht schon wieder. Aber für einen Moment überkam mich ...«

Moryson nickte verständnisvoll und zog sich vom Bruderführer zurück. Als sie die Nachricht erhalten hatten, daß der Axtherr mit den Unaussprechlichen gemeinsame Sache gemacht habe, hatte Jayme einen Schlaganfall erlitten, der beinahe tödlich ausgegangen wäre. Ein Mann, der vom Seneschall mit einem solch hohen Amt bekleidet worden war, war ausgerechnet zu den Unaussprechlichen übergelaufen! Unglaublich! Axis hatte in seiner Stellung als Axtherr diese Völker mit Axt und Schwert zu vernichten, aber nicht sich mit ihnen zusammenzutun. Was Jayme aber vor allem und noch viel tiefer getroffen hatte, war der Umstand, daß er den elternlosen Säugling bei sich aufgenommen und ihn großgezogen hatte. Er hatte ihn geliebt, ernährt, versorgt und sicher auch etwas verwöhnt. Schließlich hatte der Bruderführer auch noch seinen Ziehsohn zum Axtherrn gemacht, zum General des militärischen Arms des Seneschalls und zum Oberbefehlshaber der Axtschwinger. Und zum Dank hatte der junge Mann nicht nur seinen Gott, sondern auch den Menschen betrogen, der sich dreißig Jahre mit Hingabe um ihn gekümmert hatte. Jayme litt sehr und spürte den Schmerz eines Vaters angesichts eines undankbaren Sohnes. Natürlich war er auch als Kirchenführer von Axis' Verhalten tief enttäuscht, aber als Vater fühlte er sich mehr verletzt.

»Wir sollten davon ausgehen, daß der Axtherr noch lebt«, erklärte der Bruderführer jetzt, »und uns darauf vorbereiten, daß der schlimmste denkbare Fall eintritt: daß Axis nämlich zusammen mit seiner Truppe überlebt und sich mit ihr dem Kommando dieser … dieser Flugechsen unterstellt hat.« Während Jayme dies aussprach, fand er immer mehr zu sich selbst zurück, und als er fertig war, saß er kerzengerade da. Auch das alte Feuer war in seine Augen zurückgekehrt. Der Seneschall brauchte ihn, und er würde ihm mit aller Kraft zur Verfügung stehen. Wenn Axis der Kirche den Rücken gekehrt hatte, dann würde sie sich auch von ihm abwenden.

»Ich habe erfahren«, fuhr er mit neuer Entschlossenheit fort, »daß diese verwünschte Prophezeiung sich sehr rasch überall ausbreitet.«

Gilbert nickte. »Ganz recht. Die Soldaten des Herzogs, die uns mit den Meldungen aus dem Norden versorgt haben, haben auch überall von dieser teuflischen Prophezeiung erzählt – möge Artor sie verdammen! Sobald sie nämlich vor König Priam erschienen und ihm Bornhelds Worte übermittelt hatten, verzogen diese Elenden sich in die Schankhäuser der Stadt und unterhielten die Zecher mit Zitaten aus dieser angeblichen Weissagung.«

»Dann ist es wohl zu spät, die weitere Verbreitung dieser Prophezeiung aufzuhalten, ja?« wollte Jayme wissen.

»Ich fürchte ja, Bruderführer. Gerüchte fliegen bekanntlich rasch, und auf dieser ketzerischen Prophezeiung muß ein Fluch liegen. Denn jeder, der sie einmal gehört hat, erinnert sich ständig daran.«

»Und erst recht soll Artors Zorn diese beiden alten Brüder, Veremund und Ogden, treffen, weil sie auf die Weissagung gestoßen sind und sie Axis gezeigt haben!« Jayme geriet wieder in Rage. Er konnte es immer noch nicht fassen, daß die kleine Außenstelle der Bruderschaft im Wald der Schweigenden Frau den Geist der beiden so verwirrt haben sollte. Oder hatte das lange Einsiedlerdasein sie dazu getrieben, ihr Schriftstudium über die Unaussprechlichen zu mißbrauchen?

Die drei Männer in diesem Raum hatten noch nichts über die

wahre Herkunft von Veremund und Ogden gehört und ahnten nicht einmal, daß es sich bei ihnen in Wahrheit um Unaussprechliche handelte, die lediglich die äußere Erscheinungsform dieser Brüder angenommen hatten.

»Der Axtherr war doch gar nicht darauf angewiesen, sich von diesen alten Zauseln in die Weissagung einführen zu lassen«, schimpfte der junge Frömmler. »Nach allem, was man hört, konnte er die verworfenen Schriften der Unaussprechlichen genauso leicht lesen wie unsereins die heiligen Worte Artors. Wenn ihr meine Meinung hören wollt, mir fällt es nicht schwer zu glauben, daß Axis von solchen verderbten und gottlosen Kreaturen abstammen soll. Wer sonst hätte sich denn so rasch in dieser wirren Prophezeiung zurechtfinden können. Der Betrug liegt ihm im Blut, Bruderführer, und das zwingt ihn dazu, dich und Artor, den wahren und einzigen Gott, wieder und wieder zu verraten!«

Der junge Mönch legte eine kleine Pause ein, um die Wirkung seiner Worte zu beobachten. »Axis' Kapitulation vor den Mächten des Bösen mag vielleicht nicht einmal die schlimmste Heimsuchung für uns sein. Wer weiß, wie viele Verräter sich hier noch, in nächster Nähe, aufhalten.«

Jayme sah ihn streng an. Was hatte der junge Mann denn jetzt schon wieder in Erfahrung gebracht? In den letzten Monaten hatte der Kirchenfürst feststellen können, daß Gilbert die unterschiedlichsten Nachrichtenquellen anzuzapfen wußte. Für gewöhnlich war an seinen Andeutungen durchaus etwas dran. »Und?« knurrte Jayme schließlich, als der Mönch sich zu lange darin zu gefallen schien, mehr als die anderen zu wissen.

»Ich habe einiges über die neuesten Marotten Seiner Majestät erfahren.«

Bei Artor, dieser kleine Widerling mußte Leute kennen, die am Schlüsselloch von Priams Privatgemach lauschten. Ohne Zweifel wußte diese Schlange auch, wie oft der König seine Frau bestieg. Jayme pflegte so gut wie nie an solch weltliche Dinge zu denken; zu sehr hatte er alles abgelegt, was an seine einfache, bäuerliche Herkunft erinnerte. Daß er jetzt doch auf solche Einfälle kam, zeigte nur, unter welch enormer Anspannung er stand.

»Seine Majestät soll von der Prophezeiung überaus fasziniert sein«, fuhr Gilbert fort. »Er neigt angeblich bereits dazu, mehr der Weissagung zu glauben als dir, Bruderführer. Gerüchte wollen sogar wissen, daß der König insgeheim plane, Axis und dessen Sache seine Unterstützung zu gewähren. Daß er sogar, Artor bewahre, über ein Bündnis mit den Unaussprechlichen nachdenke, weil ihm das als einzige Möglichkeit erscheine, Gorgrael zu besiegen. Allein das beweist doch schon den sinnverwirrenden Charakter dieser Schriften!«

Jayme fluchte leise vor sich hin, wandte den Blick ab und starrte ins Feuer, um seine Fassung wiederzugewinnen. Selbst Moryson war von dieser Neuigkeit überrascht.

»Der Hoftratsch behauptet sogar«, erklärte Gilbert weiter, »Seine Majestät sei von Bornheld ... ziemlich enttäuscht. Der König frage sich bereits, ob es wirklich eine weise Entscheidung gewesen sei, den Herzog zum Obersten Heerführer zu bestellen. Priam sei zu der Ansicht gelangt, daß der Verlust Ichtars ein genaueres Studium der Prophezeiung nötig mache.«

Der Bruderführer schlug mit den geballten Fäusten gegen den Kaminsims und brachte die Gegenstände darauf zu einem feinen Klingen. »Dafür hat Priam den Tod verdient!« zürnte Jayme und drehte sich wütend zu seinen beiden Beratern um. »Hat der König denn den Verstand verloren? Überhaupt nur an ein Bündnis mit den Unaussprechlichen zu denken, bedeutet schon Hochverrat!«

Moryson und Gilbert standen nach diesem Ausbruch wie betäubt da. Der Ältere warf einen unsicheren Seitenblick auf den Jüngeren und legte seinem Freund dann wieder die Hand auf die Schulter.

»Priam war immer schon ein schwankendes Rohr im Wind«, sagte er beruhigend. »Da wundert es doch kaum, wenn er in einer solchen Krise sogar am Undenkbaren Halt zu finden versucht.«

Jayme schüttelte die Hand ab und schritt wieder wütend auf und ab. »Priam ist das Haupt Achars!« schrie er. »Dürfen wir es da zulassen, daß er es zurück unter das Joch der Unaussprechlichen führt?«

Gilbert lächelte leise. »Worauf willst du hinaus, Bruderführer?«

»Ich frage mich gerade, ob wir, ob ganz Achar nicht besser mit einem Herrscher bedient wäre, an dessen Festigkeit und Grundsätzen kein Zweifel aufkommen kann?«

Eine ganze Weile schwiegen alle im Gemach. Und Jayme schien über seine eigenen Worte erschrocken zu sein.

»Bruderführer«, begann Moryson dann leise, »es wäre sicher von Vorteil, wenn Bornheld über das ganze Ausmaß dieser Entwicklung ausführliche Kenntnis erhielte. Noch besser wäre es, wenn er hier erschiene. Natürlich nur, um Priam Halt zu geben.«

»Der Herzog ist ein erfahrener Führer und General«, entgegnete Jayme nachdenklich. »Ebenso sind seine Treue zum Seneschall und sein Haß auf die Unaussprechlichen allen wohlbekannt. Darüber hinaus wurde er bereits offiziell zum Thronfolger bestimmt. Ich bin mir daher sicher, daß es ihn entsetzen würde, wenn er von Priams merkwürdigen neuesten Gedanken erführe.«

»Seinem geplanten Hochverrat an Achar«, bemerkte Moryson unsicher.

»Seinem geplanten Verrat an allem, wofür der Seneschall steht«, entgegnete der Bruderführer hart. »Wir dürfen nicht zulassen, daß die Unaussprechlichen nach Achar zurückkehren. Gilbert!«

Der junge Mönch sprang sofort auf.

»Ich halte es für angebracht, daß du dich auf eine Reise in den Norden begibst. Und zwar mit dem nächsten dorthin abrückenden Troß.«

Gilbert lächelte breit und verbeugte sich. Die Dinge entwickeln sich ganz in seinem Sinne und versprachen große Vorteile für ihn.

»Bornheld soll erfahren, in welche Richtung sich die Gedanken Seiner Majestät gegenwärtig bewegen«, erklärte der Bruderführer. »Wir sehen uns in einer höchst verwundbaren Lage, jetzt da die Mehrzahl der Axtschwinger entweder tot ist oder diesem Verräter Axis hinterherläuft. Nur eine Kohorte steht noch bereit, um die wahre Lehre und die Personen des Seneschalls zu schützen.«

Seit tausend Jahren hatte sich die Kirche militärisch nicht mehr so schwach fühlen müssen. Dieser Gedanke sollte Jayme in der nächsten Zeit vordringlich beschäftigen. Er würde alles, was in seiner Macht stand, unternehmen, um das Überleben des Seneschalls sicherzustellen. »Was immer wir jetzt unternehmen, das Wohl des Seneschalls muß dabei im Vordergrund stehen.«

»Zum Lob Artors und zum Segen Achars«, bemerkte Moryson immer noch leise.

»Natürlich«, gab Jayme kurz angebunden zurück, »das habe ich doch damit gemeint. Furche tief, Furche weit, Moryson.«

9 Die blutrote Sonne

»Versucht nicht, mich auf so plumpe Weise anzugreifen. Ihr büßt dabei Eure Deckung zu sehr ein. So brauche ich nur Euer Handgelenk und Euren Ellenbogen zu packen und hart herumzudrehen, schon könnt Ihr den Arm nicht mehr gebrauchen.«

Dornfeder stieß einen schrillen Schmerzensschrei aus, ließ den Wehrstab mit den Eisenspitzen fallen und fuhr sich mit der freien Hand an den Arm, den Axis wie in einem Schraubstock festhielt. Der Krieger trat dem Staffelführer ganz gelassen ein Bein weg, und dieser krachte höchst unelegant auf den Boden.

Seit über zwei Wochen trainierte der Sternenmann täglich mit den einzelnen Staffeln der Luftarmada und lernte auf diese Weise die Offiziere und Soldaten kennen. Axis kam während des Drills zu der Erkenntnis, daß die Ikarier sich gegenüber seinen Bemühungen ebenso bockig wie dünnhäutig verhielten. Aber der Krieger spürte auch, daß sie das Zeug zu einer guten Armee hatten. Nur waren ihre Fähigkeiten in tausend kampflosen Jahren verkümmert. Die heutige Luftarmada war nur noch ein dekoratives Anhängsel der ikarischen Gesellschaft.

Der ehemalige Axtherr hatte einen neuen Ausbildungsplan aufgestellt. Schluß mit den akrobatischen und künstlerischen Luft- und Bogendarbietungen, dafür Nahkampfübungen und taktische Manöver, mit dem sie bei Aufmärschen zwar nicht mehr Beifall erringen, dafür aber Schlachten gewinnen und ihr Volk wirklich schützen konnten.

Axis bückte sich jetzt und reichte Dornfeder die Hand. Der Staffelführer gehörte noch zu den besten Kämpfern in der Luftarmada, und während ihres Übungsringens hatte er es sogar geschafft, seinen Gegner für einen Moment in Verlegenheit zu bringen. Der Vogelmensch zögerte kurz, ergriff dann aber Axis' Rechte und stand schon wieder auf den Füßen.

»Ihr hättet mich töten können«, versicherte der Krieger ihm laut genug, daß die umstehenden Ikarier ihn hören konnten. »Dazu hättet Ihr nur eine bessere Waffe einsetzen müssen.«

»Was wollt Ihr damit sagen, Kommandant?« fragte Dornfeder verständnislos. »Ich konnte den Stab einfach nicht mehr halten, als Ihr mir den Arm herumgedreht habt.«

»Ich meinte auch mehr Eure Flügel. Ihr hättet mir mit einem oder beiden einen harten Schlag versetzen oder mich zumindest soweit ablenken können, daß ich Euren Arm losgelassen hätte. Vergeßt Eure Schwingen nicht. Eines Tages retten sie Euch vielleicht das Leben.«

Der Krieger wollte den Ikariern deutlich machen, daß man auch im Abwehrkampf Schwächen des Gegners nutzen und nicht nur seine Attacken abwehren mußte. Und ebenso, daß Überraschung und Erfahrung allem Mut und selbst den besten Waffen überlegen waren. Aber diese Luftkämpfer hier brauchten erprobte Partner, um überhaupt erst die Wendigkeit zu entwickeln, die für den unausweichlichen Kampf mit Gorgraels Kreaturen überlebenswichtig sein würde.

»Gut, Dornfeder, das soll für heute genügen.« Axis warf einen Blick hinauf auf die Galerie, wo sich Weitsicht und einige andere Geschwaderführer eingefunden hatten, um bei den Übungen zuzusehen. Hinter ihnen befanden sich dreißig oder vierzig Soldaten aus anderen Geschwadern, die sich ebenfalls einen Eindruck über die neuen Ausbildungsmethoden verschaffen wollten. »Wenn Ihr in absehbarer Zeit in Belials Truppe kämpft, solltet Ihr Euch mit dessen Soldaten im Nahkampf messen. Das wird der Entwicklung Eurer Fähigkeiten sehr zugute kommen.«

»Ich verstehe wirklich nicht, warum Ihr uns so antreibt, Axis«, bemerkte Abendlied. »Wir sind doch schließlich eine Luft-Bogenschützen-Einheit. Wer oder was sollte uns schon in der Luft angreifen?« Abendlied hatte sich von Anfang an das Recht herausgenommen, ihren Bruder nicht mit seinem Rang, sondern mit seinem Vornamen anzureden. Axis wußte nicht, ob sie sich damit vor den anderen großtun oder ihn bis dahin bringen wollte, sie vor der ganzen Staffel zurechtzuweisen. Indessen hielt er es für das Beste, solche Ungezogenheiten zu übergehen.

Weitsicht beugte sich über das Geländer. »Das ist wahr, Kommandant. In der Luft können uns nur feindliche Pfeile etwas anhaben. Aber bei dem, was Ihr nun schon seit zwei Wochen mit den Luftkämpfern einübt, dürften diese feindlichen Pfeile wohl bald unsere geringste Sorge sein. Was sollte es der Luftarmada bringen, sich mit Belials Ebenenläufern im Zweikampf zu messen?«

Der Krieger lächelte bei diesem Einwurf, aber seine Augen blickten kalt drein. »Gorgraels Skräbolde können bereits fliegen. Sobald der Zerstörer erfährt, daß ich die Luftarmada befehlige, wird er die nötigen Gegenmaßnahmen ergreifen. Weitsicht und Ihr andern alle, Ihr werdet eher, als Euch lieb sein dürfte, auf Kreaturen stoßen, die Euch in der Luft angreifen. Die Schlacht um Tencendor wird nicht nur am Boden, sondern auch am Himmel geschlagen. Und Ihr könnt Euch nicht darauf verlassen, daß Ihr dabei bloß aus sicherer Entfernung Eure Pfeile verschießen müßt. Nein, es wird zum Nahkampf kommen. Die Ausbildung mit Belials schlachterprobten Soldaten wird Euch den rechten Kampfgeist lehren. Lernt von ihnen … oder geht unter.«

Etliche Vogelmenschen starrten ihn entsetzt an. Obwohl Axis' Drill ihnen sehr viel abverlangt hatte, hatten sie sich doch immer in der beruhigenden Überzeugung gewiegt, daß ihnen in der Luft doch kein Feind etwas anhaben konnte. Diese Gewißheit hatte der Kommandant ihnen gerade genommen.

Der Krieger ließ den Blick über die versammelten Luftkämpfer schweifen. »Jeder von Euch sollte sich mit einem Dolch bewaffnen. Ein Messer läßt sich überall am Körper tragen und sogar verbergen. Auf jeden Fall wird es Euch sehr nützlich sein, wenn ein Gegner Euch packt und in Euren Bewegungen behindert, gleich ob auf dem Boden oder in der Luft. Ihr müßt lernen, aus nächster Nähe zu töten. Aschure!«

Die junge Frau, die an der Wand lehnte, kniff mißtrauisch die Augen zusammen.

»Kommt her.« Er winkte ihr ungeduldig zu, während er den Blick nicht von den Ikariern wandte.

Aschure schritt langsam auf ihn zu und wußte nicht, was er von ihr wollte; und das machte sie nur noch argwöhnischer.

»Hebt diesen Wehrstab auf«, befahl er ihr dann, »und versucht, mich damit zu Fall zu bringen.«

Die Ebenenläuferin bückte sich vorsichtig. All ihre Muskeln waren in Bereitschaft.

Doch in dem Moment, als sie ihn aus den Augen ließ, bewegte Axis sich so rasch und behende wie eine Katze. Er versetzte Aschure einen Tritt ins Kreuz. Stöhnend brach sie über dem Stab zusammen. Der Krieger bückte sich sofort, griff in ihr dichtes Haar, riß ihren Kopf hoch und schlang ihr einen Arm um den Hals. Jetzt hatte Axis die junge Frau genau in dem Griff, der ihr mit einer raschen Bewegung das Genick brechen konnte.

Aber als sich seine Hände und Arme um ihren Hals, Kopf und Nacken schlossen, spürte er, wie eine Messerspitze ihm leicht die Bauchhaut aufritzte.

Aschure starrte ihn dabei mit wütend funkelnden Augen an.

Der Krieger lachte. Die junge Frau hatte sich genau so gewehrt, wie er gehofft hatte. Er ließ sie los, trat einen Schritt zurück und packte ihre Hand, die das Messer hielt, um sie von seinem Bauch fortzuführen.

»Aschure ist mir mit ihrem Messer gefährlicher geworden, als jeder von Euch jemals mit seinem Wehrstab«, erklärte er der Truppe, ließ die junge Frau dabei aber nicht aus den Augen. »Ihr vermochtet nicht einmal, mir mit Euren Stäben einen blauen Fleck beizubringen. Ich habe gerade gezögert, ihr das Genick zu brechen, und das hätte mich bei einem anderen Gegner das Leben gekostet. Aschure, ich bin Euch dankbar dafür, daß Ihr Euch mit der Klinge zurückgehalten habt.« Damit wandte er sich wieder an die Vogelmenschen. »Unsere Freundin hier hat Euch gerade zwei Dinge gezeigt. Zum einen, wie todbringend sich auch ein kleines Messer im Nahkampf erweisen kann. Zum anderen, wie wichtig es ist, die nötige Entschiedenheit zu entwickeln, ohne Zögern zuzustoßen – selbst dann, wenn der Gegner einen schon im tödlichen Griff hat.«

Axis ließ jetzt auch Aschures Handgelenk los und kehrte ihr den Rücken zu. Einen Moment später hörte er hinter sich ein leises Geräusch. Die junge Frau hatte ihr Messer in die Scheide zurückgesteckt.

»Für heute soll es genug sein«, erklärte er den Soldaten gnädig. »Aber merkt Euch wohl, was Ihr heute gelernt habt. Sobald Ihr mit Belials Männern zu üben anfangt, solltet Ihr den richtigen Kampfgeist entwickelt haben, sonst verliert Ihr mehr als nur ein paar von Euren geliebten Federn. Dornfeder, laßt Eure Staffel wegtreten.«

Während die Vogelmenschen die Halle verließen, stieg Axis die Leiter zur Galerie hinauf, um sich mit Weitsicht zu bereden. Er wollte ein Treffen mit allen Offizieren der Luftarmada einberufen, um mit ihnen seine weiteren Vorhaben zu besprechen. Der Krieger hatte Weitsicht und Rabenhorst noch nichts davon gesagt, aber er beabsichtigte, nach Beltide den Krallenturm für einige Wochen zu verlassen. Er mußte seine Ausbildung andernorts beenden und auch ein Versprechen einlösen. Während seiner Abwesenheit mußte die Ausbildung der Soldaten fortgesetzt werden.

Als er wieder nach unten stieg, stellte er fest, daß alle gegangen waren – bis auf Aschure. Sie stand in einer Ecke, nahm ihren Wolfen von einem Haken und hängte sich den Köcher über die Schultern.

Axis beobachtete sie einen Moment lang. Ein Lächeln verzog seine Lippen, und er ging leise auf sie zu. Die junge Frau zuckte sichtlich zusammen, als sie ihn nur wenige Schritte entfernt entdeckte.

»Tut mir leid, daß ich Euch so rücksichtslos behandelt habe«, entschuldigte sich der Krieger bei ihr. »Aber wenn ich Euch vorher gewarnt hätte, hättet Ihr nicht so rasch und spontan gehandelt. Ihr wart eben die einzige, der ich zugetraut habe, sich ohne Zögern zur Wehr zu setzen. Und auch die einzige, von der ich mir halbwegs sicher sein konnte, daß sie nicht in Panik gerät und wirklich mit der Klinge zustößt.« Er rieb sich den Bauch. »Dennoch habt Ihr meiner rasch wachsenden Narbensammlung eine weitere hinzugefügt.«

Aschure lächelte ein wenig. »Mir fiel es nicht schwer, den Impuls zu unterdrücken, Euch den Dolch bis zum Griff in den Bauch zu rammen. Aber dann sagte ich mir, es könne ja nicht schaden, Euch ein wenig dafür leiden zu lassen, mich so roh an den Haaren gerissen zu haben.«

»Wollt Ihr jetzt zum Bogenschießen?«

»Ja.« Aschure schloß die Hand um den Wolfen, und Axis wunderte sich darüber, wie sie bei der Berührung lächelte.

»Ich stelle fest, daß Ihr einen ganzen Schwung neuer Pfeile im Köcher stecken habt. Sollte Dornfeders etwas gerupftes Aussehen etwas damit zu tun haben?«

Die junge Frau lachte. »Er wollte nicht glauben, daß ich mit dem Wolfen zurechtkäme. Darauf hat er seinen Stolz und seine Federn verwettet.«

»Das soll Dornfeder wie auch allen andern Ikariern eine Lehre sein. Dieser Bogen da gehört zu ihren größten Schätzen.«

Aschure sah ihn unsicher an. »Meint Ihr, ich sollte ihn lieber zurückgeben?«

»Nein, denn ich glaube, der Wolfen hat sich Euch ausgesucht. Er ist ein Zauberbogen.«

Die junge Frau betrachtete liebevoll den Bogen, den sie in der Hand hielt. »Aber Dornfeder hat doch auch mit ihm schießen können.«

Axis fiel jetzt ein Gespräch zwischen dem Staffelführer und Abendlied wieder ein, dessen Zeuge er vor ein paar Tagen geworden war. »Dornfeder hat neun Jahre gebraucht, ehe er den Wolfen richtig spannen konnte. Und er ist der erste, der seit gut viertausend Jahren überhaupt mit ihm zu schießen vermochte. Erst letztes Jahr ist ihm das gelungen.« Der Krieger sah sie an. »Fast könnte man glauben, der Bogen wußte, daß Ihr kommen würdet, und kam Dornfeder deshalb ein wenig entgegen, um sich von ihm vorführen zu lassen. Der Wolfen will nur Euch, Aschure.«

Ihre Finger fuhren sanft durch die blauen und roten Seidenquasten, die den Wolfen schmückten. »Dann darf ich mich wohl hochgeehrt fühlen, auch wenn ich nicht weiß, warum gerade mir diese Ehre zuteil wurde.« Plötzlich schien ihr etwas eingefallen zu sein, und sie sah den Krieger mit großen Augen an: »Habt Ihr gesagt, er besitzt Zauberkraft?«

Axis berührte die Sehne. »Wolfstern Sonnenflieger hat ihn erschaffen, vor vielen tausend Jahren. Wolfstern war der mächtigste aller Krallenfürsten, nie wieder kam ihm jemand gleich ...« Der junge Mann schwieg nachdenklich. Aufgrund eben dieser unerreichten Fähigkeiten war Wolfsterns Name während Axis' Ausbildung mehrfach gefallen. Aber eigenartigerweise wichen Morgenstern und Sternenströmer Axis stets aus, wenn er sie fragte, was es denn mit diesem geheimnisvollen neunten Krallenfürsten auf sich habe. Er schüttelte jetzt den Kopf und fuhr fort: »Wolfstern hat Zaubersprüche in Holz und Sehne gewoben. Keiner weiß, um welche es sich dabei handelt oder was der Bogen wirklich vermag.« Er zog seine Hand wieder zurück. »Auch ich kann nichts Genaues spüren. So als läge ein Eispanzer um die Seele des Wolfen. Zwar sehe ich, daß sich Zauber in ihm befinden, doch erscheinen sie mir nur verschwommen. Ebenso vermag ich etwas zu hören, vor allem, wenn Ihr den Bogen benutzt. Aber diese Musik nehme ich nur am Rande meines Bewußtseins wahr, und dort entgleitet sie mir immer, wenn ich versuche sie festzuhalten. Wolfstern hat das Geheimnis um den Bogen und den Schlüssel zu seiner Nutzung mit ins Grab genommen.«

»Aber Ihr werdet Euer Ziel erreichen, Axis, auch ohne das Wissen der alten Krallenfürsten.«

Der Krieger verzog den Mund, als er hörte, wie absolut sicher sie sich damit zu sein schien. »Solange ich jemanden mit soviel Zuversicht und Vertrauen an meiner Seite weiß, kann ich wohl kaum scheitern.« Ihre Blicke kreuzten sich, aber Axis wandte rasch den Kopf zur Seite. »Ich denke darüber nach, Euch ins Luftübungsprogramm aufzunehmen, Aschure. Natürlich nur, wenn Ihr das wollt.«

Die junge Frau lachte ungläubig. »Wollt Ihr mir denn Flügel

wachsen lassen, so wie Sternenströmer es Euch angeboten hat?« Axis hatte sich entschieden dagegen ausgesprochen, als sein Vater ihm anbot, die schlafenden Schwingenknospen an seinem Rücken zum Leben zu erwecken. Sein ganzes Leben war der junge Mann ohne Flügel ausgekommen, da würde er sie in den kommenden Jahren wohl auch nicht vermissen.

»Nein, natürlich nicht«, lächelte er. »Zusammen mit Weitsicht habe ich die Staffeln verschiedene Ausweichmanöver einstudieren lassen, damit sie bei feindlichem Beschuß keine zu hohen Verluste erleiden. Aber jetzt will ich sie unter realistischeren Bedingungen ausbilden. Die Luftkämpfer sollen echten Pfeilen ausweichen. Wärt Ihr bereit, auf die Vogelmenschen zu schießen?«

Aschure sah ihn entgeistert an. »Das ist doch wohl nicht Euer Ernst!«

Seine Mundwinkel zuckten. »Vielleicht habe ich ja immer noch etwas vom Axtherrn in mir.«

»Aber ich weiß doch gar nicht, ob ich mit diesem Bogen absichtlich vorbeischießen kann. Auch käme es mir wie Betrug an dem Wolfen vor, wenn ich mit ihm nicht treffen wollte.«

»Dann umwickelt die Pfeilspitzen doch mit Stoff oder taucht sie in Wachs, damit sie stumpf werden. Davon bekommen die Vogelmenschen nur blaue Flecken, aber keine lebensgefährlichen Verletzungen.«

Die junge Frau fürchtete sich auch davor, die Anerkennung der Ikarier wieder zu verlieren, die sie gerade erst gewonnen hatte. »Und sie werden es mir nicht übelnehmen?«

»Höchstens mir. Ganz bestimmt sogar. Denn ich habe den Befehl dazu gegeben. Wollt Ihr mir also bei meinem Vorhaben helfen? Ihr könntet Euch auf dem Felsvorsprung postieren, von dem aus man auf den Iskruel-Ozean hinausblicken kann. Wenn sie von der Landebahn im Norden des Turms starten, haben sie, sobald sie Euch erreichen, ihre ideale Flug- und Angriffshöhe erreicht.«

Aschure dachte nach. »Na ja, sie könnten ein solches Training sicher gebrauchen. Also gut, ich bin dabei, aber nur, wenn die

Pfeilspitzen ausreichend stumpf gemacht werden können. Und natürlich nehme ich lieber gewöhnliche Pfeile. Dornfeder wäre sicher nicht erfreut, wenn seine schönen Federn in irgendwelchen Schluchten oder Abgründen verschwänden.«

Der Krieger nickte. »Gut. Dann berede ich das morgen mit Weitsicht und den anderen Geschwaderführern. Aber wir führen das Vorhaben nur durch, wenn sie der Ansicht sind, daß den Luftkämpfern dabei wenig Gefahr droht. Fein, dann geht jetzt zum Bogenschießen. Gut möglich, daß Ihr schon bald größere und schwierigere Ziele treffen müßt.«

Aschure sah ihn grimmig an. »Je eher ich auf einen Skräling zielen kann, desto besser.« Sie sehnte sich danach, den Schmerz zu lindern, den sie immer noch über Peases furchtbares Ende im Erdbaumhain empfand, wo die Skrälinge ihre Freundin in blutige Fetzen gerissen hatten. Damals war Aschure von dem Anblick so entsetzt gewesen, daß sie nur tatenlos danebenstehen konnte.

Der Krieger wurde ebenso ernst wie sie. »Euer erstes Ziel sind vielleicht keine Geisterwesen, Aschure.«

»Wie meint Ihr das?«

»Darüber reden wir, wenn die Zeit dazu gekommen ist. Jetzt muß ich gehen. Ich danke Euch nochmals für Eure Unterstützung vorhin und möchte Euch versichern, daß es mir wirklich leid tut, Euch so grob angefaßt zu haben. Ich bin froh, daß unsere Freundschaft an dieser kleinen Übung nicht zerbrochen ist, sondern zu wachsen scheint.«

Als Axis sich entfernen wollte, rief sie ihn zurück.

»Wartet!« Aschure kramte in der Tasche, die sie ständig mit sich führte, und zog ein Bündel dunkelgoldener Seide heraus.

Sie strich sanft über den Stoff, und als sie den Krieger dann ansah, wußte er nicht, was er von dem sonderbaren Ausdruck in ihren Augen halten sollte.

»Mir ist aufgefallen, daß Ihr unwillkürlich immer wieder die Hand an die Brust legt. An die Stelle, an der sich früher Euer Rangabzeichen befunden hat, die gekreuzten Äxte. Aber Ihr seid nicht länger der Axtherr, sondern Axis Sonnenflieger, Sohn der

Prinzessin Rivkah und des Zauberers Sternenströmer. Der Erbe einer alten Zaubererfamilie und der Auserwählte der Prophezeiung. Deshalb braucht Ihr ein neues Zeichen, ein neues Banner, das Euch als Sternenmann ausweist.«

Sie schüttelte die Seide aus. »Rivkah hat mir diesen Stoff besorgt, und in den letzten Wochen habe ich in meiner knappen freien Zeit das hier für Euch genäht.«

Dem Krieger stockte der Atem, als die junge Frau den Stoff auseinanderfaltete. Ein goldenes Seidenhemd, der Stoff leicht aufgerauht, damit das Licht sich darin fing. An den Manschetten und am Kragen zeigten sich Buchstaben der alten ikarischen Schrift. Am meisten versetzte ihn aber das Emblem in Staunen, das Aschure auf die Brust des Hemds gestickt hatte: die flammende Sonne, das Wappen seiner Familie, doch nicht im gewohnten Hellgold, sondern in Blutrot.

Die junge Frau wirkte erleichtert, als sie die Begeisterung in seinen Augen sah. Sie war sich nicht sicher gewesen, ob ihm das Hemd überhaupt gefallen oder ob er die Annahme vielleicht sogar verweigern würde. »Euer Banner mit dem gleichen Emblem habe ich fast fertig.«

»Ich werde Hemd und Banner voller Stolz tragen und dieses Zeichen als mein eigenes annehmen, Aschure«, flüsterte der Krieger, als er die Seide in Händen hielt. Der Stoff fühlte sich weich und leicht an. »Das ist eine große Ehre für mich.«

10
Vorschläge und Entwicklungen

Aschure schoß den nächsten Pfeil ab und traf erneut die dunkelrote Deckenkugel, in der schon etliche ihrer Geschosse steckten. Wieder betrachtete sie den Wolfen voller Bewunderung. Niemand wußte, aus welchem Holz er bestand. Vielleicht hatte Wolfstern das Material mit seinen Zaubern verändert, dachte die junge Frau, während sie mit den Fingern über die glatte elfenbeinfarbene Oberfläche strich. Merkwürdige, mit Gold eingelegte Muster überzogen den Bogen in seiner ganzen Länge. Solche Zeichen hatte sie sonst nirgendwo im Krallenturm gesehen, weder bei den Wandverzierungen noch bei den Kunstwerken. Aschure fragte sich, wie Wolfstern gewesen sein mochte. Die Ikarier redeten nicht gern über ihn. Ob es ihm etwas ausmachte, daß der Bogen nun im Besitz einer Ebenenläuferin war?

Sie griff nach dem nächsten Pfeil, mußte aber feststellen, daß ihr Köcher leer war. Damit stand sie vor einer Schwierigkeit. Bislang hatten sich immer Ikarier in der Nähe aufgehalten, die ihr die Pfeile wieder herausgezogen hatten. Aber nun war sie hier allein, und die Kugel hing sechzehn Meter über ihr. Und sie durfte die Pfeile nicht einfach dort stecken lassen. Die nächsten Vogelmenschen, die die Halle nutzen wollten, würden sich über soviel Nachlässigkeit ärgern. Seufzend hängte die junge Frau den Bogen an seinen Haken. Entweder versuchte sie, nach oben zu klettern – ein Vorhaben, das sie gleich wieder aufgab, als sie die glatten Wände in Augenschein genommen hatte –, oder sie mußte einen Ikarier finden, der sich bereiterklärte, ihr die Pfeile herauszuziehen.

»Es wäre mir eine große Freude, Euch behilflich zu sein«, ertönte plötzlich eine Stimme hinter ihr, und Aschure fuhr erschrocken herum.

Sternenströmer stand oben am Geländer der Galerie, lächelte ihr zu, breitete die Flügel aus und stieß sich ab. Während sie ihm zusah, beneidete sie die Ikarier um ihre Flugkünste. Wie mochte es wohl sein, dachte sie, in die endlose Freiheit des Himmels zu entfliehen?

Wenig später landete der Zauberer vor ihr und überreichte ihr die Pfeile.

»Oh, danke sehr«, sagte sie erleichtert und steckte die Pfeile in den Köcher. »In Zukunft werde ich darauf achten, daß jemand mich zu meinen Übungen begleitet.«

Sternenströmer lächelte. Welch anmutiges Gesicht sie doch besaß. Seit Wochen schon wuchs seine Leidenschaft für sie. Doch sie wich ihm aus und vermied es, die Kammer des Dampfenden Wassers aufzusuchen, wenn er sich darin aufhielt.

Der Zauberer betrachtete verlangend ihr Haar. Keine Ikarierin trug ihr Haar lang, denn es hörte auf zu wachsen, sobald es die Nackenfedern erreichte. Dabei liebte Sternenströmer die Berührung von langem, seidigem Haar. Das machte die Menschenfrauen auch so anziehend für ihn. Weil er sich nicht länger beherrschen konnte, streckte er eine Hand aus, nahm ihren Zopf und staunte über sein Gewicht.

Aschure aber starrte ihn erschrocken an. »Sternenströmer!« begann sie, aber schon legte er einen Arm um sie. Er zog die junge Frau fest an sich und erstickte ihre weiteren Einwände mit einem tiefen Kuß.

Einige Minuten lang wehrte Aschure sich nicht dagegen. So war sie noch nie geküßt worden. Die wenigen Erfahrungen, die sie mit den ungelenken jungen Burschen in Smyrdon gemacht hatte, waren nicht besonders erfreulich gewesen. Die Grobheit, mit der diese Jungmänner sie betatscht hatten, hatte sie regelrecht abgestoßen.

Aber das hier war ganz anders. Das Gefühl seiner bloßen Brust unter ihren Händen, die Wärme und der Geschmack seines Munds, ihre Neugier auf all das, was sein Kuß bei ihr auslöste, und die Ahnung seiner Zauberkräfte erweckten in ihr den Wunsch, sich nicht so bald aus seinen Armen zu lösen.

Ermutigt von diesem Zaudern verließen Sternenströmers Lippen ihren Mund und glitten sanft über Hals und Schulteransatz. Er knabberte an ihr und biß sie ganz sacht. Seine Flügel schlossen sich um sie und hielten sie fest. Schon begann der Zauberer, ihr das Gewand aufzuknöpfen.

Aschure fand endlich die Kraft, ihre Hände fester gegen seine Brust zu stemmen. Das fiel ihr alles andere als leicht, weil ein Teil von ihr heftig danach verlangte, den Zauberer fortfahren zu lassen. Aber ein anderer Teil von ihr dachte an Rivkahs Worte darüber, wie es sich anfühlte, zu Beltide in den Schwingen des Geliebten zu liegen, und ... und überhaupt Rivkah!

»Nein. Sternenströmer. Nicht. Hört auf damit.«

Er lächelte, und seine Rechte glitt unter ihr Hemd, um ihre Brüste zu streicheln. »Ihr wollt doch gar nicht wirklich, daß ich aufhöre.«

»Wenn Ihr jetzt nicht sofort damit aufhört, Sternenströmer, seid Ihr ein Vergewaltiger«, wehrte sich Aschure nun unmißverständlich. »Ich habe Rivkah zu gern und achte sie zu sehr, um sie auf solche Weise zu hintergehen. Laßt mich bitte in Ruhe.«

»Vergewaltigung? Aber das hier gefällt Euch doch, meine Schöne, oder etwa nicht?« fragte der Zauberer und ließ seine Finger über ihre Brustwarze wandern. »Ich spürte ganz deutlich, wie Ihr unter meiner Nähe erbebt. Ihr wollt doch eigentlich gar nicht, daß ich damit aufhöre, nicht wahr?«

Die junge Frau schlug ihm wütend ins Gesicht. Sternenströmer wich verdutzt zurück und hielt sich eine Hand an die Wange.

Aschure schloß rasch ihr Hemd und hatte Mühe, die Knöpfe in die Knopflöcher zu schieben. »Mir gefallen Eure Annäherungsversuche überhaupt nicht, Sternenströmer. Ich kann Euch auch nicht mehr achten, wenn Ihr mir in solcher Weise nachstellt«, erklärte sie ihm erregt, nahm ihren Bogen wieder auf und mühte sich mit soviel Würde, wie sie noch übrig hatte, die Leiter zur Galerie hinauf.

Die junge Frau ärgerte sich sehr über den Zauberer, aber noch mehr über sich selbst. Nicht viel hätte gefehlt, und sie hätte alle Skrupel über Bord geworfen, um ihre Neugier zu befriedigen und sich auf den Ikarier einzulassen. Aschure rannte jetzt geradezu über die Galerie, und als sie die Tür erreichte, floh sie aus der Halle. In ihrer Hast bemerkte sie die Gestalt nicht, die kurz zuvor leise den Raum betreten und sich gleich in die Schatten in einer Ecke zurückgezogen hatte.

Sternenströmer starrte der jungen Frau nach, und nur langsam nahm er die Hand von seiner Wange. Er verstand die Welt nicht mehr. Nicht so sehr der Umstand, daß Aschure ihn geschlagen hatte, verwirrte ihn, als vielmehr, daß sie sich überhaupt dazu genötigt gesehen hatte. Vergewaltigung oder überhaupt jede Form von sexueller Gewalt war der Vorstellungswelt der Vogelmenschen völlig fremd. Jeder in diesem Volk, gleich welchen Geschlechts, liebte die Jagd und die Verführung. Aber einem Ikarier würde es nie einfallen, jemandem nachzustellen, dem nicht der Sinn danach stand.

Der Zauberer seufzte tief. Er würde sich wohl bei Aschure entschuldigen müssen, auch wenn er ihr Verhalten nicht verstehen konnte. Ihre Weigerung ließ sie ihm aber nur noch begehrenswerter erscheinen. Noch nie hatte eine Schöne seine Leidenschaft so sehr zum Glühen gebracht, nicht einmal Rivkah damals auf dem Turm. Warum ging ihm diese Ebenenläuferin einfach nicht mehr aus dem Sinn? fragte sich Sternenströmer. Hier im Turm fanden sich auch noch andere, anziehendere Frauen, die sich viel williger zeigen würden. Dennoch hatte sich in seinem Innern ein überstarkes Verlangen nach Aschure eingenistet, das er einfach nicht verstehen konnte.

Er sah hinauf zur Galerie und hoffte, die junge Schöne hätte es sich anders überlegt und wäre nicht gegangen. Und tatsächlich, da stand eine Frau – aber nicht Aschure.

Rivkah lehnte an dem Geländer, sah ihn ganz ruhig an und wirkte in ihrem himmelblauen Gewand überaus elegant. Sie trug ihr silbernes Haar mit der goldenen Strähne heute offen, und es fiel ihr bis auf den Rücken.

»Wir müssen miteinander reden, Sternenströmer«, erklärte

sie ganz sachlich, »und ich würde es sehr begrüßen, wenn Ihr Euch zu mir heraufbemühen würdet.«

Bei den Sternen! dachte der Zauberer hilflos. Seine Miene wie auch sein ganzer Körper ließen deutlich erkennen, unter welch innerer Anspannung er stand.

Rivkah wartete, bis er vor ihr stand und strich ihm dann über die Wange. »Es muß ein Ende haben«, erklärte sie mit unendlich traurigen Augen.

»Ich weiß nicht, was über mich gekommen ist, und es wird bestimmt nicht wieder geschehen«, beeilte er sich zu versichern, aber darauf wollte seine Frau gar nicht hinaus.

»Nein, ich spreche von unserer Ehe. Wir sollten sie beenden, solange wir noch Achtung füreinander empfinden. Sternenströmer, wir sollten ganz offen sein.«

Seine Miene verhärtete sich, und er verengte die Augen zu Schlitzen. »Also gut, sagt, was Ihr zu sagen habt.«

Ein leichtes Zittern strafte Rivkahs äußere Ruhe Lügen.

»Uns beiden dürfte doch wohl klar sein, daß wir uns in den letzten Jahren immer weiter voneinander fort entwickelt haben. Wir hatten eine sehr stürmische Beziehung und haben uns von ganzem Herzen geliebt. Und wir beide haben für diese Leidenschaft und Zuneigung Opfer gebracht. Aber jetzt sollten wir der Tatsache ins Auge blicken, daß unsere Beziehung keine Grundlage mehr hat.«

»Rivkah –« Er streckte eine Hand nach ihr aus, aber sie wich vor ihm zurück.

»Nein, laßt mich erst ausreden. Ihr seid Ikarier und ich Mensch. Euch erwarten noch vierhundert Lebensjahre, während ich langsam alt werde. Ich möchte es nicht erleben, daß ich in Euren Augen nur noch Mitleid verdiene. Deswegen beende ich unsere Ehe, solange uns noch Achtung und vielleicht sogar etwas Liebe verbinden. Jetzt weiß ich auch, was der Fährmann damit meinte, als er sagte, wenn ich mich wieder Rivkah nennen würde, müßte ich dafür einen hohen Preis bezahlen. Goldfeder mag hierher gehört haben, Sternenströmer, aber Rivkah nicht. Nach Beltide werde ich nach Achar zurückkehren.«

»Rivkah!« Er streckte wieder die Hand nach ihr aus, und diesmal wehrte sie sich nicht dagegen. Lange standen die beiden nur so da und hielten sich fest. Sternenströmer strich ihr sanft über die goldene Strähne. Trotz ihres Entschlusses liebte sie ihn noch immer sehr. Deshalb wollte sie ja auch fortgehen und die Beziehung beenden, solange Sternenströmer ihre Ehe noch voller Zärtlichkeit im Gedächtnis behalten konnte.

Schließlich löste sie sich von ihm. »Laßt bitte nicht zu«, flüsterte Rivkah und freute sich über die Tränen in seinen Augen, »daß Eure Leidenschaft Aschure zerstört. Sie darf nicht das durchmachen müssen, was ich erlitten habe. Auch Aschure ist ein Mensch, und ich möchte nicht, daß sie in zwanzig oder dreißig Jahren genauso hier steht und ihre Ehe mit Euch beendet, weil Ihr wieder einmal einer Jüngeren schöne Augen macht. Laßt sie in Ruhe. Achtet sie dafür, Euch nicht nachgegeben zu haben. Sucht Euch lieber eine Ikarierin, die bis ans Ende Eurer Tage mit Euch zusammensein kann.«

»Aschure trifft keine Schuld an dem, was sich eben ereignet hat«, versicherte er ihr, denn er wußte, wie nahe die beiden Frauen sich standen.

»Das weiß ich doch.« Rivkah zwang sich zu einem Lächeln, »und ich bewundere sie für ihre Stärke, Euch widerstanden zu haben. Wenn ich mich recht erinnere, reichte bei mir ein einziges Lächeln von Euch, um mich dahinschmelzen zu lassen. Ich mache Aschure bestimmt keinen Vorwurf ... und Euch eigentlich auch nicht. Ich möchte, daß wir zu Rabenhorst gehen, damit er unsere Ehe formell aufhebt.« Wir müssen sofort zu ihm, dachte Rivkah, denn ich weiß nicht, ob ich später noch die Kraft dazu aufbringe.

»Was wollt Ihr denn jetzt tun?« fragte Sternenströmer. »Wohin wollt Ihr Euch wenden?«

»Ich kehre zu meinem Volk zurück und werde mich bei ihm niederlassen.«

11
»Seid Ihr aufrichtig?« fragte die Brücke

»Seht Ihr?« forderte Jack sie auf und streckte seinen Arm aus. »Könnt Ihr es erkennen?«

Belial, Magariz und Arne drängten sich am westlichen Fenster des großen Kartenraums von Sigholt neben ihn. Ein Stück abseits saß Reinald behaglich am Feuer und trank gewürzten Wein.

»Früher einmal lag dort ein See«, fuhr der Wächter jetzt ein wenig ungeduldig fort, weil die drei die Stelle einfach nicht entdecken konnten. »Ein wunderschönes Gewässer. Vermögt Ihr es denn nicht zu sehen?«

»Doch, Jack«, sagte Belial schließlich und fragte sich, was das alles mit dem Umstand zu tun haben sollte, daß die Skrälinge offenbar Abstand zu Sigholt hielten. »Aber warum ist der See denn so wichtig?«

»Wenn der gute Schweinehirt uns denn unbedingt Unterricht in geographischen Kuriositäten erteilen will«, bemerkte Magariz, »dann sollten wir uns dafür wenigstens mit Wein stärken ... ehe Reinald ihn ganz ausgetrunken hat.«

Der Leutnant hatte seine Streitmacht vor knapp vier Wochen in die Festung geführt. Verblüfft hatten er und der Fürst festgestellt, daß Sigholt sowohl verlassen als auch vollkommen intakt war. Bis auf Jack und den ehemaligen Koch hatte sich hier niemand aufgehalten. Reinald hatte den verwirrten Offizieren erklärt, daß Bornhelds Truppen sich nach der Nachricht vom Fall Gorkens nach Süden abgesetzt hatten. Dann war auch noch Hsingard dem Ansturm erlegen, und als die Skrälinge nur noch ein oder zwei Tage entfernt waren, hatte sich auch der Rest der Garnison bei Nacht und Nebel aus dem Staub gemacht. Sie hatten es so eilig gehabt, von hier zu verschwinden, daß bei ihrer Flucht drei Menschen vor dem Tor zu Tode getrampelt worden waren.

Aber die Geisterarmee war nie gekommen. Am Tag nach der Flucht befanden sich nur noch Jack und der alte Koch in der Burg. »Und ich wäre sicher mit ihnen fortgelaufen«, gestand Reinald, »wenn mich in der Woche nicht das Rheuma so geplagt hätte, daß ich im Bett bleiben mußte.« Einmal war zwar in einiger Entfernung eine Bande hungriger Kreaturen aufgetaucht und um das Ufer des ehemaligen Sees herumgeschlichen, hatte aber nicht gewagt, näherzukommen. Seitdem hatte die verbliebene Burgbesatzung Ruhe vor Gorgraels Truppen gehabt.

Der Wächter schien sich ohnehin nie Sorgen darum gemacht zu haben, daß Skrälinge angreifen könnten. Zu Reinalds großem Verdruß weigerte er sich sogar, abends das Burgtor zu versperren. Nachdem sich dann zwei bis drei Wochen lang tatsächlich nichts getan hatte, hatte sich auch Reinald beruhigt und genoß die Gesellschaft dieses merkwürdigen Mannes, der zu Beginn des neuen Jahres nach Sigholt gekommen war.

Und so schien es, als ob Sigholt geradezu auf Belial und seine dreitausend Männer gewartet hätte, um sie aufzunehmen. Sie hatten sich hier rasch eingerichtet. Die ganze Burganlage, die Küchen, Obstgärten, Unterkünfte, Ställe, Keller und verschiedenen Vorratsräume konnten mühelos die ganze Streitmacht mitsamt ihren Pferden aufnehmen. Schließlich war Bornhelds Garnison fast genauso stark gewesen, und als seine Soldaten flohen, hatten sie wohl ihre Rösser, aber sonst nur wenig mitgenommen. Somit fanden Belials Soldaten nicht nur ausreichend Quartier, sondern auch Vorräte für Monate vor.

Aber bislang hatte niemand von Jack eine befriedigende Antwort auf die Frage erhalten, warum die Skrälinge zwar das ganze Umland verwüstet hatten, sich aber nicht an Sigholt heranwagten. Dabei hatten sie selbst Hsingard überrannt, und diese Stadt besaß immerhin die hundertfache Größe dieser Festung. Und dann war der Wächter sogar wenige Tage nach Belials Ankunft verschwunden, drei Wochen fortgeblieben und erst vor vier Tagen zurückgekehrt.

Obwohl sie sich in Sigholt vorerst wohl sicher fühlen durften, hatte der Leutnant doch so manche schlaflose Nacht verbracht und sich mit der Frage herumgequält, ob die Skrälinge nur auf das Eintreffen von Verstärkungen warteten, um dann über die Festung herzufallen. Aber auch Belial hatte schließlich seine innere Ruhe wiedergefunden. Er ließ seine Männer täglich exerzieren, um sie in guter Verfassung zu halten, gewährte ihnen aber auch ausreichend Freizeit. Die Schrecken von Gorken und die Anstrengung des Gewaltmarsches durch das östliche Ichtar zeigten sich immer noch deutlich auf den eingefallenen Gesichtern der Soldaten. Doch in dieser Umgebung erholten sie sich schnell von den zurückliegenden Strapazen.

Vor einer Woche hatte Belial eine kleine Abteilung nach Smyrdon geschickt, um sich mit den dort stationierten Axtschwingern auszutauschen. Sie sollten feststellen, in welchem Zustand sich die Versorgungswege befanden, welche Neuigkeiten es über die weiteren Pläne von Priam und Bornheld gab, und feststellen, ob die Prophezeiung sich jenseits des Nordra nach Süden ausbreitete. »Wenn jemand die Weissagung noch nicht kennt, dann erzählt ihm davon«, befahl er den Männern. »Axis kann es nur von Nutzen sein, wenn die Prophezeiung und damit die Nachricht von seinem Kommen ihm vorauseilt.«

Wenige Tage nachdem die Abteilung losgeritten war, hatte Jack sich wieder eingefunden, sich aber seitdem beharrlich geweigert, Belials Fragen zu beantworten. Mehr als einmal hatte der Leutnant, als er feststellen mußte, daß er gegen dieses sture Schweigen nicht ankam, wütend den Raum verlassen. Aber heute morgen war der Wächter zur täglichen Lagebesprechung im Kartenraum erschienen und hatte verkündet, er sei nun bereit, auf alle Fragen nach bestem Wissen Auskunft zu geben.

»Aha«, sagte Belial jetzt, nachdem der Fürst ihm ein Glas Wein gereicht hatte, »dort drüben liegt also ein ausgetrockneter See. Und warum hindert er die Eiswesen daran, uns anzugreifen?«

»Der alte See ist der Grund für meine Anwesenheit wie auch dafür, daß die Skrälinge uns in Ruhe lassen. Und wenn Gorgrael seine Kreaturen nicht sehr an die Kandare nimmt, werden sie uns nie angreifen. Aber bitte, darf ich noch etwas von dem gewürzten Wein haben, ehe ich fortfahre? Sigholt mag ja weitgehend vor der Kälte des Zerstörers geschützt sein, aber hier ist es trotzdem empfindlich kühl.«

Belial wollte schon gehen, aber da gab Arne ihm zu verstehen, daß er die Karaffe holen würde. Seit ihrer Ankunft in Sigholt schien Arne sich als Adjutant des Leutnants zu sehen. Aber Belial wußte nur zu gut, daß der Mann diesen Dienst sofort wieder vergessen würde, sobald Axis zu ihnen zurückgekehrt wäre.

Jack nahm genießerisch einen Schluck von dem Wein, den Arne ihm eingeschenkt hatte. In den vergangenen Wochen hatte er die Hügel und Klippen rings um die Festung sorgfältig abgesucht und nach dem Ausschau gehalten, von dem er mit aller Kraft hoffte, es dort zu finden. Endlich stellte der Schweinehirt sein Glas wieder ab und fuhr fort.

»Jeder Wächter ist mit einem der sogenannten heiligen Seen von Tencendor verbunden. Früher gab es deren vier, doch wie Ihr leicht feststellen könnt, sind uns inzwischen nur drei geblieben. Einen davon kennt Ihr bereits, den Gralsee. Arne hat noch einen zweiten gesehen, den Kesselsee im Wald der Schweigenden Frau. Und dann gibt es noch den Farnbruchsee in den Farnbergen. Alle diese Gewässer besitzen magische Kräfte, und die Skrälinge, die ohnehin alles Wasser hassen, halten sich tunlichst von ihnen fern. Eigentlich erhebt sich die Burg Sigholt am Rand des mächtigsten dieser Gewässer, dem See des Lebens.«

Jack nagte an seiner Unterlippe, als wisse er nicht so recht, ob er diesen Leuten hier auch den Rest erzählen sollte. Dann entschloß er sich aber doch dazu. Die Geheimnisse der Seen würden ohnehin über kurz oder lang offenbart werden.

»Aber der See des Lebens ist ausgetrocknet oder irgendwo hin abgeflossen. Das Wasser ist verschwunden und mit ihm die fünfte von uns, die Wächterin Zecherach.«

Belial war die Ungeduld deutlich anzumerken. »Ja, gut, ich verstehe, daß die Wächter eine besondere Verbindung zu den Seen haben. Mir ist auch bewußt, daß die Skrälinge das Wasser meiden, und magische Seen können sie vermutlich erst recht nicht ausstehen. Aber das Wasser ist doch mittlerweile fort. Warum greifen die Geister dann nicht trotzdem an?«

Jack zuckte die Achseln. Er hatte die Tracht eines Schweinehirten abgelegt und trug jetzt eine feine grüne Wolltunika und eine dazu passende Hose mit violettem Besatz, die jedem Edelmann zur Zierde gereicht hätte. »Einiges von seiner Magie hält sich hier immer noch. Jedenfalls in einer ausreichenden Macht, um die Kreaturen von Sigholt fernzuhalten.« Was der Wächter den Männern aber verschwieg, war, daß die Festung über ihre eigene Zauberkraft verfügte.

»Aber es wäre dennoch möglich«, fragte Magariz, »daß sie eines Tages ihre Abneigung überwinden und uns dann angreifen?« Er humpelte wieder zum Fenster.

»Auszuschließen wäre das nicht«, seufzte Jack. »Besonders dann nicht, wenn Gorgrael zu der Erkenntnis gelangt, daß die Festung für ihn von hohem strategischem Wert wäre.«

»Aber ist sie das denn nicht in jedem Fall?« warf Arne ein.

»Das hängt davon ab, wie rasch er mit seiner Invasion vorankommt«, entgegnete Magariz.

»Gorgrael hat seine Truppen beim Vordringen zu weit auseinandergezogen«, bemerkte Belial. »Bei unserem Marsch nach Süden sind wir kaum von den Skrälingen behelligt worden. Ich könnte mir auch gut vorstellen, daß wir dem Zerstörer bei unserem Ausbruch aus Gorken einen harten Schlag versetzt haben. Gut möglich, daß er im Moment alle Hände voll damit zu tun hat, mit den verbliebenen Truppen das bereits eroberte Land zu halten. An ein weiteres Vordringen kann er zur Zeit wohl nicht denken.«

»Das sehe ich auch so«, stimmte der Wächter zu. »Für den Augenblick dürften wir hier sicher sein. Vielleicht sogar den ganzen Sommer hindurch. Gorgrael wird diese Zeit brauchen, um sein Heer zu verstärken und neu zu organisieren. Nur ...«

»Nur was?« wollte Magariz wissen und zog eine Augenbraue hoch.

»Nur brauche ich Eure Hilfe. Ich möchte Sigholt zu einem starken Bollwerk gegen die Skrälinge ausbauen und zu einem festen Stützpunkt für Axis, damit er hier seine Armee zur Schlacht gegen den Zerstörer sammeln kann. Aber ...« Wieder zögerte Jack. »Aber ich will auch weiter nach Zecherach suchen. Belial und Magariz, wenn ich den fünften Wächter nicht aufzuspüren vermag, können wir gleich von hier abziehen und Gorgrael ganz Tencendor kampflos überlassen. Alle fünf Wächter sind vonnöten, wenn Axis den Zerstörer besiegen will.«

»Dann beabsichtigt Ihr sicher, den See von neuem zu fluten«, bemerkte Reinald von seinem bequemen Sessel am Feuer her.

Belial und der Fürst sahen ihn verblüfft an.

»Ganz richtig«, nickte Jack. »Wenn der See sich wieder mit Wasser füllt, dürfte Sigholt nahezu uneinnehmbar sein. Außer vielleicht für Gorgrael. Aber selbst der Zerstörer würde zögern, vor die Tore der Festung zu ziehen.« *Wenn er überhaupt so weit kommen würde.* »Ich habe mir jedenfalls überlegt, daß ein wiedergefüllter See Zecherach zurückbringen könnte.«

»Aber sicher seid Ihr Euch da nicht?« fragte Magariz.

Der Wächter wirkte mit einem Mal niedergeschlagen und erschöpft. »Nein, ganz und gar nicht. Zecherach war mit diesem See verbunden, aber nicht mit ihm vereint. Vielleicht ist sie woanders hin gezogen, so wie die anderen Wächter auch ihre Gewässer verlassen haben. Wenn man das Wasser aus diesem See abgelassen hat – und ich vermute, einer der schurkischen Herzöge von Ichtar steckte dahinter –, dann hätte sie das sicher getroffen, aber noch lange nicht umgebracht. Am ehesten hätte sie vor lauter Kummer den Lebenssee wieder und wieder umwandert, aber ihre Lebenskraft wäre davon nicht ernstlich betroffen gewesen. Doch leider habe ich noch keine Spur von ihr entdeckt.«

Nun sprach keiner mehr ein Wort, bis Arne in seiner üblichen zupackenden Art plötzlich fragte: »Und wie wollt Ihr den See wieder füllen?«

Belial lächelte. Auf Arne und seine praktische Denkweise war stets Verlaß.

»Ich habe in den vergangenen drei Wochen Berechnungen angestellt und glaube jetzt, daß so etwas möglich ist«, lächelte der

Wächter. »Hinter Sigholt verläuft eine schmale Rinne, die ein paar Meilen entfernt in den Urqharthügeln endet. Sie ist heute mit Sträuchern und Unkraut überwachsen, aber ich glaube, daß sie einst eine Art Zufluß war.

Die Rinne endet in einer kleinen Höhle, und in ihr befindet sich eine Felswand. Doch die sieht zu regelmäßig aus, um natürlichen Ursprungs zu sein. Wahrscheinlich wurde mit den Steinen die Quelle verschlossen, die einst den See speiste. Wenn wir die Brocken abtragen, wird das Wasser wieder in den See fließen.«

»Ist das denn möglich?« rief Belial. »Glaubt Ihr wirklich, wir können die Quelle wieder freilegen?«

»Nun, Ihr habt dreitausend Mann unter Eurem Befehl. Wenn die dafür nicht ausreichen, dann vermag das wohl niemand. Leider reicht es nicht, einfach den Sand in der Höhle abzutragen. Wir müssen auch die Rinne von allem Geröll befreien, das von den Hügelhängen gefallen ist, seit das Wasser dort nicht mehr strömt. Und natürlich müssen wir auch rings um Sigholt alles beiseite räumen.«

»Was meint Ihr damit?« wollte Belial wissen.

Jack stellte sich vor das Feuer. »Bei Sigholt befindet sich eine Senke, die sich im Lauf der Zeit mit Geröll und Steinen angefüllt hat. Ich glaube, das Wasser kam früher durch die Rinne, teilte sich kurz vor der Festung, umströmte sie von zwei Seiten – und bildete so einen natürlichen Burggraben –, bis es sich in den See ergoß. Wenn das Wasser die Festung ringsum umgibt, dürfte sie uneinnehmbar sein.« Vor allem, wenn die Burg wieder mit der Quelle ihrer eigenen Magie verbunden ist, dachte der Wächter. Dann wird Sigholt wieder leben.

»Also gut, Jack«, erklärte der Leutnant, »dann brechen wir morgen mit einigen unserer besten Ingenieure auf und untersuchen Rinne und Höhle. Magariz, Ihr macht Euch mit ein paar Männern ein Bild vom Zustand des Burggrabens. Bis zum morgigen Abend sollten wir eigentlich wissen, ob sich der See wieder füllen läßt und unser Stützpunkt uneinnehmbar wird.«

Und in Gedanken fügte Belial hinzu: Ob wir nun diese Quelle

freilegen, den See auffüllen und diese Zecherach wiederfinden oder nicht, auf jeden Fall bleiben die Soldaten beschäftigt, und das hält sie von Müßiggang und dummen Gedanken ab.

Die Männer bekamen mehr als genug zu tun. Belial ließ fünfhundert Mann in der Festung zurück, auch wenn Jack ihm erklärte, eine solch starke Garnison sei nun wirklich nicht nötig. Die restlichen zweieinhalbtausend arbeiteten ununterbrochen daran, Quelle, Rinne und Graben freizulegen. Drei mal fünfhundert Soldaten kümmerten sich zwölf Tage lang um den Burggraben, während die anderen tausend sich mit der Rinne und der Höhle befaßten, in der Jack die Quelle vermutete.

Am achten Tag standen der Leutnant und der Fürst am Rand des Burggrabens und inspizierten die Anlage. Ein tiefes, noch trockenes Flußbett war freigeräumt worden. Graugrüne Felsplatten bedeckten Wände und Boden des Grabens, die auf überaus geschickte Weise nahtlos zusammengefügt worden waren. Sogar Muster von eigentümlicher Schönheit ließen sich darin erkennen. Obwohl die Erbauer keinen Mörtel verwendet hatten, erwiesen sich die Platten als so dicht und fest auf- und ineinandergefügt, daß Belial nicht einmal eine Messerklinge dazwischenzuschieben vermochte.

»Kein Maurer könnte heute ein solches Kunstwerk ohne Mörtel erschaffen«, bemerkte Magariz leise.

»Ich frage mich, was Jack noch über die Burg weiß, wovon er uns bis jetzt nichts verraten hat«, brummte der Leutnant.

Der Fürst hob den Kopf und sah ihn an. Heute war es nicht so windig, und er hatte auf seinen schweren schwarzen Mantel verzichtet. »Belial, ich sorge mich weniger darum, welche Geheimnisse Sigholt noch bergen mag, als darum, wie wir all die Männer rechtzeitig in die Burg zurückbekommen, wenn die Soldaten oben in der Höhle die Quelle endlich freibekommen haben und das Wasser von den Hügeln herunterschießt. Momentan haben wir nichts, was den Namen Brücke verdiente.«

Der Leutnant hatte das natürlich vorausgeahnt und einen Steg bauen lassen, nachdem seine Männer den Burggraben freigelegt hatten. Aber das schmale Brettergestell konnte nicht einmal einen Reiter tragen. Und wenn die großen Wassermassen heranrauschten, würde es sicher sofort fortgeschwemmt werden.

»Dann sollte ich wohl besser ein paar Soldaten abziehen, um eine richtige Brücke bauen zu lassen. Allerdings habe ich noch keine Ahnung, wo wir die Balken dafür herbekommen sollen.«

Die Männer am Graben waren am Rande der Erschöpfung, und Belial hatte ihnen eigentlich einen Tag freigeben wollen, um sie dann zu den anderen an Rinne und Quelle zu schicken. Aber Magariz hatte recht, eine stabile Brücke wäre erst einmal vordringlicher.

»Das dürfte kein Problem sein«, rief Jack hinter ihnen. Der Wächter war gerade angekommen. Seine Kleider waren mit grauem Steinstaub bedeckt, und er wirkte genauso mitgenommen wie die Soldaten. »Sobald das Wasser fließt, erschafft die Burg sich ihre eigene Brücke.«

»Was?« riefen die beiden Offiziere wie aus einem Mund.

Jack lächelte. »Sigholt ist eine schlaue alte Dame. Die ikarischen Zauberer haben die Burg errichtet. Vertraut ihnen.«

»Und wann kommt das Wasser, Jack? Wie geht die Arbeit in der Höhle voran?«

Der Wächter wischte sich den Schweiß von der Stirn und verschmierte dabei den Staub in seinem Gesicht. »Eure drei Ingenieure haben mir erklärt, daß diejenigen, die die Quelle zugeschüttet haben, einfach eine Wagenladung Steine nach der anderen auf das Loch gekippt haben, aus dem das Wasser sprudelte. Und dann haben sie einfach eine Mauer darum errichtet. Die haben wir aufgeschlagen und darunter nur loses Gestein angetroffen, das wir nur noch herausholen mußten. Wenn sie sich die Mühe gemacht hätten, das Geröll bis ganz nach unten mit Mörtel zu verbinden, hätten wir vor einem großen Problem gestanden. Aber so haben wir bereits die untersten Schichten erreicht, und die sind feucht. Das Quellwasser hat das untere Gestein erodieren lassen. Was wir oben begonnen haben, bewirkt die Quelle schon seit langem von unten. Irgendwann hätte sie sich sicher von allein befreien können.«

»Und wie lange dauert es jetzt noch?« fragte der Fürst aufgeregt. Er schien es kaum abwarten zu können, das Wasser um die Festung herum strömen und den See wieder gefüllt zu sehen.

»Noch drei Tage, Magariz. Die Männer in der Höhle arbeiten jetzt langsamer, weil sie vorsichtig sein müssen. Die Ingenieure planen sehr sorgfältig. Wenn ihre Berechnungen stimmen, müssen wir nur noch vier Meter Schutt entfernen, und dann bahnt die Quelle sich selbst ihren Weg.«

»Wie sieht es in der Rinne aus?«

»Dürfte morgen geräumt sein.« Jacks Augen strahlten. »In spätestens vier Tagen wird es den See des Lebens wieder geben ... und vielleicht kommt dann auch Zecherach wieder zum Vorschein.«

Der Fürst legte ihm eine Hand auf die Schulter. »Wie lange ist es her, seit Ihr sie zum letzten Mal gesehen habt?«

Eine Träne löste sich aus Jacks Augenwinkel und rollte langsam seine Wange hinunter. »Vor über zweitausend Jahren, Magariz. Niemand erträgt es leicht, so lange von seiner Liebsten getrennt zu sein.«

»Auch ich habe geliebt, sie verloren und warte jetzt«, entgegnete der Fürst leise, »und ich hoffe, daß bei mir nicht auch zweitausend Jahre vergehen müssen. Wenn alles gut geht, dürfte es in ein paar Tagen soweit sein.«

Die beiden anderen sahen Magariz neugierig an. Was wollte er damit andeuten? Belial hatte immer geglaubt, der Fürst sei wie er selbst zu sehr mit seinem Beruf verheiratet, um an eine Ehe zu denken. Doch nun hatte es den Anschein, als hielten andere und traurigere Gründe Magariz davon ab, vor den Traualtar zu treten. Dabei konnte ein so ehrenhafter, aufrichtiger und gutaussehender Mann wie der Fürst sich doch bestimmt nicht über mangelnden Zuspruch von seiten der Frauen beklagen.

»Alles bereithalten!« rief Fulbrecht, der älteste von Belials Ingenieuren. »Die Felsen geraten in Bewegung! Alles zurücktreten!«

Die fünf Männer, die tief unten in dem Loch arbeiteten, kletterten jetzt rasch an den Seilen hoch, die man ihnen hinabgelassen hatte. Ein tiefes Grollen im Bauch der Erde schien Fulbrechts Worte bestätigen zu wollen.

»Zieht doch, verdammte Bande!« schrie er die Soldaten an, die an den Seilen zogen, und stellte sich zu einer dieser Gruppen. »Zieht, was Eure Arme hergeben!«

Doch die Götter schienen heute gnädig gestimmt zu sein; denn das Wasser spritzte erst hervor, als alle fünf über den Rand gezogen worden waren. »Alles zurück!« rief der Offizier noch einmal, aber seine Männer brauchten nicht mehr angefeuert zu werden. Alle brachten sich rasch in Sicherheit, während das Wasser sich tosend und schäumend seinen Weg in die Freiheit bahnte und dabei die letzten Geröllstücke mit forttrug.

Fulbrecht riß die Augen weit auf, als das Wasser bis an die Decke schoß, sich dann über den Rand des Lochs ergoß und seinen Weg zur Rinne fand. Dampf füllte die ganze Höhle aus – sie hatten eine heiße Quelle freigelegt.

»Axis steh uns bei!« murmelte der Offizier. »Heute abend können wir alle ein Bad nehmen.«

Belial und Magariz standen besorgt am Grabenrand, als das Wasser heranschoß und dabei die Behelfsbrücke mit sich riß.

Jack verhielt sich ganz gelassen, als die Bretter vorbeitrieben. »Faßt Euch, Ihr Herren, und wartet es einfach ab.«

»Worauf sollen wir warten?« rief der Fürst. »Darauf, daß mir jemand ein Stück Seife reicht? Dieser Burggraben ist doch nur zum Baden gut, wenn wir keine Möglichkeit finden, in die Festung zu gelangen.«

Der Wächter lächelte. Ach, wie ungeduldig diese Ebenenbewohner doch waren. »Wartet darauf, bis die hohe Wassertemperatur die Burgmauern durchdrungen hat. Und dann seht genau hin.«

Eine halbe Stunde lang konnten sie nur dastehen und warten. Belial und Magariz zeigten sich zunehmend nervöser. Dunkelrote Schlieren trieben im Wasser. Vermutlich Mineralien, dachte der Leutnant, die aus dem Erdinneren gespült wurden. Verdammt noch mal, worauf warten wir hier eigentlich?

»Jack!« rief er in höchster Erregung. Aber der Wächter brachte ihn mit einem Blick aus seinen grün leuchtenden Augen zum Schweigen.

»Spürt Ihr es denn nicht?« fragte Jack dann. »Sigholt erwacht! Beobachtet das Wasser, das am Tor vorbeifließt.«

Belial starrte hin, sah zuerst nichts und bemerkte dann einen … eine Art feines Gewebe, das sich über der Wasseroberfläche bildete. Noch während er hinstarrte, bildete sich daraus eine feste Steinbrücke, die mit dunkelroten Adern durchschossen war und den ganzen Graben überspannte.

Die Augen traten ihm fast aus den Höhlen. »Was ist denn das?« Mehr bekam er nicht hinaus. An seiner Seite stand Magariz gleichermaßen erstarrt. Die Brücke wirkte fest und breit genug, daß nicht nur Reiter, sondern auch beladene Wagen hinüberkonnten.

Jack winkte dem Fürsten zu. »Überquert sie, und seht, was sich dann tut.«

Magariz warf einen unsicheren Blick auf den Leutnant. Über diese Brücke gehen? Sie konnte sich doch sicher jederzeit wieder in Luft auflösen. Gerade als er den ersten vorsichtigen Schritt auf ihr tun wollte, sprach die Brücke ihn an.

»Seid Ihr aufrichtig?« fragte eine tiefe weibliche Stimme.

Der Fürst wich erschrocken zurück. »Was?«

»Seid Ihr aufrichtig?« fragte die Brücke geduldig.

»Ihr müßt ihr antworten!« drängte der Wächter. »Sie wird Euch diese Frage nur dreimal stellen, und danach dürft Ihr nie mehr hinüber.«

»Wie? Was?« entfuhr es dem völlig verwirrten Magariz. »Aber was soll ich ihr denn antworten?«

»Laßt Euer Herz sprechen«, forderte Jack ihn energisch auf. »Aber was immer Ihr sagen wollt, beeilt Euch damit!«

Der Fürst trat noch einmal auf die Brücke zu, und diese fragte ihn zum letzten Mal: »Seid Ihr aufrichtig?«

Magariz zögerte einen Moment, und antwortete dann: »Ja, das bin ich.«

»Dann überquert mich, edler Fürst, damit ich feststellen kann, ob Ihr auch die Wahrheit sprecht.«

Der Mann stellte einen Fuß auf die Brücke, tat einen Schritt, blieb stehen und rechnete wohl damit, jeden Moment wie ein Stein in die Tiefe zu stürzen. Aber als nichts dergleichen geschah, wagte er einen zweiten Schritt und einen dritten.

»Ihr habt die Wahrheit gesprochen, Fürst«, teilte die Brücke ihm dann mit. »Seid in meinem Herzen willkommen.« Und ehe Magariz sich versah, war er schon auf der anderen Seite.

Er drehte sich um und sah, daß alle auf der anderen Seite ihn gebannt anstarrten. Magariz schritt nun fest aus und kehrte zu ihnen zurück. »Die Brücke hat mich ja einfach so wieder hinüber gelassen«, stellte er erstaunt fest.

»Ja«, erklärte Jack, »sie stellt diese Frage nur beim ersten Mal. Jetzt kennt sie Euch. Bei jeder Begegnung wird die Brücke Euch begrüßen, aber Euch nie mehr prüfen wollen. Außer wenn sie den Eindruck gewinnt, daß Ihr verderbt und unaufrichtig geworden seid. Seht Euch also vor!«

Der Wächter trat nun selbst vor die Brücke und stellte einen Fuß auf den Stein. Sie stellte ihm nicht die Frage, und er schritt voran.

»Willkommen Jack«, begrüßte die Stimme ihn nun freundlich. »Viele Jahre sind vergangen, seid Ihr zum letzten Mal über meinen Rücken gewandelt seid.«

»Ich grüße Euch auch, liebes Herz«, sagte der Wächter sanft. »Es wärmt mir die Seele zu sehen, wie das Wasser wieder fließt.«

»Lange Zeit war ich sehr traurig«, entgegnete die Brücke, »doch nun bin ich wieder glücklich.«

Später, nachdem die Brücke jeden einzelnen aus Belials Truppe befragt hatte, stand der Leutnant mit Jack im Burghof und sah ihn an:

»Nun? Was ist mit Zecherach?«

Der Wächter schüttelte traurig den Kopf. »Vielleicht muß der See erst ganz gefüllt sein, ehe sie wieder erscheinen kann.«

Der See stieg während der nächsten Tage immer mehr an, doch die Wächterin ließ sich nicht blicken. Nachdem Jack sechs Tage lang vom Burgturm aus das Land erkundet hatte, schloß er sich in sein Gemach ein und ließ sich fast eine Woche lang nicht mehr blicken. Als er dann wieder herunterkam, sah er vor lauter Gram abgehärmt aus. Nun brauchte er nicht länger zu warten. Zecherach war unwiederbringlich verloren … es sei denn, er könnte die Zauber brechen, die sie banden.

12
»Ich führe euch zurück nach Tencendor!«

Bei der Versammlungshalle des Krallenturms handelte es sich um einen riesigen Saal mit Dutzenden von ansteigenden Sitzreihen aus goldgeädertem weißem Marmor, die eine kreisrunde Fläche aus durchscheinendem und sehr kostbarem goldenen Marmor umgaben, in dem sich violette Adern zeigten. Hellgoldene und blaue Kissen lagen auf den Sitzbänken verstreut, und die untersten Reihen waren den Ältesten, den Zauberern und der Familie des Krallenfürsten vorbehalten. Sie unterschieden sich schon durch ihre Kissen von den anderen: dunkelrote für die Ältesten, türkisblaue für die Zauberer und königsviolette für die Herrscherfamilie. Auf den obersten siebzehn Bankreihen fanden traditionell die Mitglieder der Luftarmada Platz. Diese waren nicht mit Kissen ausgestattet, wie es sich für die harten Luftkämpfermuskeln ziemte.

Zwischen den Plätzen ragten riesige Säulen auf und trugen das Kuppeldach der Versammlungshalle. Sie stellten männliche und weibliche Gestalten dar, mit weit ausgebreiteten Armen und Flügeln, die Augen vor Staunen freudig geweitet und den Mund geöffnet wie zu stillem Gesang. Die ikarischen Künstler hatten diese Figuren vergoldet und emailliert, sie mit goldenen Halsbändern geschmückt und Augen als Edelsteine benutzt. Jedes Haar auf dem Kopf und jede Feder an den Flügeln war einzeln aus Gold und Silber nachgebildet, genauso wie auch die Muskeln der nackten Körper sorgfältig herausgearbeitet und mit Elfenbein belegt waren, um die Hautfarbe so echt wie möglich darzustellen. Fünf dieser Gestalten bildeten jeweils eine Säule und trugen aufeinanderstehend das Kuppeldach, das vollständig mit bronzenen

Spiegeln bedeckt war. Diese waren verzaubert und strahlten sanftes goldenes Licht aus, das den gesamten Saal erhellte.

Noch war die Halle leer und wartete auf das Erscheinen der Ikarier und des Mannes, von dem die Prophezeiung verkündete, daß er sie nach Tencendor zurückführen würde, zurück in ihre sagenhafte Heimat.

In seiner kreisrunden Ankleidekammer betrachtete Rabenhorst zornig den Mann, der von ihm verlangte, zu seinem Erben bestimmt zu werden.

Der ikarische Fürst ging auf und ab und seine violetten Augen funkelten wütend, während seine blaugefleckten Flügel aufgeregt raschelten.

»Mir steht das Recht zu, meinem Nachfolger zu bestimmen, wann ich will!« tobte er.

Axis verstand, warum Rabenhorst sich so sehr zur Wehr setzte. Er hatte den Tod von Freierfall längst nicht verwunden, aber ein Thronerbe mußte bestimmt werden, solange der Fürst noch lebte. Und das versuchte der Krieger ihm gerade klar zu machen. Sie lebten in gefährlichen Zeiten, und wenn ein Erbe wie Freierfall so unerwartet den Tod fand, dann konnte so etwas auch einem Fürsten zustoßen. Nichts wirkte sich auf eine Gesellschaft so verheerend aus wie Unklarheiten über die Thronfolge.

Heute wollte Axis vor den versammelten Ikariern sprechen, und er wollte mit der Autorität eines Thronfolgers vor sie treten. Seine Aufgabe bestand darin, die drei Völker – Achariten, Ikarier und Awaren – zu vereinen, um sie zu einer schlagkräftige Streitmacht zusammenzuschweißen, mit der sich Gorgrael besiegen ließ. Dem Krieger war bewußt, daß sich ihm heute abend die einzige wirkliche Gelegenheit bot, die Vogelmenschen hinter sich zu bringen.

Axis trug das goldene Gewand, das Aschure für ihn angefertigt hatte, und die blutrote Sonne flammte beeindruckend auf seiner Brust, als er nun auf seinen Onkel zuschritt. Ich danke meiner Freundin für dieses Emblem, dachte er, während er den Blick des Fürsten suchte, denn ich werde zu diesem Symbol werden.

Sternenströmer und Morgenstern sahen sich an.

Der Krieger blieb nahe bei seinem Onkel stehen und sah den aufgebrachten Mann in aller Gelassenheit an.

»Euer Sohn ist tot und kehrt nicht mehr zurück. Und andere Kinder habt Ihr nicht, Rabenhorst. Dennoch habt Ihr Pflichten Eurem Volk und Eurer Familie gegenüber zu erfüllen. Damit bleibt Euch keine andere Wahl, als mich zu Eurem Thronerben zu ernennen. Ich fordere dieses Recht von Euch ein. Wenn Ihr es recht bedenkt, habt Ihr auch gar keine andere Wahl.«

Rabenhorst deutete auf seinen Bruder. »Sternenströmer steht in direkter Linie zum Thron. Er müßte von Rechts wegen mir nachfolgen.«

Axis lächelte ihn spöttisch an. »Aber, Onkel, wer würde ihm dann nachfolgen, wenn nicht sein ältester Sohn, also ich?« Er legte eine kurze Pause ein, um seinen Worten mehr Wirkung zu verleihen. »Oder wäre es Euch lieber, Gorgrael würde eines Tages hier am Krallenturm anklopfen und sein Erbe einfordern? Der Zerstörer als neuer Fürst der Ikarier? Entscheidet Euch lieber für mich als das kleinere von zwei Übeln.«

Rabenhorst schwieg, aber in seinem Gesicht arbeitete es.

»Im ganzen Krallenturmberg brodelt es, weil die Nachfolge nicht geregelt ist«, fuhr der Krieger jetzt etwas heftiger fort. »Ernennt mich zu Eurem Erben, oder laßt zu, daß Euer geliebtes Volk sich nach Eurem Ableben in Stücke reißt, weil es sich nicht über die Nachfolge einigen kann. Ihr habt keinen Sohn und auch sonst keinen jungen nahen Verwandten, den Ihr mir vorziehen könntet, deswegen bin ich Eure einzige Wahl. Ihr müßt Euch endlich entscheiden, und zwar jetzt! Warum habt Ihr mir den Befehl über die Luftarmada übertragen, wenn Euch damals nicht schon klar war, daß Ihr mir auch den Thron geben würdet.«

Der Fürst wandte mit einem Ruck den Blick von ihm ab und sah seine Mutter an.

Morgenstern nickte. »Axis hat recht, Rabenhorst. Euch bleibt keine andere Wahl, als ihn zu Eurem Nachfolger zu bestimmen.«

Auch wenn seine Mutter sich dafür aussprach, gefiel ihm die Sache immer noch nicht.

»So etwas ist in unserer langen Geschichte noch nie vorgekommen!« rief Rabenhorst in neu entflammtem Verdruß, und er ging wieder auf und ab. »Die Ikarier hatten immer einen vollblütigen Sonnenflieger auf ihrem Thron sitzen!«

»Die ganze Welt verändert sich, Rabenhorst, und nimmt vor unseren Augen neue Gestalt an. Nichts wird mehr so sein wie früher.« Nicht nur Axis' Stimme, sondern auch seine gesamte Körperhaltung drückten Macht und Selbstvertrauen aus.

Rabenhorsts Blick fiel wieder auf seinen Neffen. Alles in ihm sehnte sich nach seinem Sohn, aber Freierfall würde nie zurückkehren. Trotz seines Schmerzes über diesen Verlust und auch trotz seiner Weigerung, Axis zu seinem Erben zu bestimmen, wußte er natürlich nur zu gut, daß ihm gar nichts anderes übrigblieb. Sein Bruder Sternenströmer wäre als Fürst eine vollkommene Fehlbesetzung. Axis hingegen mochte zwar kein reiner Ikarier sein – er hatte noch nicht einmal Flügel –, aber er verstand wenigstens zu führen.

Der Ärger auf seiner Miene verging schließlich, und er wandte sich an den Zauberer: »Sternenströmer, ruft unsere Frauen und Abendlied. Sie sollen erscheinen, damit alle Mitglieder des Hauses Sonnenflieger bezeugen können, was ich heute tun werde.«

Sein Bruder folgte dieser Aufforderung gern, und wenig später betraten Rabenhorsts Gattin Hellefeder und nach ihr Rivkah und ihre Tochter Abendlied den Raum.

Sobald sich die Tür hinter ihnen geschlossen hatte, schritt der Fürst auf Axis zu, legte ihm seine Hände an die Wangen und küßte ihn auf den Mund.

»Als Haupt des Hauses Sonnenflieger und als Krallenfürst heiße ich Euch, Neffe, der so lange verloren war, nicht nur im Hause Sonnenflieger willkommen, sondern erkläre Euch auch vor diesen Zeugen zu meinem Erben und Nachfolger in allen Titeln, Rängen, Privilegien und Befugnissen, die mit dem Amt des Krallenfürsten verbunden sind.«

Abendlied riß verwundert die Augen auf. Rivkah lächelte Sternenströmer an, und ihre Augen leuchteten vor Stolz.

Rabenhorst sah immer noch seinen Neffen an und hielt dessen Gesicht weiterhin zwischen den Händen. Wie die anderen im Raum diese Ankündigung aufnahmen, damit konnte er sich jetzt nicht befassen. »Axis, während der letzten sechstausend Jahre hat das Haus Sonnenflieger nicht nur in Person das Amt des Krallenfürsten bekleidet, sondern sich auch als dessen Hüter erwiesen. Wir wußten stets dieses große Privileg zu würdigen und durften uns in all den Jahren des Vertrauens und der Treue unseres Volkes sicher sein.«

Aber wohl nicht ganz so sehr des Vertrauens und der Treue der Achariten, über die ihr ebenfalls einst geherrscht habt, dachte der Krieger bitter.

»Achtet diese lange Tradition von Vertrauen und Treue«, fuhr der Fürst fort und schwieg dann für einen Moment. »Axis, Ihr werdet der siebenundzwanzigste Zaubererfürst sein, der erste Zauberer, der seit anderthalbtausend Jahren diesen Thron besteigt. Ihr werdet über ungeheure Macht verfügen, nicht nur als Krallenfürst, sondern auch in Eurer Eigenschaft als Sternenmann. Wollt Ihr versprechen, Euer Volk zu achten?«

»Immerdar«, schwor der Krieger feierlich. All sein Unmut war jetzt verflogen.

»Versprecht Ihr nun auch vor mir und Eurer Familie feierlich, die ungeheure Macht, die Euch verliehen wird, niemals zu mißbrauchen?«

»Auch dies schwöre ich.«

»Werdet Ihr Euer ikarisches Volk durch die Prophezeiung führen, damit es seine Schwingen in Zukunft wieder in sonnenheller, klarer Luft ausbreiten und nicht in schattenumwogte Turbulenzen geraten kann?«

»Das schwöre ich.«

Nun gab Rabenhorst seinen Nachfolger frei, küßte ihn dann auf beide Handflächen und kreuzte ihm die Hände auf der Brust.

»Dann nehmt meinen Segen und meine besten Wünsche an, Axis Sonnenflieger. Vor dem hier versammelten Hause Sonnenflieger erkläre ich Euch formell zu meinem Erben auf dem Krallenthron, so wie ich Euch später vor dem ikarischen Volk in der

Versammlung zu meinem Nachfolger ernennen werde. Tragt Eure Verantwortung wohl, und fliegt mit ihr in eine bessere Zukunft.«

»Ich gelobe, mich nach Kräften zu bemühen, niemals in meinen Pflichten zu wanken, Rabenhorst, und meinem Volk stets mein bestes zu geben. Ich danke Euch für Euer Vertrauen und dafür, an mich zu glauben. Ihr sollt nicht enttäuscht werden.« In Wahrheit wußte Axis natürlich nicht, ob er jemals den ikarischen Thron besteigen würde, aber hier war weder die Zeit noch der Ort, um Rabenhorst auseinanderzusetzen, wie er Tencendor neu aufbauen wollte. Und sollte für ihn das Amt des Krallenfürsten darin nicht vorgesehen sein, so würde er den Thron an einen anderen aus seiner Familie weitergeben. Das Haus Sonnenflieger sollte dieses Amt auch weiterhin besetzen und hüten.

Nun umarmte auch Sternenströmer den offiziellen Thronfolger. »Willkommen im Hause Sonnenflieger, mein Sohn. Willkommen als zukünftiger Herrscher.«

Morgenstern folgte ihm. »Willkommen im Hause Sonnenflieger. Ihr seid ein mächtiger Zauberer, Enkel, und Erbe des Throns. Ich bin stolz auf Euch. Fliegt weit und hoch.«

Hellefeder flüsterte ihm ebenfalls ein paar herzliche Worte zu, und dann sah Axis sich von den Armen seiner Mutter umschlungen. Er spürte ihr nasses Gesicht an seiner Wange.

»Ich weine vor Glück, mein lieber Sohn«, sagte sie, »und weil ich vor meinem Ende noch miterleben durfte, wie Ihr Euer Erbe mit ganzem Herzen angetreten habt. Willkommen unter den Sonnenfliegern.«

Axis hielt sie ebenfalls fest, ließ seinen Tränen freien Lauf und wünschte, er hätte ihre Liebe und Unterstützung ein Leben lang genießen dürfen und nicht nur während der letzten paar Monate.

Endlich ließ Rivkah von ihm ab und machte Abendlied Platz.

Diese legte ihm die Hände auf die Schultern und küßte ihn leicht. »Als Ihr zu uns kamt, war ich nicht sehr freundlich zu Euch«, flüsterte sie. »Bitte vernehmt mein Bedauern darüber, daß ich Euch nicht herzlicher in dieser Familie willkommen geheißen habe. Ich habe mich schlecht benommen und bitte dafür um Entschuldigung. Willkommen im Hause Sonnenflieger, Bruder.«

Der Krieger strich ihr über die Wange. »Dazu besteht kein Anlaß, Abendlied, weiß ich doch um Euren Kummer ... Freierfalls letzte Worte und Gedanken galten Euch. Vergeßt nie, wie ehrlich er Euch geliebt hat.«

Abendlied zuckte ein wenig zusammen und sah ihn ausdruckslos an, während sie mit den Tränen kämpfte. Selbst nach so vielen Monaten schmerzte es sie immer noch, von ihrem Geliebten zu hören.

»Eines muß noch getan werden, ehe wir uns in die Versammlungshalle begeben«, verkündete Rabenhorst nun, »obwohl diese Aufgabe mir das Herz bricht.« Er breitete die Arme aus. »Sternenströmer, Rivkah, tretet zu mir.«

Als sie vor ihm standen, nahm er beide an die Hand. »Seid Ihr Euch darin vollkommen sicher?«

Axis' Mutter nickte. Ihr Entschluß stand fest. »Ja, Rabenhorst, es muß sein.«

Sternenströmer schwieg.

»Vor vielen Jahren gehörte es zu meinen Vorrechten«, begann der Fürst nun, »den Ehebund zwischen Euch zu schließen und Zeuge Eurer Schwüre zu sein. Nun habt Ihr in gegenseitigem Einvernehmen beschlossen, diese Schwüre aufzuheben.« Er ließ die Hände der beiden los, eine symbolische Geste, die ihm sichtlich schwer fiel. »Eure Ehe ist hiermit gelöst, Sternenströmer und Rivkah. Nutzt Eure neue Freiheit weise.«

Niemand der Anwesenden zeigte sich tatsächlich überrascht. Die Eltern hatten ihre Kinder schon vorher von ihrem Entschluß in Kenntnis gesetzt. Die wahre Tragödie besteht darin, dachte ihr Sohn, daß Liebe und Leidenschaft, diese beiden Kräfte, die das Leben von vielen verändern und ganze Länder umzustürzen vermochten, so einfach aufhören konnten.

»Ich habe Euch geliebt, Rivkah«, sagte Sternenströmer leise. »Vergeßt das bitte nicht.«

»Und ich habe Euch geliebt, Sternenströmer, aus tiefstem Herzen und mit ganzer Seele. Vergeßt das bitte auch nicht.«

Rabenhorst legte ihr eine Hand auf die Schulter. »Ihr seid und bleibt stets eine Sonnenflieger. Der Krallenturm wird immer Eure Heimat sein, so lange Ihr möchtet. Nur weil Ihr die Ehe mit Sternenströmer gelöst habt, seid Ihr gewiß nicht aus dieser Familie ausgestoßen.«

Rivkah nickte. »Danke, Rabenhorst. Das waren sehr liebe und freundliche Worte von Euch ... Ich möchte bis Beltide bleiben, mit Euch das Fest feiern und danach für eine Weile nach Achar zurück. Ich weiß nicht, wie lange ich mich dort aufhalten und ob ich dort eine neue Heimstatt bei den Menschen finden werde.«

»Nun kommt«, forderte der Fürst seine Familie auf, »ich höre schon, wie sich die Versammlungshalle füllt. Höchste Zeit für uns, die Amtsroben anzulegen. Axis soll schließlich heute vor sein Volk treten.«

Der Krieger lebte seit nunmehr gut drei Monaten unter den Vogelmenschen, hatte aber noch nie an einer ihrer Versammlungen teilgenommen. Während der ersten Wochen hatte er fast in jeder Stunde mit Sternenströmer und Morgenstern seine zauberischen Fähigkeiten vervollkommnet und dabei kaum Zeit für etwas anderes gefunden. Und danach hatte er sich so sehr um die Luftarmada gekümmert, daß er niemand anderen zu Gesicht bekommen hatte.

Auch wenn der größte Teil des ikarischen Volkes noch auf eine Gelegenheit wartete, Axis endlich kennenzulernen und sich eine Meinung über ihn zu bilden, hatte doch schon jeder die Gerüchte gehört, die sich im ganzen Krallenturm wie ein Lauffeuer ausbreiteten. So wurde erzählt, der junge Mann sei ein begnadeter Zauberer, der seinem Vater und seiner Großmutter etwas beibringe und nicht umgekehrt. Auch plane er, sich unmittelbar nach dem Betildenfest mit der Luftarmada auf die Scharen Gorgraels zu stürzen, um Rache für den Überfall am Erdbaum zu nehmen. Andere dagegen behaupteten steif und fest, Axis wolle im Gegenteil zuerst Achar für die Ikarier zurückerobern. Fünf Vogelmenschen schworen jeden Eid, daß sie persönlich das Kapitulationsschreiben gesehen hätten, das Gorgrael Axis in den

Krallenturm geschickt habe. Andere wiederum verbreiteten sich ausführlich darüber, wie der Zerstörer von einer Bande Rabenbunder totgeschlagen worden sei. Etliche Ikarierinnen brüsteten sich vor anderen damit, der Krieger habe um ihre Hand angehalten. Eine wollte sogar ein Kind von ihm empfangen haben. In Gasthäusern und Gesprächsrunden ereiferte man sich darüber, welche Teile der Prophezeiung sich bereits erfüllt hätten und womit man noch rechnen müsse. Viele fragten sich auch, ob Rabenhorst sich endlich Gedanken darüber gemacht habe, wen er zu seinem Nachfolger ernennen wollte. Eigentlich käme dafür doch nur Axis in Frage, oder etwa nicht? In einigen Kreisen wurde auch über Aschure gerdet und wie es ihr gelungen war, den Wolfen zu beherrschen. So mancher munkelte, bei ihr handele es sich um einen Sternengott, der in Menschengestalt herabgestiegen sei, um sich bei den Ikariern umzusehen.

Ramu saß mit Aschure in einer Reihe unter den Sitzen der Luftarmada und redete leise mit ihr. Die junge Frau hatte den awarischen Zauberer in den vergangenen Monaten kaum noch zu Gesicht bekommen. Sie hatte in der Luftarmada zuviel zu tun gehabt, und er hatte sich in den Bibliotheken der Vogelmenschen vergraben und sich darüber hinaus um die Ausbildung der ikarischen Kinder gekümmert.

»Was glaubt Ihr, wie es hier heute abend ausgehen wird?« fragte die Ebenenläuferin leise, während sie verfolgte, wie nervöse Ikarier ihre Plätze in den Bankreihen suchten. Heute erschien Aschure in einem leuchtend roten Gewand, das ihre Schultern teilweise freiließ und in der Taille von einem dunkelgrünen Band zusammengehalten wurde. Dazu trug sie das lange Haar offen, was insgesamt ihre auffallend exotische Ausstrahlung nur noch unterstrich. Viele männliche Augenpaare waren ihr gefolgt, als sie die Halle betreten hatte.

Der Aware lächelte sie mit warmen braunen Augen an. »Wer kann das schon wissen, Aschure? Entweder gewinnt Axis die Vogelmenschen für sich, oder sie verweigern sich ihm. Einen Mittelweg gibt es nicht.«

»Aber sie dürfen ihm ihre Unterstützung nicht versagen!« rief die junge Frau in ihrer Erregung lauter als beabsichtigt. »Könnten die Ikarier das wirklich tun?«

Ramu drückte ihr zuversichtlich die Hand. »Niemand vermag vorauszusagen, wie sie sich auf einer Großen Versammlung entscheiden werden. Sie sind flatterhaft und leichtsinnig. Nicht selten pflegt die Stimmung mitten in einer solchen Beratung umzukippen und sich in eine ganz andere Richtung zu entwickeln.«

»Aber haben die Vogelmenschen denn nicht auf der Großen Versammlung nach der Jultidenkatastrophe beschlossen, Axis in den kommenden Schlachten zu ihrem Heerführer zu wählen?«

Der Magier lächelte leicht. »Nicht ganz, Aschure. Sie haben darüber beraten, und viele drückten sich auch zustimmend aus, aber abgestimmt haben sie in Wirklichkeit darüber, ob mit Axis in Gorken Verhandlungen aufgenommen werden sollten. Unsere Gastgeber hier lieben Debatten und Wortgefechte, aber wenn es dann zu einer Abstimmung kommt, läßt ihre Entschlußfreudigkeit rasch nach.«

Die junge Frau murmelte etwas Unfeines über die Ikarier, und Ramu fuhr fort. »Aber Axis kommt bestimmt zugute, daß man ihn bereits zum Oberbefehlshaber über die Luftarmada gemacht hat. Das werden ihm die Ikarier sicher zugute halten. Zumindest kann er jetzt als ihr General vor sie treten.« Sein Blick huschte kurz hinauf zu den noch leeren Plätzen der Luftkämpfer. Wo blieben sie? fragte er sich, während er seine dunkelgrüne Robe glattstrich. Hatten sie etwa vor, ihrem Befehlshaber die Unterstützung zu verweigern?

Wie zur Antwort entstand jetzt an den Eingängen Bewegung: Die einzelnen Staffeln traten ein und bewegten sich diszipliniert zu ihren Plätzen. Das Erscheinen der Luftarmada ließ die Ikarier verstummen. Viele verrenkten den Hals, und so manchem blieb der Mund offen stehen.

»Was tragen die denn da für eine Uniform?« Ramu keuchte vor Überraschung.

Aschure aber lächelte zufrieden.

Sämtliche Luftkämpfer hatten sich nicht nur die Flügel im

Ebenholzschwarz des Krieges gefärbt, sondern auch ihre wollenen Uniformen.

»Axis hat gesagt, er wolle die Luftkämpfer von Paradiesvögeln in Kampffalken verwandeln«, teilte Aschure dem Awaren mit, ohne den Blick von diesem Einzug abwenden zu können. »Zumindest äußerlich ist ihnen das schon gelungen.«

Doch es kam noch etwas hinzu, daß die Vogelmenschen aus dem Staunen nicht mehr herauskamen. Denn jeder Luftkämpfer trug nicht nur das Kriegsschwarz, sondern hatte sich auch das Symbol einer blutroten flammenden Sonne auf die Uniformbrust genäht. Die Staffelführer trugen zum Zeichen ihres Ranges goldene Litzen um ihre Sonne, die Geschwaderführer goldene Sterne.

»Die flammende Sonne ist das Symbol des Hauses Sonnenflieger«, erklärte Aschure Ramu, »und die blutrote Sonne das Zeichen Axis'.«

»Habt Ihr es vielleicht für ihn entworfen?«

Die junge Frau nickte. »Ja, und er hat es sich zu eigen gemacht. Aber ich glaube, er weiß noch nicht, daß die Luftarmada sein Wappen auch übernommen hat. Ich hatte das Weitsicht nämlich nur vorgeschlagen.«

Und der hatte wohl keine Bedenken, sagte sich der Aware. Kaum etwas dürfte besser geeignet sein als dieser Auftritt, die Ikarier davon zu überzeugen, daß ihre Armee wie ein Mann hinter Axis stand. Er sah seine Nachbarin von der Seite an. Aschure betrachtete ernst und feierlich den Einzug der Luftarmada. Hatte die Prophezeiung sie aus einem besonderen Grund nach Smyrdon verschlagen? fragte sich Ramu jetzt. Oder bin ich aus purem Zufall in dem Dorf auf eine Frau gestoßen, die bereit war, mich und Schra vor dem sicheren Tod zu retten? Eine junge Frau, die uns später bei der Schlacht am Erdbaum auch noch zeigte, wie man den Feind besiegen konnte? Die damit sowohl Awaren als auch Ikarier vor dem Untergang bewahrte? Und dann auch noch wie von selbst den Zauberbogen Wolfen beherrschte, obwohl das doch seit viertausend Jahren kein Ikarier mehr vermocht hat? Jetzt überraschte diese Aschure ihn auch noch mit einem selbstentworfenen Symbol, mit dem sie treffsicher die richtige Unterstützung für Axis in die Wege geleitet hatte.

Nein, das konnte nicht alles bloßer Zufall sein. Die junge Frau wartete mit zu vielen Dingen auf, die das mehr als bestätigten. Der Magier erinnerte sich noch gut daran, wie Aschure während der letzten Versammlung ohne Mühe das Lied verstanden hatte, das Sternenströmer in der uralten Sprache der Vogelmenschen sang. Ramu selbst hatte viele Jahre harten Lernens dafür gebraucht.

Wer seid Ihr, Aschure? fragte er sich nicht zum ersten Mal. Was verbirgt sich unter Eurer äußeren Hülle?

Fünf Reihen unter ihnen saßen die beiden Wächter Ogden und Veremund. Beide hatten ihre unansehnlichen Kutten abgelegt und gegen hübschere Gewänder eingetauscht. Sie verfolgten den Aufzug mit ähnlich nachdenklichen Mienen wie er. Ihr Blick wanderte auch immer wieder zu Aschure, und sie schienen sich zu fragen, warum ihnen diese im Grunde fremde Frau doch so vertraut vorkam; so als würden sie Aschure schon ihr Leben lang kennen. Und die Wächter konnten auf wirklich sehr viele Jahre zurückblicken. Nein, bei dieser jungen Frau konnte es sich nicht nur um eine einfache Frau vom Lande handeln, die durch einen dummen Zufall in Ereignisse hineingeraten war, die sich ihrem Verständnis entziehen mußten. Aber wer um alles in der Welt mochte sie, die sich so selbstverständlich durch die Prophezeiung bewegte, dann sein?

Alle weiteren Überlegungen fanden ihr Ende, als jetzt die Ältesten und Zauberer hereinkamen und sich auf ihren traditionellen Plätzen in den untersten Reihen niederließen.

Die versammelten Ikarier hielten den Atem an und hatten ihre Blicke erwartungsvoll auf die kleine Tür gerichtet, die zur Kammer mit den Amtstrachten führte. Niemand wagte, etwas zu sagen, nicht einmal eine Feder raschelte.

Zuerst zeigten sich die Frauen aus dem Hause Sonnenflieger und strebten ihren Plätzen zu. Als erste Hellefeder, wie es ihr als Gemahlin des Krallenfürsten zustand, dann Abendstern und

Rivkah und zuletzt Abendlied. Die Tochter durfte sich heute abend, der besonderen Bedeutung der Veranstaltung entsprechend, zu ihrer Familie gesellen und mußte sich nicht zu ihren Kameraden von der Luftarmada setzen. Die Damen trugen in unterschiedlichen Tönungen das Königsviolett, ihre Gewänder waren mit Gold und Elfenbein verziert. Diese Kombination stand besonders Abendlied mit ihren violetten Augen und goldenen Unterflügeln gut.

Nun öffnete sich die Tür wieder, und siebzigtausend Augen richteten sich auf die Gestalt, die nun erschien.

Es war Sternenströmer, der in seiner roten Toga mit der flammenden Sonne auf der Brust ebenso prächtig wie eindrucksvoll aussah. Er bewegte sich nicht zu den Sitzbänken, sondern begab sich in die Mitte des goldenen Runds, das Herz der Halle. Dort angekommen drehte er sich zur Tür um.

Rabenhorst zeigte sich jetzt und schritt würdevoll und stolz herein. Er trug eine violette Toga mit Goldbesatz, und die edelsteinbesetzte Kette an seinem Hals zeigte jedem deutlich seinen Rang als Krallenfürst, Oberhaupt aller Ikarier. Er trat neben Sternenströmer. Gemeinsam begrüßten die Brüder die Anwesenden, verbeugten sich nach Ikarierart tief vor ihnen und breiteten Arme und Schwingen aus, um ihre Demut und ihre Achtung vor dem Volk anzuzeigen. Beide drehten sich dabei einmal im Kreis, damit auch jeder ihre Ehrenbezeugung sehen konnte.

Aschure dachte daran, wie unfaßbar schön und vornehm ihr Sternenströmer damals bei der letzten Großen Versammlung erschienen war. Aber als nun beide Brüder auf diese Weise die Ikarier ehrten und begrüßten, kam ihr das noch herrlicher vor.

Nur bei sehr besonderen Anlässen pflegten der Fürst und der mächtigste Zauberer gemeinsam eine Versammlung zu eröffnen. Für gewöhnlich trat der als erster nach vorn, der eine Angelegenheit vorzubringen hatte. Wenn es um Zauberei ging, hielt Sternenströmer eine Ansprache, in politischen Fragen hingegen Rabenhorst.

Die junge Frau sah den Awaren ebenso erwartungsvoll wie fragend an.

»Alles scheint darauf hinzudeuten«, flüsterte Ramu ihr ins Ohr, »daß nun jemand kommt, den die beiden als noch mächtiger ansehen. Die gemeinsame Begrüßung soll den Ikariern auch anzeigen, daß Fürst und Zauberer einer Meinung in der Nachfolge sind. Damit dürfte es jede Opposition gegen Axis schwer haben. Vergessen wir auch nicht, daß die Luftarmada geschlossen hinter dem Krieger steht.«

Rabenhorst trat nun vor, um sich an sein Volk zu wenden. Seine Augen leuchteten, als er die Uniformen der angetretenen Luftkämpfer sah. »Noch jemand wird die Halle betreten, und ich muß Euch wohl nicht lange erklären, um wen es sich bei ihm handelt. Um den Sternenmann nämlich, um Axis Sonnenflieger, den Sohn von Prinzessin Rivkah von Achar und von meinem Bruder, Sternenströmer Sonnenflieger. Und er ist auch gleichzeitig derjenige, den ich zu meinem Nachfolger auserkoren habe.«

Absolutes Schweigen befiel die Versammlung.

»Eine sehr formelle Amtseinführung«, kommentierte Ramu die Ansprache im Flüsterton. »Damit will der Fürst seinem Volk verdeutlichen, daß dieser Mann allerhöchste Achtung verdient – indem er ihn nämlich als Sternenmann vorstellte, auf seinen Verwandtschaftsgrad zur Herrscherfamilie hinwies und ihn auch noch als den Thronfolger ankündigte.«

»Er ist mein Sohn«, erklärte Sternenströmer nun, ohne sich von seinem Platz zu bewegen, »und unser Retter.« Beide Brüder drehten sich nun in Richtung Tür um.

Axis trat aus dem Dunkel in das goldene Licht der Versammlungshalle und konnte das Feierliche und Großartige dieses Augenblicks spüren.

Wie ein Mann erhob sich die Luftarmada und begrüßte ihren Oberbefehlshaber mit über der Brust gekreuzten Fäusten.

Diese Bewegung, verbunden mit dem unvermeidlichen Rascheln der Federn, lenkte Axis' Aufmerksamkeit auf die oberen Ränge. Einen Moment lang fehlten ihm die Worte, als er die schwarzen Uniformen mit dem Emblem der blutroten Sonne erblickte und erkannte, wie sehr sie ihn achteten und unterstützten. In dieser Sekunde erkannte der Krieger die ungeheure

Macht, die das Schicksal für ihn bereithielt. Selbstvertrauen und Stolz durchströmten ihn.

Kühn betrat er das Rund, und sein Vater und sein Onkel machten ihm bereitwillig Platz.

So wie Rabenhorst und Sternenströmer die Ikarier begrüßt hatten, erwies auch Axis ihnen jetzt seine Ehrerbietung. Er preßte eine Hand an das Sonnensymbol, verbeugte sich tief und drehte sich einmal um die eigene Achse, um alle in der Halle in seinen Gruß einzuschließen. Als der Krieger sich wieder aufrichtete, fiel sein Blick auf Aschure, und sie spürte in diesem Moment, welche starken Gefühle ihn gerade bewegten.

Das ist zu viel der Ehre, Aschure, flüsterte seine Stimme in ihrem Kopf, *und ich stehe noch tiefer in Eurer Schuld.* Ihre Finger klammerten sich um den Stoff ihres Gewands, als sie fühlte, wie seine Zauberkräfte sie umarmten. Für einen Moment hielt er sie so fest, dann zog er sich wieder zurück und wandte sich erhobenen Hauptes an die Menge, um zu ihr zu sprechen.

Anders als sein Vater und sein Onkel, die sich zu diesem formellen Anlaß die Amtstoga übergeworfen hatten, trug Axis das Langhemd, das Aschure ihm genäht hatte, und darunter eine Hose aus Rehleder und lederne Reitstiefel.

»Ihr seid mein Volk«, erklärte er mit leuchtenden Augen, »und ich habe das Lügengewebe zerrissen, das mich daran hindern sollte, Euch nach Tencendor zurückzuführen.«

Ohrenbetäubender Lärm folgte diesen Worten. Tausende Ikarier hielt es nicht mehr auf ihren Sitzen. Viele riefen seinen Namen, andere ließen die schrillen Schlachtrufe der Vogelmenschen ertönen, und wieder andere stimmten Gesänge an. Federn flogen, Fäuste wurden in die Luft gestoßen, und vor lauter Begeisterung wurden Sitzkissen zerrissen. Wenn jemand von den Ältesten je einen Zweifel daran gehegt haben sollte, ob die jüngere Generation bereit wäre, die Annehmlichkeiten des Krallenturms zu verlassen und die Strapazen eines Kriegszugs um Tencendor auf sich zu nehmen, dann waren sie ihm jetzt vergangen.

Axis aber stand nur da und verfolgte die tumultartigen Szenen. Wieder traf sein Blick den Aschures, und erneut nahm sie an seinen innersten Gefühlen Anteil. In diesem Moment gestand die junge Frau sich ein, daß sie ihn liebte. Ihr ganzes Leben lang hatte sie von einem echten Helden geträumt. Konnte es einen größeren geben als diesen Mann, der jetzt vor der Ikarierversammlung sprach? Sie lächelte verträumt und wirkte in der allgemeinen Aufregung wie eine Insel der Ruhe.

Als der Krieger seine Zauberberührung wieder von ihr nahm, ließ er die Begeisterung seiner Ikarier auf sich einwirken. Er hatte lange und gründlich darüber nachgedacht, was er den Vogelmenschen sagen sollte, bis ihm schließlich ein Leitsatz von Jayme wieder eingefallen war – ausgerechnet vom Bruderführer des Seneschalls: »Lerne, die Herzen deiner Zuhörer mit den ersten fünf Worten zu gewinnen, und diese Herzen werden immer am treuesten zu dir stehen. Wenn jemand erst stundenlang überzeugt werden muß, bleibt er immer ein halber Verräter deiner Sache.«

Nach einigen Minuten hob Axis die Arme, um wieder Ruhe einkehren zu lassen. Doch die Ikarier ließen sich Zeit damit, sich wieder hinzusetzen und zu beruhigen. Als der Krieger sich der ungeteilten Aufmerksamkeit der Versammlung sicher sein konnte, richtete er erneut das Wort an sie.

»Ich werde Euch zurück nach Tencendor führen, aber es wartet ein hartes Stück Arbeit auf uns, und die Sache wird auch nicht so rasch vonstatten gehen, wie sich das einige von Euch wünschen mögen. Jahre könnten vergehen, bis wir das wiedererlangt haben, was wir verloren haben.« Axis wußte, daß er nun den gefährlichsten Moment seiner Ansprache hinter sich hatte, den Moment, in dem er nämlich den Ikariern klarmachen mußte, daß die Rückeroberung nicht über Nacht zu bewerkstelligen sein würde. »Ihr wißt, daß die Prophezeiung zum Leben erwacht ist und ich der Sternenmann bin, den sie ankündigt. Und während ich hier zu Euch rede, haben zwei der Wächter unter Euch Platz genommen.«

Alle wandten sich Veremund und Ogden zu, und die beiden winkten verlegen.

»Was immer ich tue oder wohin ich Euch auch führe, mein Volk, ich werde mich an die Weisungen der Prophezeiung halten. Wenn ganz Tencendor sich vereint erhebt, um Gorgrael zu besiegen, müssen alle Wunden unter uns geheilt sein. Ikarier, Awaren und Achariten sollen wieder ein Volk werden. Wenn wir keine Brücke finden, über die wir zueinander finden können, wird Gorgrael seinem schlimmen Namen alle Ehre bereiten und alles Land zerstören«, erklärte der Krieger und hielt es für angebracht, die Worte der Weissagung einfließen zu lassen. »Meine vordringlichste und schwierigste Aufgabe besteht darin, die drei Völker zu vereinen und Tencendor wiedererstehen zu lassen. Dabei habe ich mit starker Gegenwehr zu rechnen, die Tod und Verderben über mich bringen will.«

»Die Achariten!« zischte jemand.

»Nein, nicht das Volk von Achar«, widersprach Axis und legte eine Pause ein, in der er die Ikarier nur ansah. »Nein, nicht das Volk von Achar, denn dieses wird Euch ebenso annehmen wie die Vorstellung eines neuen Tencendor. Ich spreche hier vielmehr von der Bruderschaft des Seneschalls und dem Herzog von Ichtar, die sich mir mit allem in den Weg stellen werden. Und nicht nur mir, sondern uns allen. War es nicht der Seneschall, der die Menschen aus Achar während der Axtkriege dazu bewegte, Euch aus Tencendor hinauszujagen? Deswegen wird der Seneschall auch jetzt dagegen sein, Euch wieder aufzunehmen. Und sie werden uns Bornhelds Heer entgegenwerfen.«

»Was ist mit Priam?« wollte jemand wissen.

»Priam kann sich nicht gegen den Seneschall und Bornheld gleichzeitig stellen. Nein, meine Freundc, uns erwarten zwei große Schlachten. In der ersten müssen wir die drei Völker gegen den Widerstand des Seneschalls und des Herzogs vereinen. Und in der zweiten müssen wir unsere vereinte Macht gegen Gorgrael ins Feld führen.«

Wieder schwieg der Krieger für einen Moment, um den Vogelmenschen die Gelegenheit zu geben, sich dazu zu äußern. Aber zu seiner Verwunderung saßen sie jetzt alle ganz still da und harrten weiteren Worte.

»Wenn Ihr Tencendor wollt, dann müßt Ihr auch dafür kämpfen. In diesem Sommer bereits können die Ikarier wieder zurück nach Süden. Eine Armee von Achariten wartet bereits auf uns. Sie ist eingeschworen auf mich, den Sternenmann.« Er wandte sich an Weitsicht, den ältesten Geschwaderführer, der hoch über den anderen Ikariern saß. »Weitsicht, was haben Eure Fernaufklärer über Belial und seine Truppe in Erfahrung gebracht?«

Der Offizier erhob sich. Seine schwarzen Augen, Haare und Haut verliehen ihm im Verein mit der schwarzen Uniform das Aussehen eines Raubvogels. Weitsicht salutierte vor Axis und berichtete.

»Meine ikarischen Landsleute, heute morgen haben fünf unserer Fernaufklärer, die sich auf den langen und gefährlichen Weg zu den Urqharthügeln begeben hatten, erstaunliche Nachrichten mitgebracht. Axis' Armee, die zur Zeit von seinem treuen Leutnant Belial und Fürst Magariz befehligt wird ...«

Tief unter ihm erbleichte Rivkah, als sie den Namen von Bornhelds Festungskommandanten hörte.

»... haben die uralte Festung Sigholt besetzt. Sigholt lebt, liebe Freunde, und erwartet uns. Unser erster Schritt hinein nach Tencendor ist getan!«

Wieder brach unbeschreiblicher Jubel aus, aber diesmal ließ der Krieger die Vogelmenschen nicht mehr so lange gewähren.

»Ikarier!« brüllte er. »Hört mich an! Von Sigholt aus werden wir Tencendor wiedervereinen. Und mit dieser Festung als Ausgangspunkt werden wir Bornheld und den Seneschall in die Knie zwingen!«

Aha, dachte Aschure, das hat er also damit gemeint, als er sagte, sein erstes Ziel in diesem Krieg seien nicht unbedingt die Skrälinge. Nun, was mich betrifft, bereitet es mir wohl keine Kopfschmerzen, den Seneschall zu vernichten.

»Und Sigholt wird auch der Ort sein, wo die Lawine losbrechen wird, die Tencendor vereint und Gorgrael aus dem Land jagen wird.«

Stolz und edel stand Axis in der Mitte des goldenen Runds. Sein Hemd leuchtete, und die blutrote Sonne flammte auf seiner Brust. Noch einmal hob er beide Arme, um sich wieder an das Volk der Ikarier zu wenden.

»Ich bin der Sternenmann, und ich werde Euch heim nach Tencendor führen. Dies verspreche ich Euch, Ikarier. Werdet Ihr mir folgen?«

Der nun folgende Beifallssturm ließ keinen Zweifel offen. Alle Vogelmenschen sprangen auf und schrien Axis' Namen.

Seine Familie, die in der ersten Reihe saß, betrachtete ihren Sproß mit gemischten Gefühlen. Rivkah und Sternenströmer war der Stolz deutlich anzumerken, einen solchen Sohn zu haben. Morgenstern betrachtete ihn mit Bedauern darüber, daß hier eine Ära zu Ende ging. Das Leben der Ikarier würde nie mehr so sein wie bisher. Abendlied mußte an Freierfall denken. Axis hatte ganz und gar den Platz ihres ermordeten Geliebten eingenommen, aber hätte Freierfall jemals die bekanntermaßen uneinigen Vogelmenschen derart vereinen können?

Rabenhorst dachte ebenso wie seine Mutter daran, daß seine Zeit vorbei war. Heute nacht hatte er miterlebt, wie seine Macht im Niedergang begriffen war. Er mochte zwar noch der Krallenfürst sein, aber in Wahrheit hielt Axis nun die Macht über das Volk der Ikarier in Händen. Der junge Mann hatte sie bereits an sich gerissen und würde sie nicht mehr loslassen. Wie Abendlied kam auch ihm sein Sohn Freierfall in den Sinn. Er ließ Schultern und Flügel hängen.

Axis hob die Arme, um Ruhe zu erbitten.

»Geht in Frieden, Ikarier. Ich danke Euch für Eure Unterstützung.«

»Wann kehren wir nach Tencendor zurück?« schrie jemand von den oberen Rängen hinunter.

»Wann werden wir ausrücken, um den Seneschall und Bornheld zu vernichten?« wollte ein Luftkämpfer wissen.

»Wir werden zurückkehren, und wir werden kämpfen«, versprach Axis. »Aber noch nicht morgen. Die Luftarmada bedarf immer noch einigen Drills. Insbesondere einer Ausbildung zusammen mit denen, die in Sigholt auf uns warten. In zwei Wochen kommen wir mit den Awaren zum Beltidenfest zusammen. Danach und in den folgenden Monaten zieht die Luftarmada zur alten Festung. Und auch ich muß mich noch mehr in meinen Fähigkeiten üben.«

»Nein!« schrie ein immer noch stark erregter Vogelmensch. »Ihr seid bereits der mächtigste Zauberer seit vielen Generationen. Ihr wollt mehr Übung, da lache ich aber!« Stürmischer Beifall folgte seinen Worten.

Der Krieger lachte. »Nach der zusätzlichen Ausbildung, die mir vorschwebt, werde ich noch mächtiger sein. Rivkah, meine Mutter«, er verbeugte sich vor ihr, und sie nickte ihm lächelnd zu, »hat für mich das Recht erworben, von den Charoniten Beistand zu erhalten. Der Beistand, um den ich sie bitten werde, besteht darin, daß sie mir ihre Geheimnisse aufdecken.«

Die Mehrheit der Ikarier starrte ihn fassungslos an, denn viele unter ihnen wußten nicht, daß es überhaupt noch Charoniten gab. Sternenströmer schwoll vor Stolz die Brust. Ja, sein Sohn würde dazu in der Lage sein, die Geheimnisse zu erfahren, welche diese seit vielen tausend Jahren wohl hüteten.

»Nach Beltide werde ich für eine Weile nicht mehr unter Euch weilen«, fuhr der Krieger jetzt fort. »Aber ich kehre zu Euch zurück. Und wenn ich wieder da bin, führe ich Euch nach Tencendor, dann bringe ich Euch heim!«

Neuer Jubel brandete auf. Die Ikarier warteten schon so lange darauf, wieder in einem vereinten Tencendor zu leben, daß sie jetzt nicht wegen einer kleinen Verzögerung voller Unmut sein würden.

13
Einkehr in der Müden Möwe

Timozel saß in seinem für ihn typischen Schweigen so da, als existierten die anderen an der Tafel gar nicht.

In letzter Zeit hatte er immer häufiger Visionen, und sie wurden von Mal zu Mal lebendiger.

Er ritt auf einem großen Tier – keinem Schlachtroß, sondern irgendeinem anderen Wesen –, das in den Himmel aufsteigen konnte. Er kämpfte für ein großes Land, und im Namen von dessen Herrscher befehligte er ein gewaltiges Heer, das in jede Richtung viele Meilen weit reichte. Hunderttausende riefen seine Namen und kamen sofort jedem seiner Wünsche nach.

Vor ihm breitete sich ein anderes Heer aus, das des erbärmlichen Feindes. Zitternd vor Angst drängten sich die Gegner aneinander. Seiner Herrlichkeit vermochten sie nicht zu widerstehen. Ihr General lag krank darnieder, weil er nicht den Mut fand, sich Timozel in ehrlichem Zweikampf zu stellen.

Im Namen seines Fürsten würde Timozel das ganze Reich von dem Geschmeiß befreien, das hier eingedrungen war …

»Ja«, murmelte er laut, und Bornheld warf ihm einen überraschten Blick zu.

Eine gewaltige Schlacht hob an, in der die gegnerischen Stellungen überrannt wurden. Jeder Mann – und auch die merkwürdigen Kreaturen, die an ihrer Seite fochten – wurde niedergemacht, und Timozel verlor nicht einen Soldaten.

Ein neuer Tag, eine neue Schlacht. Der Feind setzte widernatürliche Magie ein, und Timozels Armee mußte einige Verluste erleiden … aber der Jüngling siegte dennoch, und der Gegner und sein Befehlshaber flohen in Panik vor ihm.

Wieder ein neuer Tag. Timozel saß vor einem prasselnden Kaminfeuer neben seinem Herrn. Faraday an ihrer Seite. So war es gut, so war es recht. Timozel hatte sein Licht und seine Bestimmung gefunden.

Sein Name würde ewig in den Sagen fortleben.

Alles war gut …

Die Vision verging, und der Jüngling hörte, wie der Herzog wieder einmal seine Gemahlin beschimpfte.

»Ihr seid für mich nichts wert«, zischte Bornheld gerade. Faraday erstarrte. Seine Worte konnten von allen am Tisch verstanden werden.

»Vollkommen wertlos«, wiederholte der Oberste Heerführer. »Wie viele Monate sind wir jetzt schon verheiratet? Vier? Oder schon fünf? Euer Bauch sollte längst von meinem Sohn dick sein!«

Faraday starrte einen Punkt an der Wand an, um nicht rot zu werden. Die Mutter hatte ihre Gebete erhört und sie mit Unfruchtbarkeit gesegnet. Jetzt würde sie ihrem Gemahl gewiß keine falschen Versprechungen machen. Die Herzöge von Ichtar würden mit ihrem leeren Bauch aussterben.

Aber ihre äußere Gelassenheit reizte Bornheld nur noch mehr. »Eure Unfruchtbarkeit kann ich nicht mehr länger hinnehmen«, erklärte er nun noch lauter. »Vielleicht sollte ich einen Arzt rufen, der Euch einen Kräutertrank mischt.«

Gautier zu seiner Linken grinste, aber Herzog Roland, der neben Faraday saß, wirkte äußerst verlegen.

Die Schöne senkte den Blick auf den Teller und hoffte, wenn sie nichts dazu sagte, würde ihr Gatte irgendwann dieses Themas müde werden. Yr saß stumm im Schatten einer Ecke, aber Faraday spürte das Mitgefühl, das von ihr heranströmte.

Mochte die junge Frau sich in der Feste Gorken eine Zeitlang mit ihrer Ehe abgefunden haben, so konnte sie diesen Mann mittlerweile nicht mehr ausstehen, und es fiel ihr schwer, ihren Abscheu vor ihm zu verbergen. Aber Faraday versuchte schon längst nicht mehr, ihm im Ehebett zu Gefallen zu sein. Auch gab sie nicht mehr vor, ihn zu lieben oder seine Gesellschaft zu suchen.

Bornheld hatte in der Zwischenzeit Verdacht geschöpft und vermutete, daß sie mehr für Axis empfand. Auch argwöhnte er, seine Frau habe ihn in der Festung belogen. Doch das alles würde er noch ertragen, wenn sie ihm nur endlich den ersehnten Erben schenken würde.

Aber Faraday wurde einfach nicht schwanger, mochte er sich auch noch so anstrengen und immer Neues versuchen. Der Herzog hatte nie Charme besessen und sich auch nicht um die Hofetikette gekümmert. Doch in Gorken hatte er wenigstens versucht, seine Gemahlin zu erfreuen. Aber seit Bornheld die Festung und nahezu sein gesamtes Herzogtum hatte aufgeben müssen, verfiel er häufig in düstere Stimmungen, in denen er auch nicht davor zurückschreckte, seine Gemahlin vor anderen zu demütigen. Nach dem Verlust der Festung schien etwas Düsteres und Bedrohliches von ihm Besitz ergriffen zu haben. Faraday verfolgte besorgt, wie es sich täglich tiefer in ihm einnistete.

Bornheld kehrte ihr jetzt den Rücken zu und beriet mit Gautier und Timozel, wie die Verteidigungsanlagen rund um Jervois ausgebaut und verstärkt werden könnten.

Faraday atmete erleichtert auf und sah sich in der Kammer um. Der Herzog und sein Kriegsrat hatten die *Müde Möwe* beschlagnahmt, den Gasthof, in dem sie selbst, Yr und Timozel auf dem Weg nach Gorken eingekehrt waren. Die Soldaten, die die Burg mit ihnen zusammen verlassen hatten, waren teilweise in der Stadt untergebracht. Der Rest lagerte in der ausgedehnten Zeltstadt, die rings um Jervois entstanden war.

Faradays Blick fiel kurz auf den Häuptling der Rabenbunder. Sie wollte ihn schon wieder abwenden, weil sie glaubte, der Mann müsse sich nach dieser Szene genauso verlegen fühlen wie alle anderen im Raum. Aber zu ihrer Überraschung schenkte Ho'Demi ihr ein warmes Lächeln. In seinen Augen war nichts als Achtung und Mitgefühl zu erkennen. Faraday richtete sich wieder etwas gerader auf und erntete dafür von dem Rabenbunder ein anerkennendes Nicken.

Die junge Frau hatte noch nie Gelegenheit gehabt, mit dem Häuptling zu reden. Denn Bornheld hielt sie bewußt von allen fern, und sie durfte außer mit ihm nur mit Yr und Timozel verkehren. Aber Ho'Demi besaß eine erstaunliche aristokratische Ausstrahlung für einen Mann seines Volkes, das allgemein als wild und barbarisch angesehen wurde. Der Häuptling fing an, sie zu faszinieren. Überhaupt erweckte der Stamm der Rabenbunder, der draußen vor der Stadt lagerte, immer aufs Neue ihre Neugier. Selten genug erlaubte ihr der Herzog, ihre Unterkünfte zu besuchen – natürlich nur in Begleitung einer starken Leibwache. Aber wenn sie dort eintraf, staunte sie über die bunten Zelte dieses Volks, die sich vor Jervois ausbreiteten, soweit das Auge reichte. Die Luft in diesem Lager war angefüllt vom leisen Klang der unzähligen Glöckchen, die sich die Rabenbunder ins Haar und auch in die Mähnen ihrer Pferde flochten. Selbst im Innern ihrer Zelte traf man sie an jeder freien Fläche an. Jeder Rabenbunder hatte sich mehr oder weniger stark tätowiert. Faraday hatte erfahren, daß die einzelnen Muster die jeweilige Stammeszugehörigkeit anzeigten. Aber alle, gleich welchen Stammes, ließen in der Mitte der Stirn eine runde Stelle frei.

Die junge Frau ahnte nicht, daß Ho'Demi auf sie mindestens ebenso neugierig war. Alle Rabenbunder kannten die Prophezeiung. Sie lebten, ihr und dem Sternenmann zu dienen, und der Häuptling hatte gleich gespürt, daß es sich bei dieser jungen Frau um eine der Personen handeln mußte, die in der Weissagung erwähnt wurden. Aber zu seinem Verdruß kam er nie nahe genug an Faraday oder ihre Zofe heran, denn Bornhelds Männer behielten sie ständig im Auge. Aber eines Tages würde es ihm doch gelingen. Doch warum demütigte der Herzog seine Gemahlin so oft, da es sich bei ihr doch so offensichtlich um ein Geschöpf der Weissagung handelte? Das konnte Ho'Demi einfach nicht verstehen.

Faraday wandte den Blick vom Häuptling ab, ehe ihr Gemahl noch mißtrauisch wurde und den Mann fortan mit seinem Zorn verfolgte. Jetzt bemerkte sie, daß Timozel sie ansah.

In seinem Blick fanden sich weder Mitgefühl noch Unterstützung. In den vergangenen Monaten hatte der Jüngling sich leider immer mehr auf Bornhelds Seite geschlagen. Timozel bezeichnete sich zwar immer noch als ihr Ritter und legte Wert auf seinen Schwur, nur ihrem Wohlergehen zu dienen. Aber irgendwann in der letzten Zeit schien er wohl zu dem Schluß gelangt zu sein, daß er seiner Herrin am ehesten diente, wenn er sich ihrem Gemahl nützlich machte. Der junge Mann bewunderte und achtete den Herzog sehr, und das verstand Faraday absolut nicht.

Timozel hatte Bornheld von seinen Visionen berichtet, ihr gegenüber aber kein Wort darüber verloren.

Faraday mied seinen Blick. Wenn sie früher gewußt hätte, daß sich dieser lebenslustige Jüngling in einen finsteren, brütenden und erschreckenden Mann verwandeln würde, hätte sie niemals seinem Wunsch entsprochen, ihr Ritter zu werden.

Und nun starrte Timozel sie in einer Weise an, die nur einen Schluß zuließ: Er stand in der Frage des Thronfolgers vollkommen auf der Seite Bornhelds.

Aus ihrer im Dämmerlicht liegenden Ecke heraus verfolgte die Katzenfrau genau, wie Faraday etwas Selbstwertgefühl zurückfand, als Ho'Demi sie freundlich anlächelte. Und sie nahm auch wahr, wie die Edle die Schultern wieder hängen ließ, als Timozel sie vorwurfsvoll anstarrte. Yr fragte sich schon seit längerem, ob sie und die drei anderen Wächter damals richtig gehandelt hatten, als sie Faraday mit aller Macht dazu drängten, ihre Liebe zu Axis zu verbergen und statt dessen Bornheld zu heiraten. Wir glaubten zu jener Zeit, damit könne sie dem Krieger das Leben retten, dachte die Katzenfrau bitter. Deswegen haben wir auf das arme Mädchen eingeredet, bis sie sich dem Herzog hingab. Was bewog uns nur zu glauben, es könne der Prophezeiung nützlich sein, wenn sie sich zu diesem groben Kerl ins Bett legte?

Ich kann nur für sie hoffen, daß sie irgendwann Liebe und Erfüllung in den Armen Axis' findet, betete Yr in Gedanken. Daß der Krieger sie ebenfalls liebte, daran konnte kein Zweifel bestehen. Jeder, der in Gorken zugegen gewesen war, hatte das deutlich sehen können. Und Yr glaubte auch zu wissen, daß Axis sich durch das ganze Reich kämpfen würde, um Faraday aus ihrem Elend mit Bornheld zu befreien. Nein, sie durfte nicht daran zweifeln, denn die Vorstellung erschien ihr zu furchtbar, daß das Herzeleid der jungen Frau vergebens sein sollte.

Die Wächterin warf einen Seitenblick auf Timozel. Er und sie hatten vor Zeiten das Bett miteinander geteilt. Aber die Vorlieben des Jünglings waren für Yrs Geschmack eindeutig zu düster und bizarr geworden, deswegen hatte sie die Beziehung beendet. So weit es die Katzenfrau betraf, hatten Faraday und sie nur noch einander. Und die beiden Frauen mußten zusammenstehen, wenn sie hier überleben wollten.

Hoffentlich kam Axis rasch, hoffentlich kam er bald, um sie beide hier herauszuholen.

»Guter Mann«, erregte sich Gilbert, »ich bin der persönliche Gesandte des Bruderführers des Seneschalls. Ich verlange, sofort ins Privatquartier des Herzogs Bornheld vorgelassen zu werden.«

Der Wächter schnaubte nur und betrachtete den pickligen und dürren Mönch von oben bis unten. Wenn ich der Bruderführer wäre, dachte er, würde ich einen Gesandten schicken, der mehr Würde hat und meine Autorität wahrhaft repräsentiert.

»Ich habe Beglaubigungsschreiben bei mir, die meine Stellung bestätigen!« rief Gilbert, der jetzt endgültig die Geduld verlor. Die Eltern dieses Tölpels mußten beide von Hirnpocken befallen gewesen sein, als sie einen solchen Tropf in die Welt gesetzt hatten. Der Bruder hatte eine harte und furchtbar kalte Reise hinter sich, in der er sich kaum eine Pause gegönnt hatte. Von Karlon über den Nordra bis nach Jervois. Je eher er ein Kaminfeuer vor sich sah – und eines, vor dem auch noch, bitteschön, Bornheld stehen würde –, desto lieber. Gilbert wollte den Wächter schon anschreien, als plötzlich eine dunkle Gestalt hinter dem Mann im Gang erschien.

Der Soldat nahm sofort Haltung an, was Gilbert verwirrte, als er erkannte, daß es sich bei dem Neuankömmling um einen dieser Wilden aus dem Rabenbundland handelte. Der hier hatte sich sogar noch mehr mit Tätowierungen verunstaltet, als das normalerweise in der nördlichen Ödnis üblich war.

»Häuptling Ho'Demi!« brüllte der Wächter. »Dieser unterernährte Habenichts behauptet, im Auftrag des Bruderführers unterwegs zu sein.«

»Ich verfüge über Beglaubigungsschreiben!« erwiderte Gilbert empört. Was hatte dieser Geisteszwerg da gerade von ihm gesagt? Untererernährt? Ein Habenichts? Der Bruder hatte sich stets als wohlgestaltet und gutaussehend betrachtet.

Der Barbar schnippte mit den Fingern. »Dann her damit. Zeigt mir Eure Papiere.«

Gilbert zog einige zusammengefaltete Blätter aus seiner Kutte und reichte sie dem Wilden. Insgeheim freute er sich schon auf die Verrenkungen dieses Barbaren, wenn er so tat, als könne er lesen.

»Ihr bringt Seiner Durchlaucht also Nachricht über König Priam, Bruder?« fragte der Häuptling schließlich, als er von dem Papier aufsah.

Der Mönch konnte sich nur unter Aufbietung aller Kräfte davor bewahren, den Wilden wie ein Weltwunder anzustarren. Doch dann beruhigte er sich wieder. Immerhin war der Rabenbunder ein Häuptling, womöglich hatte er irgendwo einmal etwas aufgeschnappt, und eben war es ihm nach einiger Anstrengung gelungen, den Namen Priam zu entziffern. Der Rest ließ sich auch von einem Einfaltspinsel zusammenreimen. »Ja«, bestätigte er dem Barbaren, auch wenn er nicht wußte, warum er sich mit ihm hier abgeben mußte. »Ich bringe wichtige Nachrichten über Seine Majestät und die Lage in Karlon. Sehr wichti-ge Nach-rich-ten«, fügte er dann noch langsam für den Fall hinzu, daß der Barbar nicht alles begriffen hatte.

Ho'Demi faltete die Blätter wieder zusammen, steckte sie in seine Fellweste und ignorierte Gilberts Protestgeschrei. »Ich werde ihn vor den Herzog führen, Eawan. Ihr habt richtig gehandelt.«

Der Mönch schob sich mit herablassender Miene an dem Soldaten vorbei. Dann eilte er dem Häuptling hinterher und wäre dabei beinahe über einen Besen gestolpert, den irgendeine dämliche Schlampe von Magd dort vergessen hatte. Schließlich ging es eine finstere Treppe hinauf.

»Mit Lampenöl wird hier gespart«, brummte der Rabenbunder, als er hörte, wie Gilbert auf den Saum seiner Kutte trat und sich an der Wand festhalten mußte, um nicht der Länge lang hinzuschlagen.

Oben angekommen, fanden sie sich vor einer schweren geschlossenen Tür wieder. Hier hielten gleich zwei Soldaten Wache. Beide nahmen sofort Haltung an, als sie des Häuptlings ansichtig wurden. Aber er schritt einfach zwischen ihnen hindurch, öffnete die Tür und winkte dem Bruder, ihm zu folgen.

»Wartet auf mich, Faraday«, hörten sie Bornheld gerade rufen, »vielleicht pflanze ich Euch ja gerade heute nacht meinen Sohn ein.«

Rauhes Gelächter ertönte, und die Herzogin glitt an Gilbert vorbei zur Tür hinaus. Sechs Monate war es her, seit er sie zum letzten Mal gesehen hatte. Da war Faraday noch ein lebhaftes junges Ding gewesen, doch die Dame, die nun an ihm vorbeieilte, wirkte eher, als trüge sie das Leid der ganzen Welt auf ihren Schultern.

»Oho!« rief Bornheld jetzt. »Wen haben wir denn da?«

Ho'Demi reichte ihm die Papiere des Mönchs. Der Herzog überflog sie rasch. »Schau an, Bruder Gilbert scheint aufschlußreiche Neuigkeiten zu bringen. Nun, Gilbert?«

Endlich ein Mann, der sich meiner Achtung als würdig erweist, dachte Gilbert. Bornheld stand vor dem Kaminfeuer und wirkte zwar etwas heruntergekommener, als er ihn in Erinnerung hatte. Er hatte sich das dunkelrote Haar so kurz geschnitten, daß man auf den ersten Blick glauben konnte, er habe eine Glatze und sei mit dem Kopf heftig irgendwo angestoßen. Dennoch erschien der Herzog dem Mönch als der bei weitem Vornehmste im ganzen Raum. Dieser Mann verdient unsere Unterstützung, dachte er, als er vor Bornheld trat und sich verbeugte.

»Euer Durchlaucht«, begann er untertänig und bewies mit der

Wahl dieser Anrede seine diplomatische Feinfühligkeit. Hätte er Bornheld »Edler Herzog von Ichtar« genannt, hätte das unter den gegebenen Umständen als beleidigender Hohn mißverstanden werden können. Jayme hatte ihm zudem eingeschärft, den Obersten Heerführer unter keinen Umständen zu verprellen.

»Welche Nachrichten bringt Ihr?« entgegnete Bornheld. »Was hat den Bruderführer bewogen, einen seiner Ratgeber persönlich zu mir zu schicken?«

»Herr«, erwiderte der Mönch wichtigtuerisch, »Jayme hat mir strikt aufgetragen, daß die Botschaft nur für Eure Ohren allein bestimmt sei.«

Der Herzog kniff die Augen zusammen. Entweder brachte der Mann wirklich wichtige Neuigkeiten, oder er war ein Attentäter. In diesen unruhigen Zeiten traute Bornheld nur wenigen. Aber dann beschloß er doch, es auf einen Versuch ankommen zu lassen. Dieser Hänfling wirkte nicht so, als könne er ihm viel anhaben. »Roland, Ho'Demi, Ihr dürft Euch zurückziehen. Meldet Euch mit Jorge morgen in aller Frühe zur Lagebesprechung wieder bei mir. Wir müssen uns noch darüber abstimmen, wann die Kanäle geflutet werden sollen.«

Die beiden verbeugten sich und verließen schweigend den Raum. Gilbert fiel auf, daß Roland der Geher in letzter Zeit einiges an Gewicht verloren hatte.

»Edler Herzog?« Der Mönch sah ihn fragend an und deutete auf Gautier und Timozel, die sich noch in der Kammer aufhielten.

»Sie bleiben hier«, gebot Bornheld. »Ich würde ihnen alles anvertrauen, und sie würden keinen Moment zögern, Euch sofort niederzustrecken, wenn sie Grund zur Annahme hätten, daß Ihr mir nach dem Leben trachtet.«

»Ich bin Euer untertänigster Diener, Herr«, widersprach der Mönch mit einschmeichelnder Stimme, »und gewiß nicht Euer Mörder.«

»Gut, dann nehmt an der Tafel Platz, und bedient Euch mit Wein. Ihr seht aus, als könntet Ihr eine Erfrischung gebrauchen.«

Der Herzog ließ sich gegenüber dem Bruder nieder. Gautier und der Jüngling postierten sich ganz in der Nähe – bereit, sich sofort auf den Mönch zu stürzen, sollte er eine falsche Bewegung machen. Beide erschienen Gilbert gleichermaßen gefährlich, und er fragte sich, was den einst so munteren Jüngling in diese bedrohliche Kampfmaschine verwandelt hatte. Offenbar hielt Timozel nicht länger Axis die Treue und hatte sich inzwischen mit Haut und Haaren der Sache Bornhelds verschrieben.

»Euer Durchlaucht«, begann Gilbert, nachdem er sich mit einem Schluck Wein gestärkt hatte, »der Bruderführer hat Eure Berichte aufmerksam studiert und den Boten aus dem Norden mit wachsender Sorge gelauscht.«

»Ich habe mein Bestes getan«, polterte der Herzog, »aber –«

»Aber man hat Euch betrogen, Herr, das ist uns bekannt. Axis und Fürst Magariz haben Euch hintergangen, und als sie den verdammenswerten Pakt mit den Unaussprechlichen schlossen, auch den Seneschall.«

»So ist es!« rief der Oberste Heerführer. »Die Männer, denen ich vertraute, haben mir heimtückisch den Dolch in den Rücken gestoßen. Ich kann niemandem mehr vertrauen. Niemandem, bis auf Gautier und Timozel. Aber sonst keinem.«

Die beiden Angesprochenen verbeugten sich.

»Ihr tut recht, Euch vor weiterem Verrat in acht zu nehmen, Herr«, fuhr Gilbert mit glatter Zunge fort. Das Gespräch ließ sich besser an, als er gehofft hatte. »Denn ich bringe Euch schlimme Kunde.«

»Beim heiligen Artor!« entfuhr es Bornheld, und er sprang so heftig auf, daß sein Stuhl nach hinten kippte. »Wer ist der nächste Elende?«

Der Mönch setzte eine Miene allertiefsten Bedauerns aus. »Es fällt mir sehr schwer, es auszusprechen, Euer Durchlaucht –«

»Den Namen, Mann, verdammt noch mal!« brüllte der Herzog und beugte sich so weit über den Tisch, als wolle er den Mönch an der Kutte packen.

»Priam«, stammelte Gilbert und fürchtete sich jetzt wirklich vor dem Wahnsinn in Bornhelds Augen.

Der Herzog sank zurück. »Der König? Übt Verrat an mir? Aber wie?«

»Priam fühlt sich einsam und allein«, flüsterte Gilbert. »Es gebricht ihm sowohl an Eurer Durchsetzungskraft als auch an Eurem Mut. So konnte es wohl nicht ausbleiben, daß er nun sein Ohr der Prophezeiung vom Zerstörer leiht.«

Bornheld fluchte Artor, und der Bruder fuhr rasch fort: »Seine Majestät fragt sich, ob Axis wohl noch lebt, und wenn ja, ob er dann ein Bündnis mit den Unaussprechlichen in Erwägung ziehen sollte.«

»Was will er?« rief der Herzog. »Wie kann Priam auch nur im Traum daran denken? Artor selbst muß doch vor Wut außer sich sein.«

»Ja, Herr. Euer Ausbruch angesichts dieser Ungeheuerlichkeit entspricht genau der Haltung des Bruderführers.«

»Wie viele bei Hof wissen über Priams Gedankenspiele Bescheid?« fragte Bornheld.

»Jayme, der erste Berater Moryson, wir vier in diesem Raum, ein oder zwei bei Hof und natürlich meine Spione im Palast.«

»Die Sache darf nicht an die Öffentlichkeit gelangen«, murmelte der Oberste Heerführer.

»Das sieht der Bruderführer ganz genau so, Herr, und ich kann gar nicht genug betonen, wie sehr diese Entwicklung Jayme bestürzt. Wenn Priam sich wirklich mit Axis und seinen gottlosen Horden zusammentun sollte, würden die Unaussprechlichen nach Achar eindringen, und alles wäre endgültig verloren.«

Gilbert legte eine Kunstpause ein, ehe er mit verschwörerischer Miene fortfuhr: »Herr, Jayme hat mich beauftragt, Euch seiner und des Seneschalls ganzer Unterstützung zu versichern. Und dies bei allen Maßnahmen, welche Ihr in dieser Angelegenheit zu ergreifen gedenkt.«

Bornheld drehte sich zum Kamin um, damit niemand sehen konnte, was sich in seinem Gesicht abspielte. »Und was habe ich mir unter der ganzen Unterstützung des Seneschalls vorzustellen, Gilbert? Hat Axis Euch nicht höchst unwiederbringlich den militärischen Arm genommen? Wo sind Eure vielgepriesenen Axtschwinger abgeblieben?«

»Edler Herzog, wir bestimmen über die Herzen und Seelen der Achariten. Unsere Aufgabe ist es, zwischen den Seelen und dem Empfang des Nachlebens in der Hand Artors zu vermitteln. Oder in dem Fall, in dem ein Gläubiger sich weigert, unseren Ermahnungen zu lauschen, ihn den Feuergruben überantworten zu lassen, wo Würmer bis ans Ende aller Zeiten an seinen Eingeweiden nagen werden. Glaubt mir, Euer Durchlaucht, das Volk hört auf unsere Worte. Sollten wir den Menschen sagen, Bornheld ist Euer Mann, so werden sie das sogleich beherzigen.«

Der Mönch atmete tief durch. Diese Klippe war umschifft. Nun zum nächsten Schritt. Er fuhr mit bedeutungsvollem Lächeln fort: »Wenn Ihr Euch zum Kampf gegen Axis und die Unaussprechlichen entschließt, Herr, werden Jayme und der Seneschall Euch bei allem, was Ihr für richtig haltet, in jeder erdenklichen Weise unterstützen.«

Ein sonderbares Glitzern trat in Bornhelds Augen. »Ich darf doch wohl annehmen, daß Jayme mir gewisse Vorschläge unterbreiten will?«

»Der Bruderführer hält es unter den gebotenen Umständen für angebracht, wenn Ihr, edler Herzog, nach Karlon zurückkehrtet. Natürlich erst, wenn die Lage hier in Jervois sich wieder stabilisiert hat. Und wenn Ihr in der Hauptstadt eingetroffen seid, könntet Ihr entweder Priams Glaubensfestigkeit wieder aufrichten, oder ...«

»Oder was?«

»Nun, vielleicht würde es die Entwicklung im Palast unabdinglich machen, bestimmte andere Maßnahmen zu ergreifen.«

»Und zu welchen ›bestimmten anderen Maßnahmen‹ würdet Ihr mir raten, Bruder Gilbert?«

»Nun, ich würde vermutlich daran denken, daß Euch, Euer Durchlaucht, ja nur noch ein kleiner Schritt vom Thron trennt. Priam blieben Kinder leider versagt, und Ihr seid als sein Nachfolger bestätigt.« Während dieser Worte ließ der Mönch Bornheld nicht aus den Augen. »Ich könnte mir vorstellen, Euch in dieser Situation den guten Rat zu geben, diesen letzten Schritt auch noch zu tun. Wir alle, ganz Achar, brauchen einen starken König, an dessen Glaubensstärke und Durchsetzungskraft nicht der geringste Zweifel aufzukommen vermag. Einen Herrscher, der uns zum Sieg über die Unaussprechlichen führt.«

Der Herzog starrte den Bruder mit offenem Mund an, und sehr lange sprach keiner in dem Gemach ein Wort.

Im ersten Morgengrauen trat Bornheld mit seinem Kriegsrat zusammen: Herzog Roland von Aldeni, Graf Jorge von Avonstal, Gautier, Timozel und der Rabenbunder Ho'Demi, der dank des Umstands, elftausend Kämpfer mitgebracht zu haben, an dieser Runde teilnehmen durfte.

Die Generäle inspizierten das Kanalsystem, das Bornhelds Soldaten schon seit Tagen gruben. Der Herzog wußte sehr wohl, daß eine Schlacht gegen die Skrälinge zu deren Bedingungen nicht zu gewinnen war. Deswegen wollte er den Kreaturen seine Bedingungen aufzwingen.

Sein Kriegsrat war auf die List verfallen, zwischen den Flüssen Azle und Nordra mehrere tiefe Kanäle auszuheben, die nach ihrer Fertigstellung geflutet werden sollten. Die Geisterwesen haßten Wasser und gingen ihm tunlichst aus dem Weg. Wenn Gorgraels Soldaten mit aller Macht angreifen wollten, würde ihre gewaltige Schar sich durch das verschlungene Kanalsystem in mehrere kleinere Gruppen aufteilen müssen, deren man sich leicht und sicher annehmen konnte.

Ein kühnes Unterfangen, doch im Kriegsrat wuchs die Überzeugung, hier das einzige Mittel gefunden zu haben, dem Zerstörer eine verheerende Niederlage zu bereiten. Ihren Streitkräften kam auch zugute, daß Gorgraels Verbände sich bei der Besetzung Ichtars zu weit über das Land verstreut hatten. Der Gegner würde Monate benötigen, um eine Streitmacht zusammenzuziehen, mit der sich ein geballter Vorstoß nach Süden durchführen ließe.

Seit zehn Wochen gruben nun schon die Soldaten und Tausende acharitischer Bürger aus dem Umland, die zur Zwangsarbeit verpflichtet worden waren, an den Kanälen. Jeder Wassergraben sollte zwanzig Schritt breit und zehn Meter tief ausfallen. Das gesamte Kanalsystem würde sich über ein Gebiet von fünfzig Meilen hinziehen.

»Die Arbeiten gehen gut voran, meine Herren«, erklärte Bornheld nun gutgelaunt. »Jorge, Ihr beaufsichtigt die Grabungen im Westen. Wann sind die Kanäle so weit, daß man sie fluten kann?«

»In zwei Tagen, Oberster Heerführer.«

»Ausgezeichnet.« Er klopfte dem Grafen anerkennend auf den Rücken. »Und bei Euch, Roland, stehen die Gräben bereits unter Wasser?«

Der Herzog von Aldeni nickte nur. Was war nur geschehen, daß Bornheld heute so gute Laune hatte?

»Ho'Demi«, wandte sich der Oberste Heerführer nun an den Barbaren, »was melden Eure Späher?«

Der Rabenbunder zuckte die Achseln und brachte so die Glöckchen in seinem Haar zu einem leisen Klingeln. »Im Umkreis von fünf Meilen tut sich im Norden wenig, Herr. Aber jenseits dieser Linie streifen die Skrälinge in kleinen Scharen umher. Sie erwecken aber nicht den Eindruck, als folgten sie irgendwelchen Anweisungen. Ich bezweifle, daß die Geister zum gegenwärtigen Zeitpunkt in der Lage sein dürften, uns anzugreifen.«

»Und in den warmen Monaten werden sie ganz sicher auch nicht angreifen«, schloß Bornheld. »In einer Woche beginnt der Frühling. Meine Herren, ich fühle soviel Zuversicht in mir wie schon seit Monaten nicht mehr. Ich glaube, wir können nicht nur die Skrälinge mit dieser Verteidigungsstellung aufhalten, sondern auch in ein paar Monaten mit der Rückeroberung Ichtars beginnen.«

Er genoß die verblüfften Gesichter seiner Kommandeure. Jorge, Roland und der Häuptling wirkten fassungslos.

»Deswegen halte ich den Zeitpunkt für äußerst günstig«, verkündete er und rieb sich die Hände, »den Nordra hinunterzureisen und mich mit Priam zu beraten. Davon abgesehen scheint meine Gemahlin krank ... nicht mehr ganz dieselbe zu sein. Es täte ihr sicher gut, die Ärzte in der Hauptstadt aufzusuchen. Wir brechen noch heute nachmittag auf.«

»Bornheld!« mahnte Roland mit besorgter Stimme. »Ihr könnt doch nicht die Front in Jervois so einfach verlassen.«

Jorge klang ebenfalls sehr ernst: »Ihr werdet doch hier viel nötiger gebraucht, Oberster Heerführer, als unten in Karlon.«

»Meine werten Kameraden«, entgegnete Bornheld lächelnd, »bei solch kompetenten Kommandeuren kann es sich diese Front durchaus erlauben, ein paar Wochen auf mich zu verzichten. Timozel, Ihr kommt mit mir und Faraday mit. Stellt eine kleine Abteilung als unsere Bedeckung zusammen, und sorgt für einen Troß mit Wagen. Ich möchte in der Abenddämmerung los. Gautier, mein alter Weggefährte, ich übertrage Euch das Kommando über die hiesigen Verteidigungsstellungen. Roland, Jorge und Ho'Demi werden Euch mit Rat und Tat zur Seite stehen. Genau so, wie sie das sonst bei mir tun, nicht wahr?«

Bornheld sah jedem der drei ins Gesicht und erkannte in ihren Mienen einigen Schrecken. Gautier als Oberbefehlshaber?

Aber schließlich nickten die Kommandeure. »Wie Ihr wünscht, Oberster Heerführer«, sagte Jorge leise.

»Ja, so wünsche ich es«, entgegnete Bornheld mit drohendem Unterton. »Und ich dulde keinen Widerspruch. Und keinen Verrat. Timozel, Ihr habt noch einiges zu erledigen, bevor wir heute abend aufbrechen können. Sputet Euch.«

Doch zum ersten Mal gehorchte der Jüngling nicht aufs Wort, sondern widersprach ganz gegen seine Art, wenn auch mit bleichem Gesicht: »Edler Herr, gewiß würde ich mich eher zum Oberbefehlshaber der Truppen hier eignen ...«

»Was?« Bornheld starrte ihn mit funkelnder Miene an. »Ihr wagt es, mir zu widersprechen, Bürschchen?«

Der Jüngling schluckte, doch in seinen Augen brannte ein fanatisches Feuer. »Herr, wenn Ihr gesehen hättet, was mir offenbart wurde –«

»Ich weiß, was ich jetzt sehe!« schrie der Herzog. »Timozel, ich brauche Euch in Karlon. Euer Platz ist an meiner Seite ...

und natürlich an der meiner Gemahlin.« Seine Stimme klang jetzt wieder ruhiger, aber auch gefährlicher: »Und wenn Ihr mir weiterhin zeigen wollt, wie schlecht Ihr Euch darauf versteht, Befehle zu befolgen, werdet Ihr bald nicht mehr zu kommandieren haben als die Pritschendecke in einer Zelle! Haben wir uns verstanden?«

»Ja, Herr«, murmelte der Jüngling. Wann würde der Herzog ihm endlich eine Armee geben? Wie lange sollte das denn noch dauern? Er unterdrückte aufkommenden Zweifel und tröstete sich mit der Gewißheit, daß alles gut werden würde.

14
Über die Bergpässe

»Zu traurig, daß wir es erleben müssen, wie Eure Eltern nach so vielen Jahren getrennte Wege gehen wollen«, seufzte Morgenstern. »Andererseits spricht ja schon unsere Geschichte dagegen, daß die Sache auf Dauer gutgehen konnte.«

»Was meint Ihr damit?« fragte Axis verwundert.

»Ach, mein Lieber, wir Sonnenflieger sind schon eine eigentümliche Familie. Unser Blut schmiedet uns überaus stark zusammen. Wenn wir dann doch jemanden von außen heiraten, nimmt das kein gutes Ende.«

Der Krieger runzelte die Stirn. Heute wollten er, Rivkah, Aschure, Ramu und die beiden Wächter ihren Marsch über die Berge hinunter in die Ebene zu den Awaren antreten und mit ihnen Beltide feiern. »Die Sonnenflieger heiraten untereinander, Großmutter? Wie kann das denn angehen?«

Morgenstern zuckte die Achseln. »Die Sonnenflieger werden nur glücklich, wenn sie ein Familienmitglied heiraten. Nun seht mich nicht so entsetzt an. Noch leidet niemand unter uns an Krankheiten, und bislang ist niemand debil geworden. Na ja, jedenfalls nicht übermäßig«, fügte sie leise und wie zu sich selbst hinzu. »In der Regel heiraten Cousin und Cousine. Eilwolke, mein Gemahl, war ein Vetter ersten Grades. Bei Freierfall und Abendlied, die ja auch heiraten wollten, verhielt es sich ebenso. Diese Heiratspraxis hat uns über viele Jahre stark gehalten.«

»Und diejenigen, die sich mit jemandem von außen vermählen? Was wird aus deren Beziehungen?«

»Na ja, bestenfalls führen sie eine wenig erhebende Ehe. Gemeinhin sind nach einiger Zeit beide kreuzunglücklich miteinander. Rabenhorst gehört natürlich zu den Sonnenfliegern, aber Hellefeder nicht. Sie achten einander, aber ihre Leidenschaft ist längst erloschen. Bei Eilwolke und mir hingegen«, Morgenstern lächelte versonnen, »nun, wir fühlten uns wie unter den Sternen. Wie Freierfall und Abendlied haben wir uns bereits mit dreizehn Jahren zum ersten Mal geliebt.«

»Mit dreizehn?« rief Axis entrüstet. Seine Schwester? Mit Freierfall?

Die Großmutter zog eine ihrer gepflegten Augenbrauen hoch. »Warum denn nicht? Mit dreizehn ist man doch kein Kind mehr. Ob nun Ikarier, Aware oder Acharite, mit dreizehn fangen doch alle an, alles Kindische abzulegen und sich erwachseneren Vergnügungen zuzuwenden. In welchem Alter habt Ihr denn zum ersten Mal eine Schöne mit in Euer Bett genommen?«

Der Krieger errötete, und Morgenstern lachte vergnügt, bevor sie den lieblichen silberhaarigen Kopf zur Seite neigte und ihren Enkel nachdenklich ansah: »Wir sind beide Sonnenflieger, und unser Blut singt stark. Tut bloß nicht so, als könntet Ihr das nicht hören. Habt Ihr Euch bereits zu Beltide für eine Gefährtin entschieden? Sollen wir unser Blut in jener Nacht gemeinsam singen lassen?«

Axis wich zutiefst entsetzt vor ihr zurück.

»Ach«, fuhr Morgenstern mit rauchiger Stimme fort, »bloß weil ich Eure Großmutter bin? Wir beide wären nicht die ersten, und ich kann mir gut vorstellen, daß wir auch nicht die letzten wären.« Sie lächelte schelmisch. »Aber ich fürchte, zu diesem Beltidenfest wird noch nichts aus uns beiden. Eure acharitische Tugend steht Euch noch zu sehr im Weg. Wie bedauerlich.«

Sie ließ sich auf einem Hocker nieder. »Aber ich wollte Euch ja eigentlich erzählen, warum die Ehe von Sternenströmer und Rivkah mit einer Trennung enden mußte. Sie gehört nun einmal nicht zu den Sonnenfliegern. Die beiden haben sich geliebt und viel Leidenschaft für einander entwickelt, aber das Blut Eures Vaters singt eben immerzu und sucht nach jemandem, dessen Blut ebenso singt und ihm antwortet.« Die Großmutter seufzte. »Aber es gibt leider für ihn oder Euch keine Sonnenfliegerfrauen mehr, die noch frei wären. Tja«, fügte sie spitz hinzu und beobachtete ihren Enkel dabei genau, »Sonnenflieger heiraten nun einmal niemanden aus der engeren Familie. So etwas ist ungesund und gehört sich nicht. Abendlied ist für ihren Vater und ihren Bruder tabu. Vater und Tochter, Mutter und Sohn, Bruder und Schwester, das geht eben nicht. Aber bei allem anderen setzen wir uns keine Grenzen.«

»Ich werde Faraday heiraten«, verkündete Axis mit aller Entschlossenheit. »Sobald sie frei ist.«

»Sollte sie denn auch zu den Sonnenfliegern gehören?« fragte Morgenstern scheinheilig.

»Ihr wißt genau, daß sie keine von uns ist.«

»Dann erwartet Euch eine wenig glückliche Ehe. Euer Innerstes wird genau wie das von Sternenströmer oder Abendlied immer auf der Suche nach einem anderen Sonnenflieger sein. Vielleicht können sich Eure Kinder ja mit denen von Abendlied vermählen. Ich hoffe es jedenfalls für sie. Denn erst meine Urenkel werden wohl wieder das Glück erfahren.«

Wütend wandte sich Axis von ihr ab.

Die Reise durch die Alpen erwies sich als sehr angenehm. Rivkah war bislang stets nur allein aus den Bergen herabgestiegen, und jetzt konnte sie endlich die Schönheit und Pracht des Eisdachgebirges mit jemandem teilen. Außerdem befand sie sich in solch angenehmer Gesellschaft, daß sie die Reise genoß wie nie zuvor. Nach der Nacht der Großen Versammlung fühlte sich Rivkah von Tag zu Tag besser und froher. Axis vermutete, seine Mutter genieße es, endlich von der Last einer unglücklichen Ehe befreit zu sein, und das verschaffe ihr wieder Heiterkeit und innere Zufriedenheit.

Die Wege über die Alpen wanden sich träge durch Schluchten und Täler und vorbei an Eisfällen. Manchmal ging es steil hinauf, manchmal weniger steil. Doch überall erwartete sie eine atemberaubende Aussicht. Mal bekamen sie gewaltige Klippenwände aus einem glasartigen schwarzen Gestein zu sehen, dann wieder farngesäumte Flüsse, die tausend Meter unter ihnen dahinzogen, von Gletschern gespeist. Nachmittags, wenn es anfing, dunkler zu werden, und Nebel aufstiegen, führte Rivkah sie in kleine Höhlen, die sie während ihrer vielen Reisen die Berge hinauf oder hinunter entdeckt hatte. Hier befreiten die Wanderer sich von ihren schweren Rucksäcken, lachten und beklagten sich gleichzeitig und machten sich daran, das Nachtlager herzurichten.

Bei früheren Reisen hatte Rivkah stets für sich ausreichend Brennstoff, Nahrung und Decken mitschleppen müssen, um eine Woche lang allein im Hochgebirge zu überleben. In diesen Höhen fand sich keine Vegetation mehr. Man konnte weder Holz schlagen noch Wild jagen oder in Fallen fangen.

In jenen Zeiten hatten sie gefährliche Märsche erwartet, und jetzt wanderte sie zum ersten Mal mit einem richtigen Zauberer durch die Berge, mit einem der mächtigsten Magier seit Menschengedenken. Axis' Fähigkeiten sorgten dafür, daß die Wege da trocken blieben, wo sie früher des öfteren ausgerutscht war. Er wies den Winden eine andere Richtung, die so manches Mal gedroht hatten, Rivkah von einem schmalen Pfad oder Steg zu werfen. Und ihr Sohn sorgte auch dafür, daß die Kälte sie nicht biß und sich alle einigermaßen wohl fühlen konnten. Abends erzeugte er Feuer, die grün, rot oder violett brannten, und versorgte sie mit federweichen Matratzen aus warmer Luft.

Abgesehen von diesen Annehmlichkeiten freute Rivkah sich natürlich auch darüber, ihren Sohn endlich einmal für sich allein zu haben. In den zurückliegenden Wochen und Monaten hatte Sternenströmer soviel von Axis' Zeit beansprucht, daß seine Mutter viel zu wenig Gelegenheit fand, mit ihm zu reden. Und nun liefen sie oft nebeneinander her und konnten sich stundenlang über alles mögliche unterhalten. Was er mochte und was nicht, wie es ihm beim Seneschall ergangen war, über sein Leben als Axtherr, über gute und schlechte Zeiten.

Abends mußte Rivkah ihn zwar mit dem Rest der Reisegesellschaft teilen, aber das machte ihr nichts aus.

Wenn sie sich in eine Höhle begaben, die Rucksäcke von den schmerzenden Schultern genommen und den Boden von Geröll und Schutt befreit hatten, versorgte sie der Krieger mit einem lodernden Feuer, das die ganze Gesellschaft über Nacht wärmte. Danach sang er für die Höhlenwände ein Lied und strich sanft mit den Händen darüber. Wenn sich dann draußen die Dunkelheit über das Land senkte, gab der Fels ein mattes Glühen ab, das sich im Lauf der Nachtstunden immer mehr verstärkte.

Selbst für ihre Nahrung sorgte Magie. Doch das übernahm nicht Axis. Während er Licht und Wärme erzeugte, öffneten Veremund und Ogden ihre viel leichteren Rucksäcke, kramten und suchten darin herum, jammerten Unverständliches und zogen dann Päckchen um Päckchen heraus. Diese enthielten Leckereien wie in Honig geräucherten Schinken, knusprig gebratenes Geflügel, gewürzte Fleischstücke und verschiedene marinierte Köstlichkeiten, die nur noch über dem Feuer erwärmt werden mußten. Dazu reichten sie getrocknete Früchte, Brote unterschiedlichster Art und Gebäck, Gemüse, exotischen Käse, Schalen mit Mandeln und Rosinen und Flaschen mit gewürztem Wein. Kurzum, die beiden ehemaligen Mönche bereiteten jeden Abend ein Festmahl.

»Ogden besorgt immer das Einpacken«, erklärte Veremund am ersten Abend. »Aber fragt mich nicht, wie er das alles unterbringt, ich habe keine Ahnung.«

Der kleine Dicke starrte den Hageren dann in höchster Verwunderung an. »Wie bitte? Ich habe nicht einen Krümel von diesen herrlichen Speisen eingepackt und dachte eigentlich, du würdest das immer erledigen.« Danach suchte er wieder in seinem Rucksack, verschwand fast mit dem Kopf darin und rief schließlich: »Wo hast du denn die Mundtücher hingesteckt?«

Axis, der die beiden und ihre Art kannte, erhob sich lachend vom Feuer. Er gebot den Wächtern, endlich mit dem Theater aufhören, und riet den anderen, sich einfach das Essen schmecken zu lassen und die beiden nicht danach zu fragen, wo all diese Speisen herkämen. »Dann streiten sie sich nämlich nur«, erklärte er Aschure und Ramu, »was sie erfolgreich davor bewahrt, Euch antworten zu müssen.«

Nach dem Mahl erfreute der Krieger die Mitreisenden mit

seinem wunderbaren Gesang und seinem Harfenspiel. Anfangs trug er alte ikarische Weisen vor, doch während der Abend fortschritt, wechselte er zu Balladen und Liedern aus Achar über. Die beiden Frauen lächelten und klopften mit den Fingern den Takt dazu. Rivkah sagte sich immer wieder, daß ihr Sohn besser zu singen verstand als jeder Hofbarde.

Axis lud die anderen zum Mitsingen ein oder dazu, ihre eigenen Lieder vorzutragen. Seine Mutter und Ramu besaßen ebenfalls schöne Stimmen. Ogden und Veremund sangen immerhin mit Begeisterung, während Aschure nur ein furchtbares Krächzen hervorbrachte. Nach dem ersten Versuch, die anderen zu begleiten, gab sie lachend auf und versprach, nie wieder in Gegenwart anderer zu singen.

Aber die Reisenden vertrieben sich nicht nur mit Musik die Abendstunden. Oft unterhielten sie sich auch lange. Axis hörte stets aufmerksam zu, während seine Finger wie von selbst über die Saiten glitten und eigentümliche Melodien erzeugten. So redeten sie über die awarischen oder ikarischen Sagen und Mythen, manchmal auch über die Sternengötter. Rivkah erzählte gelegentlich aus ihrem früheren Leben am Hof von Karlon. Die lustigsten Geschichten aber kamen von Ogden und Veremund. Sie berichteten von den ersten Erlebnissen der Ikarier aus der Zeit, als sie das Fliegen erlernt hatten. Da sei es dann schon vorgekommen, daß zwei Vogelmenschen am Himmel zusammengestoßen und in einem unentwirrbaren Knäuel abgestürzt seien.

Eines Abends, ziemlich zu Beginn der Reise, streckte sich Axis behaglich aus, die Füße in Richtung Feuer und die Hände hinter dem Kopf verschränkt. Er sah Aschure dabei zu, wie sie ihr Haar für die Nacht flocht.

Die junge Frau lächelte ihm unsicher zu und wandte sich an Ramu: »Ich möchte mehr über die Gehörnten erfahren. Gehören sie auch zu den Awaren?«

Dem Magier schien diese Frage nichts auszumachen. »Ja. Die Gehörnten waren früher awarische Zauberer. Aber nur den stärksten männlichen Magiern wird gestattet, sich vollständig in einen Gehörnten umzuwandeln. Sie werden dann zu den Wächtern des Heiligen Hains.«

»Und wie geht eine solche Umwandlung vor sich?« wollte Axis wissen und erinnerte sich an das schreckliche Ungeheuer, das ihn in einem Alptraum vor dem Schweigenden Wald heimgesucht hatte. Wie konnte sich ein sanftmütiger Mann wie Ramu in ein solch wütendes, angsteinflößendes Wesen verwandeln?

Die dunklen Züge des Awaren waren undurchdringlich geworden. »Damit sind einige Mysterien verbunden, die ich nicht einmal Euch verraten werde, Sternenmann. Die Umwandlung kommt über uns, wir können sie uns nicht aussuchen. Wenn wir spüren, daß sie sich anbahnt, wandern wir allein über die Wege von Awarinheim, denn wir tragen kein Verlangen mehr nach unseren Freunden und unserer Familie.«

»Aber warum haben sich denn noch nie Magierinnen in Gehörnte umgewandelt?« fragte Aschure. Der dicke Zopf hing ihr jetzt über der Schulter.

»Den genauen Grund dafür kennen wir nicht. Wir wissen nur, daß keine Frauen als Gehörnte über den Heiligen Hain schreiten.« Ramu legte nachdenklich die Stirn in Falten. »Ich glaube, auch unsere Zauberinnen können sich verwandeln, doch sie scheinen ihre Mysterien viel besser zu hüten. Ich weiß nicht, was aus ihnen wird oder wohin sie gehen. So haben beide Seiten ihre Geheimnisse, und keine dringt zu tief in die der anderen ein.«

Während der Aware sprach, erinnerte sich der Krieger immer deutlicher an den Traum, in dem er den Heiligen Hain gesehen hatte. »Die Gehörnten leben in den Bäumen am Rand des Heiligen Hains«, flüsterte er jetzt. »Sie bewegen sich mit der Naturkraft fort, die den Stämmen innewohnt.«

»Woher wißt Ihr das, Axis?« fragte Ramu.

»Ich selbst bin einmal durch dieses Heiligtum gewandelt, wenn auch nur im Traum.«

Ogden und Veremund, die wie üblich nebeneinander saßen, nickten dazu. Sie hatten dies gespürt, als sie Axis in ihrer Burg im Wald der Schweigenden Frau untersuchten. Die Gehörnten hatten das Eindringen des verhaßten Axtherrn in ihr gehütetes Revier alles andere als begrüßt.

»Das habt Ihr?« wollte der Aware wissen. »Wie kam es denn dazu?«

»Alles begann mit einem Alptraum«, antwortete der Krieger und richtete sich ein Stück auf. Dann berichtete er von der Nacht, die er und seine Truppe vor dem Wald der Schweigenden Frau verbracht hatten. Seine alten Nachtmahre hatten ihn wieder heimgesucht, waren dann aber in einen Traum vom Heiligen Hain übergegangen. Er hatte darin auf kühlem Gras gestanden, die Augen gespürt, die zwischen den Bäumen umherhuschten und eine fremde Macht erlebt. Voller Furcht sah er dann einen Mann mit einem prachtvollen, aber erschreckenden Hirschgeweih auf dem Kopf auf sich zukommen. Als dieser seinen Namen wissen wollte, stellte er sich als Axis, Sohn der Rivkah, vor, Axtherr des Seneschalls. Die Neugier, die der Krieger vorher von den Augenpaaren gespürt hatte, verwandelte sich nach diesen Worten in großen Zorn. Der Hirschmann bewegte den Kopf, als wolle er ihn zum Angriff senken, und kam noch näher. Axis schrie und erwachte aus seinem Traum.

»Eure alten Nachtmahre?« fragte Rivkah, nachdem Ramu noch etwas mehr über den Traum hatte erfahren wollen. »Was sind das für Alpe?« Die Vorstellung erschütterte sie, ihren Sohn in der Umklammerung eines Alptraums zu wissen.

Axis hatte noch nie jemandem von diesen Träumen erzählt, die ihn fast sein ganzes Leben lang verfolgt hatten. Nicht einmal Embeth, der Herrin von Tare, seiner langjährigen Geliebten. Doch jetzt berichtete er der kleinen Gruppe ohne Zögern von dem Wesen, das ihn beinahe jede Nacht im Traum heimgesucht und behauptet hatte, sein unbekannter Vater zu sein. Diese Nachtmahre hatten erst aufgehört, nachdem Axis mit knapper Not der Wut des Wolkengesichts vor den Alten Grabhügeln entkommen war ... Als ihm bewußt geworden war, daß sein Vater, gleich wer er sein mochte, ihn geliebt hatte und ihn bestimmt nicht mit der haßerfüllten Stimme der Alptraumerscheinung angesprochen hätte.

»Dann muß es Gorgrael gewesen sein, der Euch in Euren Träumen heimsuchte«, erklärte Veremund. »Er wollte Euren Mut und Euren Geist mit Lügen über Euren Vater brechen.«

Über das Gesicht des Kriegers ging bei dieser Erinnerung ein Zucken. »Er sagte, meine Mutter sei bei meiner Geburt gestorben. Sie habe mich im Moment ihres Todes dafür verflucht, ihr das Leben genommen zu haben. Damals habe ich ihm wohl oder übel geglaubt. Ich hatte ja niemanden, der mich vom Gegenteil überzeugen konnte.«

Erschüttert ergriff Rivkah seine Hand. Sie erkannte jetzt, was für eine furchtbare Kindheit ihr Sohn durchgemacht haben mußte. Mit dem Gedanken aufzuwachsen, daß die eigene Mutter ihn noch im Sterben haßte, und nicht zu wissen, wer sein Vater war. Lange saßen Mutter und Sohn so da, hielten sich an den Händen und gaben sich auf diese Weise gegenseitig Trost.

Schließlich seufzte Axis und sah die junge Frau an. »Aschure, es tut gut, endlich Alpträume loszuwerden. Wollt Ihr uns nun erzählen, wie es kommt, daß Euer Rücken so viele Narben aufweist?«

Aschures Verwandlung nach dieser Frage blieb auf der ganzen Reise ungeklärt. Die junge Frau erstarrte am ganzen Körper und sah den Krieger mit dunklen und ängstlichen Augen an. Lange sprach sie kein Wort, auch wenn ihre Lippen sich bewegten.

»Nein!« wimmerte sie dann wie ein kleines Mädchen in wahrer Todesfurcht.

»Nein!« schrie sie dann noch einmal, doch jetzt schrill wie in Hysterie. »Bleibt weg! Nein! Laßt mich in Ruhe!«

Rivkah begab sich zu ihr und nahm sie in die Arme.

»Nein!« Die junge Frau wehrte sich wie in höchster Not gegen die Umarmung. »Geht weg! Bitte! Bitte, ich will es nicht schon wieder tun!« Sie atmete keuchend. »Das verspreche ich!« schrie Aschure noch.

Axis beugte sich vor, weil er glaubte, seine Mutter könne sie allein nicht mehr halten. Aber Aschure schien sich noch mehr vor ihm zu fürchten und hätte Rivkah beinahe mit sich gerissen, nur um von ihm fortzukommen. »Nein!« Der Krieger schien sie mit Panik zu erfüllen. »Vergebt mir!«

Veremund legte Aschure rasch eine Hand auf die Schulter. Sie hörte sofort auf, sich zu winden und zu wehren, aber es dauerte noch sehr lange, bis sie sich wieder völlig beruhigt hatte. Veremund tauschte einen besorgten Blick mit Ogden, bevor er sich an den Krieger wandte.

»Stellt die Frage lieber nicht noch einmal«, riet der Hagere. »Sie will nicht darüber reden. Aschure verkraftet die Erinnerung nicht.«

»Tut mir leid, Aschure, Euch soviel Pein bereitet zu haben«, sagte Axis und strich ihr sanft über die Wange. »Vergebt mir bitte, daß ich Euch zu nahe getreten bin. Ich werde Euch nicht wieder danach fragen.«

Eine leise Melodie erfüllte die Luft, Axis lehnte sich wieder zurück, und Rivkah ließ Aschure los.

»Was ist denn geschehen?« fragte sie und blickte verwirrt drein, als sie entdeckte, daß alle sie anstarrten. »Was war denn?«

Veremund sah Axis an und nickte zufrieden. Der Krieger hatte gut von Sternenströmer und Morgenstern gelernt. Dennoch gab es auch für ihn noch einiges Wissen, das er sich erwerben mußte. Erstens, fragt Aschure nie nach ihrem Rücken. Zweitens, findet ohne sie heraus, was geschehen ist. Denn dieses Wissen könnte der Schlüssel zu ihren dunklen Geheimnissen sein. Aber der Wächter gewann bei diesen Gedanken die wenig angenehme Vorstellung, daß diese Geheimnisse nur sehr behutsam aufgedeckt werden düften. Andernfalls könnte die junge Frau dabei leicht ums Leben kommen – oder derjenige, der zu tief in ihr Inneres dringen wollte.

Aschure war die einzige, die in dieser Nacht tief und fest schlief. Axis hingegen lag noch lange wach und schaute ihr zu, wie sie ruhig atmete. Viele Gedanken gingen ihm durch den Kopf.

Vier Tage nach dem Aufbruch blieb Axis plötzlich unvermittelt auf dem Weg stehen. Sein Gesicht zeigte höchste Anspannung, doch plötzlich lächelte er, lachte dann laut und rief den Awaren zu sich.

»Ramu! Ich höre ihn. Ja, wirklich. Er singt wunderbar.«

Der Magier sah ihn lächelnd an. Obwohl er natürlich nicht hören konnte, was Axis gerade vernahm, wußte er doch, was dieser meinte – den Erdbaum und sein Lied. Das Lied, das die Skrälinge bei ihrem Angriff auf die Awaren und Ikarier vernichtet hatte. Und auch das Lied, das nun Awarinheim vor Gorgrael beschützte. Wenn Sternenströmer und Faraday nicht gewesen wären, würde der Erdbaum vielleicht jetzt noch schlafen. Dann hätten die Geisterkreaturen womöglich schon längst ganz Awarinheim in ihre Gewalt gebracht.

Zwei Tage danach hörte auch Ramu die leisen Töne, und noch zwei Tage später erging es Rivkah und Aschure ebenso.

Ogden und Veremund hatten das Lied zur selben Zeit wie Axis vernommen.

In der Nacht, bevor sie den Fuß der Eisdachalpen erreichten, nahmen die Reisenden einen wahren Festschmaus zu sich: Rebhühner mit einer Füllung aus Brotkrumen, Käse, Rosinen und Mandeln. Danach ruhten alle wohlig ermattet um das magische Feuer.

»Erzählt uns doch, wie Ihr Faraday mit der Mutter zusammengebracht habt«, bat Axis den Awaren. Nur ungern wandte er den Blick von Aschures Haar, das im Schein des Feuers sanft schimmerte. »Ich weiß so wenig über sie und möchte sie doch viel besser verstehen.«

Faradays besondere Beziehung zu der Mutter, dem Sinnbild für die Kräfte der Erde und der Natur, gehörte zu den großen Rätseln, die die junge Frau umgaben und die der Krieger nicht entschlüsseln konnte. Aber in der Feste Gorken hatten die beiden ja zu wenig Zeit für sich gefunden, in der sie miteinander hätten reden können.

Außerdem wollte Axis dringend, daß jemand über sie redete, und sei es nur, um sich selbst davon zu überzeugen, wie sehr er sie noch liebte. Früher hatte ihr Bild ihm stets so lebendig vor

Augen gestanden, doch heute mußte er sich anstrengen, um sich an den genauen Farbton ihres Haars oder den Klang ihres Lachens zu erinnern.

Ramu ließ sich Zeit, schien er sich doch nicht ganz sicher zu sein, wieviel er preisgeben durfte. Dann berichtete er seinen Zuhörern von der Bedeutung, die die Haine für die Awaren hatten; und wie die Kinder, deren magische Fähigkeiten bekannt geworden waren, vor die Mutter geführt wurden, um sich mit ihr zu verbinden. Der Farnbruchsee, eines der vier magischen Gewässer in Achar, liege südlich von Awarinheim in den Farnbergen, und so seien die Awaren gezwungen, sich heimlich durch Achar zu bewegen, um dort zur Mutter zu gelangen.

»Und Rivkah hat Euch bei diesen Reisen geholfen?« fragte Axis und lächelte seiner Mutter zu.

»Ja«, bestätigte der Magier. »Seit vielen Jahren schon verbringt sie die Sommermonate bei uns und bietet sich an, eines oder zwei Kinder über die Ebene von Skarabost zum Farnbruchsee zu geleiten.«

»Und niemand in Achar hat jemals geahnt«, bemerkte der Krieger, während er den Blick in die Flammen richtete, »daß Prinzessin Rivkah, die ehemalige Herzogin von Ichtar, in ihrer Verkleidung steckte … Wolltet Ihr eigentlich nie nach Hause, Mutter?«

»Ich hatte mit meinem früheren Leben abgeschlossen, mein Sohn, und wer war mir denn in der alten Heimat noch geblieben? Euch mußte ich doch für tot halten. Hätte ich gewußt, daß Ihr lebt und es zu großem Ansehen gebracht hattet, wäre ich den ganzen Weg zu Fuß bis zum Turm des Seneschalls gelaufen und hätte dort verlangt, zum Axtherrn vorgelassen zu werden.«

Danach sprach für eine Weile niemand, bis Aschure schließlich Ramu aufforderte, doch seine Geschichte wieder aufzunehmen und von der Nacht zu erzählen, in der er Faraday vor die Mutter geführt hatte. Seit die junge Frau in einer Vision gesehen hatte, wie Faraday während des Angriffs der Skrälinge den Erdbaum erweckte, war sie von ihr und allem, was mit ihr zu tun hatte, fasziniert.

Der Aware erzählte nun so eindringlich von jener schicksalsschweren Nacht, als habe sich jeder Moment davon in sein Gedächtnis eingebrannt. Wie er Faraday auf Drängen von Jack und Yr einer Probe unterzogen und dabei zu seiner großen Verwunderung festgestellt habe, daß sie sich so gut mit den Bäumen zu verständigen vermochte, als sei sie selbst eine Awarin. Wie die junge Edle und die Mutter sofort eine Verbindung miteinander eingegangen seien. Wie die Mutter den See erweckt habe und er, Faraday und die kleine Schra durch ihn hindurch in den Heiligen Hain gelangt seien.

Ramus Geschichte fesselte die anderen von Anfang bis Ende.

»Ihr seid also durch smaragdgrünes Licht gewandelt und im Hain wieder aufgetaucht?« fragte Aschure staunend. Von solcher Zauberkraft hatte sie noch nie gehört.

Der Magier berichtete weiter, wie die Gehörnten Faraday begrüßt hätten und der älteste und würdigste unter ihnen, dem man den Rang an seinem silberfarbenen Fell ansah, Faraday die magische Schale geschenkt habe.

»Mit dieser Schale vermag die Edle nicht nur die Mutter, sondern auch den Heiligen Hain zu erreichen, sobald sie mit ihnen in Verbindung treten will.«

»Niemals zuvor ist ein Mensch wohl so ausgezeichnet worden«, bemerkte Aschure voller Staunen und Bewunderung.

Ramu legte ihr eine Hand auf die Schulter. Er mochte die einsame junge Frau immer mehr und wünschte sich nichts sehnlicher, als daß die Awaren sie in ihrer Mitte aufnehmen würden. Aschure hatte ihm einmal das Leben gerettet, doch seine Zuneigung zu ihr ging weit über schiere Dankbarkeit hinaus. »Ja, sie ist wahrhaft gesegnet.«

Axis starrte auf Ramus Hand, die immer noch auf Aschures Schulter ruhte. Mit Mühe konnte er den Magier dann selbst ansehen. »Welche Rolle hat die Prophezeiung für Faraday vorgesehen? Stellt sie nur als Baumfreundin ein Verbindungsglied zur Mutter dar?«

»Nein, noch viel mehr Aufgaben erwarten sie«, antwortete Veremund anstelle des Awaren. »Genau wie Euch. Konzentriert

Euch nur auf Euren Weg, und laßt die anderen unter Anleitung der Prophezeiung den ihren finden.«

Der Krieger nickte. »Hat Faraday denn die magische Schale schon einmal eingesetzt, Ramu? Ist sie in den Heiligen Hain zurückgekehrt?«

»Ja«, antwortete der Magier, »das hat sie und das ist sie. Schon mehrere Male. Jedesmal, wenn Faraday die Schale benutzt, spüre ich das.«

Ogden und Veremund betrachteten den Awaren genauer. Ihr könnt es fühlen? dachte der Dicke. Da möchte ich wetten, daß Ihr auch spürt, wie Ihr Euch verändert. Wie lange noch, bis auch Ihr den Drang verspürt, allein über die Pfade von Awarinheim zu laufen? Dort herumzuirren, bis die Schmerzen in Eurem Körper und in Eurem Kopf Euch um den Verstand bringen? Bis Ihr verwandelt seid? Fühlt Ihr diese Veränderung schon, Ramu? Wißt Ihr, was mit Euch geschieht?

Aschure lehnte sich seufzend zurück. Sie beneidete Faraday sehr. Nicht nur besaß sie Axis' Liebe, sie spielte auch eine bedeutende Rolle in der Prophezeiung, und eines Tages würde die Baumfreundin an die Seite des Sternenmannes finden. Aschure mochte für den jungen Mann ebenfalls Zuneigung empfinden, aber sie wußte genau, daß ihre Gefühle niemals erwidert werden würden. Axis würde sein Leben nicht mit ihr teilen wollen. Faraday und er waren die großen Helden der Weissagung, und sie erwartete großer Ruhm und Unsterblichkeit in den Sagen der Völker. Aschure selbst war dagegen nur eine verlorene junge Frau, die vor Angst nicht ein noch aus wußte und dazu verdammt war, ohne richtiges Heim und ohne Mann, der sie liebte, bis ans Ende ihrer Tage umherzuirren.

Am nächsten Morgen verließ die Gesellschaft die Berge und näherte sich Awarinheim.

Fünf Tage vor Beltide verschwanden die Schweine aus Sigholt.

Traurig stand ihr Hirt da und sah zu, wie die fünfzehn Tiere, die ihm dreitausend Jahre lang treue Gefährten gewesen waren, trippelnd und grunzend über die Brücke fortzogen. Jack hatte immer schon gewußt, daß sie ihn eines Tages verlassen würden und er nichts daran zu ändern vermochte. Und welch besseren Moment hätten sie sich aussuchen können als diesen, da die Prophezeiung zum Leben erwacht war und sich stetig über das Land ausdehnte?

Doch in seine Trauer mischte sich auch Aufregung. Die Schweine verließen ihn nur, weil sie gerufen worden waren.

Drei Tage lang trottete das Borstenvieh über den Paß und hielt nur an, um zu rasten oder zwischen den Felsen nach etwas Freßbarem zu schnüffeln. Aber sie verschwendeten nicht viel Zeit mit der Nahrungssuche. Schon bald erwartete sie köstlichere Speise als hartes, wetterzerzaustes Gras, das nur bei großem Hunger schmeckte und wenn sich nichts anderes finden ließ.

Am vierten Tag hatten die Schweine den Paß hinter sich gebracht und wandten sich nach Nordosten. Noch einen Tag und eine Nacht liefen sie weiter.

Als an Beltide die Abenddämmerung hereinbrach, verwandelten sich die Tiere. Ihre Gliedmaßen dehnten sich, ihr Rumpf wurde länger und bedeckte sich mit Fell. Die Zähne wuchsen und glänzten im Mondlicht und die Lippen waren wie zu einem Grinsen verzogen.

Als der Mond hoch am Himmel stand, trabten sie geräuschlos auf ihren langen Beinen voran. Die Wesen würden erst dann heulen, wenn sie die Witterung aufgenommen hatten, auf die sie schon so lange warteten.

Über ihnen strahlte der Mond in aller Pracht und beleuchtete ihren Weg.

15
Beltide

Auf dem letzten Stück zwischen den Berghängen und den Lichtungen Awarinheims näherte sich Axis Aschure. »Was haltet Ihr eigentlich von diesen Awaren?« wollte er von ihr wissen.

Die junge Frau dachte kurz nach. »Sie leben recht zurückgezogen und verhalten sich gegenüber Fremden scheu. Die Waldläufer lieben den Frieden so sehr, daß sie jedem mißtrauen, der schon einmal zum Mittel der Gewalt gegriffen hat.«

Der Krieger nickte. Wenn die Awaren schon eine Frau ablehnten, die am gewaltsamen Tod ihres Vaters beteiligt gewesen war, wie würden sie dann erst dem ehemaligen Axtherrn der Axtschwinger begegnen?

»Die Waldläufer nehmen Fremde nur sehr zögernd auf«, fuhr Aschure schon fort. »Wirken regelrecht schüchtern. Jahrhundertelang sind sie von den Ebenenbewohnern verfolgt worden, wie sie ...« Beinahe hätte sie »uns« gesagt. »... die Achariten nennen. Deswegen leben sie in ständiger Furcht. Einerseits behaupten sie, Gewalt in jeglicher Form zu verabscheuen, und gleichzeitig ... andererseits ...« Die junge Frau suchte nach den passenden Worten.

»Geht von ihnen eine Aura der Gewalt aus?« kam Axis ihr zu Hilfe.

Sie sah ihn erschrocken an. »Ja, ganz recht. So hatte ich das noch gar nicht gesehen. Aber wenn ich recht darüber nachdenke ... ja, genau so verhält es sich. Zum Beispiel unterziehen sie ihre Kinder einer schrecklichen Probe, um festzustellen, ob die Gabe der Magie in ihnen schlummert. Aber dabei kommt so manches Kind ums Leben. Und bei bestimmten Gelegenheiten können ihre Zauberer sehr bedrohlich auftreten. Als ich noch ein Kind war und in Smyrdon lebte, liefen mir eines Tages Rivkah, ein Magier und zwei Kinder über den Weg. Der Aware war so wütend, daß Eure Mutter ihn nur mit größter Mühe davon abhalten konnte, mich umzubringen ... Ja, sie wenden sich gegen Gewalt, aber sie scheuen nicht immer davor zurück, von ihr Gebrauch zu machen.«

»Als ich im Traum den Heiligen Hain besuchte«, meinte Axis dazu, »empfing mich eine unglaubliche Aura von Haß und Gewaltbereitschaft ...« Er lachte freudlos. »Aber damals war ich ja auch noch der Axtherr ... Sicher haben sie allen Grund, mir zu mißtrauen. Ich fürchte, ihre Freundschaft wird nicht leicht zu gewinnen sein.«

»Die Awaren schämen sich, weil eine aus ihren Reihen Gorgrael und nicht den Sternenmann geboren hat«, flüsterte Aschure leise, damit Ramu, der ein Stück vor ihnen lief, sie nicht hören konnte. »Die Ikarier haben Euch bereits anerkannt, und genau das werden auch die Achariten tun, weil Ihr auch von ihnen abstammt. Aber die Waldläufer sehen Euch sicher nicht nur als Fremdling, sondern auch als Bedrohung an ... Bitte nehmt die Sache nicht auf die leichte Schulter. Mit den Awaren werdet Ihr keineswegs so leichtes Spiel haben wie mit den Vogelmenschen.«

Wieder verblüffte ihn ihre Klarsicht, aber er sagte lieber nichts dazu. Wie Ogden und Veremund fragte sich auch Axis schon seit längerem, ob sich hinter Aschure nicht doch mehr als nur eine einfache junge Frau vom Lande verbarg. Ein Gedanke, den er früher schon einmal gehabt hatte, kam ihm in den Sinn. Die wenigen Male, in denen Aschure von Hagen gesprochen hatte, hatte sie ihn nur selten Vater genannt.

»Darf ich Euch etwas fragen?«

»Aber natürlich«, forderte sie ihn mit offener Miene auf.

»War Hagen Euer Vater? Ich meine, Euer leiblicher Vater?«

»Was für eine törichte Frage! Selbstverständlich war er das!« antwortete sie sofort und etwas zu schnell.

Axis wollte noch mehr sagen, aber Aschure ließ ihn nicht zu

Wort kommen: »Seht nur, wir sind fast da. Wie freue ich mich darauf, Fleat und Schra wiederzusehen!«

Als die Reisegesellschaft am späten Nachmittag des Beltidenfestes eintraf, wimmelte es auf den heiligen Lichtungen und im Wald rings herum bereits von Ikariern und Awaren. Die Mehrzahl der Vogelmenschen war erst vor einer Stunde eingetroffen und tauschte jetzt mit den Waldläufern Höflichkeiten aus. Man lachte viel miteinander und freute sich allseits auf das Fest. Als die Gruppe sich durch die Menge ihren Weg bahnte, fiel sie Sternenströmer auf. Er rief die sechs sofort zu sich.

Mit frohem Lächeln umarmte der Zauberer seinen Sohn und gab dann Rivkah einen liebevollen Kuß. »Ich freue mich, daß Ihr es wohlbehalten und rechtzeitig zu Beltide schaffen konntet!« rief er und bedachte Aschure mit einem zarten züchtigen Kuß auf die Wange. »Seid Ihr gut vorangekommen?«

Ramu nickte und ergriff Sternenströmers Arm. »Ihr seht fröhlich aus. Darf ich daraus schließen, daß ...« Er ließ die Frage lieber offen.

Sowohl die ikarischen Zauberer als auch die awarischen Magier machten sich seit dem mißlungenen Jultidenfest Sorgen um das Frühlingserwachen. Der Angriff von Gorgraels Geisterhorden hatte die Riten unterbrochen, bevor sie ihren Abschluß finden konnten, und so sorgten sich viele, die Sonne würde in diesem Jahr nicht genügend Kraft finden, um sich aus dem Griff von Gorgraels unnatürlichem Winter zu befreien. Nicht auszudenken, wenn das Frühjahr ausblieb. Warum überhaupt zu Beltide zusammenkommen, wenn es kein Erwachen zu feiern gab?

»Ramu«, begann Axis' Vater und trat näher zu ihm hin, um sich über den allgemeinen Lärm hinweg verständlich zu machen. »Die Macht des Zerstörers ist gewaltig, und der Winter liegt hart und fest auf dem Land im Norden. Aber der Erdbaum singt, und auch wenn wir die Jultidenriten nicht beenden durften, konnte die Sonne genügend Stärke sammeln, um die Erde wieder zu wecken. Der Frühling hat bereits angefangen. Er mag nicht der kräftigste sein von denen, die wir erlebt haben, und manche Landstriche werden einen kühlen Sommer erleben, vor allem Ichtar, aber die Magier verkünden, daß die Sonne warm über Awarinheim scheinen wird. Eurem Volk wird es gut gehen.«

»Und was ist mit Achar?« wandte Axis ein. Er würde seine Pläne erheblich ändern müssen, wenn Achar ebenfalls in den Klauen des Winters blieb. »Wird der Frühling auch bei den Achariten Einzug halten?«

»Ja, mein Sohn«, lächelte Sternenströmer. »Ein flauer Sommer steht uns bevor, und die Ernte wird mager ausfallen, aber Gorgraels Macht reicht nicht so weit nach Süden, wie wir befürchtet haben.«

Der Krieger wirkte sichtlich erleichtert. »Sehr schön.«

Sein Vater sah ihn eigentümlich an. Axis hatte zwar der Großen Versammlung mitgeteilt, daß er sich bei den Charoniten weiter ausbilden lassen wolle, ansonsten aber wenig über seine Pläne nach Beltide verlauten lassen. Natürlich wußten alle, daß er die Ikarier und Achariten vereinen wollte, aber dazu mußte er erst Bornheld besiegen. Wann wollte er sich ihm stellen? Und wie wollte er das bewerkstelligen?

»Kommandant!« rief Weitsicht und unterbrach Sternenströmers Gedankengänge. »Ihr seid eingetroffen, dem Himmel sei Dank.«

Axis wandte sich dem Geschwaderführer sofort zu, um sich mit ihm zu besprechen. Er wollte, daß die Luftarmada diesmal die Feiernden nicht so ungeschützt ließ wie vor einiger Zeit bei den Jultidenriten. Deswegen ließ er sich jetzt von dem Offizier berichten, wie weit die Vorbereitungen für die Boden- und Luftüberwachung gediehen waren, die er noch im Krallenturm angeregt hatte.

Während die beiden sich miteinander berieten, betrachtete Aschure mit gerunzelter Stirn unentschlossen das Treiben der Awaren und Ikarier.

»Der Klan des Geistbaums schlägt seine Hütten für gewöhnlich unter den Bäumen auf«, sagte Ramu, »falls Ihr das noch nicht vergessen habt.«

»Meint Ihr, ich könnte einfach ...« fragte sie nervös.

Der Magier lächelte sie aufmunternd an. »Sie werden sich bestimmt freuen, Euch wiederzusehen. Ganz besonders Fleat und Schra. Na los, worauf wartet Ihr denn noch?«

Die junge Frau holte tief Luft und machte sich auf den Weg in die angegebene Richtung. Fleat und Schra würden sie sicher willkommen heißen. Aber wie stand es mit ihrem Häuptling Grindel? Oder mit Barsarbe, falls sie auch gerade mit dem Klan unterwegs war?

Rivkah eilte hinter ihr her. Der Geistbaumklan stellte schon seit Jahren ihre Ersatzfamilie dar, und sie freute sich immer, ihn wiederzusehen. Davon abgesehen machte Aschure ganz den Eindruck, als könne sie etwas Beistand gebrauchen.

Als die beiden Frauen in der Menge verschwunden waren, trat Ramu zu Axis und legte ihm die Hand auf den Arm.

Der Krieger warf ihm einen kurzen Blick zu und beendete dann die Besprechung mit Weitsicht. »Ihr habt gute Arbeit geleistet, Geschwaderführer. Wir beraten uns noch einmal eine Stunde vor Einbruch der Dämmerung. Ehe die Riten beginnen.«

Der Ikarier nickte, salutierte und zog sich zurück.

Axis wandte sich nun an den Awaren, der ihn sprechen wollte.

»Sternenmann, ich halte es für geboten, Euch unseren Magiern und Häuptlingen vorzustellen. Und ich will Euch auch vor den Erdbaum führen. Fühlt Ihr Euch bereit dazu?«

Der Krieger nickte und strich unbewußt über die rote Sonne an seiner Brust, wie um sich Mut zu machen.

Je näher Axis in Begleitung von Ramu und seinem Vater dem großen Steinkreis kam, der das Heiligtum des Erdbaums schützte, desto nervöser wurde er. Von den drei Völkern würden die Awaren am schwersten für seine Sache zu gewinnen sein. Vor tausend Jahren hatten die Axtschwinger unter ihrem damaligen Axtherrn und im Auftrag des Seneschalls Hunderttausende Bäume umgeschlagen und damit die großen Wälder von Tencendor fast vernichtet.

Auch mußte er an Aschures Worte denken. Sie hatte sicher recht, wenn sie annahm, daß die Awaren ihm reserviert begegnen würden, weil der Sternenmann von den Ikariern und Menschen geschaffen worden war, und nicht von den Waldläufern. Ihr Blut rann in den Adern von Gorgrael dem Zerstörer, nicht aber in dem von Axis, ihrem Retter.

Der Krieger hätte jetzt niemanden lieber als Faraday an seiner Seite gewußt. Sie würde ihm bestimmt helfen können, die Awaren zu überzeugen. Allein fühlte er sich dazu kaum in der Lage.

Die Magier und Klanhäuptlinge erwarteten Axis im Innern des Steinrunds. Der Krieger spürte, wie sich alle Blicke auf ihn richteten, als er in die Mitte der heiligen Lichtung trat. Voller Ehrfurcht betrachtete er den Erdbaum, der sich riesengroß über dem Steinkreis erhob. Sein Lied erfüllte die Luft, nicht laut genug, um ein Gespräch unmöglich zu machen, aber doch so durchdringend, um in die Gedanken eines jeden einzudringen, der sich im nördlichen Awarinheim aufhielt – und auch um Gorgrael und seine Skrälinge fernzuhalten.

Stellte der Erdbaum für die Awaren das allergrößte Heiligtum dar, so wurde er doch auch von den Ikariern zutiefst verehrt. Er war das lebende Symbol für die Harmonie zwischen Erde und Natur. Störte etwas diese Eintracht, wurde der Baum krank. Aber der Baum konnte sich auch zur Wehr setzen. In der furchtbaren Jultidennacht hatten Sternenströmer und die Baumfreundin Faraday ihn aus dem Schlaf geweckt, in den er vor vielen Jahrhunderten gefallen war. Der Erdbaum hatte sofort erkannt, daß sein Hain von den Kräften Gorgraels angegriffen wurde, und sein Lied angestimmt. Die Skrälinge waren unter diesen Klängen zersprungen und hatten sich aufgelöst. Dem Zorn des Baums hatten sie nichts entgegensetzen können. Nun, da er wieder erwacht war, sang er ununterbrochen und schützte so das ganze nördliche Awarinheim vor einem neuerlichen Eindringen der Eiskreaturen.

Und jetzt wartete der Erdbaum ebenso wie die Magier und die Häuptlinge auf den Sternenmann.

Jeder Ast des Erdbaums trug ein dichtes Kleid aus wächsernen olivgrünen Blättern. Von deren Enden hingen dicke trompetenförmige Blüten herab, von denen einige golden, andere smaragdgrün, wieder andere saphirblau oder auch rubinrot leuchteten. Der Erdbaum erstrahlt so bunt wie ein Regenbogen, dachte Axis, und er wirkt ebenso geheimnisvoll. Sein Vater hatte ihm einmal erzählt, daß nicht einmal die Awaren das volle Ausmaß der Macht des Heiligtums kannten. Die Waldläufer verehrten es dennoch und beschützten es. Alle wichtigen Riten und Feiern der Ikarier und Awaren wurden unter den weiten Ästen des Baumes durchgeführt.

»Wer hat denn den Steinring errichtet?« fragte Axis seinen Vater leise, als sie auf das Rund zuschritten. Jede Säule maß zehn Meter in der Höhe und drei in der Breite. Obendrauf lagen Steine von gleicher Größe, und so war daraus ein Kreis von Säulengängen entstanden.

»Das weiß niemand so genau«, flüsterte Sternenströmer. »Einige meinen, die Sternengötter hätten ihn während einer Feuernacht errichtet, andere glauben, ein längst vergessenes Volk von Riesen habe ihn hinterlassen. Nun geht mit Ramu weiter. Ich warte hier auf Euch.«

Als sie durch einen der Torbögen schritten, wurde der Krieger ergriffen von der besonderen Heiligkeit dieser Stätte. Der Ort hatte eine gewaltige Strahlkraft. Eine Gruppe awarischer Magier wartete unter dem Baum, und Axis spürte Nervosität, aber auch Feindseligkeit von ihnen ausgehen.

Neben der Gruppe standen bereits die beiden Wächter, Ogden und Veremund. Irgendwie schafften es die beiden, überall dabei zu sein.

Ramu bedeutete Axis stehenzubleiben und trat allein zu den Zauberern, um sie zu begrüßen.

Eine kleine, zierliche dunkle Frau mit einer Girlande aus Blumen und Blättern im Haar und einem langen und luftigen rosafarbenen Wollkleid trat vor und küßte ihn auf beide Wangen.

»Magier Ramu, wie lange haben wir uns nicht mehr gesehen? Wir haben Euch sehr vermißt. Deshalb seid uns jetzt um so mehr willkommen, und versprecht uns, uns sobald nicht wieder zu verlassen.«

»Magierin Barsarbe«, entgegnete der Aware, »ich freue mich,

Euch bei bester Gesundheit anzutreffen.« Er trat einen Schritt zur Seite und deutete auf den Krieger.

»Ihr wißt bereits, wen ich Euch bringe«, verkündete er mit klarer und lauter Stimme, »Axis Sonnenflieger, den Sternenmann und Sohn von Sternenströmer Sonnenflieger und Prinzessin Rivkah von Achar. Heißt ihn bitte in Eurer Mitte willkommen.«

Barsarbe aber zögerte einen Moment, ehe sie sich zu dem jungen Mann begab und ihn ebenfalls auf beide Wangen küßte. »Seid uns gegrüßt, Axis Sonnenflieger und Sternenmann. Wir freuen uns, daß Ihr Euch von den Lügengespinsten befreien konntet, die Euch so viele Jahre gefesselt hatten, und zu Euren Eltern und Eurer Bestimmung zu finden vermochtet.«

»Danke, Magierin Barsarbe«, entgegnete der Krieger. »Ich hoffe sehr, die Erwartungen, die Euer Volk und die Prophezeiung in mich setzen, erfüllen zu können.«

Danach trat ein unangenehmer Moment des Schweigens ein, bis schließlich einer der Häuptlinge vortrat. Ein großer Mann, so dunkel und schwarzhaarig wie Ramu, aber viel muskulöser gebaut. »Ich bin Brode vom Klan der Sanftgeher«, erklärte er mit feindseligem Blick. »Wir haben erfahren, daß Ihr die Völker des Horns, des Flügels und des Pflugs zu vereinen wünscht, um Gorgrael aus dem Land zu vertreiben. Stimmt das?«

»Nur so vermag die Aufgabe vollbracht zu werden«, erwiderte Axis. »So schreibt es die Weissagung vor. Meine Aufgabe besteht darin, eine Brücke des gegenseitigen Vertrauens zwischen den drei Völkern zu schlagen, über die sie dann gemeinsam schreiten können.«

Auch jetzt schwiegen die Awaren zu seinen Worten. Über ihnen sang der Erdbaum sein Lied, eine schwungvolle und freudige Weise, und ließ sich nicht im geringsten von der angespannten Stimmung unter seinen Ästen davon abbringen.

»Wie eigenartig«, bemerkte eine Awarin schließlich, ihrem Aussehen nach zu schließen eine Magierin, »daß die Prophezeiung von uns verlangen sollte, ausgerechnet jemandem zu folgen, der einst die Axt geschwungen hat.«

Axis ließ sich nicht entmutigen. »Aber heute stehe ich nicht als der Axtherr, sondern als der Sternenmann vor Euch.«

»Als Kriegsmann«, grollte ein anderer Magier und bedachte ihn mit einem ebenso finsteren Blick wie vorhin Brode.

»Ja, als Krieger«, bestätigte Axis. »Doch könnt Ihr Euch einen besseren Führer gegen Gorgrael vorstellen? Der Sternenmann muß das Kriegshandwerk kennen, um zu siegen.«

»Gewalt«, sagte Barsarbe, »das ist alles, was Krieger jemals hervorbringen.«

Axis erinnerte sich jetzt daran, daß vor allem diese Magierin Aschure sehr kühl und abweisend behandelt hatte, auch wenn die junge Frau durch ihre Tat doch zahlreichen Awaren beim Jultidenangriff das Leben gerettet hatte. »Gorgrael wird uns nicht mit Worten angreifen«, versetzte er hart. »Schon einmal ist er über Euer Volk hergefallen und hat viele getötet. Möchtet Ihr den Rest Eures Lebens damit verbringen, vor ihm zu fliehen oder Euch unter den hübschen Blättern des Erdbaums vor ihm zu verstecken?«

In Barsarbes Augen blitzte es wütend auf, und sie setzte schon zu einer scharfen Entgegnung an, aber der Krieger war noch nicht fertig: »Ich habe den Ikariern versprochen, sie zurück nach Tencendor zu führen, und dasselbe verspreche ich Euch. Möchtet Ihr etwa nicht eines Tages Eure Bäume wieder auf den öden Ebenen von Skarabost anpflanzen? Wäre es Euch nicht lieber, den ganzen Weg zur Mutter in Schatten zu wandeln? Oder steht Euch der Sinn eher danach, Euch in den Sagen und Erinnerungen früherer Zeiten zu vergraben und zukünftige Generationen dazu zu verdammen, im Schutz der Nacht zur Mutter zu gelangen? Wollt Ihr Euer Erbe zurück, oder gebricht es Euch an Mut zu einem solch kühnen Unternehmen?«

Axis hatte eigentlich nicht vorgehabt, die Awaren so schonungslos herauszufordern, aber die bewußt gepflegte Abneigung der Waldläufer gegen jede Form von Gewalt ging ihm doch gehörig auf die Nerven. Was glaubten diese Leute denn, wie sie sich gegen die Bedrohung durch den Zerstörer zur Wehr setzen könnten? Indem sie ihn mit Blumen bewarfen und dazu »Friede« riefen?

»Wir warten auf die Baumfreundin«, meldete sich Ramu sanft zu Wort. »Denn wir haben immer geglaubt, daß sie es sein wird, die uns in unsere Heimat zurückführen wird, und nicht der Sternenmann. Faraday muß uns zu Euch vorangehen.«

Der Krieger zwang sich zur Ruhe. Zorn würde ihm hier nicht weiterhelfen.

»Wenn wir recht unterrichtet sind«, wandte Barsarbe ein, »wollt Ihr zuerst gegen die Achariten Krieg führen, bevor Ihr Euch gegen Gorgrael wendet.«

»Unter den Achariten gibt es einige, vor allem Herzog Bornheld und den Seneschall, die allen Bemühungen Widerstand leisten werden, die drei Völker gegen Gorgrael zu einen. Deswegen muß ich versuchen, sie davon … zu überzeugen, daß eine solche Einstellung schädlich und töricht ist. Und wenn sie sich nur durch Krieg überzeugen lassen, werde ich auch davor nicht zurückschrecken.«

Barsarbe tauschte einen kurzen Blick mit Ramu und wandte sich dann an die versammelten Awaren, um deren Einverständnis einzuholen. Endlich drehte sie sich wieder zu Axis um: »Wir werden Euch nicht bei Eurem Krieg gegen Bornheld helfen.«

»Verdammt!« entfuhr es dem Krieger. »Faraday, Eure Baumfreundin, hält sich bei Bornheld auf. Wollt Ihr denn nichts unternehmen, um sie zu befreien?«

»Warum habt Ihr sie bei Eurem Ausbruch aus Gorken nicht mitgenommen?« rief Brode und machte einen wütenden Schritt auf Axis zu. »Warum ist sie bei Bornheld und nicht hier bei Euch?«

»Wir mußten uns unseren Weg aus der Festung mit der Waffe in der Hand erkämpfen«, entgegnete der Krieger und bemühte sich, nicht ebenso laut zu werden. »Sie schien mir bei Bornheld besser aufgehoben. Davon abgesehen gab es für mich keine Möglichkeit, sie ihm zu entreißen, ohne daß sie dabei selbst zu Schaden gekommen wäre.«

»Dennoch werden wir hier auf ihr Kommen warten«, erklärte Barsarbe und legte den Kopf in den Nacken, um ihm in die Augen sehen zu können. »Die Baumfreundin führt uns heim, nicht der Sternenmann. Wenn sie sagt, wir sollen uns mit den Ikariern und den Menschen zusammentun, dann wollen wir das gerne tun. Aber nicht vorher.«

Vor Wut schwollen Axis' Stirnadern an. Die Awaren schienen das alles schon längst beschlossen zu haben, noch bevor er zu ihnen gekommen war.

»Hört mich an.« Ramu trat vor ihn. »Ihr müßt die Awaren verstehen. Wir leben sehr zurückgezogen, kennen aber die Prophezeiung zur Genüge und wissen auch, welche Gefahr Gorgrael für uns bedeutet. Wir wissen ebenso, wer Ihr seid und welche Rolle Euch die Prophezeiung zugedacht hat. Doch wir Awaren leiden auch heute noch unter den Verlusten, die uns während der Axtkriege entstanden sind. Die Awaren haben selbst nach tausend Jahren noch nicht zu ihrer ursprünglichen Anzahl zurückgefunden. Deswegen sind wir heute nur wenige, und mit Krieg und Gewalt wollen wir nichts mehr zu tun haben. Wie könnten wir schon für Euch kämpfen? Wir unterhalten keine Luftarmada wie Eure ikarischen Freunde. Wir besitzen nicht einmal Waffen. Deshalb warten wir auf die Baumfreundin, und wenn sie erscheint, folgen wir ihr. Faraday ist eine sehr sanftmütige Frau, und sie ist mit der Mutter verbunden. Ihr hingegen seid ein Krieger und folgt dem Weg der Sterne. Betrachtet das bitte nicht als mangelnde Achtung unsererseits, denn wir wollen Euch gewiß nicht erzürnen, aber wir warten lieber auf die Baumfreundin.«

»Ich verstehe, mein Freund«, entgegnete Axis und legte ihm die Hand auf die Schulter, ehe er sich an die versammelten Awaren wandte: »Ich möchte mich entschuldigen, wenn meine harten Worte Euch verletzt haben sollten. Manchmal leide ich unter zu großer Ungeduld. Ich verstehe Euer Zögern, jetzt schon zu handeln, und ich achte Eure Entscheidung, auf Faraday zu warten. Das spornt mich nur noch mehr an, zu ihr zu gelangen.«

Die Magier und Häuptlinge entspannten sich sichtlich. Keiner von ihnen hatte wissen können, wie der Sternenmann ihre Ablehnung aufnehmen würde. Sie spürten, daß die Zeit der Prophezeiung gekommen war, aber sie wollten auf diejenige warten, die ihnen verheißen worden war – die Baumfreundin.

»Dann heißen wir Euch bei unserem Beltidenfest willkommen, Axis Sternenmann«, lächelte Barsarbe. »Für uns ist Beltide die fröhlichste Zeit des Jahres. Die Nacht, in der wir alles ablegen, was wir an Sorgen und Nöten kennen, in der wir die Liebe, das Leben, die Geburt und die Erneuerung feiern. Teilt diese Freude mit uns.«

Jultide wurde vor allem von den Riten an die Sonne und den Sonnengott Narkis beherrscht. Hier spielten die männlichen ikarischen Zauberer und awarischen Magier eine besondere Rolle. Zur Feier von Beltide dagegen freuten sich alle über die Wiedergeburt der Erde nach dem harten, leblosen Winter. Bei diesem Zeremoniell standen vor allem die Frauen im Vordergrund. Heute nacht würde Barsarbe, unterstützt von Morgenstern, die traditionelle Zeremonie durchführen. Sternenströmer mußte wie alle anderen männlichen Zauberer oder Zaubererpriester unter den Zuschauern Platz nehmen.

Doch diese strikte Geschlechtertrennung störte niemanden. In der heutigen Nacht würde jeder sein Vergnügen finden.

Als die Dämmerung hereinbrach, zog Aschure mit den Awaren und Vogelmenschen zu der heiligen Stätte. Sie hatte den Nachmittag mit Fleat und Schra beim Geistbaumklan verbracht. Das kleine Mädchen hatte vor Freude aufgejauchzt, als es seine Freundin erblickt hatte, und sich ihr in die Arme geworfen. Fleat hatte ebenfalls aus ihrer Freude keinen Hehl gemacht und Aschure und Rivkah eingeladen, am Nachmittag zusammen mit dem Klan am Feuer zu sitzen. Das hatten die beiden dann auch getan, und die Zeit war viel zu rasch damit vergangen, Neuigkeiten auszutauschen und ihre Freundschaft wieder zu erneuern. Aschure konnte erleichtert feststellen, daß weder Fleat noch Grindel ihr irgendwelche Schuld daran gaben, daß Pease beim Überfall der Skrälinge ums Leben gekommen war.

»Pease hätte sicher nicht gewollt, daß Ihr zu lange um sie trauert«, versicherte Fleat ihr. »Und heute abend, zur Beltidennacht, werden alle Wunden geheilt und neue Beziehungen geknüpft. Ein Freudenfest erwartet Euch, und dabei wollen wir uns nicht die gute Laune durch den Kummer über die Toten verderben lassen. Pease wäre das sicher nicht recht.«

Nun, am Abend, schritten Aschure und Rivkah durch die Gruppen der Ikarier und Awaren, die sich bereits auf der großen Erdbaumlichtung eingefunden hatten.

»Wo wollen wir denn hin?« fragte die junge Frau.

»Uns zu den Sonnenfliegern setzen. Wir können wenigstens das Fest mit ihnen beginnen. Mit wem wir es beenden, werden wir dann sehen«, entgegnete Rivkah, während sie sich anschickte, ihnen einen Weg durch die Menge zu bahnen.

Die junge Ebenenbewohnerin fühlte sich angesichts des nächtlichen Festes ziemlich nervös. Während der vergangenen Wochen hatte sie mehr und mehr Andeutungen über angebliche nächtliche Ausschweifungen gehört. Ehegelübde und andere Versprechen zählten in dieser Nacht nicht. Jeder dürfe all das ausprobieren, wonach es ihn immer schon verlangt habe. Ikarier wie Awaren stillten dann all die Gelüste, die ihnen normalerweise untersagt waren.

Was erwartete sie also heute nacht? Aschure erinnerte sich daran, wie es sich angefühlt hatte, von Sternenströmer umarmt ... von ihm geküßt zu werden. Sie fragte sich, ob sie in der Lage wäre, ihn ein zweites Mal abzuweisen. Immerhin hatten er und Rivkah sich ja inzwischen getrennt. Würde sie heute ihrem Verlangen nach ihm nachgeben?

Die Sonnenflieger saßen am Fuß einer schwarzen Felswand, die den Westrand der Lichtung begrenzte. Nicht weit von ihnen erhob sich dunkel und voller Schatten der Wald von Awarinheim. Rabenhorst saß etwas abseits von den anderen und schien über etwas nachzudenken. Seine Gemahlin saß mit verträumter Miene ein paar Schritte von ihm entfernt. Planten die beiden etwa schon, mit wem sie sich wenig später vergnügen wollten? Gaben selbst der Krallenfürst und seine Gattin ihren Gelüsten nach?

»Wo steckt denn Abendlied?« fragte Aschure Axis, als sie neben ihm Platz nahm. Sie strich ihr dunkelrotes Gewand glatt, und das lange Haar fiel ihr lose über Schultern und Rücken.

»Sie hat sich freiwillig zum Patrouillendienst gemeldet«, antwortete er, »und meinte, ohne Freierfall würde ihr das Fest keinen Spaß machen.«

»Sind wir denn hier sicher?«

»Ich glaube schon«, entgegnete der Krieger, während sein Blick auf dem Steinkreis ruhte. »Die Luftarmada wacht am Himmel, wie auch rings herum im Wald. Im Umkreis von zweihundert Meilen hat sich noch kein Skräling blicken lassen.«

Ein Stück von ihnen entfernt ruhte Sternenströmer im Schatten eines überhängenden Felsens. Heute nacht würde er Aschure bekommen, dazu war er fest entschlossen. Seit einer Weile begehrte er sie so sehr, daß sie ihm weder bei Tag noch bei Nacht aus dem Sinn ging. Noch nie hatte es ihn nach einer Frau so verlangt, sei sie nun Acharitin, Awarin oder Ikarierin. In der Nacht vor dem Abflug zum Erdbaum hatte er davon geträumt, wie sie beide eng umschlungen durch die Lüfte eilten. In dieser Vision hatte Aschure Flügel und glich auch sonst einer Ikarierin. Doch die Schwingen verwirrten sich. Er und sie stürzten immer tiefer, dachten aber nur an ihre heiß lodernde Leidenschaft.

Heute nacht sollte aus dem Traum Wirklichkeit werden. Endlich würde er sie besitzen. Sternenströmer hatte seinem Sohn mitgeteilt, daß Aschure mächtige Zauberer gebären würde, und auf diesem Fest wollte er ihr den Samen für den ersten einpflanzen. Aber die Nacht war lang, und die Zeit war noch nicht reif dafür.

Awarische Magier schritten würdevoll durch die Menge, denn die Riten sollten gleich beginnen. Sie trugen schwere Gefäße mit beiden Händen, die eine dunkle Flüssigkeit enthielten. Wenn ein Mondstrahl darauf fiel, glänzte sie rubinrot.

Ein junger Magier trat vor Rabenhorst, murmelte etwas und reichte ihm dann die Schale. Nachdem der Krallenfürst getrunken hatte, wandte der Aware sich an Hellefeder und dann an Rivkah. Vorsichtig stieg er schließlich über die Felsen und näherte sich Sternenströmer. Nachdem dieser von dem gesegneten Wein getrunken hatte, wandte er sich Axis zu.

»Trinkt in vollen Zügen, Axis Sonnenflieger. Möge der heilige Beltidenwein Euch die Freuden und die Schritte des Sternentanzes ins Gedächtnis rufen, wenn Ihr heute nacht die Wiedergeburt des Lebens feiert.«

Der Krieger ergriff die Schale mit beiden Händen und nahm einen tiefen Schluck. Nur zögernd gab er das Gefäß wieder frei. Aschure beobachtete ihn und bemerkte die dicken roten Tropfen, die durch seinen Bart rannen. Zwei davon liefen zusammen und suchten sich gemeinsam ihren Weg durch das goldene Kinnhaar. Fasziniert starrte die jungen Frau darauf. Der Wein war so dick und schwer, daß man dabei an Blut denken mußte.

Der Magier zögerte kurz, als er vor Aschure stand, und schüttelte dann bedauernd den Kopf. »Ihr seid leider nicht in unserer Gemeinschaft aufgenommen. Daher darf ich Euch wohl nicht –«

Er kam nicht weiter, denn Axis trat neben ihn und nahm ihm die Schale ab. »Ich übernehme die Verantwortung dafür«, erklärte der Krieger. »Der Wein in dieser Schale geht zur Neige, und Ihr werdet im Steinkreis gebraucht. Deswegen werde ich mich darum kümmern, wie der Rest des Weins verwendet wird.«

Nach einem Moment des Überlegens verbeugte sich der junge Magier. »Das Gefäß und sein Inhalt unterliegen Eurer Verantwortung, Axis Sonnenflieger.« Damit verließ er die beiden, und mit jedem Schritt war ihm sein Unbehagen anzumerken.

Axis sah die junge Frau an.

»Erhebt Euch«, gebot er ihr. Sie gehorchte und starrte ihn an.

»Trinkt auch Ihr in vollen Zügen, Aschure. Möge der Beltidenwein Euch die Freuden und die Schritte des Sternentanzes ins Gedächtnis rufen, wenn Ihr heute nacht die Wiedergeburt des Lebens feiert.«

Die junge Frau zögerte, denn mittlerweile waren alle um sie herum auf die Szene aufmerksam geworden.

»Trinkt!« wiederholte er leise, aber bestimmt.

Aschure nahm den Kelch entgegen. Als sie das Gefäß in Händen hielt, legte Axis die seinen über die ihren.

»Trinkt«, flüsterte er noch einmal.

Als der warme, dickflüssige Wein ihr in den Mund strömte, verstand Aschure, warum alle gezögert hatten, die Schale wieder herzugeben. Der Wein fühlte sich lebendig an und schien zu ihr zu sprechen, ja, zu singen. Der Trunk schmeckte nach Erde und Salz, nach Geburt und Tod, nach Weisheit und unermeßlicher Traurigkeit. Als der Wein ihren Magen erreichte, glaubte sie, Musik zu hören – eine wilde Melodie, als würden die Sterne selbst nackt und wie entfesselt über den Nachthimmel tollen.

Aschure nahm noch einen Schluck, und dann bedeckte der Rest der Flüssigkeit kaum mehr den Boden.

»Vielen Dank, Axis«, sagte sie voller Inbrunst. »Dank Euch, mich an dieser Nacht teilhaben zu lassen. Ich möchte, daß Ihr nun den Kelch leert.«

Ihrer beider Hände hielten noch immer den Rand der Schale. Gemeinsam hoben sie das Gefäß an Axis' Lippen, und er trank die letzten Tropfen. Jetzt sahen die Spuren, die der Wein in seinem Bart hinterließ, erst recht wie Blut aus. Sein Anblick erinnerte die junge Frau an den prächtigen Hirschbock, der an Jultide geopfert worden war.

»Sein Leben und sein Blut gab er uns, um heute nacht zu feiern«, sagte der Krieger und stellte die Schale vorsichtig auf einem Felsen ab. Aschure fragte sich, woher er wußte, was sie gerade gedacht hatte. Als sie sich umdrehte, mußte sie feststellen, daß sich die Blicke aller Sonnenflieger auf sie gerichtet hatten. Sollen sie doch denken, was sie wollen, sagte sich die junge Frau, und ließ sich wieder neben dem Sternenmann nieder. Schon spürte sie deutlich die Wirkung des Weins in sich.

Als jetzt innerhalb des Steinrings ein Licht aufbrannte, wandten sich alle Blicke fort von der Ebenenläuferin dem Kreis zu.

Aschure blinzelte, weil vor ihren Augen alles verschwamm. Als sie wieder klarer zu sehen vermochte, wurden ihre Augen magisch von dem Heiligtum angezogen.

Gestalten bewegten sich jenseits der Torbögen, und wilde Musik ertönte weit in die Nacht hinaus. Melodien und Klänge, wie die junge Frau sie weder zu Jultide noch im Krallenturm zu hören bekommen hatte. Die Ikarier sangen selten zu Instrumenten, und wenn doch, dann zum Klang von Harfen. Aber hier ertönte schrille Flötenmusik. Awarische Musik, wie Aschure sie noch nie gehört hatte.

Das Lied fädelte sich in die Nacht ein und senkte sich über die Menge, bis die ersten sich erhoben, um sich dazu zu wiegen und dann immer schneller im Kreis zu drehen. Aschure hätte zu gern daran teilgenommen, aber als sie endlich den Mut dazu faßte, setzte die Musik gerade aus.

Das Blut rauschte ihr in den Ohren, und ihr Herz schlug wie rasend. Lag das nur an den wilden Klängen oder auch an dem, was der Wein in ihr angerichtet hatte?

Jemand berührte sie leicht am Ellenbogen. Rivkah stand hinter ihr, lächelte geheimnisvoll und hielt ihr eine Flasche Wein hin. »Er ist nicht so gut wie der, den Ihr gerade zu Euch genommen habt, aber auch er läßt sich trinken. Nehmt einen Schluck, und reicht die Flasche dann weiter.«

Aschure trank davon und gab Axis die Flasche. Seine Miene wirkte angespannt. Vielleicht wartet er darauf, daß die Musik wieder aufspielt, dachte sie. Als sie ihm die Flasche gab, streifte sie mit dem Handrücken die Tropfen, die immer noch in seinem Bart und in seinem Mundwinkel hingen.

Dann fiel ihr aus dem Augenwinkel eine Bewegung auf und sie blickte wieder zum Steinkreis.

Jemand trat gerade aus einem der Bogen, und ein Raunen entstand in den Reihen der wartenden Vogelmenschen und Waldläufer. Barsarbe zeigte sich und ihren zierlichen Körper in seiner ganzen Nacktheit. Die Magierin hatte sich Spiralmuster auf den Körper gemalt, die ihre Brüste und ihren Bauch hervorhoben. Doch Aschure konnte die Farbe nicht genau erkennen.

»Sie trägt das, was vom Hirschblut übriggeblieben ist«, bemerkte Axis leise neben ihr. »Könnt Ihr das Rot nicht sehen, seine Wärme nicht riechen?«

»Ich besitze schließlich nicht die Sinne eines Zauberers«, murmelte die junge Frau, ohne den gebannten Blick von Barsarbe abzuwenden.

Eine weitere Zauberin erschien: Morgenstern, auch sie nackt und gleichfalls bemalt. Doch ihre Muster schimmerten golden und betonten den hellen Schimmer ihrer Haut.

Der Krieger neben ihr wurde unruhig.

Beide Zauberinnen fingen an zu tanzen. Die Flöten spielten wieder, doch diesmal weniger schrill und wild. Nun fielen auch Trommeln ein, und Aschures Herz schlug im Takt dazu.

Der Rhythmus erinnerte sie an das Kommen und Gehen von Wellen an der Küste. Oder an das Auf und Ab der Mondbahn.

So wie Sternenströmer seine Stimme einsetzte, um Erinnerungen wiederzubeleben oder Geschichten zu erzählen, so kündeten auch die langsamen und sinnlichen Bewegungen der beiden Tänzerinnen von den Dingen, auf welche die Feiernden warteten. Sie erinnerten an das langsame Erwachen der Erde unter der warmen Berührung der Sonne; an die Saat des Lebens, die lange Monate im Erdreich begraben lag und nun erwacht; an die grünen Schößlinge, die durch die Krume brachen und heranwuchsen, um Mensch und Tier zu nähren. Der Tanz erweckte auch Vorstellungen von der ständigen Erneuerung des Lebens, in der Erde, im Leib eines Tieres oder dem einer Frau; von der Freude, die alle befiel, wenn ein Neugeborenes seinen ersten Atemzug tat; von der Liebe, ihren Freuden und ihrer besonderen Rolle beim immer wiederkehrenden Neuerwachen von Erde und Leben.

Barsarbe tanzte voller Leidenschaft, aber Morgenstern nahm Aschure noch viel mehr gefangen. Sie setzte nicht nur ihre eleganten Arme und Beine, sondern auch die Flügel im Tanz ein und vollführte mit ihnen Bewegungen, die mal verbargen und mal verlockten, mal einluden und dann wieder forderten.

Der Tanz der beiden Zauberinnen näherte sich seinem Höhepunkt, und ihre Bewegungen verliefen langsamer, wirkten aber um so verlockender. Ein Mann erhob sich, um mit Morgenstern zu tanzen, und mit gelindem Schrecken erkannte Aschure, daß es sich dabei um Grindel, den Häuptling des Geistbaumklans handelte. Axis' Großmutter schien jetzt nur noch für den Klanhäuptling zu tanzen. Längst hatte sich ein anderer Mann zu Barsarbe gesellt. Aschure schluckte, während sie mit ansah, wie die Bewegungen der vier sich immer mehr einander anpaßten und stetig intimer wurden. Awaren und Ikarier gesellten sich nun zu den beiden Paaren und fanden sich zu ihrem eigenen

Tanz zusammen. Im Innern des Steinkreises konnte man die Schatten von Paaren sehen, die sich am Boden wälzten. Aschure brauchte nicht die übernatürlichen Sinne eines Zauberers, um zu erkennen, was man dort trieb.

Der Wein sang immer stärker in ihrem Blut.

Ohne länger nachzudenken, erhob sich die junge Frau und schritt durch die Felsen in den dahinterliegenden Wald.

Aschure lief, bis sie die Musik der Flöten und Trommeln nicht mehr hören konnte. Das Gras unter ihren Füßen fühlte sich weich und kühl an, und der Erdbaum sang leise und verlockend über ihr. Der Nachtnebel verdichtete sich, bis sie schon meinte, durch einen schwebenden See aus weichem Silber zu schreiten. Bald hatte sie jede Orientierung verloren, und der wabernde Nebel füllte ihr ganzes inneres Universum.

Der Wein sang immer noch in ihr, und tief in sich glaubte sie, ganz schwach das Lied eines anderen zu hören wie ein Gegengesang. Aschure verlangsamte ihre Schritte und faßte nach der grünen Schleife, mit der sie ihr Gewand zusammengebunden hatte. Sie löste den Knoten und genoß das Gefühl des sich nun frei bewegenden Kleids auf ihrer Haut – und dazu die feuchte, warme Luft Awarinheims.

Der Erdbaum sang süß und sanft. Die junge Frau schloß die Augen, ließ sich von der ganzen Schönheit dieses Walds umfassen und ergab sich dem Lied, das sie ganz erfüllte.

Als sie die Melodie aus ihrem Innern immer deutlicher hörte, öffnete sie die Augen wieder.

Sternenströmer stand ein Stück von ihr entfernt, streckte ihr seine Hand entgegen und lächelte. Langsam bogen sich zwei seiner Finger und bedeuteten ihr einmal, zweimal, dreimal, zu ihm zu kommen. Aschure schwankte noch, als ihr inneres Lied ihm antwortete.

Ein Zweig knackte.

Die junge Frau drehte den Kopf. Die Musik in ihrem Blut ertönte nun so laut, daß sie das Lied des Erdbaums nicht mehr hören konnte.

Nah und doch so fern näherte sich noch jemand durch den Nebel.

Axis.

»Aschure!« drang Sternenströmers Stimme in ihr betäubtes Bewußtsein. Sie blinzelte, und Tränen traten in ihre Augen, als sie die Verärgerung und Anspannung aus seinem Ruf heraushörte. »Aschure! Kommt zu mir! Euer ganzer Leib ruft nach mir. Nach mir, Aschure! Gehorcht ihm. Kommt jetzt!«

Aber nun durchdrang sie ein neues, ein tiefes und sanftes Lied, vermischte sich mit dem ihren, und sie erkannte, daß dieses von Axis stammte.

Die junge Frau stöhnte, ballte die Fäuste und wußte, sie mußte sich für einen von beiden entscheiden. Es war furchtbar.

Der Nebel hatte die beiden Männern umhüllt. Sternenströmer und Axis, die beide gleich weit von ihr entfernt standen, wirkten darin wie geistergleiche Wesen. Jeder von ihnen winkte und versuchte, sie zu sich hinzulocken.

Ohne einen klaren Gedanken fassen zu können, bewegte sich Aschure auf Sternenströmer zu. Triumph erschien auf seiner Miene, und er streckte verlangend die Hände nach ihr aus.

»Tut mir leid«, flüsterte sie, ging an ihm vorbei und gesellte sich zu Axis.

Hinter sich hörte sie Sternenströmers Aufschrei.

Axis glaubte, das Herz würde ihm zerspringen vor Stolz und Verlangen, als Aschure Sternenströmer stehenließ und mit niedergeschlagenen Lidern auf ihn zu kam.

Sein ganzer Körper vibrierte unter jedem seiner Herzschläge, und sein Blut rauschte so heiß und kräftig wie die wilde, schrille Flötenmusik.

»Tanzt mit mir«, flüsterte er, als Aschure ihn ansah. Und dann achteten sie nicht mehr darauf, ob Sternenströmer ihnen noch zusah.

Nun lag sie da, schwer und warm auf seinem Körper und schlief. Die beiden ruhten unter großen Farnen und fühlten sich unter dieser grünen Decke sicher und geborgen.

Axis rührte sich sacht und hielt dann den Atem an, als Aschure im Schlaf murmelte. Doch dann entspannte er sich, als sie wieder tiefer in ihre Träume hineinglitt.

Ob sie von ihm träumte? Er wußte, daß er von nun an in vielen Nächten von ihr träumen würde. Keine Frau hatte jemals solche Gefühle in ihm geweckt. Aschure hatte ihn hinauf in die Sterne geschickt, bis sein ganzes Lichtfeld von den Myriaden Himmelskörpern ausgefüllt war, die an ihm vorbeirasten und ihn in ihren verrückten Tanz über den Himmel mitrissen – bis seine Seele sich von allem löste, was sie hielt, und frei und ungebunden über das Firmament wirbelte. Wunder und Wahn, Überschwenglichkeit und Schmerz verschlangen ihn zu gleichen Teilen. Er hatte dieser Frau alles gegeben, konnte einfach nichts vor ihr zurückhalten.

Vielleicht lag das an ihrer Jungfräulichkeit, vielleicht an dieser besonderen Nacht, vielleicht aber auch an dem Wein, von dem sie beide getrunken hatten. Woher sollte Axis das wissen? Gut möglich aber auch, weil er heute zum ersten Mal seit Abschluß seiner Zaubererausbildung mit einer Frau geschlafen hatte.

Langsam strichen seine Finger über ihren Arm. Wie lange würde sein Körper sich erholen müssen, ehe er sie wieder so lieben könnte? Seine Hand fuhr jetzt über ihren Rücken, und seine Berührungen wurden sanfter. Axis erinnerte sich, wie er sich an ihr festgehalten hatte, als er sich im wogenden Auf und Ab des Sternentanzes verloren hatte. Er spürte jetzt die harten Narben, die sich auf der ganzen Länge ihres Rückens erhoben. Nur auf dem Rückgrat fühlte sich die Haut noch weich an. Warum? Welch grausamer Teufel hatte Hagen geritten, ihr solche Wunden zuzufügen?

»Aschure«, sagte er leise und wünschte, er könne sie immer in den Armen halten und vor allen weiteren Verletzungen beschützen. Der Krieger beugte sich über sie und streichelte sie, bis sie erwachte.

Langsam schlug sie die Augen auf und blickte in seine. »Axis, haben wir ...« Die junge Frau wußte nicht so recht, wie sie sich ausdrücken sollte.

»Ob wir Beltide zusammen gefeiert haben? Erinnert Ihr Euch denn nicht?«

Aschure lachte etwas verlegen und errötete. »Ja, doch, ich erinnere mich.«

Axis lächelte und küßte sie dann ganz sacht, um ihr Gedächtnis aufzufrischen. Seine Hand wanderte ihren Leib hinunter.

»Und sagt mir, Aschure, hättet Ihr als junges Mädchen in Smyrdon je geglaubt, einmal Eure Jungfräulichkeit auf dem harten Boden Awarinheims durch einen ikarischen Zauberer zu verlieren?«

Diesmal zögerte sie nicht mit ihrer Antwort: »Ich habe mir schon als Mädchen geschworen, mich niemals einem geringeren als einem Helden hinzugeben, Axis Sonnenflieger. Daß ich diesen Zauberer auch noch sehr liebe, versüßt mir die zurückliegende Nacht um so mehr.«

Axis' Hand erstarrte. »Ihr dürft ... mich nicht lieben«, stammelte er. »Ich kann nicht ... ich ... Faraday...« Seine Stimme erstarb. Zum ersten Mal in dieser Nacht war ihm die junge Edle in den Sinn gekommen, und er wurde sofort von Schuldgefühlen gepackt.

Aschure zuckte zurück, als sie den Ausdruck auf seinem Gesicht sah. »Ich weiß, Axis«, flüsterte sie. »Das ist mir bekannt. Und ich habe auch gar nicht erwartet, von Euch ebenfalls geliebt zu werden.«

Nun erstarrte der Krieger wieder. Wen hatte er in dieser Nacht mehr betrogen, Faraday oder Aschure? Er beugte sich wieder über sie, küßte sie erneut, strebte mit seinem ganzen Verlangen ihr entgegen und ließ sich von der Lust davontragen. Die Nacht war noch jung und Faraday weit fort.

Keiner von beiden ahnte, daß der Prophet, der allein vor seinem Feuer saß, laut lachte, als er den Mann und die Frau im Farn sah. Er war zufrieden, sehr zufrieden. Aschure hatte der Weissagung in dieser Nacht sehr gedient.

16
Verschiedene Wege

Aschure, die wieder ihre awarische Tracht trug, räumte ihr edles Gewand sorgfältig in den Rucksack. Die vergangene Nacht erschien ihr wie ein Traum. Nur die Muskeln, die sich bei jeder Bewegung schmerzlich meldeten, bewiesen ihr das Gegenteil.

»Rivkah, wo wollt Ihr jetzt hin?« fragte sie.

»Zurück nach Achar. Habt Ihr Lust, mich zu begleiten? Oder wollt Ihr lieber wieder mit den Ikariern in den Krallenturm?«

Aschure zögerte. »Ich ...«

»Ich weiß, was letzte Nacht geschehen ist«, nickte Axis' Mutter ihr freundlich zu. »Schließlich habe ich mit eigenen Augen gesehen, wie Sternenströmer und Axis Euch in den Wald gefolgt sind. Und natürlich entging mir auch nicht, wie Sternenströmer allein wieder herauskam.«

Die junge Frau beschäftigte sich lieber wieder damit, ihre Sachen zu sortieren. Dann meinte sie: »Es wäre wohl keinem damit gedient, in den Krallenturm zurückzukehren ... Sternenströmer würde ... nun ja ...«

»Ganz recht, das wäre unmöglich. Das verstehe ich sehr gut. Möchtet Ihr dann vielleicht Axis folgen?«

»Das ist erst recht ausgeschlossen, Rivkah! Nein, ich dachte, ich könnte mit Euch gehen. Diese Prophezeiung macht mich noch ganz krank, und ich möchte Axis nicht im Weg stehen. Am besten lasse ich das, was letzte Nacht passiert ist, hier zurück und vergesse es. Und zwar so rasch wie möglich.«

Rivkah nickte. Sie wußte, daß Aschure nur noch von hier fort wollte, ehe Axis ihr die Seele zerreißen konnte. So wie Sternenströmer es bei ihr getan hatte. Sterbliche Frauen gehörten nicht an die Seite von ikarischen Zauberern.

Der Krieger hielt mit mehreren Geschwaderführern eine Besprechung ab. Diejenigen unter den Vogelmenschen, die nicht zu zügellos dem Beltidenwein zugesprochen hatten, trafen bereits Vorbereitungen für die Rückkehr zum Krallenturm. Die Luft war angefüllt mit dem Geraschel von Federn, Flügelschlägen und Abschiedsrufen.

»Uns liegen neue Berichte von Sigholt vor, Kommandant«, meldete Weitsicht.

Axis drehte sich sofort zu ihm um und sah sie an. Er hatte drei Trupps auf Fernaufklärungsmission ausgeschickt, die Ichtar und die Urqharthügel überfliegen sollten, und wartete dringend auf Nachrichten über Bornheld und Belial. »Und?« fragte er kurz angebunden.

Der Offizier zog eine seiner schwarzen Augenbrauen hoch. Für einen Mann, der Gerüchten zufolge sein erstes Beltiden-Fest wirklich genossen haben sollte, wirkte Axis heute morgen sonderbar gereizt und unleidlich.

»Belial geht es gut, und er hat sich mit seiner Truppe in der Festung eingerichtet. Sigholt dürfte im Moment sicher sein. Euer Leutnant legt bereits Versorgungswege ins nördliche Ichtar an. Offensichtlich haben sie in der Festung genügend Vorräte für Monate gefunden. Bevor wir zu ihm stoßen, will Belial das Gebiet rund um Sigholt und auch die Wildhundebene sichern.«

»Aber die Festung selbst wird nicht bedroht, oder?«

»Nein, Kommandant. Die Skrälinge lassen sich dort nicht blicken. Keiner von ihnen wagt sich in die Nähe des Wassers –«

»Was für ein Wasser?« unterbrach der Krieger ihn. Etwas abseits standen Ogden und Veremund und taten so, als ginge sie das alles überhaupt nichts an. Doch jetzt konnten sie sich nicht mehr zurückhalten und traten auf sie zu.

»Eurem Leutnant ist es irgendwie gelungen, den See wieder mit Wasser zu füllen. Nun wird Sigholt nicht nur von ihm geschützt, sondern ist auch von einem tiefen und breiten Burggraben umgeben. Wie Ihr wißt, meiden Gorgraels Geister alles Wasser.«

»Und ganz besonders magisches!« rief Ogden. Sein weißer Haarkranz stand heute noch mehr ab als sonst. »Der See ist heilig, Axis, und gehört zu den vier magischen Gewässern. Ich frage mich nur, wie Belial das vollbracht hat.«

»Jack!« meinte Veremund plötzlich, und er zupfte an Ogdens Ärmel. »Jack muß da etwas herausgefunden haben.«

»Nun denn«, sagte Axis. »Sigholt scheint mir ein durchaus geeigneter Stützpunkt zu sein. Ich muß also unbedingt Belial verständigen.«

»Wir könnten wieder Aufklärer losschicken«, schlug Weitsicht vor. Aber die beiden Wächter boten sich selbst an.

»Wir gehen, Axis.«

Der Krieger lachte. »Was? Ihr glaubt, ich vertraue eine wichtige Botschaft zwei solchen Tunichtguten an? Und selbst wenn Ihr mich dazu überreden könntet, wer sagt Euch dann, daß Belial Euch auch nur ein Wort glauben würde?«

Ogden und Veremund machten lange Gesichter, und Axis gab schließlich nach. »Also gut, wir senden Aufklärer aus und schicken auch Euch beide los.« Damit wandte er sich wieder an den Offizier. »Und was habt Ihr noch über Bornheld in Erfahrung gebracht?«

»Nicht viel, Kommandant. Der Herzog steht mit seiner Armee in Jervois, wie Ihr erwartet habt.«

Der Krieger nickte, und Weitsicht fuhr fort.

»Jervois ist selbst für unsere besten Fernaufklärer zu weit und außerdem viel zu gefährlich. Westlich von Sigholt wimmelt es von Skrälingen, und Bornhelds Bogenschützen würden genauso rasch auf Ikarier schießen wie auf Gorgraels Kreaturen. Belial beabsichtigt, eigene Kundschafter auszusenden, die sich als Bauern verkleiden und in Bornhelds Lager schleichen sollen. Aber noch ist es nicht so weit, und zur Zeit weiß Euer Leutnant genauso wenig über Bornhelds Manöver wie wir.«

»Dann wäre es im Moment sicher besser, die Luftarmada flöge in den Krallenturm zurück«, meinte Axis. »Laßt die Kämpfer sich dort üben, damit sie in Form bleiben, bis Belial seine Versorgungsstrecke angelegt hat. Sobald der Nachschub sichergestellt ist, zieht Ihr mit der Luftarmada nach Sigholt. Was immer auch geschieht, die ikarischen Truppen müssen bis Herbstanfang dort eingetroffen sein, damit uns noch genügend Zeit für die Vorbereitung der Winterfeldzüge bleibt. Gorgrael wird den Sommer dazu nutzen, sein Heer zu stärken. Sobald im Knochenmond die ersten Nordwinde wehen, wird er zuschlagen, wenn nicht sogar schon früher. Wenn alles gut geht, möchte ich, daß Ihr in etwa zwölf Wochen nach Sigholt aufbrecht, im Totlaubmond. Das läßt Euch genügend Zeit, Euch vor den Winterfeldzügen dort einzurichten. Und Ihr könntet mit Belials Soldaten üben. Ich möchte aus beiden Verbänden eine Einheit schmieden.«

»Und wer befehligt diese neue Truppe dann?« wollte Weitsicht wissen.

»Ich werde das tun«, antwortete Axis, »sobald ich selbst in Sigholt eingetroffen bin. Ihr habt den Befehl über die Luftarmada, solange Ihr Euch im Krallenturm aufhaltet. Wenn Ihr in der Festung seid, übernimmt Belial das Oberkommando, bis ich zurückgekehrt bin. Vielleicht erweist es sich ja als günstig, zwei Gruppen von Boten loszuschicken.«

»Ihr braucht Euch keine Sorgen zu machen, Kommandant«, entgegnete Weitsicht. »Die Luftarmada untersteht allein Euch und wird jedem Eurer Befehle gehorchen. Wenn Ihr der Überzeugung seid, Belial sei während Eurer Abwesenheit der beste Oberbefehlshaber, so werde ich dagegen keine Einwände haben.« Dann kam ihm ein neuer Gedanke: »Glaubt Ihr denn wirklich, so viele Monate fortbleiben zu müssen?«

»Das weiß ich jetzt noch nicht, Weitsicht, wirklich nicht. Ogden und Veremund haben mir gesagt, daß die Zeit unten in den Kanälen in sonderbaren Bahnen verläuft. Vielleicht bin ich nur ein paar Tage fort, vielleicht aber auch viele Monate. Wie dem auch sei, ich will alles lernen, was die Charoniten mir beibringen können ... und während ich mich dort aufhalte, werde ich ein Versprechen einlösen.«

Die beiden Mönche zogen sich zurück und unterhielten sich ebenso leise wie aufgeregt über den wiedererstandenen See des Lebens. Hatte Jack womöglich auch schon Zecherach gefunden? Ogden und Veremund faßten sich an den Händen, weil sie sonst vor Freude zersprungen wären. Oh, wenn sie nun wirklich bald die fünfte Wächterin wiedersehen dürften!

»Meine Herren?«

Die Wächter blieben stehen und drehten sich um. Rivkah und Aschure kamen auf sie zu.

»Meine Liebe«, lächelte der Dicke erfreut, denn die Wächter ehrten Rivkah sehr dafür, den Sternenmann zur Welt gebracht zu haben. Aschure mochten sie zwar auch, aber... nun, die junge Frau stellte für sie immer noch ein Rätsel dar, das sich einfach nicht lösen ließ. Dennoch wollten sie hinter ihr Geheimnis kommen, vor allem nachdem sie Gerüchte darüber gehört hatten, Sternenströmer und Axis hätten vergangene Nacht beide um die Schöne gebuhlt.

»Ogden und Veremund, wir haben zufällig Euer Gespräch mit Axis und den Geschwaderführern mitbekommen. Ihr wollt also nach Sigholt?«

Der Dicke nickte. »Ganz recht, Rivkah, so bald wir können. Warum fragt Ihr? Möchtet Ihr Euch uns etwa anschließen?«

Rivkah lächelte erleichtert. »Ja, Aschure und ich würden gern mit Euch gehen. Wir würden Euch auch bestimmt keine Umstände machen.«

»Im Gegenteil, wir würden uns geehrt fühlen«, versicherte der Lange ihr. »Vor allem, da Ihr eine Reise in die Vergangenheit antreten wollt. Sigholt hat doch eine besondere Bedeutung für Euch, nicht wahr?«

»Und das in mehr als nur einer Hinsicht. Welche Route schlagen wir denn ein? Doch sicher durch Awarinheim bis zu der Stelle, wo der Nordra die Grenzberge verläßt?«

Aschure erstarrte sichtlich. Damit würden sie sehr nahe an Smyrdon vorbeiziehen, und die junge Frau hatte nur unangenehme Erinnerungen an ihren Heimatort.

Veremund bemerkte ihre Not und tätschelte ihr beruhigend

den Unterarm. »Nein, nein, meine Liebe, diesen Weg werden wir gewiß nicht wählen.«

»Aber welchen dann?« fragte Rivkah verwirrt, denn die von ihr vorgeschlagene Route war der kürzeste Weg zur Festung.

Die beiden Mönche lächelten sich mit Verschwörermiene zu. »Wir ziehen eine weniger bekannte Strecke vor«, antwortete Ogden. »Ein paar Tage ziehen wir freilich durch Awarinheim, aber wir biegen schon weit vor dem Strom ab, um die Grenzberge zu verlassen.«

»Ich dachte immer, man könnte diese Höhen kaum überqueren«, wunderte sich Aschure. »Führt denn nicht der einzige gangbare Weg durch das Verbotene Tal?«

»Nein, liebe Freundin«, entgegnete Veremund. »Wir kennen auch andere Wege, und es wird uns ein Vergnügen sein, sie Euch zu zeigen. Sobald wir die Berge verlassen haben, ziehen wir am Südrand der Wildhundebenen entlang bis zum Paß. Eine lange und einsame Reise steht uns bevor, und deswegen sind wir um so erfreuter, sie in solch überaus angenehmer Gesellschaft antreten zu dürfen.«

Rivkah lächelte dankbar. »Und wann soll es losgehen?«

»Schon heute nachmittag, edle Herrin. Wenn Ihr Euch noch von jemandem gründlich verabschieden wollt, solltet Ihr das lieber gleich tun.«

Rivkah wurde plötzlich sehr ernst. Seit Wochen schon redete sie davon, die Ikarier zu verlassen, aber nun, da der Moment gekommen war, ging es ihr doch sehr nahe, Sternenströmer und all denjenigen Lebewohl sagen zu müssen, mit denen sie den Großteil der letzten dreißig Jahre verbracht hatte. Sie schaute in den Himmel, sah die Scharen von Vogelmenschen, die sich in die Lüfte erhoben, und vermochte nicht länger gegen die Tränen anzukämpfen. Hatte sie wirklich die richtige Entscheidung getroffen?

Sternenströmer tauchte wie aus dem Nichts auf und legte seinen Arm um ihre Hüfte. »Ihr wirkt bekümmert, Rivkah. Was fehlt Euch denn?«

Sie zwang sich zu einem Lächeln. Warum mußte er das unbedingt jetzt tun, ausgerechnet in dem Moment, in dem die Frau neben ihnen stand, die er viel mehr begehrte? »Ich breche heute nachmittag mit Ogden und Veremund auf. Aschure kommt mit mir mit. Wir reisen nach Sigholt.«

Der Zauberer machte ein enttäuschtes Gesicht. Die junge Frau wollte zur Festung? Er war fest davon ausgegangen, daß sie mit ihnen in den Krallenturm zurückkehren würde. Wenn Axis nur weit genug fort wäre, würden seine Aussichten bei der Schönen sicher wieder steigen, so hatte er gehofft. Aber nun schien sie ihn fliehen zu wollen, und er würde sie viele Monate lang nicht wiedersehen.

Die Spannung zwischen ihnen wuchs noch, als Axis hinzutrat. Er hatte gesehen, wie sein Vater sich zu den vieren gesellte, und sich dann gleich von den Offizieren verabschiedet. Der Krieger hatte nur Augen für Aschure. Irgendwann in den frühen Morgenstunden hatte sie ihn verlassen und war ihm seither aus dem Weg gegangen. Da konnte er es nicht ertragen, wenn Sternenströmer mit ihr reden durfte, er selbst aber nicht.

»Mutter«, lächelte er jetzt, küßte sie und wandte sich dann an die junge Frau, um sie auf die gleiche Weise zu begrüßen, womit er in Wahrheit nur seinen Vater ärgern wollte.

Aschure spürte das jedoch und wich ihm rechtzeitig aus, wobei Axis ziemlich lächerlich wirkte. Sternenströmer lächelte schadenfroh, was wiederum die junge Schöne mitbekam. Bei allen Himmeln, dachte sie, welchen Keil habe ich nur zwischen Vater und Sohn getrieben? Ihr wurde klar, daß sie hier so rasch wie möglich verschwinden mußte. Der Fortgang der Prophezeiung durfte nicht dadurch aufgehalten werden, daß zwei ihrer wichtigeren Figuren sich voller Eifersucht gegeneinander wandten. Was war nur letzte Nacht über sie gekommen? fragte sich Aschure. Warum hatte sie nicht beide stehenlassen können?

Rivkah legte ihren Arm um die junge Frau. »Aschure und ich gehen nach Sigholt, mit Ogden und Veremund. Wir beide haben nämlich fürs erste genug von den Wirrungen, die Zauberer in unser Leben bringen.«

Sternenströmer faßte sich als erster wieder und küßte seine

ehemalige Gemahlin. »Gewiß werde ich Euch wiedersehen. Haltet auf dem Turm nach mir Ausschau.«

»Seid Ihr sicher, daß ich es bin, die in Sigholt nach Euch Ausschau halten soll?« erwiderte sie spitz.

Sein Lächeln schwankte für einen kurzen Moment. Dann wandte er sich an Aschure, die ihm aber rasch die Hand reichte, ehe er sie auf den Mund küssen konnte. »Auf bald, Aschure.«

Die junge Frau nickte nur, wagte sie doch nicht zu sprechen. Warum sollte sie den Sternenströmer jetzt vor den Kopf stoßen – später würde sie das vielleicht einmal bereuen müssen.

Der Zauberer drückte ihre Hand und ließ sie wieder los, um sich seinem Sohn zuzuwenden: »Beltide bringt manchmal unsere geheimsten Träume und Sehnsüchte ans Tageslicht, Axis. Leider mußten wir beide wohl feststellen, daß wir uns noch ähnlicher sind, als uns vorher klar gewesen ist.« Er lächelte den Krieger spitzbübisch an. »Fürwahr, nie zuvor mußte ich mich mit einem Sohn messen, der nicht nur meinen Charme, sondern noch viel mehr von mir geerbt hat. Aschure hat gestern nacht ihre Wahl getroffen, und sie hat sich auch heute entschieden. Ich hege keinen Groll und wünsche niemandem etwas Schlechtes. Vor allem möchte ich nicht, daß diese Geschichte zwischen uns steht.«

Der junge Mann zögerte einen Moment und umarmte dann seinen Vater. Eine Szene, die die beiden Frauen mit gemischten Gefühlen betrachteten, als könnten sie nicht so recht an die Aufrichtigkeit der beiden glauben.

Nachdem Rivkah und Aschure sich von den Awaren und Ikariern verabschiedet hatten, warteten sie am Rand einer der äußeren Lichtungen auf die beiden Wächter.

»Die Reise wird bestimmt anstrengend«, seufzte Axis' Mutter, »und ich bin weiß Gott nicht mehr die jüngste.«

Aschure griff in ihren Rucksack. Axis hatte ihr sein goldenes Gewand mitgegeben, damit sie es in Sigholt allen zeige. Sie suchte jetzt danach und fand es zusammen mit ihrer roten Robe sorgfältig zusammengelegt am Boden.

»Da kommen unsere Begleiter«, teilte sie der Freundin mit. »Ich höre sie schon wieder über irgend etwas streiten.«

Im nächsten Moment zeigten sich die beiden. Jeder führte einen vollbepackten dicken weißen Esel als Lasttier mit sich.

»Von diesen beiden Tieren habe ich schon viel gehört«, meinte die junge Frau. »Wo mögen die beiden sie bloß wieder aufgetrieben haben?«

»Wie bitte?« fragte Veremund, der ihre letzten Worte gehört hatte. »Wo wir sie aufgetrieben haben? Natürlich im Lager, wo denn auch sonst, was, Ogden?«

»Selbstverständlich«, antwortete der Dicke fröhlich. »Die Esel haben schon auf uns gewartet. Veremund hatte sie dort vorher angebunden.«

»Aber nein, nein«, widersprach der Hagere. »Das mußt du gewesen sein, ich habe zuviel anderes zu tun gehabt.«

»Na wenigstens besitzen wir jetzt zwei Reittiere«, warf Rivkah ein, »auf denen wir sitzen können, wenn unsere Füße wund sind.«

Als die Mönche sich dann aber trotzdem unverdrossen weiter zankten, mußte sie doch lachen. Das sollte sie nicht weiter stören. Auf eine bessere Idee, als nach Sigholt zu reisen, hätten weder sie noch Aschure kommen können. Zum ersten Mal seit langem glaubte Rivkah, unbeschwert in die Zukunft blicken zu können.

Auf einer anderen Lichtung am Nordrand der Stätte erteilte Axis gerade Weitsicht letzte Anweisungen: »Sobald Belial die Route mit den Versorgungsstützpunkten angelegt hat, begebt Ihr Euch zu ihm. Ich komme nach Sigholt, sobald ich bei den Charoniten genug gelernt habe. Sagt meinem Leutnant, daß er das tun solle, was er für richtig hält. Aber ich wünsche, daß er beide Verbände zusammenführt.«

»Bleibt nicht zu lange fort, Kommandant. Belial und ich brauchen Euch im Herbst in der Festung.« Weitsicht salutierte vor ihm und erhob sich dann in die Lüfte.

Der Krieger drehte sich zu seinem Vater um, und die beiden

umarmten sich wieder. »Danke«, murmelte er dabei, und Sternenströmer wußte, daß Axis damit die Ausbildung meinte, die er bei ihm genossen hatte.

»Axis«, lächelte Morgenstern und gab ihrem Enkel einen Kuß auf die Wange. Die Feier hatte sich nicht ganz so entwickelt, wie sie das gehofft hatte. Sternenströmer war nicht der einzige in der Familie, der Axis' Partnerwahl bedauerte. »Lernt gut von den Charoniten, und fragt sie, ob sie nicht vielleicht etwas darüber wissen, wie ...«

Die Großmutter zögerte, weil ihr die rechten Worte nicht einfallen wollten, aber Axis wußte auch so, was sie meinte. Seit die Zauberer in der Familie vor einigen Monaten die Möglichkeit – nein, eigentlich die Gewißheit – erörtert hatten, daß Axis und Gorgrael von einem unbekannten Sonnenflieger ausgebildet worden sein mußten, hatten sie dieses Thema nicht wieder angeschnitten. Dabei bedurfte dieses Rätsel dringend einer Lösung – immerhin schien der Fremde die Macht zu besitzen, über die Dunkle Musik der Sterne zu gebieten. Doch auch wenn sie nicht mehr darüber sprachen, diese Frage tauchte immer wieder in ihren Gedanken auf, vor allem dann, wenn sie gerade an nichts Schlimmes dachten.

»Wenn jemand eine Antwort darauf hat, dann die Unterirdischen«, meinte Sternenströmer.

Aber Axis entgingen die Sorgenfalten im Gesicht seines Vaters nicht. »Ich werde versuchen, alles von den Charoniten zu erfahren, Sternenströmer. Aber irgend etwas sagt mir, daß dieser rätselhafte Zauberer sich wohl zu verbergen weiß und sich erst dann zu erkennen geben wird, wenn ihm die Zeit dafür richtig erscheint.«

»Und wenn es sich dabei um jemanden handelt, den Ihr bereits kennt?« fragte Morgenstern mit tonloser Stimme. »Wenn er Euch gar nahe steht? Solch ein mächtiger Zauberer könnte in jeder beliebigen Verkleidung erscheinen, die er oder sie wünscht ...«

Axis marschierte den Weg entlang, den sein Vater ihm erklärt hatte. Er kämpfte sich durch die Sträucher bis zum Eingang der

Höhle vor. Alles verhielt sich hier so, wie Sternenströmer es ihm beschrieben hatte. Ohne sich lange umzusehen, begab sich der Krieger gleich ans hintere Ende, ging vor der Wand in die Hocke und versuchte sich an das Lied zu erinnnern, das er hier singen sollte. Leise summte er es vor sich hin und klopfte dabei den Stein ab. Anders als vorher sein Vater sang er die Melodie nicht laut, und nach wenigen Momenten zerbrach ein Stück der grauen Wand, und kleine Steinbrocken fielen heraus. Axis fuhr fort zu singen, bis eine ausreichend große Öffnung entstanden war und dahinter die bronzene Tür zutage trat. Er stieß sie auf und gelangte durch sie in die Unterwelt.

Stunden später, als er die Treppe hinter sich gebracht hatte und die Anlegestelle erreichte, wartete der Fährmann dort schon auf ihn. Große violette Augen, die im Gegensatz zu seiner greisenhaften Erscheinung jugendlich wirkten, betrachteten ihn ernst und würdevoll. Hinter dem Charoniten schaukelte das Boot sanft im Wasser.

Axis blieb zwei Schritte vor ihm stehen, und der Fährmann verbeugte sich tief. »Seid mir gegrüßt, Axis Sonnenflieger und Sternenmann«, erklärte er mit tiefer Stimme. »Willkommen in der Unterwelt. Wie lautet Euer Begehr?«

»Seid auch Ihr mir gegrüßt, Fährmann«, entgegnete der Krieger. »Man sagte mir, Ihr habet meiner Mutter dereinst eine Gunst gewährt.«

Der Charonite nickte. »So ist es.«

»Eine Gunst des Inhalts, daß Ihr mir beistehen würdet ... ganz gleich, worum ich Euch bitte.«

Wieder nickte der Fährmann.

»Dann unterrichtet mich«, bat Axis. »Weiht mich ein in die Geheimnisse der Wasserwege. Entdeckt mir die Geheimnisse, von denen Ihr im Lauf der Zeiten erfahren habt.«

Der Fährmann sah ihn offen an. »Genau dies habe ich immer tun wollen, und allein aus diesem Grund lebe ich schon so lange und befahre diese Kanäle.« Er verbeugte sich noch einmal vor seinem Fahrgast. »Ich wollte immer nur mein Wissen weitergeben.«

17
Die Audienz

Sie sah Bornheld, wie er von seinem Thron herabstieg, und sie sah Axis, wie er auf ihn zuging. Die beiden Männer umkreisten sich mit dem Schwert in der Hand, und ihre Mienen verzerrten sich zu Fratzen, aus denen der Haß sprach, den sie schon so lange füreinander empfanden. Bornheld und Axis kämpften miteinander, bis beide aus mehreren Wunden bluteten und sich vor Erschöpfung kaum noch auf den Beinen halten konnten. Rings um sie hallte der Raum von erregten Stimmen wider, die »Verrat!« und »Mord!« schrien. Blut. Warum war hier alles voll Blut? Sie hörte einen Schrei. Ihren eigenen. »Nein!«

Die Vision verging, aber Faraday hatte sich für kurze Zeit der Magen umgedreht. Sie schloß die Augen und atmete tief durch, um ihr Gleichgewicht wiederzufinden. Seit sie vor einer halben Stunde den Mondsaal betreten hatte, mußte sie immer wieder an die Vision denken, die ihr vor so langer Zeit die Bäume am Rand des Waldes der Schweigenden Frau gezeigt hatten. So war sie froh, daß Priam sie nur kurz begrüßt und dann gleich seine ganze Aufmerksamkeit Bornheld geschenkt hatte.

Vor vier Tagen war das Herzogspaar in Karlon eingetroffen, aber Seine Majestät hatte bis heute morgen nicht geruht, ihnen eine Audienz zu gewähren. Bornheld war vor Wut außer sich gewesen, aber er konnte nichts dagegen unternehmen.

Nun stand der Herzog vor dem Thron und war so angespannt, daß er fast zu zerspringen schien.

Alle in der Halle Anwesenden hielten erschrocken den Atem an. Die Schreiber kritzelten hastig, um die schockierenden Worte festzuhalten, die vielen anwesenden Edlen waren sprachlos, und die Diener drängten sich in den Eingängen. Jayme, Moryson und Gilbert, die links vom Thron Aufstellung genommen hatten, waren bleich geworden, und kalter Schweiß stand ihnen auf der Stirn. Der einzige im Saal, der unbeteiligt schien, war Priam. Er saß ungehalten auf seinem Thron und trommelte ungnädig mit den Fingern auf der Lehne.

Faraday blinzelte und versuchte sich zu sammeln. Sie kannte den König nicht sehr gut, aber was sie eben von ihm zu hören bekommen hatte, bewies ihr, daß dieser Mann mit dem harten Blick und der ebenso harten Stimme heute mehr Rückgrat zeigte als je zuvor in seinem Leben.

»Ich habe Euch zu meinem Obersten Heerführer ernannt«, hatte Priam gegrollt, »und zum Dank dafür verliert Ihr ganz Ichtar. Ohne Zweifel rotten sich Gorgraels Kreaturen bereits zusammen, um auch noch den Rest meines Reiches zu verzehren, während Ihr Eure Zeit an meinem Hof vertändelt.«

Bornheld lief dunkelrot an, und seine Gemahlin biß sich besorgt auf die Unterlippe.

Dann faßte der Herzog sich wieder. »Verrat war im Spiel. Ich wurde hintergangen«, wollte er sich verteidigen, aber Priam ließ ihn nicht zu Wort kommen.

»Ich habe gehört, Ihr konntet nur dank Axis' heldenhaftem Mut entkommen.«

Faraday konnte erkennen, daß Bornheld alle Kräfte aufbot, um nicht die Beherrschung zu verlieren. Seine Hände ballten sich zu Fäusten und öffneten sich nur langsam wieder.

»Axis steht mit den Unaussprechlichen im Bunde, Euer Majestät. Da mag es wohl kaum wundern, wenn wir Ichtar gegen eine so unheilige Allianz verloren haben.«

»Mir kam auch zu Ohren«, entgegnete aber der König gefährlich langsam und ohne den Blick von Bornheld zu nehmen, »mein Neffe glaube, nur ein Bündnis mit den, äh, Ikariern und Awaren könne uns noch helfen.«

Faraday stockte wie jedem anderen im Raum der Atem. Nie zuvor hatte der König Axis öffentlich als seinen Neffen anerkannt!

»Und in dieser Prophezeiung, von der ich auch erfahren habe«, fuhr Priam fort, ohne sich durch die allgemeine Überraschung beirren zu lassen, »heißt es, der Bund mit denen, die wir einst fürchteten, vermöge zum Sieg über Gorgrael zu führen.«

Die junge Frau senkte rasch die Augen, damit Bornheld nicht die plötzliche Freude in ihnen sehen konnte. Sie zwang sich dazu, ruhig zu bleiben, während große Hoffnung in ihr aufkeimte. Wenn der König sich der Sache Axis' anschloß, würde der Krieger von seinen eisigen Bergen herabsteigen und zu ihr zurückkehren.

O Mutter, bitte schenke Priam den Mut, die Wahrheit zu erkennen und anzunehmen. Bitte bring Axis heim zu mir!

Eine Bewegung oben auf der Empore fiel ihr ins Auge. Gilbert redete hinter vorgehaltener Hand erregt auf den Bruderführer ein. Mögt Ihr zwei nur tuscheln, dachte Faraday verächtlich. Vor tausend Jahren hat Euer geliebter Seneschall die Axtkriege geführt, um die Vogelmenschen und die Waldläufer aus ihrer angestammten Heimat zu vertreiben. Seit dieser Zeit lehrt uns Eure Bruderschaft, daß nur Schlechtes, Teuflisches von diesen sogenannten Unaussprechlichen komme. Aber nun plant ein König von Achar, sich mit diesen Wesen zusammenzutun!

Faraday konnte ein leises Lächeln nicht verbergen. Fürchtet Ihr, Jayme, daß in dem Moment, in dem die Unaussprechlichen ihren Fuß wieder auf auf den Boden von Achar setzen, all Eure Lügengebäude aus den vergangenen tausend Jahren in sich zusammenstürzen? Seht Ihr schon, wie Euer geliebter Seneschall seinen tückischen Einfluß auf die Achariten wieder an die Mutter und die Sternengötter verliert? Wie wieder Freude und Lachen über dieses wunderbare Land kommen?

Priam nahm in aller Ruhe einen Schluck Wasser aus seinem edelsteinbesetzten Kelch. »Da frage ich mich doch«, meinte er danach wie beiläufig, aber mit schneidender Stimme, »ob ich nicht den Falschen mit dem Amt des Obersten Heerführers betraut habe.«

Den Anwesenden verschlug es den Atem. Die Schreiber schrieben sich die Finger wund, und Faraday schloß wieder die

Augen. Ja, es war vollbracht, Priam würde sich auf die Seite Axis' stellen. Damit wäre die Gefahr eines Bürgerkrieges gebannt, Gorgrael schon so gut wie besiegt und ihre Liebe gerettet. Ihre Vision hatte sich als Trugschluß erwiesen.

Man sah Jayme seinen Zorn deutlich an, aber er hielt sich zurück, denn Moryson zog ihn beschwichtigend am Ärmel.

Doch nun konnte Bornheld nicht mehr an sich halten.

»Bei Artor!« schrie er und trat einen Schritt auf den Thron zu. »Seid Ihr denn vollkommen von Sinnen?«

Er kam nicht weiter, denn Priam sprang mindestens ebenso wütend auf und fuhr ihn an: »Ihr dürft Euch zurückziehen, Ihr Herzog ohne Land! Ich wünsche nicht mehr, mit Euch zu reden. In dieser Angelegenheit habe ich zu einem Entschluß gefunden, und der ist unumstößlich. Wenn Ihr Euch in Eurer Verbohrtheit weiterhin weigert, die Wahrheit zu erkennen, werde ich meine Entscheidung, Euch zum Obersten Heerführer und Thronerben bestimmt zu haben, noch einmal gründlich überdenken müssen!«

Alle im Saal standen wie erstarrt da, und die Schreiber konnten nicht glauben, was ihre Federn da zu Pergament brachten.

Bornheld taumelte. »Ich ...«

»Ihr habt Euch hinreichend als nutzlos für mich erwiesen«, fuhr der König jetzt deutlich ruhiger, aber immer noch unversöhnlich fort und setzte sich wieder hin. »Geht mir aus den Augen, Bornheld.«

Der Herzog war bleich wie ein Gespenst. Nur seine grauen Augen brannten wie Feuer. Er bewegte sich nicht vom Fleck.

»Hinaus mit Euch!« forderte Priam ihn noch einmal auf und drehte sich dann zu seiner Gemahlin Judith um, die würdevoll an seiner Seite saß, um mit ihr zu plaudern.

Bornheld wurde zwar vom König mit Mißachtung gestraft, aber er war sich dennoch dessen bewußt, daß jeder im Mondsaal ihn beobachtete. So vergaß er trotz seiner Wut nicht, Faraday seinen Arm zu reichen, als er mit ihr aus der Halle schritt. Als die beiden die Tür erreichten, rief Priam ihnen zu:

»Herzogin, die Königin fand freundliche Worte für Euch.

Möchtet Ihr Ihrer Majestät morgen beim Mittagsmahl Gesellschaft leisten?«

Faraday dankte mit einem Neigen ihres Kopfes und fühlte sich so wohl wie schon lange nicht mehr.

Kaum hatten sich die Türen ihres Gemachs hinter ihnen geschlossen, da explodierte Bornheld auch schon. »Er ist völlig wahnsinnig! Vorzeitig vergreist!« schrie der Herzog und bebte vor Zorn.

»Ach, mein Gemahl, er hat doch nur das Wohl seines Volkes im Sinn«, entgegnete Faraday und setzte sich an den Tisch am Fenster.

»Haltet Euer verwünschtes Mundwerk!« grollte der Herzog und machte einen bedrohlichen Schritt auf sie zu. »Ohne Zweifel hat Euch meine öffentliche Demütigung zutiefst befriedigt!«

Sie sah ihn empört an. Einen solchen Vorwurf hatte sie nicht verdient. »Wie Seine Majestät sorge ich mich nur um das Wohl Achars, Bornheld. Nicht aber um die Titel, die Reichtümer und die Macht, nach denen Ihr trachtet!«

Der Herzog wandte sich unter großer Kraftanstrengung von ihr ab, weil er sie sonst geschlagen hätte, wie sie es verdient hatte. »Reizt Euch die Vorstellung denn überhaupt nicht, neben mir als meine Königin auf dem Thron zu sitzen?«

Aber Faraday entgegnete: »Weder diese Stellung noch der Platz an Eurer Seite haben den geringsten Reiz für mich, mein Gemahl.« Damit war es endlich gesagt.

»Dennoch seid Ihr durch einen Schwur an mich gebunden, Ihr scheinheiliges Luder. Und daran ändern weder Priams Worte etwas noch die sündigen Gelüste, die Ihr für meinen Bruder hegt. Ich –«

Er unterbrach sich, als es an die Tür klopfte. Bevor der Herzog oder seine Gattin den Besucher zum Eintreten auffordern konnten, öffnete sich bereits die Tür.

Gilbert erschien, grinste kurz, als er die Spannungen im Raum bemerkte, und verbeugte sich dann, nicht sehr tief, vor Bornheld. »Herr, der Bruderführer erwartet Euch zu einer Audienz.«

»Zu einer Audienz?«

»Jayme hält es für geboten, die äh, Dinge weiter zu bereden, die ich damals in Jervois angesprochen habe.«

Der Herzog seufzte vernehmlich. »Natürlich, Bruder Gilbert«, entgegnete er ganz ruhig. »Wenn Ihr uns bitte entschuldigen wollt, meine Liebe.«

Faraday runzelte nachdenklich die Stirn, als die beiden durch die Tür verschwunden waren. Warum hatte Bornhelds Zorn so unvermittelt nachgelassen?

Sicher war das jetzt nicht weiter wichtig. Sie trat ans Fenster und schaute, ohne wirklich etwas zu sehen, auf die belebten Straßen der Hauptstadt hinunter. Der König hatte etwas getan, was Faraday ihm nie zugetraut hätte – sich öffentlich auf Axis' Seite gestellt und ihn in Betracht gezogen als einen möglichen Thronerben.

Tränen füllten ihre Augen. Doch jetzt weinte sie nicht aus Verzweiflung, sondern vor Freude und Erleichterung.

18
IN DEN GRENZBERGEN

Zwei Tage lang führten Ogden und Veremund Rivkah und Aschure in südwestlicher Richtung durch Awarinheim. In diesem Teil des Waldes waren die Wege mit Unkraut überwachsen und schlecht begehbar; die Awaren hielten sich in der Regel von den Bergen fern, die ihr Land von Achar trennten. »Sie haben eine Art Pufferzone zwischen sich und den Achariten geschaffen«, erklärte Veremund den Damen.

Doch trotz oder gerade wegen ihrer wuchernden Wildheit boten die Pfade einen abenteuerlich verwunschenen Anblick. Das hohe Blätterdach schützte vor den Nordwinden und ließ nur weiches goldenes Sonnenlicht hindurch. Während ihrer Wanderschaft sang der Wald immer neue Lieder für sie: das geheimnisvolle Wispern des Winds, wenn er durch Büsche und Blätter fuhr, das leise Tropfen des Taus vom Grün, das Rauschen der Bäche auf ihrem Weg zum Nordra und die immer wieder neuen Melodien der Vögel. Und der Erdbaum wob aus Licht und Melodien einen Gesang, der alle Mysterien in sich vereinte.

Die Mönche genossen die Gesellschaft ihrer heiteren und liebenswürdigen Begleiterinnen. So erlebten alle vier die zweitägige Reise durch Awarinheim als sehr angenehme Erfahrung. Seit zweitausend Jahren hatten die beiden Wächter keine Waldpfade mehr beschritten; damals hatte sich Awarinheim noch über fast alles Land östlich des Nordra erstreckt. Heute hingegen wurde nur noch der Wald geschützt, der sich hinter den Grenzbergen verstecken konnte – vor dem Seneschall und neuerdings auch vor Gorgrael.

»Veremund?« Rivkah schloß zu ihm und Aschure auf, die ihr voranschritten. »Ogdens Esel lahmt. Das Tier scheint sich ein

Steinchen in den Vorderhuf getreten zu haben. Er möchte, daß ihr den Kopf des Esels haltet, während er die Ursache des Übels entfernt.«

Der Hagere nickte und begab sich zu seinem Mitbruder.

Rivkah hakte sich bei Aschure ein und zog sie ein Stück von den beiden Mönchen fort. Vor ihnen tanzten Schmetterlinge durch das schräg einfallende Sonnenlicht.

»Wie froh ich bin, daß wir endlich eine Gelegenheit finden, uns in Ruhe zu unterhalten.« Sie spürte, wie die junge Frau erstarrte. »Ich will nicht über Recht und Unrecht reden, sondern nur über Eure Gefühle. Schließlich bin ich die letzte, die anderen Frauen Vorwürfe darüber machen kann, dem Charme eines Zauberers erlegen zu sein.«

»Ich wollte das doch gar nicht«, entgegnete Aschure leicht trotzig, »und hatte niemals vor, mich jemandem in den Weg zu stellen.«

Rivkah zog ihre Hand von Aschures Ellenbogen und umarmte sie. »Meine Liebe, es ist sehr hart, einen Zauberer zu lieben. Mehr will ich gar nicht sagen. Doch wenn Ihr darüber reden möchtet, bin ich selbstverständlich für Euch da.«

»Das weiß ich, Rivkah«, entgegnete die junge Frau und fügte dann zögernd hinzu: »Axis liebt Faraday. Das ist mir bewußt, und das kann ich auch hinnehmen. Nur …«

»Nur was?« fragte Rivkah, obwohl sie genau zu wissen glaubte, was die Freundin jetzt sagen wollte.

»Ob nun von hohem Adel oder nicht, Faraday ist genauso eine Frau wie ich. Würden sich ihr und Axis nicht die gleichen Hindernisse in den Weg stellen wie Euch und Sternenströmer, oder auch Axis und mir, kämen wir zusammen? Würde sie nicht vor seinen Augen altern und sterben?«

»Ach, Aschure, nach allem, was wir über Faraday und ihre Verbindung zur Mutter Natur erfahren haben, glaube ich kaum, daß es sich bei der Herzogin von Ichtar noch um eine menschliche Frau wie Euch oder mich handelt. Möglicherweise erwartet sie sogar ein noch längeres Leben als Axis. Vielleicht gelingt es ihr auch, meinen Sohn für immer an sich zu binden und ihm viele Jahrhunderte lang das zu geben, wofür die Lebensspanne einer Menschenfrau einfach zu kurz ist.«

»Es war ja nur eine Nacht«, flüsterte Aschure. »Macht Euch um mich keine Sorgen. Ich komme schon darüber hinweg.«

»Das hoffe ich für Euch. Axis hat das Temperament seines Vaters geerbt. Und er ist genau so wie Sternenströmer ein überaus mächtiger Zauberer. Doch eines Tages werdet Ihr ihn wiedersehen. Glaubt Ihr, bis dahin weit genug von ihm fortgekommen zu sein?«

Hinter den beiden Frauen beugten sich Ogden und Veremund über den völlig gesunden Huf des Esels und taten so, als würden sie ihn untersuchen.

»Er hat zu Beltide die Nacht mit ihr verbracht«, bemerkte Ogden leise.

»Er war schon mit vielen Frauen zusammen«, entgegnete Veremund.

»Aber das war nicht dasselbe. Sie ist anders.«

»Ja«, meinte der Hagere nur und schüttelte den Kopf. »Sie ist anders. Was mag das wohl für die Prophezeiung bedeuten?«

Der Dicke seufzte und warf einen raschen Blick nach vorn, wo die Frauen zusammenstanden und sich umarmten. »Wer kann das schon wissen, mein Teurer? So vieles ist uns noch nicht bekannt. Die Weissagung läßt ja so manche Frage offen.«

»Ich fürchte, die junge Frau hat alles eher noch schwieriger gemacht.«

»Ja«, murmelte Ogden, »das sehe ich auch so.«

»Dabei mag ich sie. Ich habe sie wirklich schon in mein Herz geschlossen.«

»Ich weiß.« Ogden wußte genau, was Veremund damit meinte. Beiden war Aschure vom ersten Augenblick an sympathisch gewesen, und sie hatten gleich bei ihr das Gefühl gehabt, einer alten Freundin zu begegnen. Aber wie konnte das möglich sein?

»Sie verfügt über beträchtliche Energie«, sagte der Hagere. »Doch liegt sie leider noch unter einer dichten Schicht Furcht verborgen.«

»Ihr seid sehr empfindsam, alter Freund«, entgegnete der Dicke. »Das war mir an ihr noch gar nicht aufgefallen, aber jetzt, da Ihr es erwähnt ... Ja, ich muß Euch schon wieder recht geben. Glaubt Ihr, sie stellt eine Gefahr dar?«

»Eine Gefahr? Nein, so sehe ich sie eigentlich nicht. Aber man muß auch diese Möglichkeit in Betracht ziehen. Wenn ich nur wüßte, für wen sie eine Gefahr sein könnte.«

Die beiden Mönche sahen sich besorgt an, und der Hagere meinte: »Was sollen wir nur tun? Ich weiß nicht einmal, worauf ich bei ihr achten soll.«

Ogden schnalzte seinem Esel beruhigend zu. »Wir können nichts weiter tun, als zu warten und sie zu beobachten. Irgend etwas wird sich dann schon herausstellen.«

»In ihr schlummert die Kraft einer Heldin«, sagte der Hagere. »Eines Tages wird sie alle Furchtsamkeit beherzt hinter sich lassen und das verlangen, was ihr zusteht.«

Die Wächter ließen den Esel wieder in Ruhe und gesellten sich schweigend und nachdenklich zu den Damen. Um gar keinen Verdacht aufkommen zu lassen, erheiterte Ogden ihre Begleiterinnen mit einer lustigen Geschichte von zwei Schäfern, einer Ziege und einem Kochtopf.

Am nächsten Morgen erreichten sie den Fuß der Grenzberge.

»Nun, Ihr Herren«, sagte Rivkah, »wo befindet sich denn nun Euer geheimer Weg?«

»Nicht weit von hier. Aber wir werden wohl den halben Morgen brauchen, um bis zum Tunnel hinabzusteigen.«

»Tunnel?« fragte Aschure, als habe sie nicht recht gehört. Aber die beiden Mönche wanderten bereits einen schmalen Pfad hinab, der vom Standort der Frauen aus kaum zu erkennen war.

Rivkah und Aschure ließen sich in eine Felsspalte zwischen den Hügeln führen. Zwei bis drei Stunden ging es tiefer und tiefer in ein Halbdunkel hinein. Nach einer Weile verschwand das weiche Licht Awarinheims völlig, und Ogden zog aus einer Packtasche seines Esels eine kleine Öllampe.

»Dauert nicht mehr lange«, bemerkte er dazu, und die beiden

Frauen sahen sich besorgt an. Ihnen behagte die Vorstellung nicht, noch tiefer in diese Felsspalte einzudringen. Wohin wollten die Wächter denn? Wenn der Pfad noch steiler würde, könnten ihnen die Esel bald nicht mehr folgen.

»Wir haben das Schlimmste bereits hinter uns, edle Damen«, versicherte ihnen Veremund. »Nur noch ein kleines Weilchen.«

»Ich weiß nicht, ob ich so genau wissen möchte, worauf wir uns bei diesem ›Weilchen‹ noch einzustellen haben«, murmelte Aschure. Vom langen Gehen bergabwärts waren ihre Glieder schon ganz steif, sie hatte sich die Hände aufgeschürft und im linken Bein einen Muskel gezerrt.

Nach der nächsten Biegung seufzten sie erleichtert, weil es nun sanfter nach unten ging.

»Wo sind wir hier eigentlich?« fragte Axis' Mutter außer Atem, als sie einen Kiesweg erreichten. Ogdens kleine Öllampe zeigte kaum mehr als die nächsten Felsen dieser engen Felsspalte. Obwohl sie wußten, daß es erst Mittag war, fühlten sie sich hier wie in dunkelster Nacht. »Wo geraten wir nur hin?«

»In ein Geheimnis, liebe Herrin«, antwortete der Dicke.

Veremund blieb stehen, und als die beiden Frauen ihn erreicht hatte, legte er ihnen beruhigend eine Hand auf die Schulter. »Macht Euch bitte keine Sorgen, uns droht keine Gefahr. Wir gelangen an einen sauberen und trockenen Ort, an dem wir auch wieder Licht haben werden. Vertraut Ogden. Er liebt nun einmal Rätsel und Geheimnisse.«

Der Dicke führte die kleine Gruppe hinter einige Felsen. Vor ihnen herrschte nichts als Schwärze. Zu ihrer großen Überraschung löschte der Wächter jetzt auch noch seine Öllampe, und völlige Finsternis umgab sie.

»Aufgepaßt, meine Lieben!« rief Ogden. »Seht her!« Die Frauen konnten nur spüren, daß er sich weiterbewegte.

Ein leises Klicken ertönte, und im nächsten Moment entstand in Knöchelhöhe ein Lichtfeld. Rivkah und Aschure konnten nur verwundert darauf starren. Ogden lief über eine glatte schwarze, metallische Straße. Nach jedem vierten oder fünften Schritt entstand eine neue Lichtquelle, mal zu seinen Füßen, mal in Kopfhöhe. Während der Mönch immer vergnügter weiterschritt, erkannten sie bald einen langen, geraden Tunnel, der sich endlos weit in der Dunkelheit verlor. Gelbe Linien zogen sich in der Mitte der Tunnelstraße entlang.

Ogdens Esel folgte geduldig seinem Herrn.

»Was ist denn das?« fragte Rivkah Veremund und hatte ihre Arme schützend um sich geschlungen.

»Ja, wer hat das gebaut?« wollte auch Aschure wissen. »Aus welcher Zeit stammt die Anlage? Wie entsteht das Licht? Wo führt der Tunnel hin? Und was ist das für ein glänzendes schwarzes Zeug, das den ganzen Boden bedeckt?«

»Mein Mitbruder und ich wissen nicht mehr, wohin dieser Tunnel führt. Ähnliche Gänge gibt es auch in anderen Teilen Tencendors. Wir nutzen sie von Zeit zu Zeit. Sie sind alt, sehr alt, und wir wissen nicht, wer sie einst angelegt hat. Aber nun kommt.« Er folgte Ogden, der schon fast in der Ferne verschwunden war, und nach einem Moment des Zögerns setzten sich auch die Frauen wieder in Bewegung.

Genau zehn Minuten später erloschen hinter ihnen die Lichter, an denen sie vorbeigekommen waren.

Der Tunnel führte immer tiefer in die Erde hinein. Beinahe den ganzen restlichen Tag stiegen sie den sanft geneigten Weg hinab, bis dieser eben verlief. Hier hielt Ogden an und verkündete, daß sie eine kurze Rast halten wollten, ehe es weitergehen solle.

»Wir verfügen weder über bequeme Matratzen, noch haben wir einen Zauberer dabei, der uns weiche Luftkissen schaffen könnte«, entgegnete der Wächter den beiden erschöpften Damen, die sich beschwerten, daß sie sich mehr als nur kurz ausruhen müßten. »Nach wenigen Stunden fühlt Ihr Euch auf dieser harten Oberfläche so unbehaglich, daß Ihr mit Freuden den Marsch fortsetzen werdet.«

»Ich muß gestehen, daß ich mich auch nach dem Himmel sehne und danach, wieder frische Luft atmen zu können«, fügte Veremund hinzu. »Hier in diesem Tunnel mag man sich ja durchaus sicher fühlen, und er stellt auch eine einzigartige Verbindung dar. Aber seine Monotonie und Abgeschlossenheit erfüllen mein Herz nicht gerade mit Freude.«

»Wohin führt dieser Gang denn?« fragte Aschure. »Welche zwei Punkte verbindet er?« Sie nahm den Wolfen von der Schulter und legte ihn vorsichtig ab. »Wie lange müssen wir denn noch laufen?«

»Der Gang verläuft unter der gesamten Breite der Grenzberge«, antwortete Ogden, während er in einer der Packtaschen seines Esels kramte. Endlich fand er einen Teller mit Rosinenplätzchen. »Und wie lange es noch dauert? Nun, wenn wir zügig marschieren und nur kurze Rast einlegen, dürften wir in zwei Tagen wieder Tageslicht sehen.«

»Na ja«, meinte Rivkah und half Veremund dabei, seinen Esel zu entladen, »wenn wir dadurch schneller nach Sigholt gelangen, werde ich wohl auch das durchstehen.«

Aschure setzte sich hin und nahm ein Plätzchen von Ogden entgegen. Sie ertrug diese fade Luft in dem Tunnel leichter, wenn sie daran dachte, dadurch Smyrdon fernbleiben zu können.

Veremund ließ sich im Schneidersitz nieder und sah seinen Wächtergefährten hoffnungsvoll an: »Ogden, habt Ihr eigentlich die Äpfel in Eurer Packtasche gefunden?«

Die Mönche behielten recht. Nach nur gut zwei Stunden drehten und wendeten sich die beiden Frauen, um eine bequemere Stellung zu finden. Hüften, Ellenbogen und Schultern schmerzten von dem harten metallenen Boden, der sich dazu auf Dauer auch noch als unangenehm kühl erwies. Als Ogden dann zum Aufbruch drängte, erhoben sie sich dankbar. Selbst im Halbschlaf weiterzutrotten erschien ihnen angenehmer, als noch eine Minute länger liegen zu müssen.

Während der nächsten zwei Tage und Nächte liefen sie jeweils etwa fünf Stunden, bis die Füße nicht mehr weiterwollten und alle äußerst gereizt waren. Dann legten sie sich drei bis vier Stunden hin, bis keiner es mehr auf dem kalten und harten Boden aushielt. Der Tunnel blieb immer gleich. So manches Mal beschlich die Reisenden ein unheimliches Gefühl, wenn sie daran dachten, daß sie sich in einer kleinen Lichtblase durch endlose Dunkelheit bewegten. Keiner konnte es mehr erwarten, wieder unter freiem Himmel zu stehen und klare, frische Luft in die Lunge zu bekommen.

Am Morgen des dritten Tages stieg die Straße plötzlich sanft an, und ihre Laune verbesserte sich zusehends. Selbst die müden Esel richteten die Ohren wieder auf und fingen an zu schreien.

Acht Stunden später gelangten sie hinaus in einen trüben und kalten Nachmittag. Jeder Knochen im Leib tat ihnen weh, und sie fühlten sich völlig am Ende ihrer Kräfte. Aber es ging immer noch weiter. Sie kraxelten über Felsbrocken und durch eine steile und tückische Schlucht, bis sie endlich ebenen Boden erreichten. Alle froren erbärmlich in dem eisigen Wind, der aus Norden heranfegte. Im Krallenturm und in Awarinheim waren sie weitgehend vor Gorgraels grimmigem Wetter geschützt gewesen. Aber hier, am Rand der Grenzberge und der Wildhundebenen blies der furchtbare Nordwind unerbittlich, und die kleine Gruppe mußte hinter einigen Felsen Schutz suchen.

Rivkah betrachtete die öde Landschaft vor ihnen. »Sollten wir nicht lieber hier die Nacht verbringen, Veremund, ehe wir uns weiterwagen? Die Steine hier sind vielleicht der einzige Wetterschutz, den wir in der nächsten Zeit finden können.«

Aber Ogden schüttelte den Kopf. »Nein, edle Dame, wir ziehen noch ein paar Stunden nach Süden, ehe wir unser Lager aufschlagen. Wir müssen so rasch wie möglich weiter.« Er schwieg einen Moment und fügte dann hinzu: »Mir gefällt dieser schrecklich kalte Wind auch nicht, doch ich fürchte, daß er all unsere Kraft aussaugt, wenn wir uns zu lange an einem Ort aufhalten. Da bleiben wir besser in Bewegung ... Oh, seht nur, was ich hier habe.«

Er zog aus den Packtaschen zwei Reiseumhänge und reichte sie den Frauen. Die verschwendeten keine Zeit und mummelten sich sofort so fest wie möglich darin ein. Veremund fand im Gepäck seines Esels zwei ähnliche Mäntel, und auch die Wächter schützten sich gleich damit gegen die Kälte. Zur angenehmen

Überraschung der beiden Damen verlangten die Mönche dann, daß sie von nun an reiten sollten.

Nachdem sie bequem und relativ warm auf den Eselsrücken untergebracht waren, fanden die beiden Damen keinen Anlaß mehr, sich zu beklagen.

Als sie endlich anhielten, um sich ihr Lager zu bereiten, hatte der Wind ein wenig nachgelassen. Sie fanden etwas Schutz in einem nicht sehr tiefen, trockenen Flußbett. Aus den dürren Ästen einiger toter Büsche errichteten sie ein kleines Lagerfeuer, das jedoch kaum Wärme verbreitete. Ogden brachte dennoch etwas heiße Suppe zustande und fand in einer Tasche knuspriges Brot. Nachdem sich alle gestärkt hatten, bewegte der Dicke die Esel dazu, sich an das Feuer zu legen. Zwischen diesen und den beiden Tieren verbrachten die Reisenden dann eine halbwegs passable Nacht. Der Flußboden fühlte sich nach dem Tunnelboden, von dem ihnen immer noch die Muskeln schmerzten, wie das weichste Federbett an.

Drei Tage ging es so weiter. Langsam wanderten sie nach Süden und bewegten sich von einer geschützten Stelle zur nächsten in Richtung Süden weiter. Den Frauen kam es so vor, als habe der Frühling noch nicht Einzug in dieses Land gehalten. Die Wächter allerdings, die die Belagerung von Gorken mitgemacht hatten und wußten, welch extremes Winterwetter der Zerstörer hervorrufen konnte, empfanden das Ausbleiben von Schnee bereits als überaus angenehm und freuten sich darauf, daß das Frühjahr südlich des Nordra sicher angebrochen war. Aber der eisige Wind in ihrem Rücken erinnerte sie unablässig daran, daß Gorgrael den Norden fest im Griff hatte, seine Truppen sammelte und sich darauf vorbereitete, mit seinem Heer von Geistkreaturen noch weiter nach Süden vorzudringen.

Während Rivkah in einsamem Schweigen auf dem Esel saß, fragte sie sich des öfteren, wie es ihrem Sohn wohl gelingen könnte, Gorgraels mächtigem Zauber zu begegnen. Wie sollte er gegen seinen Halbbruder ankämpfen, der doch über das Wetter selbst gebieten konnte?

19
Die Alaunt

Am dritten Tag, nachdem sie den Tunnel unter den Grenzbergen verlassen hatten, schnüffelten flüchtige weiße Wesen zwischen den Felsen, in deren Schutz die beiden Frauen und die Wächter kurz gerastet hatten.

Plötzlich blieb einer von ihnen an der Stelle stehen, wo einer der Reisenden beim Aufstehen den Boden etwas aufgewühlt hatte. Nachdem das Wesen ausgiebig geschnüffelt hatte, hob es den Kopf zum Himmel und rief den Rest des Rudels mit einem markerschütternden Heulen zusammen. Bald bellten sie alle laut, und das Rudel nahm schließlich die Witterung des Geruchs auf, der sie so besonders erregte. Sie bogen um die Felsen und folgten der Fährte nach Süden. Gelegentlich hoben ein paar von ihnen die Köpfe und ließen ein Heulen vernehmen, das weit über die leere Ebene hinschallte.

Die kleinen gelben Wildhunde, nach denen diese Landschaft benannt war, die sich davon ernährten, Mäuse und kleine Vögel zu fangen, vergruben sich jetzt tief in ihren Bau und fürchteten sich wie nie zuvor in ihrem Leben.

Denn sie wußten, daß die Alaunt umgingen.

Spät am Nachmittag des vierten Tages hörten die Wächter zum ersten Mal das Heulen und Gebell des Rudels hinter sich. Keine der beiden Frauen bemerkte den sorgenvollen Blick, den Ogden und Veremund sich zuwarfen, während sie ihre Esel zu größerer Eile antrieben.

Die Mönche wußten, daß sie den Alaunt nicht entkommen würden. Aber vielleicht konnten sie den unvermeidlichen Angriff ja noch um einiges hinauszögern und bis dahin eine Stelle finden, wo sie sich besser zu verteidigen vermochten.

Aschure entdeckte als erste, daß etwas mit den beiden nicht stimmte. »Was ist denn los?« fragte sie laut genug, um den Wind zu übertönen. »Was bekümmert Euch?«

Ogden sah Veremund an, und die beiden fanden zu einer raschen Entscheidung. Aschure und Rivkah würden die Hunde ohnehin bald hören. Das Rudel kam rasch näher.

»Wir werden verfolgt«, antwortete der Hagere mit etwas düsterer Stimme.

»Vom wem?« wollte die junge Frau sogleich wissen und nahm den Bogen von der Schulter. »Von Skrälingen?«

Veremund schüttelte den Kopf. »Nein, von viel älteren Wesen – und weitaus gefährlicheren.«

»Wie bitte?« keuchte Aschure. Sie war erregt und voller Tatendrang, und ihre Hand griff nach einem Pfeil. Der Wolfen zitterte in ihrer Hand. »Und wer sind diese Wesen?«

»Alaunthunde«, antwortete Ogden knapp und sah an ihr vorbei auf die Ebene, die hinter ihnen lag.

Die junge Frau schwang ein Bein über den Eselrücken und stieg ab. »Was habe ich mir denn darunter vorzustellen?«

Aber Rivkah antwortete ihr, und die Furcht stand ihr deutlich im Gesicht geschrieben: »Als kleines Mädchen habe ich Geschichten über die Alaunt erzählt bekommen. Meine Erzieherin berichtete mir, bei den Alaunt handele es sich um ein Rudel verzauberter Hunde, die auf Menschen Jagd machten. Sie meinte, wenn diese Tiere eine Fährte aufgenommen hätten, würden sie ihr wochenlang folgen können, ohne atmen oder fressen zu müssen. Und diese Wesen würden nicht aufgeben, bis sie ihre Beute gestellt hätten.«

»Die Alaunt haben sich seit mehreren tausend Jahren nicht mehr gezeigt«, fügte Ogden hinzu und trieb die Esel noch mehr an. »Seit Wolfsterns Tod nicht mehr. Keine Ahnung, was sie jetzt wieder hervorgelockt hat.«

»Kann man sie töten, Veremund? Sind sie sterblich?«

»Woher soll ich das wissen?«

»Nun gut, dann heißt es eben, sie oder wir. Ogden, was haltet Ihr von der Felsengruppe da vorn?«

Als sie die Ansammlung von kleineren Felsen erreicht hatten, die kaum wirksamen Schutz bot, ließ sich das wilde Heulen des Rudels nicht mehr überhören. Während die anderen hinter den Steinen in Deckung gingen, verpaßte Aschure den Eseln einen Klaps aufs Hinterteil und hoffte, sie würden davongaloppieren und die Alaunt von ihnen weglocken.

Plötzlich veränderten sich die Rufe der Hunde. Sie klangen lauter und triumphierender, erfüllten die ganze Nacht.

»Wir sind verloren!« schrie Veremund. »Hört nur ihr Geheul!«

Aschure, die bereits einen Pfeil aufgelegt hatte, drehte sich zu ihm um und schlug ihm ins Gesicht. »Haltet den Mund, Wächter!« zischte sie ihn mit hartem Blick an. »Versteckt Euch lieber hinter den Felsen.«

Rivkah hatte sich mit den beiden Mönchen hinter die Steine zurückgezogen. Sie wünschte sich nichts mehr, als Sternenströmer nicht verlassen zu haben. Ach, wenn sie doch jetzt in seinen Armen ruhen könnte, statt hier draußen zu frieren und sich vor mörderischen Bestien hinter Felsen zu verstecken. Seine gelegentliche Untreue erschien ihr jetzt lachhaft bedeutungslos angesichts der Todesgefahr, in der sie schwebte. Wie mochte es sich wohl anfühlen, mit aufgerissener Kehle zugrunde zu gehen?

Aschure kniete zwischen den Steinen, spannte den Wolfen und hielt nach ihrem ersten Ziel Ausschau. Ihre Augen spähten in das dunkler werdende Dämmerlicht. War das nicht eine Bewegung da vorn gewesen. Eher links? Nein, jetzt rechts.

»Verflucht!« flüsterte sie, als immer mehr bleiche Wesen am Rand ihres Sichtfelds auftauchten. »Sie haben uns umzingelt!«

Plötzlich löste sich ein Tier aus dem Kreis und lief vorsichtig auf die Felsgruppe zu. Einen solch großen Hund hatte die junge Frau noch nie gesehen; er reichte sicher an die Esel der Wächter heran. Die Lefzen hatte das Tier über die Zähne zurückgezogen, und aus seinem Hals ertönte ein tiefes Knurren. Als Aschure die

Sehne spannte, starrte der Hund mit seinen goldenen und silbergefleckten Augen geradewegs in die ihren, so als wolle er sie auffordern, auf ihn zu schießen.

Die Jägerin holte tief Luft, hielt sie einen Moment lang an, ließ dann den Pfeil von der Sehne schnellen und legte gleich den nächsten auf.

Kurz bevor der Pfeil ihn erreichte, sprang der Alaunt in die Höhe und fing ihn mit den Zähnen aus der Luft. Im selben Moment hörte das Knurren und Heulen der anderen Tiere auf.

Aschures Hände waren naß vor Schweiß, und der Bogen drohte ihnen zu entgleiten.

Der Hund kam noch näher und hielt weiterhin den Pfeil zwischen den Zähnen. Den Blick richtete er immer noch auf die Jägerin und ließ dazu sein dumpfes Knurren vernehmen.

Der jungen Frau schlug das Herz so rasend, daß ihre Brust davon schmerzte. Der Alaunt stellte sich mit den Vorderpfoten auf einen der Felsen vor ihr, ließ den Pfeil aus seinem Maul fallen und es schien, als grinse er die Jägerin an.

»Bei den Sternen!« krächzte Rivkah. »Er hat ihn Euch zurückgebracht!«

Der Hund bellte hell und freudig zur Begrüßung, schwang sich ganz auf den Stein und sprang dann auf die kleine freie Fläche zwischen den vier Reisenden. Dort ließ er sich auf dem Bauch nieder, legte den Kopf auf die Vorderpfoten und ließ Aschure nicht aus den Augen.

Ogden und Veremund starrten erst das Tier an, dann die junge Frau und schließlich einander.

Aschure streckte dem Alaunt vorsichtig eine Hand hin und streichelte ihm schließlich zögernd über die breite Stirn. Das Tier schloß wohlig die Augen. Die junge Frau zog die Hand wieder zurück und ballte sie zur Faust, damit das Zittern aufhörte.

»Erheb dich«, befahl sie ihm leise.

Der Alaunt stellte sich wieder auf die Beine und ragte hoch über der Jägerin auf, die immer noch kniete. Sie streckte wieder die Hand aus und kraulte ihm das Fell. »Braver Hund.«

Später saßen sie alle stumm und nachdenklich am Feuer. Aschure, Veremund, Ogden, Rivkah und drei der fünfzehn Hunde drängten sich auf der freien Fläche zwischen den Felsen zusammen. Die restlichen Alaunt lagen dicht nebeneinander vor den Steinen. Die Esel waren vor einer Stunde zurückgetrabt gekommen und hatten sich unsicher umgeschaut. Aber als die Hunde ihnen keine Beachtung schenkten, ließen sie sich schließlich von den Wächtern beruhigen und füttern.

Aschure betrachtete die drei Tiere, die sich um sie gruppiert hatten. Ihre starken, schlanken Körper schienen ganz auf Schnelligkeit und Ausdauer ausgerichtet zu sein. Sie besaßen wuchtige, schwere Schädel mit feinen Zügen, langgezogene Schnauzen und kräftige Gebisse. Ihr Fell war kurz und bei allen gleichermaßen weiß. An Pfoten und Schnauze ging die Färbung in blasses Gold über. Der Leithund hatte seinen Kopf in Aschures Schoß gelegt.

Die junge Frau sah die Mönche an. »Sind dies Wolfsterns Hunde?«

Nach einem Moment nickte Ogden. »Ja, er hat sie gezüchtet und sie nach ihrer Klugheit, ihrer Schnelligkeit, Stärke, Treue, Wildheit und ihrem Wagemut ausgesucht. Ihr Rudelführer heißt Sicarius – der listige Gehilfe.« Er schwieg für einen Moment. »Nur der Tod konnte den Herrn und seinen Leithund auseinanderbringen.«

»Wolfstern«, murmelte Aschure. »Warum läßt dieser Name mich nicht los? Zuerst bekomme ich seinen Bogen, dann seine Hunde. Was erwartet mich wohl als nächstes?«

Die Wächter betrachteten die junge Frau, während sie sich dasselbe fragten. Den Bogen hätte man ja noch als Zufall abtun können, die Alaunt aber gewiß nicht mehr. Nein, hier handelte es sich nicht um bloßes mehr oder weniger glückliches Zusammentreffen, sondern um Plan und Absicht.

»Wer war Wolfstern?« wollte sie jetzt wissen.

Der Hagere zögerte und kam dann zu dem Schluß, daß ein paar Wahrheiten wohl nicht schaden konnten. »Wolfstern Sonnenflieger war der mächtigste ikarische Zauberer aller Zeiten. Vermutlich noch mächtiger als Axis.«

»Die Vogelmenschen sprechen nicht sehr gerne über ihn«, bemerkte Rivkah. Sie kannte natürlich die Geschichte von Wolfstern, aber man durfte nur mit Erlaubnis der Ikarier von seinen Missetaten sprechen.

»Und ich sage Euch auch nur, daß er bereits in jungen Jahren gestorben ist«, wehrte Ogden ihren Einwand ab. »Er wurde keine hundert Jahre alt.«

»Und wie kam es dazu?« wollte die junge Frau wissen, der aufgefallen war, daß Ogden bei dem Wort »gestorben« gezögert hatte. »Warum ist er so jung gestorben?«

»Er wurde ermordet. Von einem Mitglied seiner eigenen Familie.«

»Ermordet?« Eine knappe Auskunft für etwas, hinter dem bestimmt viel mehr stecken mußte.

»Sein eigener Bruder hat ihn umgebracht«, erklärte Veremund nur. Die drei Alaunt regten sich, weil ihre Träume durch dunkle Erinnerungen gestört wurden. »In einer Großen Versammlung, vor den Augen aller Ikarier. Stieß ihm das Messer tief ins Herz, und kein einziger der Vogelmenschen regte sich, um Wolfstern beizustehen. Er starb allein und ungeliebt, verblutete in der Mitte der alten Großen Versammlungshalle auf der Insel des Nebels und der Erinnerung. Verschied, und das ganze Volk der Ikarier sah tatenlos zu.«

Tränen traten Aschure in die Augen. Wolfstern war allein und ungeliebt gewesen? Oh, sie wußte nur zu gut, wie sich das anfühlte.

20
Ankunft in Sigholt

Am nächsten Morgen hielten sich die Alaunt immer noch bei ihnen auf. Sicarius hatte sich hinter Aschures Rücken zusammengerollt und schlief. Die anderen Hunde saßen in einem ziemlich genauen Kreis rund um die Felsgruppe und spähten aufmerksam hinaus in die Ebene.

»Sie halten Wache«, bemerkte Veremund, als Aschure aufstand und sich umsah. »Selbst die Skrälinge würden sich von solchen Wesen fernhalten. Ihr habt in ihnen ein paar sehr starke und wachsame Gefährten gewonnen.«

Aschure strich dem Rudelführer über den Kopf und betrachtete ihren Bogen. »Sind sie vielleicht nur wegen des Wolfen gekommen, Veremund? Wenn der Bogen einst Wolfstern gehörte und sogar von ihm angefertigt wurde, folgen diese Tiere womöglich einfach demjenigen, der ihn gerade trägt.«

Der Hagere sah seinen Mitbruder an. Da hatte die junge Frau auf eine Möglichkeit hingewiesen, die sie noch nicht bedacht hatten. Immerhin handelte es sich bei den Alaunt um Jagdhunde, und ihr Herr hatte den Bogen gebaut. Wer konnte schon wissen, welche Zauberkräfte der Wolfen barg?

»Das läßt sich leicht herausfinden, Aschure«, meinte Ogden. »Gebt einfach Rivkah den Bogen. Aber sorgt für eines: Sicarius muß merken, daß Ihr ihn freiwillig aushändigt.«

»Rivkah, würdet Ihr Euch für mich um den Wolfen kümmern?« fragte Aschure und reichte ihr die Waffe.

Der Leithund regte nur ein wenig die Hinterläufe und schlief ungerührt weiter.

»Und nun, liebe Freundin«, schlug der Dicke vor, »tretet bitte aus dem Steinkreis, so als ob Ihr uns verlassen wollt.«

Aschure entfernte sich mit weitausholenden Schritten von ihrem Lager. Wie ein Mann erhoben sich die Alaunt und trotteten ihr hinterher.

Die Mönche sahen sich bedeutungsvoll an. Jetzt hatten sie den Beweis: Die Hunde waren nicht des Bogens wegen gekommen, sondern wegen der Schützin.

Die Gruppe reiste eine Woche lang weiter gen Süden und bog dann nach Südwesten zum Sperrpaß ab. Die Urqharthügel ließen sich am Horizont lediglich als violette Farbtupfer erkennen.

Sie kamen ziemlich gut voran, auch wenn die klirrende Kälte ihr ständiger Begleiter war und alle vier selbst in ihren dicken Mänteln froren. Die Damen ritten weiterhin auf den Eseln, und die braven Tiere klagten nicht einmal über das zusätzliche Gewicht. Aber weder Rivkahs noch Aschures Stiefel wären geeignet gewesen, um damit über den rauhen Kieselboden der Ebene zu laufen.

Die magischen Packsäcke der Mönche sorgten weiterhin für ausgezeichnete Verpflegung. Wenn die Reisenden abends anhielten und ihr Lager aufschlugen, warteten die Hunde geduldig in Reih und Glied, bis Ogden Zeit dafür fand, in seinen Taschen zu kramen und ihnen ein paar Fleischbrocken zuzuwerfen. Aber diese Art von Nahrung entsprach nicht dem Geschmack der Alaunt. Meist in der Nacht, aber gelegentlich auch am Tag verschwanden Gruppen von drei oder vier von ihnen irgendwo auf dem flachen Land und kehrten später mit blutverschmierten Schnauzen zurück.

Zum Dank für die Fleischstücke und die Gesellschaft gaben die Hunde den Menschen ihre Körperwärme. Die Wächter und die Damen gewöhnten sich bald daran, beim Hinlegen einen oder zwei Alaunt im Rücken zu spüren. Eines Morgens erwachte Aschure etwas früher und entdeckte, daß sich fünf oder sechs dieser Tiere zum Schlafen sogar um die beiden Esel herum gelagert hatten. Die Nächte auf dieser Ebene waren wirklich bitterkalt.

Zwei Tage, nachdem sie nach Südwesten abgebogen waren, entdeckten sie auf der Ebene eine Gruppe Reiter, die auf sie zutrabten. Zehn oder zwölf Berittene, die äußerste Vorsicht walten ließen, nachdem sie die Alaunt erspäht hatten.

Kaum hatte sie die Fremden bemerkt, nahm Aschure den Bogen zur Hand und legte einen Pfeil auf.

»Könnt Ihr sie erkennen?« fragte die Jägerin die Wächter. »Bornhelds Männer oder Belials?«

Ogden und Veremund starrten nach vorn. Die Reiter hatten sich zu einer breiten Linie auseinandergezogen und näherten sich von der untergehenden Sonne her. Die Hunde heulten leise und spannten ihre Körper an, bereit zum Kampf.

Doch als die Fremden nahe genug heran waren, beruhigten sich die Alaunt wieder, und Sicarius stieß ein Begrüßungsgebell aus. Offensichtlich kannte er die Fremden.

Die Reiter waren jetzt nur noch fünfzig Schritt von den Reisenden entfernt, aber weil sie die Sonne im Rücken hatten, konnte man ihre Gesichter und Kleider immer noch nicht richtig sehen.

»Tja, die Hunde scheinen sie zu mögen«, bemerkte Veremund, während er die Augen mit einer Hand abschirmte und angestrengt etwas zu erkennen versuchte. »Aber ich bin mir da noch nicht so ganz sicher ...«

Da unterbrach ein Ruf vom Anführer des Trupps seine Gedanken. Der Mann trieb seinen Rotschimmel an. »Ogden? Veremund, Ihr alten Gauner! Seid Ihr es wirklich?«

»Aber das ist doch Arne!« freute sich der Dicke.

Aschure zog sich der Magen zusammen. Arne gehörte zu den führenden Offizieren der Axtschwinger. Er war auch in Smyrdon dabei gewesen, als sie Belial eins über den Schädel gezogen hatte, um Ramu und Schra die Flucht zu ermöglichen. Ob er sich heute noch an sie erinnerte? Wie würde er ihr dann begegnen? Um ihn nicht unnötig herauszufordern, steckte sie den Pfeil in den Köcher zurück und hängte sich den Wolfen wieder über die Schulter.

Arne hielt seinen Wallach vor dem hageren Wächter an,

sprang aus dem Sattel und warf einen vorsichtigen Blick auf die Wolfshunde.

»Ogden und Veremund, wie schön, Euch wiederzusehen.« Er schüttelte den beiden die Hände. »Ikarische Fernaufklärer haben uns gemeldet, daß Ihr über die Ebene heranzieht.« Wieder schaute er nach den Alaunt. »Wo habt Ihr denn nur diese Köter aufgetrieben?«

»Na ja«, meinte Ogden, »eigentlich haben sie uns aufgestöbert, aber das ist eine lange Geschichte. Arne, ich weiß nicht, ob Ihr Euch an Aschure erinnert. Sie stammt aus –«

»Und ob ich mich an sie erinnere«, unterbrach der Offizier ihn, und seine Miene verfinsterte sich. »Ich weiß auch noch sehr gut, wie lange Belial an Kopfschmerzen gelitten hat.«

Die junge Frau errötete, und ihr fiel ein, daß sie über kurz oder lang ja auch Belial selbst gegenübertreten mußte. Was war denn damals nur in sie gefahren, daß sie so fest zugeschlagen hatte?

Arne wandte sich dann der anderen Frau zu.

»Und das ist Prinzessin Rivkah, ehemalige Herzogin von Ichtar«, raunte Veremund ihm zu.

Die Miene des Mannes änderte sich schlagartig. Er verbeugte sich ehrerbietig und trotz des ungewöhnlichen Orts nach höfischer Art vor ihr. »Prinzessin, Euer ergebenster Diener. Euer Wunsch ist mir Befehl.«

Axis' Mutter lächelte und hielt ihm die Hand hin. Arne ergriff sie und beugte sich kurz über sie. Die Wächter sahen ihn mit großen Augen an. Dieser ernste und verschlossene, gelegentlich fast sauertöpfische Mann offenbarte eine Seite, von der sie nichts geahnt hatten.

»Und wie geht es meinem Herrn, Axis?« fragte der Offizier, ehe er Rivkahs Hand wieder losließ. »Ich hoffe doch wohl.«

Seine Mutter lächelte noch mehr. Dieser Mann gefiel ihr. Er besaß ein braves und ehrliches Herz. »Ihm geht es sehr gut, Arne, und er hat seine Herkunft erkannt und angenommen.«

Erleichterung malte sich auf seinen Zügen. »Die ikarischen Aufklärer haben uns zwar davon erzählt, aber dies aus dem

Munde seiner leibhaftigen Mutter zu hören ist mehr, als ich erwartet hätte.«

Er warf Aschure noch einmal einen bösen Blick zu, sah den herrlichen Bogen auf ihrem Rücken, dann rief er seine Männer herbei.

»Unser Lager ist ganz in der Nähe, und wir führen Ersatzpferde mit uns. Morgen früh reiten wir nach Sigholt.«

Als sie die letzte Biegung des Passes hinter sich hatten, tauchte die Festung Sigholt vor ihnen auf, und die Mönche zügelten verwundert ihre Rösser.

»Hier hat sich einiges verändert, was?« bemerkte der Offizier.

Rivkah schob ihr Pferd neben die Esel der Wächter. Früher hatte sie Sigholt als Symbol für ihre verhaßte Ehe mit Searlas, dem Herzog von Ichtar und Vater ihres ältesten Sohnes Bornheld, verabscheut. Auch wenn sie hier Sternenströmer kennengelernt und Axis empfangen hatte, hatte sie doch eigentlich niemals zu dieser Festung zurückkehren wollen.

Aber das Sigholt, das sich jetzt anderthalb Meilen vor ihr erhob, ähnelte nicht mehr dem Ort ihrer Erinnerung.

»Die Fernaufklärer haben gesagt, diese Stätte sei wieder zum Leben erwacht«, flüsterte Veremund voller Ehrfurcht. »Aber ich hätte mir niemals vorstellen können, wieviel die alte Burg von ihrer Lebenskraft zurückgewonnen hat.«

Ogden saß schweigend und ergriffen auf seinem Grautier. Freudentränen strömten ihm über das Gesicht.

Den offensichtlichsten Unterschied zu früher stellte der wiedererstandene See dar. Er erstreckte sich weit über den Horizont hinaus, und wenn die Sonne gelegentlich einmal zwischen den Wolken hervorbrach, reflektierte das Wasser ihr Licht in Rottönen. Dampf stieg träge von der Oberfläche auf und trieb, vom Nordwind ergriffen, auf die Reisenden zu. In den gut vier Wochen, seitdem die Quelle freigelegt worden war, waren die sie umgebenden Urqharthügel zu neuem Leben erwacht. Roter und violetter Ginster bedeckte die höheren Regionen der Hügelhänge, während in den tieferliegenden Gebieten, die näher an der Wärme und der lebensspendenden Kraft des Wassers lagen, Farne und Felsenblumen gediehen.

Die Festung hingegen, einst ein eintöniger trostloser Steinklotz, hatte sich der Landschaft angepaßt und leuchtete nun in einem blaßsilbernen und wärmendem Grau. Bunte Banner flatterten auf den Zinnen. Man konnte jetzt schon ahnen, daß Sigholt sich in den nächsten Monaten in ein Paradies verwandeln würde – wenn überall auf den Hügeln Blumen blühten und es allerorten grünte. Schon jetzt meinte Rivkah, niemals einen schöneren Ort geschaut zu haben.

»Wie warm es hier ist«, bemerkte Aschure. Seit Arne die Reisegruppe gefunden hatte, hatte die junge Frau ganz gegen ihre Art weitgehend geschwiegen. Rivkah lächelte ihr zuversichtlich zu; sie wußte, daß sie sich vor dem Wiedersehen mit Belial fürchtete.

Der Offizier sah sie wieder nachdenklich an. Vor zwei Tagen hatte er Aschure aufgefordert, ihre Bogenkünste zu beweisen; denn er glaubte, bei dem Wolfen handelte es sich nur um ein Spielzeug für Mädchen. Aber mit ihrer Treffsicherheit hatte Aschure ihm dann doch grimmig gewährte Achtung abgetrotzt. Selbst Belial, einer der besten Bogenschützen, die er kannte, würde es nur mit Mühe mit dieser jungen Frau aufnehmen können. Natürlich machte Arne sich auch über die Hunde Gedanken. Die disziplinierten Alaunt gehorchten Aschure aufs Wort und schienen alles zu verstehen, wenn sie mit ihnen sprach. Er hatte selbst schon mit Jagdhunden gearbeitet, aber ein so gut abgerichtetes Rudel war ihm noch nie begegnet. Tag für Tag folgten die Alaunt der jungen Frau auf Schritt und Tritt, und Sicarius, der Leithund, wich niemals von ihrer Seite.

»Der See wird aus einer heißen Quelle gespeist«, sprach der Offizier und wandte sich zum ersten Mal an Aschure persönlich, »und deren Wasser wärmt die Luft. Gorgrael kann uns hier mit seinen Eiswesen nichts anhaben. Sigholt ist ein sicherer Hafen für uns.«

Als sie weiterritten, entdeckten sie auch den funkelnden Wassergraben, der die Festung umgab.

»Hier sieht alles so anders aus«, erklärte Rivkah ihrer Freundin, als sie zur Brücke ritten. »Dieses Sigholt lebt und lacht.«

»Halt!« rief Arne, bevor sie auf die Brücke konnten. »Ogden und Veremund, Ihr geht zuerst hinüber, dann erst die beiden Damen.«

Die Mönche stiegen strahlend von ihren Eseln ab und traten vor den steinernen Steg.

»Willkommen, Ogden, willkommen, Veremund«, begrüßte die Brücke sie freudig mit ihrer melodischen Stimme. »Wie lange ist es her, seit ich Eure Füße auf meinem Rücken spürte?«

Rivkah und Aschure rissen überrascht die Augen auf.

»Die Brücke lebt, edle Herrin«, erklärte der Offizier Axis' Mutter. »Und sie schützt uns vor allen, die nicht reinen Herzens sind.«

Die Wächter unterhielten sich gutgelaunt mit der Brücke, während sie zur anderen Seite schritten, und umarmten dann Jack, der sie am Tor erwartete. Die drei hatten sich viel zu erzählen, aber die Freude der Mönche wurde durch Jacks Mitteilung getrübt, daß Zecherach noch nicht gefunden war.

»Prinzessin«, winkte Arne Rivkah zu, »Ihr geht als nächste.«

Sie trieb ihr Roß an, doch bevor dieses den Huf auf die steinerne Überführung setzte, fragte diese: »Seid auch Ihr reinen Herzens?«

»Ja, das bin ich«, antwortete Axis' Mutter klar und deutlich.

»Dann betretet mich, Prinzessin Rivkah, damit ich feststellen kann, ob Ihr die Wahrheit sprecht.«

Auf halber Strecke meldete sich die Brücke wieder zu Wort, diesmal mit tonloser Stimme: »Ihr wart einst die Herzogin von Ichtar.«

Rivkah wurde sich in diesem Moment unangenehm des rauschenden Wassers unter ihr bewußt. Im Schatten neben dem Tor warteten einige Männer auf sie. Ogden und Veremund sahen ihr ebenso wie der dritte bei ihnen ängstlich entgegen.

»Ja«, antwortete sie, »die war ich einst.«

Ihr Pferd blieb stehen, und Rivkah konnte es nicht dazu bewegen weiterzugehen. Schweiß trat ihr auf die Stirn.

»Ihr wart nicht aufrichtig zu Eurem Ehemann, Rivkah von Ichtar. Ihr seid Herzog Searlas von Ichtar nicht reinen Herzens begegnet, sondern habt ihn mit einem anderen Mann betrogen.«

Axis' Mutter schluckte. »Ja«, zwang sie sich schließlich zu antworten, »ja, ich war Searlas nicht treu.« Ihr war es unmöglich, der Brücke die Unwahrheit zu sagen. »Hier auf dieser Burg habe ich ihn betrogen.«

Schweigen trat ein, und die Brücke schien nachzudenken. Dann fing sie unvermittelt an zu lachen. »Dann habt Ihr mein Herz schon gewonnen, Prinzessin, denn ich kann die Herzöge von Ichtar nicht leiden. Jeder ihrer Feinde ist mein Freund.«

Rivkah lächelte leise, und im selben Moment lief ihr Roß weiter. »Dank Euch, Brücke, vielen Dank.«

Aschure, die von der anderen Seite zusah, seufzte vor Erleichterung. Vor einem Moment noch hatte es ganz so ausgesehen, als wolle der Steg ihre Freundin abweisen. Sie warf einen scheuen Blick auf Arne, der ihr zunickte. Die Jägerin trieb ihr Pferd zur Brücke.

»Seid Ihr reinen Herzens?« bekam auch sie die Frage zu hören.

»Ja, das bin ich«, antwortete Aschure selbstsicher.

»Dann kommt zu mir, damit ich die Wahrhaftigkeit Eurer Worte überprüfen kann.«

Die Brücke teilte der jungen Frau bereits in dem Moment, in dem ihr Roß die Hufe auf die rot geäderten silbergrauen Steine setzte, ihre Zustimmung mit.

»Ihr habt die Wahrheit gesprochen, Aschure, und seid mir in meinem Herzen willkommen.«

»Danke, Brücke«, entgegnete sie und sah Rivkah, die vor dem Tor wartete, damit sie beide gemeinsam in Sigholt einreiten konnten.

Aber der Steg war noch nicht mit dem letzten Neuankömmling fertig. »Schon sehr lange spürte ich nicht mehr Eures Vaters Schritt auf mir. Wo hält er sich denn so lange auf?«

Aschure stand der Mund auf. Hagen sollte über diese Brücke gekommen sein?

»Er ist tot«, stammelte sie schließlich.

»Oh, das tut mir aber leid«, sagte die Überführung traurig. »Ich habe ihn sehr gemocht, obwohl viele etwas gegen ihn hatten. So manche Nacht haben wir damit verbracht, uns über die ernsthaftesten Dinge zu unterhalten.«

Rivkah empfing ihre Freundin mit gerunzelter Stirn. »Was meinte die Brücke denn gerade?«

»Keine Ahnung. Vielleicht hat sie mich mit jemandem verwechselt. Hagen ist bestimmt nie hier gewesen.«

Als sie ihre Rösser wieder antrieben, traten plötzlich zwei Männer aus dem Torhaus. Aschure fuhr zusammen. Bei dem einen handelte es sich um denjenigen, den sie damals hinterrücks niedergeschlagen hatte. Den anderen kannte sie nicht.

»Belial«, flüsterte sie tonlos.

Aber Axis' Leutnant wandte sich zuerst an Rivkah. »Willkommen auf Sigholt, Prinzessin. Ich bin Belial, einst der Stellvertreter Eures Sohnes bei den Axtschwingern und heute Befehlshaber dieser Festung.« Er setzte ein Lächeln auf, und Fältchen bildeten sich um seine braunen Augen. »Willkommen daheim, Prinzessin.«

Axis' Mutter begrüßte ihn mit viel Wärme. Ihr Sohn hatte ihr soviel von dem Mann erzählt. »Ich kann mir niemand Besseren vorstellen, mich hier in meiner alten Heimat willkommen zu heißen, als den Offizier, dessen Freundschaft meinem Sohn soviel bedeutet. Ihr seht mich zutiefst geehrt und erfreut, Euch endlich kennenzulernen, Belial.«

Der Leutnant verneigte sich vor ihr und wandte sich dann an Aschure.

»Aschure, steigt von Eurem Pferd.« Er streckte ihr hilfreich die Hände entgegen.

Die junge Frau zögerte. Doch dann beugte sie sich vor, setzte ihre Hände auf Belials Schultern, spürte, wie seine Hände ihre Hüften umfaßten, und fühlte sich schon vom Roß gehoben.

Aber statt sie loszulassen, als sie auf ihren Füßen stand, hielt er sie weiterhin fest. »Eigentlich sollte ich Euch ja für das, was Ihr mir angetan habt, in den Burggraben werfen«, erklärte Belial ihr mit finsterer Miene. »Ich hatte Euch vertraut, doch Ihr habt mir dieses Vertrauen schlecht gelohnt.«

Aschure erstarrte am ganzen Körper, und Tränen der Scham glitzerten in ihren Augen. Sie wußte nicht, was sie diesem Mann sagen sollte, den sie so schändlich behandelt hatte.

Sein Blick wanderte über ihre Züge. Schon in Smyrdon war sie ihm als große Schönheit aufgefallen, aber seit damals hatte sie deutlich an Reife und dazu eine Aura der Wildheit gewonnen, die sie für ihn geradezu unwiderstehlich machte.

Jetzt stand diese Frau also hier vor ihm in Sigholt. Konnte das Schicksal es besser mit jemandem meinen als mit ihm? Zögernd ließ er sie los.

»So sehr Ihr auch ein Bad im Burggraben verdient hättet, will ich es doch dabei belassen, Euch auf der Festung willkommen zu heißen. Wir werden später darüber reden, welche Form von Wiedergutmachung Ihr leisten könnt.«

Aschure brachte ein schüchternes Lächeln zustande.

»Magariz«, wandte der Leutnant sich an den anderen Mann, »darf ich Euch Prinzessin Rivkah und Aschure vorstellen?«

Der Fürst trat aus dem Schatten. Ein Mann in den mittleren Jahren mit dichtem schwarzem Haar voller Silbergrau. Obwohl er hinkte und eine lange Narbe quer über seine linke Wange lief, konnte ihm niemand eine glänzende Erscheinung absprechen.

So wie Belial eben der jungen Frau vom Pferd geholfen hatte, so streckte jetzt Magariz Axis' Mutter die Hände entgegen.

»Willkommen, Prinzessin«, grüßte der Fürst, »wir haben uns lange nicht mehr gesehen und sind seit unserer letzten Begegnung deutlich grauer geworden. Aber wenigstens treffen wir uns unter angenehmeren Umständen wieder.«

Rivkah hielt ihm die Hand zum Kuß hin. »Aber ich bin grauer geworden als Ihr, Fürst.«

»Doch noch genau so schön«, sagte Magariz galant.

»Ihr kennt Euch?« wunderte sich Aschure. »Woher denn?«

Ihre Freundin lachte hell, als sie die Verblüffung auf den Mienen der jungen Frau und des Leutnants sah. »Ihr habt wohl vergessen, daß ich als Kind am Hof zu Karlon lebte. Und

Magariz diente dort als Page und durfte an der Tafel des Königs aufwarten.«

Sie wandte sich wieder dem Fürsten zu, der immer noch ihre Hand hielt. »Und nun seid Ihr ein hoher Offizier, Magariz. Das sagt mir noch mehr als das Grau auf unseren Köpfen, wie viele Jahre vergangen sind.«

Magariz ließ ihre Hand jetzt los und trat einen Schritt zurück. »Mir wurde es irgendwann zu dumm, edle Herrin, immer nur Speisen in Schüsseln herumzutragen. Irgendwann nach Eurer Vermählung mit Herzog Searlas beschwatzte ich meinen Vater, mich in die Palastwache zu stecken. Nach etlichen Jahren überstellte Seine Majestät mich in die Dienste Bornhelds, der gerade Herzog geworden war. Bei ihm habe ich es dann schließlich bis zum Kommandanten der Feste Gorken gebracht. Zehn Jahre durfte ich oben im Norden verschimmeln, bis die Ereignisse der vergangenen acht Monate mich in ein Abenteuer zogen, von dem ich nie zu träumen gewagt habe.« Er zuckte die Achseln. »Dreißig lange Jahre in so wenigen Sätzen. Aber so ist es mir seit unserer letzten Begegnung ergangen.«

»Und auf Gorken habt Ihr Euch dann der Sache Axis' angeschlossen«, bemerkte Rivkah. »Ihr habt immer schon gern wagemutige Entscheidung getroffen, nicht wahr, Fürst?«

Magariz lächelte freimütig. »Manche dieser Entscheidungen waren wohl ein wenig zu tollkühn, doch ich habe keine einzige davon jemals bereut.«

Axis' Mutter lächelte, wandte sich ab und legte den dicken Reisemantel ab, den sie in der warmen Luft Sigholts wirklich nicht mehr brauchte. »Ich weiß so wenig von Bornheld, Fürst. Ihr müßt einfach ein paar Stunden mit mir verbringen und mir von ihm erzählen.«

Magariz verbeugte sich mit ernster Miene vor ihr. »Was immer Ihr wünscht, Prinzessin.«

»Und über Faraday, die neue Herzogin von Ichtar«, fügte Rivkah hinzu. »Auch sie kenne ich viel zu wenig und möchte unbedingt mehr über sie erfahren.«

Aschure hatte ein Lächeln aufgesetzt, das wie eingefroren

wirkte und ihrer Freundin nicht entging. Sie muß sich endlich damit abfinden, dachte Rivkah, daß Axis durch ganz Achar reiten wird, um wieder bei Faraday zu sein. Und sie muß begreifen, daß es für sie und Axis keine Zukunft gibt.

Plötzlich stieß die Prinzessin einen Schrei des Entzückens aus. Reinald war zur Begrüßung vorgetreten. Sie umarmte ihn herzlich. Als sie noch hier auf Sigholt gelebt hatte, war der Küchenjunge einer ihrer wenigen Freunde gewesen.

Belial stellte Magariz nun Aschure vor, und dann wurde alles fröhliche Wiedersehen von kräftigem Gebell unterbrochen. Die Gruppe fuhr herum und sah das Rudel Alaunt, das feierlich über die Brücke Einzug hielt. Der Steg kläffte ihnen etwas zu, und Sicarius antwortete in der gleichen Weise.

Der Leutnant wandte sich an die Damen. »Wo kommt denn diese Meute her?«

»Sie scheinen irgendwie zu mir zu gehören«, antwortete Aschure. »Ich hoffe, es macht Euch nichts aus, sie von nun an hier bei Euch in der Burg zu haben. Die Hunde sind gut erzogen und machen bestimmt keine Scherereien. Ich will Euch diese Geschichte gern erzählen, sobald ich eine Möglichkeit gefunden habe, mich umzuziehen.«

Dem Leutnant wurde sein schlechtes Benehmen bewußt. Zu lange schon hatte er die beiden Damen hier draußen vor der Burg festgehalten. Doch gerade, als er sie in die Festung führen wollte, tauchte Jack auf. Der Hirt hatte die Alaunt sofort wiedererkannt. Sicarius und er sahen sich jetzt wissend an.

»Ihr seid also Aschure«, sagte Jack dann, und Belial holte das Versäumte rasch nach und stellte die beiden einander vor.

Als sie sich die Hand gaben, lächelte Jack so, als verstünde er die Rätsel, welche die junge Frau umgaben. Anders als die anderen Wächter, die nie mit dem Propheten gesprochen hatten, der sie angeworben hatte, kannte er ihn gut und war in einige Geheimnisse eingeweiht.

Aber die Prophezeiung barg noch viel tiefere Mysterien, und Aschure stellte eines davon dar.

21
Lang lebe der König!

Faradays Hoffnungen starben so rasch wie der Mann vor ihr. Sie stand hinter Judith, als die Königin sich über den ausgestreckten Leib ihres Gemahls beugte, um ihr Stärke und Freundschaft anzubieten. Neben ihr befand sich Embeth, die erste Kammerfrau Ihrer Majestät. Die beiden sahen sich kurz an und verstanden einander sofort. Niemand konnte jetzt Judiths Gram lindern.

Stille herrschte im Schlafgemach des Königs, und nur ein paar Kerzen brannten hier. Weihrauch machte die Luft schwer. Auf der anderen Seite des Bettes stand Jayme, wie stets begleitet von Moryson. Der Bruderführer trug zu diesem traurigen Anlaß seine kirchliche Amtstracht. Hinter ihm befand sich Bornheld. Faradays und sein Blick trafen sich kurz, bevor sie sich rasch abwandte, weil sie nicht ertragen konnte, was sie in den Tiefen seiner Augen entdeckte. Im Hintergrund der reich verzierten und in Gold und Rosa gehaltenen Kammer standen einige Diener und Höflinge, die weinten, und zwei ratlose Ärzte.

Faraday sah wieder zum König hinüber. Auf den Tag genau vor drei Wochen hatte Priam, der immer gesund und munter gewesen war, erste Anzeichen von Wahnsinn gezeigt. Drei Tage lang war er durch die Gänge seines Palastes gestürmt und hatte in jedem Schatten Dämonen und Zauberer gesehen. Judith und Scharen von Dienern waren ihm überall hin gefolgt und hatten ihn angefleht, sich von Ärzten untersuchen zu lassen, sich hinzulegen und endlich zu schlafen. Vielleicht sei er ja nur überarbeitet und bedürfe der Erholung. Aber Seine Majestät war weiter durch die Korridore gerannt, ruhelos und zunehmend auch verwahrlost.

Was für ein furchtbares Ende, dachte Faraday verzweifelt. Sie hatte fast die gesamten letzten Wochen an der Seite Judiths verbracht und sie nach Kräften in allem unterstützt. Hatte sie mit sanftem Zwang dazu gebracht, sich hinzulegen, wenn sie doch lieber ihren Mann suchen wollte. Hatte ihr beigestanden, sie getröstet und ihr gut zugesprochen. Hatte alles versucht.

Die Ärzte stellten fest, daß Seine Majestät an einer besonders schweren Form von Hirnbrennen leide, die bei ihm Irrsinn hervorrufe. »Die Krankheit muß schon eine ganze Weile in ihm schwelen«, erklärten sie, »und ist jetzt vollständig zum Ausbruch gekommen.«

Sie legten ihm eine Eispackung nach der anderen auf die Stirn und setzten Blutegel an, um das Fieber zu senken, das sein Blut zum Kochen brachte. Die Heilkundigen überlegten sogar, seine Majestät in branntweingetränkte Tücher zu wickeln und in einen dunklen Raum einzuschließen; aber dann verwarfen sie diese Idee wieder. Der letzte Adlige, bei dem man diese Methode angewandt hatte, war unglücklich gestorben, weil ein unachtsamer Diener dabei eine Kerze umgestoßen hatte, die auf die alkoholgetränkten Tücher gefallen war und sie in Brand gesetzt hatte. Keiner ihrer Vorschläge und Anwendungen konnte seinen Zustand bessern, und schließlich hatten sie sich eingestehen müssen, daß sie mit ihrer Kunst am Ende seien.

Der ganze Hof grämte sich. Karlon und die benachbarten Grafschaften trauerten darum, daß des Königs Leben zur Neige ging. Und dann tauchten die ungeheuerlichen Gerüchte auf. Wenn Priam über ein Bündnis mit den Unaussprechlichen nachgedacht habe, lasse das doch darauf schließen, in welch schlimmem Zustand sich sein Verstand bereits befand. Wenn er Bornheld in aller Öffentlichkeit so gedemütigt habe, beweise das doch, daß er schon damals längst nicht mehr Gut von Böse, Freund von Feind unterscheiden konnte.

Jayme jedenfalls hatte sich diese Gerüchte rasch zunutze gemacht. Faraday fragte sich insgeheim, ob er sie nicht gar in die Welt gesetzt hatte.

»Das ansteckende Gift der Unaussprechlichen hat Priam befallen«, verbreitete der Bruderführer, und viele, allzu viele waren geneigt, ihm zuzuhören. »Deren Niederträchtigkeiten reichen jetzt schon bis ins Herz der Hauptstadt; denn es geht ihnen nur um ihren verruchten Plan eines Bündnisses.« Traurig schüttelte Jayme, wenn er an diesem Punkt angekommen war, den Kopf. »Ihr Gift hat sich bereits in den Gedanken Seiner Majestät festgesetzt. Nun können sich alle mit eigenen Augen davon überzeugen, mit wieviel Heimtücke die Unaussprechlichen arbeiten. Niemand vermag mehr, seine Ohren vor ihrem verderbten Treiben zu verschließen. Aber predigt das der Seneschall nicht schon seit vielen hundert Jahren? Haben wir nicht aus eben diesen Gründen die Unaussprechlichen aus unserer schönen Heimat vertrieben?«

Je mehr die Gerüchte über den unrettbaren Wahnsinn des Königs sich verstärkten, desto schwächer wurden Faradays Hoffnungen. Bornheld würde sich des Thrones bemächtigen und die gesamte Macht des Reiches gegen Axis ins Spiel werfen. Nun würden die beiden Brüder in ihrem Haß aufeinander ganz Achar zerreißen und zerstückeln, ehe sie sich endlich mit dem Schwert in der Hand in der Mondkammer gegenüberstünden.

Genau so wie die Vision es ihr gezeigt hatte.

Faraday ließ den Kopf hängen und wischte sich verstohlen die Tränen fort.

Bornheld hatte sich ebenfalls sehr um seinen Onkel gekümmert und sich Tag und Nacht an seiner Seite aufgehalten. Alle lobten ihn dafür, sich so fürsorglich zu verhalten. Ständig war er mit Priam durch die Gänge gelaufen, hatte ihm rasch einen Stuhl hingestellt, wenn er für einen Moment der Ruhe bedurfte, und überall hin den gefüllten königlichen Kelch mitgenommen, damit Priam sich am Trank laben konnte, wenn ihm danach war. Und als Seine Majestät dann schließlich zusammengebrochen war, hatte der Neffe ihm weiterhin jeden Wunsch von den Augen abgelesen. So hielt er Priam den Kopf, wenn dieser trinken wollte, wischte ihm danach die Lippen ab und ließ das königliche Haupt dann sanft aufs Kissen zurückgleiten.

Seine Gemahlin aber glaubte ihm diese Fürsorge keinen Augenblick lang. Wenn Bornheld sich nämlich gerade einmal nicht um den König kümmerte, stand er mit Jayme oder einem von dessen Ratgebern zusammen, und sie unterhielten sich verstohlen. Gilbert tauchte wie ein böser Schatten überall in den königlichen Gemächern auf, und Moryson sah man nur mit tief ins Gesicht gezogener Kapuze durch die Gänge huschen.

So fürsorglich sich der Herzog am Tag verhielt, so schlecht schlief er in der Nacht. Dann wälzte er sich neben Faraday hin und her und krallte die Finger in den Laken. Er murmelte in seinen Träumen, aber seine Gattin konnte nichts von dem verstehen, was er sagte. Eines Nachts wurde es mit ihm so arg, daß sie ihn weckte, um ihn aus seinen Alpträumen zu befreien, und ihm zur Erfrischung ein Glas Wasser reichte. Aber der Herzog schrie nur Unzusammenhängendes und schlug ihr den Becher aus den Händen.

Danach nächtigte Bornheld in einem anderen Zimmer und verkündete allen, er sei seiner Gemahlin überdrüssig und ihre Anwesenheit störe seinen Schlaf. Faraday freute sich zwar, nun vor ihm ihre Ruhe zu haben, aber sie fragte sich dennoch, was ihn in seinen Träumen so plagen mochte.

Judith richtete sich jetzt wieder auf, und die Herzogin reichte ihr ein frisches Tuch.

»Seid bedankt«, sagte die Königin geistesabwesend und beugte sich wieder über ihren sterbenden Gatten.

Vor vier Tagen, als Faraday Judith gebeten hatte, sich endlich ein wenig auszuruhen, hatte sie sich neben das Lager des Königs gesetzt und ihm die Hand aufgelegt. Sie versuchte, Verbindung zur Mutter herzustellen, um ihn vielleicht so zu heilen, wie sie es bei Axis vermocht hatte.

Doch kaum hatte sie ihn berührt, zog sie auch schon hastig die Hand wieder zurück. Was sie in dem kurzen Augenblick gespürt hatte, war keine natürliche Krankheit gewesen! Dunkler Zauber wütete unter Priams Haut. Lange Zeit saß Faraday nur zitternd da und winkte die Diener fort, die sogleich zu ihr geeilt waren. Zauberkräfte? Wie sollte das möglich sein? Wer verstand sich hier im Palast denn darauf?

An Verdächtigen für einen Anschlag auf den König kamen hier am Hof mehr als genug Personen in Frage. Bornheld stand natürlich ganz oben auf der Liste. Aber auch im Turm des Seneschalls fanden sich viele, die Seiner Majestät gern einen Dolch in den Rücken gestoßen hätten. Die ganze Kirchenspitze würde sich um das Privileg balgen, die Waffe als erste führen zu dürfen. Aber sicher waren auch einige der hohen Fürsten zu einem solchen Anschlag bereit; vor allem wenn sie befürchten mußten, durch das geplante Bündnis Priams mit den Ikariern und den Awaren zuviel zu verlieren.

Aber daß einer von ihnen über magische Kräfte verfügen sollte, nein, das war kaum denkbar. Und dennoch hatte Faraday unzweifelhaft bösen Zauber gespürt, den sie jedoch nicht verstehen konnte. Er hatte sich zwar ähnlich machtvoll, aber eben doch ganz anders angefühlt als bei Axis.

Priam erlag hier also offensichtlich einem Mordanschlag, den jemand mittels Zauberei durchgeführt hatte.

Embeth legte ihr jetzt eine Hand auf den Arm und riß sie aus ihren düsteren Gedanken. Faraday nickte ihr dankbar zu und bemerkte dann Jayme, der über das Bett gegriffen und Judiths Hand genommen hatte.

»Verzeiht mir, Königin, aber ich muß den Ritus jetzt bald durchführen. Seiner Majestät bleibt nicht mehr sehr viel Zeit.«

Der Königin zitterten die Schultern vor Erschöpfung, als sie nickte: »Dann beginnt, Bruderführer.«

Der Kirchenführer begann mit dem Sterbesakrament, einer uralten Zeremonie, die der Seele eines Todgeweihten den Übergang in die nächste Welt erleichtern sollte. Wunderbare und tröstliche Worte kamen aus seinem Mund, mit denen er den König ermunterte, seinem Schöpfer in Freude und Dankbarkeit gegenüberzutreten, und den Hinterbliebenen riet, sich daran zu erinnern, daß im Jenseits Artor warte, um den König in Seine ewigliche Fürsorge aufzunehmen. Zu den Pflichten eines Sterbenden gehöre es, sich dem Tod willig zu stellen und sich auf seine Sünden und Verfehlungen zu besinnen, auf daß Artor den Reuigen um so bereitwilliger bei sich aufnehme. Und die Pflicht der Zeugen eines Sterbens bestehe darin, dem Betreffenden den Übergang so leicht wie möglich zu machen.

Faraday beobachtete Jayme bei seinem Gebet und versuchte herauszuhören, ob sich Triumph in seine Stimme einschlich, oder ob ein befriedigter Glanz in seine Augen trat. Aber wenn der Bruderführer so etwas wie Freude über das Ende des Königs empfand, wußte er das wohl zu verbergen.

»Priam«, wandte der Kirchenführer sich dann eindringlich an den Sterbenden und legte ihm die drei Schwurfinger auf die wächserne Stirn, »hört mir gut zu: Ihr müßt Euch der Obhut Artors anvertrauen, um Sein Heil zu erlangen, und Ihr müßt bedenken, daß Er Euch nur empfängt, wenn Ihr Eure Fehler und Missetaten beichtet und bereut. Priam, bekennt Eure Sünden jetzt, damit Artor Euch in Liebe aufnehmen kann.«

Der König schlug die Augen auf. Seine aufgesprungenen, trockenen Lippen bewegten sich, doch kein Laut ließ sich vernehmen. Jayme winkte einen Diener mit dem Kelch des Königs herbei.

»Trinkt, Euer Majestät«, flüsterte der Bruderführer, »trinkt, auf daß Euch die Beichte leichter falle.«

Faraday blickte verwirrt auf das Gefäß, atmete tief durch und versuchte, ihren Magen zur Ruhe zu bewegen. Doch je länger sie auf den Kelch schaute, desto mehr überkam sie die Gewißheit, daß etwas Böses, Schattenhaftes in ihm wohne. Dunkle Zeichen huschten über den Rand, und ihr fuhr es durch Mark und Bein. Dies war die Quelle des Dunklen Zaubers, der Priam aufs Totenbett geworfen hatte.

Doch der König nahm einen Schluck, und der kühle Trank schien ihn zu beleben. Er murmelte jetzt etwas vor sich hin, und Judith fing wieder an zu weinen. Offensichtlich erinnerte der Herrscher sich gerade der ersten Jahre seiner Ehe, als das Paar eine strahlende Zukunft zu erwarten hatte, als sie sich voller Leben fühlten und als sie noch glaubten, in ein oder zwei Jahren einem gesundem Thronfolger das Leben schenken zu dürfen. Obwohl die Verbindung zwischen ihnen vom Hof arrangiert worden war und mehr auf politischen Beweggründen fußte, waren die beiden sich immer von Herzen zugetan gewesen. Ihre Liebe hatte sogar die Enttäuschung ihrer Kinderlosigkeit überdauert.

»Ja, gut so«, ermunterte Jayme den Sterbenden, und jetzt trat ein sonderbares Leuchten in die Augen des Bruderführers. »Beichtet alles, redet Euch alles von der Seele, auf daß Artor Euch um so bereitwilliger aufnehme.«

Faraday betrachtete den Kirchenführer eingehend. Wenn sie es recht bedachte, hatten eigentlich immer nur er oder Bornheld dem König den Kelch gereicht. Warum hatte die böse Magie nicht auch auf sie übergegriffen? Warum war Priam allein davon erkrankt? Sie schaute rasch in eine andere Richtung, um sich nicht verdächtig zu machen, aber dort fiel ihr Moryson ins Auge. Der alte Berater stand hinter Jayme und Bornheld und hatte sich wie üblich die Kapuze tief ins Gesicht gezogen. Dennoch erkannte sie, wie sich seine Lippen bewegten und er den Kelch nicht aus den Augen ließ.

Während sie ihn noch anstarrte, hob er plötzlich den Kopf und warf ihr einen höhnischen Blick zu.

Faraday zitterte so heftig, daß sie befürchtete, sich nicht mehr auf den Beinen halten zu können. Die Augen des Mannes wirkten kalt wie Eis und schienen sich in ihren Kopf zu bohren.

»Herzogin?« murmelte Embeth an ihrer Seite, und Faraday konnte endlich den Blick vom Ersten Berater losreißen.

Als sie nach einer Weile wieder zu ihm zu schauen wagte, betrachtete er bekümmert den König.

Ein Zucken ging über Priams Gesicht, und dann schüttelte sich sein ganzer Körper. Judith schrie leise auf, ergriff die Hand ihres Mannes und hielt sie so fest, wie sie nur konnte. Des Königs Mund öffnete sich, und blutiger Schaum quoll heraus. Embeth beugte sich über ihn, um ihn wegzuwischen. Seine Majestät starrte nun nur noch an den Himmel seines Bettes, und sein Atem ging immer angestrengter.

Mit zitternden Lippen versicherte Judith ihn ihrer Liebe und wünschte ihm einen glücklichen Übergang.

Doch noch einmal kehrte das Leben in Priam zurück. Er

streckte eine zittrige Hand aus und zog seine Gattin zu sich heran, um ihr etwas ins Ohr zu flüstern. Das, was Judith nun von ihm zu hören bekam, ließ sie von Kopf bis Fuß erstarren.

Danach mußte die Königin sich setzen und wirkte verstört. Priams Kopf sank auf sein Kissen zurück, seine Finger strichen ein letztes Mal zart über die Wange seiner Frau, und dann starb er.

Stille breitete sich aus. Nach seinen Anfällen von Wahnsinn während der letzten Wochen hatte er ein überraschend friedliches Ende gefunden.

Moryson fand als erster seine Stimme wieder. »Der König ist tot!« rief er und wandte sich an Bornheld: »Lang lebe der König!«

Ein merkwürdiger Ausdruck trat auf das Gesicht des Herzogs. Jayme zog den mit einem Amethyst besetzten Siegelring von Priams Hand und steckte ihn Bornheld an den Finger. »Lang lebe der König!« rief auch er. »König Bornheld!«

Faraday, die die Szene verfolgte, fühlte sich gefangen wie in einem Traum. Alles war so unwirklich.

Bornhelds Blick, der vor Eifer und Triumph glühte, traf über dem Totenbett den ihren. »Meine Königin.«

Faraday schlüpfte leise in Judiths Gemächer. Sie hatte während der vergangenen drei Stunden Embeth und der Königin dabei geholfen, Priam herzurichten. Der Tod eines Königs verlangte eine endlose Folge von Zeremonien, Gebeten und Riten. Dazu mußte natürlich die Leiche gewaschen und für die Aufbahrung gekleidet werden. Als Witwe Priams oblag es Judith, sich um all diese Dinge zu kümmern. Sie hatte bislang gefaßt gewirkt und war wie gewohnt ihren Pflichten nachgegangen. Aber Faraday war trotzdem nicht entgangen, daß Judith kurz vor einem Zusammenbruch stand. Und nun wollte sie sicherstellen, daß die Königinwitwe zu der Ruhe fand, derer sie dringend bedurfte.

Als Faraday eintrat, saß Judith auf einer Ruhebank am Feuer, und Embeth hatte ihr einen Arm um die Schultern gelegt. Beide Damen hielten ein Glas Branntwein in der Hand.

Die Erste Kammerfrau lächelte wie um Verständnis bittend, als Faraday sich neben die Witwe setzte. »Es gibt wohl kaum einen besseren Anlaß, sich zu betäuben, als in den Stunden nach dem Tod des Ehemanns.«

Faraday sagte sich, daß Embeth wohl jetzt an ihren verstorbenen Gatten Ganelon denken mochte.

Judith schluckte ihre Tränen hinunter und stellte dann ihr Glas ab. Dunkle Ringe unter ihren Augen zeigten, daß sie schon seit vielen Nächten keinen rechten Schlaf mehr gefunden hatte. Auch glänzte ihr goldenes Haar nicht mehr. Arme Judith, dachte Faraday und strich ihr durch die wirren Strähnen, um ihr etwas Würde zu verleihen. Was will sie nun, da Priam von uns gegangen ist, mit ihrem Leben anfangen?

»Danke, Faraday«, murmelte die Witwe, räusperte sich und fuhr dann mit kräftigerer Stimme fort: »Priam und ich danken Euch beide für die freundliche Fürsorge und Unterstützung, die Ihr uns in den vergangenen Wochen gewährt habt.«

Faraday lächelte nur, sagte aber nichts dazu. Sie hoffte, ebenso gefaßt bleiben zu können, wenn sie ein ähnlich schwerer Verlust treffen sollte.

So saßen die drei Frauen für eine Weile schweigend da, bis Judith plötzlich Faradays Hand ergriff.

»Meine Teure, vergebt mir bitte das, was ich Euch jetzt sagen muß, aber ich kann nicht länger schweigen. Und nachdem ich Euch und Bornheld während der vergangenen Wochen miteinander erlebt habe, glaube ich, daß ich Euch dies anvertrauen darf.«

Faraday sah sie fragend an.

Judith nahm jetzt entschlossen ihr Glas und leerte es in einem Zug. »Priam teilte mir mit, daß er Axis zu seinem Thronfolger bestimmen wolle«, sagte Judith. »Und nicht Bornheld.«

Faraday seufzte. Was konnte das Axis jetzt noch nutzen?

»Artor steh uns bei!« flüsterte Embeth. »Ihr könnt nicht an Bornhelds Hof auftreten und erklären, daß Priam seinen Halbbruder auf dem Thron sehen wollte.«

Die Witwe lächelte bitter und straffte ihren Körper. »Ich weiß,

Embeth, schließlich bin ich nicht lebensmüde. Aber ich fürchte, daß man Priams Tod bereits in der Stunde plante, als er öffentlich bekanntgab, ein Bündnis mit Axis eingehen zu wollen.«

Faraday starrte sie an, entschied sich dann aber dafür, einstweilen über den Kelch zu schweigen. Schließlich wußte sie noch gar nichts darüber. Weder wer das Gefäß verzaubert hatte, noch wer mit im Bunde war. Warum sollte sie da Judith damit beunruhigen, daß böse Magie im Spiel gewesen sei? So nahm sie dann ihre Hand in die ihre.

»Und warum hatte Priam sich dazu entschlossen?«

»Während der letzten Monate erkannte er immer deutlicher, wie falsch es von ihm gewesen war, Rivkahs Sohn niemals offiziell anzuerkennen. Immerhin handelt es sich bei dem jungen Mann um einen hervorragenden Feldherrn und einen klügeren Prinzen, als Bornheld es je sein wird.« Die Witwe zögerte und warf einen Blick auf ihre Kammerfrau. »Ich vertraue Euch das nur an, weil Embeth mir von Euren Gefühlen für Axis berichtet hat. Und daß sie Euch, als Euch Zweifel kamen, ermutigt habe, dann doch lieber dem Wunsch Eurer Eltern zu folgen und Bornheld zu heiraten.«

»Dafür kann ich mich heute gar nicht genug entschuldigen«, gestand Embeth.

Faraday senkte den Kopf und dachte nach. Als sie wieder hochblickte, strahlte Kraft und Macht aus ihren Augen.

Die beiden anderen starrten sie verwundert an.

»Laßt mich Euch etwas über mich und Axis erzählen«, erklärte sie mit einer energiegeladenen Stimme, die zu dem Strahlen ihrer Augen paßte.

Und sie sprach zu ihnen über eine Stunde lang. Embeth schüttelte immer wieder den Kopf, vergaß darüber aber nicht, die Gläser von neuem zu füllen.

»Und nun, da Bornheld auf dem Thron sitzt, braucht Axis alle Unterstützung, die er nur bekommen kann«, schloß Faraday. »Werdet Ihr ihm beistehen?«

Die Witwe nickte langsam und entschlossen. »Ja, das will ich, Faraday. Denn das hätte Priam von mir erwartet und gewünscht ... und mehr noch, das ist das, was ich selbst zu tun wünsche ...« Sie dachte kurz nach. »Ich glaube, ich kenne da jemanden, der das Blatt zugunsten des Kriegers wenden könnte.«

Bornheld wurde einen Tag nach der Beisetzung Priams zum König gekrönt. Krieg lag in der Luft, und in solch unruhigen Zeiten war Eile geboten.

Der Hof rief einen landesweiten Feiertag aus, und überall wurden Straßen und Häuser geschmückt. Fahnen und Banner wurden zu Ehren des neuen Königs angebracht, und eigentlich hätte auch ein großes öffentliches Fest stattfinden müssen. Aber dazu blieb keine Zeit mehr, und so gebot Bornheld lediglich, daß Fässer voll Wein und Bier herbeigeschafft und an jeder Straßenecke daraus eingeschenkt werden sollte, damit die braven Bürger der Hauptstadt sich wenigstens zur Feier des Tages betrinken konnten.

Während also die Menschen draußen in den Straßen feierten, fand im Mondsaal die Krönung statt. Der gesamte Hofstaat kam natürlich dort zusammen, und jeder, ob Mann, Frau oder Kind, in dessen Adern blaues Blut floß, ließ sich selbstverständlich die Gelegenheit nicht entgehen, zu dieser Feier nach Karlon zu reisen.

Die Krönungszeremonie führte Jayme durch und setzte Bornheld den schweren Goldreif persönlich aufs Haupt. Als daraufhin die Trompeten und Fanfaren erschollen und so der ganzen Welt anzeigten, daß ein neuer König gekrönt worden sei, hielt der Monarch bereits Hof und empfing von seinen Lehnsfürsten Glückwünsche und Treuegelöbnisse.

Neben ihm saß Faraday auf einem kleineren Thron und trug nur ein Krönchen auf dem Kopf. Sie dachte an den Abend, als sie Axis zum ersten Mal gesehen hatte, in eben diesem Raum. Eines Tages, betete sie dann zur Mutter, möchte ich mit ihm hier sitzen.

Die wichtigsten Adligen näherten sich natürlich als erste. Herzog Roland von Aldeni und Graf Jorge von Avonstal waren eigens zur Krönung von Jervois angereist. Als nächster verbeugte sich Baron Isgriff von Nor. Seine exotischen Züge trugen den Ausdruck feierlichster Treue, als er vor Bornheld seinen Lehnseid wiederholte. Graf Burdel von Arkness, immer schon der treueste Freund und Verbündete des neuen Königs, erwartete nun gewiß eine tüchtige Belohnung dafür, ihm von Anfang an zur Seite gestanden zu haben. Hinter diesem kam Baron Greville von Tarantaise und gelobte Seiner Majestät ebenso ernst und würdevoll seine Treue wie vor ihm Baron Isgriff.

Nach den Großen des Königreiches erschienen die Fürsten aus den kleineren Provinzen. Unter ihnen befand sich auch Faradays Vater, Graf Isend von Skarabost. Seine Tochter entdeckte mit einiger Bestürzung, daß er eine blutjunge Edle aus Rhätien an seiner Seite hatte; diese hatte auf ihre Brustwarzen so dick Rouge aufgetragen, daß die Farbe auf Unterzeug und Kleid abgefärbt hatte.

Nach den Fürsten traten weitere Würdenträger und die ausländischen Botschafter an. Als der Vertreter von Korolean sich so tief verbeugte, daß sein Kopf noch tiefer war als seine Hand, die in Bornhelds Rechter ruhte, notierte sich dieser in Gedanken, daß er sich mit dem Botschafter des Südreichs bei der ersten sich bietenden Gelegenheit beraten wollte. Zwischen beiden Ländern sollte rasch ein festes Militärbündnis entstehen.

Bevor der niedere und der einfache Landadel an der Reihe waren, traten Judith, die Königinwitwe, und ihre Erste Kammerfrau Embeth, Herrin von Tare, zu ihm.

Bornheld runzelte die Stirn, aber Faraday nickte den beiden huldvoll zu.

»Ihr?« fragte der neue König, als Judith sich von ihrem Hofknicks erhob. In der Gegenwart dieser sehr vornehmen Dame fühlte er sich stets etwas unbeholfen.

»Herr, nehmt bitte meine Glückwünsche zu Eurer Krönung entgegen, und laßt mich der Hoffnung Ausdruck verleihen, daß Achar eine lange und segensreiche Herrschaft erwartet. Betrachtet mich bitte als Eure untertänigste und treueste Dienerin, und seid gewiß, daß Ihr nur einen Wunsch aussprechen müßt, und schon werde ich mein Möglichstes unternehmen, ihn Euch zu erfüllen.«

Nach einer kleinen Pause sagte sie wieder »Herr«, doch diesmal in einem anderen Tonfall. Bornheld kannte ihn nur zu gut und hätte am liebsten das Gesicht verzogen. Die Hexe wollte jetzt etwas von ihm.

»Herr, ich möchte Euch um eine Gunst bitten.«

Vermutlich eine beträchtliche Apanage und dazu ein feines Landgut, seufzte der König in Gedanken. Königinwitwen waren immer schon eine rechte Plage gewesen.

»Herr, Ihr seht mich immer noch in tiefstem Kummer. Deswegen möchte ich Euch bitten, mich einstweilen von meinen Pflichten bei Hof zu entbinden. Ihr habt nun Euren eigenen Hof und dazu eine wunderschöne Gemahlin, ihn zu schmücken.« Judith verneigte sich mit einem leisen Lächeln vor Faraday, ehe sie sich wieder an Bornheld wandte. »Embeth, Herrin von Tare, hat mir ihr Heim als Zuflucht für meine Trauer angeboten. Erlaubt uns bitte, Herr, daß wir beide uns vom Hof zurückziehen und Karlon verlassen, um in Tare ein ruhiges und weltabgewandtes Leben zu führen, wie es sich für zwei Witwen geziemt.«

Der König war ehrlich verblüfft. Wie denn, kein Geld? Keinen Schmuck? Nur die Erlaubnis, sich vom Hof entfernen zu dürfen? Diese Gunst ließ sich leicht gewähren. Er hob großzügig die Hand. »Ihr sollt meine Erlaubnis dazu haben, Judith.«

»Wenn es Euch gefällt, Herr, brechen wir noch heute nachmittag auf«, erklärte die Witwe mit züchtig gesenktem Blick. Dabei warteten ihrer beider Kutschen bereits beladen draußen.

»Dann wünsche ich den edlen Damen alles Gute für ihre weitere Zukunft. Vielleicht besuche ich Euch ja eines Tages auf Tare. Natürlich erst, wenn die Unaussprechlichen auf den ihnen zustehenden Platz zurückgewiesen worden sind.«

»Darauf freue ich mich schon mehr, als ich in Worte zu fassen vermag«, entgegnete Judith geschickt.

Sie machte einen tiefen Hofknicks, warf Faraday einen kurzen Blick zu und zog sich dann rasch mit Embeth aus dem Mondsaal zurück.

Faraday sah ihnen traurig nach und wünschte, sie hätte mit ihnen reisen können. Die beiden reisten nach Tare, aber nicht nur, um sich von den Anstrengungen der letzten Wochen zu erholen, sondern auch, um auf Axis zu warten. Wenn der Krieger noch lebte und tatsächlich mit einer Armee gegen Bornheld ziehen wollte, würde er unweigerlich an Tare vorbeikommen. Und sobald er dort eingetroffen wäre, würde Judith ihn und alle, die auf seiner Seite standen, davon in Kenntnis setzen, daß Priam ihn zu seinem rechtmäßigen Nachfolger auserkoren hatte. Faraday lächelte in sich hinein. Die Königinwitwe hoffte nämlich, Axis dann eine weitere große Überraschung bereiten zu können.

22
Aschures Entscheidung

Aschure lag unter ihrer leichten Decke und lauschte Rivkahs Atem. Die Frauen teilten sich hier auf Sigholt ein Zimmer, und seit ihrer Ankunft vor sechs Wochen hatte sich ihre Freundschaft noch mehr vertieft und gefestigt.

Die junge Frau hatte die zurückliegenden anderthalb Monate als die glücklichsten überhaupt erlebt. Auch im Krallenturm war sie zufrieden gewesen und hatte nach ihrer freundlichen Aufnahme durch die Ikarier die Zeit dort richtiggehend genossen. Aber erst hier, in der uralten Festung, kam es ihr so vor, als hätte sie ihren richtigen Platz gefunden. Den Leutnant hatte sie mit ihren Künsten im Bogenschießen beeindruckt, und weil sie sich auch sonst überall nützlich zu machen verstand, hatte er ihr schließlich ihr eigenes Peloton übertragen, eine Einheit mit sechsunddreißig Bogenschützen.

Zu seiner wie zu aller anderen großen Überraschung entpuppte sich Aschure als geborene Anführerin. Ihr Peloton entwickelte sich rasch zum diszipliniertesten, geordnetsten und fröhlichsten im ganzen Heer. Und keiner der sechsunddreißig Schützen beschwerte sich jemals darüber, unter einer Frau dienen zu müssen. Das Leben in einer Festung mit über dreitausend Männern und nur zwei Frauen hätte Probleme mit sich bringen können; aber Aschure war weder zickig noch kokett, und trotz ihres guten Aussehens verehrten die Soldaten sie nach einigen Wochen vor allem wegen ihrer fachlichen Fähigkeiten. Sie war allgemein als sehr gute Bogenschützin bekannt, und man hatte sich daran gewöhnt, daß ihr ständig mindestens drei oder vier Alaunt folgten.

Allein Belial konnte die Frau in ihr nicht übersehen, und das machte ihr zunehmend das Leben schwer. Seufzend stieg sie jetzt von ihrem Lager. Die junge Frau wartete, bis ihr Magen sich beruhigt hatte und zog sich dann eine Männerhose, ein leichtes Hemd und Reitstiefel an. Auf dem Weg nach draußen nahm sie noch eine Jacke vom Haken. Sicarius, der bis eben noch am Fuß des Bettes geschlafen hatte, drängte mit ihr nach draußen.

Als die Tür sich hinter ihr geschlossen hatte, öffnete Rivkah die Augen und fragte sich, wann die Freundin sich ihr wohl anvertrauen würde.

Aschure eilte die Treppe hinunter, nickte dem Wächter kurz zu und lief zielbewußt über den Burghof zu den Stallungen. Zu dieser frühen Stunde, noch vor Einbruch der Dämmerung, wenn der Tag noch jung und frisch war, ritt sie am liebsten aus. Und sobald sie sich von dem Treiben auf Sigholt entfernt hatte, konnte sie auch viel besser über alles Wichtige nachdenken. Zwei weitere Alaunt schlossen sich ihr an, doch sie schickte die anderen zurück. Wenn das ganze Rudel mitkäme, würde sie wohl kaum Gelegenheit finden, sich über einige Dinge klarzuwerden.

Sie begab sich gleich zu Belaguez' Stall und pfiff ihn zu sich. Zu Belials und Magariz' gelindem Entsetzen hatte sie sich vor einigen Wochen einfach auf Axis' Hengst gesetzt. Der Leutnant wußte, wie schwierig Belaguez sich handhaben ließ und fürchtete schon, Aschure würde sich keine zwei Minuten auf ihm halten können. Doch das Pferd schien eine besondere Verbindung zu ihr zu entwickeln. Manchmal zog er noch zu heftig, aber ansonsten benahm er sich ordentlich bei ihr. Belial hatte sie von den Zinnen beobachtet, wie sie mit Belaguez arbeitete, und als alles gut ging, hatte er den Fürsten angesehen und die Achseln gezuckt. Belaguez brauchte seinen Ausritt, und wenn Aschure mit ihm zurechtkam, sollte es ihm recht sein.

Die junge Frau rieb den grauen Hengst jetzt ab und legte ihm dann einen leichten Sattel auf. Sie zog den Gurt stramm an, wartete, bis das Tier ausgeatmet hatte, und zog ihn dann noch ein

Loch straffer. Flugs waren auch die Zügel angelegt, und dann mußte sie nur noch die Stalltür öffnen und Belaguez nach draußen auf den dunklen Burghof führen. Die drei Hunde warteten bereits geduldig am großen Tor, und Aschure schwang sich in den Sattel.

Sie nickte den drei Torwächtern zu – die Soldaten hatten sich an ihre morgendlichen Ausritte gewöhnt – und begrüßte dann fröhlich die Brücke.

Sobald sie sie überquert hatte, stieß sie dem Hengst die Fersen in die Flanken, und schon preschten sie davon. Aschure strebte auf die Urqharthügel zu und lieferte der Sonne ein Wettrennen, bei dem es darum ging, wer zuerst die höchste Erhebung erreichen würde.

Vom Gipfel hatte sie eine einmalige Aussicht. Aschure konnte viele Meilen weit in jede Richtung blicken. Unter ihr erhob sich die Festung und schimmerte im allerersten Licht, und weiter hinten erspähte sie den See, auf dem leichter Nebel lag. Aschure stieg aus dem Sattel und setzte sich auf einen Stein, um zuzusehen, wie die Sonne über dem fernen Awarinheim aufging. In dem Moment, in dem sie über dem Wald stand, hätte die junge Frau schwören können, die Bäume winkten ihr zu. Aber Aschure ließ sich davon nicht täuschen. Awarinheim und die Waldläufer hatten zuviel mit ihren eigenen Sorgen zu tun, als daß sie sich über eine halb unerwünschte Ebenenläuferin Gedanken machen würden. Davon abgesehen wurde dort allein Faraday erwartet und sonst niemand.

Die junge Frau richtete den Blick wieder auf Sigholt, ihre Gedanken waren ausschließlich mit Belial beschäftigt. Die beiden hatten den unangenehmen Moment des Wiedersehens rasch überwunden, und er hatte ihr deutlich gemacht, daß er ihr wegen ihrer hinterhältigen Attacke in Smyrdon nichts nachtrug.

»Ihr könnt es wieder gut machen«, hatte er ihr erklärt, »indem Ihr zeigt, was in Euch steckt.« Und genau das hatte sie getan. Sie tat alles, um ihr Peloton zum besten der Truppe zu machen. Belials bewundernde Blicke für ihre Leistung und seine anerkennenden Worte anschließend hatten ihr sehr gut getan.

Auch sonst genoß sie seine Gesellschaft und seine Freundschaft. Belial stellte einen der wesentlichen Gründe dafür dar, warum es ihr in den letzten sechs Wochen so gut gegangen war.

Aber seit ungefähr zehn Tagen gab der Leutnant ihr immer wieder zu verstehen, daß er mehr als nur Freundschaft für sie empfand. Letzte Nacht war Belial im Stall erschienen, als sie gerade den Hengst versorgte, hatte sie lachend an sich gezogen und sie geküßt. Was erst spielerisch begonnen hatte, war bald zu einem ernsthaften Kuß geworden, bis Aschure sich von ihm löste – nicht weil sie sich vor ihm fürchtete, sondern vielmehr überrascht von ihrer eigenen Hingabe war. Daraufhin sagte er ihr, daß er mit ihr Bett und Leben teilen wolle. Der jungen Frau kamen die Tränen, und er hatte das falsch verstanden und zerknirscht dagestanden. Um ihn zu beruhigen, hatte Aschure ihn leicht geküßt und ihn um eine Nacht Bedenkzeit gebeten.

Ach wie himmlisch, wie wunderbar es doch wäre, wenn sie diesen Antrag annehmen könnte! Aschure war sich ziemlich sicher, sich in Belial verlieben und mit ihm ihr ganzes Leben verbringen zu können. Und er liebte sie ja auch. Eine bemerkenswerte neue Erfahrung für die junge Frau. Abgesehen von Rivkah hatte sie noch nie das Gefühl gehabt, von jemandem wirklich geliebt zu werden. Die Bewohner von Smyrdon und auch Hagen hatten wegen ihres exotischen Aussehens und ihrer Schönheit skeptisch auf sie herabgeblickt und ihr das Temperament und den unabhängigen Geist verübelt. Die jungen Burschen im Ort hatten nur ihren Körper begehrt, und als sie sich ihnen beharrlich verweigerte, hatten sie scheußliche Gerüchte über sie in Umlauf gebracht, nach denen sie für jeden zu haben wäre.

Dagegen sprachen die Achtung und Liebe, die Belial ihr entgegenbrachte, entschieden dafür, sich fest mit ihm zu verbinden. Nicht ein Grund sprach dagegen. Wenn nur diese verwünschten Verwicklungen nicht wären! Sie liebte nun einmal Axis, wenn das auch kein Grund war, Belial abschlägig zu bescheiden. Denn die junge Frau wußte viel zu gut, wie sehr der Krieger sich nach dem Tag sehnte und all seine Planungen darauf ausrichtete, Faraday an seiner Seite zu haben. Aschure gab sich gewiß keinen kindischen Träumereien hin, daß Axis sich eines Tages besinnen und für sie entscheiden könnte. Außerdem war sie ja Zeugin geworden, in welch einer Katastrophe eine Ehe zwischen einem ikarischen Zauberer und einer Menschenfrau offenbar unweigerlich enden mußte. Nein, Aschure wußte nur zu gut, daß ein Leben mit Axis ihr versagt war.

Aber warum griff sie dann nicht freudig und mit beiden Händen zu, wenn der Leutnant sich ihr mit ernsten Absichten näherte?

Aschure legte unwillkürlich die Hände auf ihren Bauch. Weil sie schwanger war. Weil sie Axis' Kind in sich trug. Und weil das alles veränderte. Die junge Frau erinnerte sich an die Nacht ihrer Flucht aus Smyrdon. Damals hatte sie davon geträumt, daß eines Tages ein richtiger Held in ihr Leben treten und der Vater ihrer Kinder werden würde. Und jetzt ... und jetzt war dieser Wunsch in Erfüllung gegangen.

Belial mochte ja noch Axis' Kind annehmen und wie sein eigenes lieben. Aber Aschure konnte sich nicht einfach zu ihm ins Bett legen. Nicht, wenn sie einen anderen liebte und auch noch dessen Kind in sich trug. Davon abgesehen hatte der Krieger aufwachsen müssen, ohne seinen wirklichen Vater zu kennen. Da würde es ihn doch innerlich zerreißen, wenn sein Nachwuchs ein ähnliches Schicksal erleiden müßte.

Aschure durfte ihm sein Kind nicht verweigern.

Was sollte sie nur tun?

Alles Belial erklären. Ihm die ganze Wahrheit entdecken. Der Leutnant hatte ein Recht darauf. Und dann? Auf Axis warten. Über kurz oder lang würde er nach Sigholt kommen.

Was darüber hinaus geschehen würde, darüber wollte sie jetzt noch nicht nachdenken. Zu sehr fürchtete sie sich davor, daß der Krieger ihr das Kind einfach wegnehmen würde.

»Nein, niemals!« flüsterte sie grimmig. »Niemand wird mich von meinem Kind trennen!« Ihrem eigenen Kind die Mutter zu verweigern, das kam überhaupt nicht in Frage. Ihre Augen füllten sich mit Tränen. Aschure hatte ihre Mutter sehr geliebt und war stets traurig gewesen, wenn sie sie nicht sehen, ihre Schritte nicht nahen oder ihre liebe Stimme nicht hören konnte, wenn sie beim Hausputz, bei der Gartenarbeit oder beim Kochen sang. Die junge Frau hatte früher immer geglaubt, ihre Mutter sei die schönste Frau auf der ganzen Welt. Als ihre Mutter dann eines Tages fortgegangen war, hatte sie das zutiefst verstört. Aschure hatte sich lange mit Schuldgefühlen gequält. War ihre Mutter weggelaufen, weil ihre Tochter sie nicht genug geliebt hatte? Weil sie ihre Tochter für ein böses Mädchen hielt?

»Warum, Mutter? Warum habt Ihr mich damals nicht mitgenommen? Ich habe Euch doch geliebt, Mutter, aus ganzem, tiefstem Herzen.«

Von all ihren Sünden erschien ihr die als die schwerste, daß sie sich nicht mehr an den Namen ihrer Mutter erinnern konnte. Dieser Verlust plagte sie schon seit zwanzig Jahren bei Tag und bei Nacht. Als größeres Mädchen hatte sie ihren Vater einmal nach dem Namen der Mutter gefragt, aber Hagen war sofort in Wut geraten und hatte sie furchtbar verprügelt. Von dem Tag an hatte Aschure nie mehr danach gefragt. Nicht nur ihre Mutter, sondern auch ihr Name war fort. Die junge Frau seufzte tief. Sie würde immer für ihr Kind da sein, und es sollte niemals Grund haben, ihren Namen zu vergessen.

Ihre Gedanken schweiften ab, und sie stellte sich vor, wie es wohl sein würde, wenn sie zum ersten Mal das Neugeborene in den Armen hielte. Oder wie es sich anfühlen würde, wenn ein kleines Kind einen wirklich liebte und einem tief vertraute; wenn es zu einem käme, um getröstet zu werden oder mit einem zu lachen ... Axis' Kind würde bestimmt etwas ganz Besonderes sein. Aschure lächelte still vor sich hin. Würde es seine goldenen Locken haben? Oder ihre schwarzen Haare? Wieviel von ihm würde ikarisch und wieviel menschlich sein?

Die junge Frau sah sich um und stellte fest, daß die Sonne bereits ein ganzes Stück über dem Horizont stand. Wenn sie sich nicht schleunigst auf den Rückweg machte, würde bald die ganze Garnison ausschwärmen und nach ihr suchen. Aschure sprang hoch und schnappte sich Belaguez' Zügel. Der Hengst warf seinen Kopf erschreckt hoch.

»Mist«, murmelte sie mitfühlend, als sie auf den unruhigen Hengst stieg. Heute morgen würde Belaguez auf den gewohnten Ausritt den Paß hinunter verzichten müssen. Ob Belial wohl schon im Stall auf sie wartete?

Ja, dort stand er bereits.

Der Leutnant lächelte ihr zu und nahm ihr die Zügel ab. Aschure tat so, als sei sie ausschließlich mit dem Sattel des Tieres beschäftigt.

Als sie den Gurt löste, trat der jungen Mann hinter sie und strich ihr über den Nacken. »Aschure, ich hoffe, Ihr habt mich letzte Nacht nicht falsch verstanden. Ich will Euch wirklich heiraten und nicht einfach eine Liebschaft mit Euch beginnen. Nicht bloß für eine Nacht will ich Euch, sondern für mein ganzes Leben!«

»Das weiß ich«, entgegnete die junge Frau tonlos. Dann schloß sie die Augen, und er küßte sanft ihren Hals und ihre Wange. Als er die Arme um sie schloß, dachte sie, er wäre meinen Kindern ein guter Vater. Wie dumm meine Träume von einem Helden doch gewesen sind. Welche Frau könnte mehr verlangen als einen guten und verläßlichen Mann, der immer zu ihr hält?

»Und wie lautet Eure Antwort?« fragte er mit den Lippen an ihrem Haar.

»Belial ...« Sie öffnete die Augen wieder, legte ihre Hände auf die seinen an ihrer Hüfte und zog sie sacht auf ihren Bauch. »Belial, ich bin schwanger ... und deshalb kann ich Euren Antrag nicht annehmen.«

Sie spürte, wie sein Atem ins Stocken geriet und wie er litt. Nein, das hatte er nicht verdient.

»Axis«, brachte er gepreßt und wie aus weiter Ferne hervor.

Aschure zögerte. Dann nickte sie. »Ja.«

»Liebt Ihr ihn?«

»Ja«, antwortete sie wieder. Er riß sich von ihr los und schlug mit der Faust gegen die Stallwand. Belaguez sprang erschrocken zur Seite und legte die Ohren an.

»Verdammt! Verdammt! Verdammt!« zürnte der Leutnant. »Ich habe ihn noch nie, in meinem ganzen Leben noch nicht, um etwas beneidet. Bis jetzt nicht ...« Er fuhr zu ihr herum: »Aschure, ich liebe Euch, und ich will Euch, egal ob Ihr schwanger seid oder nicht. Egal ob Ihr Axis liebt oder nicht. Es ist Euch doch wohl bewußt, daß Eure Liebe hoffnungslos ist! Aber daß unsere Liebe in Erfüllung gehen kann!« Warum hatte der Krieger sich in der Beltidennacht nicht eine andere suchen können? Hatte Axis denn kein Gewissen? War er denn so haltlos? Hatte er an jenem Abend überhaupt nicht an Faraday gedacht?

Die junge Frau fing an zu weinen. »Belial, Ihr wißt sicher besser als jeder andere, wie sehr es Axis schmerzen würde, wenn er wüßte, daß ein Kind von ihm aufwachsen müßte, ohne seine wahren Eltern zu kennen. Und natürlich ist mir bewußt, daß aus ihm und mir nichts werden kann. Aber so lange der Krieger nicht zurückgekehrt und sein Kind nicht geboren ist, darf ich keine Entscheidungen fällen ...«

Seine Augen wirkten leer, und er wandte den Blick ab. »Wann ist es so weit?«

»Anfang des Rabenmonds im nächsten Jahr. Das Kind wurde zu Beltide empfangen. Am ersten Tag des Blumenmonds.« Sie blickte nach unten. »Es war doch nur das eine Mal.«

Der Leutnant lachte bitter. »Nur einmal? Mehr braucht er wohl nicht, was?«

Aschure nickte und spürte, daß Belial nicht so sehr ihr, als vielmehr seinem Freund zürnte. Sie wischte sich die Tränen aus dem Gesicht.

Belial schüttelte ungläubig den Kopf. »Wenn Axis' Samen so fruchtbar ist, müßte halb Achar voll von seinen unehelichen Kindern sein. Aber warum Ihr, Aschure? Warum gerade Ihr?«

Er zog sie an sich, drückte sie und spürte, daß er sie heute zum letzten Mal halten würde. Mit Axis konnte er es nicht aufnehmen. »Aschure, wenn Ihr nicht schwanger wärt, hättet Ihr mich dann genommen?«

Sie antwortete ohne Zögern: »Ja, und ich hätte mich geehrt gefühlt, von Euch erwählt worden zu sein.«

Lange Zeit standen sie schweigend so da und hörten, wie rings um sie die Festung erwachte.

Rivkah war schon eine Stunde auf, als Aschure zurückkehrte, um sich umzuziehen. Sie brauchte nur einen Blick auf ihr Gesicht zu werfen, um sofort zu wissen, daß etwas nicht stimmte.

»Aschure? Was ist geschehen?«

Die junge Frau brachte kein Wort über ihre Lippen. Dafür flossen ihre Tränen um so reichlicher. Rivkah lief sofort zu ihr, nahm sie in die Arme und wiegte sie, um sie zu beruhigen.

»Liebe Freundin, ich weiß, daß Ihr schwanger seid«, erklärte sie sanft und lächelte sie an, um sie aufzumuntern. »Mein erstes Enkelkind.«

»Belial hat gestern nacht um meine Hand angehalten. Aber ich habe nein gesagt. Ich kann das nicht, solange ich Axis' Kind trage.«

»Aha.« Jetzt verstand Rivkah alles. Aschure hatte vor ihrem Sohn davonlaufen wollen, weil er ihr nur Schmerzen bringen würde. Und Belial hätte die perfekte Zuflucht für sie dargestellt. Aber sie war Axis offenbar nicht rasch genug entkommen. Und ihr Sohn würde keines seiner Kinder aufgeben; erst recht nicht, wenn es sich bei ihm um einen Zauberer handelte.

Sie führte Aschure zu ihrem Bett, setzte sich mit ihr hin und wartete geduldig, bis sie sich ausweint hatte. Wie der Leutnant fragte sich auch Rivkah, warum Axis bis heute keine Kinder in die Welt gesetzt hatte. An Frauen, die ihm zugetan waren, hatte es doch bestimmt nicht gemangelt. Aber Aschures Kind würde das erste sein.

Anders als Belial kannte Rivkah auch den Grund dafür. Männliche Zauberer – eigentlich alle männlichen Ikarier – hatten große Schwierigkeiten, Kinder zu zeugen. Wenn es ihnen dann doch einmal gelang, blieben sie nach Möglichkeit mit der betreffenden Frau zusammen, wollten sie genauso wenig gehen lassen wie das Kind. Vogelmenschen pflegten daher erst zu heiraten, wenn sich Nachwuchs ankündigte. Wenn ein Paar kinderlos blieb, kam es nur selten zu einer Vermählung. Nach einer

Weile trennten die beiden sich einfach und versuchten ihr Glück bei einem neuen Partner. Sternenströmer war wohl so sehr von ihr begeistert und in sie verliebt gewesen, weil sie von ihm Kinder bekam. Mittlerweile war Rivkah für eine weitere Schwangerschaft zu alt geworden, und Sternenströmer, der noch den Großteil seines Lebens vor sich hatte, wollte sich lieber eine andere suchen, um weiteren Nachwuchs in die Welt setzen zu können.

Die beiden Frauen hielten sich immer noch umschlungen. Nach nur einer Liebesnacht war Aschure von Axis schwanger geworden. Ganz gleich, wie sehr Faraday und ihr Sohn sich zueinander hingezogen fühlen mochten, Aschures Fruchtbarkeit band sie untrennbar an Axis. Hatte die junge Frau den richtigen Moment verpaßt? Ja, Aschure konnte sich jetzt im hintersten Winkel Tencendors verkriechen, Axis würde sie überall aufspüren. Er konnte gar nicht anders.

23
Der Ring der Zauberin

Sie saßen in einem flachen Boot, mitten in einem violetten See. Über ihnen prangte ein massives gewölbtes Höhlendach, an dem facettenreiche Kristalle funkelten.

Die Farbe des Gewässers spiegelte sich in den Augen des Fährmanns wider. »Eure Mutter hat mich für Euch um die Gunst von Beistand und Unterstützung gebeten. Ihr verlangt nun von mir, mehr über unsere Lehren zu erfahren. Somit will ich das tun. Doch ich stelle eine Bedingung.«

»Und welche?« fragte Axis vorsichtig. Sowohl Sternenströmer als auch Rivkah hatten ihn vor dem listenreichen Charoniten gewarnt. Und daß er gern in Rätseln spräche.

»Ich werde Euch alles beibringen, was Ihr verlangt. Doch auch ich will eines von Euch verlangen. Was immer ich Euch lehre, darf allein Euch und Eurer Sache dienen, aber niemand anderem. Wenn Ihr auf die Oberwelt zurückkehrt, dürft Ihr nichts davon Sternenströmer oder irgendeinem anderen ikarischen Zauberer verraten. Meine Kunde ist allein für Euch und Eure Kinder bestimmt. Erklärt Ihr Euch einverstanden?«

»Warum verlangt Ihr das von mir?«

Die Augen des Fährmanns funkelten. »Meine Beweggründe gehen Euch nichts an. Also, seid Ihr einverstanden? Oder zieht Ihr es vor, von mir sofort auf die Oberwelt zurückgebracht zu werden?«

»Gut, ich verspreche es Euch. Nur meine Kinder sollen davon erfahren.«

»Gut. Und was genau wünscht Ihr von mir zu erfahren?«

»Euren Namen.«

»Einst hieß ich Orr, und wenn es Euch gefällt, dürft Ihr mich auch so nennen. Und die nächste Frage?«

Der Krieger sah sich um. Auf dem riesigen See hielt sich außer ihrem Boot niemand auf. Er hatte auch auf den Fahrten durch die Kanäle keine andere Fähre zu sehen bekommen. »Wo stecken all die anderen Charoniten?«

»Ich bin die Charoniten, Axis Sonnenflieger. Nicht der letzte meiner Art oder der letzte, der von uns übriggeblieben ist, sondern die Gesamtheit meines Volkes. Wir alle befinden uns hier drin.« Er tippte sich auf die Brust.

Axis sah ihn erstaunt an, beschloß aber, nicht weiter darauf einzugehen. »Orr, worum handelt es sich bei diesen Wasserstraßen?«

Zu seiner großen Überraschung verzog der Fährmann sein Gesicht zu einem Lächeln. »Sie stellen kein so großes Geheimnis dar, wie Ihr vermutet. Die Kanäle sind nur so gründlich vor den Augen der Menschen verborgen, daß sie lediglich eine vage Erinnerung daran besitzen. Wann immer jemand von der Oberwelt zufällig an sie denkt, sieht er sie nur hinter einem mysteriösen Schleier.«

»Dann klärt mich auf.«

»Ihr seid sehr ungeduldig, Axis. Das habt Ihr wohl von Eurem Vater.«

Der Krieger hatte bereits herausgefunden, daß der Charonite keine allzu hohe Meinung von Sternenströmer hatte. »Vergeudet nicht meine Zeit mit Rätseln, Orr.«

Der Fährmann seufzte und zog gründlich und in aller Ruhe seinen rubinroten Umhang zurecht. »Ihr wißt doch bestimmt, was es mit dem Sternentanz auf sich hat?«

»Ja. Ich höre diese Musik den ganzen Tag über, und sie huscht auch durch meine Träume.«

»Dann dürfte Euch auch bekannt sein, daß die ikarischen Zauberer Musik dazu einsetzen, die Muster des Sternentanzes nachzuahmen. Die Wasserwege spielen dieselbe Rolle wie die Musik, sind aber im Gegensatz zu dieser sichtbar. Wenn man die Kanäle befährt, reist man sozusagen durch das Muster des gerade gewünschten Liedes.«

»Also existiert für jede Melodie eine in der Gestalt entsprechende Wasserstraße?«

»Ja«, bestätigte Orr, wenn auch nach leisem Zögern.

»Als Zauberer habe ich die Lieder gelernt, und jedes steht für einen bestimmten Zweck. Ich gebrauche eine Melodie, um mir die Energie des Sternentanzes zunutze zu machen. Die Lieder dienen als Vermittler, um die Sternenenergie dem von mir gewünschten Ziel zuzuführen.«

»Ja, ja, das ist mir bekannt.«

»Und die Kanäle stellen lediglich ein anderes Vermittlungs- oder Leitungssystem dar, ja? Statt ein Lied zu singen, befahre ich einfach die Wasserstraße, die für meinen Zweck die geeignete ist? Jeder Kanal wäre damit für eine bestimmte Sache bestimmt ...«

»Richtig. Bei den Wasserwegen handelt es sich lediglich um eine andere Form, sich den Sternentanz dienstbar zu machen. Die ikarischen Zauberer singen ihre Lieder, und die Charoniten befahren die Kanäle. Unsere Methode ist allerdings, nun ja, ein wenig schwerfälliger.«

»Im Krallenturm haben Sternenströmer und Morgenstern mir alle Lieder beigebracht, die sie kennen. Aber es ist nur eine begrenzte Anzahl.«

Orrs violette Augen leuchteten. »Wirklich, nur eine begrenzte Anzahl? Wie viele denn?«

»Ungefähr tausend. Und das empfinde ich als sehr störend. Wenn ich eine bestimmte Sache erreichen will und mir das dazu erforderliche Lied nicht bekannt ist, nützen mir all meine Zauberkräfte wenig.«

»Sie kennen nur tausend Lieder?« Die Mundwinkel des Charoniten zuckten. »Haben sie denn soviel vergessen?«

Axis beugte sich vor, und seine Aufregung wuchs. Er hatte gut daran getan, sich in die Unterwelt zu begeben. »Wieviel wißt Ihr denn noch? Wie viele Kanäle befinden sich hier unten?«

Der Fährmann schien an sich halten zu müssen, um nicht laut loszulachen. »Laßt mich Euch darauf mit einer Gegenfrage antworten, Lehrling. Hat Euer Vater Euch beigebracht, was man mit dem Ring anfangen kann?«

Der Krieger runzelte die Stirn und blickte auf den Ring am Mittelfinger seiner Rechten. Der Reif war aus Rotgold und mit Diamantsplittern in Sternenmustern besetzt. Der Ring der Sonnenflieger. Jedes ikarische Haus hatte seinen eigenen Ring, der von Generation zu Generation vom Vater an den Sohn weitergegeben wurde. Sternenströmer war glücklich gewesen, daß Axis ihn nun trug.

»Bei dem Ring handelt es sich lediglich um ein Symbol dafür, daß ich Zauberer bin«, entgegnete der Krieger schließlich. Was sollte man schon groß mit ihm anfangen können? »Die Zauberer aller großen Häuser tragen ein solches Symbol. Es dient doch sonst keinem besonderen Zweck ... oder?«

Orr bedeckte sein Gesicht mit beiden Händen und wiegte sich hin und her vor stillem Entzücken. Axis setzte eine verwirrte Miene auf. Hatte er denn etwas Dummes gesagt?

»Mein lieber junger Freund«, meinte der Fährmann schließlich einigermaßen beruhigt und klopfte ihm aufs Knie, »mein Lehrling. Ich hatte ja keine Ahnung, daß die Vogelmenschen soviel vergessen haben könnten! Daß sie so unfähig geworden sind! Mit welchem Recht nennen sie sich eigentlich immer noch Zauberer?«

»Was hat es mit diesem Ring denn auf sich?« rief Axis und beherrschte nur mühsam seine Wut.

»Ach, mein Lieber, die Anzahl der Lieder, die Ihr singen könnt, ist nahezu unendlich. Genau so, wie unendlich viele Wasserwege existieren. Wer sie alle kennt, vermag die Macht der Sterne auf jede gewünschte Weise einzusetzen. Wie konnten die Ikarier das nur vergessen? Aber nun beseht Euch Euren Ring.«

Der Krieger betrachtete den Reif.

»Sind die Muster alle gleich?« fragte der Charonite.

»Nein, kein einziges scheint sich jemals zu wiederholen.«

»Gut beobachtet. Jetzt denkt an eine der Melodien, die Euch bekannt sind, und werft dann wieder einen Blick auf den Ring.«

Axis konzentrierte sich auf das Lied der Harmonie. Als die Musik durch sein Bewußtsein strömte, glaubte er seinen Augen nicht trauen zu können. Die Sternenmuster auf seinem Ring hatten sich verschoben und dem Lied angepaßt.

»Und nun stellt Euch bitte einen Zweck vor, für den Ihr keine Melodie kennt. Am besten etwas Einfaches. Schließlich möchten wir ja nicht, daß Ihr uns aus dem Wasser sprengt. Konzentriert Euch darauf, und betrachtet dann wieder den Ring.«

Der Zauberlehrling tat, wie ihm geheißen, und sein Blick fiel auf den rubinroten Umhang des Fährmanns. Er dachte ein Lied, mit dem sich der Mantel silbergrau umfärben ließe, und blickte dann auf den Ring.

Die Sternenmuster hatten sich wieder verändert – zu einer Zusammensetzung, die ihm unbekannt war. Er übersetzte sie in ein Lied und summte sie in Gedanken. Schon im nächsten Moment verwandelte sich das Rubinrot in ein Silbergrau.

Orr lächelte. »Das war doch wirklich nicht schwer! Und dennoch haben die großartigen Ikarier vergessen, wie sie ihren Ring nutzen können. Die Anzahl der Lieder wird nur durch die Anzahl Eurer Ziele und Zwecke begrenzt.«

»Wollt Ihr damit sagen«, fragte Axis, der noch nicht glauben konnte, daß die Zauberei so einfach wäre, »daß ich nur an eine Sache denken und dann meinen Blick auf den Ring richten muß, um schon das entsprechende Lied zu erfahren?«

Der Fährmann nickte. »Auf die gleiche Weise nutze ich die Kanäle. Im Grunde existieren nur wenige Wasserwege tatsächlich. Doch wenn ich ein Ziel habe, zu dem keiner von ihnen führt, denke ich einfach daran, und schon entsteht eine neue Straße.«

»Und kann ich dann die Sternenenergie für absolut jeden Zweck nutzen?«

»Nein, das könnt Ihr nicht. Natürlich gibt es für die allermeisten Vorhaben eine Melodie, und um die zu erlernen, müßt Ihr nicht mehr unternehmen, als die Muster auf Eurem Ring zu studieren. Aber einige Lieder sind viel zu gefährlich. Sie würden eine zu große Menge Sternentanzenergie auf Euch lenken, und Ihr müßtet sterben. Je mehr Ihr lernt, junger Sonnenflieger, desto eher werdet Ihr auch herausfinden, welche Muster oder Melodien zu gefährlich für Euch sind, und die gilt es sich einzuprägen. Deshalb habe ich Euch vorhin auch darum gebeten, Euch etwas Einfaches auszudenken. Als Faustregel mag Euch dies dienen: Je komplexer das Vorhaben oder Ziel, desto mehr Energie ist nötig. Deswegen müßt Ihr auch lernen, auf der Hut zu sein und Euren Ring nur sinnvoll zu gebrauchen. Andernfalls werdet Ihr höchstwahrscheinlich bei irgendeinem Zauber Euer Leben verlieren.«

Der Krieger betrachtete den Goldreif mit neuer Ehrfurcht. Aber aus welchem Grund sollte der Ring ihm Lieder zeigen, die ihm den Tod bringen würden?

»Ihr werdet es lernen, Axis«, fuhr der Fährmann fort. »Sicher verbrennt Ihr Euch das eine oder andere Mal die Finger, aber Ihr werdet weiterkommen. Nun höret: Einige Zwecke existieren, für die es kein Lied gibt. Nur sehr wenige, und die haben meist mit einer Heilung zu tun. Kaum jemals läßt sich die Musik des Sternentanzes dazu einsetzen, jemanden zu heilen. Seltsam, nicht wahr, mit einer Melodie kann man einen Sterbenden ins Leben zurückrufen, aber nicht einmal eine einfache Schnittwunde schließen oder einen blauen Fleck verschwinden lassen. Bei diesen Dingen versagt der Ring einfach, und ich weiß nicht, warum.«

»Für das, was Ihr mir gerade enthüllt habt, Orr, danke ich Euch sehr. Ihr habt mir ein großes Geschenk damit gemacht.«

Der Charonite nickte ihm zu. »Und Ihr habt mich ebenso beschenkt. Wie hätte ich sonst jemals erfahren sollen, auf welch einen Grad der Unkenntnis die Ikarier hinabgesunken sind? Die grundlegendsten Dinge haben sie vergessen. Es ist ja kaum zu glauben!«

»Orr, meine Großmutter hat mir etwas erzählt, das ihr große Sorge bereitet, und seitdem auch mir«, sagte der Krieger rasch, damit der Fährmann sich wieder beruhigte.

»Und was sollte das sein?«

»Sie glaubt, daß ich kurz nach meiner Geburt schon viele Lieder beigebracht bekommen habe. Denn kein Zauberer könne intuitiv Lieder erfassen. Doch ich kannte schon eine Menge Melodien, ehe sie und mein Vater mit meiner Ausbildung begonnen haben.«

»Da hat Morgenstern recht. Schließlich trugt Ihr als Kind noch nicht den Ring.«

»Stimmt, den habe ich erst vor acht Monaten bekommen.«

»Ein Zauberer braucht den Ring oder ein Familienmitglied, um die Zauberlieder zu erlernen. Welche Melodien waren Euch denn schon bekannt?«

»Das Lied der Genesung zum Beispiel und das der Erinnerung.«

»Bei den Göttern, das sind mächtige und komplexe Lieder.«

»Ja. Wißt Ihr vielleicht, ob sich irgendwo noch ein weiterer Sonnenflieger aufhält? Sternenströmer glaubt, derselbe Zauberer, der mich unterwiesen hat, müsse auch Gorgrael ausgebildet haben.«

Der Fährmann stieß einen Laut der Überraschung aus. »Ich habe mich noch nie gefragt, von wem Gorgrael Unterricht erhalten haben soll. Zu dumm, das mir das nie eingefallen ist.«

»Und der Zerstörer bedient sich auch der Dunklen Musik der Sterne. Wer immer ihm etwas beigebracht hat, muß ihn auch die gelehrt haben.«

Orr nickte und wirkte jetzt ehrlich besorgt.

»Fährmann, kann ich mir mit diesem Ring ebenfalls die Dunkle Musik nutzbar machen?«

»Nein. Man kann sich seiner nur für die Macht des Sternentanzes bedienen. Gorgrael wird also keinen Ring verwenden, besitzt vermutlich nicht einmal einen. Und welcher ikarische Zauberer verstünde sich schon auf die Dunkle Musik? Jedenfalls keiner, den ich kenne. Axis, Eure Worte beunruhigen mich zutiefst. Ich werde gründlich darüber nachdenken müssen.«

Beide schwiegen, und nach einer Weile fragte der Krieger: »Orr, ich habe gesehen, wie einige von Gorgraels Kreaturen sich einfach in Luft auflösen. Sie scheinen seine Zauberkraft dazu benutzen zu können, sich durch den Raum zu bewegen, vielleicht auch durch die Zeit. Vermag ich so etwas ebenfalls?«

Der Charonite nickte. »Offensichtlich dient ihnen dazu die Dunkle Musik, und die ist Euch verschlossen. Aber auch der Ring verhilft Euch dazu, Euch im Nu über weite Entfernungen hinweg zu bewegen.«

»Wie geht das vonstatten?«

Der Fährmann tippte mit den Fingern auf den Bootsrand. »Nur bestimmte Orte in Tencendor können Euch zu sich ziehen. Wenn Ihr das Lied der Bewegung singt, um an einen anderen Ort zu gelangen, löst Ihr Euch einfach in Luft auf. Habt Ihr das verstanden?«

»Ja. Also, welche Orte können mich anziehen?«

»Stätten, in denen genug Magie ruht, um eine Art Strahl auszusenden, den Ihr mit dem Lied der Bewegung für Euch nutzt. Die alten magischen Burgen gehören dazu: Sigholt, die Burg der Schweigenden Frau, der Narrenturm –«

»Was für ein Turm?«

»Ihr kennt ihn heute als Turm des Seneschalls«, sagte der Charonite etwas spitz, als er den verwirrten Blick seines Lehrlings bemerkte. »Die Bruderschaft hat sich in einer der ältesten und magischsten Burgen von Tencendor häuslich eingerichtet. Aber seid auf der Hut, Axis, den Narrenturm als Reiseziel oder Abreiseort zu benutzen. Seine Zauberkraft liegt noch immer unter dem Gewicht der Lügen des Seneschalls begraben. Solange sie nicht wiedererweckt ist, wie kürzlich in Sigholt geschehen, solltet Ihr den Narrenturm meiden.«

»Verstehe. Welche Orte kommen noch in Frage?«

»Nun, der Erdbaum, der jetzt singt, das Sternentor –«

»Davon habe ich schon gehört, aber es noch nie gesehen.«

»Nur Geduld, junger Freund. Bei Gelegenheit führe ich Euch dorthin. Dann natürlich die Insel des Nebels und der Erinnerung, aber dort muß wie beim Narrenturm erst das Heiligtum, der Tempel, wiedererweckt werden.«

»Wenn Ihr mir also alles beigebracht habt, muß ich nur an Sigholt denken, mir das Muster auf meinem Ring anschauen, es in das entsprechende Lied übertragen und bin schon dort?«

»Ganz recht«, nickte der Charonite. »Mehr müßt Ihr dann nicht tun. Aber vergeßt nicht, Axis, nur die Stätten, die ich Euch aufgezählt habe. Und unter denen auch nur die, welche wach und rege sind. Lediglich diese besitzen eine ausreichende Anziehungskraft, daß Ihr Euch dorthin befördern lassen könnt.

Bei jedem anderen Ziel wird Euch das Lied der Bewegung den Tod bringen.«

Ernüchtert betrachtete der Krieger wieder seinen Reif. In dieser kurzen Zeit hatte er von Orr mehr gelernt, als von Sternenströmer in Monaten.

Der Charonite starrte ins Wasser, denn ein sonderbarer Gedanke war in ihm aufgestiegen. Schon sehr lange hatte er darauf gewartet. Sollte dies wirklich der Mann sein? Orr hielt die Finger ins Wasser und fischte plötzlich etwas mit einer raschen Bewegung aus dem See.

Sein Lehrling fuhr zusammen, dann hielt der Fährmann ihm die tropfende Handfläche hin, damit er genauer hinsehen konnte.

Auf dem Handteller lag der wundersamste Ring, den Axis je zu sehen bekommen hatte. Der Reif eines Zauberers, wie er sogleich erkannte, aber ganz anders als die im Krallenturm gebräuchlichen. Der ganze Ring schien aus Saphir geschnitten zu sein, jedoch sein tiefes Blau von einer durchscheinenden Art, die er nicht kannte. Auf Axis' eigenem Ring wie auch auf den anderen der ikarischen Zauberer wurden die Sternenkonstellationen durch winzige Diamantsplitter dargestellt. Aber als er diesen Ring jetzt mit zwei Fingern aufnahm, entdeckte er, daß die goldenen Sterne innerhalb des Steins tanzten und wirbelten. Davon abgesehen handelte es sich um einen recht kleinen Reif, der am ehesten auf den Finger einer Frau paßte.

»Der ist wunderschön«, sagte der Krieger leise.

»Ja, das muß man wirklich sagen. Axis, dies ist der allererste Ring, nach dem alle anderen für die Zauberer geformt wurden. Er tauchte zuerst bei der Urzauberin auf, der Ahnin und Mutter sowohl der Ikarier als auch der Charoniten. Diese beiden Völker entdeckten auch als erste, daß und wie die Energie der Sterne genutzt werden kann. Die Erste Zauberin lebte vor fünfzehntausend Jahren, also vor sehr langer Zeit ...« Er schwieg für einen Moment. »Ich weiß auch nicht, wie sie an den Reif gelangt ist.«

»Dann hat sie ihn nicht selbst hergestellt?« fragte Axis.

»Nein, die Zauberin war nur die Hüterin des Rings. Er sucht

sich stets selbst seinen Besitzer. Er wird erst dann heimkehren, wenn der Kreislauf abgeschlossen ist.«

»Was denn für ein Kreislauf?«

Ein Schleier schien sich über das Gesicht des Charoniten zu legen, und Axis begriff, daß er noch nicht bereit war, dieses Geheimnis preiszugeben.

»Und Ihr bewahrt den Reif seit ihrem Tod auf?« fragte er statt dessen.

»Nein. Als die Zauberin starb, bestimmte sie die Ikarier zu den Hütern des Rings. Sie hielten ihn viele tausend Jahre lang in Ehren. Er galt den Vogelmenschen als kostbarste Reliquie.«

»Aber wie seid Ihr denn dann in seinen Besitz gelangt?«

»Vor etwa viertausend Jahren brachte ihn uns ein Zaubererfürst, der sein Ende nahen fühlte. Er hieß Wolfstern Sonnenflieger.«

Schon wieder dieser Name. »Und warum hat er Euch den Ring gegeben?«

»Wolfstern erklärte, die Muster veränderten sich. Er war ein überaus starker Zauberer und wollte doch noch mehr Macht haben. Kurz darauf ist er gestorben. Vor seiner Zeit, doch das war eigentlich kein großes Unglück. Ich fürchte nämlich, er hätte die Ikarier mit seinen sonderbaren Ideen und Experimenten ins Verderben geführt. Aber das tut jetzt nichts zur Sache. Wolfstern also gab mir den Ring zur Aufbewahrung und meinte, ich würde schon spüren, an wen ich ihn weiterzugeben hätte. Und jetzt glaube ich, daß Ihr derjenige seid.«

»Was soll ich denn mit dem Reif anfangen? Wie kann ich ihn benutzen?«

»Ich fürchte, gar nicht. Der Ring der Zauberin entfaltet seine Wirkung nicht so wie der, den Ihr am Finger tragt. Nicht einmal Wolfstern verstand ihn ganz. Er trug mir nur auf, den Reif demjenigen zu überreichen, den ich für würdig genug hielte, und ihm dann seine Worte zu übermitteln.«

»Was sollt Ihr mir sagen?«

»Daß Ihr zu gegebener Zeit ebenfalls spüren werdet, wem Ihr den Ring geben sollt. Und glaubt mir, Axis, ein überwältigendes

Gefühl wird Euch dies mitteilen. Dann wißt Ihr ganz genau, wann und an wen Ihr den Ring weiterreichen müßt. Bis dahin bewahrt ihn gut auf! Und zeigt ihn niemandem, habt Ihr mich verstanden?«

»Ja, das habe ich. Ich werde ihn gut behüten und keinem zeigen.« Axis ließ den Ring nur widerstrebend in die Tasche gleiten. Zu gern hätte er mehr über ihn erfahren.

Wen würde der Reif der Zauberin dereinst auserwählen? Wer würde damit diesen geheimnisvollen Kreislauf beenden?

24
Die Patrouille

»Eure Einheiten machen wirklich einen guten Eindruck, Aschure«, bemerkte Belial, der am Fenster des Kartenraums stand und den berittenen Bogenschützen beim Drill auf dem Hof zusah. »Ihr habt Erstaunliches geleistet.«

Die junge Frau hörte das Kompliment gern. Der Leutnant hatte ihr vor vier Wochen zwei weitere Pelotone unterstellt. Aschure hatte diese drei Einheiten berittener Bogenschützen in eine ebenso mobile wie schlagkräftige Einheit verwandelt, die jeder Armee zur Ehre gereicht hätte. Obwohl keiner ihrer Soldaten im Bogenschießen an sie heranreichte, hatte doch jeder seine eigenen Fähigkeiten deutlich verbessert. Kein Bogenschütze aus Achar würde es mit ihnen aufnehmen können, dachte Belial, während er verfolgte, wie sie in vollem Galopp auf ein bewegliches Ziel schossen.

Sein Blick traf kurz den der jungen Frau, und er kehrte an den Tisch zurück, an dem sich Magariz und Arne über Karten beugten. In den fünf Wochen, seit Aschure ihm gestanden hatte, daß sie von Axis schwanger sei, hatten sie es nach einiger Zeit vermocht, sich nicht mehr dauernd aus dem Weg zu gehen. Seitdem verband sie eine lockere Freundschaft, die vor allem von gegenseitiger Achtung geprägt war. Belial hatte seine Gefühle für die junge Frau tief in sich verschlossen.

Alle vier Personen trugen die gleiche Tracht: einfache hellgraue Langhemden über weißen Hosen; und auf jeder Brust prangte die flammende rote Sonne. Aschure hatte immer wieder darauf hingewiesen, daß die Garnison von Sigholt eine einheitliche Uniform bekommen solle, versehen mit Axis' Symbol, damit ein jeder wisse, für wen und welche Sache er kämpfe.

»Unsere Truppen befinden sich in Hochform«, erklärte Aschure, als sie sich zu den Männern an den Tisch setzte. »Auch ich fühle mich bereit zur Tat. Ihr glaubt doch wohl nicht, daß ich zuhause bleibe und nähe! Setzt mich und meine Abteilung ein.«

Belial und der Fürst sahen sich an. Aschures Stimme hatte wieder diesen entschlossenen Tonfall, der bedeutete, daß sie sich durch nichts und niemanden von ihrem Vorhaben abbringen ließe. Dennoch fühlten sich der Leutnant und Magariz nicht wohl dabei, eine Frau in die Schlacht zu schicken. Arne hingegen hielt sich heraus und studierte die Flecken an der Decke. Aschure konnte kämpfen, und wenn sie unbedingt mit wollte, dann sollte man ihr auch den Willen lassen.

»Wenn die ikarische Luftarmada eintrifft«, beharrte sie, »werdet Ihr rasch feststellen, daß auch Frauen darunter sind. Axis hätte bestimmt keine Skrupel, mich einzusetzen.«

»Er weiß ja auch nicht, daß Ihr... äh, nun ja...« Belial brachte den Satz nicht zu Ende.

Aschure lachte. Alle im Raum wußten, daß sie von Axis schwanger war. »Daß ich jetzt sein Kind in mir trage? Nun gut, vielleicht hätte er in dem Fall wirklich etwas dagegen. Aber bis jetzt hat sich die Schwangerschaft doch nicht nachteilig ausgewirkt, oder? Meine Übelkeitsanfälle haben aufgehört, und ich fühle mich kräftiger und gesünder als je zuvor. Und seht her.« Sie drückte sich mit beiden Händen gegen den Bauch. »Immer noch flach. Rivkah hat mir erzählt, daß ikarische Babys sehr klein seien und ich deswegen nicht befürchten müsse, bald wie eine Tonne auszusehen. Kurzum, meine Herren, ich denke nicht im Traum daran, hier in der Burg herumzusitzen. Solange mir das Reiten noch nicht zu beschwerlich ist, tue ich Dienst und übe mit meinen Pelotonen. Warum gabt Ihr mir überhaupt drei Einheiten Bogenschützen? Oder denkt Ihr, die kann man auch vom Wochenbett aus führen?«

Der Leutnant lachte und hob beide Hände zum Zeichen seiner Kapitulation. »Also gut, also gut. Wenn es zu einer Konfrontation kommen sollte und Eure Abteilung dabei gut gebraucht werden könnte, dann würde ich sie mit Euch zusammen einsetzen.« Seine Tonfall wurde strenger: »Aber ich lasse Euch nicht vors Tor, wenn ich den Eindruck gewinnen muß, Euer Zustand würde Euch selbst, Euer Kind oder Eure Einheiten in Gefahr bringen. Haben wir beide uns verstanden?«

Aschure verkniff sich das Lächeln. »Verstanden, Festungskommandant!«

»Schön. Können wir uns dann jetzt mit der eigentlichen Tagesordnung befassen?« fuhr Belial geschäftsmäßig fort. »Magariz, liegen uns neue Erkenntnisse über die Skrälinge vor?«

»Die Situation hat sich nicht sehr geändert.« Der Fürst wirkte übermüdet, und die Narbe auf seiner Wange fiel heute noch mehr ins Auge als sonst. »Wir wissen, daß die Eiswesen durch ganz Ichtar ziehen und dabei langsam und stetig weiter nach Süden vordringen. Unsere Patrouillen beobachten bereits kleinere Gruppen von ihnen in den Hügeln vor Sigholt. Aber bei ihnen dürfte es sich kaum um die Vorhut einer großen Armee handeln, die gegen die Festung anrückt. Wir wissen allerdings nicht, wohin sie unterwegs sind. Außerdem dürfen wir nicht vergessen, daß in wenigen Wochen der Herbst beginnt. Gorgrael wird Frühling und Sommer dazu genutzt haben, sein Heer zu ordnen und zu verstärken. Und irgendwo sammelt er sich zum Angriff.«

Belial beugte sich über die große Karte. »Der kürzeste Weg hinein ins Land verläuft über Jervois.«

»Und was ist mit der Wildhundebene?« wandte Arne ein. »Auf dieser Route würde Gorgrael geradewegs nach Skarabost gelangen.«

Der Leutnant richtete sich wieder auf, um den Offizier ansehen zu können. »Für diesen Fall haben wir bereits einen Plan ausgearbeitet. Aber ich glaube nicht, daß der Zerstörer dort zuschlagen will. Der Nordra stellt eine natürliche Barriere zwischen der Wildhundebene und Skarabost dar. Vergessen wir nicht, daß der Fluß Andakilsa die Skrälinge schon dazu zwang, über den Gorkenpaß vorzustoßen.«

»Besteht die Möglichkeit, daß die Geister uns von unseren

Versorgungswegen abschneiden können?« fragte Aschure, die hauptverantworltich für die Vorräte war.

Belial wollte schon mit nein antworten, betrachtete aber noch einmal die Karte. »Wenn sie sich tatsächlich auf den Weg durch die Wildhundebene machen sollten, könnte uns das vom Sperrpaß abschneiden.«

»Wenn, wenn, wenn!« stöhnte Magariz. »Müssen wir denn hier herumsitzen und untätig auf den nächsten Zug des Zerstörers warten?«

»Viel anderes bleibt uns wohl nicht übrig«, entgegnete der Leutnant ernst. »Unsere Streitmacht ist viel zu schwach, um weiter als bis zu den östlichen oder südlichen Urqharthügeln vorzustoßen. Und Axis ...«

Alle schwiegen betreten. Wann würde der Sternenmann endlich zurückkehren? Aschure legte unwillkürlich die Hand auf ihren Bauch.

»Wir brauchen ihn hier«, fuhr Belial fort. »Und die ikarischen Fernaufklärer kämen uns auch sehr gelegen. Fürst, haben wir denn noch immer nichts von der Luftarmada gehört?«

»Nein. Vom letzten Besuch ihrer Boten wissen wir, daß sie in drei Wochen hier eintreffen wollen.«

Der Leutnant seufzte. »Wie groß unsere Sorgen auch sein mögen, Bornheld sieht sich gewaltigeren Schwierigkeiten gegenüber. Letzte Nacht erhielt ich Nachricht von den Kundschaftern, die ich nach Jervois geschickt habe. Sie haben Gutes zu melden, meine Freunde, was sich aber auch als etwas Schlechtes erweisen könnte. Bornheld hat zwischen dem Nordra und dem Azle ein Kanalsystem errichten lassen. Damit und mit der Stärke seiner Truppen könnte es ihm unter Umständen gelingen, Gorgraels Kreaturen den ganzen Winter über aufzuhalten.«

»Und ganau das ist der Haken«, warf Arne ein. »Wenn es Bornheld nämlich gelingt, die Skrälinge zurückzuschlagen, besitzt er eine schlachterfahrene und kampferprobte Armee, die uns wirklich gefährlich werden könnte. Nach einem Sieg bei Ichtar wird der Herzog wohl kaum zögern, seine ganze Heeresmacht gegen Axis zu werfen.«

»Dann müssen wir eben dafür sorgen«, erklärte Magariz mit vorsichtigem Blick auf Belial, »ebenso viele Truppen wie er zusammenzubekommen und nicht irgendwen, sondern Soldaten, die es mit Bornhelds Heer aufnehmen können.«

Aber der Leutnant schwieg dazu.

»Wieviel Mann befehligt Bornheld denn in Jervois?« wollte Aschure wissen.

Belial holte tief Luft. »Nach vorsichtigen Schätzungen knapp zwanzigtausend.«

Alle fuhren erschrocken zusammen, und Arne stieß leise Verwünschungen aus.

»Zwanzigtausend«, stöhnte der Fürst. »Wo hat er denn so viele Soldaten herbekommen? In Gorken lagen doch nie mehr als vierzehntausend Mann. Und der Herzog hatte schon ganz Achar geplündert, um so viele Soldaten dort zusammenzubekommen. Bei den Kämpfen haben wir sechstausend Mann verloren, und dreitausend folgten Axis und sind mit uns hierher gezogen ... Der Oberste Heerführer kann also höchstens mit fünftausend Mann aus der Nordfestung abgezogen sein. Zwanzigtausend kommen mir doch sehr viel vor, Belial. Eure Beobachter müssen sich irren.«

Doch der Leutnant schüttelte den Kopf. »Ich wünschte, dem wäre so, Freund, das könnt Ihr mir glauben. Nein, allem Anschein nach hat der Herzog dort tatsächlich zwanzigtausend Mann zusammenziehen können. Meine Kundschafter melden mir, daß die Rabenbunder zu ihm gekommen sind. Ihr Häuptling, ein gewisser Ho'Demi, hat Bornheld elftausend Kämpfer zugeführt. Und der Herzog konnte alle Flüchtlinge aus Ichtar in seine Reihen eingliedern, nebst der Garnison, die aus Sigholt geflohen ist. Nein, ich fürchte, zwanzigtausend sind nur eine vorsichtige Schätzung. Eher dürften es noch mehr sein.«

Die anderen schwiegen bedrückt. Mit der ikarischen Luftarmada würden sie auf höchstens fünftausend Soldaten kommen. Ein aussichtsloser Kampf, da konnten sie sich noch so tapfer in die Schlacht stürzen.

Aber dann klopfte Aschure mit dem Fingerknöchel auf den

Tisch und ließ ihren Gedanken freien Lauf: »Bornheld wird einen Zweifrontenkrieg führen müssen. Einerseits muß er Jervois und das Kanalsystem stärken, um die Skrälinge zurückzuhalten ... und wenn Axis hier den Oberbefehl übernommen hat, wird er durch Skarabost ziehen und dann nach Westen abbiegen müssen, um auf Karlon vorzurücken. Der Herzog wird sein Heer also teilen müssen.«

Belial sah sie kritisch an. »Da habt Ihr recht, Aschure. Nur bleibt Axis nicht viel anderes übrig, als seine Truppe ebenfalls zu teilen. Wenn er wirklich mit der Hauptmacht in Achar eindringen will, muß er dennoch in Sigholt eine Garnison zurücklassen, um die Wildhundebene zu schützen. Der Krieger möchte sicher nicht, daß Gorgrael ihm über diese Flanke in den Rücken fällt, während er sich gerade in der entscheidenden Schlacht mit Bornheld befindet.«

»Vergessen wir nicht mein Alauntrudel«, sagte die junge Frau fröhlich. »Es könnte den Ausschlag zu unseren Gunsten geben.«

Die Männer starrten sie für einen Moment an und brachen dann in lautes Gelächter aus.

»Genug jetzt von Bornheld und den Eiswesen«, schloß der Leutnant und war insgeheim froh, daß Aschure die allgemeine Anspannung mit ihrem Scherz gebrochen hatte. »Im Moment haben wir eine viel naheliegendere Sorge: Den Flüchtlingsstrom, der über uns gekommen ist.«

Kurz nachdem Belial die Festung in Besitz genommen hatte, schickte er kleine Abteilungen aus, um mögliche Versorgungswege zu erkunden und in Skarabost die Botschaft von der Prophezeiung zu verbreiten. Die Organisation der Nachschub- und Verbindungswege war mittlerweile abgeschlossen, aber daraus erwuchs eine neue Aufgabe: Die Weissagung lockte immer mehr Menschen an. Vor vier Wochen waren die ersten in Gruppen von vier bis zwanzig Personen erschienen, und seitdem wurden es ständig mehr.

»Ich glaube nicht, daß wir uns darüber den Kopf zerbrechen sollten«, entgegnete die junge Frau. »Freuen wir uns lieber, daß so viele Menschen sich Axis' Sache anschließen wollen.«

»Haltet mir keinen Vortrag!« erwiderte Belial ungehalten. »Verratet mir lieber, wo Ihr sie alle untergebracht habt.« Aschure hatte sich nicht nur um ihre Abteilung gekümmert, sondern sie war als Quartier- und Proviantmeisterin auch zuständig für die Neuankömmlinge und Organisationsfragen.

»Sie sind in Zelten am Nordostufer des Sees untergekommen. Im Augenblick reichen unsere Nahrungsvorräte auch für sie. Wobei viele von ihnen selbst Proviant mitgebracht haben. Und in Kürze stehen mir weitere Vorräte zur Verfügung, die dann noch zu denen hinzukommen, die wir über die Nachschubwege erhalten.«

»Tatsächlich? Wie denn das?« fragte Magariz.

Aschure nickte in Richtung Fenster. »Der See ist zum Leben erwacht, und das wirkt sich auf die Urqharthügel aus. Ich schicke seit einiger Zeit die Flüchtlinge aus, auf den Hängen Land urbar zu machen und Gemüsegärten anzulegen. Vor zwei Wochen konnten wir dann mit der Aussaat beginnen, und in wenigen Tagen können die ersten Feldfrüchte geerntet werden. Offensichtlich wirkt sich das magische Wasser förderlich auf alles Leben aus.«

»Ausgezeichnet«, lobte der Leutnant. »Arne, sind Leute darunter, die wir rekrutieren können?«

Der Offizier zuckte die Achseln. »Bei den meisten handelt es sich um Bauern, die unter dem extremen Winter leiden. Der Hunger zwingt sie, jedem Gerücht hinterherzulaufen, das ihnen ein besseres Leben verspricht. Etliche von den jungen Burschen machen einen kräftigen, brauchbaren Eindruck, und viele wollen etwas tun. Einige von ihnen verstehen sich gar nicht schlecht auf den Umgang mit dem Wehrstab.«

»Sind sie nur nach Sigholt gekommen, um Gorgraels Eiswinden zu entkommen«, fragte Belial ernst, »oder sind einige von ihnen auch gewillt, für die Sache des Sternenmanns zu kämpfen?«

»Sowohl als auch«, antwortete der Fürst. »Viele Achariten leben in Angst und Schrecken, seit sie vom Fall der Feste Gorken und dem Verlust von ganz Ichtar erfahren haben. Sie fragen sich, ob der Sternenmann, den die Prophezeiung ihnen verheißt, tatsächlich eher als Bornheld in der Lage sein könnte, sie zu retten. Und denken wir auch an den enormen Ruf, den Axis als Axtherr genoß. Aber unter dem Strich dürfte wohl nur ein kleiner Teil der Skaraboster bereit sein, sich mit uns auf den Weg zu machen. Die große Mehrheit bleibt lieber im Lande und bei dem, was sie kennt. Viele schreckt auch die Vorstellung ab, sich mit den Unaussprechlichen zusammentun zu müssen, wie es die Weissagung verlangt.«

Der Leutnant seufzte und rieb sich die Augen. »Na, dann können wir nur hoffen, daß sie nicht zu sehr in Panik geraten, wenn die Ikarier hier landen.«

Magariz zügelte sein Pferd und gab seinen Männern Zeichen, hinter ihm zu bleiben. Er drehte sich im Sattel um und hielt nach Aschure Ausschau. Sie befanden sich auf einem ausgedehnten Erkundungsritt in den Süden der Urqharthügel. Eine gefährliche Unternehmung, denn dabei gerieten sie auf feindliches Terrain. Nicht nur trieben sich hier Skrälinge herum, auch Bornhelds Patrouillen kamen bis zu den Hügeln. Die letzte Kundschaftertruppe, die Magariz ausgeschickt hatte, war mit einer zwanzigköpfigen Streife aus Jervois zusammengestoßen. Dies führte zu einem Scharmützel, bei dem beide Seiten die Hälfte ihrer Soldaten verloren. Deswegen wurde der Erkundungstrupp nun von Aschure und zweien ihrer Pelotone begleitet, die ihren Wert bereits unter Beweis gestellt hatten.

Der Fürst winkte die junge Frau zu sich. Acht Tage waren sie nun schon unterwegs und hatten sich in den Südhügeln umgeschaut, um die Truppenstärke der Geisterwesen und der Soldaten Bornhelds in dieser Region festzustellen. Mehrere Male waren sie Scharen von Skrälingen begegnet. Aschure erwies sich in der Schlacht als genauso ruhig und zuverlässig wie am Beratungstisch. Und ihre Bogenschützen standen ihrem Mut in nichts nach. Wenn sie sich wieder in der Festung befänden, würde Magariz dem Leutnant empfehlen, der jungen Frau eine größere Truppe zu überlassen. Auch die Alaunt bewiesen im Kampf ihren Wert. Am Vortag waren sie auf eine Abteilung Skrälinge gestoßen, die wesentlich disziplinierter und soldatischer wirkte als die sonstigen Scharen. Aschure hatte ihre Schützen in Stellung gehen lassen und dann das Rudel mitten in die Reihen der Kreaturen geschickt. Magariz hatte zunächst befürchtet, die Alaunt würden von den Pfeilen getroffen, die auf die Skrälinge herabregneten. Aber die Hunde wichen geschickt jedem Geschoß aus und schienen genau zu spüren, aus welcher Richtung sich der nächste Pfeil näherte. Gleichzeitig rissen sie ebenso viele Kreaturen, wie den Schützen zum Opfer fielen. Dank dieser beiden Verstärkungen hatte die eigentliche Patrouille nur geringe Verluste erlitten.

»Was haltet Ihr von dem Tal dort unten?« fragte Magariz, als die junge Frau Belaguez neben ihm zügelte.

»Ein gutes Stück weiter hinten im Tal ist ein Lager. Ein kleines. Nur etwa fünfzehn Männer und ihre Pferde. Sie haben ein Lagerfeuer, verbrennen aber nur altes Holz, das wenig Rauch entwickelt.«

Der Fürst nickte. »Gut. Wenn Ihr dort der Offizier wärt, würdet Ihr dann allen Euren Soldaten erlauben, ums Feuer zu sitzen und lustige Lieder zu singen?«

»Nein, nicht in einem so gefährlichen Gelände.« Aschure spähte ins Tal. »Fünfzehn Männer sitzen zwar am Feuer, aber hinter ihnen stehen deutlich mehr Pferde angebunden. Insgesamt ein- oder zweiundzwanzig.«

»Sehr gut. Und wie würdet Ihr nun vorgehen?«

Sie drehte sich zu ihm um. Seine Augen lagen im Schatten der Kapuze. »Angreifen?«

Magariz dachte nach. »Normalerweise ja. Zwanzig von Bornhelds Männern weniger, das würde uns nützen. Aber ich weiß nicht, wo der Offizier dort unten seine Wachen aufgestellt hat. Und da wäre es mir der Erfolg nicht wert, wegen lediglich zwanzig Feinden das Leben meiner Soldaten aufs Spiel zu setzen.«

»Aber wenn es uns gelänge, die Wachen auszuschalten, dann könnten wir uns doch an die Männer am Lagerfeuer heranschleichen und sie gefangennehmen. Um sie erst zu verhören, ehe wir sie umbringen.«

»Doch wie schaltet man unsichtbare Wächter aus?«

Aschure sah ihn mit kalten Augen an. »Ich sende die Alaunt aus. Die finden sie schon und töten sie unhörbar. In längstens einer halben Stunde wären wir dieser Sorge ledig. Die Männer am Feuer werden von nirgendwoher gewarnt, bis wir sie umzingelt haben.«

»Dann schickt die Hunde los. So können wir feststellen, wie lautlos sie zu töten vermögen.«

Sie erledigten ihre Aufgabe besser als erwartet und kehrten in weniger als zwanzig Minuten zurück. Ihre Schnauzen waren rotgefärbt. »Nun?« fragte Aschure den Fürsten.

»Wir schleichen uns zu Fuß an. Pferde würden doch zuviel Lärm machen. Dann merken die am Feuer überhaupt nichts. Nehmt Eure Schützen mit.«

Als sie die fünfzehn Soldaten umzingelt hatten, herrschte bereits Dämmerung. Aschure hielt die Alaunt dicht bei sich und näherte sich den Feinden gegen den Wind, um deren Rösser nicht aufzuschrecken. Die Tiere waren ein Stück weiter am Bach angepflockt. Fünf Männer umgingen die feindliche Patrouille und begaben sich zu den Pferden, um sie loszubinden. Magariz bewegte sich mit dem Rest, Soldaten wie Bogenschützen, auf die Gegner zu, schickte sie mit Handzeichen auf ihre Positionen und bedeutete dann der jungen Frau, in seiner Nähe zu bleiben. Sie legte einen Pfeil auf.

Die Soldaten schlichen durch die Bäume bis nahe an das Feuer heran und konnten hören, was die Feinde sich zu erzählen hatten. Sie kamen aus Jervois und hatten ihren Erkundungsritt hinter sich. Bornhelds Männer waren froh darüber, nicht den Banditen in die Hände gefallen zu sein, die sich in den Hügeln aufhalten sollten.

Aschure spürte, wie angespannt Magariz war, und drehte sich zu ihm um. Er deutete auf einen Soldaten, der an einem Felsen saß, und flüsterte: »Newelon, Rolands Leutnant, ein guter Mann.«

Die Schützin betrachtete ihn genauer. Er schien jung und

durchtrainiert, hatte dichtes braunes Haar und trug einen kurzgeschnittenen Bart. Aber nicht gut genug, dachte sie, wenn er immer noch lieber Bornheld die Treue hält statt Axis.

Der Fürst legte ihr eine Hand auf die Schulter und sagte ihr leise ins Ohr: »Deckt mich, Aschure. Ich will mit Newelon reden. Er ist ein vernünftiger Mann. Wenn er erkennt, daß seine Truppe umzingelt ist, wird er sich nicht auf einen sinnlosen Kampf einlassen. Können Eure Bogenschützen sie mit einem Pfeilring umgeben?«

Aschure nickte, gab ihren Männern ein Zeichen und wartete dann auf Magariz' Befehl. »Jetzt?«

»Ja, jetzt.«

Auf ihr Zeichen hin erfüllte das Rauschen von Pfeilen die Luft, und die Männer am Feuer sprangen erschrocken auf und sahen sich entsetzt um. Ein Kreis von Pfeilen hatte sie umschlossen.

»Newelon.« Der Fürst erhob sich und trat in den Feuerschein. »Laßt Eure Waffen stecken. Wenn sich nur eine Handbreit Stahl in Eurer Hand zeigt, seid Ihr sofort des Todes.«

Rolands Leutnant nickte kurz und befahl seinen Männern, die Hände von den Waffen zu lassen.

»Magariz«, sagte er dann, »ich hielt Euch für tot.«

»Wie Ihr seht, befinde ich mich noch unter den Lebenden.« Der Fürst trat gelassen und voller Selbstvertrauen auf ihn zu. Doch im Feuerschein ging von seinem Narbengesicht etwas Dämonisches aus. »Anscheinend sind wir beide nach der Schlacht in Gorken noch einmal davongekommen. Sagt mir doch, wie es Eurem Herzog Roland geht.«

Ein Muskel zuckte in Newelons Wange. Bei Artor, der Fürst kam so gelassen daher, als befände er sich auf den Straßen von Karlon. Aber er hatte doch wohl vor, sie alle umzubringen. »Roland hat es ebenfalls geschafft. Allerdings verlor er in den letzten anstrengenden Monaten so manches seiner Pfunde.«

»Und Bornheld, ist er immer noch der alte? Ich würde es nicht gern hören, daß er auf der Flucht aus der Festung einer Erkältung erlegen sei.«

»Der König erfreut sich bester Gesundheit«, erklärte der Mann mit Bedacht.

Magariz fuhr zusammen. Bornheld war jetzt König? Fast hätte sein krankes Bein nachgegeben, als er einen Schritt zurückwich und auf dem losen Boden ausglitt.

Newelon grinste und griff nach dem Dolch an seinem Gürtel. Rolands Leutnant war weithin als treffsicherer Messerwerfer bekannt. Er könnte den Fürsten jetzt leicht töten, ehe dieser seinen Bogenschützen das Zeichen zum Schießen zu geben vermochte. Und wenn Newelon und seine Männer danach im Pfeilhagel zugrunde gingen, na wenn schon, die Rebellen hatten doch ohnehin vor, sie umzubringen. Der Leutnant zog den Dolch aus der Scheide, ließ ihn aber gleich fallen und stieß einen Schrei aus. In seinem Handrücken steckte ein Pfeil mit blauen Federn.

»Der nächste fährt Euch durchs linke Auge!« rief eine Frauenstimme. »Und den drehe ich dann persönlich herum, bis er Euer Gehirn verrührt. Habt Ihr mich verstanden?«

Newelon nickte und hielt beide Hände hoch.

»Dann hätte ich jetzt gern meinen Pfeil zurück«, verlangte die Schützin. »Hättet Ihr wohl die Freundlichkeit, ihn herauszuziehen und hinter Magariz zu werfen?«

Der Leutnant glaubte, seinen Ohren nicht zu trauen. Den Pfeil herausziehen? Die Spitze war am Handteller wieder hervorgetreten.

»Ich warte!« drängte die Frau.

Der Fürst lachte spöttisch. »An Eurer Stelle würde ich gehorchen, Newelon. Sie hat eine besondere Beziehung zu ihren Pfeilen und würde Euch, ohne mit der Wimper zu zucken, töten, bloß um diesen einen zurückzubekommen.«

Der Mann zerrte und zog an dem Geschoß, bis er es freibekommen hatte. Er stöhnte vor Schmerz und warf es mit aschgrauem Gesicht hinter den Fürsten.

»Danke!« rief die Schützin, und aus der Dunkelheit löste sich der größte Hund, den Newelon je gesehen hatte. Sein Fell war hellbeige und golden. Das Tier näherte sich dem Pfeil, ließ dabei den Leutnant nicht aus den Augen, hob ihn mit der Schnauze auf und trabte in die Nacht zurück.

»Vielen Dank, Aschure!« rief der Fürst nach hinten. »Ich glaube, Ihr habt mir das Leben gerettet.«

Aschure? Den Namen hatte der Leutnant doch schon einmal gehört.

Magariz wandte sich wieder an ihn: »Also sitzt Bornheld jetzt auf dem Thron? Dann muß Priam tot sein.«

Newelon nickte. Er konnte die Frau jetzt zwischen den Bäumen ausmachen. Sehr dunkles Haar und jung. Sie hatte einen unglaublichen Bogen gespannt. Dann bemerkte er, daß zwei Männer in seiner Truppe, beide Rabenbunder, den Bogen wie gebannt anstarrten. »Ja, Priam starb vor einigen Wochen. Er er erkrankte an einem tödlichen Hirnfieber und verschied in völliger geistiger Umnachtung.«

»Na ja«, entgegnete Magariz, »das ist zwar bedauerlich, aber meine Botschaft bleibt die gleiche.«

Welche Botschaft? fragte sich der Leutnant. Wollte man sie denn nicht töten, sondern mit einer Nachricht zurückschicken?

»Wie Ihr sehen könnt, trage ich genau wie all meine Soldaten das Symbol einer flammenden roten Sonne auf der Brust. Kennt Ihr dieses Zeichen?«

Newelon schüttelte den Kopf.

»Nun, Ihr solltet es Euch aber einprägen. Dies ist das Zeichen des Sternenmannes. Ihr erinnert Euch doch sicher an die Prophezeiung, von der in Gorken so viele Soldaten gesprochen haben.«

»Das war nichts als eine Lüge«, erwiderte der Leutnant.

»Nein«, entgegnete der Fürst, und seine Stimme wurde schlagartig ernst. »Die Prophezeiung spricht die Wahrheit. Wir warten auf den Sternenmann, Axis, der uns – und Achar – zum Sieg gegen Gorgrael führen soll.«

»Axis!« Newelon spuckte aus. Ja, an den Mann erinnerte er sich. Ein Verräter, der in der Feste Gorken Bornheld hintergangen und im Stich gelassen hatte. »Ihr selbst und Axis habt uns oben im Norden verraten!«

Magariz' Miene verfinsterte sich. »Nein, Newelon, im Gegenteil. Axis und ich haben in Gorken alles nur Menschenmögliche getan, um uns und Euch aus einer ausweglosen Lage zu retten. Doch jetzt hört mir gut zu, denn Ihr sollt Bornheld eine Botschaft überbringen. Sagt ihm, wenn er sich nicht der Sache des Sternenmannes anschließt, muß er sterben. Nur Axis kann Achar zum Sieg führen. Sagt ihm, wenn er sich weiter weigert, an die Prophezeiung zu glauben, wird diese ihn überrollen. Mag er jetzt auch einen Thron gewonnen haben, so wird er sich nicht lange daran erfreuen. Und sagt ihm, Axis, der Sternenmann, wird erscheinen mit der Macht der Weissagung im Gefolge.«

»Und verbündet mit den Unaussprechlichen!« entgegnete der Leutnant verbittert.

»Verbündet mit unseren Freunden im Gefolge, Newelon«, verbesserte ihn Magariz. »Wir haben mit ihnen ein Bündnis geschlossen, das sich auf Vertrauen und Freundschaft gründet. Sagt mir doch, wie sehr Bornheld den Menschen in seiner Umgebung vertrauen darf? Die Nachricht von der Prophezeiung verbreitet sich schon im ganzen Reich. Die Vergangenheit zerbröckelt unter unseren Füßen. Haltet Euch lieber an die Zukunft, Newelon, ergreift sie mit beiden Händen!«

Aber der Mann spuckte Magariz nur vor die Füße.

»Eine mutige, gleichwohl aber dumme Antwort. Was könnt Ihr damit schon erreichen? Vergeßt meine Botschaft an Bornheld nicht. Nun muß ich gehen. Kommt lieber nicht auf den Gedanken, uns zu folgen. Wir haben Eure Pferde losgeschnitten und davongejagt. Ihr werdet Stunden brauchen, sie wieder einzufangen. Eigentlich würde ich Euch ja auch die Waffen abnehmen, aber dann wärt Ihr eine zu leichte Beute für die Skrälinge, und ich möchte doch, daß der neue König meine Nachricht erhält. Ach, Eure Wachtposten sind übrigens tot. Diese Hunde hier haben sie erledigt. Aschure?«

Die junge Frau pfiff leise, und das ganze Rudel Alaunt kam aus dem Wald und umstellte die Soldaten am Lagerfeuer.

»Sie werden Euch bewachen, während wir abziehen«, erklärte

der Fürst. »Macht keine falsche Bewegung, sonst fallen sie Euch sofort an. Aschure?«

Sie trat aus dem Dunkel, begab sich zu Sicarius und flüsterte ihm etwas ins lange Ohr. Der Hund ließ Newelon nicht aus den Augen. Er roch das Blut des Mannes.

Magariz legte Aschure eine Hand auf die Schulter, und einen Moment später waren die beiden verschwunden.

Rolands Leutnant stand nur da und starrte gebannt auf die Riesenhunde.

»Ich würde seinen Worten glauben«, bemerkte einer der Rabenbunder. »Bei diesen Kötern handelt es sich um die sagenhaften Alaunt.«

Newelon sah ihn nur an, schluckte, hielt sich die verletzte Hand und wagte nicht, sich zu rühren.

Die Hunde zogen sich schließlich in die Nacht zurück. Aber auch dann blieben die Männer noch mindestens eine Stunde reglos auf ihrem Platz.

25
Das Sternentor

Sie saßen wieder in dem flachen Kahn auf dem violetten See unter der Kristallkuppel. Der Sternentanz umströmte die beiden, und manchmal unterhielten sie sich, doch meistens schwiegen sie.

»Berichtet mir von den Sternengöttern«, bat Axis, »denn was mein Vater und Morgenstern mir erzählt haben, hat mich mehr verwirrt als klug gemacht.«

»Was wißt Ihr denn bereits über sie?« begann Orr.

»Nun, wir kennen neun Sternengötter«, sagte Axis, und als der Charonite nickte, fuhr er fort: »Von sieben weiß ich sogar die Namen: Adamon und Xanon, das sind die beiden höchsten Götter am Firmament. Dann die Götter der vier Elemente: Silton, das Feuer, Pors, die Luft, Zest, die Erde, und Flulia, das Wasser. Und schließlich noch Narkis, der Gott der Sonne. Aber die Namen der Götter des Mondes und des Liedes habe ich noch nie gehört. Haben sie vielleicht keine?«

»Seit vielen tausend Jahren offenbaren sich uns die sieben Götter zu dieser oder jener Gelegenheit«, antwortete der Fährmann. »Doch Mond und Lied haben uns bislang noch nicht mit ihrem Namen erfreut. Aber im Lauf der Zeit, längstens in einigen tausend Jahren, werden wir auch die erfahren.«

Sein Lehrling runzelte nachdenklich die Stirn. »Aber sie scheinen uns so fern zu sein. Als ich noch als Axtherr Artor diente, spürte ich im Gebet oder in besinnlichen Momenten häufiger seine Gegenwart. Wenn ich zu den Sternengöttern bete, geht mir das leider nicht so.«

»Sie leben aber, Sternenmann, nur werden sie gefangengehalten.«

»Gefangen?«

Orr schüttelte sorgenvoll den Kopf. »Wir können nichts daran ändern, junger Freund, weder Ihr noch ich. In der Schlacht zwischen Artor und den Sternengöttern haben wir Sterblichen nichts verloren.«

»Sie führen Krieg gegeneinander?«

Aber der Fährmann wollte zu diesem Thema nichts mehr sagen, und wieder verfielen sie in Schweigen und lauschten stundenlang – oder waren es Tage? – der Musik des Sternentanzes.

Später wollte Axis mehr über die heiligen Seen erfahren. »Woher kommen sie? Warum hält man sie für heilig? Besitzen sie wirklich Zauberkraft?«

Der Charonite rutschte unbehaglich hin und her. »Vor vielen tausend Jahren, lange vor meiner Zeit, haben die Alten Götter, die noch vor den Sternengöttern lebten, ganz Tencendor mit einem Feuersturm überzogen, der mehrere Tage wütete und beinahe alles Leben ausgelöscht hätte. Nur die konnten sich retten, die in den tiefen Höhlen Schutz fanden.

Der Feuersturm ließ die Seen zurück, und die sollen uns an die Allmacht der Alten Götter und unsere eigene Nichtigkeit gemahnen. Einige sagen nun, die Alten Götter seien nie wieder in den Himmel aufgefahren, sondern hätten sich unter den heiligen Seen zu einem langen Schlaf gebettet.« Orr lächelte. »Aber das vermag ich kaum zu glauben. Noch nie habe ich etwas von ihnen gesehen oder gehört, und ich halte mich schon sehr lange hier unten auf, verhalte mich still und lausche.«

Der Lehrling stützte das Kinn auf die Hand. Der Charonite hatte ihm zur Antwort lediglich ein buntes Gemälde gezeigt, aber nicht mehr. Also würde er tiefer in ihn dringen müssen. Er öffnete den Mund, um nach dem Feuersturm zu fragen, aber Orr wechselte bereits das Thema.

»Nun ist der Moment gekommen, an dem Ihr mir zeigen dürft, wie gut Ihr gelernt habt. Führt uns zum Sternentor.«

Zum Sternentor? Axis sah auf seinen Ring. Er konzentrierte sich auf das Ziel, und das bestand darin, das Boot zum Sternentor gleiten zu lassen, dem größten Heiligtum der Ikarier.

Die Sterne gruppierten sich auf dem Reif um, und Axis prägte sich das neue Muster ein. Sobald er die Sternenenergie in Musik übersetzt hatte, summte er die Melodie vor sich hin.

Der Kahn setzte sich in Bewegung. Sie fuhren durch Tunnel, unter merkwürdigen Brücken hindurch und passierten absonderliche Höhlen. Einige wirkten vollkommen entblößt von allem Leben, in anderen zogen sich die Reste von Städten an einem See entlang. Wieder andere enthielten versteinerte Wälder, und manche lagen in dichtem Nebel, so daß Axis nicht einmal einen Meter weit schauen konnte.

»Bedenkt«, sagte der Fährmann, »daß das Muster der Wasserwege, die wir befahren, dem Eurer Melodie entspricht.«

»Wenn ich jetzt auf der Oberwelt wäre«, fragte Axis und summte das Lied in Gedanken weiter, »wie würde ich dann reisen?«

»Das weiß ich nicht, junger Sonnenflieger. Dieses Abenteuer erwartet Euch noch.«

Schließlich gelangten sie in eine kleine Höhle, und das Boot hielt gemächlich vor einer Treppe an, deren Stufen aus dem Wasser führten. Axis band den Kahn an einer Steinsäule an.

»Folgt mir«, forderte der Charonite ihn auf, stieg aus und hüllte sich ganz in seinen Umhang ein.

Er führte seinen Lehrling durch einen engen Gang, der mählich nach oben führte. Nach einer Weile fiel Axis ein Geräusch auf. Wie das Brausen des Windes. Und vor ihnen ließ sich auch so etwas wie ein pulsierendes blaues Licht erkennen.

»Was ist das für ein Tosen? Was für ein Licht?« fragte Axis etwas kurzatmig, weil der Fährmann mit beträchtlicher Geschwindigkeit voranschritt.

»Die Musik und das Licht des Sternentors«, antwortete er. »Und nun kommt endlich.«

Kurz darauf traten sie in die Kammer des Heiligtums.

Axis wurde von ebenso viel Ehrfurcht ergriffen wie früher Faraday. Eine solch schöne Halle hatte er noch nie gesehen. Hatte Faraday sich damals gesagt, daß dieser Ort sehr dem Mondsaal im Königspalast zu Karlon ähnele, erkannte Axis sogleich, daß die ikarische Große Versammlungshalle nach dem Vorbild dieses Ortes angelegt worden war. Ein perfekter kreisrunder Raum, an dessen Wänden sich Säulen und Torbögen reihten – alle geschaffen aus einem milchigen weißen Stein, stellten sie nackte Vogelmenschen dar. Doch die Figuren hielten meist den Kopf gesenkt und hatten die Arme vor der Brust verschränkt. Lediglich die Schwingen hielten sie ausgestreckt, und deren Enden berührten sich, um die Torbögen zu bilden. Auf den zweiten Blick fiel dem Lehrling auf, daß die Säulen im hinteren Ende des Raumes sich deutlich von den anderen unterschieden. Hier schauten die Vogelmenschen verzückt in den Himmel. Ihre goldenen Augen blickten zum höchsten Punkt der Decke, und sie hatten ihre Arme hingebungsvoll erhoben.

»Das sind die sechsundzwanzig Krallenfürsten, die man in den alten Hügeln zur letzten Ruhe gebettet hat«, erläuterte der Charonite. Erst jetzt begriff Axis, daß sie sich unmittelbar unter dem Ort befinden mußten, an dem Gorgraels Sturm so furchtbar unter seinen Axtschwingern gewütet hatte. Und wo er Faraday verloren hatte.

Orr trat weiter in die Halle hinein und bedeutete seinem Lehrling, ihm zu folgen. In der Mitte befand sich ein ebenfalls kreisrundes Becken, das von einer niedrigen Mauer umgeben wurde. Blaue Schatten tanzten darüber und schienen sich bis unter die hohe Decke zu jagen. Sowohl das pulsierende Leuchten als auch der brausende Wind entstammten diesem Becken.

Als Axis in das Rund hineinspähte, blickte er geradewegs ins Universum und erkannte, daß es sich bei dieser Anlage um das eigentliche Sternentor handeln mußte. Denn was er dort entdeckte, war das wahre Firmament – und nicht die bescheidene Nachbildung dessen, was man am Nachthimmel zu sehen bekam. Das Tosen des Sternentanzes war hier übermächtig, und Axis erkannte auch gleich den Grund dafür: Die Sterne wirbelten und tanzten durcheinander; Sonnen jagten einander von einer Galaxis zur anderen; Monde tauchten hinter Planetensystemen weg und hüpften zwischen ihnen hindurch; strahlende Kometen schwebten durch den Kosmos.

Die Schönheit dieses Anblicks ließ sich mit Worten nicht beschreiben und zog Axis wie hypnotisierend an. Der Sternentanz rief nach ihm, flehte ihn an, umschmeichelte ihn und bat. Als ob er sich Axis zum Geliebten auserkoren hätte. Kommt doch, lockte er, tretet durch das Tor, und kommt zu mir!

»Widersteht!« warnte der Fährmann. »Widersteht seinem Werben!«

Axis konzentrierte sich darauf, dem Drängen nicht nachzugeben, und als ihm das gelang, konnte er sich ganz in die Schönheit des Universums versenken. Wundersame Farben zeigten sich hier. Wenn er auf der Oberwelt in den Nachthimmel schaute, konnte er nicht mehr als silberfarbene Sterne erkennen, manchmal noch ein goldfarbenes oder rotes Schimmern dazwischen. Doch wenn er jetzt durch das Sternentor blickte, gewahrte er ganze Galaxien in Smaragdgrün, Gold oder Violett, Sonnensysteme, die in Hellblau oder Dunkelrot prangten, und Sterne in allen Farben des Regenbogens.

»Wenn Ihr nachts oben in Eurer Welt steht und hochblickt«, erklärte Orr, »erkennt Ihr das Universum nur durch einen Schleier aus Luft, Wind, dünnen Wolken und Geräuschen. Wenn Ihr das wahre Universum schauen wollt, müßt Ihr entweder sterben oder Euch an den Rand des Sternentors stellen.«

So standen sie lange am Becken und vergaßen ganz den Lauf der Zeit. Bis Axis sich schließlich zitternd abwenden mußte. Der Lockruf des Sternentanzes ließ sich nicht länger ertragen. Wenn er jetzt nicht vom Beckenrand zurücktrat, würde er ihm unweigerlich nachgeben.

Der Krieger schaute sich im Raum um und wandte sich dann der ersten der sechsundzwanzig Krallenfürstenstatuen zu. Und hier konnte er dem Drang nicht widerstehen, eine der Figuren zu berühren. Der Stein fühlte sich kalt und abweisend an.

»Laßt das, Axis«, mahnte der Charonite. »Die Statuen derjenigen zu berühren, die von uns gegangen sind, zeugt von mangelnder Achtung.«

»Sie sind doch schon so lange tot, Orr, da macht es ihnen bestimmt nichts mehr aus.« Er war langsam weitergegangen und berührte jetzt die achte Figur. »Davon abgesehen werde ich eines Tages auch hier stehen.«

»Mein lieber junger Freund«, erklärte der Fährmann nun hörbar strenger, »schon seit langem ist bekannt, daß es Unglück bringt, diese Statuen zu berühren. Bitte haltet Euch zurück.«

Axis stand nun vor der neunten Figur und streckte wieder die Hand aus. Doch statt auf harten Stein zu stoßen, fuhren seine Finger durch die Statue.

Axis keuchte erschrocken und fuhr zurück. Dann beugte er sich wieder vor und berührte sie zögernd noch einmal. Die Statue begann zu leuchten, sie bewegte sich und war plötzlich spurlos verschwunden. Orr und sein Lehrling starrten sprachlos auf die Stelle.

»Eine Illusion«, stöhnte der Fährmann schließlich. »Die Figur war eine Illusion!«

»Was soll das heißen, Orr?«

Der Charonite wickelte sich in seinen Mantel ein, als müsse er sich gegen etwas schützen. »Ich hätte nie gedacht, so etwas je zu sehen zu bekommen. Nein, niemals!«

»Was denn, so redet doch!«

»Der neunte Krallenfürst ist zurückgekehrt«, antwortete der Charonite mit brüchiger Stimme. »Wolfstern ist durch das Sternentor zurückgekommen.«

Axis stockte der Atem. »Wann?«

»Woher soll ich das wissen? Er starb vor viertausend Jahren. Irgendwann zwischen damals und heute muß Wolfstern zu uns zurückgekommen sein.«

»Ist er vielleicht der mysteriöse Sonnenflieger, der mich und Gorgrael ausgebildet hat?«

»Er könnte natürlich in einer Verkleidung aufgetreten sein«, meinte Orr. »Er kann sich jede nur denkbare Gestalt verleihen. Die eines Säuglings, Greises oder die eines hübschen Mädchens. Wolfstern war einer der mächstigsten Zauberer, als er starb und durch das Sternentor ging. Wenn er tatsächlich einen Weg zurück gefunden hat, dann muß er heute über alle Maßen stark sein.«

»Aber warum, Freund? Aus welchem Grund sollte er zurückkehren? Und warum hat er sich uns dann noch nicht offenbart?«

Der Fährmann zuckte die Achseln.

Axis lief rasch an den restlichen Statuen entlang und berührte jede einzelne davon. Alle fühlten sich fest und stabil an. Dann wandte er sich wieder an den Charoniten: »Wo könnte Wolfstern hingegangen sein?«

Orr lachte rauh. »Ich wünschte, ich wüßte das, Axis Sonnenflieger, denn dann würde ich mich am sichersten Ort der Welt verstecken.«

»Was soll das heißen?« Aus der Stimme des Kriegers klang Besorgnis.

»Weil Wolfstern ein furchtbarer Zauberer war. Ein überaus furchtbarer Krallenfürst. In seiner Suche nach mehr Macht schreckte er auch vor dem Bösen nicht zurück. Er trieb es so arg, daß ihn schließlich sein eigener Bruder ermordete.«

Das Böse? Der junge Mann erinnerte sich daran, wie unangenehm es für Sternenströmer und Morgenstern gewesen war, über ihren Vorfahren zu sprechen.

»Wer ist also schlimmer von beiden, Orr: Wolfstern oder Gorgrael?«

Der Charonite mußte nicht erst nachdenken: »Wolfstern besitzt ein zauberisches Potential, das sich als weitaus schrecklicher erweisen könnte.«

»Aber warum sollte er uns beide ausbilden wollen? Das verstehe ich einfach nicht.«

»Um Euch beide zu manipulieren. Und damit hat er wohl auch schon angefangen. Weiß der Himmel, welch üble Zwecke Wolfstern damit verfolgt.«

Der Fährmann dachte mit Bangen daran, welches Ziel der uralte Zauberer verfolgte. Wollte er Rache nehmen? War Wolfstern zurückgekehrt, um uns zu verfolgen und zu vernichten?

»Orr«, fragte Axis, »welche Verbindung besteht zwischen Wolfstern und der Prophezeiung? Wenn er uns beide manipulieren kann, spielt er dann auch mit der Weissagung? Oder ist sie es, nach deren Willen er tanzen muß?«

Im Stillen fragte er sich aber, ob sein Vorfahr der Verräter sein mochte, vor dem die dritte Strophe warnte.

»Orr, ich muß unbedingt Morgenstern und Sternenströmer davon berichten. Vielleicht können wir ja gemeinsam herausfinden, wo Wolfstern sich aufhält und in welcher Verkleidung er auftritt. Warum er zurückgekehrt ist. Aber vorher muß ich noch etwas hier unten in den Wasserwegen erledigen. Eine wichtige Sache. Ich habe es versprochen.«

»Was meint Ihr damit?«

»Ich muß Feierfall Sonnenflieger zurückholen«, antwortete der Krieger und blickte dem Fährmann fest in die Augen, »und Ihr werdet mir dabei helfen.«

26
Gorgrael bekommt einen neuen Freund

Der Zerstörer starrte auf die gefrorene graue Masse. Dabei handelte es sich um den Skräbold, den Belial vor der Feste Gorken erschlagen hatte, und Gorgrael wollte seine Überreste zu etwas Neuem nutzen.

Vor Gorken hatte er seine Skrälinge und seine Eiswürmer eingesetzt, aber für den Vorstoß nach Süden sollte etwas ganz Besonderes her. Sein Heer für den Winterfeldzug wuchs rasch an, und er würde gegen Jervois marschieren. Vielleicht aber auch in die Wildhundebene.

Aber jetzt wünschte er sich Wesen, die auch fliegen konnten. Kreaturen, bei deren Anblick Axis erbleichen würde. Kämpfer, die die Ikarier in der Luft besiegen konnten.

Mal sehen, überlegte Gorgrael, während er die graue Masse begutachtete. Wie wäre es mit einem Drachen? Als Kind hatten ihm seine Skrälingkindermädchen wundersame Geschichten von Drachen erzählt, die einst den Himmel bevölkert hatten. Wunderschöne und bösartige Wesen, die Tiere von der Größe eines Wals ergreifen und davontragen konnten. Aber nein, Drachen hatten viel zu lebhafte Farben und waren außerdem viel zu groß. Das wenige Grau würde dafür nicht ausreichen.

Was dann? Der Zerstörer lief unzufrieden um seinen ehemaligen Skräbold herum, und seine langen Klauen klackten ärgerlich auf dem Boden.

»Gorgrael«, ertönte hinter ihm die wohlvertraute Stimme.

»Lieber Mann!« rief der Zerstörer erfreut. Nach so kurzer Zeit ein weiterer Besuch. Er durfte sich wahrlich gesegnet fühlen.

Der Dunkle Mann trat aus einer dunklen Ecke, in die das schwache Licht des Feuers nicht reichte. Seine schwarzverhüllte Gestalt mit der tief ins Gesicht gezogenen Kapuze ließ sich kaum von den Schatten unterscheiden.

»Aha, Ihr befindet Euch in einer Schöpfungsphase.«

»Ja«, antwortete Gorgrael und zeigte auf den grauen Matsch vor sich. »Das war einer der Skräbolde. Er hat versagt. Eigentlich wollte ich seine Überreste ja an die Krähen verfüttern, aber dann sagte ich mir –«

»Daß es doch eigentlich Verschwendung sei, solch gute Grundsubstanz zu verschwenden«, beendete der Dunkle den Satz für ihn.

»Ganz recht«, beeilte sich Gorgrael zu erwidern. Er konnte kaum den Triumph in seiner Stimme verbergen.

»Und was möchtet Ihr gern daraus schaffen, mein Freund?« fragte der Finstere. »Welches neue Wesen soll zu guter letzt hieraus entstehen?«

Gorgrael wußte es noch nicht so recht. Wütend starrte er auf die Masse, so als sei sie schuld an seiner Phantasielosigkeit.

»Ein geflügelter Dämon vielleicht«, schlug sein Mentor vor und ließ die behandschuhten Hände in den Ärmeln seines Umhangs verschwinden.

»Ja, ein gefügelter Dämon«, wiederholte der Zerstörer. Das hörte sich doch gut an.

»Mit einem Leib wie ein Riese«, fuhr Lieber Mann fort.

»Mit dem Leib eines Riesen, ja, ja, das klingt auch gut.«

»Mit langen Zähnen.«

»Was soll das denn für ein Ungeheuer sein, Dunkler Mann?«

Der Finstere neigte den Kopf zur Seite und sah seinen Schützling voller Liebe, aber auch mit einer Spur Enttäuschung an. »Könnt Ihr das denn nicht erraten, Gorgrael?«

Der Zerstörer schüttelte beschämt und verärgert das unförmige Haupt.

»Denkt Euch noch Drachenkrallen hinzu.«

Vage Erinnerungen an frühe Alpträume kamen Gorgrael in den Sinn ... »mit tödlichen Augen!«

Sein Besucher lächelte unter der Kapuze. »Und mit seinem Schrei ruft er Verzweiflung und Verzagen hervor.«

»Ein Greif!« schrie sein Schützling voller Freude.

Beide warteten gespannt, ob ihr Zauber wirkte. Der Greif sollte in jedem Klima leben können. Nicht nur hier oben im Schnee und Eis von Gorgraels Heimat, sondern auch in den wärmeren Gefilden des südlichen Achar. Er mußte auf den thermischen Winden über dem Gralsee reiten und gleichzeitig ins Zentrum von Axis' Macht vordringen können. Eine Kreatur sollte hier entstehen, die treu, mutig und nur einem Ziel verpflichtet wäre.

»Du wirst meine Vorhut sein«, freute sich der Zerstörer schon. »Mein Herold. Allein mir sollst du gehören, und im Moment ihres Todes sollen die Soldaten des Sternenmannes deinen Schrei hören, um in Verzweiflung und Verzagen zu vergehen.«

Die Erschaffung dieses Wesens hatte die beiden viel Anstrengung gekostet. Wenn man das Lied der Erweckung mit Hilfe der Dunklen Musik sang, erwarteten einen Schwierigkeiten und Gefahr. Die Energie des Todestanzes war durch Gorgrael und Dunkler Mann geströmt, als sie die Melodie gesummt hatten. Doch Lieber Mann war ein wahrer Meister seines Fachs und bändigte die Schwarze Musik, als sie sich ihrer Beschwörung zu entziehen und aus ihren Körpern in den Raum zu entladen drohte.

Sie hatten das Lied gesungen und warteten jetzt darauf, daß die graue Masse sich verfestigte, sich erwärmte und bewegte. Als die Weise sich dem Ende näherte, war Gorgrael im Zustand der Ekstase zur Feuerstelle gelaufen, hatte mitten in die abgebrannte Glut gegriffen und zwei glühende Kohlestücke herausgerissen. Ohne auf sein eigenes brennendes Fleisch zu achten, hatte er sie zu dem zuckenden grauen Etwas auf dem Boden getragen und tief hineingedrückt. Als er die Finger wieder herauszog, erreichte das Lied sein Ende, und Lieber Mann zog sich mit Gorgrael in sichere Entfernung zurück.

»Nun müssen wir warten, mein Lieber«, erklärte er seinem Zögling.

Die Masse verfärbte sich dunkel und veränderte ihr Aussehen.

Gorgrael sah nur einen schwarzen Hügel, der anwuchs und alles Licht im Raum verschluckte. Tief in dem Gebilde glühten zwei rote Punkte. Von Zeit zu Zeit ging ein Ruck durch den Berg, und unmittelbar darauf wuchs er auf das Doppelte seiner vorherigen Größe an. Bald mußten der Dunkle Mann und der Zerstörer sich bis an die Wand zurückziehen, um nicht von der wachsenden Masse erdrückt zu werden.

»Irgend etwas ist schiefgegangen«, zischte Gorgrael schließlich. »Wir haben nicht das richtige Lied angestimmt. Ein paar Noten vergessen oder eine Strophe zu wenig gesungen. Vermutlich auch nicht genug Energie hineinfließen lassen.«

»Nur Geduld, junger Freund!« ermahnte Lieber Mann ihn streng. »Das war schon immer Euer größter Fehler, Ihr könnt einfach nicht abwarten.«

Gorgrael steckte die Kritik ein, und sein verzerrtes Gesicht verzog sich zu einer nachdenklichen Miene. Er fragte sich, ob er nicht langsam genug Macht besäße und es dringend an der Zeit wäre, sich dem Dunklen gegenüber zu behaupten.

»Ah!« rief sein Mentor jetzt. »Er wird geboren!«

Der kurze Anflug einer Rebellion war schon vergessen, als der Zerstörer aufgeregt hinschaute. Die schwarze Masse hatte nun die Größe eines Felsbrockens, und es schien, als habe sich eine Membrane darüber gespannt. Darunter regte sich etwas, das sich aus diesem Gefängnis befreien wollte.

Im nächsten Moment riß die Haut ein Stück auf, und wenig später spaltete sie sich in ihrer gesamten Länge. Ein schmaler Schädel schob sich aus der Membranenspalte, und zwei glühende Augen blickten sich mordlustig um. Das Wesen blinzelte, sah an sich hinab, öffnete dann den Schnabel und stieß über seine gelungene Geburt einen Triumphschrei aus.

Die Kreatur besaß den Kopf eines großen Adlers.

Gorgrael heulte vor Vergnügen. Sie hatten alles richtig gemacht!

Der Greif senkte das Haupt und zog und zerrte an der Membrane. Nachdem sein Schnabel drei- oder viermal auf die Haut eingehackt hatte, war das Wesen frei. Es trat aus dem Klumpen, betrachtete den Dunklen und den Zerstörer neugierig und sank dann vor letzterem nieder. Sein Schädel ruhte demütig auf den Vorderpranken.

Gorgrael beugte sich vor und strich seinem Geschöpf über die braunen Kopffedern. Der Greif schloß selig die Augen und grunzte zufrieden. Er hatte seinen Herrn gleich erkannt. Der Zerstörer tastete nun den Rest der Kreatur ab. Aus den Schulterblättern und dem Rückgrat wuchsen zwei Flügel, die mit den gleichen glänzend braunen Federn wie denen auf dem Schädel bedeckt waren. Doch ansonsten hatte der Greif bis auf die Federn nur wenig mit einem Vogel gemein. Der muskulöse Leib erinnerte an den einer Raubkatze und wies ein kurzes hellbraunes Fell auf. Die Haare wuchsen so dicht, daß die Krallen einer anderen Kreatur oder der Pfeil eines Feindes sie nicht durchdringen konnten. An seinem Ende wedelte ein langer, buschiger Schwanz. Der Körper ruhte auf kurzen, aber sehr muskulösen Beinen, die in schweren Pranken ausliefen. Bei jedem Streicheln seines Herrn fuhr der Greif die Krallen aus und wieder ein.

Trotz seiner Zuneigung sah man ihm die tödliche Gefährlichkeit deutlich an.

Lieber Mann zeigte sich ebenfalls mit ihrem Geschöpf zufrieden, und er fand auch Anerkennung für seinen Schützling. Gorgrael hatte wirklich hart gearbeitet, um eine neue Armee zusammenzubekommen. Der Dunkle wußte auch, daß die Skrälinge und die Eiswürmer unter dem Befehl der Skräbolde sich nun alle Mühe geben würden, den Zerstörer nicht ein weiteres Mal zu enttäuschen. Gorgrael sammelte sein Heer südlich und westlich von Hsingard. Nicht mehr lange, und er würde seine neue Offensive beginnen können.

Lieber Mann war der Tod nichts Fremdes, und er freute sich schon auf die Gemetzel und die Massaker, die die neue Invasion mit sich bringen würde.

Sie verliehen ihm höchste Befriedigung.

»Mein lieber Freund, ich habe noch eine kleine Besonderheit in das Lied der Erweckung hineingewoben. Ein wenig zusätzliche Bedeutung hineingelegt, als wir die Kraft entzündeten und in die gewünschte Richtung lenkten. Gorgrael, Euer Greif ist ein Weibchen. Tastet einmal ihren Bauch ab.«

Der Zerstörer schob beide Klauenhände unter den Leib der Kreatur, befühlte ihn und zog die Stirn in krause Falten.

»Mein Lieber, Eure Greifin steht kurz davor, neun Junge zur Welt zu bringen. Exakte Nachbildungen ihrer selbst. In einem Tag, vermutlich schon etwas früher, stehen Euch zehn dieser Wesen zur Verfügung. Und in einigen Wochen habt Ihr dann eine ganze Armee unter Eurem Befehl, mit der es kein Gegner aufnehmen kann. Die neun Jungen werden sich nämlich ebenfalls fortpflanzen, mein Freund. Alle sind weiblich und werden bereits schwanger geboren.«

Der Dunkle sagte sich, daß er alles wohlbedacht hatte. Seine kleine Zugabe würde die neun Jungen ebenfalls gebären lassen, aber danach würde damit erst einmal Schluß sein. Dachte er. Doch darin sollte er sich irren.

»Sie wird Euren Zwecken hervorragend dienen. Die Greifin ist treu wie der beste Jagdhund«, lächelte Lieber Mann. »Aber bei weitem todbringender.«

Gorgrael streichelte das Geschöpf immer noch. Doch dann richtete er sich wieder auf und trat zu seinem Stuhl am Feuer. »Komm!« forderte er die Kreatur auf, schnippte mit den Fingern und setzte sich.

Die Greifin erhob sich sofort, watschelte zum Kamin und legte sich ihrem Herrn zu Füßen. Der Zerstörer drehte sich mit leuchtenden Augen zu seinem Mentor um. »Wollt Ihr Euch nicht für einen Moment zu mir setzen?« fragte er und deutete auf den freien zweiten Stuhl.

»Aber nur kurz, denn ich werde bald andernorts erwartet.« Der Dunkle ließ sich ihm gegenüber nieder und winkte ungehalten ins Feuer. Sofort loderten die Flammen wieder auf.

Wo mußte Lieber Mann denn noch hin? fragte sich Gorgrael. Er hatte nie herausgefunden, wo der Dunkle lebte und wie er dort lebte. Er wußte nicht einmal, wohin sein Mentor verschwand, wenn er ihn verließ. Löste er sich etwa einfach in Luft auf, bis er wieder gebraucht wurde?

Der Dunkle grunzte belustigt. »Oh, aber ich habe ein Heim, Gorgrael. Und ich habe immer viel zu tun. Aufgaben zu erledigen und Lieder zu singen.«

»Habt Ihr in der letzten Zeit etwas von Axis gehört? Wie geht es meinem Bruder?«

»Ich habe schon seit längerem nichts mehr von ihm gesehen oder gehört«, antwortete Lieber Mann nach kurzem Zögern. »Fast könnte man meinen, er sei vom Erdboden verschwunden.«

»Er ist tot?« entfuhr es dem Zerstörer, und die Vorstellung verschaffte ihm keinerlei Befriedigung. Viel lieber hätte er mit dem Sternenmann gekämpft und ihn in Stücke gerissen.

Der Dunkle lachte. »Nein, er lebt noch. Seinen Tod hätte ich sonst gespürt, wie Ihr übrigens auch. Aber ich habe andere Neuigkeiten für Euch. Über Bornheld ... und Faraday.«

Gorgrael richtete sich kerzengerade auf. »Welche denn?«

»Bornheld ist der neue König«, sagte der Dunkle nachdenklich. »Angeblich soll Priam dem Wahnsinn verfallen und an ihm zugrunde gegangen sein. Wenn Bornheld nun auf dem Thron sitzt, wird Faraday Königin sein. Damit dürfte sie für Euch ein noch appetitlicherer Happen sein als vorher.«

»Ja, viel appetitlicher«, seufzte der Zerstörer, und seine Gedanken wanderten zu der jungen Frau, die so tief im Süden saß. Und jetzt war sie Königin.

27
Die Luftarmada landet

Die letzten Ikarier, die nach Sigholt fliegen sollten, verließen den Krallenturm am drittletzten Tag des Totlaubmondes. Die Staffeln und Geschwader der Luftarmada waren schon seit zehn Tagen fort und vermutlich längst in der alten Festung eingetroffen. Seitdem brachen täglich einzelne kleine Gruppen von Zauberern dorthin auf.

In der letzten dieser Gruppen befanden sich Morgenstern und Sternenströmer. Rabenhorst hingegen wollte den Krallenturm nicht verlassen, um sich in eine unbekannte Welt zu begeben. Erst wenn Axis Tencendor zurückgewonnen hatte, wollte die Mehrheit der Vogelmenschen sich ihm anschließen. Als der Krallenfürst nun auf dem Balkon stand und zusah, wie sein Bruder und seine Mutter über den südlichen Eisdachalpen entschwanden, überkam ihn tiefe Niedergeschlagenheit. Das Schicksal der Ikarier war ihm aus den Händen genommen worden. Welches Schicksal erwartete die Vogelmenschen nun? Standen sie am Beginn des langersehnten Rückkehr in ihre alte Heimat, oder würde ihre Reise unweigerlich in die Vernichtung ihres ganzen Volkes führen?

»Bei den Sternen«, murmelte Rabenhorst, während der Wind sein schwarzes Nackengefieder zerzauste. »Axis, zerstört bei Euren Schlachten gegen Bornheld und Gorgrael nicht die Hoffnungen der Ikarier. Ihr habt versprochen, uns nach Tecendor zurückzuführen. Haltet Euer Wort!«

Niemandem, der sich vom Krallenturm abstieß, war die Bedeutung ihres Fluges nach Süden entgangen. Zum ersten Mal seit tausend Jahren würden die Ikarier wieder nach Tencendor gelangen und sich nicht länger, wie gewohnt, auf die Eisdachalpen oder Awarinheim beschränken. Keiner glaubte, daß ihn ein einfacher Weg erwartete, und jeder wußte, daß ihr Volk Opfer bringen mußte. Aber Axis hatte ihren Geist wiedererweckt. Sie unternahmen endlich eigene Schritte, um ihr Erbe zurückzuerlangen.

Einige Stunden nach ihrem Aufbruch geriet Sternenströmers Gruppe in einen warmen Aufwind, der sie hoch in die Atmosphäre trug. Über eine Stunde lang trieben sie zum Himmel, kamen dabei aber nur wenig nach Süden voran. Dafür erhielten sie einen Blick auf ein atemberaubendes Panorama. Unter ihnen türmten sich die Gipfel der Alpen bis zum Eisdachödland und setzten sich bis nach Awarinheim fort. Im Osten glitzerte das Witwenmachermeer im Sonnenlicht. Als Morgenstern sich ein wenig schräg in den Wind legte, konnte sie sogar den Nordra sehen. Aus dieser Höhe wand er sich wie ein silbernes Band kurvenreich durch Awarinheim. Der Fluß galt als großer Lebensspender, nicht nur für den Wald der Awaren, sondern auch für die trockenen Ebenen Achars. Die Waldläufer verehrten den Strom daher fast so sehr wie den Erdbaum. Axis' Großmutter lächelte, als sie die Augen schloß, um sie vor dem Funkeln der Sonne zu schützen. Was für ein Segen, daß Gorgraels Wolken nicht Awarinheim bedecken konnten. Das Laubdach des Waldes bewegte sich leicht, so als läge dort ein grüner und schwarzer See. Morgenstern hoffte, noch lange genug zu leben, um mitansehen zu dürfen, wie die ersten Bäume jenseits der Grenzberge angepflanzt wurden.

Über ihr winkte Sternenströmer der Gruppe zu, ihm weiter nach Osten zu folgen. Der Flug nach Sigholt würde drei bis vier Tage in Anspruch nehmen, und die Nächte wollten sie sicherheitshalber in Awarinheim verbringen. Die Awaren hatten inzwischen drei Lager inmitten der schützenden Grenzberge errichtet, in denen die reisenden Vogelmenschen ausreichend Nahrung und Brennstoff vorfinden würden. Die Waldläufer warteten auf Faraday; dann sollten sie mit Axis an ihrer Seite kämpfen. Aber bis dahin waren sie gern bereit, die Ikarier zu unterstützen.

Während sie sich dem ersten Nachtlager näherten, erinnerte sich Morgenstern daran, wie ihre Mutter ihr von den heiligen Stätten erzählt hatte, die den Ikariern verlorengegangen waren. Würde sie alt genug werden, um den Farnbruchsee zu schauen, die Mutter und die Insel des Nebels und der Erinnerung? Träumen durfte sie ja wohl, und auch ein wenig hoffen.

Aschure näherte sich leise dem Kreis von ikarischen und acharitischen Soldaten, wollte sie sie doch nicht stören. Vor allem nicht die, die in der Mitte miteinander kämpften. Die große Mehrheit der Luftarmada hielt sich schon drei Wochen hier auf, und das regelmäßige Kampftraining, dem Belial sie mit seinen Männern unterzog, zeigte erste Früchte.

Weitsicht hatte sich als getreuer Gefolgsmann Axis' erwiesen und seine Truppe Belial unterstellt. Und bislang sah der Geschwaderführer auch keinen Anlaß, das zu bereuen. Jede Entscheidung, die der Leutnant fällte und welche die Vogelmenschen betraf, besprach er vorher ausführlich mit Weitsicht und den anderen Geschwaderführern. Dieser und zwei der dienstältesten Offiziere, Suchauge und Spreizschwinge, gehörten mittlerweile sogar dem Kriegsrat der Festung an und hatten dort dieselbe Stimme wie Magariz, Arne und Aschure. Weitsicht hatte rasch gelernt, den Leutnant sehr zu schätzen. Der Mann hatte das Herz auf dem rechten Fleck und erwies sich als hervorragender militärischer Führer. Axis hatte eine gute Entscheidung getroffen, diesen Offizier zu seinem Stellvertreter zu bestimmen.

Die ikarischen Luftsoldaten hatten zu ihrem Verdruß gleich feststellen müssen, wie sehr sie den Ebenenläufern an Kampferfahrung unterlegen waren. Der Sternenmann hatte ihnen das vorausgesagt, aber trotzdem hatten sie die Warnung nicht ernst genug genommen. Drei Wochen lang hatten die Vogelmenschen fast nichts anderes getan, als sich mit Belials Männern im Nahkampf zu üben. Anfangs hatten die Menschen nicht die geringste Schwierigkeit gehabt, die Ikarier zu besiegen. So mancher Flieger verbrachte viele Stunden damit, seine Schrammen und blauen Flecke mit Salbe einzureiben oder sich zur körperlichen

Wiederbelebung in das warme Wasser des Lebenssees zu legen. Doch jetzt kam den Ikariern ihr angeborener Stolz zugute – nebst ihrer Fähigkeit, rasch zu lernen. Der Ehrgeiz, ihren demütigenden Niederlagen ein Ende zu bereiten, trieb sie so sehr an, daß sie schon nach einigen Tagen aus mehreren Zweikämpfen als Sieger hervorgingen. Besonders Dornfeder tat sich dabei hervor und verschaffte sich damit Achtung bei Belials Soldaten.

Aschure schlich nun um die Reihen der zuschauenden Männer, bis sie eine Lücke entdeckte. Dort trat sie hinein und schob sich zwischen den Soldaten hindurch.

Abendlied kämpfte gerade mit einem Mann aus Arnes Einheit, einem erfahrenen, kräftigen und rothaarigen Soldaten aus Aldeni namens Edowes. Die Achariten hatten schon sehr früh feststellen müssen, daß die ikarischen Frauen ebenso entschlossen kämpften wie ihre Männer. Deswegen gab Edowes ihr auch kein Pardon.

Seit Dornfeder sie vor Aschure und den anderen Staffelmitgliedern beschämt hatte, setzte Axis' Schwester alles daran, zur besten Kämpferin ihrer Einheit zu werden. Heute hatte sie sich so gut in Form gefühlt, daß sie es gewagt hatte, es einmal mit einem Ebenenbewohner aufzunehmen. Doch einen dieser Männer besiegen zu können, erwies sich leichter gesagt als getan.

Aschure sah sich in der Runde um. Arne befand sich darunter. Er stand ganz gelassen da, hatte die Arme vor der Brust verschränkt und zeigte seine gewohnte ausdruckslose Miene. Nur der sich gelegentlich ruckartig auf und ab bewegende Zweig, an dem er knabberte, verriet, wie gebannt er den Kampf verfolgte. Nicht weit von ihm zeigte sich Dornfeder, der Befehlshaber von Abendlieds Staffel. Er hatte die Flügel fest angelegt, enger konnten sie kaum zusammenfinden, und seine Finger zuckten unentwegt, so als würde er am liebsten in den Ring springen und seiner Kameradin zu Hilfe kommen.

Abendlied und Edowes trugen beide eine leichte Rüstung und hatten bereits eine Reihe von blauen Flecken einstecken müssen. Plötzlich wurde Abendlied von dem Ebenenbewohner schwer in die Rippen getroffen und ging stöhnend in die Knie. Der Wehrstab rutschte ihr aus der Hand, und Aschures Magen krampfte sich zusammen. Sie konnte sich nur mit Mühe davon abhalten, in den Kreis zu springen und Edowes zurückzustoßen.

Der Soldat hob seinen Stab über den Kopf, um seiner Herausforderin den entscheidenden Schlag zu versetzen. Aber damit fiel er genau auf die Finte Abendlieds herein. Die bekam ihre Stange nämlich gleich wieder zu fassen und stieß sie mit zu allem entschlossener Miene nach oben. Genau zwischen Edowes Beine.

Alle männlichen Zuschauer stöhnten mitfühlend, als sie sahen, wie die Stabspitze den Mann mit Wucht an seiner empfindlichsten Stelle traf. Edowes ließ seine Waffe fallen, brach sofort zusammen und hielt sich sein furchtbar schmerzendes Gemächte.

Aschure hielt sich schnell die Hand vor den Mund, um nicht laut loszulachen, und sie sah den triumphierenden Blick von Abendlied. Stolz schwellte der Ikarierin die Brust, und in ihrer Miene zeigte sich nicht das geringste Mitgefühl dafür, daß Edowes fürs nächste darauf verzichten mußte, die junge Skarabostin zu beglücken, mit der er sich schon seit ein paar Wochen traf.

Dornfeder klopfte seiner Kameradin auf den Rücken und schüttelte ihr die Hand. »Ich danke allen Göttern, Abendlied, daß Euch dieses Manöver nicht eingefallen ist, als Ihr mit mir trainiert habt.« Damit wandte er sich lachend an Arne: »Jetzt schuldet Ihr mir wohl einen Krug von Reinalds Gewürzwein. Ich freue mich schon darauf, ihn beim Abendessen leeren zu können.«

Die Menge zerstreute sich langsam, und Aschure und Abendlied wandten sich dem Übungsgelände am Lebenssee zu. Die Burg glänzte silbergrau im Sonnenlicht, denn das warme Wasser des Sees hielt nicht nur Gorgraels Horden, sondern auch dessen Wolken von der Festung und ihrer Umgebung fern.

»Gut gemacht«, lobte Aschure die junge Frau. »Ist Euch aufgefallen, wie bei Eurem Treffer alle Männer kreidebleich geworden sind?«

Abendlied lachte atemlos, noch ganz erschöpft von der Anstrengung. »Hoffentlich habe ich ihn nicht für immer ›kampfunfähig‹ gemacht.«

»Ach, der wird schon wieder«, lachte auch Aschure, »und sicher einen Haufen Kinder in die Welt setzen.« Ihre Schwangerschaft war nun schon deutlich vorangeschritten, und unter dem Hemd ließ sich schon die Wölbung des Leibes erkennen. Belial hatte ihr streng untersagt, an den Nahkampfübungen teilzunehmen. Aber sie trainierte weiter mit ihren Bogenschützen – mittlerweile unterstanden ihr sechs Pelotone mit über zweihundert Bogenschützen –, und sie ritt gelegentlich auch bei einer Patrouille mit. Erst gestern nacht war Aschure von einer viertägigen Streife in die nördlichen Urqharthügel zurückgekehrt. Sie genoß die Achtung, die ihr sowohl von den Achariten als auch von den Ikariern entgegengebracht wurde. Daß sie als Frau Dienst tat, erregte schon längst keine Verwunderung mehr, und kaum einer verlor jemals ein Wort über ihre Schwangerschaft.

Abendlied entging nicht, daß Aschure sich recht schweigsam verhielt. Irgend etwas mußte die junge Frau sehr beschäftigen, und so legte sie ihr einen Arm um die Schultern: »Was bedrückt Euch?«

Aschure seufzte und legte sich beide Hände auf den Bauch. »Ach, mein Kind bewegt sich kaum. Manchmal, wenn ich nächtens im Bett liege und sein Gewicht in mir spüre, frage ich mich, ob es überhaupt noch lebt. Der Kleine hätte schon vor Wochen anfangen müssen sich zu regen.«

»Ihr seid ja dumm!« lachte Abendlied. »Warum habt Ihr Euch nicht früher an Rivkah oder mich gewandt? Dann hätten wir Euch sagen können, was mit Eurem Kind los ist!«

Die junge Frau blieb stehen. »Ihr meint, Ihr kennt die Ursache?«

»Aber natürlich. Hört zu: Euer Kind ist ein halber Ikarier, und alle unsere Säuglinge schlafen so lange im Leib ihrer Mutter, bis sie von ihrem Vater geweckt werden. Aschure, mit Eurem Kind ist alles in bester Ordnung. Es wird weiterwachsen und sich auch sonst normal entwickeln, wach oder während es schläft. Sobald Axis zurückgekehrt ist, kann er es ja wecken. Wie ich hörte, soll es sich einfach ganz wunderbar anfühlen, wenn ein Kind unter dem Klang der Stimme seines Vaters sich zu regen beginnt.«

Aschure war erleichtert. »Und ich habe mir schon solche Sorgen gemacht«, sagte sie, und man hörte ihr die Erleichterung deutlich an. »Ich dachte, ich hätte irgend etwas nicht richtig gemacht und es sei dadurch zu Schaden gekommen.« Plötzlich runzelte sie die Stirn. »Aber ich bin doch bereits im fünften Monat. Wann sollten denn die Väter zu ihren Kindern singen? Ist es dafür nicht schon zu spät? Und wenn Axis nun nicht bis zur Geburt zurückgekehrt ist?«

»Ach, beruhigt Euch. Natürlich wäre es besser, der Vater würde rechtzeitig hier sein. Aber es hat auch schon Fälle gegeben, wo ein Kind zur Welt kam, ohne vorher von seinem Vater geweckt worden zu sein, und auch dann hat es sich normal entwickelt.«

Das beruhigte die junge Frau endgültig, und sie nahm die Hände vom Bauch. Nun schämte sie sich ihrer Schwäche, wechselte das Thema und kam auf militärische Angelegenheiten zu sprechen: »Wie haben die Ikarier sich denn in ihrem Quartier eingelebt?« Vor dem Eintreffen der Luftarmada hatte sich jeder gefragt, was die Vogelmenschen wohl von den Zelten halten würden, in denen man sie unterbringen wollte; schließlich waren diese Wesen den Luxus ihres Krallenturms gewöhnt.

»Die Ikarier würden selbst auf dem kalten Boden schlafen und sich mit ihren Flügeln zudecken, wenn sie zu der Ansicht gelangten, damit ließe sich Tencendor leichter zurückerobern«, versicherte Axis' Schwester ihr. »Uns geht es dort gut. Um uns müßt Ihr Euch wirklich nicht sorgen.«

Das beruhigte sie. Aber noch etwas anderes beschäftigte Belial, Arne und Aschure seit längerem, nämlich wie die Bewohner von Skarabost sich mit den Ikariern vertragen würden. Aber auch dabei hatten sich bislang keine Schwierigkeiten ergeben. Die Flüchtlinge lagerten in Zelten und selbstgebauten Hütten am Seeufer. Als dann eines Tages die Ikarier erschienen waren, hatte das eigentlich nur ihre Überzeugung bestärkt, dem Ruf der Prophezeiung zu folgen, sei eine richtige Entscheidung gewesen.

Offenbar mußte man den Sternenmann, auch wenn er sich hier noch nicht gezeigt hatte, als sagenhafte Gestalt ansehen, wenn schon solche mythischen Wesen ihre Heimat verließen, um sich ihm anzuschließen. Die Menschen fielen rasch von den Lehren des Seneschalls ab.

Die Gedanken aller wurden von der Frage beherrscht, wann denn nun endlich Axis eintreffen würde. Aschure sagte sich zwar immer noch, daß sie richtig gehandelt hatte, nicht Belials Frau werden zu wollen; aber sie fragte sich immer öfter bang, was sie denn wohl von Axis zu erwarten habe. Mehr als einmal erwachte die Furcht wieder in ihr, er könne ihr das Kind einfach wegnehmen und Faraday geben. Obwohl die Vernunft ihr dann sagte, daß zu solchen Ängsten kein Anlaß bestünde – der Sternenmann würde so etwas niemals tun –, bescherte ihr die Sorge doch hin und wieder nächtliche Alpträume.

»Aschure, seht nur!« rief Abendlied an ihrer Seite. »Da kommen mein Vater und meine Großmutter.«

Die junge Frau schaute in die Richtung, in die ihre Freundin zeigte, konnte aber am Himmel nicht mehr als zwei Punkte in einiger Entfernung erkennen.

»Nun kommt schon!« drängte Abendlied, lief bereits auf den Burggraben zu und zog die junge Frau am Arm hinter sich her. »Sie landen auf dem Turm! Beeilt Euch!«

Man hatte Magariz vom Erscheinen der Zauberer in Kenntnis gesetzt, und jetzt stand er hoch oben auf einem der Türme. Wenig später hörte er ein Rascheln hinter sich. Rivkah war zu ihm getreten. Der Fürst lächelte ihr freundlich zu und erinnerte sich, wie schön sie damals in Karlon als junges Mädchen gewesen war. Damals war ihr Haar noch ein intensives Rotbraun gewesen. Sie hatte immer gelacht und war voll Humor und Lebensfreude gewesen.

Das hatte sich allerdings geändert, als ihr Vater sie dem Herzog Searlas versprochen hatte. Der damalige Herzog von Ichtar hätte die junge Frau beinahe zerbrochen. Heute, dreißig Jahre später, war sie immer noch schön, hatte aber viel von ihrer Lebendigkeit verloren und wirkte öfters in sich gekehrt. Auch ihren Humor besaß sie noch, doch kam er nur noch selten zum Vorschein. Wie eigenartig, dachte Magariz, daß das Schicksal sie jetzt und unter solchen Umständen hier zusammengeführt hatte.

Da beide auf Sigholt sehr beschäftigt waren, hatte er noch keine Gelegenheit gefunden, sich mit ihr länger zu unterhalten.

Rivkah bemerkte, daß er sie ansah. Sie legte ihre Hand auf die seine, die auf der grauen Zinne ruhte.

Der Fürst kehrte den anfliegenden Ikariern den Rücken zu. Unter ihnen befand sich Rivkahs vormaliger Gemahl, der Ikarier, um dessetwillen sie Searlas betrogen hatte.

»Hat er je etwas geahnt?« fragte Magariz leise, damit keiner von den Vogelmenschen, die in der Luft, auf den Mauern oder auf den anderen Türmen landeten, ihn hören konnten.

Rivkah wußte, daß er nicht vom Sternenströmer, sondern von ihrem ersten Mann, dem Herzog von Ichtar sprach. »Nein«, antwortete sie ebenso leise, »er hatte nie auch nur eine Ahnung, um wen es sich bei seinem Nebenbuhler handelte.«

Der Fürst stützte sich erleichtert auf die Mauer. »Ich habe mir damals Sorgen um Euch gemacht.«

Rivkah traten Tränen in die Augen. »Und ich mir um Euch.«

Sie blinzelte, um ihre Tränen zurückzudrängen. Denn eben erschien Weitsicht auf dem Turm. »Ich bin froh, daß das fürs erste die letzten Gruppe sein wird«, erklärte sie munter, »denn ich weiß nicht, wo wir noch mehr unterbringen sollen. Demnächst muß noch jeder seine Kammer mit einem anderen teilen.«

Dem ikarischen Offizier entging Rivkahs Verfassung nicht, aber er sagte sich, daß das mit dem Eintreffen von Sternenströmer zusammenhänge müsse. Sicher war es für beide nicht leicht, immer wieder vom Schicksal zusammengeführt zu werden und noch keine Gelegenheit gehabt zu haben, sich ein neues und eigenes Leben aufzubauen.

Die Zauberer kamen näher, und die Brücke stellte ihnen ihre Frage. Die Achariten hatten zu ihrer Überraschung feststellen müssen, daß sie nicht nur diejenigen anrief, die sich ihr zu Fuß näherten, sondern auch alle, die sich der Festung aus der Luft näherten.

»Was täte die Brücke, wenn jemand, der nicht reinen Herzens ist, sie betritt?« hatte Belial Veremund gefragt, als die ersten ikarischen Soldaten sich im Anflug befanden. »Na ja, das werden wir wohl dann sehen, wenn es soweit ist«, hatte der Hagere entgegnet.

Glücklicherweise war niemand durch die Prüfung gefallen, und auch den jetzt eintreffenden Zauberern wurde sämtlich Einlaß gewährt. Sternenströmer, seine Mutter und die anderen in ihrer Gruppe landeten auf den Türmen und staunten über den neuerstandenen See und die anderen Veränderungen, die sich in und an der Burg getan hatten.

»Ein Wunder!« rief Morgenstern, als sie Rivkah zur Begrüßung auf die Wange küßte. »Einfach wunderbar!« In den Monaten, seit das Wasser in den See zurückgekehrt war, hatten sich alle Hügel im Umkreis mit Grün überzogen. Sigholt und sein Umland stellten eine richtige Lebensoase dar. Mannshohe Baumfarne bedeckten die Hänge in der nächsten Umgebung, und etwas weiter entfernt gediehen Blumen, Schlingpflanzen, Wildrosen und Stechginster. Die Burg verwandelte sich zusehends in einen Garten.

»Eines Tages wird ganz Tencendor wieder so aussehen«, erklärte Sternenströmer und sah seine ehemalige Gemahlin an. Als sie sich rein freundschaftlich küßten, mußten sie an die Zeit denken, in der sie noch geglaubt hatten, die ganze Welt gehöre ihnen.

Magariz verzog etwas den Mund, als er mit ansah, wie die beiden sich in den Armen hielten, und trat dann auf den Zauberer zu, um ihn offziell auf der Festung willkommen zu heißen. Dies war also der Ikarier, der Rivkah dem Herzog von Ichtar gestohlen hatte – und danach achtlos genug gewesen war, sie nicht festzuhalten. Was denkst du denn da, du alter Narr, tadelte er sich darauf in Gedanken, du hast zweiunddreißig Jahre lang nichts unternommen, hast es damals schon nicht verstanden, sie festzuhalten. Wie kannst du Sternenströmer Vorwürfe machen, wenn du selbst nicht besser bist?

Die höfliche Begrüßung des Fürsten und seine ausgezeichneten Manieren beeindruckten die Vogelmenschen. Der Zauberer fragte sich – wie so viele vor ihm auch schon – was ein solcher Mann einmal in den Diensten Bornhelds verloren hatte.

Als Rivkah gerade anfing, die Neuankömmlinge über die zunehmend überfüllten Quartiere von Sigholt in Kenntnis zu setzen, stürzte Abendlied mit Aschure hinter sich durch die Tür vom Treppenhaus.

»Vater!« rief sie voller Freude, und Sternenströmer trat gleich vor, um sie in die Arme zu nehmen. Abendlied wirkte so glücklich wie schon lange nicht mehr seit dem Tod von Freierfall. »Begrüßt auch Eure Großmutter«, sagte er ihr und hielt schon nach Aschure Ausschau. Seit sie den Krallenturm verlassen hatte, hatte er nicht mehr aufhören können, an sie zu denken.

Als sein Blick auf ihren gewölbten Bauch fiel, brach für ihn die Welt zusammen.

»Willkommen, Sternenströmer«, begrüßte die junge Frau ihn verkrampft; denn ihr war sein Gesichtsausdruck nicht entgangen.

Rivkah trat rasch vor, nahm Sternenströmer bei der Hand und rief etwas zu überschwenglich: »Seht nur, Sternenströmer! Axis und Aschure machen uns zu Großeltern!«

Morgenstern kam zu ihnen und erklärte betont gelassen: »Ein Beltidenkind, Sternenströmer, was sagt man dazu?«

Sie streckte die Hand nach Aschures Arm aus, aber die junge Frau wich ein paar Schritte zurück. Schließlich kannte sie die alte Tradition der Ikarier und Awaren: Ein Kind, das zum Fest der Tagundnachtgleiche empfangen worden war, durfte niemals ausgetragen werden. Einst hatte eine Awarin sich nicht daran gehalten und Gorgrael zur Welt gebracht.

»Ich bin keine Awarin!« erklärte die junge Mutter grimmig und fest entschlossen, das Kind mit ihrem Leben zu verteidigen. »Versucht gar nicht erst, mir mein Kind wegzunehmen!«

»Fürchtet Euch nicht«, entgegnete Axis' Großmutter. »Ich wollte doch nur –«

Weiter kam sie nicht. Auf Aschures Ruf hin sprang ein Riesenhund aus dem Schatten hinter der Tür und schloß seine Kiefer um Morgensterns Hand. Er riß ihr nur die Haut auf, zerknackte ihr aber nicht die Knochen.

»Die Sterne stehen mir bei!« rief Morgenstern. »Das ist ja ein Alaunt!«

Mit einem tiefen Knurren drehte Sicarius den Kopf, und Morgenstern wurde unter Schmerzen auf die Knie gezwungen.

»Aschure!« rief Sternenströmer. »Ruft sofort den Alaunt zurück!«

Die junge Frau zögerte und gab dem Hund dann ein Zeichen. Der ließ das Handgelenk los und stellte sich neben seine Herrin. Seine Nackenhaare standen aufrecht, und er knurrte jedesmal, wenn Morgenstern und Sternenströmer sich bewegten.

»Niemand rührt mein Kind an«, drohte Aschure in das Schweigen auf dem Turm hinein. »Niemand!«

»Ich hatte nicht vor, Eurem Kind etwas anzutun«, entgegnete Morgenstern mit zusammengepreßten Lippen und hielt sich die blutende Hand. »Denn dies ist nicht nur Euer Kind, ein Sonnenflieger und womöglich ein Zauberer, sondern auch mein Urenkel. Wie käme ich dazu, ihm ein Leid zuzufügen?«

Sternenströmer half seiner Mutter hoch, richtete aber weiterhin den Blick auf die junge Frau. »Weder sie noch ich wünschen dem Kind etwas Schlechtes. Ganz im Gegenteil.«

Aschure nickte steif. »Morgenstern, ich entschuldige mich für Sicarius' Verhalten.« Die beiden Ikarier zuckten zusammen, als sie den Namen des Hundes hörten. »Er wollte mich nur beschützen.« Sie trat zu Morgenstern und nahm ihre verletzte Hand. »Kommt mit nach unten, damit ich die Wunde auswaschen und verbinden kann. Sie wird sich noch heute schließen und in längstens einer Woche nicht mehr zu sehen sein.«

Nachdem sie mit den beiden mitgegangen war, stießen Magariz und die anderen Ikarier gemeinsam ein erleichtertes Seufzen aus. Weitsicht sah den Fürsten ernst an. »Nicht gerade ein ehrenvoller Empfang für Morgenstern.«

»Wenn Ihr wüßtet, wie sehr Aschure dieses Kind haben will, würde es Euch überraschen, daß sie Morgenstern den Hund nicht auf den Hals gehetzt hat«, entgegnete Magariz leise.

Aschure versorgte Morgensterns Wunde. Sternenströmer setzte sich so lange auf die Bettkante. Er konnte einfach nicht den Blick vom gerundeten Bauch der jungen Frau wenden. Ohne Zweifel wuchs ein Zauberer in ihr heran. Wer würde ihm etwas vorsingen, wenn Axis nicht rechtzeitig hierher zurückkehrte? Sternenströmers Finger zuckten.

Sofort hob Sicarius, der zwischen ihnen lag, den Kopf, und der Zauberer blinzelte erschrocken.

»Wie seid Ihr an die Hunde geraten?« fragte er.

Aschure hielt im Verbinden inne. »Ihr meint die Alaunt? Nun, als Ogden, Veremund, Rivkah und ich über die Wildhundebene zogen, tauchten sie eines Nachts auf und haben uns umzingelt. Wir fürchteten schon, sie wollten uns angreifen, aber dann haben sie sich statt dessen mir angeschlossen. Ich schätze sie seitdem als sehr treue und zuverlässige Gefährten.«

Morgenstern und ihr Sohn sahen sich kurz an. Wolfsterns Hunde hatten sich der jungen Frau angeschlossen, die seinen Bogen trug?

Die alte Ikarierin wußte aber auch, welche Gefühle Aschure bei Sternenströmer und bei Axis auslöste, und so stellten sich ihr immer mehr Fragen.

28
Die Torwächterin

»Niemand kehrt von den Toten zurück!« rief Orr.

»Und was ist mit Wolfstern?« erwiderte Axis. »Werdet Ihr mir nun helfen, oder nicht?«

»Ihr könntet Euch bei dem bloßen Versuch selbst ums Leben bringen«, erklärte der Fährmann und gewann seine Fassung wieder. »Und den Weg dorthin kennt Ihr auch nicht.«

»Ich habe meinen Ring«, sagte der Krieger ganz ruhig. »Der wird mir den Weg weisen. Ich habe ein Ziel, und deswegen wird der Reif mir die richtige Melodie zeigen.«

Der Charonite schüttelte den Kopf. »Nicht für jedes Unternehmen findet sich ein Lied. Das habe ich Euch doch bereits zu verstehen gegeben. Ihr sagt, Ihr hättet Freierfall einst versprochen, ihn zurückzubringen. Wann und unter welchen Umständen war das?«

Axis berichtete ihm nun von den Vorfällen auf dem Turm von Gorken. Wie Bornheld den jungen Ikarier dort heimtückisch von hinten mit dem Schwert durchbohrt hatte. »Als er in meinen Armen lag, bat er mich, Sternenströmer zu suchen. Und dann fügte er noch etwas Merkwürdiges hinzu: Der Fährmann schuldet Euch etwas. Erlernt die Geheimnisse und Mysterien der Wasserstraßen, und bringt mich heim! Ich erwarte Euch am Tor. Bringt mich zurück zu Abendlied. Versprecht mir das!«

»Wer ist Abendlied?« wollte Orr wissen.

»Freierfalls Base und Liebste. Und meine Schwester. Die beiden wollten heiraten.«

Der Charonite unterdrückte ein Lächeln. Ach ja, natürlich. Ich hatte ganz vergessen, wie sehr die Sonnenflieger sich zueinander hingezogen fühlen. »Und dann habt Ihr ihm das also einfach versprochen?«

Der Krieger nickte. »Er lag im Sterben, und durch meine Schuld verlor er sein Leben.«

»Und Ihr habt damals kaum ein Wort von dem verstanden, was er Euch noch zu sagen hatte?«

»Nein, denn ich war meinem Vater ja noch nicht begegnet und hatte gerade mal eine erste Ahnung von dem, was in mir steckte. Das Tor oder die Kanäle waren mir vollkommen unbekannt ... Selbst jetzt weiß ich kaum, was Freierfall mit dem Tor gemeint hat. Etwa das Sternentor hier?«

Axis und der Charonite standen mit einem Mal wieder in der Nähe des Toraufbaus, durch dessen Hauptöffnung sie hereingekommen waren.

Orr verschränkte seine Arme unter seiner Kutte und stand geraume Zeit tief in Gedanken versunken da. Gerade als sein Lehrling ihn schon ansprechen wollte, hob er den Kopf. Das Violett war fast völlig aus seinen Augen verschwunden, und sie wirkten seelenlos und leer. »Freierfall hatte das Sternentor bestimmt noch nie gesehen. Kein Ikarier, ob Zauberer oder nicht, findet jemals den Weg dorthin. Wie kommt Ihr also darauf, daß er das Sternentor gemeint haben könnte?« Seine Stimme klang so kalt wie seine Augen dreinblickten.

Der Krieger wußte nicht so recht, was er sagen sollte. Warum benahm sich der Fährmann so eigenartig? »Freierfall hat diese Worte mit seinem letzten Atemzug gesprochen ...« Seine eigene Stimme hörte sich träge an. Aber er wich dem leblosen Blick des Charoniten nicht aus. »Vielleicht stand seine Seele ja schon vor diesem geheimnisvollen Tor. Wenn Ihr von mir eine Erklärung verlangt, so ist dies die einzige, die ich Euch geben kann. Der junge Ikarier redete von dem Tor, weil er sich bereits davor befand.«

Orr nickte. »Ja, das scheint mir auch die einzig mögliche Erklärung zu sein.« Er seufzte, und seine Augen nahmen langsam wieder Farbe an. »Und Ihr habt es ihm versprochen, ohne so recht zu wissen, wie Ihr das erfüllen sollt.« Er führte den jungen

Mann aus der Halle und den langen, halbdunklen Gang hinunter bis zu seinem Boot. »Das Tor, das ihr meint, ist nicht das Sternentor, sondern gehört zu den geheimnisvollsten Mysterien der Charoniten, ist vielleicht sogar ihr bedeutendstes. Wenn ich Euch dorthin fahren soll, müßt Ihr mir bei allem, was Euch heilig ist, versprechen, niemals ein Wort darüber zu verlieren. Zu niemandem, nicht einmal Euren engsten Familienmitgliedern!« Orr hatte ihn am Arm gefaßt, und seine Finger preßten sich bei den letzten Worten immer fester in sein Fleisch.

Axis hielt das Boot, damit der Fährmann einsteigen konnte. »Ich verspreche es Euch bei allem, was mir heilig ist.« Dann kletterte er hinter dem Mann in den Nachen und setzte sich in seinen Bug.

»Hmm«, machte der Charonite und schob die Kapuze ein Stück zurück; etwas, das er noch nie zuvor in Gegenwart seines Lehrlings getan hatte. »Seid Ihr Euch absolut sicher, dorthin zu wollen?«

»Ja.«

Orr strich seinen Umhang glatt. »Dann bringe ich Euch zum Tor, junger Sonnenflieger, und vielleicht wartet Freierfall dort tatsächlich auf Euch. Aber dann müßt Ihr noch die Torwächterin überzeugen. Sie ist die einzige, die eine Seele ins Leben zurückversetzen könnte. Und ich habe noch nie davon gehört, daß sie das einmal getan hätte. Wenn wir dort sind, sprecht Ihr nur, wenn ich Euch dazu auffordere. Und bitte, faßt nichts an.«

Der Kahn setzte sich langsam in Bewegung, und für eine Weile fuhren sie über verschiedene Wasserwege dahin. Sterne funkelten im grünen Naß, und die glatten Tunnelwände wurden immer wieder von großen grauen Höhlen abgelöst. Doch plötzlich, so unvermittelt, daß Axis gar nicht wußte, wann die Verwandlung eingesetzt hatte, steuerten sie auf einer großen Fläche stumpfen schwarzen Wassers. Hier ließen sich auch keine Wände mehr erkennen, und das Dach schien in unvorstellbare Höhen entschwunden zu sein. Sie trieben auf diesem Pechsee dahin, und rings um sie herum herrschte nichts als Finsternis. Nur das Geräusch des dahingleitenden Bootes bewies dem Krieger, daß sie sich immer noch im Wasser befanden und nicht etwa durch eine Leere flogen.

Ein bleiches Etwas fiel dem jungen Mann ins Auge. Als er genauer hinsah, erkannte er eine weinende junge Frau, die ein kleines Kind in den Armen hielt. Die beiden wirkten substanzlos wie Nebel und schwebten eine Handbreit über dem See. Hinter der jungen Mutter tauchte eine weitere, ähnliche Gestalt auf, die Axis aber beim besten Willen nicht näher erkennen konnte.

»Wir befahren den Fluß des Todes«, erklärte ihm der Fährmann. »Wenn Ihr das Wasser berührt, müßt Ihr sterben.«

Erschrocken legte der Krieger sofort die Hände in den Schoß. Aber nach einem Moment mußte er wieder nach der Frau und dem Säugling sehen.

»Sie ist bei der Geburt gestorben«, teilte der Charonite ihm mit. »Und jetzt weint sie um das Leben, das ihr und ihrem Kind verweigert wurde.« Er schwieg und bemerkte nach einer Weile: »In der Nacht, in der die Stadt Gorken fiel und der Angriff auf das Jultidenfest stattfand, wimmelte es im Fluß vor Toten – Ikariern, Awaren und Achariten.«

Axis sah ihn fragend an.

»Ja, mein junger Freund, alle Toten reisen über den Fluß des Todes. Sogar Skrälinge. Der Tod macht alle zu Brüdern und Schwestern.«

Orrs Augen leuchteten jetzt, und er beugte sich vor: »Seht hinter Euch, Axis, wir nähern uns dem Tor.«

Der Krieger drehte sich auf seinem Sitz im Bug um. Das Boot trieb rasch auf eine große Insel zu, die sich sanft aus dem Gewässer erhob und in ihrer Mitte immer höher anstieg. An der höchsten Stelle befand sich ein großes Viereck aus reinem Licht – ungefähr so breit wie eine Tür und etwa doppelt so hoch.

Im nächsten Moment schon schabte der Bootsboden über Kiesel, und sie waren da. Hinter ihnen schwebte die junge Frau mit ihrem Kind, so als wolle sie ebenfalls zur Insel.

»Ihr müßt allein hinauf, Axis«, erklärte ihm Orr. »Am Tor trefft Ihr die Wächterin an. Tragt Euer Begehr vor, aber fragt sie auf gar keinen Fall, was sich jenseits des Tores befindet. Wenn

Ihr das nämlich tut, müßt Ihr hindurch, ob Ihr tot seid oder lebendig.«

»Danke. Werdet Ihr hier auf mich warten?«

»Falls Ihr zurückkehrt, werdet Ihr mich hier finden.«

Der Boden der Insel bestand aus losen Kieseln, und der Krieger mußte aufpassen, nicht auszurutschen. Schwer und dick lag die Luft auf ihm, doch er konnte das Lichtgeviert oben auf dem Hügel deutlich erkennen. Das Leuchten pulsierte, und wenn man zu lange darauf sah, verspürte man seine hypnotisierende Kraft. Die Frau mit dem Säugling hatte das Rechteck vor ihm erreicht. Nach einem Moment des Zögerns betrat sie es. Das Licht pulsierte heftig und beruhigte sich kurz darauf wieder. Aber sein Verlangen schien noch nicht gestillt zu sein.

Als Axis die Kuppe erreichte, erkannte er neben dem Tor eine schmale dunkle Gestalt, die hinter einem Tisch saß. Er trat auf sie zu, und sie hob träge den Kopf aus einer tiefen Versunkenheit. Zwei flache Schalen standen vor ihr, aus denen es matt glühte.

»Ich höre Schritte«, sagte die Wächterin.

Der Krieger näherte sich mit knirschenden Schritten dem Tisch und blieb ein gutes Stück davor stehen. Im Widerschein des leuchtenden Tores erkannte er eine hagere Frau mit bleicher, leuchtender Haut, tief in den Höhlen liegenden schwarzen Augen und langem dunklen Haar, das ihr bis auf den Rücken reichte. Sie hatte die weißen Hände vor sich auf den Tisch gelegt.

Irgendwie erinnerte die Wächterin ihn an Veremund.

»Ich ...« begann Axis und mußte sich räuspern. Es fiel ihm schwer, an diesem Ort und zu diesem Wesen zu sprechen, das nicht allzu erfreut darüber zu sein schien, einen Lebenden vor sich zu haben. »Ich suche die Torwächterin«, stammelte er schließlich und fühlte sich erleichtert, daß seine Stimme trotz seiner Aufgewühltheit halbwegs klar klang.

Die Frau betrachtete ihn aus ihren großen schwarzen Augen. Eine weitere Seele näherte sich, warf einen kurzen Blick auf die Frau und trat dann durch das Tor. Als das Viereck aufleuchtete, nahm die Wächterin ein kleines Metallkügelchen aus der linken Schale und ließ es in die rechte fallen. Ein leises Klingeln ertönte.

»Ich bin die Torwächterin«, erklärte sie dann mit einer eigenartig tonlosen Stimme, »und führe hier Buch. Seid Ihr gekommen, um Euch mitzählen zu lassen? Das geht nicht, denn Ihr lebt noch.« Sie lächelte, und Axis wünschte sich, sie würde eine andere Miene aufsetzen. Ihr Lächeln wirkte ungefähr so anziehend wie das einer vier Tage alten Leiche, und ihm wohnte die Boshaftigkeit eines Alptraums inne.

»Ich bin gekommen, um eine Bitte vorzutragen.«

Die nächste Seele schwebte ins Tor, und die Frau legte wieder ein Kügelchen aus der einen Schale in die andere. Danach sah sie ihn wieder an. »Aha, eine Bitte. Wie ungewöhnlich. So etwas haben wir hier nur selten.«

Bevor der Krieger weitersprechen konnte, rückte ein ganzer Schwarm Toter heran. Die Wächterin tauschte für jede Seele, die durch das Tor ging, Kügelchen für Kügelchen aus. Das fortwährende und immer gleiche Klingeln der Kugeln, wenn sie in die zweite Schale fielen, begann Axis unruhig zu machen. Er mußte sich zusammenreißen, um nicht aus der Haut zu fahren.

Endlich war auch der letzte aus der Schar hindurch, und die Wächterin wandte sich wieder ihm zu. »Ein Brand in einem Wirtshaus«, erklärte sie unbeteiligt. »Vierunddreißig Tote.«

»Gehen alle, die hier erscheinen, durch das Tor?« wollte Axis wissen und fragte sich, was die Frau wohl täte, wenn eine Seele einfach nicht weiterginge.

Die Wächterin schürzte die Lippen. »Nein«, antwortete sie und zeigte auf ein Häufchen von etwa fünfzig schwarzen Kügelchen am rechten Rand des Tisches. »Die hier haben sich geweigert.«

Der Krieger warf einen Blick darauf und wollte schon fragen, ob sich auch Freierfall unter den Verweigerern befände, als sein Blick auf zwei weitere, kleinere Häufchen fiel. Das eine enthielt nur sieben Kugeln, die aber hell wie Sterne funkelten und in der Mitte des Tisches lagen. Ganz links hingegen befanden sich vielleicht drei Dutzend goldener Kugeln. Er deutete auf die beiden Haufen. »Und wofür stehen die?«

»Die?« fragte sie und zog die Augenbrauen hoch. In diesem Moment erkannte Axis, daß es sich bei ihr um die schönste Frau handelte, die er je erblickt hatte. »Ihr könnt sie sehen?«

»Ja. Beide unterscheiden sich von den anderen. Sie leuchten. Vielleicht ruft das unruhige Licht diesen Effekt hervor. Handelt es sich bei diesen auch um Seelen, die nicht hindurch wollten?«

»Nein.« Sie zeigte auf die sieben strahlenden Kügelchen. »Das sind die Obersten, und sie bedürfen meiner und des Tores Dienste nicht.« Wieder verzog die Wächterin den Mund. »Sie sind noch nicht komplett. Warten auf das Lied und den Mond.«

Axis runzelte die Stirn, bis ihm etwas einfiel, was Orr gesagt hatte. »Stehen die Kugeln für die Sternengötter?«

»Ja, Ihr seid wirklich gut. Und die hier«, sie deutete jetzt auf den Haufen mit den Goldkugeln und winkte dem Fährmann zu, der unten in seinem Boot wartete, »sind die Niederen.« Mit einem Anflug von Belustigung in der Stimme fügte sie hinzu: »Die müssen ebenfalls nicht durchs Tor.«

Der Krieger schaute sie verständnislos an. Was hatte er sich denn unter den Niederen vorzustellen? Er wollte die Wächterin schon danach fragen, aber sie kam ihm zuvor.

»Warum seid Ihr also erschienen?« Ihre Stimme klang wieder tonlos und unbewegt. Alle Schönheit war aus ihren Zügen verschwunden.

»Ich bin gekommen, um Freierfall zu den Lebenden zurückzubringen«, begann Axis und kam sich reichlich lächerlich vor. »Er sagte, er wolle am Tor auf mich warten. Vielleicht«, der Krieger deutete auf den größten Haufen, »befindet er sich ja unter diesen.«

»Wie amüsant, daß jemand glaubt, er könne jemanden von den Toten zurückholen. Niemand kehrt jemals zu den Lebenden zurück.«

»Aber Wolfstern ist zurückgekehrt!«

Die Frau atmete scharf ein, hatte sich jedoch sehr rasch wieder gefaßt.

»Wolfstern ist durch ein anderes Tor fortgegangen«, antwortete sie mit ihrer tonlosen Stimme. »Und deswegen auch durch ein anderes Tor zurückgekehrt. Durch dieses Tor hier kommt jedenfalls keiner wieder heraus. Das ist nämlich mein Tor!«

Axis warf einen Blick auf das Lichtrechteck. Was wohl dahinter liegen mochte. Das größte Geheimnis von allen. Und die Lösung desselben lag nur ein paar Schritte entfernt. Wenn es Wolfstern schon gelungen war, durch das Sternentor zurückzukehren, dann wäre ihm das doch vielleicht auch möglich.

»Wenn Ihr wünscht, dürft Ihr gern hindurchtreten, Axis Sonnenflieger«, sagte die Frau. Der Krieger bemerkte, daß sie schon ein Kügelchen zwischen Daumen und Zeigefinger hielt. »Aber dann kehrt Ihr nicht mehr zurück. Niemals.« Die Finger mit dem Kügelchen näherten sich der rechten Schale.

»Nein!« Axis schob ihre Hand von der Schale fort. Zu seiner Überraschung fühlte sich ihre Haut warm und weich an. Hielt sie da mit dem Kügelchen vielleicht sein Leben in der Hand? »Ich wünsche nicht, durch das Tor zu gehen.«

»Ganz wie Ihr möchtet«, lächelte die Wächterin und legte die Kugel in die erste Schale zurück. »Nun sagt mir, warum Ihr glaubt, eine Seele ins Leben zurückholen zu können?«

Der Krieger erzählte ihr nun die Geschichte von Freierfalls Ermordung und von dem Versprechen, das er dem Sterbenden hatte geben müssen. »Der Ikarier wartet bestimmt unter den Seelen, die sich weigern. Gebt ihn bitte frei.«

»Ach«, seufzte die Frau anscheinend ergriffen, und ihr Antlitz gewann wieder die vorherige unfaßbare Schönheit. »Eure Geschichte hat mich wirklich gerührt ...« Einen Moment später verhärteten sich ihre Züge erneut. »Aber nein, nein und nochmals nein. Niemand kehrt zurück, wenn er einmal tot ist. Und nun geht fort, und laßt mich allein. Freierfall wird nicht ins Land der Lebenden zurückkehren.«

»Verwünscht sollt Ihr sein!« machte Axis seiner Wut und Enttäuschung Luft. »Versteht Ihr denn überhaupt nichts? Freierfall ist vor seiner Zeit gestorben! Er wurde ermordet! Und ich habe es ihm versprochen. Er vertraut mir und wartet auf mich. Ich kann mein Wort doch nicht zurücknehmen!«

Unten am See wurde der Fährmann etwas ungeduldig.

»Nein«, beharrte die Wächterin.

Der Krieger unternahm einen letzten Versuch: »Damals war ich nicht in der Lage, Freierfall vor Bornheld zu schützen, Wächterin, deswegen gebt mir bitte die Gelegenheit, das jetzt wieder gutzumachen!«

Die Frau bildete schon mit den Lippen das Wort Nein, als sie plötzlich innehielt. Der Name, den Axis gerade genannt hatte, schien sie zum Nachdenken zu bewegen. »Sagtet Ihr Bornheld? Etwa der Bornheld, der als Herzog über Ichtar herrscht?« fragte sie ganz gelassen, aber dem jungen Mann entging nicht, wie ihre Finger leicht zitterten.

»Ja, genau den meine ich.«

»Aha«, sagte die Wächerin, und: »Ich mag die Herzöge von Ichtar nicht.«

Nun verstand Axis auch, warum Bornhelds Namen sie in Unruhe versetzt hatte. Tief in Gedanken versunken saß sie da und schien sich eines Unrechts zu erinnern, das irgendein Herzog von Ichtar ihr einmal zugefügt hatte. Ihre Finger bewegten sich flink wie Spinnen über den Tisch. Als sie wieder das Wort an ihn richtete, klang ihre Stimme so, als könne sie kaum ihre Erregung zügeln.

»Es steht in Eurer Macht, ein schreckliches Verbrechen wiedergutzumachen.«

»Genau wie es in Eurer Macht steht, meinen armen Freund freizulassen.«

»Werdet Ihr mir denn helfen, das Unrecht zu rächen, das mir und den Meinen zugefügt wurde?«

»Was soll ich für Euch tun?«

»Ihr müßt es mir erst schwören.«

Axis zögerte, nickte dann aber. »Ihr habt mein Wort darauf. Was verlangt Ihr von mir, um Freierfall herauszugeben?«

Das Gesicht der Wächterin fiel in sich zusammen, bis es einem Totenschädel glich, über den jemand pergamentdünne Haut gespannt und darauf eine Perücke gesetzt hatte. »Lauscht meinen Worten.«

Der Krieger hörte ihr aufmerksam zu.

Als die Frau ihre Geschichte erzählt hatte, wirkte Axis fast so totenbleich wie sie. »Selbst ein Bornheld hat so etwas nicht verdient«, flüsterte er. »So etwas ist grausam und barbarisch!«

»Ihr habt es mir aber geschworen«, zischte sie. »Und ich kann immer noch Freierfalls Seele durchs Tor zwingen, so daß er niemals erfahren wird, was ihn auf der anderen Seite erwartet.«

Dem Krieger blieb keine andere Wahl. »Einverstanden, Torwächterin, dann ist die Sache also abgemacht.«

»Vergeßt nicht, daß die Bedingungen unseres Vertrags ein Jahr und einen Tag nach Eurer Rückkehr auf die Oberwelt erfüllt sein müssen!«

»Ja, das werde ich nicht vergessen, aber ...«

»Was wollt Ihr noch?«

»Warum stellt Ihr denn solche Forderungen an mich?«

»Weil die Umstände es so und nicht anders erfordern«, entgegnete sie wieder mit ihrer tonlosen Stimme.

Axis atmete tief durch. »Und Freierfall?«

»Ich stehe zu meinem Wort, Sternenmann, aber nur, wenn Ihr Euren Teil des Handels erfüllt. Sonst wird die Rückwandlung nicht abgeschlossen werden können, und Euer Freund wird verdorren und noch einmal sterben.«

Der Krieger verspürte in diesem Moment den dringenden Wunsch, diesen unterirdischen Welten so rasch wie möglich zu entfliehen und an die Oberwelt mit ihrer Wärme und ihrem Leben zurückzukehren.

»Also dann, bis zu unserem Wiedersehen«, er deutete einen militärischen Gruß an und begab sich den Hügel hinunter zum Fährmann.

»Natürlich«, lächelte die Wächterin, und ihr Gesicht trug jetzt die Züge eines jungen Mädchens. »Und das wird eher sein, als Ihr denkt.«

Die Gedanken wirbelten in ihrem Kopf durcheinander, während sie über den nie endenden Zug der Seelen Buch führte. Sie haßte und verabscheute die Herzöge von Ichtar.

29
Caelum

Aschure drehte sich im Bett vorsichtig auf die Seite, um Rivkah nicht zu wecken. Eigentlich hätte sie dringend Ruhe bedurft, weil sie heute hart mit ihren Bogenschützen trainiert hatte und sie sich müde und zerschunden fühlte; aber was immer die junge Frau jetzt auch anstellte, sie konnte einfach nicht einschlafen. Außerdem lag das Baby heute nacht schwer und unbequem in ihrem Bauch. Trotz aller Versicherungen von Abendlied, Rivkah und Morgenstern sorgte Aschure sich immer noch darum, daß das sechsmonatige Kind in ihrem Leib noch so klein war und sich überhaupt nicht rührte.

Seufzend schob sie sich aus dem Bett und lief leise zur Tür. Vor dem Hinausgehen fragte Aschure sich noch, ob sie nicht besser den Umhang überwerfen sollte. Aber die Nächte in Sigholt waren so mild, daß ihr Leinennachthemd sie schon ausreichend warmhalten würde.

Sicarius stand natürlich schon bereit, seiner Herrin überall hin zu folgen.

Die junge Frau durcheilte die leeren Flure und stieg die Stufen zum Dach des Turms hinauf. Ein paar Minuten in der frischen Nachtluft hatten sie immer schon beruhigt.

Aschure seufzte fröhlich, als sie die verlassenen Turmzinnen erreichte. Eine warme Brise wehte vom See heran. Die junge Frau löste das Haar, schüttelte es aus und betrachtete das Wasser. Ein Bad in dem warmen Naß wäre jetzt genau das Richtige. Aber der weite Weg dorthin schreckte sie ab. Dann würde sie eben hier oben die Aussicht und die Luft genießen. Der Leithund legte sich an die Tür. Oben auf dem Turm von Sigholt brauchte man kaum Gefahren zu fürchten.

Aschure beugte sich über die hüfthohe Brüstung und betrachtete die Lager am Ufer. Am Nordgestade erstreckten sich die Zelte der Flüchtlinge aus Skarabost; inzwischen war ihre Zahl auf mehrere Tausend angewachsen. Schwermütig wanderte ihr Blick über die erloschenen Feuerstellen. Die Gemüsegärten boten zwar einiges an Nahrung, aber lange nicht genug, um für längere Zeit davon leben zu können.

Die junge Frau holte tief Luft und hielt den Atem an. Der Stechginster auf den Hügeln blühte bereits, und selbst auf dem Sperrpaß gedieh das Leben. Erste Tiere hatten sich schon dort niedergelassen.

»Sigholt wird das Herz des neuen Tencendor sein«, flüsterte Aschure und schloß die Augen. »Wie glücklich ich bin, daran Anteil haben zu dürfen.«

Ohne die Augen zu öffnen, drehte die junge Frau sich um und lehnte sich mit dem Rücken gegen die Zinnen. Als sie nach einer Weile die Lider aufschlug, stand Axis vor ihr auf dem Dach und sah sich verwirrt um.

Er hatte sich mitten auf dem violetten See in der Kristalldachhöhle von dem Charoniten verabschiedet und dann die Reise angetreten. Eben noch hatte Axis in dem sanft schaukelnden Kahn gesessen, und im nächsten Moment spürte er die Energie des Sternentanzes. Welch ein Genuß, sie in seinem Körper zu fühlen. Wenn er doch eines Tages den gesamten Sternentanz für seine Zwecke einsetzen könnte, statt immer nur mit einem Lied eine kleine Portion davon. Axis mußte sich dazu zwingen, seine Gedanken wieder auf Sigholt zu richten. Wieviel Zeit mochte auf der Oberwelt vergangen sein? Wie stand es überhaupt um die Festung?

Eine unsichtbare Hand schien ihn zu ergreifen und über eine unvorstellbare Entfernung zu tragen. Je näher er nach Sigholt kam, desto rascher verlief die Reise – der Krieger befürchtete schon, mit voller Wucht gegen eine Mauer zu prallen und sich dabei alle Knochen zu brechen.

Doch gerade, als Furcht sich in seinem Bewußtsein festsetzen wollte, tat sein Magen einen Satz, und er fand sich oben auf dem Turm der Burg wieder. Nacht herrschte, und über ihm wirbelten die Sterne in ihrem immerwährenden Tanz über den Himmel.

Noch halb benommen dachte Axis, er müsse durch die Zeit zurückgereist sein und jetzt gleich wieder die Vision von Rivkah erleben, wie sie jung, wunderschön und schwanger an der Brüstung gestanden hatte.

Und hier befand sich tatsächlich eine Frau, aber nicht seine Mutter, sondern Aschure.

Der Krieger öffnete den Mund und wußte nicht so recht, was er sagen sollte, als eine tiefe, musikalische Stimme ihn fragte: »Seid Ihr reinen Herzens?«

»Ja, verdammt nochmal!« gab Axis barsch und ohne nachzudenken zurück. Und die Brücke murmelte beleidigt etwas vor sich hin.

»Aschure? Was tut Ihr denn hier?« Er trat auf sie zu, blieb dann aber stehen und reichte ihr nur die Hand.

Die junge Frau stand wie erstarrt da, konnte sich nicht rühren und brachte keinen Ton hervor. Sie hatte immer gedacht, Axis würde einfach über die Brücke auf den Burghof hereingeritten kommen. Dann würde sie ihm völlig gelassen entgegentreten und sich in ihrer Uniform und mit ihrem Offiziersrang unangreifbar fühlen. Er und sie könnten sich ganz vernünftig und wie Erwachsene über den zu erwartenden Nachwuchs unterhalten, über die Folge ihrer Leidenschaft am Beltidenfest. Und schließlich würden sie zu einer zivilisierten Abmachung finden, nach der Axis seinen Sohn lieben und erziehen könnte, ohne daß das Kind oder Aschure jemals zwischen ihm und Faraday stünden. Ja, und sie könnte ihm dann auch ganz offen von Belials Heiratsantrag berichten, womit endgültig alle offenen Fragen gelöst wären. Der Krieger wäre sogar froh, daß sein Leutnant ihm aus einer leisen Verlegenheit heraushülfe.

Aber jetzt stand Aschure nicht in Uniform vor ihm, sondern barfuß, mit gelöstem Haar und mit nicht mehr am Leib als einem Nachthemd. Und er wirkte müde und angespannt, ließ vor Erschöpfung die Schultern hängen und hielt ihr, wie damals in der Beltidennacht, die Hand hin. Verwünschter Kerl, dachte sie, weil ihr das Blut schon wieder so stark durch die Adern rauschte wie an jenem Abend. Am liebsten hätte Aschure sich ihm in die Arme geworfen, um sich von ihm festhalten zu lassen. Um von ihm zu hören, daß er sie liebe. Um sich bei ihm geborgen zu fühlen.

Aber nein, er liebte ja eine andere. Allein dieser Gedanke reichte ihr, nicht ihren Wünschen nachzugeben, sondern Abstand zu wahren.

»Axis«, begann sie mit einer Stimme, die sich ruhiger anhörte, als sie sich fühlte, »willkommen auf Sigholt.«

Der Krieger hielt ihr immer noch die Hand hin. Jetzt zog er sie wieder zurück, trat noch einen Schritt auf die Schöne zu, umarmte sie.

Sicarius sah von der Tür aus zu, richtete sich auf, unternahm jedoch nichts. Das Tier schien zu spüren, wie sehr diese Menschen sich zueinander hingezogen fühlten.

»Aschure?« fragte er mit leiser, bebender Stimme. »Habe ich Euch das etwa angetan?« Seine zitternden Finger strichen über den gerundeten Bauch der jungen Frau. Er spürte auch, wie sich das Kind nach ihm regte.

»Das, was jeder Mann einer Frau antut, wenn er ihr im richtigen Moment beiliegt«, antwortete sie in dem vergeblichen Versuch, fröhlich zu klingen.

»Aschure«, stellte er sofort fest, »irgend etwas stimmt doch nicht.«

»Ach, Axis.« Die Stimme der jungen Frau klang jetzt aufgesetzt und betont fröhlich, als sie sich seinen Armen entwand. »Verzeiht bitte, daß ich Euch dieses kleine Ärgernis hier nicht erspart habe. Ich verspreche Euch aber, Euch mit diesem Malheur keinesfalles unter Druck setzen zu wollen. Wir können uns ja morgen weiter über diese dumme Geschichte unterhalten«, sie hörte sich jetzt rauh und gar nicht mehr heiter an, »nachdem Ihr ausgeruht habt.«

Ärgernis? Malheur? Dumme Geschichte? Axis glaubte schon, sich verhört zu haben. Glaubte sie denn wirklich, für ihn eine

Behinderung, eine Beeinträchtigung seiner Pläne darzustellen? Aber er konnte ihr deutlich ansehen, wie unglücklich sie sich fühlte. Wenn er jetzt das Falsche sagte, würde sie wie ein kleines Mädchen einfach davonlaufen, um nichts mehr hören zu müssen.

»Ja, da habt Ihr recht. Wir sollten in einer passenderen Umgebung über alles reden. Wißt Ihr vielleicht, wo ich noch ein Quartier finden kann?«

Aschure entspannte sich etwas. »Aber natürlich. Belial hält in Erwartung Eurer Rückkehr im Hauptwohntrakt einige Räumlichkeiten für Euch bereit. Ach, Ihr könnt Euch kaum vorstellen, wie froh alle sein werden, daß Ihr wieder unter uns weilt. Und es gibt so viel zu erzählen.«

»Dann bringt mich bitte zu meiner Unterkunft. Ich wette, Belial belegt mich morgen gleich nach dem Aufstehen mit Beschlag. Und übrigens, ich hätte auch das eine oder andere zu berichten.«

Aschure führte ihn die Treppe hinunter. Als der große Hund sich erhob und hinter ihnen hertrottete, zog Axis zwar die Augenbrauen hoch, äußerte sich aber nicht weiter dazu. Die junge Frau hingegen plauderte die ganze Zeit und erzählte ihm allerlei über die Veränderungen, die sich hier in seiner Abwesenheit getan hatten. Der Krieger erwiderte nur mit »Hm«, »Ja« oder »Ach« darauf, weil seine Blicke immer wieder von ihrem Bauch angezogen wurden. Er würde Vater werden! Axis fühlte sich unglaublich beschwingt. Und Aschure hatte ihn dazu gemacht. Vater eines eigenen Kindes ... Die Vorstellung brachte ihn sofort zur Vernunft, und er schwor sich, seinem Kind ein guter Vater zu sein. Es sollte seinen Vater kennen und keine Zweifel hegen müssen. Und keine Alpträume bekommen.

Stille herrschte auf den Gängen, denn zu dieser späten Stunde hielt sich hier niemand auf. Deswegen bekam auch keiner der Burgbewohner mit, daß Aschure mit dem Sternenmann in den Wohntrakt ging.

»Kommt doch mit herein«, forderte er sie auf, »und helft mir, die Kerzen anzuzünden. Außerdem gibt es da noch etwas, das ich Euch sagen muß.«

Sein Gemach bestand aus einer Reihe von Kammern, die sich um einen Hauptraum gruppierten. In letzteren begaben sie sich und fanden einen reich und geschmackvoll eingerichteten Raum mit Möbeln aus warmem hellem Holz vor, die mit gelbem und rotem Damast gepolstert waren. Eine offenstehende Tür führte in ein gleichermaßen prunkvoll eingerichtetes Schlafzimmer.

Der Alaunt ließ sich wie gewohnt an der Tür nieder, die goldenen Augen auf seine Herrin gerichtet.

»Aschure?«

Sie drehte sich von der Lampe um, deren Docht sie gerade angezündet hatte. »Ja?«

»Wie lange bin ich fort gewesen? Oder soll ich«, fügte er lächelnd hinzu, »das anhand der Wölbung Eures Bauch erraten?«

Sie errötete heftig. »Wir schreiben die erste Woche des Beinmonds.«

Der Krieger seufzte und rieb sich die müden Augen. »Das ist sehr spät im Jahr. Ich hätte nicht gedacht, daß schon so viel Zeit verstrichen ist. Jetzt läßt sich nur noch wenig tun.«

»Ihr braucht Eure Ruhe.« Die junge Frau stellte die brennende Lampe vor ihn auf den Tisch und wandte sich zur Tür. Je rascher sie hier hinauskäme, desto besser.

Aber er wollte sie noch nicht gehen lassen. »Aschure, da wäre noch etwas, um das ich Euch bitten möchte.« Seine Finger tippten auf den Rand des Lampenschirms.

»Ja, was denn?«

»Bleibt bei mir. Seid meine Geliebte.«

Sie konnte nicht weitergehen, fühlte sich wie gelähmt. »Das kann ich nicht«, flüsterte die junge Frau. Warum hatte sie sich nur darauf eingelassen, mit ihm mitzugehen? Wie kam sie aus dieser Falle wieder heraus?

Axis kam zu ihr und sah ihr in die Augen. Aschure erstarrte noch mehr, als er sich ihr näherte, aber dann ging er an ihr vorbei und schloß die Tür. »Und warum könnt Ihr nicht? Warum wollt Ihr nicht bei mir bleiben?«

Die junge Frau hatte Monate damit verbracht, sich auf diesen Moment vorzubereiten und sich die passenden Erklärungen zurechtzulegen. Und jetzt waren sie alle wie aus ihrem Gedächtnis gestrichen. In höchster Verzweiflung überstürzten sich ihre Worte: »Weil ich nur ein einfaches Bauernmädchen bin und Ihr ein ikarischer Zauberer seid.«

Er trat noch näher zu ihr. »Das einfache Bauernmädchen habt Ihr in Smyrdon zurückgelassen. Jetzt steht die Frau vor mir, die den Wolfen beherrscht.« Und die Frau, die zu Beltide dafür gesorgt hat, daß ich die Sterne tanzen sehe. Würde er sie wieder so sehen und spüren, wenn er noch einmal mit Aschure zusammenlag? »Bleibt bei mir. Tanzt mit mir.«

Aschure schluckte. »Ich bin ein Mensch und habe nur eine kurze Spanne zu leben. Euch aber erwarten Jahrhunderte. Ihr habt doch selbst erlebt, wie die Ehe von Sternenströmer und Rivkah daran gescheitert ist. Für uns beide gibt es keine Hoffnung. Nicht die geringste.«

Der Krieger trat vor sie. »Ich könnte schon in einem Jahr tot sein, vielleicht sogar noch früher. Was zählen schon fünfhundert Jahre, wenn so gewaltige Ereignisse anstehen, die uns alle zu verschlingen drohen. Und wir beide sind nicht Sternenströmer und Rivkah. Bleibt bitte bei mir.« Er strich ihr eine lose Haarsträhne von der Wange.

Die junge Frau holte tief Luft, schloß die Augen und ballte die Hände zu Fäusten, um mit aller Kraft das zu unterdrücken, was seine Berührung in ihr auslöste. »Faraday«, brachte sie gepreßt hervor.

Axis küßte sie auf die empfindsame Stelle zwischen Kinn und Hals. »Faraday ist viele Monate und noch mehr Meilen fort. Bleibt bei mir.«

»Aber sie liebt Euch!« Aschure spürte seine Zähne an ihrer Haut, und Erinnerungen und Begierden überfluteten sie.

»Faradays Liebe zu mir hindert sie nicht daran, ihr Bett mit Bornheld zu teilen. Bitte, bleibt.«

»Faraday liebt Euch genauso sehr wie Ihr sie!«

Axis lachte leise und fing an, die Bänder ihres Nachthemds zu lösen. »Was ist die Liebe, Aschure? Könnt Ihr mir das erklären? Verlaßt mich nicht, tanzt mit mir.«

Er hob ihren Kopf ein wenig und küßte sie auf den Mund. »Ein bißchen spät, um noch über Treue zu reden, wenn Ihr hier mit meinem Kind im Bauch vor mir steht. Davon abgesehen ist Faraday eine Dame von Geblüt, eine Dame des Hofes. Sie hat nichts gegen meine frühere Geliebte einzuwenden gehabt, und Sie wird auch Euch freundlich begegnen. Deswegen bleibt.«

»Axis, verlangt das bitte nicht von mir!«

»Aschure.« Er beugte sich etwas zurück und zog ihr das Nachthemd langsam über die Schultern und Brüste. Seine Finger streichelten ihre Haut. »Welchen Grund solltet Ihr haben zu gehen? Ihr seid meine Freundin, meine Gefährtin und meine Verbündete. Meine Augen und meine Gedanken sehnen sich nach Eurem Anblick. Ihr tragt mein Kind in Euch, und Ihr liebt mich. Nein, streitet das gar nicht erst ab. Damit würdet Ihr mir auch das Kind versagen. Wollt Ihr etwa dem Kind seinen Vater verweigern? Warum also solltet Ihr nicht bleiben? Geht nicht. Spürt durch meine Finger, durch meine Hände und durch meinen Körper die Macht des Sternentanzes. Seid meine Geliebte.«

Wie hätte sie ihm widerstehen können. Sie hatte sich nach Kräften gewehrt, und er hatte recht: Faraday war weit fort, und mit dieser Sorge könnte sie immer noch fertig werden, wenn es an der Zeit war.

»Ja«, flüsterte sie, und in seiner fernen und dunklen Zurückgezogenheit lachte der Prophet schallend.

Sie lagen ruhig und entspannt im Bett. Hielten die Augen offen, weil sie nicht in den Schlaf hinabgleiten und den Rest der Nacht im Schlummer vertun wollten. Als Aschure spürte, wie seine Finger über ihren Bauch streichelten, brach sie das Schweigen.

»Axis, das Kind rührt sich kaum. Man hat mir gesagt, Ihr müßtet zu ihm singen und es aufwecken.«

Er küßte sie auf die Wange. »Unser Kind ist ein Junge. Das spüre ich ganz genau.«

»So etwas könnt Ihr?« Sie legte sich lachend eine Hand auf den Bauch. »Ein Sohn.«

Axis lächelte über ihre Freude. »Welchen Namen würdet Ihr

ihm denn gerne geben? Wenn ich schon für ihn singe und ihn aufwecke, sollte ich ihn doch auch mit seinem Namen ansprechen.«

Die junge Frau rollte sich etwas auf die Seite, um ihn ansehen zu können. »Ihr laßt mich seinen Namen aussuchen? Wollt Ihr ihm denn nicht selbst einen Namen geben?«

Der Krieger streichelte ihren Rücken und spürte dabei die Narben. Wieviel Schmerz sie doch in ihrem Leben hatte erfahren müssen. Wieviel Ablehnung und Unsicherheit ertragen. Jetzt trug sie auch noch seit sechs Monaten sein Kind in sich, ohne daß er ihr in irgendeiner Weise eine Unterstützung gewesen wäre. »Ihr habt Euch doch schon bestimmt etwas für ihn überlegt. Sagt es mir.«

Da mußte sie nicht lange nachdenken: »Caelum.«

»Wie kommt Ihr denn gerade darauf?«

»Als ich noch ein kleines Mädchen war und meine Mutter uns gerade verlassen hatte, hatten wir einen Schmied, der kam alle zwei Wochen nach Smyrdon und erledigte alle Arbeiten, die die Bauern für ihn hatten. Er war ein großer Mann mit schwarzen Haaren, hieß Alayne und war immer sehr freundlich zu mir. Bei jedem Besuch hat er mir Geschichten erzählt. Viele Jahre lang war er mein einziger Freund. Und Caelum ... nun das war der Held aus seiner Lieblingsgeschichte. Ich glaube, der Name paßt zu unserem Kind, denn er bedeutet so viel wie –«

»›Sterne im Himmel‹«, murmelte Axis. »Ich kenne die Bedeutung.« Er hatte immer geglaubt, ein einsames Leben geführt zu haben. Aber sein früheres trauriges Dasein war nichts zu dem Elend, in dem Aschure ihre Kindheit hatte verbringen müssen. Immerhin hatte Axis sich der Liebe und der Hilfe all der Brüder im Seneschall erfreuen dürfen; und gar nicht erst zu reden von dem, was Jayme alles für ihn getan hatte. Aber die Frau hier an seiner Seite hatte sich auf nichts mehr freuen können als auf den vierzehntäglichen Besuch eines herumreisenden Schmieds, der, wenn er gerade Zeit hatte, nett zu ihr gewesen war und ihr Geschichten von sagenhaften Helden erzählt hatte.

»Caelum ist ein wunderbarer Name«, erklärte er schließlich.

»Axis, versprecht mir bitte, mir niemals das Kind wegzunehmen, um es Faraday zur Erziehung zu überlassen.«

Er richtete sich erschrocken auf den Ellenbogen auf. Traute sie ihm so etwas wirklich zu? Fast unbewußt tauchten die Worte Sternenströmers wieder in seinem Bewußtsein auf, die er ihm vor vielen Monaten im Krallenturm gesagt hatte: »Vor langer Zeit haben die Vogelmenschen ihren menschlichen Frauen einfach die Kinder weggenommen und keinen Gedanken an die jungen Mütter verschwendet, die sie doch unter Mühen zur Welt gebracht hatten.« Glaubte Aschure etwa, er würde ebenso handeln?

»Jetzt hört mir gut zu«, entgegnete er ergriffen, »ich werde Euch niemals unseren Sohn wegnehmen. Wir beide haben zuviel gelitten, weil wir ohne Eltern aufwachsen mußten. Ja glaubt Ihr denn, ich würde meinem Sohn ein gleiches Schicksal zumuten wollen? Aschure, ich schwöre Euch bei allem, was mir lieb und teuer ist, daß ich niemals unser Kind von Euch trennen werde. Das dürft Ihr mir wirklich glauben!«

Ihre schlimmsten Befürchtungen waren beseitigt. Jetzt richtete sie sich auf und nahm sein Gesicht zwischen ihre Hände. »Dann weckt unseren Sohn. Sagt ihm, daß seine Eltern ihn über alles auf der Welt lieben und ihn niemals verlassen werden.«

Axis zog sie zu sich heran, nahm sie in den Arm und legte seine Hände auf ihren Bauch.

»Erwacht, Caelum«, sang er mit klarer Stimme.

Die junge Frau schloß die Augen und ließ sich von seinem Lied gefangennehmen. Dabei spürte sie, wie der kleine Sohn in ihr erwachte. Er drehte sich, bis sein ganzer Körper gegen die Innenwand ihres Bauches preßte. Drückte weiter, um Axis' Händen ganz nahe zu sein. Das Gefühl, das sie dabei erlebte, war so außergewöhnlich, daß sie keine Worte hatte, um es auch nur annähernd zu beschreiben.

Wie hatte sie auch nur einen Moment über Belials Antrag nachdenken können? Wie hatte sie glauben können, Axis einfach stehenlassen zu können? An Beltide hatte sich etwas zwischen ihnen ereignet, das sich nicht mehr ändern ließ. Nie mehr wollte sie ihre Liebe zu dem Zauberer abstreiten, der sie hier in seinen Armen hielt.

Rivkah hatte ihr gesagt, daß es für eine Menschenfrau immer in einer Tragödie ende, wenn sie einen ikarischen Zauberer liebe; denn das würde ihr nur Schmerzen eintragen. Aschure hoffte, daß die gemeinsamen Monate mit Axis und ihrem Sohn hier in der Festung sie mit genügend Liebe und Glück erfüllen würden, um das unvermeidliche spätere Leid leichter ertragen zu können. Die junge Frau beruhigte sich vollkommen in seinen Armen, paßte ihren ganzen Körper seinem Lied an und freute sich darüber, wie Caelum auf seinen Vater ansprach.

Nach einiger Zeit hatte das Lied sein Ende gefunden. Der Krieger lächelte und flüsterte ihr ins Ohr: »In Euch ist ein wundervoller Sohn herangewachsen. Sprecht mit ihm. Er liebt Euch und möchte Eure Stimme hören.«

»Meine Stimme? Aber ich dachte, nur ikarische Väter könnten mit ihren Kindern reden, die sich noch im Mutterleib befinden. Warum sollte Caelum da meine Stimme vernehmen wollen?«

»Weil er Euch liebt«, versicherte Axis ihr noch einmal. »Ihr seid seine Heldin. Nur zu, er kann Euch hören, denn er ist wach.«

Aschure legte vorsichtig die Hände auf ihren Bauch, und Axis' ruhten auf ihnen. Was sollte sie dem Knaben nur sagen? Langsam und zögernd, dann aber mit immer mehr Selbstvertrauen und Freude, sprach sie mit ihrem Kind.

30
»Lasst die Banner wehen!«

Rivkah eilte zunehmend beunruhigt durch die Gänge der Burg. Sie war früh erwacht und hatte feststellen müssen, daß Aschure fort war. Ihr Bett fühlte sich ganz kalt an. Nur ihre Kleider lagen noch so auf dem Stuhl, wie sie sie hingelegt hatte. Aschure konnte kaum mehr als ihr Nachthemd anhaben! War sie etwa wieder zu einem ihrer mitternächtlichen Spaziergänge aufgebrochen? Aber warum war sie dann noch nicht zurück? Ihr mußte etwas zugestoßen sein! Vielleicht war Aschure irgendwo hinuntergestürzt. Vielleicht war sie verletzt?

Rivkah bog in den Hauptgang ein und lief zu der Treppe, die zum Turm hinaufführte. Dabei kam sie an dem Gemach vorbei, das Belial für ihren Sohn bereithielt. Die Tür war geschlossen, und nichts deutete auf irgend etwas Ungewöhnliches hin. Aber nein, etwas war hier anders ...

Rivkah blieb stehen, und nach einer Weile wußte sie, was sie störte. Ein leichter Geruch von Lampenöl drang aus dem Raum. Hatte Aschure sich hier hinein begeben? Schlief sie dort, oder lag sie verletzt auf dem Boden und konnte sich nicht mehr rühren? Entschlossen drückte Rivkah die Klinke hinunter und trat ein.

Ja, hier brannte Licht, auch wenn das Öl fast aufgebraucht war. Rivkah sah sich in der Kammer um und atmete tief ein. Diese Räumlichkeiten hatte sie seit ihrer Rückkehr nach Sigholt nicht mehr betreten, und jetzt kehrten die Erinnerungen an längst vergangene Zeiten zurück. Searlas ist schon lange tot, beruhigte sie sich, als sie zu zittern begann. Mutig trat Rivkah weiter hinein und entdeckte Aschures Nachthemd, das zusammengeknüllt auf dem Boden lag. Jetzt fiel ihr auch die offene Schlafzimmertür ins Auge. Langsam schritt sie darauf zu und trat vorsichtig ein.

Aschure und Axis lagen dort friedlich schlafend im Bett. Er hatte schützend seinen Arm um sie gelegt. Na ja, dachte Rivkah in heiterer Gelassenheit, offensichtlich seid Ihr nicht schnell und weit genug vor meinem Sohn davongelaufen, was, Aschure?

Axis öffnete die Augen und starrte auf seine Mutter, die vor dem Bett stand. Sanft löste er sich von seiner Geliebten, die leise etwas vor sich hin murmelte, als er aus dem Bett stieg. Der Krieger wickelte sich in ein Laken und umarmte dann seine Mutter.

»Willkommen daheim«, flüsterte sie und ließ ihren Sohn nicht los. »Hat der Fährmann Euch einiges beizubringen verstanden? Habt Ihr einige Geheimnisse erfahren können?«

»Der Charonite befährt mit seinem Boot immer noch die Wasserwege, und es geht ihm gut.« Axis strich seiner Mutter ein paar silberne Strähnen aus der Stirn. »Weiß sonst noch jemand, daß ich hier bin?«

»Nein, außer ...« Rivkah nickte in Richtung der schlafenden Schönen im Bett.

»Sie trägt einen wunderbaren Sohn in sich, Mutter.«

»Aschure hat sich große Sorgen um ihr Kind gemacht. Habt Ihr zu ihm gesungen?«

»Ja.«

»Rivkah, seid Ihr es?« murmelte Aschure schlaftrunken hinter ihnen.

Sie ließ ihren Sohn los, setzte sich zu ihrer Freundin aufs Bett und streichelte ihr Haar.

Aschure konnte sich recht gut vorstellen, was sie jetzt denken mußte. »Mir geht es gut, Rivkah. Macht Euch um mich keine Sorgen.«

Aber Rivkahs Miene verdüsterte sich. Die beiden waren noch so jung und sich völlig sicher, daß ihr Leben sich genau so entwickeln würde, wie sie es sich jetzt vorstellten. Doch schon jetzt waren Pläne ungültig und Schwüre gebrochen. Konnten sie das denn nicht sehen?

»Aschure, es ist schon spät, und Belial hat im Kartenraum einen Kriegsrat einberufen. Ihr müßt Euch rasch anziehen. Ich bringe Euch Eure Kleider.«

Sie wandte sich an ihren Sohn. »Belial wäre sicher hocherfreut, Euch zu sehen. Er hat lange auf Eure Rückkehr gewartet.«

Axis nickte. »Sollen wir ihn überraschen, Aschure? Dann wollen wir doch einmal sehen, was der Mann während der letzten acht Monate aus meiner Truppe gemacht hat.«

»Und während Ihr beide im Kriegsrat sitzt, werde ich Sternenströmer und Morgenstern von Eurer Rückkehr berichten«, sagte Rivkah und erhob sich.

»Die beiden sind auch hier?« fragte der Krieger.

»Ja. Vor einigen Wochen trafen die Ikarier hier ein.«

»Ausgezeichnet«, sagte Axis. »Mit meinem Vater und meiner Großmutter muß ich nämlich dringend reden.«

Belial lief unruhig im Kartenraum auf und ab. Wo blieb bloß Aschure? Magariz, Arne, Weitsicht und die beiden Geschwaderführer waren schon vor einer Viertelstunde hier eingetroffen und schwatzten nur über Belangloses. Tja, dachte der Leutnant verärgert, wenn ihre Schwangerschaft sie dazu zwingt, morgens länger im Bett zu bleiben, dann sollten wir vielleicht –

Die Tür flog auf, und Aschure trat ein.

»Ihr seid spät!« grollte Belial. »Wenn das –«

Axis erschien hinter ihr in dem Raum. »Ich fürchte, Belial, das ist meine Schuld.«

Der Leutnant starrte ihn einen Augenblick mit offenem Mund an, lief dann quer durch den ganzen Raum zu seinem Freund und schloß ihn in die Arme.

»Acht Monate Trennung waren zu lange, Axis!« Er ließ ihn los und trat einen Schritt zurück. »Wie glücklich ich bin, Euch wieder bei mir zu haben.«

Der Krieger wandte sich an den Fürsten. »Magariz!« Die beiden ergriffen ihre Hände. Axis liebte diesen Mann, der seine lebenslangen Verpflichtungen und Treueide aufgegeben hatte, um sich seiner Sache anzuschließen, fast so sehr wie Belial. Ohne diese beiden hätte er alle Hoffnung aufgeben müssen, jemals ans Ziel zu gelangen. Axis fiel jetzt die blutrote Sonne auf der Brust des Fürsten auf, und er berührte sie sacht. »Wie ich sehe, hat Aschure Euch also auch eingewickelt.«

Der Sternenmann begrüßte jetzt die anderen alten Freunde. Die Ikarier wirkten in ihren schwarzen Uniformen, die auch die rote Sonne trugen, furchteinflößend und gefährlich. Er fragte sich, wie es mit dem Drill der Luftarmada voranginge.

Nachdem Axis alle begrüßt hatte, forderte er die Offiziere auf, ihre Plätze am Tisch einzunehmen. Schon seit er den Raum betreten hatte, war allen klar, daß er wieder den Oberbefehl übernehmen würde.

Der Krieger legte die Hände auf den Tisch, sah sich in der Runde um und forderte dann seinen Leutnant munter auf: »Berichtet mir.«

Belial erklärte ihm offen, was sich in Sigholt getan hatte und daß aus seiner alten Armee nun eine kombinierte Streitmacht mit Luft- und Bodentruppen entstanden sei.

Axis nickte gelegentlich und zog manches Mal erstaunt die Augenbrauen hoch. Er zeigte sich beeindruckt und war seinem Freund, der hier wahre Wunder vollbracht hatte, von Herzen dankbar. Nach Belials Worten machten sich die Ikarier hervorragend und erlernten rasch alle Fähigkeiten, die sie für die Schlacht benötigen würden. Der wiedererwachte See habe die Burg und das angrenzende Hügelland mit neuem Leben erfüllt. Als der Leutnant berichtete, wie Aschure mit ihren Bogenschützen vorankäme und welche Verdienste sie sich als Kämpferin und Offizierin erworben habe, zeigte sich Axis nicht zu überrascht. Die beiden tauschten einen kurzen Blick aus. Belial wechselte rasch das Thema und kam auf den immer noch anhaltenden Flüchtlingsstrom nach Sigholt zu sprechen. Die Prophezeiung verbreite sich überall und gewinne täglich neue Anhänger.

»Ich hätte mir niemals einen fähigeren und zupackenderen Offiziersstab wünschen können als Euch sieben«, lobte der Krieger schließlich. »Deshalb möchte ich Euch allen dafür danken, was Ihr in der Festung bewirkt und was Ihr für meine Sache getan habt. Wenn ich siegreich aus all diesen Kämpfen hervorgehen sollte, dann habt Ihr einen ebenso großen Anteil daran wie ich.«

Er wandte sich wieder an seinen Freund. »Belial, bei Euch stehe ich in der tiefsten Schuld. Eure Freundschaft und Unterstützung haben nicht versagt, als mich schwere Zweifel wegen meiner Herkunft und Aufgabe befallen hatten. Ihr habt mir das Leben gerettet, als Bornheld es bedrohte. Und Ihr wart es, der mir nicht nur die Flucht aus Gorken ermöglichte, sondern auch noch dafür sorgte, daß ich mit einer ganzen Armee entkommen konnte. Und dann habt Ihr Euch auch noch in meiner Abwesenheit mit dieser Streitmacht hierher nach Sigholt begeben und einen festen Stützpunkt geschaffen, dem meine Feinde nichts Gleichwertiges entgegensetzen können. Belial, mein Freund!« Er ergriff über den Tisch hinweg dessen Hand. »Ich danke Euch vielmals.«

Der Sternenmann lehnte sich jetzt zurück und sprach die ganze Gruppe an: »Wie stellt sich uns die Lage dar? Welches Gebiet beherrschen wir? Wie weit ist Gorgrael mit dem Neuaufbau seines Herres gekommen? In welchem Zustand befindet sich Bornhelds Armee?«

Magariz zog eine Karte aus dem Fach hinter sich und rollte sie auf dem Tisch aus. Mit dem Zeigefinger fuhr er vom Nordende der Hügelkette bis zum Südende. »Wir beherrschen den Großteil der Urqharthügel, mit Ausnahme des äußersten Nordens und Nordwestens. Diese Gebiete befinden sich fest in der Hand der Skrälinge. Auch wagen wir uns nicht zu nahe an Hsingard heran, wo die Geisterkreaturen gewütet haben. Der Sperrpaß gehört uns, ebenso wie das Gebiet südlich davon bis zum Nordra. Auf dieser Seite des Stroms können wir uns ziemlich frei im Norden von Skarabost bewegen. Gelegentlich geraten wir aber im Nordwestteil der Seegrasebene mit Patrouillen aus Jervois aneinander. Wir unterhalten Versorgungswege bis nach Skarabost hinein, und die stehen uns wohl auch dann noch offen, wenn wir einmal keinen Zugang mehr zum Nordra haben sollten.«

»Eine gute Ausgangslage«, lobte Axis. »Weiter.«

»Wir haben es mit zwei Gegnern zu tun«, fuhr der Fürst fort. »Die ikarischen Fernaufklärer melden, daß Gorgrael alles daransetzt, sein Heer wieder auf Vordermann zu bringen. Bei unserem Ausbruch aus Gorken haben wir ihnen schwerste Verluste zugefügt. Monatelang waren die verbliebenen Skrälinge über ganz Ichtar verteilt und viel zu desorganisiert, um weiter nach Süden vordringen zu können. Aber mittlerweile hat der Zerstörer das Ruder herumgerissen und seine Truppen diszipliniert. Er zieht seine Soldaten vor Hsingard zusammen und beabsichtigt wohl, Bornhelds Verteidigungslinien bei Jervois zu durchbrechen. In der nördlichen Wildhundebene sammelt sich eine zweite Streitmacht von Eiswesen. Gorgrael will offensichtlich in einer Zangenbewegung in Achar einfallen. Nicht nur durch Jervois, sondern auch durch die Wildhundebene. Wir können nur hoffen, daß Bornhelds Bollwerke halten, denn wir selbst werden im Winter alle Hände voll damit zu tun haben, die Invasoren daran zu hindern, durch die Ebene vorzustoßen.«

Das enttäuschte den Sternenmann. Er hatte nämlich gehofft, seine Armee in den Süden zu bewegen, während Bornheld vor Jervois mit der Abwehr der Skrälinge beschäftigt wäre. Doch nun sah es ganz so aus, als wenn sie beide die Skrälinge abwehren müßten. Axis wußte nur zu gut, daß er Gorgrael den Weg durch die Wildhundebene versperren mußte. Aber sein Pakt mit der Torwächterin währte nur ein Jahr und einen Tag, und wenn der Krieger bis dahin keine Erfolge vorzuweisen hatte, würde Freierfall endgültig tot sein. Vor Ablauf dieser Frist mußte er sich in Karlon einfinden.

»Und Bornheld?« fragte er. »Wie hat er Jervois befestigt? Wie viele Soldaten stehen ihm jetzt zur Verfügung?«

»Er verfügt dort mittlerweile über zwanzigtausend Mann, und ... Axis, ihm unterstehen alle sonstigen Truppen Achars, denn er ist mittlerweile König. Priam starb vor einigen Monaten in Umnachtung.«

Das traf den Krieger wie ein Hieb. »Er sitzt auf dem Thron?« Axis stockte der Atem. »Ich kann mir gut vorstellen, wie er dafür gesorgt hat, König zu werden.« Damit war sein Stiefbruder ein noch viel mächtigerer Gegner. »Aber wie ist es ihm gelungen, so viele Soldaten bei Jervois zusammenzubekommen? Wie ist das nur möglich?«

Magariz berichtete ihm von den Rabenbundern, die zu Bornheld gestoßen waren. Und wie er von allen Garnisonen Achars Truppen abgezogen habe. Axis ließ die Schultern hängen. Seine Stimmung besserte sich auch nicht, als der Fürst ihm darlegte, wie der neue König zwischen den Flüssen Nordra und Azle ein Kanalsystem angelegt habe, um so Gorgraels Verbände aufzusplittern und die Wucht ihres Angriffs zu mildern.

Als Magariz geendet hatte, sagte zunächst niemand ein Wort, bis der Krieger die Stimme erhob: »Nun, Weitsicht, Eure Luftarmada sollte den Bodentruppen Bornhelds deutlich überlegen sein. Zumindest kann der neue König noch keine Luftkämpfer vorweisen, oder? Oder? Nur heraus damit, wenn es noch mehr schlechte Nachrichten gibt!«

Der Fürst lachte und nahm damit der Versammlung einiges von ihrer Spannung. »Nein, Bornheld muß sich noch mit Bodensoldaten begnügen. Die Luftarmada ist unser großer Trumpf und sollte das Blatt zu unseren Gunsten wenden.«

Axis nickte. »Dann sollte ich jetzt wohl meine Rückkehr öffentlich bekanntgeben. Am besten stelle ich mich oben auf den Turm, damit alle mich sehen und hören können.«

»Nein«, meinte Aschure, »ich glaube, ich habe da eine bessere Idee.«

Der Krieger traf Sternenströmer und Morgenstern vor dem Kartenraum an. Als Aschure mit kurzem Gruß an ihnen vorbeieilte, warf der Zauberer ihr einen Blick hinterher.

»Ich bekomme einen Sohn«, verkündete Axis den beiden, »aus dem ein Zauberer werden wird.«

Ein Strahlen trat in die Augen seines Vaters. »Ich wußte doch, daß sie mächtige Zauberer gebären wird.«

»Ich sehe Aschure eigentlich nicht als Zuchtstute«, gab Axis gereizt zurück. »Sie ist eine ganz eigene Persönlichkeit, und ich achte und ehre sie für das, was sie ist. Nicht allein deswegen, weil sie mir einen Sohn schenkt.« Er ließ die beiden stehen und folgte seiner Liebsten.

Sternenströmer sah dem Paar hinterher und spürte immer noch Verbitterung darüber, daß Aschure sich in der Beltidennacht nicht für ihn, sondern für seinen Sohn entschieden hatte. Sinnend schüttelte er den Kopf und folgte ihnen.

Als die Sonnenflieger und die Kommandeure sich auf dem Turm versammelt hatten, reichte Rivkah Aschure ein Bündel.

»Axis«, sprach die junge Frau dann ihren Liebsten an, »während der letzten Monate haben Rivkah und ich in jeder freien Minute daran gearbeitet. Arne?«

Der Offizier war offensichtlich eingeweiht, denn er nahm das Päckchen und begab sich damit zum Fahnenmast.

»Nun, da Ihr wieder in der Festung weilt, soll dies allen auf diese Weise kundtgetan werden.« Die junge Frau gab Arne ein Zeichen.

Der Krieger verfolgte, wie sein alter Waffengefährte ein goldenes Tuch auseinanderfaltete, und sah dann Aschure an: »Vielen Dank.«

Arne zog nun Axis' Banner am Fahnenmast auf, und der Wind erfaßte den Stoff und brachte ihn zu leuchtendem Flattern. Die Fahne sah genauso aus wie das Gewand, das Aschure für ihn genäht hatte: eine flammende rote Sonne auf goldenem Grund. Alle Anwesenden standen ergriffen da und sahen zu, wie das Banner in der Brise wehte.

»Damit übertrage ich Euch wieder offiziell den Oberbefehl«, erklärte Belial feierlich. »Ich habe mein Bestes gegeben, und nun ist es an Euch, daraus etwas zu machen.«

Axis hatte Mühe, seine Gefühle zu beherrschen. Er trat an die Zinnen und ließ seinen Blick über das Tal schweifen. Das neue Sigholt, das sich ihm da unten zeigte, unterschied sich so deutlich von dem alten, daß er es kaum fassen konnte. Der See des Lebens machte seinem Namen alle Ehre: Rings um das Gewässer blühte und gedieh die Natur. Kletterrosen wuchsen bereits die Festungsmauern hinauf. Sigholt stellte wirklich eine Oase des Lebens dar.

Dann fielen ihm die Lager und Zeltstädte am Ufer ins Auge. Davor lag das Gelände, wo an diesem Vormittag mehrere Abteilungen ihre Übungen abhielten. Immer mehr Soldaten hielten in ihrem Tun inne und starrten auf die Standarte des Sternenmannes. Bald stand alle Bewegung still. Axis hob die Hand, und Jubel erreichte matt sein Ohr.

»Ich kann es kaum erwarten, endlich mit der Arbeit zu beginnen, meine Freunde. Aber eines gilt es noch zu erledigen, ehe ich meinen Posten als Oberbefehlshaber antreten kann.« Er stieß einen schrillen Pfiff aus und blickte dann in Richtung Sonne.

»Was habt Ihr denn vor?« fragte sein Vater.

»Ich bekomme nun meine Flügel«, antwortete Axis und bat die anderen zu schweigen.

Alle schauten nun dorthin, wohin er blickte.

Die Ikarier mit ihrem besseren Sehvermögen sahen ihn zuerst: einen schwarzen Fleck, der aus der Sonne selbst sich zu lösen schien.

Er flog geradewegs aus der Sonne heran, so als wolle er ihrer lodernden Macht entrinnen. Denn er fühlte sich überaus lebendig und genoß sein Wiedererwachen. Doch fehlte ihm jede Erinnerung an sein mögiches Ende oder sein vorheriges Leben. So ergab er sich in trunkener Freude der grenzenlosen Freiheit des Himmels und der Wärme der Sonne auf seinen Schwingen. Tiefer und tiefer sank er spiralförmig hinab, der grünen und blauen Erde entgegen.

Allmählich wurde ihm bewußt, daß er sich irgendwo hinwenden, jemandem begegnen mußte. Er zwang sich aus seiner Hochstimmung und suchte den Boden unter sich ab. Das Funkeln des Sees und das silberne Glitzern einer Burg fielen ihm ins Auge, und er flog in einem weiten Bogen darauf zu. Ein begeisterer Schrei entrang sich seiner Kehle.

Jeder konnte den Schrei des Adlers hören und verfolgen, wie er sich schräg legte und auf Axis zu trieb. Der Krieger lachte voller Freude, streckte den linken Arm aus und pfiff noch einmal.

In einem Wirbel aus weißen und silbernen Federn ließ der König der Lüfte sich auf den Arm nieder und rang einen kurzen Moment darum, sein Gleichgewicht zu halten.

Der Sternenströmer sah das Tier verwundert an. Noch nie hatte es jemand vermocht, einen Schneeadler zu zähmen. Und dieser Vogel wies auch noch die anderthalbfache Größe eines herkömmlichen Schneeadlers auf. Nur mit seinem weißen und silbernen Gefieder und schwarzen Augen, Schnabel und Krallen glich er seinen Artgenossen.

»Axis?« fragte Morgenstern schließlich, als sie ihre Sprache wiedergefunden hatte.

»Dies sind meine Himmelsaugen, meine Flügel und meine Stimme«, erklärte der Krieger, ohne daß ihn die anderen im mindesten verstanden. »Der Adler ist ein Geschenk aus den Tiefen der Unterwelt.«

Alle sahen sich an und staunten.

31
Die Geschichte von Wolfstern

Nachdem der Adler sich auf den Zinnen niedergelassen hatte, bat Axis die anderen darum, ihn mit Sternenströmer und Morgenstern alleinzulassen, weil er sich dringend allein mit ihnen unterhalten müsse. Als alle sich zum Gehen wandten, strich er Aschure kurz über die Wange, eine Geste, die keinem entging.

»Versammelt die Kommandeure und die Offiziere heute nachmittag auf dem Burghof«, befahl der Krieger Belial, »damit ich mich an sie alle wenden kann. Arne, auf ein Wort.«

Der alte Gefährte kehrte zu ihm zurück, hörte, was Axis zu sagen hatte, und nickte zur Bestätigung. Bald hielten sich nur noch die drei ikarischen Zauberer auf dem Turm auf.

»Welche Geheimnisse habt Ihr nun von den Charoniten erfahren?« fragte Sternenströmer gleich.

»Sehr viele, Vater, doch bei den meisten mußte ich versprechen, sie niemals zu verraten.«

Der Zauberer verzog verächtlich den Mund. »Sind sie denn gar so furchtbar?«

»Nein, im Gegenteil, aber ich habe nun einmal mein Wort gegeben und werde es halten.« Er kraulte den Adler unter dem Kinn. »Aber was ich Euch zu sagen habe, ist darum um so furchtbarer.«

Morgenstern trat zu ihm. »Was habt Ihr denn in Erfahrung gebracht?«

Ihr Enkel seufzte, und den beiden Ikariern fiel auf, wie abgespannt er um die Augen wirkte. »Im Krallenturm habt Ihr doch die Möglichkeit erwogen, ein anderer Sonnenflieger habe, aus welchen Gründen auch immer, sowohl mich als auch Gorgrael in jungen Jahren unterrichtet.«

Seine Großmutter nickte. »Ja, ich erinnere mich.«

»Ich glaube, ich weiß jetzt, um wen es sich dabei handelt.«

Die beiden starrten ihn angespannt an.

»Wolfstern. Er ist durch das Sternentor zurückgekommen.«

Sternenströmer und Morgenstern erbleichten, und es verschlug ihnen die Sprache. Die alte Ikarierin schüttelte langsam den Kopf. Von allen Zaubererfürsten mußte es ausgerechnet Wolfstern sein, der zurückgekehrt war. Womit hatten die Vogelmenschen das verdient?

Schritte ertönten auf der Treppe, und die Ikarier fuhren erschreckt zusammen.

»Keine Angst«, beruhigte der Krieger sie, »ich habe Arne gebeten, die Wächter zu uns heraufzuschicken. Vielleicht wissen sie ja etwas darüber, warum Wolfstern zurückgekehrt ist oder was er beabsichtigt.«

»Axis, was ist denn passiert?« fragte Veremund auch schon, der sofort gespürt hatte, welche Anspannung über der kleinen Gruppe lag.

Rasch teilte der Sternenmann den Wächtern mit, was er über den uralten Zauberer erfahren hatte.

»Wolfstern also«, murmelte Veremund. »Wißt Ihr das mit Bestimmtheit? Wie könnt Ihr Euch da so sicher sein?«

Axis berichtete nun allen, wie er in der Halle des Sternentors entdeckt habe, daß es sich bei der Statue dieses Zauberers nur um eine Illusion handelte. Und wie der Fährmann – der Krieger nannte ihnen nicht seinen Namen – daraus geschlossen habe, daß Wolfstern zurückgekehrt sein müsse. Danach sah er seine Großmutter an. »Höchste Zeit, daß Ihr mir endlich die Geschichte dieses Mannes erzählt, und auch, warum Ihr Wolfstern so sehr fürchtet. Ich muß unbedingt wissen, warum er zurückgekehrt ist.«

»Ich würde krank werden, wenn ich die ganze Geschichte erzählen müßte«, klagte Morgenstern. »Veremund, würdet Ihr das bitte für mich übernehmen?«

Der Hagere nickte. »Wolfsterns Geschichte gehört zur verlorenen Welt, junger Freund, die vor viertausend Jahren untergegangen ist. Er war einer der erstaunlichsten ikarischen Zauberer, der in außergewöhnlich jungen Jahren, nämlich schon mit einundneunzig, den Krallenthron von Tencendor bestieg.«

Er schüttelte den Kopf, und Ogden nahm den Faden auf: »Natürlich entstanden viele Gerüchte, weil ein solch junger Mann die Herrschaft übernommen hatte. Schließlich war sein Vater selbst noch nicht alt und bei bester Gesundheit gewesen, erst etwas über zweihundert Jahre. Ihm hätten also noch ein paar Jahrhunderte bevorgestanden, aber ...«

Als auch der kleine Dicke nicht weiterkonnte, zwang sich schließlich Morgenstern: »Eines Nachmittags fiel sein Vater einfach vom Himmel. Man konnte nicht feststellen, wem der Pfeil gehörte, der aus seiner Brust ragte.«

»Also fragte man sich, ob es sich hier um einen Mord oder um einen Unfall handelte«, übernahm Veremund wieder. »Leider fand man darauf keine Antwort. Wolfstern jedenfalls hatte ein Alibi. Zur fraglichen Zeit befand er sich mit mehreren Geschwaderführern in einer Besprechung. Aber viele munkelten, daß er den Mord an seinem Vater wenn schon nicht ausgeführt, so doch zumindest geplant habe. Dieser Vermutung haben sich seit damals alle wesentlichen Historiker angeschlossen.«

»Der junge Zauberer wollte unbedingt selbst auf den Thron«, ergänzte Jack und blickte hinaus auf die Urqharthügel, damit niemand seine Miene sehen konnte.

»Ja, es drängte ihn mit aller Macht danach«, fuhr Veremund etwas säuerlich fort, weil der Schweinehirt ihn unterbrochen hatte. »Wolfstern hatte immer schon, selbst als Kind, als er noch keine Flügel hatte, das Sternentor fasziniert. Damals wurde es unter den Ikariern noch häufiger als Ausguck genutzt, obwohl das nur einem Fürst oder seinem erklärten Thronfolger gestattet war. Das Tor zu durchschreiten brachte den sicheren Tod. Der junge Wolfstern verbrachte Stunden, mitunter Tage vor dem Tor und schaute unentwegt hindurch. Er war ganz besessen von der Vorstellung, daß sich im Universum noch andere Welten befinden.«

Axis sah überrascht auf. Andere Welten? Das hatte er noch

nie erwogen. Doch jetzt hatte der Mönch ihn neugierig gemacht.

»Ja, ganz recht«, fuhr Veremund fort. »Wolfstern ging davon aus, daß jede Sonne ähnlich wie bei uns von einem Planeten umkreist werde. Und da sich durch das Sternentor unzählige Sonnen erkennen lassen, nahm er auch eine gleich große Menge von Planeten an.«

»Verrückt!« murmelte Sternenströmer.

»Jahrelang lebte Wolfstern in dieser Vorstellung, und mit einem Mal wurde er Thronfolger. Nun besaß er endlich ungehinderten Zugang zum Sternentor. Die Ikarier erörterten damals schon seit längerem die Möglichkeit, durch das Tor zu steigen und unbeschadet wieder zurückzukehren.« Veremund lachte leise. »Aber wer wollte dies als erster wagen? Eines Tages trat Wolfstern vor die Versammlung und bat um die Zustimmung, ein ikarisches Kind, am besten eines mit der Gabe der Zauberer, hindurchschicken zu dürfen. Er führte an, es sei doch vernünftiger, gegebenenfalls lieber ein Kind zu opfern als einen fertig ausgebildeten Zauberer.«

Veremunds Zuhörer auf dem Turm schwiegen jetzt ebenso entsetzt wie in jenen Tagen die Versammlung der Vogelmenschen verstummt war.

»Die Ikarier weigerten sich natürlich, wie man ja verstehen kann, eines ihrer Kinder für ein solches Experiment herzugeben«, setzte Veremund seine Geschichte nun ernst und leise fort. Alles Lachen war aus seinem Gesicht verschwunden. »Aber Wolfstern kam nicht mehr gegen seine Besessenheit an, und vielleicht stand er zu jener Zeit an der Schwelle zum Wahnsinn. Er war wild entschlossen, durch das Sternentor zu gehen und andere Welten zu erforschen, aber natürlich wollte er auch gern wieder nach Tencendor zurückkehren. Deswegen mußte er unbedingt herausfinden, ob eine Rückkehr überhaupt möglich wäre.

Eines Tages flog ein ikarischer Knabe, gerade vierzehn Jahre alt, hindurch und kehrte nie zurück. Er wurde in einer großen Feier betrauert, und man nahm an, er habe einen Krampf im

Flügel erlitten, der für ihn tödliche Folgen gehabt habe. Wenige Wochen später verschwand ein zweites Kind, und kurz darauf ein weiteres. Irgendwann fiel jemandem auf, daß alle drei über Zauberkräfte verfügt hatten. Und in der nächsten Versammlung beschuldigte dann jemand Wolfstern des Kindsmordes.«

Veremund schwieg für einen Moment, und man sah ihm an, wie schwer ihm das Weiterreden fiel. »Wolfstern war sich seiner Macht sehr wohl bewußt und erwiderte, es handele sich dabei nicht um Mord, sondern um notwendige Versuche. Die Geheimnisse des Sternentors müssten endlich gelüftet werden. Er fragte in die Runde, was denn wohl geschehen würde, wenn eines Tages eine andere Rasse durch das Sternentor in unsere Welt einfallen würde. Nicht auszudenken, wenn jemand anderer auf einer anderen Welt vor ihm die Mysterien des Tors enträtseln würde.«

Axis wurde bei der bloßen Vorstellung schwindlig. Wolfsterns Methoden mochten zwar abstoßend gewesen sein, aber seine Sorge konnte man wohl kaum als bloße Versponnenheit abtun, wie seine Zeitgenossen das getan hatten. Der Krieger wollte sich schon dazu äußern, aber Veremund erzählte bereits weiter.

»Wolfstern meinte auch, es sei nur eine Frage der Zeit, bis einer der Hinausgeschickten tatsächlich zurückkehre. Meine Lieben, Ihr müßt verstehen, daß Wolfstern nicht nur der Krallenfürst, sondern auch überaus mächtig war. So zeigte er nicht nur kein Bedauern über die drei Kinder, die er durch das Sternentor geschickt hatte, sondern legte auch eine Liste mit den Namen weiterer Jugendlicher vor, alle mit Zauberkräften versehen, die er nacheinander durch das Tor schicken wollte, bis endlich einer von ihnen den Weg zurück gefunden hätte.«

Der Krieger fühlte Übelkeit in sich aufsteigen, als er an den Sohn denken mußte, der in Aschures Leib heranwuchs. Wie hätte er sich wohl gefühlt, wenn er damals in der Versammlung gesessen und Wolfstern den Namen seines Sohnes als fünften, sechsten oder siebenundzwanzigsten auf der Liste vorgelesen hätte? Wie hätte er es wohl aufgenommen, seinen Sohn dem Wahnsinn des Krallenfürsten opfern zu müssen?

»Wie ich schon sagte, verfügte der Fürst über ungeheure

Macht, und zu jener Zeit wagte niemand, ihm offen entgegenzutreten. Vermutlich hofften die betroffenen Eltern, daß eines der Kinder es schaffen würden, die vor dem ihren auf der Liste standen.«

»Ich fasse es einfach nicht«, flüsterte der Sternenmann. »Die Eltern haben zugelassen, daß ihre Kinder in den sicheren Tod geschickt wurden? Wie haben sie das nur fertiggebracht? Wie viele waren es?«

»Wolfstern hat weitere zweihundertundsieben Kinder durch das Sternentor geschickt«, antwortete der Hagere. »Der älteste von ihnen war sechzehn, die jüngsten drei oder vier. Er hat sogar seine eigene Nichte, die Tochter seines Bruders auf die Liste gesetzt.« Veremund mußte sich zwingen fortzufahren: »Ja, Wolfstern hat nicht einmal davor zurückgeschreckt, seine eigene Gemahlin, die gerade hochschwanger war, durch das Tor zu stoßen.«

Der Krieger verlor alle Farbe, bis er so weiß war wie sein Adler. »Warum hat er das getan?«

»Weil seine Forschungen ihn zu der Vermutung verleiteten, der Körper seiner Frau würde für das Ungeborene wie eine Art Schutzhülle wirken. Er wußte, daß sie ein außergewöhnlich zauberisch begabtes Kind erwarteten, und in seiner Not klammerte er sich an die Hoffnung, daß ein Ungeborenes da Erfolg haben würde, wo die über zweihundert anderen gescheitert waren. Der Tod hielt furchtbare Ernte unter den Ikariern. Die Eltern weinten, schrien und klagten, aber immer noch fürchteten sie Wolfstern und brachten ihm ihre Kinder, sobald er es von ihnen verlangte.«

»Da habt Ihr auch einen der Gründe dafür«, wandte Morgenstern mit rauher Stimme ein, »warum die Ikarier heute so verschlossen sind, wenn der Name Wolfstern fällt. Unsere Vorfahren haben den Kindsmörder nicht aufgehalten, und so ging uns eine ganze Generation von Zauberern verloren.«

Veremund war froh, nicht mehr allzu viel zu berichten zu haben: »Wolfstern hat den Ikariern mit seiner fixen Idee schweren Schaden zugefügt. Viele starben, und die, die übrig blieben, waren seelisch und geistig völlig zerrüttet. Manch einer hat sich nach dem Verlust seines Sohnes oder seiner Tochter von einem hohen Felsen gestürzt, weil er den Schmerz nicht mehr ertragen konnte.«

»Und konnte Wolfstern das Geheimnis lüften? Haben all diese Opfer irgend etwas gebracht?« Axis' Stimme klang spröde, weil ihm bewußt geworden war, daß auch er von diesem Mann abstammte.

»Nein. Nicht ein Kind ist jemals zurückgekehrt. Wolfstern stand am Tor und beschimpfte die hindurchgegangenen Kinder auf das Übelste. Schrie ihnen zu, sich endlich ein Herz zu fassen, sich gefälligst anzustrengen und den Weg zurück zu suchen.«

»Warum hat denn nicht ein Beherzter ihn hinterhergestoßen?« wollte der Krieger wissen.

»Dazu bedurfte es erst seines Bruders Wolkenbruch, der hatte mitansehen müssen, wie seine eigene Tochter weinend und schreiend von Wolfstern durch das Tor gestoßen wurde. Er machte dem mörderischen Treiben seines Bruders schließlich ein Ende. Eines Tages während einer Versammlung stand Wolkenbruch einfach auf, trat vor seinen Bruder und erstach ihn. Nur ein Stich genügte, und Wolfstern starb.«

»Die einzige Möglichkeit für die Sonnenflieger, sich ihre Selbstachtung zu bewahren, Enkel«, fügte Morgenstern hinzu. Tiefe Falten hatten sich in ihr Gesicht gegraben. »Wolkenbruch hat damit seine Familie wie auch das Volk der Ikarier gerettet. Er bestieg nach Wolfstern den Thron, und damit hatten die Experimente ein Ende. Aber die Narben sind geblieben.«

»Wegen unserer übergroßen Scham sprechen wir so selten über Wolfstern«, sagte Sternenströmer.

Morgensterns Miene zuckte. »Der Mord an so vielen Kindern war aber nicht sein einziges Verbrechen. Wolfstern hat noch viel mehr Untaten verübt ...«

»Wie zum Beispiel, den Ring der Zauberin zu stehlen!« rief Sternenströmer, und Axis zuckte zusammen. Verstohlen betastete er in seiner Tasche den Ring, den er von der Unterwelt mitgebracht hatte.

»Aber vor allem die Kindsmorde haben die Vogelmenschen ihm niemals vergessen«, fuhr die Großmutter fort. »Was zählt schon ein Ring, selbst ein uralter und unermeßlich wertvoller, angesichts so vieler vergeudeter Leben?«

»Und nun ist der Unhold wieder zurück«, murmelte Axis. Kein Wunder, daß Orr sich darauf so entsetzt gezeigt hatte. »Da ist er wohl doch hinter die Geheimnisse des Sternentors gekommen und endlich von der anderen Seite hindurchgetreten. So weit, so gut ... oder schlecht. Aber wieso? Jack, habt Ihr vielleicht eine Ahnung, warum Wolfstern zurückgekehrt ist?«

Der Schweinehirt hatte die meiste Zeit geschwiegen, in der Axis die Geschichte seines unrühmlichen Vorfahren erzählt worden war. Nun, da der Krieger ihn ansprach, sah er ihn gefaßt und mit ruhigen Augen an. »Nein, ich kann mir wirklich keinen Reim darauf machen.«

Der Sternenmann sah die beiden anderen Wächter fragend an, und als die nur die Achseln zuckten, seinen Vater und seine Großmutter.

Auch die schüttelten den Kopf.

Axis sah sich in der Runde um. Woher hatte er nur das Gefühl, daß irgend jemand in dieser Gruppe mehr wußte, vielleicht sogar genau sagen konnte, was Wolfstern zur Rückkehr bewegt hatte?

»Nun gut, wenn wir nicht hinter seine Gründe kommen können, sollten wir uns vielleicht der Frage zuwenden, wie lange er schon wieder unter uns weilt. Hat dazu jemand etwas zu sagen?«

Wieder schüttelten alle den Kopf. Der Krieger verlor die Geduld. Irgendwer mußte doch etwas wissen! »Wenn Wolfstern nach seiner Rückkehr länger zu bleiben beabsichtigte, mußte er sich eine Tarnung zulegen, um sich gegen eine Entdeckung zu schützen. Die Ikarier, und die anderen erst recht, sollten nichts von seiner Rückkehr erfahren. Aber die Vogelmenschen haben bis vor etwa tausend Jahren das Sternentor benutzt. Andere sicher auch ...« er warf einen Blick auf Morgenstern und Veremund. »Ach, da fällt mir etwas ein. Wie lange besteht bei den

Ikariern schon der Glaube, daß es Unglück bringe, die Statuen der Krallenfürsten in der Halle des Tors zu berühren?«

Diesmal erhielt er eine Antwort. Jack sagte: »Seit dreitausend Jahren.«

Der Krieger fuhr zurück. »So lange schon? Dann müssen wir wohl davon ausgehen, daß Wolfstern seit dreitausend Jahren wieder hier ist. Wieviel Unheil er in einer so langen Zeit angerichtet haben kann!«

»Viel wichtiger dürfte aber doch die Frage sein«, wandte sein Vater ein, »wo er sich jetzt aufhält. Und in welcher Verkleidung er sich zeigt.«

»Ja, welche Tarnung hat Wolfstern angenommen?« rief Axis. »Ich weiß, daß ich nicht der uralte Zauberer bin, aber jeder von Euch hier könnte er sein. Wolfstern ist sicher ein Meister der Verkleidung. Wie soll ich ihn da erkennen?«

Alle rissen entsetzt oder empört den Mund auf. »Wir?« stammelte Ogden. »Aber wir sind doch Wächter. Uns kann er doch nicht zur Tarnung nehmen!«

Morgenstern und Sternenströmer übertrafen Ogdens Erwiderung noch. Harte Worte flogen hin und her, bis der Krieger schließlich für Ruhe sorgte.

»Gebt Frieden, meine Freunde. Habt Ihr denn ernsthaft angenommen, ich würde einen von Euch für Wolfstern halten? Dann hätte ich Euch gewiß nicht alles auf die Nase gebunden, was ich erfahren habe. Aber leider habe ich nicht den geringsten Hinweis und kann mir daher nicht sicher sein. Wolfstern könnte sich hinter jedem verbergen, und ...« Er stockte. »Und in der dritten Strophe der Prophezeiung heißt es warnend, daß sich in meiner eigenen Gefolgschaft ein Verräter eingenistet habe. Jemand, der mich an Gorgrael verraten werde. Wer, wenn nicht Wolfstern sollte damit gemeint sein? Wo steckt er bloß? Wo finde ich ihn?«

»Ich fürchte, ich habe da eine Ahnung«, sagte Morgenstern sehr leise und sehr vorsichtig, so als wollte sie das selbst nicht wahrhaben.

Axis fuhr zu ihr herum. »Wen habt Ihr im Sinn?«

»Zuviel von Wolfstern ist in der letzten Zeit wieder aufgetaucht, mein Enkel, und all dies verdichtet sich um eine Person – Aschure.«

»Niemals!« riefen Vater und Sohn wie aus einem Mund, und Rivkah schloß sich ihrem Protest an: »Nein, nein, das kann nicht sein!«

»Denkt doch einmal nach!« gab Morgenstern ebenso laut zurück: »Die Narben auf ihrem Rücken – sie sehen so aus, als habe ihr jemand die Ikarierflügel abgerissen!«

»Nein, nein, nein!« erregte sich Sternenströmer. »Wenn Wolfstern sich schon als Frau verkleiden kann, warum sollte er dann eine erwählen, die auch noch schwanger wird? Seid vernünftig, Mutter, er würde sich viel eher für eine Frau mit einem glatten Rücken entschieden haben.«

»Wolfsterns Bogen und Wolfsterns Hunde«, beharrte Morgenstern aber. »Beide kamen zu Aschure. Wem sollte Sicarius sonst gehorchen, wenn nicht seinem alten Herrn?«

Jack schwieg die ganze Zeit, beobachtete die alte Ikarierin aber sehr genau.

»Ihr müßt Euch irren, Morgenstern«, widersprach Axis. »Das kann einfach nicht sein!«

»Aber ja, natürlich«, höhnte sie. »Mich überrascht es wenig, daß Vater und Sohn Aschure verteidigen. Wenn sie nämlich Wolfstern wäre, dann besäße sie auch Sonnenfliegerblut. Und Euch beiden gelüstet es so sehr nach ihr, als sei sie tatsächlich ein Mitglied unserer Familie!«

Axis und Sternenströmer starrten sich an. Beide erinnerten sich nämlich, wie ihr Blut nach der jungen Frau gesungen hatte.

»Nein!« rief der Krieger dann wieder. Morgenstern mußte sich einfach irren. »Wenn sie aus dem Haus Sonnenflieger wäre, würdet Ihr das auch spüren, Morgenstern. Damit habe ich doch recht, oder?«

»Nicht unbedingt, Axis. Die sexuelle Anziehung ist die bei weitem stärkste.« Sie zog eine Braue hoch. »Und vielleicht wollte Wolfstern die auch gar nicht verborgen halten.«

Bei den Sternen! fluchte Axis in Gedanken und konnte seinen Zorn kaum noch bändigen. »Großmutter, Wolfstern nimmt außerordentliche Mühen auf sich, wenn er sich als eine Frau tarnt, die schwanger werden kann. Wozu der ganze Aufwand? So etwas hat er doch bestimmt nicht nötig. Davon abgesehen kann Aschure nicht singen, wie Rivkah, Ogden und Veremund Euch bestätigen werden.« Die drei nickten heftig. »Außerdem ist sie jünger als ich und in Smyrdon aufgewachsen. Wie könnte sie sich also in Karlon in den Palast eingeschlichen haben, um mich als Säugling zu unterrichten.«

»Axis hat recht«, mischte sich Rivkah ein. Sie wußte aus eigener Erfahrung, was für eine kaltherzige Schlange Morgenstern mitunter sein konnte. »Ihr scheint zu vergessen, daß ich Aschure schon seit ihrem vierzehnten Lebensjahr kenne und mitverfolgt habe, wie sie sich zur Frau entwickelte. Es mag zwar immer noch einige Geheimnisse um sie geben, aber ich stimme Axis und Sternenströmer zu, daß sich hinter ihr unmöglich Wolfstern verbergen kann.«

»Dennoch wäre es sicher keine schlechte Idee«, entgegnete Morgenstern, die noch nicht bereit war, klein beizugeben, »jemanden nach Smyrdon zu schicken, um sich dort nach ihr zu erkundigen. Dort leben doch sicher noch einige Menschen, die sich an ihre Geburt oder an ihre Zeit als Kind erinnern können müßten.«

Der Krieger nickte kurz. »Wenn Ihr Euch danach besser fühlt, Großmutter. Aber ich bin überzeugt, daß sie es nicht sein kann.« Damit trat er auf Morgenstern zu, nahm ihr Kinn zwischen seine Finger und sagte leise und mit drohendem Unterton: »Versucht nie wieder, sie zu verdächtigen, Morgenstern, und unternehmt auch sonst nichts gegen sie. Denn ich schätze sie mehr als die meisten anderen in meiner Umgebung. Haben wir uns verstanden?«

Rivkah lächelte in sich hinein. Dreißig Jahre hatte es gedauert, bis endlich jemand Morgenstern auf ihren Platz verwies.

»Und dann gibt es da noch einen Grund«, erklärte Axis nun, da er seine Großmutter wieder losgelassen hatte, den Versammelten, »der mich mehr als jeder andere davon überzeugt, daß Aschure nicht Wolfstern sein kann. Kein Mensch voller Mitgefühl und Liebe würde es je fertigbringen, hunderte Kinder und die eigene schwangere Ehefrau in den Tod zu schicken. Aschure aber besitzt von beidem überreichlich. Ihr Mitgefühl und ihre Liebe gelten mir, ihrem Kind und allen, die sie ihre Freunde nennt. Und das alles, nachdem sie ihr Leben lang nur Ablehnung erfahren mußte. Allein diese Eigenschaften beweisen mir, daß nicht Wolfstern in ihr stecken kann. Laßt sie also in Zukunft in Ruhe.«

Er warf der Gruppe noch einen Blick zu, machte dann auf dem Absatz kehrt und lief die Treppe hinunter.

32
Der Winter kommt

Der Winter zog ins Land, und mit dem Beginn des Frostmonds tauchten die Massen der Skrälinge vor Jervois auf. Gautier hatte in den vergangenen Wochen immer weniger Patrouillen ausgeschickt und seine Streifzüge schließlich ganz eingestellt, bedeuteten sie doch nur noch eine sinnlose Verschwendung von Soldaten. Gorgrael erschien mit einer solch gewaltiger Heeresmacht, daß er sich nicht einmal mehr Mühe zu geben brauchte, seine wahre Absicht zu verschleiern – den Einfall nach Achar über Jervois.

Am dritten Tag des Frostmonds hatte sich Bornhelds Entschluß, seine Abwehrstellung unter allen Umständen zu halten, bis zum Fantatismus gesteigert; er wollte unbedingt die Scharte von Gorken auswetzen, und alles andere zählte für ihn nicht mehr. Der neue König war erst am Vorabend aus Karlon zurückgekehrt – er hatte eine dankbare Faraday und einen wütenden Timozel zu ihrem Schutz in der Hauptstadt zurückgelassen – und hielt nun mit seinen Offizieren im Gasthaus *Zur Müden Möwe* Kriegsrat.

Gerade erstattete ihm Newelon Bericht: »Magariz erklärte, und ich zitiere«, er warf einen ängstlichen Blick auf den Obersten Heerführer, wie Bornheld sich nennen ließ, dessen Miene nichts Gutes verhieß, »›Sagt ihm, wenn er sich nicht der Sache des Sternenmannes anschließt, muß er sterben. Nur Axis kann Achar zum Sieg führen. Sagt ihm, wenn er sich weiter weigert, an die Prophezeiung zu glauben, wird diese ihn überrollen. Mag er jetzt auch einen Thron gewonnen haben, so wird er sich nicht lange daran erfreuen. Und sagt ihm, Axis, der Sternenmann,

wird erscheinen, und er kommt mit der Macht der Weissagung.‹«
Newelons Bericht war zu Ende. Er machte sich auf den unvermeidlichen Wutanfall gefaßt.

Aber Bornheld explodierte nicht. Statt dessen starrte er Newelon lediglich mit zusammengekniffenen Augen und schmalen Lippen an. Was mochte sich Roland nur dabei gedacht haben, einen solchen Tölpel zu seinem Stellvertreter zu ernennen? Der König wandte sich an seinen Leutnant. »Und was habt Ihr dazu zu sagen?«

»Axis muß noch am Leben sein. Magariz' Botschaft mag zwar närrisch und dem Irrsinn entsprungen sein, aber seine Worte klingen sehr überzeugt. Der Fürst muß mehr über den Krieger wissen.«

Bornheld grunzte. Er hatte gehofft, sein Stiefbruder wäre vor Gorken von den Reißzähnen der Skrälinge verfetzt worden. Aber tief in seinem Innern überraschte es ihn wenig, heute zu erfahren, daß Axis irgendwie heil aus der Sache herausgekommen war. »Weiter!« drängte er Gautier.

Der Mann rieb sich nachdenklich das Kinn. »Axis muß irgendwo eine Streitmacht aufgebaut haben. Wir wissen nicht, wie viele von den dreitausend, mit denen er den Ausbruch aus der Feste Gorken unternahm, überlebt haben. Aber wir können davon ausgehen, daß er einige Verluste erlitten hat. Vielleicht hat der Krieger noch tausend Mann um sich geschart. Selbst der beste Befehlshaber«, und er fügte hastig hinzu, »und dazu zählt Axis gewiß nicht, hätte nicht ohne massive Verluste der Riesenarmee der Geisterkreaturen entkommen können.«

Der König sah wieder Newelon an. »Und Ihr sagtet, Magariz und seine Männer hätten einen wohlgenährten Eindruck gemacht? Und auch noch Uniformen getragen?«

»Ja, Euer Majestät. Zumindest trifft das auf die zu, die ich erkennen konnte. Sie befanden sich in bester körperlicher Verfassung, und ihre Uniformen wirkten sauber und gut geschnitten.«

»Und sie trugen das Zeichen einer blutroten Sonne auf der Brust«, murmelte Gautier. »Axis scheint ein Symbol gefunden zu haben.«

Bornheld zog seine Stirn in Falten. Wo mochte sich sein Bastardbruder aufhalten? Während der letzten zwei Monate waren die Patrouillen, die sein Leutnant in die südlichen Urqharthügel geschickt hatte, immer wieder mit feindlichen Soldaten zusammengestoßen, die einen disziplinierten Eindruck gemacht hatten. Alle hatten das Sonnenemblem getragen, und eine oder zwei dieser Streifen waren von derselben Frau angeführt worden, die Newelon einen Pfeil in die Hand geschossen hatte. Mittlerweile durften sich Bornhelds Männer kaum noch in die Urqharthügel wagen. Selbst am Ostufer des Nordra wurde es langsam zu gefährlich für sie. Axis mußte irgendwo eine Armee versteckt haben, die stetig stärker wurde und ihren Machtbereich immer weiter ausdehnte.

»Wo stecken sie bloß?« fragte der Oberste Heerführer in die Runde.

Newelon räusperte sich nervös: »Verzeiht, Euer Majestät, aber darüber habe ich mir in der letzten Zeit den Kopf zerbrochen. Die Streitmacht des Kriegers kann nur in Sigholt lagern. Eure dortige Garnison ergriff die Flucht, als sie erfuhr, daß die Skrälinge im Anmarsch seien. Aber unseres Wissens nach sind die Geisterwesen nie dorthin marschiert. Axis muß eine leere Festung übernommen haben.«

Bornheld fuhr nach diesen Worten so heftig zusammen, daß sein Weinkelch auf den Boden geschleudert wurde. »Sigholt!« brüllte er. Verflucht sollte der Standortkommandant sein, der wegen unbestätigter Gerüchte in Panik geraten war und eine der besten Festungen Achars aufgegeben hatte!

»Wenn Axis wirklich mit seiner Rebellenarmee in Sigholt liegt, könnte er Euch tatsächlich gefährlich werden«, bemerkte Graf Jorge. Obwohl er und Herzog Roland nicht mehr das uneingeschränkte Vertrauen des Königs besaßen, sah Jorge es doch immer noch als seine Pflicht an, zu heiklen Fragen Stellung zu nehmen. »Außerdem kommt uns immer wieder zu Ohren, daß viele Bauern aus Skarabost dorthin ziehen, um sich Axis anzuschließen.«

Bornheld fluchte und konnte sich kaum noch beherrschen.

»Warum laufen sie jemandem zu, der mit den Unaussprechlichen im Bunde steht?«

Roland sah ihn vorsichtig an und wählte seine Worte mit Bedacht: »Als ehemaliger Axtherr genießt er in Achar immer noch einen ausgezeichneten Ruf, Euer Majestät. Man hat ihn immer verehrt und als großen Helden angesehen. Wohl hauptsächlich aus diesem Grund versprechen sich die Dorfbewohner, bei ihm ihr Heil zu finden.«

Seit dem Fall der Feste Gorken hatte Roland sichtlich an Gewicht verloren. Seine Haut hing nun faltig von Kinn und Hals. In den letzten Monaten war er sich seiner Sterblichkeit nur zu bewußt geworden. Unwillkürlich fuhr seine Hand an die Stelle an seinem Unterleib, wo das große, harte Geschwür wuchs.

Bornheld zwang sich, sich nach außen nichts anmerken zu lassen, während es in seinem Innern kochte. Würde er denn nie Ruhe vor seinem verhaßten Halbbruder haben? Warum strömten die Menschen dem Krieger zu und nicht ihm? Wieso verehrte das Volk Axis und nicht ihn? Der König konnte das einfach nicht verstehen. »Wir müssen ihn aufhalten«, sagte er schließlich. »Greift Sigholt an.«

Selbst die Wachen an der Tür erstarrten vor Schreck. Die Rebellen in Sigholt angreifen? Jetzt? Da die Skrälinge jeden Tag ihren Großangriff auf das Bollwerk beginnen konnten? Das wäre doch vollkommener Wahnsinn!

»Euer Majestät«, begann Gautier vorsichtig. »Gorgrael schickt immer mehr Truppen an unsere Nordflanke. Offensichtlich plant er, uns in Kürze anzugreifen. Und Sigholt ist eine starke Festung, die sich leicht verteidigen läßt. Da wäre man doch, äh ... schlecht beraten, jetzt die Armee zu teilen.«

»Soll Axis sich denn in aller Ruhe Skarabost einverleiben können?« schrie der König.

Sein Leutnant wandte sich hilfesuchend an Jorge und Roland, ehe er entgegnete: »Der Rebell wird von den Skrälingen ähnlich bedrängt werden wie wir. Gorgrael plant sicher auch, über die Wildhundebene nach Achar einzudringen. Zur Zeit können sich weder wir noch Axis allzu weit vom Winterquartier entfernen.

Dem Krieger steht sicher ebenfalls nur eine kleine Streitmacht zur Verfügung, bestenfalls ein paar tausend Mann. Solange wir uns nicht vom Fleck rühren können, vermag er das auch nicht ...«

Er legte eine Pause ein, um all seinen Mut für den Vorschlag zu sammeln, der bei Bornheld unweigerlich einen neuerlichen Wutanfall auslösen würde. »Euer Majestät, wir sollten eher für die Dauer des Winters einen Waffenstillstand mit Axis schließen.«

»Wie war das?« Der König sprang von seinem Stuhl.

»Bedenkt doch bitte, Herr, wie wir einen solchen Waffenstillstand zu unserem Vorteil nutzen könnten«, fuhr Gautier eilig fort, bemüht, Bornheld von seinem Zorn abzulenken. »Axis dürfte genau so wie Euch vor allem daran gelegen sein, die Skrälinge am weiteren Vormarsch zu hindern. Trotz aller Differenzen zwischen uns haßt der Krieger die Geisterkreaturen ebenso sehr wie wir. Solange er sich mit seiner Armee in Sigholt aufhält, können seine Soldaten uns einiges an Arbeit abnehmen. Vor allem unsere Nordwestflanke schützen.

Weiter: Wenn wir mit ihm einen Waffenstillstand schließen, vermögen wir auch mehr über seine Truppenstärke in Erfahrung zu bringen. Was wissen wir denn zur Zeit schon über seine Streitmacht? Daß er Magariz, irgendein schießwütiges Weib und ein paar tolle Hunde zur Verfügung hat.«

»Da muß ich Eurem Leutnant recht geben, Herr«, erklärte der Graf. »Uns stehen nicht genügend Truppen zur Verfügung, um in nächster Zeit Sigholt anzugreifen, uns fehlt es auch an Kraft, Skarabost gegen die Geister zu schützen, wenn sie über die Wildhundebene angreifen. Soll Axis uns das doch abnehmen, und mag er bei der Verteidigung der Nordwestflanke zugrundegehen. Ein Waffenstillstand würde Skarabost vor den Skrälingen und auch vor Axis bewahren.«

Der König haßte zwar die Vorstellung, mit seinem Bruder ein Abkommen schließen zu müssen, aber er sah ein, daß er sich keinen Zweifrontenkrieg im Winter leisten konnte. So setzte er sich nachdenklich wieder hin. Er war sich nur zu sehr der Tatsache bewußt, wie dringend ein Sieg gebraucht wurde. Wenn nach Gorken auch noch Jervois fiele, wäre seine Sache endgültig verloren. Bornheld mochte Axis noch so sehr hassen, als erfahrener Befehlshaber wußte er, wann man Kompromisse schließen mußte. In diesem Winter konnte er es sich nicht leisten, gegen den Rebellen vorzurücken. Aber wenn ihm das schon unmöglich war, so sollte er wenigstens alles daran setzen, Axis an Sigholt zu binden, am ehesten durch sein Wort. Im Frühjahr konnte Bornheld dann immer noch seinem eigentlichen Feind den Garaus machen. Aufgeschoben war nicht aufgehoben.

Der König nickte jetzt. »Also gut. Gautier, könnt Ihr eine erste Verbindung zu den Rebellen herstellen?«

Sein Leutnant wirkte erleichtert. »Wenn ich eine Patrouille in die südlichen Urqharthügel schicken kann, sollte das möglich sein. Wann wollen wir uns mit ihnen treffen, und wo?«

Bornheld wandte sich an Jorge: »Was würdet Ihr raten?«

Der Graf dachte rasch nach, überrascht, daß der König gerade ihn fragte: »Wir müssen den Waffenstillstand geschlossen haben, ehe der Schneemond beginnt. Damit bleiben uns nur noch dreieinhalb Wochen. Also sollten wir spätestens Anfang der letzten Frostmondwoche mit der anderen Seite zusammenkommen. Und als Ort für das Treffen würde ich den Nordra südlich der Urqharthügel vorschlagen, vielleicht an der Gundealgafurt. Die Hügel selbst erscheinen mir zu gefährlich, wir könnten dort leicht in einen Hinterhalt der Skrälinge geraten. Und wenn wir den Nordra wählen, wird Axis sich aus Sicherheitsgründen mit einer großen Armee auf den Weg machen. So bekommen wir eine erste Vorstellung von seiner wahren Stärke.«

»Einverstanden«, brummte Bornheld. »Wenn ich den Bastard schon nicht vor dem Frühjahr aus seiner Burg verjagen kann, so will ich doch wenigstens dafür sorgen, daß ihm nicht noch mehr von diesen Einfaltspinseln aus den Dörfern Skarabosts zuströmen. Vielleicht lassen sich ja auch seine Versorgungswege kappen. Newelon, besorgt mir Papier und Feder. Ich will Graf Burdel von Arkness schreiben. Was ich ihm vorzuschlagen habe, wird ihn bestimmt erfreuen.«

Damit wandte er sich wieder an die Offiziere. »Wenn ich schon dieser Teufelsbrut von einem Bruder gegenübertreten muß, dann soll er auch erfahren, mit wem er es zu tun hat. Schickt nach Bruder Jayme und bestellt ihm, er möge einen hohen Vertreter des Seneschalls zu den Waffenstillstandsberatungen entsenden. Am besten einen von seinen engsten Beratern. Er kann sicher einmal einen entbehren.«

Der König lehnte sich zurück, und ein Lächeln breitete sich auf seinem Gesicht aus. »Ich glaube, ich freue mich schon auf die Begegnung mit meinem Bruder. Denn ich möchte zu gern feststellen, ob man ihm seine Echsenverwandtschaft schon ansieht.«

Ein gutes Stück vom Kriegsrat entfernt, genauer in seinem Lager außerhalb der Stadt, saß der Häuptling der Rabenbunder in seinem Zelt. Seine Frau Sa'Kuja bereitete ihm gerade Tekawai zu, den traditionellen Tee seines Volkes. Dieses Teeritual war beinahe so alt wie die Rabenbunder selbst. Kanne und Tasse, die Sa'Kuja ihm vorsetzte, wurden von Generation zu Generation weitergegeben.

Sie stellte ihm die Tasse so hin, daß er das Emblem darauf deutlich erkennen konnte.

Eine blutrote flammende Sonne.

Ho'Demi lächelte nicht, denn diese Zeremonie galt den Rabenbundern als heilig, nickte seiner Frau nur zu und trank einen kleinen Schluck.

Sa'Kuja bediente nun die vier anderen Männer, die im Kreis um die Kohlepfanne saßen, verbeugte sich dann tief vor ihnen und zog sich in den hinteren Teil des Zeltes zurück. Der Häuptling sah die vier Stammeskrieger an. Er war froh darüber, heute abend nicht bei Bornhelds Kriegsrat erscheinen zu müssen, denn er wollte sich lieber noch einmal mit den beiden Kämpfern unterhalten, die vor einiger Zeit mit Newelon auf Patrouille gegangen waren. Bevor Ho'Demi sich an sie wandte, nickte er erst den anderen beiden zu, zwei Stammesältesten, deren Rat ihm sehr erwünscht war.

»Isanagi und Inari, ich danke Euch, meiner Einladung zur Tekaweizeremonie nachgekommen zu sein, obwohl sie doch recht kurzfristig erfolgte.«

Die beiden in ihrem Volk hochangesehenen Stammeskrieger – die gleichwohl von Bornhelds Streitkräften immer noch nicht so recht für voll genommen wurden – senkten den Blick und verneigten sich. Jeder Rabenbunder empfand es als hohe Ehre, im Zelt des Häuptlings sitzen zu dürfen.

Eine Weile genossen die fünf schweigend ihren Tee, tranken ihn bedächtig und erwogen in Gedanken die Verwicklungen, die jener Überfall auf Newelons Patrouille über die Rabenbunder gebracht hatte.

Ho'Demi ergriff schließlich, wie es ihm als Häuptling zukam, als erster das Wort: »Der Wolfen wie auch die Alaunthunde wandeln wieder durch die Nacht. Und sie ziehen mit denen, die das Zeichen der blutroten Sonne tragen.«

»Beide folgen der schwarzhaarigen Frau«, ergänzte Inari. »Derjenigen, die man als schön bezeichnen müßte, wenn ihr Gesicht nur nicht so nackt wäre.«

Die Rabenbunder erzählten sich seit Tausenden Jahren nicht nur die Geschichte von der Prophezeiung, sondern auch die von Wolfstern. Die Ikarier mochten ja glauben, außer ihnen wüßte niemand etwas über den ruchlosen alten Krallenfürsten, aber die Rabenbundmenschen, die sogenannten Barbaren des Nordens, hatten schon vor vielen Generationen davon erfahren. Und heute wußten sie genug darüber, um dessen Bogen und Hunde sofort wiederzuerkennen.

»Ich wünschte, Bornhelds Gemahlin Faraday und ihre Gefährtin, die Wächterin Yr, säßen jetzt hier bei uns, um über diese Fragen mit ihnen beraten zu können«, erklärte Ho'Demi. »Aber sie weilen im fernen Karlon, und deswegen muß ich ohne sie die notwendigen Entscheidungen treffen.«

»Müssen wir denn jetzt schon zu einem Entschluß kommen?« fragte Tanabata, einer der Ältesten, und verneigte sich vor dem Häuptling, um ihm seine Ehrerbietung zu erweisen. Sein Gesicht war so alt und runzlig, daß die blauen Tätowierlinien ihre symmetrische Anordnung verloren zu haben schienen.

»Ich darf die Zeichen nicht übersehen, Ältester. Sowohl dieser Mann Magariz«, er sah die beiden Kämpfer an, und sie nickten zur Bestätigung, daß er den richtigen Namen genannt hatte, »als auch diese Frau, Aschure, haben das Symbol der blutroten Sonne getragen.«

Alle Versammelten schauten auf ihre Tassen, die ebenfalls dieses Emblem trugen.

»Die Frau hat auch den Bogen Wolfsterns, und seine Hunde weichen ihr nicht von der Seite. Magariz hat vom Sternenmann gesprochen, und es klang ganz so, als würde er damit Axis meinen. ›Axis, der Sternenmann, wird erscheinen, und er kommt mit der Macht der Weissagung‹«, zitierte der Häuptling aus der Botschaft des Fürsten an Bornheld. »Wird er also derjenige sein, der das Bündnis aller Völker schmiedet, um Gorgrael in den Untergang zu treiben?«

Ho'Demi machte sich große Sorgen. Er hatte seine Soldaten und sein Volk der Sache des ehemaligen Herzogs und jetzigen Königs zugeführt. Die Rabenbunder haßten den Zerstörer und seine Kreaturen. Und wenn Bornheld sich dem Kampf gegen die Skrälinge verpflichtet hatte, stand es für die Rabenbunder außer Frage, sich ihm anzuschließen. Aber an erster Stelle galt ihre Treue der Prophezeiung – und damit dem Sternenmann. Aber was hatten die Symbole Wolfsterns auf der Seite des Sternenmannes verloren? Ho'Demi konnte dieses Rätsel nicht lösen, und das ließ ihn zögern, eine Entscheidung zu fällen. Auf welche Seite gehörte sein Stamm, auf die des Königs oder die Axis'?

Über eine Stunde lang – ihre Tassen leerten sich und kühlten in den Händen ab – berieten die Rabenbunder. Ho'Demi zögerte offenkundig, sich der Sache Axis' zu verschreiben. Erstens störten ihn der Wolfen und die Alaunt, und zweitens hatte noch niemand von ihnen etwas von dessen Armee gesehen. Die Patrouillen, auf die Gautiers Streifen in den südlichen Urqharthügeln gestoßen waren, hatten sich als nicht sehr zahlreich erwiesen; aber sie waren wohldiszipliniert und kampferfahren aufgetreten.

»Dies ist keine Zeit, in der einem Entscheidungen leicht gemacht werden«, erklärte der Häuptling schließlich und spürte scharf seine eigene Unsicherheit.

»Deswegen sollten wir auch nicht überstürzt handeln«, beruhigte ihn Hamori, der zweite Älteste. »Ihr dürft nicht die Überlebenden unseres Volkes unbesonnen in eine unbekannte Zukunft schicken.«

Ho'Demi wollte gerade etwas darauf entgegnen, als jemand vor dem Zelteingang hüstelte. »Tretet ein!« rief er.

Ein Rabenbunder erschien. Er verbeugte sich tief vor den Anwesenden und kniete dann vor Ho'Demi nieder. »Häuptling, eine Nachricht von Gautier. Ihr sollt Euch morgen früh bei ihm einfinden. Der König beabsichtigt, sich in drei Wochen mit dem Anführer der Rebellen zu treffen, um mit ihm während der Winterkämpfe gegen die Skrälinge einen Waffenstillstand zu schließen. Ihr sollt daran teilnehmen.«

Ho'Demi blickte mit leuchtenden Augen in die Runde. »Die Götter haben meine Gebete erhört. Endlich werde ich eine Antwort auf meine Fragen erhalten.«

Personen- und Sachregister

– Abendlied: Tochter Sternenströmers und seiner acharitischen Gemahlin Rivkah und Axis' Schwester.

– Achar: Königreich, das sich über den Großteil des Kontinents erstreckt und das im Norden von den Eisdachalpen, im Osten vom Schattenland (Awarinheim) und vom Witwenmachermeer, im Süden vom Meer von Tyrre und dem Kaiserreich Koroleas und im Westen vom Andeismeer begrenzt wird.

– Achariten: Die Bevölkerung Achars.

– Adamon: Ein ikarischer Sternengott. Adamon ist der Gott des Himmels und präsidiert zusammen mit seiner Gemahlin Xanon über die Götterschar.

– Alaunt: Sagenumwobenes Rudel von riesigen Jagdhunden, die einst Wolfstern Sonnenflieger gehörten.

– Alayne: Ein Schmied aus Skarabost.

– Aldeni: Kleineres Herzogtum im Westen Achars, in dem vorwiegend Getreide angebaut wird. Es wird zur Zeit der Geschichte von Herzog Roland verwaltet.

– Alte Grabhügel: Die Begräbnisstätten der alten zauberischen ikarischen Krallenfürsten. Sie erheben sich im südlichen Arkness.

– ANDAKILSA: Nördlicher Grenzfluß, der das Herzogtum Ichtar von der Provinz Rabenbund trennt. Ganzjährig eisfrei, ergießt er sich ins Andeismeer.

– ANDEISMEER: Unberechenbare See, die an die Westküste Achars spült.

– ANNWIN: Älteste Tochter von Graf Isend von Skarabost, Faradays Schwester, verheiratet mit Osmary.

– ARKEN: Hauptstadt von Arkness.

– ARKNESS: Größere Provinz im Osten Achars, in der hauptsächlich Schweinezucht betrieben wird. Zur Zeit der Geschichte von Graf Burdel verwaltet.

– ARHAT: Krieger der Rabenbunder.

– ARNE: Kohortenführer bei den Axtschwingern.

– ARTOR DER PFLÜGER: Der einzig wahre Gott, wie es die Bruderschaft Seneschalls lehrt. Nach dem Buch von Feld und Furche, der heiligen Textsammlung des Seneschalls, machte Artor einst der Menschheit das Geschenk des Pflugs, dem Werkzeug, das es den Menschen erst ermöglichte, das Leben von Jägern und Sammlern aufzugeben und sich dauerhaft niederzulassen, um den Boden zu bebauen und so die Grundlagen der Zivilisation zu schaffen.

– ASCHURE: Tochter des Bruders Hagen in Smyrdon. Ihre Mutter stammt aus der Provinz Nor.

– AVONSTAL: Provinz im Westen Achars, in der hauptsächlich Gemüse, Obst und Blumen angebaut werden. Zur Zeit der Geschichte regiert hier Graf Jorge.

– AWAREN: Eines der Völker der Unaussprechlichen, die in den Wäldern des Schattenlands leben, das von ihnen Awarinheim genannt wird. Die Awaren werden auch Volk des Horns, Waldläufer oder Ebenenläufer genannt.

– AWARINHEIM: Die Heimat der Awaren, die von den Achariten Schattenland genannt wird.

– AXIS: Sohn der Herzogin Rivkah und des ikarischen Zauberers Sternenströmer Sonnenflieger. In früheren Jahren Axtherr, General der Axtschwinger, hat er nun seine Rolle in der Prophezeiung angenommen und ist der Sternenmann geworden.

– AXTHERR: Anführer der Axtschwinger. Untersteht direkt dem Bruderführer des Seneschalls und wird von diesem aufgrund seiner Treue zum Seneschall, seiner Hingabe an Artor den Pflüger wie auch seiner strategischen und organisatorischen Fähigkeiten ernannt. Axis war der letzte Axtherr.

– AXTKRIEGE: Die jahrzehntelang dauernden sehr grausamen und blutigen Kriege vor tausend Jahren, in deren Verlauf die Achariten unter der Führerschaft des Seneschalls und dessen Axtschwingern Awaren und Ikarier aus Tencendor vertrieben und sie hinter die Grenzberge zurückdrängten.

– AXTSCHWINGER: Militärischer Arm des Seneschalls. Seine Soldaten haben zwar kein Gelübde abgelegt, kämpfen aber dennoch zur Verbreitung des rechten Glaubens des Seneschalls. Die überwiegende Mehrheit der Axtschwinger hat sich in der Zwischenzeit jedoch dem Rebellenführer Axis angeschlossen, um Axis und die mit ihm verbündeten Ikarier zu unterstützen.

– AZLE: Einer der Hauptströme Achars, der die Provinzen Ichtar und Aldeni voneinander trennt und ins Andeismeer mündet.

– BARSARBE: Zaubererpriesterin der Awaren.

– Baumfreundin: Nach der awarischen Sage diejenige, die die Awaren in ihre alten Gebiete südlich der Grenzberge führen wird. Die Baumfreundin wird außerdem Awarinheim an die Seite des Sternenmanns stellen.

– Baumlied: Der Gesang der Bäume, der manchmal die Zukunft, manchmal aber auch den Tod zeigt. Der Gesang der Bäume kann aber auch Liebe und Schutz gewähren.

– Bedwyr Fort: Altes Fort am Unterlauf des Nordra, das den Zugang zum Gralsee vom Meer aus bewacht.

– Belaguez: Streitroß von Axis.

– Belial: Leutnant und damit Stellvertreter des Axtherrn. Langjähriger Freund Axis' aus seiner Zeit als Axtherr und nun als Sternenmann.

– Beltide: Siehe Feste.

– Bethalle: Gebetshaus in jedem Ort des Reiches, in dem sich die Bewohner an jedem siebten Tag der Woche zur Anhörung der Worte Artors des Pflügers versammeln. Auch Hochzeiten, Beerdigungen und Taufen werden hier abgehalten. Es ist für gewöhnlich das am solidesten gebaute Haus eines Ortes.

– Bornheld: Herzog von Ichtar und damit der mächtigste Fürst Achars. Sohn der Herzogin Rivkah und ihres Gemahls, des Herzogs Searlas.

– Boroleas: Älterer Bruder des Seneschalls, einst Axis' Lehrer.

– Bracken: Fluß, der in den Farnbergen entspringt und die Grenze zwischen Skarabost und Arkness bildet, bis er in das Witwenmachermeer mündet.

– Bradoke: Acharitischer hoher Offizier in Bornhelds Streitkräften.

– Brode: Ein Aware, Häuptling des Klans der Sanftgeher.

– Bruderführer: Oberster Führer der Bruderschaft des Seneschalls. Der Bruderführer wird von den obersten Brüdern auf Lebenszeit gewählt. Nach dem König der mächtigste Mann, kontrolliert er nicht nur die Bruderschaft mit all ihren Besitzungen, sondern auch die Elitetruppe der Axtschwinger. Zur Zeit der Geschichte hat Jayme dieses Amt inne.

– Bruderschaft: Siehe Seneschall.

– Buch von Feld und Furche: Die heilige Textsammlung des Seneschalls, in der geschrieben steht, daß Artor selbst sie verfaßt und der Menschheit übergeben habe.

– Burdel: Graf von Arkness und Verbündeter Bornhelds, dem Herzog von Ichtar.

– Burg der Schweigenden Frau: Diese Burg liegt inmitten des Waldes der Schweigenden Frau. Sie ist eine der magischen Burgen Tencendors.

– Burgen: Drei große magische Burgen haben die Axtkriege überlebt und stehen in Achar. Sie wurden vor vielen tausend Jahren von den Ikariern erbaut: Narrenturm, Sigholt und Burg der Schweigenden Frau.

– Caelum: Name eines kleinen Kindes. Er bedeutet »Die Himmel« oder »Sterne am Himmel«.

– Charoniten: Ein Volk, das in der Unterwelt lebt und mit den Ikariern verwandt ist.

– Devera: Tochter des Herzogs Roland von Aldeni.

– Dobo: Krieger der Rabenbunder.

– Dornfeder: Ein ikarischer Geschwaderführer.

– Dunkler Mann: Der Name, den Gorgrael seinem Lehrer und Meister gibt; er nennt ihn auch Lieber Mann. Gorgrael hat trotz aller Bemühungen das Geheimnis um die Identität dieses Mannes noch nicht lüften können.

– Ebenen von Tare: Die weiten Ebenen, die sich zwischen Tare und dem Gralsee erstrecken.

– Dreibrüder Seen: Drei kleine Seen im südlichen Aldeni.

– Edowes: Soldat aus Arnes Einheit in Axis' Truppe.

– Egerley: Ein junger Mann aus Smyrdon.

– Eilwolke Sonnenflieger: Vater von Rabenhorst und Sternenströmer. Ehemaliger Herrscher der Ikarier.

– Eisdachalpen: Hochgebirge, das sich über fast den ganzen Norden Achars hinzieht.

– Eisdach-Ödnis: Trostloser Landstrich im Norden Ichtars zwischen den Eisdachalpen und den Urqharthügeln.

– Eiswürmer: Mächtige Waffe Gorgraels, geschaffen, um Stadt und Feste Gorken zu bezwingen. Der Zerstörer setzt sie aus Eis und Schnee zusammen und versieht sie mit seinen Zaubersprüchen. Die Kreaturen sehen aus wie Riesenwürmer und tragen in ihren Leibern viele Skrälinge. Sie können sich an einer Festungsmauer aufrichten und diese sogar überragen, um ihre Soldatenfracht über die Zinnen zu spucken.

– EMBETH: Herrin der Provinz Tare, Witwe des Ganelon, gute Freundin und einstige Geliebte von Axis.

– ERDBAUM: Uralter Baum und Heiligtum der Awaren und Ikarier.

– FÄHRMANN: Der Charonite, der die Fähre der Unterwelt steuert.

– FARADAY: Tochter des Grafen Isend von Skarabost und seiner Gemahlin Merlion. Gemahlin Bornhelds.

– FARNBERGE: Niedriges Gebirge, das Arkness von Skarabost trennt.

– FARNBRUCHSEE: Großer See inmitten der Farnberge.

– FENWICKE, KULPERICH: Bürgermeister der Stadt Arken in Arkness.

– FENWICKE, IGREN: Gemahlin des Bürgermeisters der Stadt Arken, Kulperich Fenwicke.

– FESTE der Awaren und Ikarier:
  – Jultide: Wintersonnenwende, in der letzten Woche des Schneemonds.
  – Beltide: Frühlingserwachen, am ersten Tag des Blumenmonds.
  – Feuernacht: Sommersonnenwende, in der letzten Woche des Rosenmonds.

– FEUERNACHT: Obwohl das Fest der Feuernacht in Awarinheim heutzutage keine große Rolle mehr spielt, berichten die ikarischen und awarischen Legenden von ihr als der großen Nacht, in der vor zehntausenden von Jahren die uralten Sternengöttinnen und -götter, ältere und viel mächtigere als die heutigen, als Feuersturm über das Land kamen und viele Tage und Nächte wüteten. Und daß diese alten Götter bis zum heutigen Tage noch in den Tiefen der heiligen oder Zauberseen schlafen, den Seen von Tencendor, die der Feuersturm erschaffen hat. Die Zaubermacht dieser Seen stammt von den uralten Sternengöttinnen und -göttern.

– Fingus: Ein verstorbener Axtherr.

– Fleat: Eine Awarin.

– Fleurian: Baronin von Tarantaise, Gemahlin von Greville. Sie ist seine zweite Frau und viel jünger als er.

– Flulia: Eine ikarische Sternengöttin. Sie ist die Göttin des Wassers.

– Fluria: Kleiner Fluß, der durch Aldeni fließt und in den Strom Nordra mündet.

– Franz: Älterer Bruder in der Zuflucht von Gorken.

– Freierfall Sonnenflieger: Männlicher Ikarier, Geliebter Abendlieds, Sohn des Rabenhorst und damit Thronfolger. Doch er wird von Bornheld auf der Feste Gorken erstochen.

– Fulbright: Ein acharitischer Ingenieur in Axis' Streitkräften.

– Fulke: Baron der Provinz Romstal.

– Funado: Krieger der Rabenbunder.

– »Furche weit, Furche tief«: Weitverbreiteter acharitischer Gruß oder Segen, der auch zur Abwehr des Bösen dient.

– Ganelon: Fürst von Tare, einst Gemahl von Herrin Embeth, lebt nicht mehr.

– GARLAND: Mann aus Smyrdon.

– GARTEN: Der Garten der Mutter.

– GAUTIER: Leutnant Bornhelds, des Herzogs von Ichtar.

– GEHEIMER RAT: Ratgeber des Königs von Achar, meist die Herrscher der Hauptprovinzen Achars.

– GEHÖRNTE: Die Gottgleichsten und Heiligsten unter den Awaren, die im Heiligen Hain leben.

– GEISTBAUM-KLAN: Einer der awarischen Klans, der von Häuptling Grindel geführt wird.

– GEISTER, GEISTMENSCHEN: Andere Bezeichnungen für die Skrälinge.

– GENESUNGSLIED: Eines der am stärksten wirkenden Zauberlieder der Ikarier, das Leben im Sterben zurückholen kann – doch Tote kann es nicht wieder lebendig machen. Nur die allermächtigsten Zauberer beherrschen dieses Lied.

– GESCHWADER: Einheit der ikarischen Luftarmada, die zwölf Staffeln umfaßt.

– GESCHWADERFÜHRER: Befehlshaber eines ikarischen Geschwaders.

– GILBERT: Bruder des Seneschalls und Berater und Gehilfe des Bruderführers.

– GOLDFEDER: Rivkahs Name aus der Zeit, als sie bei den Ikariern lebte. Sie legte jedoch auf Wunsch des charonitischen Fährmanns den angenommenen Namen Goldfeder wieder ab und kehrte zurück zu ihrem früheren Namen.

– Gorgrael: Der Zerstörer der Prophezeiung, der teuflische Herr des Nordens, der ganz Achar bedroht. Wie sich herausstellt, hat er ebenfalls Sternenströmer zum Vater und ist folglich Axis' Halbbruder.

– Gorken: Bedeutende Festung am Gorkenpaß in Nord-Ichtar. Angeschmiegt an die Festung liegt die gleichnamige Stadt.

– Gorkenpass: Schmaler Paß zwischen Eisdachgebirge und dem Fluß Andakilsa und einzige Verbindung von Ichtar nach Rabenbund.

– Gralsee: Großes Gewässer am unteren Lauf des Nordra. An seinem Ufer liegen die Hauptstadt Karlon und der Turm des Seneschalls.

– Greif: Sagenhaftes Flugungeheuer, intelligent, boshaft und mutig. Früher sahen sie die Ikarier als ihre Todfeinde an. Diese schufen zu deren Vernichtung die Luftarmada und brauchten hundert Jahre, um die Greife auszurotten. Doch seit kurzem tauchen diese Bestien wieder auf.

– Grenzberge: Gebirge, das sich im Osten Achars von den Eisdachalpen bis zum Witwenmachermeer erstreckt. Die Unaussprechlichen sind seit den Axtkriegen hinter die Grenzberge verbannt.

– Greville, Baron: Herr von Tarantaise.

– Grindel: Aware, Häuptling des Geistbaum-Klans.

– Gundealgafurt: Breite, seichte Furt durch den Nordra.

– Hagen: Pflughüter von Smyrdon.

– Hanori: Älterer Rabenbunder.

– HEILIGER HAIN: Heiligster Ort der Awaren, der nur von den Zaubererpriestern aufgesucht werden kann.

– HELLEFEDER: Gemahlin von Rabenhorst, Krallenfürst der Ikarier.

– HELM: Awarischer Jugendlicher.

– HESKETH: Hauptmann der Palastwache von Karlon und Geliebter der Yr.

– HO'DEMI: Häuptling der Rabenbunder.

– HOGNI: Awarische Jugendliche.

– HORDLEY: Einwohner von Smyrdon.

– HSINGARD: Große Stadt in Mittelichtar und Residenz der Herzöge von Ichtar.

– ICHTAR: (1) Größtes und reichstes Herzogtum Achars. Die Provinz bezieht ihren Reichtum aus riesigen Viehherden und Bergbau (Erze und Edelsteinminen). (2) Kleinerer Fluß, der durch Ichtar fließt und in den Azle mündet. (3) Herrscher von, zur Zeit der Geschichte Bornheld.

– IKARIER: Eines der beiden alten Völker von Tencendor, auch bekannt als Volk des Flügels oder Vogelmenschen.

– ILFRACOMBE: Herrenhaus des Herzogs von Skarabost, hier wuchs Faraday auf.

– IMIBE: Rabenbunderin, Caelums Kindermädchen

– INARI: Ein Krieger der Rabenbunder.

– Insel des Nebels und der Erinnerung: Eine der heiligen Stätten der Ikarier, ging ihnen jedoch im Verlauf der Axtkriege verloren. Siehe auch Tempel der Sterne und Tempelberg.

– Isbadd: Hauptstadt der Provinz Nor.

– Isend: Graf von Skarabost, ein gutaussehender, doch ein wenig stutzerhafter Herr. Vater von Faraday.

– Isgriff: Baron: Herr von Nor, ein wilder, impulsiver Mann wie alle Männer von Nor.

– Izanagi: Krieger der Rabenbunder.

– Jack der Schweinehirt: Ältester der Wächter.

– Jayme: Zur Zeit der Geschichte Bruderführer des Seneschalls.

– Jervois: Stadt am Tailem-Knie des Flußes Nordra. Tor nach Ichtar.

– Jorge: Graf von Avonstal und einer der erfahrendsten Kämpen Achars.

– Judith: Königin von Achar und Gemahlin Priams.

– Jultide: Siehe Feste.

– Karel: Vorgänger von König Priam, Vater von Priam und Rivkah. Lebt nicht mehr.

– Karlon: Hauptstadt von Achar und Regierungssitz seiner Könige, gelegen am Gralsee.

– Kassna: Tochter von Baron Isgriff von Nor.

– Kastaleon: Große Burg aus neuerer Zeit in Achar, gelegen in Mittelachar am Nordra.

– Kenricke: Befehlshaber der letzten im Dienst des Seneschalls stehenden Kohorte von Axtschwingern, der von Axis zur Bewachung des Turms des Seneschalls zurückgelassen wurde.

– Kesselsee: Gewässer in der Mitte des Waldes der Schweigenden Frau. Siehe auch: Magische Seen.

– Klan: Die Awaren leben in Klans zusammen, ungefähr vergleichbar mit Familienverbänden.

– Kohorte: Siehe militärische Fachausdrücke.

– Koroleas: Großes Kaiserreich südlich von Achar, das zu diesem traditionell freundschaftliche Kontakte pflegt.

– Krallenfürsten: Die in Erbfolge regierenden Herrscher der Ikarier (einst ganz Tencendors). Seit den letzten sechstausend Jahren haben die Mitglieder des Hauses Sonnenflieger dieses Amt inne.

– Krallenturm: Höchster Berg der Eisdachalpen und Heimstatt der Ikarier. Siehe auch Kummerkrak.

– Kronrat: Rat des Königs, der sich aus den herrschenden Fürsten des Reiches und/oder deren obersten Beratern zusammensetzt.

– Kummerkrak: Höchster Gipfel der Eisdachalpen (auch Krallenturm genannt), laut acharitischer Sage der Sitz des Königs der Unaussprechlichen, dem Herrn des Kummers.

– Länder der Unaussprechlichen: Hauptsächlich Schattenland (Awaren) und die Eisdachalpen (Ikarier).

– Lieber Mann: Siehe Dunkler Mann.

– Luftarmada: Streitmacht der Ikarier, bestehend aus zwölf Geschwadern zu je zwölf Staffeln.

– Magariz, Fürst: Einstmals Festungskommandant von Gorken, ist er inzwischen einer von Axis' ranghöchsten Befehlshabern. Er entstammt einem alten acharitischen Adelsgeschlecht.

– Magische Seen: Das alte Tencendor hatte viele Seen, deren zauberische Kräfte mittlerweile jedoch in Vergessenheit geraten sind. Bekannt als Heilige oder Magische Seen sind heute noch der Gralsee, Farnsee, Kesselsee und der Lebenssee. Siehe auch unter »Feuernacht« zu ihrer Entstehungsgeschichte.

– Malfari: Knollenfrucht, die die Awaren zur Brotherstellung verwenden.

– Maschken, Baron: Herrscher von Rhätien.

– Merlion: Gemahlin des Grafen Isend von Skarabost und Mutter von Faraday. Lebt nicht mehr.

– Militärische Fachausdrücke: Vornehmlich Achars, sowohl für die regulären Truppen als auch für die Axtschwinger im Gebrauch:
  - – Peloton: kleinste Einheit, sechsunddreißig Bogenschützen.
  - – Abteilung: Einheit von einhundert Fußsoldaten, Spießträgern oder Reitern.
  - – Kohorte: Fünf Abteilungen oder fünfhundert Mann.

– Mirbolt: Zaubererpriester der Awaren.

– Monate:

– Januar	=	Wolfmond
– Februar	=	Rabenmond

– März	=	Hungermond
– April	=	Taumond
– Mai	=	Blumenmond
– Juni	=	Rosenmond
– Juli	=	Erntemond
– August	=	Heumond
– September	=	Totlaubmond
– Oktober	=	Knochenmond, auch Beinmond
– November	=	Frostmond
– Dezember	=	Schneemond

– Mondsaal oder Mondkammer: Audienz- und Bankettraum im königlichen Palast zu Karlon.

– Morgenstern Sonnenflieger: Sternenströmers Mutter, Witwe des ehemaligen Krallenfürsten und selbst eine mächtige Zauberin. Morgenstern ist die Witwe von Eilwolke, dem ehemaligen Herrscher des Hauses Sonnenflieger.

– Moor: Großes und unwirtliches Sumpfgebiet im Osten von Arkness; hier sollen eigenartige Wesen zu leben.

– Moryson: Bruder des Seneschalls; oberster Berater und Freund des Bruderführers.

– Mutter: (1) awarischer Name für den Farnbruchsee.
(2) Bezeichnung für die Natur, die als eine unsterbliche Frau personifiziert wird.

– Nachleben: Alle drei Völker, die Achariten, die Ikarier und die Awaren glauben an ein Leben nach dem Tod, dem sogenannten Nachleben. Was sie jedoch darunter verstehen, hängt von ihren jeweiligen religiös-kulturellen Überlieferungen ab.

– Narkis: Ein ikarischer Sternengott. Narkis ist der Gott der Sonne.

– Narrenturm: Eine der magischen Burgen Tencendors.

– Nevelon: Leutnant des Herzog Roland von Aldeni.

– Niah: Eine Frau aus Nor.

– Nor: Südlichste Provinz Achars; ihre Bewohner haben eine dunklere Haut als die übrigen Achariten und unterscheiden sich von ihnen außerdem durch ein exotisches Äußeres. Regent von Nor ist zur Zeit der Geschichte Baron Isgriff.

– Nordmuth: Hafen an der Mündung des Nordra.

– Nordra: Größter Strom und Hauptlebensader des Reichs. Entspringt in den Eisdachalpen, fließt durch Awarinheim/Schattenland, durchquert schließlich Nord- und Mittelachar und mündet in das Meer von Tyrre. Der Fluß wird zur Bewässerung, zum Transport und zum Fischfang genutzt.

– Oberster Heerführer oder Oberster Kriegsherr: Titel, der Bornheld, Herzog von Ichtar, von König Priam verliehen wurde und der ihn zum Oberbefehlshaber aller regulären Streitkräfte Achars macht.

– Ogden: Einer der Wächter. Ein »Mitbruder« Veremunds.

– Orden der Sterne: Priesterinnenorden, die Hüterinnen des Tempels der Sterne. Wenn eine solche Priesterin ihren Ordenseid leistet, legt sie damit ihren Namen ab.

– Orr: der Fährmann der Charoniten.

– Osmary: Gemahl Annwins, der Schwester Faradays.

– Pease: Eine awarische Frau, die im Erdbaumhain während des Angriffs beim Jultidenfest starb.

– PFLUG: Jede Ortschaft in Achar verfügt über einen Pflug, der nicht nur der Feldarbeit dient, sondern auch den Mittelpunkt der religiösen Verehrung der Ortsansässigen darstellt. Artor der Pflüger soll den Menschen den Pflug geschenkt haben, damit diese aus der Barbarei in die Zivilisation aufsteigen konnten. Der Gebrauch des Pflugs unterscheidet die Achariten von den Unaussprechlichen; denn weder Awaren noch Ikarier betreiben Ackerbau.

– PFLUGHÜTER: Der Seneschall weist jedem Ort in Achar aus den Reihen seiner Bruderschaft einen Priester zu, den sogenannten Pflughüter. Ihrem Namen entsprechend, hüten sie den Pflug des entsprechenden Ortes, unterweisen aber auch die Bewohner in den Schriften Artors des Pflügers, dem Weg des Pflugs, und sorgen für ihr Seelenheil.

– PIRATENNEST: Große Insel vor Nor und Unterschlupf von Piraten, die angeblich heimlich von Baron Isgriff unterstützt werden.

– PORS: Ein ikarischer Sternengott. Pors ist der Gott der Luft.

– PRIAM: Zur Zeit der Geschichte König von Achar und Onkel von Bornheld, Bruder Rivkahs.

– PROPHEZEIUNG DES ZERSTÖRERS: Uralte Weissagung, die von der Erhebung des Gorgrael im Norden und dem Auftauchen des Sternenmanns kündet, der ihn als einziger aufhalten kann. Entstehung und Ursprung der Prophezeiung sind unbekannt.

Die Prophezeiung beginnt wirksam zu werden oder zu erwachen mit der Geburt des Zerstörers und des Sternenmanns und ist erfüllt, wenn einer den anderen zerstört.

– RABENBUND: Nördlichste Provinz von Achar, die diesem aber nur dem Namen nach untersteht. Die sich selbst regierenden Stämme der Rabenbunder oder Rabenbundmenschen werden von den Achariten als barbarisch und grausam angesehen.

– Rabenhorst Sonnenflieger: Zur Zeit der Geschichte der Krallenfürst der Ikarier.

– Ramu: Zaubererpriester der Awaren.

– Ratssaal: Der große Saal im königlichen Palast in Karlon, in dem des Königs Geheimer Rat zusammentritt.

– Reinald: Chefkoch der Garnison Sigholt im Ruhestand. Als Rivkah sich dort aufhielt, war er Hilfskoch.

– Rhätien: Kleine Provinz an den westlichen Ausläufern der Farnberge. Zur Zeit der Geschichte herrscht hier Baron Maschken.

– Renkin: Bauersleute aus dem Norden Achars.

– Ring der Zauberin: Die erste Zauberin bediente sich eines uralten Rings als Symbol ihrer Zaubermacht und begründete damit die erste Generation der ikarischen Zauberer. Der Ring war ihr jedoch nur auf Lebenszeit verliehen und ging dann auf die nächste Generation über. Der Ring hat nur geringe Zauberkräfte, doch ist er ein machtvolles Symbol.

– Ritter: Edler, der sich einer vornehmen Dame verpflichtet, ihr als Ritter zu dienen und sie zu beschützen. Dieser Dienst ist rein platonisch und endet mit dem Tod des Ritters oder auf ausdrücklichen Wunsch seiner Dame.

– Rivkah: Prinzessin von Achar, Schwester König Priams und Mutter von Bornheld, Axis und Abendlied. Siehe auch Goldfeder.

– Roland: Herzog von Aldeni und einer der herausragenden militärischen Führer Achars. Trägt den Beinamen »Der Geher«, weil er aufgrund seiner Leibesfülle kein Pferd besteigen kann.

– Romstal: Provinz südwestlich von Karlon; berühmt für ihren Weinanbau. Zur Zeit der Geschichte herrscht hier Baron Fulke.

– Rotkamm: Männlicher Ikarier.

– Sa'Kuja: Gemahlin von Ho'Demi.

– Schattenland: Der acharitische Name für Awarinheim.

– Schöpfungslied oder Erweckungslied: Ein Lied, das ikarischen und awarischen Legenden zufolge tatsächlich selbst Leben erschaffen kann. Als er sich um Unterstützung für Axis in der Schlacht um Gorken an die Große Versammlung der Ikarier gewandt hatte, hatte Sternenströmer behauptet, daß er Axis das Lied habe im Mutterleib singen hören.

– Scharfauge: Staffelführer der Luftarmada der Ikarier.

– Schra: Ein kleines awarisches Kind. Die Tochter von Pease und Grindel.

– Schwebstern Sonnenflieger: Zauberin und Gemahlin des Krallenfürsten, die Mutter von Morgenstern und Großmutter von Sternenströmer, starb dreihundert Jahre vor Beginn des Buches.

– Searlas: Früherer Herzog von Ichtar und Gemahl Rivkahs; Vater Bornhelds. Lebt nicht mehr.

– Seegrasebene: Riesige Ebene, die nahezu die gesamte Fläche der Provinz Skarabost ausmacht.

– Seneschall: Religiöse Institution Achars; eigentlich: Die Heilige Bruderschaft des Seneschalls. Die Brüder organisieren und leiten das religiöse Leben der Achariten. Der Seneschall hat in Achar eine außerordentliche Machtposition inne und spielt nicht nur im alltäglichen Leben der Menschen, sondern auch in allen politischen Belangen eine bedeutende Rolle. Er lehrt vor allem Gehorsam gegenüber dem einen Gott, Artor dem Pflüger, und den heiligen Worten, dem Buch von Feld und Furche.

– Sicarius: Rudelführer der Alaunt. Sein Name bedeutet »Mörder«.

– Sigholt: Eine der bedeutenden acharitischen Festungen in den südlichen Urqharthügeln Ichtars. Eine der Residenzen der Herzöge von Ichtar.

– Silton: Ein ikarischer Sternengott. Silton ist der Gott des Feuers.

– Skali: Junge Awarin, Tochter von Fleat und Grindel. Sie starb beim Angriff der Skrälinge während des Jultidenfestes im Erdbaumhain.

– Skarabost: Große Provinz im Osten Achars; Hauptgetreidelieferantin Achars. Zur Zeit der Geschichte herrscht hier Graf Isend.

– Skräbolde: Anführer der Skrälinge.

– Skräfurcht: Oberster der Skräbolde.

– Skrälinge: Auch Geister, Geistmenschen o. ä. genannt; substanzlose Kreaturen in den nördlichen Ödlanden, die sich von Furcht und Fleisch nähren.

– Smyrdon: Großes Dorf im Norden von Skarabost, dem Verbotenen Tal vorgelagert.

– Sonnenflieger: Herrscherhaus der Ikarier seit vielen tausend Jahren.

– Spreizschwinge: Staffelführer der ikarischen Luftarmada.

– Staffel: Kleinste Einheit der ikarischen Luftarmada. Sie setzt sich aus zwölf weiblichen und männlichen Ikarieren zusammen; zwölf Staffeln bilden ein Geschwader.

– Sternengöttinnen und Sternengötter: Neun an der Zahl, doch sind den Ikariern erst sieben offenbart worden. Siehe auch Adamon, Flulia, Narkis, Pors, Silton, Xanon und Zest.

– Sternenmann: Derjenige, der der Prophezeiung des Zerstörers gemäß als einziger Gorgrael zu besiegen vermag – Axis Sonnenflieger.

– Sternenströmer Sonnenflieger: Ein ikarischer Zauberer, Vater von Gorgrael, Axis und Abendlied.

– Sternentanz: Die mystische Quelle, aus der die ikarischen Zauberer ihre Kräfte beziehen.

– Sternentor: Eine der heiligen Stätten der Ikarier.

– Straum: Große Insel vor Ichtar, vornehmlich von Robbenfängern bewohnt.

– Suchauge: Ikarischer Geschwaderführer.

– Tailem-Knie: Die große Biegung des Stroms Nordra, wo er aus dem Westen kommend nach Süden abbiegt und schließlich bei Nordmuth ins Meer von Tyrre einmündet.

– Tanabata: einer der Ältesten der Rabenbunder.

– Tarantaise: Eine ziemlich arme Provinz im Süden Achars, die vom Handel lebt. Sie wird von Baron Greville verwaltet.

– Tare: Kleine Handelsstadt im Norden von Tarantaise. Heimstatt von Embeth, Herrin von Tare.

– Tekawai: Der bevorzugte Tee der Rabenbunder. Er wird stets mit großer Feierlichkeit aufgegossen und serviert und aus kleinen Keramiktassen getrunken, die das Wappen mit der blutroten Sonne tragen.

– Tempelberg: Hochplateau, auf dessen höchster Erhebung sich einst die Tempelanlage befand, die die Insel des Nebels und der Erinnerung beherrschte.

– Tempel der Sterne: Eine der verschwundenen heiligen Stätten der Ikarier. Er stand auf dem Tempelberg der Insel des Nebels und der Erinnerung.

– Tencendor: Der alte Name des geeinten Achar vor den Axtkriegen.

– Timozel: Sohn von Embeth und Ganelon von Tare und Axtschwinger. Ritter Faradays.

– Torwächterin: Die Wächterin am Tor des Todes, dem Zugang zur Unterwelt. Sie führt Buch über die eintretenden Seelen.

– Turm des Seneschalls: Hauptsitz der Bruderschaft; ein siebenseitiger Turm mit massiven Mauern in reinem Weiß, der sich gegenüber der Hauptstadt Karlon am Gralsee erhebt.

– Tyrre, Meer von: Der Ozean an der Südwestküste Achars.

– Unaussprechliche: Die beiden Völker der Awaren und Ikarier. Der Seneschall lehrt, daß die Unaussprechlichen grausame Wesen seien, die sich der Magie bedienten, um die Menschen zu versklaven. Während der Axtkriege vor tausend Jahren drängten die Achariten die Awaren und Ikarier hinter die Grenzberge ins Schattenland (Awarinheim) und die Eisdachalpen zurück.

– Ur: Eine sehr alte Frau, die im Zauberwald lebt.

– Urqharthügel: Halbkreisförmige niedrige Bergkette in Mittelachar.

– Venator: Ein Schlachtroß, dessen Name so viel wie »Jäger« bedeutet.

– Verbotenes Tal: Einzig bekannter Zugang von Achar nach Schattenland (Awarinheim); die Stelle, an der der Nordra Schattenland verläßt.

– Veremund: Einer der Wächter, ein »Mitbruder« Ogdens.

– Wächterinnen und Wächter: Mystische Geschöpfe der Prophezeiung des Zerstörers.

– Wald: Der Seneschall lehrt, daß alle Wälder von Übel seien, weil in ihnen finstere Dämonen hausen, die die Menschen unterwerfen wollen. Deshalb fürchten sich die meisten Achariten vor dem Wald und dem Dunkel, das in ihm lauert, und es wurden nahezu alle alten Wälder abgeholzt, die einst weite Flächen Achars bedeckten. Die einzigen Bäume, die in Achar angepflanzt werden, sind Obstbäume und Bäume in Schonungen, die für die Holzverarbeitung benötigt werden.

– Wald der Schweigenden Frau: Dunkler und undurchdringlicher Wald im südlichen Arkness und Sitz der Burg der Schweigenden Frau.

– Weg des Flügels: Allgemeiner Ausdruck, der zur Beschreibung der Kultur der Ikarier benutzt wird.

– Weg des Horns: Allgemeiner Ausdruck, der manchmal zur Beschreibung der Kultur der Awaren benutzt wird.

– Weg des Pflugs: Religiöse Pflicht, Sitten und Gebräuche, wie sie vom Seneschall gemäß den Glaubenssätzen des Buches von Feld und Furche gelehrt werden. Im Zentrum der Lehre steht die Urbarmachung des Landes durch den Pflug. Und wie die Furchen frisch und geradlinig gepflügt, so sind Herz und Verstand gleichermaßen von allem Unglauben und Bösen befreit und das Wahre, Gute kann gesät werden. Natur und unbezwungenes Land sind wie das Böse selbst; Wälder und Berge sind daher von übel, sie stellen die unbezähmte Natur dar und entziehen sich der menschlichen Kontrolle. Gemäß dem Weg des Pflugs müssen Berge und Wälder entweder zerstört oder den Menschen untertan gemacht werden, und wenn das nicht möglich ist, müssen sie gemieden werden, denn sie sind der Lebensraum böser Wesen/des Bösen. Nur Land, das durch den Pflug in Menschenhand gebracht wurde, bestelltes und bebautes Land, ist gut. Der Weg des Pflugs lehrt alles über die Ordnung, der ein jeder Mensch und ein jedes Ding auf der Welt unterworfen ist.

– Weitsicht Stechdorn: Dienstältester Geschwaderführer der ikarischen Luftarmada.

– Weitwallbucht: Große Meeresbucht zwischen Achar und Koroleas. Ihre geschützte Lage und ihr ruhiges Gewässer sind ausgezeichnet zum Fischfang geeignet.

– Westberge: Zentrales acharitisches Bergmassiv, das sich vom Nordra bis zum Andeismeer erstreckt.

– Wildhundebene: Ebene, die sich vom nördlichen Ichtar bis zum Fluß Nordra erstreckt und von den Grenzbergen und Urqharthügeln begrenzt wird. Ihren Namen erhielt diese Ebene von den Wildhundrudeln, die sie durchstreifen.

– Witwenmachermeer: Riesiger Ozean im Osten von Achar. Von den vielen unerforschten Inseln und Ländern jenseits dieses Meeres kommen Seeräuber, die Koroleas und manchmal auch Achar heimsuchen.

– Wolfstern Sonnenflieger: neunter und mächtigster aller Krallenfürsten, der in den Alten Grabhügeln beigesetzt wurde. Er wurde schon bald nach Regierungsantritt ermordet.

– Wolkenbruch Sonnenflieger: Jüngerer Bruder und Mörder von Wolfstern Sonnenflieger.

– Wolfen: Bogen, der einst Wolfstern gehörte.

– Xanon: Eine ikarische Sternengöttin. Xanon ist die Göttin des Himmels und teilt ihre hohe Stellung mit ihrem Gemahl Adamon.

– Yr: Eine Wächterin.

– Zauberei: Der Seneschall lehrt, daß alle Magie, alle Zauberei und alle sonstigen Schwarzkünste von Übel seien. Die Unaussprechlichen bedienten sich sämtlicher Zauberkünste, um die Achariten zu versklaven. Deswegen fürchten alle artorfürchtigen Achariten die Zauberei und verabscheuen sie.

– Zauberer: Die Zauberer der Ikarier, von denen die meisten mächtige magische Fähigkeiten besitzen. Alle ikarischen Zauberer führen das Wort »Stern« in ihrem Namen.

– Zaubererpriester: Die religiösen Führer der Awaren. Sie verstehen sich auf Magie, wenn auch nur in bescheidenem Maße.

– Zauberin, Die: Die erste aller ikarischen Zauberinnen und Zauberer und gleichzeitig die erste, die den Weg zur Beherrschung der Energie des Sternentanzes entdeckte. Von ihr stammen die Ikarier und die Charoniten ab.

– Zauberwald: Der mystische Wald um den Heiligen Hain.

– Zecherach: Die fünfte und verschwundene Wächterin.

– Zepter des Regenbogens: Das Zepter aus der Prophezeiung des Zerstörers.

– Zerstörer: Ein anderer Name für Gorgrael.

– Zest: Eine ikarische Sternengöttin. Sie ist die Göttin der Erde.

– Zuflucht: Viele Brüder des Seneschalls ziehen dem aktiven Bruderdienst ein kontemplatives Leben vor, das sie dem Studium der Mysterien Artors widmen. Für sie hat der Seneschall an mehreren Orten Achars Zufluchten eingerichtet.

INHALT

PIPER FANTASY

Sara Douglass

Der Sternenhüter

Unter dem Weltenbaum 4

Roman. Aus dem australischen Englisch von Marcel Bieger.

488 Seiten. Gebunden

An der Seite des grausamen Thronräubers Bornheld, den sie auf Weisung der Prophezeiung zum Mann nahm, fristet Faraday ein freudloses Leben am Königshof. Nur die Hoffnung, bald für immer mit Axis vereint zu sein, hält sie aufrecht. Sie ahnt nicht, daß sie eine Rivalin hat! Aschure, die Meisterschützin mit dem magischen Wolfsbogen, erobert das Herz des Axtherrn. Im Rausch eines nächtlichen Fests bricht er den Schwur, den er Faraday einmal leistete. Aschure wird seine Geliebte und bald darauf Mutter seines ersten Sohns. Als das Kind zum Erben des Axtherrn ausgerufen wird, erfährt Faraday von der heimlichen Verbindung. Großmütig gibt sie Axis frei und erlebt von ferne, wie er den Wiederaufbau Tencendors vorantreibt, während ihr Gemahl das Land verwüsten läßt. Am Ende stehen sich die ungleichen Brüder, getrieben von Leidenschaft und Haß, in einem tödlichen Zweikampf gegenüber …

06/1012/01/R

PIPER FANTASY

Thomas Finn

Das Weltennetz

Die Gezeitenwelt 3
Hg. von Bernhard Hennen. Roman. ca. 512 Seiten.
Gebunden

Auf der Gezeitenwelt dämmert ein neues Zeitalter herauf. Die Rümpfe mächtiger Karavellen durchpflügen den Ozean des Morgens. Es ist die spektakulärste Expeditionsflotte, die die Königreiche der Ehernen Liga jemals aussandten. Ihr Ziel: die geheimnisvollen Purpurinseln. Doch die Mission steht unter keinem guten Stern, denn die Weltenkatastrophe fordert auch unter den Seeleuten ihren Preis. Was als ruhmreiche Entdeckungsfahrt begann, wächst sich aus zu einer Irrfahrt durch verheerte Länder. Eine Odyssee voller Intrigen und Irrungen, Wunder und Liebe, an deren Ende eines der größten Geheimnisse steht: das sagenhafte Weltennetz!
Im dritten Roman des Gezeitenwelt-Zyklus spinnt Thomas Finn die Saga weiter, die mit »Der Wahrträumer« begann und mit »Himmlisches Feuer« eine Zuspitzung erfuhr. Neue und bekannte Heldinnen und Helden stoßen im Zwielicht einer von Rätseln und Katastrophen heimgesuchten Welt aufeinander. Ihr Schicksal ist durch ein geheimnisvolles Netz verknüpft, das die Welt zu umspannen scheint.

06/1010/01/L

PIPER FANTASY

Wolfgang Hohlbein
Das Avalon-Projekt

Roman. 654 Seiten. Gebunden

Unheimliches geschieht auf der Ölbohrinsel Avalon II: Die Besatzung ist spurlos verschwunden, die Plattform wurde verwüstet. Ein Werk der Wellen, die mit schrecklicher Gewalt um die Insel toben? Wer ist die geheimnisvolle Frau, die sich in einem der Stützpfeiler versteckt? Wem gehört der keltische Zeremoniendolch? Und was bedeutet das plötzliche Auftauchen und Verschwinden eines dunklen Segelschiffs im Nebel um Avalon II? Schon einmal gab es eine Bohrinsel an gleicher Stelle – sie verschwand vor Jahrzehnten. Droht der Avalon II nun das gleiche Schicksal? Einige behaupten, die Plattform sei an einem »heiligen Ort« errichtet worden. Abergläubischer Unsinn! wettern andere, so auch der Versicherungsdetektiv Rudger Harm, der mit den Nachforschungen beauftragt wird. Doch dann geschieht das Entsetzliche, und er wird hineingerissen in einen tosenden Strudel unerklärlicher Phänomene.

06/1014/01/R

06/1013/01/R

PIPER FANTASY

Hans Bemmann

Die beschädigte Göttin

Roman. 286 Seiten. Gebunden

Ein junger Märchenforscher entdeckt zufällig die erst kürzlich ausgegrabene Statue einer antiken Liebesgöttin. Auf rätselhafte Weise schlägt sie ihn in ihren Bann. Um so verblüffter ist er, als ihm kurz darauf eine Frau begegnet, die dem steinernen Bildwerk auf unerklärliche Weise gleicht und ihn mit ihren dunklen Augen verzaubert. Wie von unsichtbarer Hand geführt, gerät der Mann in eine phantastische, fremde Welt, in der er bedrohliche Abenteuer und lebensgefährliche Prüfungen bestehen muß. Auf der Suche nach dem Schlüssel zum Herzen der geheimnisvollen Fremden verschmelzen Phantasie und Wirklichkeit zu einer magischen Welt.

»Ein märchenhaftes, doppelbödiges, ein wahres Vergnügen.«
General-Anzeiger

06/1009/01/L

PIPER FANTASY

Hope Mirrlees

Flucht ins Feenland

Roman. Mit einer Einleitung von Neil Gaiman und einem Nachwort von Michael Swanwick. Aus dem Englischen von Hannes Riffel. 413 Seiten. Gebunden

Skandalös finden die Bürger von Dorimare den Umstand, daß ihr Reich an das verrufene Feenland grenzt. Von dort nämlich werden die geheimnisumwitterten Feenfrüchte eingeschmuggelt. Wer davon kostet, zeigt sich empfänglich für die Wunder der Welt und stellt eine Bedrohung der öffentlichen Ordnung dar. Und nun soll ausgerechnet der Sohn eines angesehenen Kaufmanns von den Früchten genascht haben. Ist dies der Grund für sein Verschwinden? Als auch noch ein koboldähnlicher Fremder die jungen Damen der Schule für höhere Töchter ins Feenland lockt, macht sich Meister Nathaniel Hahnenkamm, Bürgermeister und Groß-Seneschall der Hauptstadt Lud-in-den-Nebeln, auf die gefährliche Reise in das Reich jenseits der Hügel. In dieser flirrenden Welt, in der die Realität ständig aus den Fugen gerät, entscheidet sich das Schicksal Dorimares.

»Von überirdischer Schönheit – ein wundervoller Roman.«
Neil Gaiman

06/1008/01/R

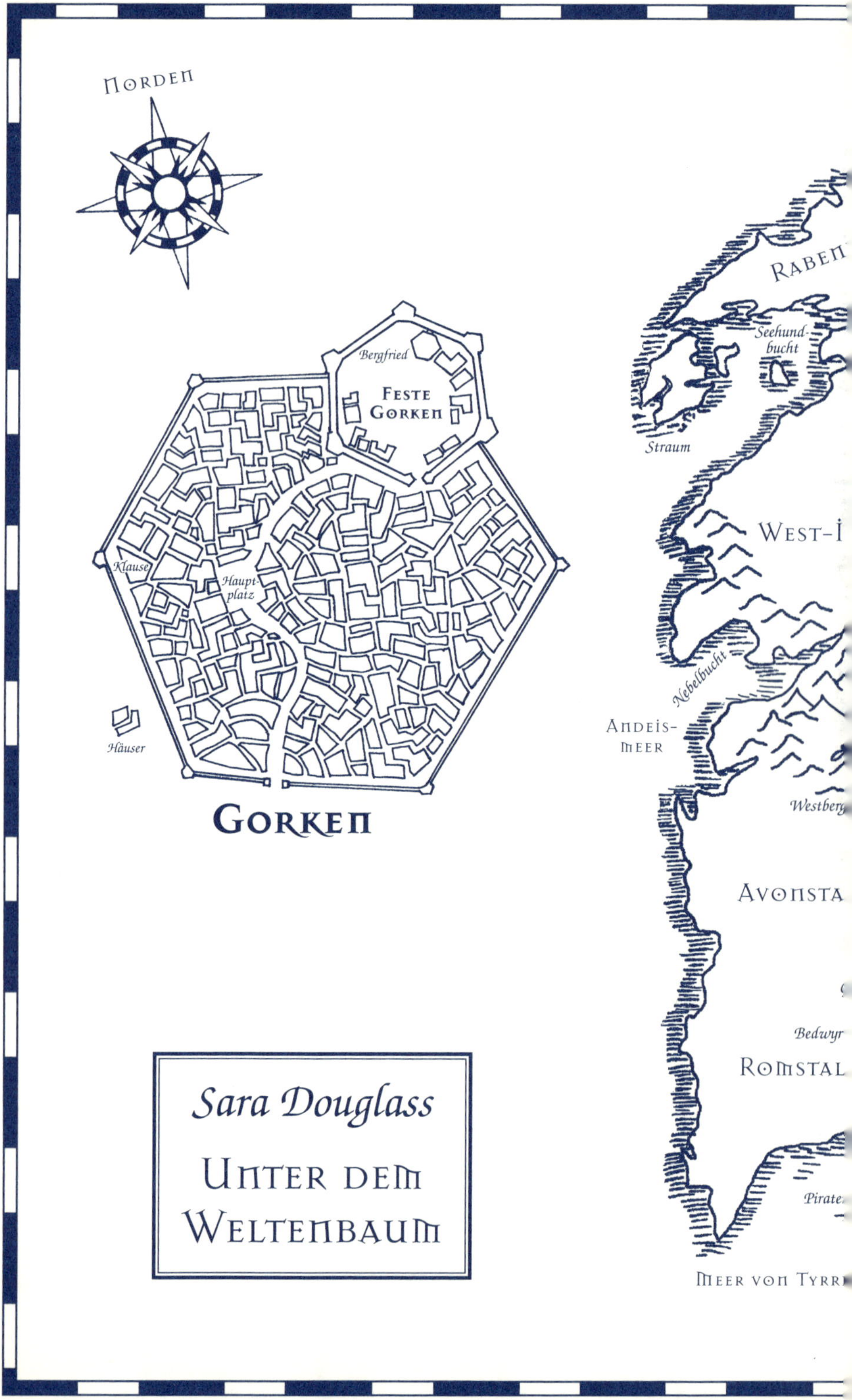

Sara Douglass

Unter dem Weltenbaum